CB057177

QUINCAS BORBA

QUINCAS BORBA
Machado de Assis

CLUBEDOLIVRO

Direitos de edição da obra em língua portuguesa no Brasil adquiridos pela Editora Nova Fronteira Participações S.A. Todos os direitos reservados. Nenhuma parte desta obra pode ser apropriada e estocada em sistema de banco de dados ou processo similar, em qualquer forma ou meio, seja eletrônico, de fotocópia, gravação etc., sem a permissão do detentor do copirraite.

Editora Nova Fronteira Participações S.A.
Rua Nova Jerusalém, 345 – Bonsucesso – 21042-235
Rio de Janeiro – RJ – Brasil
Tel.: (21) 3882-8200 – Fax: (21) 3882-8312/8313

CIP-Brasil. Catalogação na publicação
Sindicato Nacional dos Editores de Livros, RJ

A866q

Assis, Machado de, 1839-1908
   Quincas Borba / Machado de Assis. - [Ed. especial]. - Rio de Janeiro : Nova Fronteira, 2016.
   256 p. (Clube do livro)

ISBN 978-85-2093-038-0

1. Romance brasileiro. I. Título. II. Série.

16-35613
                                       CDD: 869.3
                                       CDU: 821.134.3(81)-3

Sumário

Prólogo *11*
Capítulo I *13*
Capítulo II *13*
Capítulo III *14*
Capítulo IV *15*
Capítulo V *16*
Capítulo VI *18*
Capítulo VII *21*
Capítulo VIII *22*
Capítulo IX *23*
Capítulo X *24*
Capítulo XI *26*
Capítulo XII *27*
Capítulo XIII *27*
Capítulo XIV *28*
Capítulo XV *29*
Capítulo XVI *30*
Capítulo XVII *31*
Capítulo XVIII *32*
Capítulo XIX *33*
Capítulo XX *34*
Capítulo XXI *34*
Capítulo XXII *38*
Capítulo XXIII *38*
Capítulo XXIV *38*
Capítulo XXV *39*
Capítulo XXVI *39*
Capítulo XXVII *40*
Capítulo XXVIII *40*
Capítulo XXIX *42*
Capítulo XXX *44*
Capítulo XXXI *44*
Capítulo XXXII *46*

Capítulo XXXIII *48*
Capítulo XXXIV *49*
Capítulo XXXV *50*
Capítulo XXXVI *52*
Capítulo XXXVII *52*
Capítulo XXXVIII *54*
Capítulo XXXIX *54*
Capítulo XL *55*
Capítulo XLI *56*
Capítulo XLII *57*
Capítulo XLIII *60*
Capítulo XLIV *62*
Capítulo XLV *62*
Capítulo XLVI *64*
Capítulo XLVII *64*
Capítulo XLVIII *67*
Capítulo XLIX *68*
Capítulo L *69*
Capítulo LI *75*
Capítulo LII *76*
Capítulo LIII *78*
Capítulo LIV *78*
Capítulo LV *79*
Capítulo LVI *80*
Capítulo LVII *81*
Capítulo LVIII *83*
Capítulo LIX *84*
Capítulo LX *86*
Capítulo LXI *88*
Capítulo LXII *90*
Capítulo LXIII *90*
Capítulo LXIV *91*
Capítulo LXV *93*
Capítulo LXVI *94*
Capítulo LXVII *94*

Capítulo LXVIII *96*
Capítulo LXIX *99*
Capítulo LXX *104*
Capítulo LXXI *105*
Capítulo LXXII *107*
Capítulo LXXIII *107*
Capítulo LXXIV...*108*
Capítulo LXXV *109*
Capítulo LXXVI...*110*
Capítulo LXXVII *110*
Capítulo LXXVIII...*112*
Capítulo LXXIX *113*
Capítulo LXXX *113*
Capítulo LXXXI *115*
Capítulo LXXXII *116*
Capítulo LXXXIII *118*
Capítulo LXXXIV..*119*
Capítulo LXXXV...*120*
Capítulo LXXXVI..*120*
Capítulo LXXXVII...*122*
Capítulo LXXXVIII *123*
Capítulo LXXXIX..*123*
Capítulo XC *125*
Capítulo XCI *127*
Capítulo XCII *127*
Capítulo XCIII *128*
Capítulo XCIV..*129*
Capítulo XCV *130*
Capítulo XCVI..*130*
Capítulo XCVII...*131*
Capítulo XCVIII..*132*
Capítulo XCIX..*133*
Capítulo C..*135*
Capítulo CI...*138*
Capítulo CII *139*

Capítulo CIII *139*
Capítulo CIV *141*
Capítulo CV *142*
Capítulo CVI *144*
Capítulo CVII *145*
Capítulo CVIII *145*
Capítulo CIX *149*
Capítulo CX *149*
Capítulo CXI *152*
Capítulo CXII *153*
Capítulo CXIII *153*
Capítulo CXIV *154*
Capítulo CXV *154*
Capítulo CXVI *158*
Capítulo CXVII *160*
Capítulo CXVIII *161*
Capítulo CXIX *166*
Capítulo CXX *168*
Capítulo CXXI *171*
Capítulo CXXII *172*
Capítulo CXXIII *174*
Capítulo CXXIV *174*
Capítulo CXXV *174*
Capítulo CXXVI *175*
Capítulo CXXVII *176*
Capítulo CXXVIII *176*
Capítulo CXXIX *178*
Capítulo CXXX *179*
Capítulo CXXXI *181*
Capítulo CXXXII *181*
Capítulo CXXXIII *182*
Capítulo CXXXIV *184*
Capítulo CXXXV *184*
Capítulo CXXXVI *185*
Capítulo CXXXVII *185*

Capítulo CXXXVIII *186*
Capítulo CXXXIX *187*
Capítulo CXL *188*
Capítulo CXLI *189*
Capítulo CXLII *191*
Capítulo CXLIII *191*
Capítulo CXLIV *192*
Capítulo CXLV *193*
Capítulo CXLVI *194*
Capítulo CXLVII *196*
Capítulo CXLVIII *196*
Capítulo CXLIX *197*
Capítulo CL *198*
Capítulo CLI *199*
Capítulo CLII *199*
Capítulo CLIII *202*
Capítulo CLIV *206*
Capítulo CLV *206*
Capítulo CLVI *206*
Capítulo CLVII *208*
Capítulo CLVIII *208*
Capítulo CLIX *210*
Capítulo CLX *211*
Capítulo CLXI *212*
Capítulo CLXII *214*
Capítulo CLXIII *214*
Capítulo CLXIV *214*
Capítulo CLXV *216*
Capítulo CLXVI *217*
Capítulo CLXVII *218*
Capítulo CLXVIII *220*
Capítulo CLXIX *220*
Capítulo CLXX *222*
Capítulo CLXXI *224*
Capítulo CLXXII *225*

Capítulo CLXXIII..*226*
Capítulo CLXXIV..*227*
Capítulo CLXXV...*228*
Capítulo CLXXVI..*232*
Capítulo CLXXVII *233*
Capítulo CLXXVIII *234*
Capítulo CLXXIX..*234*
Capítulo CLXXX...*236*
Capítulo CLXXXI..*238*
Capítulo CLXXXII *240*
Capítulo CLXXXIII *242*
Capítulo CLXXXIV *243*
Capítulo CLXXXV *244*
Capítulo CLXXXVI *245*
Capítulo CLXXXVII..*245*
Capítulo CLXXXVIII...*245*
Capítulo CLXXXIX *248*
Capítulo CXC..*248*
Capítulo CXCI...*249*
Capítulo CXCII..*249*
Capítulo CXCIII...*250*
Capítulo CXCIV *250*
Capítulo CXCV *251*
Capítulo CXCVI *252*
Capítulo CXCVII *252*
Capítulo CXCVIII...*253*
Capítulo CXCIX *253*
Capítulo CC *255*
Capítulo CCI *255*

Prólogo da terceira edição

A segunda edição deste livro acabou mais depressa que a primeira. Aqui sai ele em terceira, sem outra alteração além da emenda de alguns erros tipográficos, tais e tão poucos que, ainda conservados, não encobririam o sentido.

Um amigo e confrade ilustre tem teimado comigo para que dê a este livro o seguimento de outro. "Com as *Memórias póstumas de Brás Cubas*, donde este proveio, fará você uma trilogia, e a Sofia de *Quincas Borba* ocupará exclusivamente a terceira parte." Algum tempo cuidei que podia ser, mas relendo agora estas páginas concluo que não. A Sofia está aqui toda. Continuá-la seria repeti-la, e acaso repetir o mesmo seria pecado. Creio que foi assim que me tacharam este e alguns outros dos livros que vim compondo pelo tempo afora no silêncio da minha vida. Vozes houve, generosas e fortes, que então me defenderam; já lhes agradeci em particular; agora o faço cordial e publicamente.

1899
M. de A.

Capítulo I

Rubião fitava a enseada — eram oito horas da manhã. Quem o visse, com os polegares metidos no cordão do chambre, à janela de uma grande casa de Botafogo, cuidaria que ele admirava aquele pedaço de água quieta; mas, em verdade, vos digo que pensava em outra coisa. Cotejava o passado com o presente. Que era, há um ano? Professor. Que é agora? Capitalista. Olha para si, para as chinelas (umas chinelas de Túnis, que lhe deu recente amigo, Cristiano Palha), para a casa, para o jardim, para a enseada, para os morros e para o céu; e tudo, desde as chinelas até o céu, tudo entra na mesma sensação de propriedade.

"Vejam como Deus escreve direito por linhas tortas", pensa ele. "Se mana Piedade tem casado com Quincas Borba, apenas me daria uma esperança colateral. Não casou; ambos morreram, e aqui está tudo comigo; de modo que o que parecia uma desgraça..."

Capítulo II

Que abismo que há entre o espírito e o coração! O espírito do ex-professor, vexado daquele pensamento, arrepiou caminho, buscou outro assunto, uma canoa que ia passando; o coração, porém, deixou-se estar a bater de alegria. Que lhe importa a canoa nem o canoeiro, que os olhos de Rubião acompanham, arregalados? Ele, coração, vai dizendo que, uma vez que a mana Piedade tinha de morrer, foi bom que não casasse; podia vir um filho ou uma filha... — Bonita canoa! — Antes assim! — Como obedece bem aos remos do homem! — O certo é que eles estão no céu!

Capítulo III

Um criado trouxe o café. Rubião pegou na xícara e, enquanto lhe deitava açúcar, ia disfarçadamente mirando a bandeja, que era de prata lavrada. Prata, ouro, eram os metais que amava de coração; não gostava de bronze, mas o amigo Palha disse-lhe que era matéria de preço, e assim se explica este par de figuras que aqui está na sala, um Mefistófeles e um Fausto. Tivesse, porém, de escolher, escolheria a bandeja — primor de argentaria, execução fina e acabada. O criado esperava teso e sério. Era espanhol; e não foi sem resistência que Rubião o aceitou das mãos de Cristiano; por mais que lhe dissesse que estava acostumado aos seus crioulos de Minas e não queria línguas estrangeiras em casa, o amigo Palha insistiu, demonstrando-lhe a necessidade de ter criados brancos. Rubião cedeu com pena. O seu bom pajem, que ele queria pôr na sala, como um pedaço da província, nem o pôde deixar na cozinha, onde reinava um francês, Jean; foi degradado a outros serviços.

— Quincas Borba está muito impaciente? — perguntou Rubião, bebendo o último gole de café, e lançando um último olhar à bandeja.

— *Me parece que si.*

— Lá vou soltá-lo.

Não foi; deixou-se ficar, algum tempo, a olhar para os móveis. Vendo as pequenas gravuras inglesas, que pendiam da parede por cima dos dois bronzes, Rubião pensou na bela Sofia, mulher do Palha, deu alguns passos, e foi sentar-se no pufe, ao centro da sala, olhando para longe...

"Foi ela que me recomendou aqueles dois quadrinhos, quando andávamos, os três, a ver coisas para comprar. Estava tão bonita! Mas o que eu mais gosto dela são os ombros, que vi no baile do coronel. Que ombros! Parecem de cera; tão lisos, tão brancos! Os braços também; oh! os braços! Que bem-feitos!"

Rubião suspirou, cruzou as pernas, e bateu com as borlas do chambre sobre os joelhos. Sentia que não era inteiramente feliz; mas sentia também que não estava longe a felicidade completa. Recompunha de cabeça uns modos, uns olhos, uns requebros sem explicação, a não ser esta: que ela o amava, e que o amava muito. Não era velho; ia fazer quarenta e um anos; e, rigorosamente, parecia menos... Esta observação foi acompanhada de um gesto; passou a mão pelo queixo, barbeado todos os dias, coisa que não fazia dantes, por economia e desnecessidade. Um simples professor! Usava suíças (mais tarde deixou crescer a barba toda) — tão macias, que dava gosto passar os dedos por elas... E recordava assim o primeiro encontro, na estação de Vassouras, onde Sofia e o marido entraram no trem da estrada de ferro, no mesmo carro em que ele descia de Minas; foi ali que achou aquele par de olhos viçosos, que pareciam repetir a exortação do profeta: "Todos vós que tendes sede, vinde às águas." Não trazia ideias adequadas ao convite, é verdade; vinha com a herança na cabeça, o testamento, o inventário, coisas que é preciso explicar primeiro, a fim de entender o presente e o futuro. Deixemos Rubião na sala de Botafogo, batendo com as borlas do chambre nos joelhos, e cuidando na bela Sofia. Vem comigo, leitor; vamos vê-lo, meses antes, à cabeceira do Quincas Borba.

Capítulo IV

Este Quincas Borba, se acaso me fizeste o favor de ler as *Memórias póstumas de Brás Cubas*, é aquele mesmo náufrago da existência, que ali aparece, mendigo, herdeiro inopinado, e inventor de uma filosofia. Aqui o tens agora em Barbacena. Logo que chegou, enamorou-se de uma viúva, senhora de condição mediana e parcos meios de vida; mas tão acanhada que os suspiros no namorado ficavam sem eco. Chamava-se Maria da Piedade. Um irmão dela, que é o presente Rubião, fez todo o possível para casá-los. Piedade resistiu, um pleuris a levou.

Foi esse trechozinho de romance que ligou os dois homens. Saberia Rubião que o nosso Quincas Borba trazia aquele grãozinho de sandice, que um médico supôs achar-lhe? Seguramente, não; tinha-o por homem esquisito. É, todavia, certo que o grãozinho não se despegou do cérebro de Quincas Borba — nem antes, nem depois da moléstia que lentamente o comeu. Quincas Borba tivera ali alguns parentes, mortos já agora em 1867; o último foi o tio que o deixou por herdeiro de seus bens. Rubião ficou sendo o único amigo do filósofo. Regia então uma escola de meninos, que fechou para tratar do enfermo. Antes de professor, metera ombros a algumas empresas, que foram a pique.

Durou o cargo de enfermeiro mais de cinco meses, perto de seis. Era real o desvelo de Rubião, paciente, risonho, múltiplo, ouvindo as ordens do médico, dando os remédios às horas marcadas, saindo a passeio com o doente, sem esquecer nada, nem o serviço da casa, nem a leitura dos jornais, logo que chegava a mala da Corte ou a de Ouro Preto.

— Tu és bom, Rubião — suspirava Quincas Borba.

— Grande façanha! Como se você fosse mau!

A opinião ostensiva do médico era que a doença do Quincas Borba iria saindo devagar. Um dia, o nosso Rubião, acompanhando o médico até a porta da rua, perguntou-lhe qual era o verdadeiro estado do amigo. Ouviu que estava perdido, completamente perdido; mas que o fosse animando. Para que tornar-lhe a morte mais aflitiva pela certeza?...

— Lá isso, não — atalhou Rubião —; para ele, morrer é negócio fácil. Nunca leu um livro que ele escreveu, há anos, não sei que negócio de filosofia...

— Não; mas filosofia é uma coisa, e morrer de verdade é outra; adeus.

Capítulo V

Rubião achou um rival no coração de Quincas Borba — um cão, um bonito cão, meio tamanho, pelo cor de chumbo, malhado de preto. Quincas Borba levava-o para toda parte, dormiam no mesmo quarto. De manhã, era o cão que acordava o senhor, trepando ao leito, onde trocavam as primeiras saudações. Uma das extravagâncias do dono foi dar-lhe o seu próprio nome; mas explicava-o por dois motivos, um doutrinário, outro particular.

— Desde que Humanitas, segundo a minha doutrina, é o princípio da vida e reside em toda a parte, existe também no cão, e este pode assim receber um nome de gente, seja cristão ou muçulmano...

— Bem, mas por que não lhe deu antes o nome de Bernardo? — disse Rubião, com o pensamento em um rival político da localidade.

— Esse agora é o motivo particular. Se eu morrer antes, como presumo, sobreviverei no nome do meu bom cachorro. Riste, não?

Rubião fez um gesto negativo.

— Pois devias rir, meu querido. Porque a imortalidade é o meu lote ou o meu dote, ou como melhor nome haja. Viverei perpetuamente no meu grande livro. Os que, porém, não souberem ler, chamarão Quincas Borba ao cachorro — e o cão, ouvindo o nome, correu à cama. Quincas Borba, comovido, olhou para Quincas Borba:

— Meu pobre amigo! meu bom amigo! meu único amigo!

— Único!

— Desculpa-me, tu também o és, bem sei, e agradeço-te muito; mas a um doente perdoa-se tudo. Talvez esteja começando o meu delírio. Deixa ver o espelho.

Rubião deu-lhe o espelho. O doente contemplou por alguns segundos a cara magra, o olhar febril com que descobria os subúrbios da morte, para onde caminhava a passo lento, mas seguro. Depois, com um sorriso pálido e irônico:

— Tudo o que está cá fora corresponde ao que sinto cá dentro; vou morrer, meu caro Rubião... Não gesticules, vou morrer. E que é morrer, para ficares assim espantado?

— Sei, sei que você tem umas filosofias... Mas falemos do jantar; que há de ser hoje?

Quincas Borba sentou-se na cama, deixando pender as pernas, cuja extraordinária magreza se adivinhava por fora das calças.

— Que é? Que quer? — acudiu Rubião.

— Nada — respondeu o enfermo sorrindo. — Umas filosofias! Com que desdém me dizes isso! Repete, anda, quero ouvir outra vez. Umas filosofias!

— Mas não é por desdém... Pois eu tenho capacidade para desdenhar de filosofias? Digo só que você pode crer que a morte não vale nada, porque terá razões, princípios...

Quincas Borba procurou com os pés as chinelas; Rubião chegou-lhas; ele calçou-as e pôs-se a andar para esticar as pernas. Afagou o cão e acendeu um cigarro. Rubião quis que se agasalhasse, e trouxe-lhe um fraque, um colete, um chambre, um capote, à escolha. Quincas Borba recusou-os com um gesto. Tinha outro ar agora; os olhos metidos para dentro viam pensar o cérebro. Depois de muitos passos, parou, por alguns segundos, diante de Rubião.

Capítulo VI

— Para entenderes bem o que é a morte e a vida, basta contar-te como morreu minha avó.
— Como foi?
— Senta-te.
Rubião obedeceu, dando ao rosto o maior interesse possível, enquanto Quincas Borba continuava a andar.
— Foi no Rio de Janeiro — começou ele —, defronte da Capela Imperial, que era então Real, em dia de grande festa; minha avó saiu, atravessou o adro para ir ter à cadeirinha, que a esperava no largo do Paço. Gente como formiga. O povo queria ver entrar as grandes senhoras nas suas ricas traquitanas. No momento em que minha avó saía do adro para ir à cadeirinha, um pouco distante, aconteceu espantar-se uma das bestas de uma sege; a besta disparou, a outra imitou-a, confusão, tumulto, minha avó caiu, e tanto as mulas como a sege passaram-lhe por cima. Foi levada em braços para uma botica da rua Direita, veio um sangrador, mas era tarde; tinha a cabeça rachada, uma perna e o ombro partidos, era toda sangue; expirou minutos depois.
— Foi realmente uma desgraça — disse Rubião.
— Não.
— Não?
— Ouve o resto. Aqui está como se tinha passado o caso. O dono da sege estava no adro, e tinha fome, muita fome, porque era tarde, e almoçara cedo e pouco. Dali pôde fazer sinal ao cocheiro; este fustigou as mulas para ir buscar o patrão. A sege no meio do caminho

achou um obstáculo e derrubou-o; esse obstáculo era minha avó. O primeiro ato dessa série de atos foi um movimento de conservação; Humanitas tinha fome. Se, em vez de minha avó, fosse um rato ou um cão, é certo que minha avó não morreria, mas o fato era o mesmo; Humanitas precisa comer. Se, em vez de um rato ou de um cão, fosse um poeta, Byron ou Gonçalves Dias, diferia o caso no sentido de dar matéria a muitos necrológios; mas o fundo subsistia. O universo ainda não parou por lhe faltarem alguns poemas mortos em flor na cabeça de um varão ilustre ou obscuro; mas Humanitas (e isto importa, antes de tudo), Humanitas precisa comer.

Rubião escutava, com a alma nos olhos, sinceramente desejoso de entender; mas não dava pela necessidade a que o amigo atribuía a morte da avó. Seguramente o dono da sege, por muito tarde que chegasse a casa, não morria de fome, ao passo que a boa senhora morreu de verdade, e para sempre. Explicou-lhe, como pôde, essas dúvidas, e acabou perguntando-lhe:

— E que Humanitas é esse?

— Humanitas é o princípio. Mas não, não digo nada, tu não és capaz de entender isto, meu caro Rubião; falemos de outra coisa.

— Diga sempre.

Quincas Borba, que não deixara de andar, parou alguns instantes.

— Queres ser meu discípulo?

— Quero.

— Bem, irás entendendo aos poucos a minha filosofia; no dia em que a houveres penetrado inteiramente, ah! nesse dia terás o maior prazer da vida, porque não há vinho que embriague como a verdade. Crê-me, o humanitismo é o remate das coisas; e eu, que o formulei, sou o maior homem do mundo. Olha, vês como o meu bom Quincas Borba está olhando para mim? Não é ele, é Humanitas...

— Mas que Humanitas é esse?

— Humanitas é o princípio. Há nas coisas todas certa substância recôndita e idêntica, um princípio único, universal, eterno, comum, indivisível e indestrutível — ou, para usar a linguagem do grande Camões:

Uma verdade que nas cousas anda,
Que mora no visíbil e invisíbil.

Pois essa substância ou verdade, esse princípio indestrutível é que é Humanitas. Assim lhe chamo, porque resume o universo, e o universo é o homem. Vais entendendo?

— Pouco; mas, ainda assim, como é que a morte de sua avó...

— Não há morte. O encontro de duas expansões, ou a expansão de duas formas, pode determinar a supressão de uma delas; mas, rigorosamente, não há morte, há vida, porque a supressão de uma é a condição da sobrevivência da outra, e a destruição não atinge o princípio universal e comum. Daí o caráter conservador e benéfico da guerra. Supõe tu um campo de batatas e duas tribos famintas. As batatas apenas chegam para alimentar uma das tribos, que assim adquire forças para transpor a montanha e ir à outra vertente, onde há batatas em abundância; mas, se as duas tribos dividirem em paz as batatas do campo, não chegam a nutrir-se suficientemente e morrem de inanição. A paz, nesse caso, é a destruição; a guerra é a conservação. Uma das tribos extermina a outra e recolhe os despojos. Daí a alegria da vitória, os hinos, aclamações, recompensas públicas e todos os demais efeitos das ações bélicas. Se a guerra não fosse isso, tais demonstrações não chegariam a dar-se, pelo motivo real de que o homem só comemora e ama o que lhe é aprazível ou vantajoso, e pelo motivo racional de que nenhuma pessoa canoniza uma ação que virtualmente a destrói. Ao vencido, ódio ou compaixão; ao vencedor, as batatas.

— Mas a opinião do exterminado?

— Não há exterminado. Desaparece o fenômeno; a substância é a mesma. Nunca viste ferver água? Hás de lembrar-te que as bolhas fazem-se e desfazem-se de contínuo, e tudo fica na mesma água. Os indivíduos são essas bolhas transitórias.

— Bem; a opinião da bolha...

— Bolha não tem opinião. Aparentemente, há nada mais contristador que uma dessas terríveis pestes que devastam um ponto do globo? E, todavia, esse suposto mal é um benefício, não só porque elimina os organismos fracos, incapazes de resistência, como porque dá lugar à observação, à descoberta da droga curativa. A higiene é filha de podridões seculares; devemo-la a milhões de corrompidos e infectos. Nada se perde, tudo é ganho. Repito, as bolhas ficam na água. Vês este livro? É *D. Quixote*. Se eu destruir o meu exemplar, não elimino a obra, que continua eterna nos exemplares subsistentes e nas edições posteriores. Eterna e bela, belamente eterna, como este mundo divino e supradivino.

Capítulo VII

Quincas Borba calou-se de exausto, e sentou-se ofegante. Rubião acudiu, levando-lhe água e pedindo que se deitasse para descansar; mas o enfermo, após alguns minutos, respondeu que não era nada. Perdera o costume de fazer discursos, é o que era. E, afastando com o gesto a pessoa de Rubião, a fim de poder encará-la sem esforço, empreendeu uma brilhante descrição do mundo e suas excelências. Misturou ideias próprias e alheias, imagens de toda sorte, idílicas, épicas, a tal ponto que Rubião perguntava a si mesmo como é que um homem, que ia morrer dali a dias, podia tratar tão galantemente aqueles negócios.

— Ande repousar um pouco.

Quincas Borba refletiu.

— Não, vou dar um passeio.

— Agora não; você está muito cansado.

— Qual! Passou.

Ergueu-se e pôs paternalmente as mãos sobre os ombros de Rubião.

— Você é meu amigo?

— Que pergunta!

— Diga.

— Tanto ou mais do que este animal — respondeu Rubião, em um arroubo de ternura.

Quincas Borba apertou-lhe as mãos.

— Bem.

Capítulo VIII

No dia seguinte, Quincas Borba acordou com a resolução de ir ao Rio de Janeiro; voltaria no fim de um mês, tinha certos negócios... Rubião ficou espantado. E a moléstia, e o médico? O doente respondeu que o médico era um charlatão, e que a moléstia precisava espairecer, tal qual a saúde. Moléstia e saúde eram dois caroços do mesmo fruto, dois estados de Humanitas.

— Vou a alguns negócios pessoais — concluiu o enfermo — e levo, além disso, um plano tão sublime, que nem mesmo você poderá entendê-lo. Desculpe-me esta franqueza; mas eu prefiro ser franco com você a sê-lo com qualquer outra pessoa.

Rubião fiou do tempo que esse projeto lhe passasse, como tantos outros; mas enganou-se. Acrescia que, em verdade, o doente parecia estar melhorando; não ia à cama, saía à rua, escrevia. No fim de uma semana, mandou chamar o tabelião.

— Tabelião? — repetiu o amigo.

— Sim, quero registrar o meu testamento. Ou vamos lá os dois...

Foram os três, porque o cão não deixava partir o amo e senhor sem acompanhá-lo. Quincas Borba registrou o testamento, com as formalidades do estilo, e tornou tranquilo para casa. Rubião sentia bater-lhe o coração violentamente.

— Está claro que eu não o deixo ir só para a Corte — disse ele ao amigo.

— Não, não é preciso. Demais, Quincas Borba não vai, e não o confio a outra pessoa, senão a você. Deixo a casa como está. Daqui a um mês estou de volta. Vou amanhã; não quero que ele pressinta a minha saída. Cuide dele, Rubião.

— Cuido, sim.

— Jura?

— Por esta luz que me alumia. Então sou alguma criança?

— Dê-lhe leite às horas apropriadas, as comidas todas do costume, e os banhos; e, quando sair a passeio com ele, olhe que não vá fugir. Não, o melhor é que não saia... não saia...

— Vá sossegado.

Quincas Borba chorava pelo outro Quincas Borba. Não quis vê-lo à saída. Chorava deveras; lágrimas de loucura ou de afeição, quaisquer que fossem, ele as ia deixando pela boa terra mineira, como o derradeiro suor de uma alma obscura, prestes a cair no abismo.

Capítulo IX

Horas depois, teve Rubião um pensamento horrível. Podiam crer que ele próprio incitara o amigo à viagem, para o fim de o matar mais depressa, e entrar na posse do legado, se é que realmente estava incluso no testamento. Sentiu remorsos. Por que não empregou todas as forças para contê-lo? Viu o cadáver de Quincas Borba, pálido, hediondo, fitando nele um olhar vingativo; resolveu, se acaso o fatal desfecho se desse em viagem, abrir mão do legado.

Pela sua parte, o cão vivia farejando, ganindo, querendo fugir; não podia dormir quieto, levantava-se muitas vezes, à noite, percorria a casa, e tornava ao seu canto. De manhã, Rubião chamava-o à cama, e o cão acudia alegre; imaginava que era o próprio dono; via depois que não era, mas aceitava as carícias, e fazia-lhe outras, como se Rubião tivesse de levar as suas ao amigo, ou trazê-lo para ali. Demais, havia-se-lhe afeiçoado também, e para ele era a ponte que o ligava à existência anterior. Não comeu durante os primeiros dias. Suportando menos a sede, Rubião pôde alcançar que bebesse leite; foi a única alimentação por algum tempo. Mais tarde, passava as horas calado, triste, enrolado em si mesmo, ou então com o corpo estendido e a cabeça entre as mãos.

Quando o médico voltou, ficou espantado da temeridade do doente; deviam tê-lo impedido de sair; a morte era certa.

— Certa?

— Mais tarde ou mais cedo. Levou o tal cachorro?

— Não, senhor, está comigo; pediu que cuidasse dele, e chorou, olhe que chorou que foi um nunca acabar. Verdade é — disse ainda

Rubião para defender o enfermo —, verdade é que o cachorro merece a estima do dono: parece gente.

O médico tirou o largo chapéu de palha para concertar a fita; depois sorriu. Gente? Com que então parecia gente? Rubião insistia, depois explicava; não era gente como a outra gente, mas tinha coisas de sentimento, e até de juízo. Olhe, ia contar-lhe uma...

— Não, homem, não; logo, logo, vou a um doente de erisipela... Se vierem cartas dele, e não forem reservadas, desejo vê-las, ouviu? E lembranças ao cachorro — concluiu saindo.

Algumas pessoas começaram a mofar do Rubião e da singular incumbência de guardar um cão em vez de ser o cão que o guardasse a ele. Vinha a risota, choviam as alcunhas. Em que havia de dar o professor! sentinela de cachorro! Rubião tinha medo da opinião pública. Com efeito, parecia-lhe ridículo; fugia aos olhos estranhos, olhava com fastio para o animal, dava-se ao diabo, arrenegava da vida. Não tivesse a esperança de um legado, pequeno que fosse... Era impossível que lhe não deixasse uma lembrança.

Capítulo X

Sete semanas depois, chegou a Barbacena esta carta, datada do Rio de Janeiro, toda do punho do Quincas Borba:

Meu caro senhor e amigo:

Você há de ter estranhado o meu silêncio. Não lhe tenho escrito por certos motivos particulares etc. Voltarei breve; mas quero comunicar-lhe desde já um negócio reservado, reservadíssimo.

Quem sou eu, Rubião? Sou santo Agostinho. Sei que há de sorrir, porque você é um ignaro, Rubião; a nossa intimidade permitia-me dizer palavra mais crua, mas faço-lhe esta concessão, que é a última. Ignaro!

Ouça, ignaro. Sou santo Agostinho; descobri isso anteontem: ouça e cale-se. Tudo coincide nas nossas vidas. O santo e eu passamos uma parte do tempo nos deleites e na heresia, porque eu considero heresia tudo o que não é a minha doutrina de Humanitas; ambos furtamos, ele, em pequeno, umas peras de Cartago, eu, já rapaz, um relógio do meu amigo Brás Cubas. Nossas mães eram religiosas e castas. Enfim, ele pensava, como eu, que tudo que existe é bom, e assim o demonstra no capítulo XVI, livro VII das Confissões, *com a diferença que, para ele, o mal é um desvio da vontade, ilusão própria de um século atrasado, concessão ao erro, pois que o mal nem mesmo existe, e só a primeira afirmação é verdadeira; todas as coisas são boas,* omnia bona, *e adeus.*

Adeus, ignaro. Não contes a ninguém o que te acabo de confiar, se não queres perder as orelhas. Cala-te, guarda, e agradece a boa fortuna de ter por amigo um grande homem como eu, embora não me compreendas. Hás de compreender-me. Logo que tornar a Barbacena, dar-te-ei em termos explicados, simples, adequados ao entendimento de um asno, a verdadeira noção do grande homem. Adeus; lembranças ao meu pobre Quincas Borba. Não te esqueças de lhe dar leite; leite e banhos; adeus, adeus... Teu do coração

Quincas Borba.

Rubião mal sustinha o papel nos dedos. Passados alguns segundos, advertiu que podia ser um gracejo do amigo, e releu a carta; mas a segunda leitura confirmou a primeira impressão. Não havia dúvida; estava doido. Pobre Quincas Borba! Assim, as esquisitices, a frequente alteração de humor, os ímpetos sem motivo, as ternuras sem proporção, não eram mais que prenúncios da ruína total do cérebro. Morria antes de morrer. Tão bom! Tão alegre! Tinha impertinências, é verdade; mas a doença explicava-as. Rubião enxugou os olhos, úmidos de comoção. Depois veio a lembrança do possível legado, e ainda mais o afligiu, por lhe mostrar que bom amigo ia perder.

Quis ainda uma vez ler a carta, agora devagar, analisando as palavras, desconjuntando-as, para ver bem o sentido e descobrir se realmente era uma troça de filósofo. Aquele modo de o descompor, brincando, era conhecido; mas o resto confirmava a suspeita do desastre. Já quase no fim, parou enfiado. Dar-se-ia que, provada a alienação mental do testador, nulo ficaria o testamento, e perdidas as deixas? Rubião teve uma vertigem. Estava ainda com a carta aberta nas mãos, quando viu aparecer o doutor, que vinha por notícias do enfermo; o agente do correio dissera-lhe haver chegado uma carta. Era aquela?

— É esta, mas...

— Tem alguma comunicação reservada?...

— Justamente, traz uma comunicação reservada, reservadíssima; negócios pessoais. Dá licença?

Dizendo isso, Rubião meteu a carta no bolso; o médico saiu; ele respirou. Escapara ao perigo de publicar tão grave documento, por onde se podia provar o estado mental de Quincas Borba. Minutos depois, arrependeu-se, devia ter entregado a carta, sentiu remorsos, pensou em mandá-la à casa do médico. Chamou por um escravo; quando este acudiu, já ele mudara outra vez de ideia; considerou que era imprudência; o doente viria em breve — dali a dias —, perguntaria pela carta, argui-lo-ia de indiscreto, de delator... Remorsos fáceis, de pouca dura.

— Não quero nada — disse ao escravo. E outra vez pensou no legado. Calculou o algarismo. Menos de dez contos, não. Compraria um pedaço de terra, uma casa, cultivaria isto ou aquilo, ou lavraria ouro. O pior é se era menos, cinco contos... Cinco? Era pouco; mas, enfim, talvez não passasse disso. Cinco que fossem, era um arranjo menor, e antes menor que nada. Cinco contos... Pior seria se o testamento ficasse nulo. Vá, cinco contos!

Capítulo XI

No começo da semana seguinte, recebendo os jornais da Corte (ainda assinaturas do Quincas Borba), leu Rubião esta notícia em um deles:

Faleceu ontem o sr. Joaquim Borba dos Santos, tendo suportado a moléstia com singular filosofia. Era homem de muito saber, e cansava-se em batalhar contra esse pessimismo amarelo e enfezado que ainda nos há de chegar aqui um dia; é a moléstia do século. A última palavra dele foi que a dor era uma ilusão, e que Pangloss não era tão tolo como o inculcou

Voltaire... Já então delirava. Deixa muitos bens. O testamento está em Barbacena.

Capítulo XII

— Acabou de sofrer! — suspirou Rubião.

Em seguida, atentando na notícia, viu que falava de um homem que tinha apreço, consideração, a quem se atribuía uma peleja filosófica. Nenhuma alusão à demência. Ao contrário, o final dizia que ele delirara a última hora, efeito da moléstia. Ainda bem! Rubião leu novamente a carta, e a hipótese da troça pareceu outra vez mais verossímil. Concordou que ele tinha graça; com certeza, quis debicá-lo; foi a santo Agostinho, como iria a santo Ambrósio ou a santo Hilário, e escreveu uma carta enigmática, para confundi-lo, até voltar a rir-se do logro. Pobre amigo! Estava são — são e morto. Sim, já não padecia nada. Vendo o cachorro, suspirou:

— Coitado do Quincas Borba! Se pudesse saber que o senhor morreu...

Depois, consigo:

"Agora, que já acabou a obrigação, vou dá-lo à comadre Angélica."

Capítulo XIII

A notícia correra a cidade; o vigário, o farmacêutico da casa, o médico, todos mandaram saber se era verdadeira. O agente do correio, que a lera nas folhas, trouxe em mão própria ao Rubião uma carta que viera na mala para ele; podia ser do finado, conquanto a letra do sobrescrito fosse outra.

— Então afinal o homem espichou a canela? — disse ele, enquanto Rubião abria a carta, corria à assinatura e lia: *Brás Cubas*. Era um simples bilhete:

O meu pobre amigo Quincas Borba faleceu ontem em minha casa, onde apareceu há tempos esfrangalhado e sórdido: frutos da doença. Antes de morrer pediu-me que lhe escrevesse, que lhe desse particularmente esta notícia, e muitos agradecimentos; que o resto se faria segundo as praxes do foro.

Os agradecimentos fizeram empalidecer o professor; mas as praxes do foro restituíram-lhe o sangue. Rubião fechou a carta sem dizer nada; o agente falou de uma coisa e outra, depois saiu. Rubião ordenou a um escravo que levasse o cachorro de presente à comadre Angélica, dizendo-lhe que, como gostava de bichos, lá ia mais um; que o tratasse bem, porque ele estava acostumado a isso; finalmente que o nome do cachorro era o mesmo que o do dono, agora morto, Quincas Borba.

Capítulo XIV

Quando o testamento foi aberto, Rubião quase caiu para trás. Adivinhas por quê. Era nomeado herdeiro universal do testador. Não cinco, nem dez, nem vinte contos, mas tudo, o capital inteiro, especificados os bens, casas na Corte, uma em Barbacena, escravos, apólices, ações do Banco do Brasil e de outras instituições, joias, dinheiro amoedado, livros — tudo finalmente passava às mãos do Rubião, sem desvios, sem deixas a nenhuma pessoa, nem esmolas, nem dívidas. Uma só condição havia no testamento, a de guardar o herdeiro consigo o seu pobre cachorro Quincas Borba, nome que lhe deu por motivo da grande afeição que lhe tinha. Exigia do dito Rubião que o tratasse como se fosse a ele próprio testador, nada poupando em seu benefício, resguardando-o de moléstias, de fugas, de roubo ou de morte que lhe quisessem dar por maldade; cuidar finalmente como se cão não fosse, mas pessoa humana. Item, impunha-lhe a condição, quando morresse o cachorro, de lhe dar sepultura decente, em terreno próprio, que cobriria de flores e plantas cheirosas; e mais desenterraria os ossos do dito cachorro, quando fosse tempo idôneo, e os recolheria a uma urna de madeira preciosa para depositá-los no lugar mais honrado da casa.

Capítulo XV

Tal era a cláusula. Rubião achou-a natural, posto que só tivesse pensamento para cuidar na herança. Espreitara uma deixa, e sai-lhe do testamento a massa toda dos bens. Não podia acabar de crer; foi preciso que lhe apertassem muito as mãos, com força — a força dos parabéns —, para não supor que era mentira.

— Sim, senhor, lavre um tento — dizia-lhe o dono da farmácia que ministrara os remédios a Quincas Borba.

Herdeiro já era muito; mas universal... Essa palavra inchava as bochechas à herança. Herdeiro de tudo, nem uma colherinha menos. E quanto seria tudo?, ia ele pensando. Casas, apólices, ações, escravos, roupa, louça, alguns quadros, que ele teria na Corte, porque era homem de muito gosto, tratava de coisas de arte com grande saber. E livros? devia ter muitos livros, citava muitos deles. Mas em quanto andaria tudo? Cem contos? Talvez duzentos. Era possível; trezentos mesmo não havia que admirar. Trezentos contos! trezentos! E o Rubião tinha ímpetos de dançar na rua. Depois aquietava-se; duzentos que fossem, ou cem, era um sonho que Deus Nosso Senhor lhe dava, mas um sonho comprido, para não acabar mais.

A lembrança do cachorro pôde tomar pé no torvelinho de pensamentos que iam pela cabeça do nosso homem. Rubião achava que a cláusula era natural, mas desnecessária, porque ele e o cão eram dois amigos, e nada mais certo que ficarem juntos, para recordar o terceiro amigo, o extinto, o autor da felicidade de ambos. Havia, sem dúvida, umas particularidades na cláusula, uma história de urna, e não sabia que mais; mas tudo se havia de cumprir, ainda que o céu viesse abaixo... Não, com a ajuda de Deus, emendava ele. Bom cachorro! excelente cachorro!

Rubião não esquecia que muitas vezes tentara enriquecer com empresas que morreram em flor. Supôs-se naquele tempo um desgraçado, um caipora, quando a verdade era que "mais vale quem Deus ajuda do que quem cedo madruga". Tanto não era impossível enriquecer, que estava rico.

— Impossível, o quê? — exclamou em voz alta. — Impossível é a Deus pecar. Deus não falta a quem promete.

Ia assim, descendo e subindo as ruas da cidade, sem guiar para casa, sem plano, com o sangue aos pulos. De repente, surgiu-lhe este grave problema: — se iria viver no Rio de Janeiro, ou se ficaria em Barbacena. Sentia cócegas de ficar, de brilhar onde escurecia, de quebrar a castanha na boca aos que antes faziam pouco caso dele, e principalmente aos que se riram da amizade do Quincas Borba. Mas logo depois, vinha a imagem do Rio de Janeiro, que ele conhecia, com os seus feitiços, movimento, teatros em toda a parte, moças bonitas, "vestidas à francesa". Resolveu que era melhor, podia subir muitas e muitas vezes à cidade natal.

Capítulo XVI

— Quincas Borba! Quincas Borba! eh! Quincas Borba! — bradou entrando em casa.

Nada de cachorro. Só então é que ele se lembrou de havê-lo mandado dar à comadre Angélica. Correu à casa da comadre, que era distante. De caminho acudiram-lhe todas as ideias feias, algumas extraordinárias. Uma ideia feia é que o cão tivesse fugido. Outra, extraordinária, é que algum inimigo, sabedor da cláusula e do presente, fosse ter com a comadre, roubasse o cachorro, e o escondesse ou matasse. Nesse caso, a herança... Passou-lhe uma nuvem pelos olhos; depois começou a ver mais claro.

"Não conheço negócios de justiça", pensava ele, "mas parece que não tenho nada com isso. A cláusula supõe o cão vivo ou em casa; mas, se ele fugir ou morrer, não se há de inventar um cão; logo, a intenção principal... Mas são capazes de fazer chicana os meus inimigos. Não cumprida a cláusula..."

Aqui a testa e as costas das mãos do nosso amigo ficaram em água. Outra nuvem pelos olhos. E o coração batia-lhe rápido, rápido. A cláusula começava a parecer-lhe extravagante. Rubião pegava-se com os santos, prometia missas, dez missas... Mas lá estava a casa da comadre. Rubião picou o passo; viu alguém; era ela? era, era ela, encostada à porta e rindo.

— Que figura que o senhor vem fazendo, meu compadre? Meio tonto, jogando com os braços.

Capítulo XVII

— Sinhá comadre, o cachorro? — perguntou Rubião com indiferença, mas pálido.

— Entre, e abanque-se — respondeu ela. — Que cachorro?

— Que cachorro? — tornou Rubião, cada vez mais pálido. — O que lhe mandei. Pois não se lembra que lhe mandei um cachorro para ficar aqui alguns dias, descansando, a ver se... em suma, um animal de muita estimação. Não é meu. Veio para... Mas não se lembra?

— Ah! não me fale nesse bicho! — respondeu ela, precipitando as palavras.

Era pequena, tremia por qualquer coisa, e quando se apaixonava, engrossavam-lhe as veias do pescoço. Repetiu que lhe não falasse no bicho.

— Mas que lhe fez ele, sinhá comadre?

— Que me fez? Que é que me faria o pobre animal? Não come nada, não bebe, chora que parece gente, e anda só com o olho para fora, a ver se foge.

Rubião respirou. Ela continuou a dizer os enfadamentos do cachorro; ele, ansioso, queria vê-lo.

— Está lá no fundo, no cercado grande; está sozinho para que os outros não bulam com ele. Mas o compadre vem buscá-lo? Não foi isso o que disseram. Pareceu-me ouvir que era para mim, que era dado.

— Daria cinco ou seis, se pudesse — respondeu Rubião. — Esse não posso; sou apenas depositário. Mas deixe estar, prometo-lhe um filho. Creia que o recado veio torto.

Rubião ia andando; a comadre, em vez de o guiar, acompanhava-o. Lá estava o cão, dentro do cercado, deitado à distância de um alguidar de comida. Cães, aves, saltavam de todos os lados, cá fora; a um lado havia um galinheiro; mais longe, porcos; mais longe ainda, uma vaca deitada, sonolenta, com duas galinhas ao pé, que lhe picavam a barriga, arrancando carrapato.

— Olhe o meu pavão! — dizia a comadre.

Mas Rubião tinha os olhos no Quincas Borba, que farejava impaciente, e que se atirou para ele, logo que um moleque abriu a porta do cercado. Foi uma cena de delírio; o cachorro pagava as carícias do Rubião, latindo, pulando, beijando-lhe as mãos.

— Meu Deus! que amizade!

— Não imagina, sinhá comadre. Adeus, prometo-lhe um filho.

Capítulo XVIII

Rubião e o cachorro, entrando em casa, sentiram, ouviram a pessoa e as vozes do finado amigo. Enquanto o cachorro farejava por toda a parte, Rubião foi sentar-se na cadeira, onde estivera quando Quincas Borba referiu a morte da avó com explicações científicas. A memória dele recompôs, ainda que de embrulho e esgarçadamente, os argumentos do filósofo. Pela primeira vez, atentou bem na alegoria das tribos famintas e compreendeu a conclusão: "Ao vencedor, as batatas!" Ouviu distintamente a voz roufenha do finado expor a situação das tribos, a luta e a razão da luta, o extermínio de uma e a vitória da outra, e murmurou baixinho:

— Ao vencedor, as batatas!

Tão simples! tão claro! Olhou para as calças de brim surrado e o rodaque cerzido, e notou que até há pouco fora, por assim dizer, um exterminado, uma bolha; mas que ora não, era um vencedor. Não havia dúvida; as batatas fizeram-se para a tribo que elimina a outra, a fim de transpor a montanha e ir às batatas do outro lado. Justamente o seu caso. Ia descer de Barbacena para arrancar e comer as batatas da capital. Cumpria-lhe ser duro e implacável, era poderoso e forte. E levantando-se de golpe, alvoroçado, ergueu os braços exclamando:

— Ao vencedor, as batatas!

Gostava da fórmula, achava-a engenhosa, compendiosa e eloquente, além de verdadeira e profunda. Ideou as batatas em suas várias formas, classificou-as pelo sabor, pelo aspecto, pelo poder nutritivo, fartou-se de antemão do banquete da vida. Era tempo de acabar com as raízes pobres e secas, que apenas enganavam o estômago, triste comida de longos anos; agora o farto, o sólido, o perpétuo, comer até morrer, e morrer em colchas de seda, que é melhor que trapos. E voltava à afirmação de ser duro e implacável, e à fórmula da alegoria. Chegou a compor de cabeça um sinete para seu uso, com este lema: Ao vencedor, as batatas.

Esqueceu o projeto do sinete; mas a fórmula viveu no espírito de Rubião por alguns dias: — Ao vencedor, as batatas! Não a compreenderia antes do testamento; ao contrário, vimos que a achou obscura e sem explicação. Tão certo é que a paisagem depende do ponto de vista, e que o melhor modo de apreciar o chicote é ter-lhe o cabo na mão.

Capítulo XIX

Não esqueça dizer que Rubião tomou a si mandar dizer uma missa por alma do finado, embora soubesse ou pressentisse que ele não era católico. Quincas Borba não dizia pulhices a respeito de padres, nem desconceituava doutrinas católicas; mas não falava nem da Igreja nem dos seus servos. Por outro lado, a veneração de Humanitas fazia desconfiar ao herdeiro que essa era a religião do testador. Não obstante, mandou dizer a missa, considerando que não era ato da vontade do morto, mas prece de vivos; considerou mais que seria um escândalo na cidade se ele, nomeado herdeiro pelo defunto, deixasse de dar ao seu protetor os sufrágios que não se negam aos mais miseráveis e avaros deste mundo.

Se algumas pessoas deixaram de comparecer, para não assistir à glória do Rubião, muitas outras foram — e não da ralé —, as quais viram a compunção verdadeira do antigo mestre de meninos.

Capítulo XX

Regulados os preliminares para a liquidação da herança, Rubião tratou de vir ao Rio de Janeiro, onde se fixaria, logo que tudo estivesse acabado. Havia que fazer em ambas as cidades; mas as coisas prometiam correr depressa.

Capítulo XXI

Na estação de Vassouras, entraram no trem Sofia e o marido, Cristiano de Almeida e Palha. Este era um rapagão de trinta e dois anos; ela ia entre vinte e sete e vinte e oito. Vieram sentar-se nos dois bancos fronteiros ao do Rubião, acomodaram as cestinhas e embrulhos de lembranças que traziam de Vassouras, onde tinham ido passar uma semana; abotoaram o guarda-pó, trocaram algumas palavras, baixo.

Depois que o trem continuou a andar, foi que o Palha reparou na pessoa de Rubião, cujo rosto, entre tanta gente carrancuda ou aborrecida, era o único plácido e satisfeito. Cristiano foi o primeiro que travou conversa, dizendo-lhe que as viagens de estrada de ferro cansavam muito, ao que Rubião respondeu que sim; para quem estava acostumado a costa de burro, acrescentou, a estrada de ferro cansava e não tinha graça; não se podia negar, porém, que era um progresso...

— Decerto — concordou o Palha. — Progresso e grande.

— O senhor é lavrador?

— Não, senhor.

— Mora na cidade?

— De Vassouras? Não; viemos aqui passar uma semana. Moro mesmo na Corte. Não teria jeito para lavrador, conquanto ache que é uma posição boa e honrada.

Da lavoura passaram ao gado, à escravatura e à política. Cristiano Palha maldisse o governo, que introduzira na fala do trono uma palavra relativa à propriedade servil; mas, com grande espanto seu, Rubião não acudiu à indignação. Era plano deste vender os escravos que o testador lhe deixara, exceto um pajem; se alguma coisa perdesse, o resto da herança cobriria o desfalque. Demais, a fala do trono, que ele também lera, mandava respeitar a propriedade atual. Que lhe importavam escravos futuros, se os não compraria? O pajem ia ser forro, logo que ele entrasse na posse dos bens. Palha desconversou, e passou à política, às câmaras, à guerra do Paraguai, tudo assuntos gerais, ao que Rubião atendia, mais ou menos. Sofia escutava apenas; movia tão somente os olhos, que sabia bonitos, fitando-os ora no marido, ora no interlocutor.

—Vai ficar na Corte ou volta para Barbacena? — perguntou o Palha no fim de vinte minutos de conversação.

— Meu desejo é ficar, e fico mesmo — acudiu Rubião —; estou cansado da província; quero gozar a vida. Pode ser até que vá à Europa, mas não sei ainda.

Os olhos do Palha brilharam instantaneamente.

— Faz muito bem; eu faria o mesmo, se pudesse; por agora, não posso. Provavelmente, já lá foi?

— Nunca fui. É por isso que tive cá umas ideias, ao sair de Barbacena; ora adeus! é preciso a gente tirar a morrinha do corpo. Não sei ainda quando será; mas hei de...

— Tem razão. Dizem que há lá muita coisa esplêndida; não admira, são mais velhos que nós; mas lá chegaremos; e há coisas em que estamos a par deles, e até acima. A nossa Corte, não digo que possa competir com Paris ou Londres, mas é bonita, verá...

— Já vi.

— Já?

— Há muitos anos.

— Há de achá-la melhor; tem feito progressos rápidos. Depois, quando for à Europa...

— A senhora já foi à Europa? — interrompeu Rubião, dirigindo-se a Sofia.

— Não, senhor.

— Esqueceu-me apresentar-lhe minha mulher — acudiu Cristiano. Rubião inclinou-se respeitosamente; e, voltando-se para o marido, disse-lhe sorrindo:

— Mas não me apresenta a mim?

Palha sorriu também; entendeu que nenhum deles sabia o nome um do outro, e deu-se pressa em dizer o seu.

— Cristiano de Almeida e Palha.

— Pedro Rubião de Alvarenga; mas Rubião é como todos me chamam.

A troca dos nomes pô-los ainda mais a gosto. Sofia não interveio, porém, na conversa; afrouxou a rédea aos olhos, que se deixaram ir ao sabor de si mesmos. Rubião falava, risonho, e ouvia atento as palavras do Palha, agradecido da amizade com que o tratava um moço que ele nunca tinha visto. Chegou a dizer-lhe que bem podiam ir juntos à Europa.

— Oh! eu não poderei ir nestes primeiros anos — respondeu o Palha.

— Também não digo já; eu não irei tão cedo. O desejo que me deu, quando saí de Barbacena, foi simples desejo, sem prazo; irei, não há dúvida, mas lá para diante, quando Deus quiser.

Palha acudiu, rápido:

— Ah! eu, quando digo que só daqui a anos, acrescento também que a vontade de Deus pode ordenar o contrário. Quem sabe se daqui a meses? A Divina Providência é que manda o melhor.

O gesto que acompanhou estas palavras era convicto e pio; mas nem Sofia o viu (olhava para os pés), nem o próprio Rubião escutou as últimas palavras. O nosso amigo estava morto por dizer a causa que o trazia à capital. Tinha a boca cheia da confidência, prestes a entorná--la no ouvido do companheiro de viagem — e só por um resto de escrúpulo, já frouxo, é que ainda a retinha. E por que retê-la, se não era crime, e ia ser caso público?

— Tenho de cuidar primeiro de um inventário — murmurou finalmente.

— O senhor seu pai?

— Não; um amigo. Um grande amigo, que se lembrou de fazer-me seu herdeiro universal.

— Ah!

— Universal. Creia que há amigos neste mundo; como aquele, poucos. Aquilo era ouro. E que cabeça! que inteligência! que instrução! Viveu doente os últimos tempos, donde lhe veio alguma impertinência, alguns caprichos. Sabe, não? rico e doente, sem família, tinha naturalmente exigências... Mas ouro puro, ouro de lei. Aquilo quando estimava, estimava de uma vez. Éramos amigos, e não me disse nada. Vai um dia, quando morreu, abriu-se o testamento, e achei-me com tudo. É verdade. Herdeiro universal! Olhe que não há uma deixa no testamento para outra pessoa. Também não tinha parente. O único parente que teria seria eu, se ele chegasse a casar com uma irmã minha, que morreu, coitada! Fiquei só amigo; mas, ele soube ser amigo, não acha?

— Seguramente — afirmou o Palha.

Já os olhos deste não brilhavam, refletiam profundamente. Rubião metera-se por um mato cerrado, onde lhe cantavam todos os passarinhos da fortuna; regalava-se em falar da herança; confessou que não sabia ainda a soma total, mas podia calcular por longe...

— O melhor é não calcular nada — atalhou Cristiano. — Nunca será menos de cem contos?

— Upa!

— Pois daí para cima, é esperar calado. E outra coisa...

— Creio que não menos de trezentos...

— Outra coisa. Não repita o seu caso a pessoas estranhas. Agradeço-lhe a confiança que lhe mereci, mas não se exponha ao primeiro encontro. Discrição e caras serviçais nem sempre andam juntas.

Capítulo XXII

Chegados à estação da Corte, despediram-se quase familiarmente. Palha ofereceu a sua casa em Santa Teresa; o ex-professor ia para a Hospedaria União, e prometeram visitar-se.

Capítulo XXIII

No dia seguinte, estava Rubião ansioso por ter ao pé de si o recente amigo da estrada de ferro, e determinou ir a Santa Teresa, à tarde; mas foi o próprio Palha que o procurou logo de manhã. Ia cumprimentá-lo, ver se estava bem ali, ou se preferia a casa dele, que ficava no alto. Rubião não aceitou a casa, mas aceitou o advogado, um contraparente do Palha, que este lhe indicou, como um dos primeiros, apesar de muito moço.

— É aproveitá-lo, enquanto ele não exige que lhe paguem a fama.

Rubião fê-lo almoçar, e acompanhou-o ao escritório do advogado, apesar dos protestos do cão, que queria ir também. Tudo se ajustou.

— Vá jantar logo comigo, em Santa Teresa — disse o Palha, ao despedir-se. — Não tem que hesitar, lá o espero — concluiu retirando-se.

Capítulo XXIV

Rubião tinha vexame, por causa de Sofia; não sabia haver-se com senhoras. Felizmente, lembrou-se da promessa que a si mesmo fizera, de ser forte e implacável. Foi jantar. Abençoada resolução! Onde acharia iguais horas? Sofia era, em casa, muito melhor que no trem de ferro. Lá vestia a capa, embora tivesse os olhos descobertos; cá trazia à vista os olhos e o corpo, elegantemente apertado em um vestido de cambraia, mostrando as mãos que eram bonitas, e um princípio de braço. Demais, aqui era a dona da casa, falava mais, desfazia-se em obséquios; Rubião desceu meio tonto.

Capítulo XXV

Jantou lá muitas vezes. Era tímido e acanhado. A frequência atenuou a impressão dos primeiros dias. Mas trazia sempre guardado, e malguardado, certo fogo particular, que ele não podia extinguir. Enquanto durou o inventário, e principalmente a denúncia dada por alguém contra o testamento, alegando que o Quincas Borba, por manifesta demência, não podia testar, o nosso Rubião distraiu-se; mas a denúncia foi destruída, e o inventário caminhou rapidamente para a conclusão. Palha festejou o acontecimento com um jantar em que tomaram parte, além dos três, o advogado, o procurador e o escrivão. Sofia tinha nesse dia os mais belos olhos do mundo.

Capítulo XXVI

"Parece que ela os compra em alguma fábrica misteriosa", pensou Rubião, descendo o morro; "nunca os vi como hoje."

Seguiu-se a mudança para a casa de Botafogo, uma das herdadas; foi preciso alfaiá-la, e ainda aqui o amigo Palha prestou grandes serviços ao Rubião, guiando-o com o gosto, com a notícia, acompanhando-o às lojas e leilões. Às vezes, como já sabemos, iam os três; porque há coisas, dizia graciosamente Sofia, que só uma senhora escolhe bem. Rubião aceitava agradecido, e demorava o mais que podia as compras, consultando sem propósito, inventando necessidades, tudo para ter mais tempo a moça ao pé de si. Esta deixava-se estar, falando, explicando, demonstrando.

Capítulo XXVII

Tudo isso passava agora pela cabeça do Rubião, depois do café, no mesmo lugar em que o deixamos sentado, a olhar para longe, muito longe. Continuava a bater com as borlas do chambre. Afinal lembrou-se de ir ver o Quincas Borba, e soltá-lo. Era a sua obrigação de todos os dias. Levantou-se e foi ao jardim, ao fundo.

Capítulo XXVIII

"Mas que pecado é esse que me persegue?", pensava ele andando. "Ela é casada, dá-se bem com o marido, o marido é meu amigo, tem-me confiança, como ninguém... Que tentações são estas?"

Parava, e as tentações paravam também. Ele, um santo Antão leigo, diferençava-se do anacoreta em amar as sugestões do Diabo, uma vez que teimassem muito. Daí a alternação dos monólogos:

"É tão bonita! e parece querer-me tanto! Se aquilo não é gostar, não sei o que seja gostar. Aperta-me a mão com tanto agrado, com tanto calor... Não posso afastar-me; ainda que eles me deixem, eu é que não resisto."

Quincas Borba sentiu-lhe os passos, e começou a latir. Rubião deu-se pressa em soltá-lo; era soltar-se a si mesmo por alguns instantes daquela perseguição.

— Quincas Borba! — exclamou, abrindo-lhe a porta.

O cão atirou-se fora. Que alegria! que entusiasmo! que saltos em volta do amo! chega a lamber-lhe a mão de contente, mas Rubião dá-lhe um tabefe, que lhe dói; ele recua um pouco, triste, com a cauda entre as pernas; depois o senhor dá um estalinho com os dedos, e ei-lo que volta novamente com a mesma alegria.

— Sossega! sossega!

Quincas Borba vai atrás dele pelo jardim fora, contorna a casa, ora andando, ora aos saltos. Saboreia a liberdade, mas não perde o amo de vista. Aqui fareja, ali para a coçar uma orelha, acolá cata uma pulga na barriga, mas de um salto galga o espaço e o tempo perdido, e cose--se outra vez com os calcanhares do senhor. Parece-lhe que Rubião não pensa em outra coisa, que anda agora de um lado para outro unicamente para fazê-lo andar também, e recuperar o tempo em que esteve retido. Quando Rubião estaca, ele olha para cima, à espera; naturalmente, cuida dele; é algum projeto, saírem juntos ou coisa assim agradável. Não lhe lembra nunca a possibilidade de um pontapé ou de um tabefe. Tem o sentimento da confiança, e muito curta a memória das pancadas. Ao contrário, os afagos ficam-lhe impressos e fixos, por mais distraídos que sejam. Gosta de ser amado. Contenta-se de crer que o é.

A vida ali não é completamente boa nem completamente má. Há um moleque que o lava todos os dias em água fria, usança do diabo, a que ele se não acostuma. Jean, o cozinheiro, gosta do cão, o criado espanhol não gosta nada. Rubião passa muitas horas fora de casa, mas não o trata mal, e consente que vá acima, que assista ao almoço e ao jantar, que o acompanhe à sala ou ao gabinete. Brinca às vezes com ele; fá-lo pular. Se chegam visitas de alguma cerimônia, manda-o levar para dentro ou para baixo e, resistindo ele sempre, o espanhol toma-o a princípio com muita delicadeza, mas vinga-se daí a pouco, arrastando-o por uma orelha ou por uma perna, atira-o ao longe, e fecha-lhe todas as comunicações com a casa:

— *Perro del infierno!*

Machucado, separado do amigo, Quincas Borba vai então deitar-se a um canto, e fica ali muito tempo, calado; agita-se um pouco, até que acha posição definitiva, e cerra os olhos. Não dorme, recolhe as ideias, combina, relembra; a figura vaga do finado amigo passa-lhe acaso ao longe, muito ao longe, aos pedaços, depois mistura-se à do amigo atual, e parecem ambas uma só pessoa; depois outras ideias...

Mas já são muitas ideias — são ideias demais; em todo caso são ideias de cachorro, poeira de ideias — menos ainda que poeira, explicará o leitor. Mas a verdade é que esse olho que se abre de quando em quando para fixar o espaço tão expressivamente, parece traduzir alguma coisa, que brilha lá dentro, lá muito ao fundo de outra coisa que não sei como diga, para exprimir uma parte canina, que não é a cauda nem as orelhas. Pobre língua humana!

Afinal adormece. Então as imagens da vida brincam nele, em sonho, vagas, recentes, farrapo daqui, remendo dali. Quando acorda, esqueceu o mal; tem em si uma expressão, que não digo seja melancolia, para não agravar o leitor. Diz-se de uma paisagem que é melancólica, mas não se diz igual coisa de um cão. A razão não pode ser outra senão que a melancolia da paisagem está em nós mesmos, enquanto que atribuí-la ao cão é deixá-la fora de nós. Seja o que for, é alguma coisa que não a alegria de há pouco; mas venha um assobio do cozinheiro, ou um gesto do senhor, e lá vai tudo embora, os olhos brilham, o prazer arregaça-lhe o focinho, e as pernas voam que parecem asas.

Capítulo XXIX

Rubião passou o resto da manhã alegremente. Era domingo; dois amigos vieram almoçar com ele: um rapaz de vinte e quatro anos, que roía as primeiras aparas dos bens da mãe, e um homem de quarenta e quatro ou quarenta e seis, que não tinha que roer.

Carlos Maria chamava-se o primeiro, Freitas o segundo. Rubião gostava de ambos, mas diferentemente; não era só a idade que o ligava mais ao Freitas, era também a índole desse homem. Freitas elogiava tudo, saudava cada prato e cada vinho com uma frase particular, delicada, e saía de lá com as algibeiras cheias de charutos, provando assim que os preferia a quaisquer outros. Tinha-lhe sido apresentado em certo armazém da rua Municipal, onde jantaram uma vez juntos. Contaram-lhe ali a história do homem, a sua boa e má fortuna, mas não entraram em particularidades. Rubião torceu o nariz; era naturalmente algum náufrago, cuja convivência não lhe traria nenhum prazer pessoal nem consideração pública. Mas o Freitas atenuou logo essa primeira impressão: era vivo, interessante, anedótico, alegre como um homem que tivesse cinquenta contos de renda. Como Rubião falasse das bonitas rosas que possuía, ele pediu-lhe licença para ir vê-las: era doido por flores. Poucos dias depois apareceu lá, disse que ia ver as belas rosas, eram poucos minutos, não se incomodasse o Rubião, se tinha que fazer. Rubião, ao contrário, gostou de ver que o homem não se esquecera da conversação, desceu ao jardim onde ele ficara esperando, e foi mostrar-lhe as rosas. Freitas achou-as admiráveis; examinava-as com tal afinco que era preciso arrancá-lo de uma roseira para levá-lo a outra. Sabia o nome de todas, e ia apontando muitas espécies que o Rubião não tinha nem conhecia — apontando e descrevendo, assim e assim, deste tamanho (indicava o tamanho abrindo e arredondando o dedo polegar e o índex), e depois nomeava as pessoas que possuíam bons exemplares. Mas as do Rubião eram das melhores espécies; esta, por exemplo, era rara, e aquela também etc. O jardineiro ouvia-o com espanto. Tudo examinado, disse Rubião:

—Venha tomar alguma coisa. Que há de ser?

Freitas contentou-se com qualquer coisa. Chegando acima, achou a casa muito bem-posta. Examinou os bronzes, os quadros, os móveis, olhou para o mar.

— Sim, senhor! — disse ele. — O senhor vive como um fidalgo.

Rubião sorriu; fidalgo, ainda por comparação, é palavra que se ouve bem. Veio o criado espanhol com a bandeja de prata, vários licores e cálices, e foi um bom momento para Rubião. Ofereceu, ele mesmo, este ou aquele licor; recomendou afinal um que lhe deram como superior a tudo que, em tal ramo, poderia existir no mercado. Freitas sorriu incrédulo.

— Talvez seja encarecimento — disse ele.

Tomou o primeiro trago, saboreou-o devagar, depois segundo, depois terceiro. No fim, pasmado, confessou que era um primor. Onde é que comprara aquilo? Rubião respondeu que um amigo, dono de um grande armazém de vinhos, o presenteara com uma garrafa; ele, porém, gostou tanto que já encomendara três dúzias. Não tardou que se estreitassem as relações. E o Freitas vai ali almoçar ou jantar muitas vezes — mais vezes ainda do que quer ou pode —, porque é difícil resistir a um homem tão obsequioso, tão amigo de ver caras amigas.

Capítulo XXX

Rubião perguntou-lhe uma vez:
— Diga-me, senhor Freitas, se me desse na cabeça ir à Europa, o senhor era capaz de acompanhar-me?
— Não.
— Por que não?
— Porque eu sou amigo livre, e bem podia ser que discordássemos logo no itinerário.
— Pois tenho pena, porque o senhor é alegre.
— Engana-se, senhor; trago esta máscara risonha, mas eu sou triste. Sou um arquiteto de ruínas. Iria primeiro às ruínas de Atenas; depois ao teatro, ver o *Pobre das ruínas*, um drama de lágrimas; depois, aos tribunais de falências, onde os homens arruinados...
E Rubião ria-se; gostava daqueles modos expansivos e francos.

Capítulo XXXI

Queres o avesso disso, leitor curioso? Vê este outro convidado para o almoço, Carlos Maria. Se aquele tem os modos "expansivos e francos" — no bom sentido laudatório —, claro é que ele os tem contrários. Assim, não te custará nada vê-lo entrar na sala, lento, frio e superior, ser apresentado ao Freitas, que já o mandou cordialmente ao diabo por causa da demora (é perto do meio-dia), corteja-o agora rasgadamente, com grandes aleluias íntimas.

Também podes ver por ti mesmo que o nosso Rubião, se gosta mais do Freitas, tem o outro em maior consideração; esperou-o até agora, e esperá-lo-ia até amanhã. Carlos Maria é que não tem consideração a nenhum deles. Examinai-o bem; é um galhardo rapaz de olhos grandes e plácidos, muito senhor de si, ainda mais senhor dos outros. Olha de cima; não tem o riso jovial, mas escarninho. Agora, ao sentar-se à mesa, ao pegar no talher, ao abrir o guardanapo, em tudo se vê que ele está fazendo um insigne favor ao dono da casa — talvez dois: o de lhe comer o almoço, e o de lhe não chamar pascácio.

E, malgrado essa disparidade de caracteres, o almoço foi alegre. Freitas devorava, com alguma pausa é certo — e, confessando a si mesmo que o almoço, se tivesse vindo à hora marcada (onze), talvez não trouxesse o mesmo sabor. Agora orçava pelos primeiros bocados que acodem à fome do náufrago. Ao cabo de uns dez minutos, pôde começar a falar, cheio de riso, multiplicando-se em gestos e olhares, desfiando um rosário de ditos agudos e anedotas picarescas. Carlos Maria ouviu a maior parte deles com seriedade, para humilhá-lo, a ponto que Rubião, que realmente achava graça no Freitas, já não ousava rir. Para o fim do almoço, Carlos Maria afrouxou um tanto a gravata do espírito, expandiu-se, referiu algumas aventuras amorosas de outros; Freitas, para lisonjeá-lo, pediu-lhe uma ou duas dele mesmo. Carlos Maria estourou de riso.

— Que papel quer o senhor que eu faça? — disse ele.

Freitas explicou-se; não era uma apologia, eram fatos, pedia-lhe fatos; não havia inconveniente, nem ninguém era capaz de supor...

— O senhor dá-se bem com a residência aqui em Botafogo? — interrompeu Carlos Maria, dirigindo-se ao dono da casa.

Freitas, interrompido, mordeu os beiços, e, pela segunda vez, mandou o moço ao diabo. Colou-se ao espaldar, teso, grave, olhando para um painel da parede. Rubião respondeu que se dava bem, que a praia era linda.

— A vista é bonita, mas nunca pude tolerar o mau cheiro que há aqui, em certas ocasiões — disse Carlos Maria. — Que lhe parece? — continuou, voltando-se para o Freitas.

Freitas desencostou-se e disse tudo o que pensava, que um e outro podiam ter razão; mas insistiu em que a praia, a despeito de tudo, era magnífica; discorreu sem amuo, nem vexame; fez até o obséquio de chamar a atenção do Carlos Maria para um pedacinho de fruta que lhe ficara na ponta do bigode.

Chegaram ao fim, era pouco mais de uma hora. Rubião, calado, recompunha mentalmente o almoço, prato a prato, via com gosto os copos e os seus resíduos de vinho, as migalhas esparsas, o aspecto final da mesa, em vésperas de café. De quando em quando dava um olhar à casaca do criado. Chegou a apanhar o rosto de Carlos Maria em flagrante prazer, quando tirava as primeiras fumaças de um dos charutos que ele mandara distribuir. Nisto entrou o criado com uma cestinha coberta por um lenço de cambraia, e uma carta, que acabavam de trazer.

Capítulo XXXII

— Quem é que manda isto? — perguntou Rubião.
— Dona Sofia.

Rubião não conhecia a letra; era a primeira vez que ela lhe escrevia. Que podia ser? Via-se-lhe a comoção no rosto e nos dedos. Enquanto ele abria a carta, Freitas familiarmente descobria a cestinha: eram morangos. Rubião leu trêmulo estas linhas:

> *Mando-lhe estas frutinhas para o almoço, se chegarem a tempo; e, por ordem do Cristiano, fica intimado a vir jantar conosco, hoje, sem falta. Sua verdadeira amiga.*
>
> Sofia.

— Que frutas são? — perguntou Rubião fechando a carta.
— Morangos.
— Chegaram tarde. Morangos? — repetiu ele sem saber o que dizia.
— Não é preciso corar, meu caro amigo — disse-lhe rindo o Freitas, logo que o criado saiu. — Essas coisas acontecem a quem ama...
— A quem ama? — repetiu Rubião corando deveras. — Mas, pode ler a carta, veja...

Ia mostrá-la, recuou e meteu-a no bolso. Estava fora de si, meio confuso, meio alegre; Carlos Maria deleitou-se em dizer-lhe que ele não podia encobrir que o mimo era de alguma namorada. E não achava que repreender; o amor era lei universal: se era alguma senhora casada, louvava-lhe a discrição...

— Mas pelo amor de Deus! — interrompeu o anfitrião.

—Viúva? Estamos no mesmo caso — continuou Carlos Maria —; a discrição aqui é ainda um merecimento. O maior pecado, depois do pecado, é a publicação do pecado. Eu, se fosse legislador, propunha que se queimassem todos os homens convencidos de indiscrição nessas matérias; e haviam de ir para a fogueira, como os réus da Inquisição, com a diferença que, em vez de sambenito, levariam uma capa de penas de papagaio...

Freitas não podia ter-se com riso e batia na mesa, à maneira de aplauso; Rubião, meio enfiado, acudia que não era casada nem viúva...

— Solteira então? — replicou o moço. — Um casório em breve? Vá, que é tempo. Morangos de noivado — continuou, pegando alguns entre os dedos. — Cheiram a alcova de donzela e a latim de padre.

Rubião não sabia mais que dissesse; afinal tornou atrás e explicou-se; eram da senhora de um seu amigo particular. Carlos Maria piscou o olho; Freitas interveio dizendo que, agora, sim, senhor, estava explicado; mas que, a princípio, o mistério, o arranjo da cestinha, o ar dos próprios morangos — morangos adúlteros, disse ele, rindo —, todas essas coisas davam ao negócio um aspecto imoral e pecaminoso; mas tudo ficara acabado.

Tomaram em silêncio o café; depois passaram à sala. Rubião desfazia-se em obséquios, mas preocupado. Corridos alguns minutos, estava satisfeito com a primeira suposição dos dois convivas: a de um amor adúltero; achou até que se defendera com demasiado calor. Uma vez que não dissesse o nome de ninguém, podia ter confessado que era, em verdade, um negócio íntimo. Mas também podia acontecer que o próprio calor da negativa deixasse alguma dúvida no ânimo dos dois, alguma suspeita... Aqui sorriu consolado.

Carlos Maria consultou o relógio; eram duas horas, ia-se embora. Rubião agradeceu-lhe muito e muito o obséquio e pediu-lhe que repetisse; podiam passar alguns domingos assim em boa palestra amigável.

— Apoiado! — bradou Freitas aproximando-se.

Tinha metido meia dúzia de charutos no bolso, e, ao sair, disse ao ouvido do Rubião:

— Cá vai a lembrança do costume; seis dias de delícias, uma delícia por dia.

— Leve mais.

— Não; virei buscá-los depois.

Rubião acompanhou-os ao portão de ferro. Quincas Borba, logo que ouviu vozes, correu do fundo do jardim e veio saudá-los, particularmente ao senhor; fez festas a Carlos Maria, quis lamber-lhe a mão; o rapaz afastou-se com repugnância. Rubião deu um pontapé no cachorro, que o fez gritar e fugir. Afinal despediram-se todos.

— O senhor para onde vai? — perguntou Carlos Maria ao Freitas.

Freitas calculou que ele iria a alguma visita para os lados de São Clemente, e quis acompanhá-lo.

— Vou até o fim da praia — disse.

— Eu volto para trás — tornou o outro.

Capítulo XXXIII

Rubião viu-os ir, entrou, meteu-se na sala, e ainda uma vez leu o bilhete de Sofia. Cada palavra dessa página inesperada era um mistério; a assinatura uma capitulação. *Sofia* apenas; nenhum outro nome da família ou do casal. *Verdadeira amiga* era evidentemente uma metáfora. Quanto às primeiras palavras: *Mando-lhe estas frutinhas para o almoço* respiravam a candidez de uma alma boa e generosa. Rubião viu, sentiu, palpou tudo pela única força do instinto e deu por si beijando o papel — digo mal, beijando o nome, o nome dado na pia de batismo, repetido pela mãe, entregue ao marido como parte da escritura moral do casamento, e agora roubado a todas essas origens e posses para lhe ser mandado a ele, no fim duma folha de papel... Sofia! Sofia! Sofia!

Capítulo XXXIV

— Por que veio tão tarde? — perguntou-lhe Sofia, logo que ele apareceu à porta do jardim, em Santa Teresa.

— Depois do almoço, que acabou às duas horas, estive arranjando uns papéis. Mas não é tão tarde assim — continuou Rubião vendo o relógio —; são quatro horas e meia.

— Sempre é tarde para os amigos — replicou Sofia em ar de censura.

Rubião caiu em si; mas não teve tempo de emendar a mão. Diante dele, ao pé da casa, estavam sentadas em bancos de ferro umas quatro senhoras, caladas, olhando para ele, curiosas; eram visitas de Sofia que esperavam a vinda de um capitalista Rubião. Sofia foi apresentá-lo a elas. Três delas eram casadas, uma solteira, ou mais que solteira. Contava trinta e nove anos, e uns olhos pretos, cansados de esperar. Era filha de um major Siqueira, que daí a alguns minutos apareceu no jardim.

— O nosso Palha já me tinha falado em Vossa Excelência — disse o major depois de apresentado ao Rubião. — Juro que é seu amigo às direitas. Contou-me o acaso que os ligou. Geralmente, as melhores amizades são essas. Eu, em trinta e tantos, pouco antes da Maioridade, tive um amigo, o melhor dos meus amigos daquele tempo, que conheci assim por um acaso, na botica do Bernardes, por alcunha o *João das panturrilhas*... Creio que usou delas, em rapaz, entre 1801 e 1812. O certo é que a alcunha ficou. A botica era na rua de São José, ao desembocar na da Misericórdia... *João das panturrilhas*... Sabe que era um modo de engrossar a perna... Bernardes era o nome dele, João Alves Bernardes... Tinha a botica na rua de São José. Conversava-se ali muito, à tarde e à noite. Ia a gente com o seu capote, e bengalão; alguns levavam lanterna. Eu não; levava só o meu capote. Ia-se de capote; o Bernardes... — João Alves Bernardes era o nome todo dele — era filho de Maricá, mas criou-se aqui no Rio de Janeiro... *João das panturrilhas* era a alcunha; diziam que ele andara de panturrilhas, em rapaz, e parece que foi um dos petimetres da cidade. Nunca me esqueci: *João das panturrilhas*... Ia-se de capote...

A alma do Rubião bracejava debaixo deste aguaceiro de palavras; mas estava num beco sem saída por um lado nem por outro. Tudo muralhas. Nenhuma porta aberta, nenhum corredor, e a chuva a cair. Se pudesse olhar para as moças veria, ao menos, que era objeto de curiosidade de todas, principalmente da filha do major, d. Tonica; mas não podia: escutava, e o major chovia a cântaros. Foi o Palha que lhe trouxe um guarda-chuva. Sofia tinha ido dizer ao marido que Rubião acabara de chegar; daí a nada estava o Palha no jardim, e saudava o amigo, dizendo-lhe que viera tarde. O major, que explicava ainda uma vez a alcunha do boticário, abandonou a presa, e foi ter com as moças; depois saiu à rua.

Capítulo XXXV

As senhoras casadas eram bonitas; a mesma solteira não devia ter sido feia, aos vinte e cinco anos; mas Sofia primava entre todas elas.

Não seria tudo o que o nosso amigo sentia, mas era muito. Era daquela casta de mulheres que o tempo, como um escultor vagaroso, não acaba logo, e vai polindo ao passar dos longos dias. Essas esculturas lentas são miraculosas; Sofia rastejava os vinte e oito anos; estava mais bela que aos vinte e sete; era de supor que só aos trinta desse o escultor os últimos retoques, se não quisesse prolongar ainda o trabalho, por dois ou três anos.

Os olhos, por exemplo, não são os mesmos da estrada de ferro, quando o nosso Rubião falava com o Palha, e eles iam sublinhando a conversação... Agora, parecem mais negros, e já não sublinham nada; compõem logo as coisas, por si mesmos, em letra vistosa e gorda, e não é uma linha nem duas, são capítulos inteiros. A boca parece mais fresca. Ombros, mãos, braços, são melhores, e ela ainda os faz ótimos por meio de atitudes e gestos escolhidos. Uma feição que a dona nunca pôde suportar — coisa que o próprio Rubião achou a princípio que destoava do resto da cara —, o excesso de sobrancelhas — isso mesmo, sem ter diminuído, como que lhe dá ao todo um aspecto mui particular.

Traja bem: comprime a cintura e o tronco no corpinho de lã fina cor de castanha, obra simples, e traz nas orelhas duas pérolas verdadeiras — mimo que o nosso Rubião lhe deu pela Páscoa.

A bela dama é filha de um velho funcionário público. Casou aos vinte anos com esse Cristiano de Almeida e Palha, zangão da praça, que então contava vinte e cinco. O marido ganhava dinheiro, era jeitoso, ativo, e tinha o faro dos negócios e das situações. Em 1864, apesar de recente no ofício, adivinhou — não se pode empregar outro termo —, adivinhou as falências bancárias.

— Nós temos coisa, mais dia menos dia; isto anda por arames. O menor brado de alarma leva tudo.

O pior é que ele despendia todo o ganho e mais. Era dado à bona-chira; reuniões frequentes, vestidos caros e joias para a mulher, adornos de casa, mormente se eram de invenção ou adoção recente — levavam-lhe os lucros presentes e futuros. Salvo em comidas, era escasso consigo mesmo. Ia muita vez ao teatro sem gostar dele, e a bailes, em que se divertia um pouco — mas ia menos por si que para aparecer com os olhos da mulher, os olhos e os seios. Tinha essa vaidade singular; decotava a mulher sempre que podia, e até onde não podia, para mostrar aos outros as suas venturas particulares. Era assim um rei Candaules, mais restrito por um lado, e, por outro, mais público.

E aqui façamos justiça à nossa dama. A princípio, cedeu sem vontade aos desejos do marido; mas tais foram as admirações colhidas, e a tal ponto o uso acomoda a gente às circunstâncias, que ela acabou gostando de ser vista, muito vista, para recreio e estímulo dos outros. Não a façamos mais santa do que é, nem menos. Para as despesas da vaidade, bastavam-lhe os olhos, que eram ridentes, inquietos, convidativos, e só convidativos: podemos compará-los à lanterna de uma hospedaria em que não houvesse cômodos para hóspedes. A lanterna fazia parar toda a gente, tal era a lindeza da cor, e a originalidade dos emblemas; parava, olhava e andava. Para que escancarar as janelas? Escancarou-as, finalmente; mas a porta, se assim podemos chamar ao coração, essa estava trancada e retrancada.

Capítulo XXXVI

"Meu Deus! como é bonita! Sinto-me capaz de fazer um escândalo!", pensava Rubião, à noite, ao canto de uma janela, de costas para fora, olhando para Sofia, que olhava para ele.

Cantava uma senhora. Os três maridos de fora, que ali estavam de visita, interromperam o voltarete, em atenção à cantora, e vieram à sala, por alguns instantes; a cantora era mulher de um deles. Palha, que a acompanhava ao piano, não via a contemplação mútua da esposa e do capitalista. Não sei se todas as outras pessoas estavam no mesmo caso. Uma delas, sim, essa sei que os via: d. Tonica; a filha do major.

"Meu Deus! como é bonita! Sinto-me capaz de fazer um escândalo!", continuava a pensar o Rubião, encostado à janela, de costas para fora, com os olhos esquecidos na bela dama, que olhava para ele.

Capítulo XXXVII

Entende-se bem que d. Tonica observasse a contemplação dos dois. Desde que Rubião ali chegou, não cuidou ela mais que de atraí-lo. Os seus pobres olhos de trinta e nove anos, olhos sem parceiros na terra, indo já a resvalar do cansaço na desesperança, acharam em si algumas fagulhas. Volvê-los uma e muitas vezes, requebrando-os, era o longo ofício dela. Não lhe custou nada armá-los contra o capitalista.

O coração, meio desenganado, agitou-se outra vez. Alguma coisa lhe dizia que esse mineiro rico era destinado pelo céu a resolver o problema do matrimônio. Rico, era ainda mais do que ela pedia; não pedia riquezas, pedia um esposo. Todas as suas campanhas fizeram-se sem a consideração pecuniária; nos últimos tempos ia baixando, baixando, baixando; a última foi contra um estudantinho pobre... Mas quem sabe se o céu não lhe destinava justamente um homem rico? D. Tonica tinha fé em sua madrinha, Nossa Senhora da Conceição, e investiu a fortaleza com muita arte e valor.

"Todas as outras são casadas", pensou ela.

Não tardou em perceber que os olhos de Rubião e os de Sofia caminhavam uns para os outros; notou, porém, que os de Sofia eram menos frequentes e menos demorados, fenômeno que lhe pareceu explicável, pelas cautelas naturais da situação. Podia ser que se amassem... Essa suspeita afligiu-a; mas o desejo e a esperança mostraram-lhe que um homem, depois de um ou mais amores, podia muito bem vir a casar. A questão era captá-lo; a perspectiva de casar e ter família podia ser que acabasse de matar qualquer outra inclinação da parte dele, se alguma houvesse.

Ei-la que redobra esforços. Todas as suas graças foram chamadas a postos, e obedeceram, ainda que murchas. Gestos de ventarola, apertos de lábios, olhos oblíquos, marchas, contramarchas para mostrar bem a elegância do corpo e a cintura fina que tinha, tudo foi empregado. Era o velho formulário em ação; nada lhe rendera até ali, mas a loteria é assim mesmo; lá vem um bilhete que resgata os perdidos.

Agora, porém, à noite, por ocasião do canto ao piano, é que d. Tonica deu com eles embebidos um no outro. Não teve mais dúvida; não eram olhares aparentemente fortuitos, breves, como até ali, era uma contemplação que eliminava o resto da sala. D. Tonica sentiu o grasnar do velho corvo da desesperança. *Quoth the raven*: Never more.

Ainda assim continuou a luta; chegou a conseguir que Rubião viesse sentar-se ao pé dela por alguns minutos, e tratou de dizer coisas bonitas, frases que lhe ficaram de romances, outras que a própria melancolia da situação lhe ia inspirando. Rubião ouvia e respondia, mais inquieto quando Sofia deixava a sala, e não menos quando tornava a ela. Uma das vezes a distração foi excessiva. D. Tonica confessava-lhe que tinha muita vontade de ver Minas, principalmente Barbacena. Que tais eram os ares?

— Os ares — repetiu maquinalmente o outro.

Olhava para Sofia, que estava então em pé, de costas para ele, falando a duas senhoras sentadas. Rubião admirou-lhe ainda uma vez a figura, o busto bem-talhado, estreito embaixo, largo em cima, emergindo das cadeiras amplas, como uma grande braçada de folhas sai de dentro de um vaso. A cabeça podia então dizer-se que era como uma magnólia única, direita, espetada no centro do ramo. Era isso que

Rubião mirava, quando d. Tonica lhe perguntou pelos ares de Barbacena, e ele repetiu a palavra dela, sem lhe dar sequer a mesma forma interrogativa.

Capítulo XXXVIII

Rubião estava resoluto. Nunca a alma de Sofia pareceu convidar a dele, com tamanha instância, a voarem juntas até as terras clandestinas, donde elas tornam, em geral, velhas e cansadas. Algumas não tornam. Outras param a meio caminho. Grande número não passa da beira dos telhados...

Capítulo XXXIX

A lua era magnífica. No morro, entre o céu e a planície, a alma menos audaciosa era capaz de ir contra um exército inimigo e destroçá-lo. Vede o que não seria com esse exército amigo. Estavam no jardim. Sofia enfiara o braço no dele, para irem ver a lua. Convidara d. Tonica, mas a pobre dama respondeu que tinha um pé dormente, que já ia, e não foi.

Os dois ficaram calados algum tempo. Pelas janelas abertas viam-se as outras pessoas conversando, e até os homens, que tinham acabado o voltarete. O jardim era pequeno; mas a voz humana tem todas as notas, e os dois podiam dizer poemas sem ser ouvidos.

Rubião lembrou-se de uma comparação velha, mui velha, apanhada em não sei que décima de 1850, ou qualquer outra página em prosa de todos os tempos. Chamou aos olhos de Sofia as estrelas da terra, e às estrelas os olhos do céu. Tudo isso baixinho e trêmulo.

Sofia ficou pasmada. De súbito endireitou o corpo, que até ali viera pesando no braço do Rubião. Estava tão acostumada à timidez do homem... Estrelas? olhos? Quis dizer que não caçoasse com ela, mas não achou como dar forma à resposta, sem rejeitar uma convicção que também era sua, ou então sem animá-lo a ir adiante. Daí um longo silêncio.

— Com uma diferença — continuou Rubião. — As estrelas são ainda menos lindas que os seus olhos, e afinal nem sei mesmo o que elas sejam; Deus, que as pôs tão alto, é porque não poderão ser vistas de perto sem perder muito da formosura... Mas os seus olhos, não; estão aqui, ao pé de mim, grandes, luminosos, mais luminosos que o céu...

Loquaz, destemido, Rubião parecia totalmente outro. Não parou ali; falou ainda muito, mas não deixou o mesmo círculo de ideias. Tinha poucas; e a situação, apesar da repentina mudança do homem, tendia antes a cerceá-las, que a inspirar-lhe novas. Sofia é que não sabia que fizesse. Trouxera ao colo um pombinho, manso e quieto, e sai-lhe um gavião — um gavião adunco e faminto.

Era preciso responder, fazê-lo parar, dizer que ia por onde ela não queria ir, e tudo isso sem que ele se zangasse, sem que se fosse embora... Sofia procurava alguma coisa; não achava, porque esbarrava na questão, para ela insolúvel: se era melhor mostrar que entendia, ou que não entendia. Aqui lembraram-lhe os próprios gestos dela, as palavrinhas doces, as atenções particulares; concluía que, em tal situação, não podia ignorar o sentido das finezas do homem. Mas confessar que entendia, e não despedi-lo de casa, eis aí o ponto melindroso.

Capítulo XL

Em cima, as estrelas pareciam rir daquela situação inextricável.

Vá que a lua os visse! A lua não sabe escarnecer; e os poetas, que a acham saudosa, terão percebido que ela amou outrora algum astro vagabundo, que a deixou ao cabo de muitos séculos. Pode ser até que ainda se amem. Os seus eclipses (perdoe-me a astronomia) talvez não sejam mais que entrevistas amorosas. O mito de Diana descendo a encontrar-se com Endimião bem pode ser verdadeiro. Descer é que é demais. Que mal há em que os dois se encontrem, ali mesmo no céu, como os grilos entre as folhagens cá debaixo? A noite, mãe caritativa, encarrega-se de velar a todos.

Depois, a lua é solitária. A solidão faz a pessoa séria. As estrelas, em chusma, são como as moças entre quinze e vinte anos, alegres, palreiras, rindo e falando a um tempo de tudo e de todos.

Não nego que são castas; mas tanto pior — terão rido do que não entendem... Castas estrelas! é assim que lhes chama Otelo, o terrível, e Tristam Shandy, o jovial. Esses extremos do coração e do espírito estão de acordo num ponto: as estrelas são castas. E elas ouviam tudo (castas estrelas!), tudo o que a boca temerária de Rubião ia entornando na alma pasmada de Sofia. O recatado de longos meses era agora (castas estrelas!) nada menos que um libertino. Disséreis que o Diabo andara a enganar a moça com as duas grandes asas de arcanjo que Deus lhe pôs; de repente, meteu-as na algibeira e desbarretou-se para mostrar as duas pontas malignas, fincadas na testa. E rindo, daquele riso oblíquo dos maus, propunha comprar-lhe não só a alma, mas a alma e o corpo... Castas estrelas!

Capítulo XLI

—Vamos para dentro — murmurou Sofia.

Quis tirar o braço; mas o dele reteve-lho com força. Não; ir para quê? Estavam ali bem, muito bem... Que melhor? Ou seria que ele a estivesse aborrecendo? Sofia acudiu que não, ao contrário; mas precisava ir fazer sala às visitas... Há quanto tempo estavam ali!

— Não há dez minutos — disse o Rubião. — Que são dez minutos?

— Mas podem ter dado pela nossa ausência...

Rubião estremeceu diante desse possessivo: *nossa* ausência. Achou-lhe um princípio de cumplicidade. Concordou que podiam dar pela *nossa* ausência. Tinha razão, deviam separar-se; só lhe pedia uma coisa, duas coisas: a primeira é que não esquecesse aqueles dez minutos sublimes; a segunda é que, todas as noites, às dez horas, fitasse o Cruzeiro, ele o fitaria também, e os pensamentos de ambos iriam achar-se ali juntos, íntimos, entre Deus e os homens.

O convite era poético, mas só o convite. Rubião ia devorando a moça com olhos de fogo, e segurava-lhe uma das mãos para que ela não fugisse. Nem os olhos nem o gesto tinham poesia nenhuma. Sofia esteve a ponto de dizer alguma palavra áspera, mas engoliu-a logo, ao advertir que Rubião era um bom amigo da casa. Quis rir, mas não pôde; mostrou-se então arrufada, logo depois resignada, afinal suplicante; pediu-lhe pela alma da mãe dele, que devia estar no céu... Rubião não sabia do céu nem da mãe, nem de nada. Que era mãe? que era céu? parecia dizer a cara dele.

— Ai, não me quebre os dedos! — suspirou baixinho a moça.

Aqui é que ele começou a voltar a si; afrouxou a pressão, sem soltar-lhe os dedos.

— Vá — disse ele —, mas primeiro...

Inclinava-se para beijar a mão, quando uma voz, a alguns passos, veio acordá-lo inteiramente.

Capítulo XLII

— Olá! Estão apreciando a lua? Realmente, está deliciosa; está uma noite para namorados... Sim, deliciosa... Há muito que não vejo uma noite assim... Olhem só para baixo, os bicos de gás... Deliciosa! para namorados... Os namorados gostam sempre da lua. No meu tempo, em Icaraí...

Era Siqueira, o terrível major. Rubião não sabia que dissesse; Sofia, passados os primeiros instantes, readquiriu a posse de si mesma; respondeu que, em verdade, a noite era linda; depois contou que Rubião teimava em dizer que as noites do Rio não podiam comparar-se às de Barbacena, e, a propósito disso, referia uma anedota de um padre Mendes... Não era Mendes?

— Mendes, sim, o padre Mendes — murmurou Rubião.

O major mal podia conter o assombro. Tinha visto as duas mãos presas, a cabeça do Rubião meio inclinada, o movimento rápido de ambos, quando ele entrou no jardim; e sai-lhe de tudo isso um padre Mendes... Olhou para Sofia; viu-a risonha, tranquila, impenetrável. Nenhum medo, nenhum acanhamento; falava com tal simplicidade que o major pensou ter visto mal. Mas Rubião estragou tudo. Vexado, calado, não fez mais que tirar o relógio para ver as horas, levá-lo ao ouvido, como se lhe parecesse que não andava, depois limpá-lo com o lenço, devagar, devagar, sem olhar para um nem para outro...

— Bem, conversem, vou ver as amigas, que não podem estar sós. Os homens já acabaram o maldito voltarete?

— Já — respondeu o major olhando curiosamente para Sofia. — Já, e até perguntaram por este senhor; por isso é que eu vim ver se o achava no jardim. Mas estavam aqui há muito tempo?

— Agora mesmo — disse Sofia.

Depois, batendo carinhosamente no ombro do major, passou do jardim à casa; não entrou pela porta da sala de visitas, mas por outra que dava para a de jantar; de maneira que, quando chegou àquela pelo interior, era como se acabasse de dar ordens para o chá.

Rubião, voltando a si, ainda não achou que dizer, e contudo urgia dizer alguma coisa. Boa ideia era a anedota do padre Mendes; o pior é que não havia padre nem anedota, e ele era incapaz de inventar nada. Pareceu-lhe bastante isto:

— O padre! o Mendes! Muito engraçado, o padre Mendes!

— Conheci-o — disse o major sorrindo. — O padre Mendes? Conheci-o; morreu cônego. Esteve algum tempo em Minas?

— Creio que esteve — murmurou o outro, espantado.

— Era filho aqui de Saquarema; era um que não tinha este olho — continuou o major, levando o dedo ao olho esquerdo. — Conheci-o muito, se é que é o mesmo; pode ser que seja outro.

— Pode ser.

— Morreu cônego. Era homem de bons costumes, mas amigo de ver moças bonitas, como se mira um painel de mestre; e que maior mestre que Deus? — dizia ele. — Esta dona Sofia, por exemplo, nunca ele a viu na rua que me não dissesse: Hoje vi aquela bonita senhora do Palha... Morreu cônego; era filho de Saquarema... E, na verdade, tinha bom gosto... Realmente, a mulher do nosso Palha é um primor, bela de cara e de figura; eu ainda a acho mais bem-feita que bonita... Que lhe parece?

— Parece que sim...

— E boa pessoa, excelente dona de casa — continuou o major, acendendo um charuto.

A luz do fósforo deu à cara do major uma expressão de escárnio, ou de outra coisa menos dura, mas não menos adversa. Rubião sentiu correr-lhe um frio pela espinha. Teria ouvido? visto? adivinhado? Estava ali um indiscreto, um mexeriqueiro? A cara do homem não explicava esse ponto; em todo caso, era mais seguro crer no pior. Aqui temos o nosso herói como alguém que, depois de navegar cosido com a praia longos anos, acha-se um dia entre as ondas do alto-mar; felizmente o medo também é oficial de ideias, e deu-lhe ali uma, lisonjear o interlocutor. Não hesitou em achá-lo gracioso e interessante, e dizer-lhe que tinha uma casa às suas ordens, na praia de Botafogo, número tantos. Dava-lhe muita honra em travar relações com ele. Contava poucos amigos aqui: o Palha, a quem devia grandes obséquios; d. Sofia, que era uma senhora de rara gravidade, e mais três ou quatro pessoas. Vivia só; podia ser até que se retirasse para Minas.

— Já?

— Não digo já, mas pode ser que me não demore. Sabe que uma pessoa que viveu toda a sua vida em um lugar, custa-lhe muito a acostumar-se em outro.

— Isso conforme.

— Sim, conforme... Mas é a regra.

— Regra será, mas o senhor vai ser uma exceção. A Corte é o diabo; apanha-se uma paixão como se apanha uma constipação; basta uma fresta de ar, fica-se perdido. Olhe, eu não me dava de apostar que o senhor, antes de seis meses, está casado...

"Não viu nada", pensou Rubião.

E depois, alegre:

— Pode ser, mas também em Minas há casamentos; nem lá faltam padres.

— Falta o padre Mendes — acudiu rindo o major.

Rubião sorriu constrangido, não entendendo se a palavra do major era inocente ou maliciosa. Este é que colheu as rédeas ao assunto e tratou de outras coisas, do tempo, da cidade, do ministério, da guerra e do marechal López. E vede o contraste da ocasião: esse aguaceiro, maior que o da entrada, pareceu um raio de sol ao nosso Rubião. Ei-lo que espaneja a alma ao calor do discurso infinito do major, intercalando alguma palavrinha, se pode, e sempre cabeceando com aplauso. E pensava outra vez que não, que ele não vira nada.

— Papai! Papai, está aí? — disse uma voz à porta que dava para o jardim.

Era d. Tonica; vinha chamá-lo para irem embora. O chá estava na mesa, é verdade; mas não podia esperar mais, tinha dor de cabeça, disse ela ao pai, baixinho. Depois estendeu os dedos ao Rubião; este pediu-lhe que ficasse ainda alguns minutos; o estimável major...

— Perde o seu tempo — interrompeu o major —, ela é que me governa.

Rubião ofereceu-lhe a casa com instância; exigiu até que lhe marcasse um dia, naquela mesma semana, mas o major acudiu que não podia dispor de dia certo; iria, logo que lhe fosse possível. A vida dele era muito trabalhosa; tinha os negócios do arsenal, que já eram muitos, e tinha mais...

— Papai! vamos!

— Vamos. Está vendo? Não posso conversar um instante. Já te despediste? Onde está o meu chapéu?

Capítulo XLIII

Ladeira abaixo, d. Tonica foi ouvindo o resto do discurso do pai, que mudou de assunto, sem mudar de estilo — difuso e derramado. Ouvia sem entender. Ia metida em si mesma, absorta, remoendo a noite, recompondo os olhares de Sofia e de Rubião.

Chegaram à casa na rua do Senado; o pai foi dormir, a filha não se deitou logo, deixou-se estar em uma cadeirinha, ao pé da cômoda, onde tinha uma imagem da Virgem. Não trazia ideias de paz nem de candura. Sem conhecer o amor, tinha notícia do adultério, e a pessoa de Sofia pareceu-lhe hedionda. Via nela agora um monstro, metade gente, metade cobra, e sentiu que a aborrecia, que era capaz de vingar-se exemplarmente, de dizer tudo ao marido.

"Conto-lhe tudo", ia pensando, "ou de viva voz, ou por uma carta... Carta não; digo-lhe tudo um dia, em particular."

E, imaginando o colóquio, antevia o espanto do homem, depois o agastamento, depois os impropérios, as palavras duras que ele havia de dizer à mulher, miserável, indigna, vil... Todos esses nomes soavam bem aos ouvidos do seu desejo; ela fazia derivar por eles a própria cólera; fartava-se de a rebaixar assim, de a pôr debaixo dos pés do marido, já que o não podia fazer por si mesma... Vil, indigna, miserável...

Durou muito tempo essa explosão de raiva interior — perto de vinte minutos; mas a alma cansou, tornou a si. A imaginação não podia mais, e a realidade próxima atraiu-lhe a vista. Olhou em volta de si, mirou a alcova de solteira, arrumadinha com arte — dessa arte engenhosa que faz da chita seda e de um retalho velho uma fita, que recama, enlaça, alegra ao mais que pode a nudez das coisas, enfeita as paredes tristes, aprimora os trastes modestos e poucos. E tudo ali parecia feito para receber um noivo amado.

Onde li eu que uma tradição antiga fazia esperar a uma virgem de Israel, durante certa noite do ano, a concepção divina? Seja onde for, comparemo-la à desta outra, que só difere daquela em não ter noite fixa, mas todas, todas, todas... O vento, zunindo fora, nunca lhe trouxe o varão esperado, nem a madrugada alva e menina lhe disse em que ponto da terra é que ele mora. Era só esperar, esperar...

Agora, aquietada a imaginação e o ressentimento, mira e remira a alcova solitária; recorda as amigas do colégio e de família, as mais íntimas, casadas todas. A derradeira delas desposou aos trinta anos um oficial de marinha, e foi ainda o que reverdeceu as esperanças à amiga solteira, que não pedia tanto, posto que a farda de aspirante foi a primeira coisa que lhe seduziu os olhos, aos quinze anos... Onde iam eles? Mas lá passaram cinco anos, cumpriu os trinta e nove, e os quarenta não tardam. Quarentona, solteirona; d. Tonica teve um calafrio. Olhou ainda, recordou tudo, ergueu-se de golpe, deu duas voltas e atirou-se à cama chorando...

Capítulo XLIV

Não vades crer que a dor aqui foi mais verdadeira que a cólera; foram iguais em si mesmas, os efeitos é que foram diversos. A cólera deu em nada; a humilhação debulhou-se em lágrimas legítimas. E contudo não faltaram a essa senhora ímpetos de estrangular Sofia, calcá-la aos pés, arrancar-lhe o coração aos pedaços, dizendo-lhe na cara os nomes crus que atribuía ao marido... Tudo imaginações! Crede-me: há tiranos de intenção. Quem sabe? Na alma desta senhora passou agora um tênue fio de Calígula...

Capítulo XLV

E enquanto uma chora, outra ri; é a lei do mundo, meu rico senhor; é a perfeição universal. Tudo chorando seria monótono, tudo rindo cansativo; mas uma boa distribuição de lágrimas e polcas, soluços e sarabandas, acaba por trazer à alma do mundo a variedade necessária, e faz-se o equilíbrio da vida.

A outra que ri é a alma do Rubião, com que ele desce o morro, dizendo as coisas mais íntimas às estrelas, espécie de rapsódia feita de uma linguagem que ninguém nunca alfabetou, por ser impossível achar um sinal que lhe exprima os vocábulos. Cá embaixo, as ruas desertas parecem-lhe povoadas, o silêncio é um tumulto, e de todas as janelas debruçam-se vultos de mulher, caras bonitas e grossas sobrancelhas, todas Sofias e uma Sofia única. Uma ou outra vez, Rubião acha que foi temerário, indiscreto, recorda o caso do jardim, a resistência, o enfado da moça, e chega a arrepender-se; tem então calafrios, fica aterrado com a ideia de que podem fechar-lhe a porta, e cortar inteiramente as relações; tudo porque precipitou os acontecimentos. Sim, devia esperar; a ocasião não era própria; visitas, muitas luzes, que lembrança foi aquela de falar de amores, sem cautelas, desbragadamente?... Achava-lhe razão: era bem feito que o despedisse logo.

— Fui um maluco! — dizia em voz alta.

Não pensava no jantar, que foi lauto, nem nos vinhos, que eram generosos, nem na eletricidade própria de uma sala em que há senhoras galantes; achava-se maluco, completamente maluco.

Logo depois, a mesma alma que se acusava defendia-se. Sofia parecia tê-lo animado ao que fez; os olhos frequentes, depois fixos, os modos, os requebros, a distinção de o mandar sentar ao pé de si, à mesa de jantar, de só cuidar dele, de lhe dizer melodiosamente coisas afáveis, que era tudo isso mais que exortações e solicitações? E a boa alma explicava a contradição da moça, depois, no jardim: era a primeira vez que ouvia tais palavras, fora do grêmio conjugal, e ali, perto de todos, devia tremer naturalmente; demais, ele expandira-se muito, e precipitou tudo. Nenhuma graduação; devia ter ido pé ante pé, e nunca segurar-lhe as mãos com tanta força que chegasse a molestá-la. Em conclusão, achava-se grosseiro. Voltava o receio de lhe fecharem a porta; depois, tornava às consolações da esperança, à análise das ações da moça, à própria invenção do padre Mendes, mentira de cumplicidade; pensava também na estima do marido... Aqui estremeceu. A estima do marido deu-lhe remorsos. Não só merecia a confiança dele, mas acrescia certa dívida pecuniária, e umas três letras que Rubião aceitou por ele.

"Não posso, não devo", ia dizendo a si mesmo, "não é bonito ir adiante. Também é verdade que, a rigor, não sou autor de nada; ela é que, desde muito, me anda desafiando. Pois que desafie agora! Sim, é preciso resistir-lhe... Emprestei o dinheiro quase sem pedido, porque ele precisava muito e eu devia-lhe obséquios; as letras, sim, as letras foi ele que me pediu que assinasse, mas não me pediu mais nada. Sei que é honrado, que trabalha muito; o diabo da mulher é que fez mal em meter-se de permeio, com os lindos olhos e a figura... Que admirável figura, meu pai do céu! Hoje então estava divina. Quando o braço dela roçava no meu, à mesa, apesar da minha manga..."

Confuso, incerto, ia a cuidar na lealdade que devia ao amigo, mas a consciência partia-se em duas, uma increpando a outra, a outra explicando-se, e ambas desorientadas...

Deu por si na praça da Constituição. Viera andando à toa. Pensou em ir ao teatro, mas era tarde. Então dirigiu-se ao largo de São Francisco para meter-se em um tílburi e ir para Botafogo. Achou três, que vieram logo ao encontro dele, oferecendo os seus serviços e louvando principalmente o cavalo, um bom cavalo — um animal excelente.

Capítulo XLVI

O rumor das vozes e dos veículos acordou um mendigo que dormia nos degraus da igreja. O pobre-diabo sentou-se, viu o que era, depois tornou a deitar-se, mas acordado, de barriga para o ar, com os olhos fitos no céu. O céu fitava-o também, impassível como ele, mas sem as rugas do mendigo, nem os sapatos rotos, nem os andrajos, um céu claro, estrelado, sossegado, olímpico, tal qual presidiu às bodas de Jacó e ao suicídio de Lucrécia. Olhavam-se numa espécie de jogo do siso, com certo ar de majestades rivais e tranquilas, sem arrogância nem baixeza, como se o mendigo dissesse ao céu:

— Afinal, não me hás de cair em cima.

E o céu:

— Nem tu me hás de escalar.

Capítulo XLVII

Rubião não era filósofo: a comparação que ali fez entre os seus cuidados e os do maltrapilho apenas lhe trouxe à alma uma sombra de inveja. Aquele malandro não pensa em nada, disse ele consigo; daqui a pouco está dormindo, enquanto eu...

— Meu amo, entre, que o animal é bom. Vamos lá em quinze minutos.

Os outros dois cocheiros diziam-lhe a mesma coisa, quase por iguais palavras:

— Meu amo, venha aqui e verá...

— Olhe o meu cavalinho...

— Faça favor; são treze minutos de viagem. Em treze minutos está em casa.

Rubião, depois de hesitar ainda, deu consigo dentro do tílburi que lhe ficava à mão, mandou tocar para Botafogo. Então lembrou-se de um velho episódio esquecido, ou foi o episódio que lhe deu inconscientemente a solução. Uma ou outra coisa, Rubião guiou o pensamento, com o fim de escapar às sensações daquela noite.

Lá iam longos anos. Ele era então muito rapaz, e pobre. Um dia, às oito horas da manhã, saiu de casa, que era na rua do Cano (Sete de Setembro), entrou no largo de São Francisco de Paula; dali desceu pela rua do Ouvidor. Ia com alguns cuidados; morava em casa de um amigo, que começava a tratá-lo como hóspede de três dias, e ele já o era de quatro semanas. Dizem que os de três dias cheiram mal; muito antes disso cheiram mal os defuntos, ao menos nestes climas quentes... Certo é que o nosso Rubião, singelo como um bom mineiro, mas desconfiado como um paulista, ia cheio de cuidados, pensando em retirar-se quanto antes. Pode crer-se que, desde que saiu de casa, entrou no largo de São Francisco, e desceu a rua do Ouvidor até a dos Ourives, não viu nem ouviu coisa nenhuma.

Na esquina da rua dos Ourives deteve-o um ajuntamento de pessoas, e um préstito singular. Um homem, judicialmente trajado, lia em voz alta um papel, a sentença. Havia mais o juiz, um padre, soldados, curiosos. Mas as principais figuras eram dois pretos. Um deles, mediano, magro, tinha as mãos atadas, os olhos baixos, a cor fula, e levava uma corda enlaçada no pescoço; as pontas do baraço iam nas mãos de outro preto. Esse outro olhava para a frente e tinha a cor fixa e retinta. Sustentava com galhardia a curiosidade pública. Lido o papel, o préstito seguiu pela rua dos Ourives adiante; vinha do Aljube e ia para o largo do Moura.

Rubião naturalmente ficou impressionado. Durante alguns segundos esteve como agora à escolha de um tílburi. Forças íntimas ofereciam-lhe o seu cavalo: umas que voltasse para trás ou descesse para ir aos seus negócios — outras que fosse ver enforcar o preto. Era tão raro ver um enforcado! Senhor, em vinte minutos está tudo findo! — Senhor, vamos tratar de outros negócios! E o nosso homem fechou os olhos, e deixou-se ir ao acaso. O acaso, em vez de levá-lo pela rua do Ouvidor abaixo até à da Quitanda, torceu-lhe o caminho pela dos Ourives, atrás do préstito. Não iria ver a execução, pensou ele; era só ver a marcha do réu, a cara do carrasco, as cerimônias... Não queria ver a execução. De quando em quando, parava tudo, chegava gente às portas e janelas, e o oficial de justiça relia a sentença. Depois, o préstito continuava a andar com a mesma solenidade. Os curiosos iam narrando o crime — um assassinato em Mata-Porcos. O assassino era dado como homem frio e feroz. A notícia dessas qualidades fez bem a Rubião; deu-lhe força para encarar o réu, sem delíquios de piedade. Não era já a cara do crime; o terror dissimulava a perversidade. Sem reparar, deu consigo no largo da execução. Já ali havia bastante gente. Com a que vinha formou-se multidão compacta.

"Voltemos", disse ele consigo.

Verdade é que o réu ainda não subira à forca; não o matariam de relance; sempre era tempo de fugir. E, dado que ficasse, por que não fecharia os olhos, como fez certo Alípio diante do espetáculo das feras? Note-se bem que Rubião nada sabia desse tal rapaz antigo; ignorava, não só que fechara os olhos, mas também que os abrira logo depois, devagarinho e curioso...

Eis o réu que sobe à forca. Passou pela turba um frêmito. O carrasco pôs mãos à obra. Foi aqui que o pé direito de Rubião descreveu uma curva na direção exterior, obedecendo a um sentimento de regresso; mas o esquerdo, tomado de sentimento contrário, deixou-se estar; lutaram alguns instantes... — Olhe o meu cavalo! — Veja, é um rico animal! — Não seja mau! — Não seja medroso! Rubião esteve assim alguns segundos, os que bastaram para que chegasse o momento fatal. Todos os olhos fixaram-se no mesmo ponto, como os dele. Rubião não podia entender que bicho era que lhe mordia as entranhas, nem que mãos de ferro lhe pegavam da alma e a retinham ali. O instante fatal foi realmente um instante; o réu esperneou, contraiu-se, o algoz cavalgou-o de um modo airoso e destro; passou pela multidão um rumor grande, Rubião deu um grito, e não viu mais nada.

Capítulo XLVIII

—Vossa Senhoria há de ter visto que o cavalinho é bom...
Rubião abriu os olhos, meio fechados, e deu com o cocheiro que sacudia ao de leve a pontinha do chicote para espertar o animal. Interiormente zangou-se com o homem, que o veio tirar de recordações antigas. Não eram belas, mas eram antigas — antigas e enfermeiras, porque lhe davam a beber um elixir que de todo parecia curá-lo do presente. E vai o cocheiro, empurra-o e acorda-o. Iam subindo a rua da Lapa; o cavalo, em verdade, comia o espaço como se fosse a descer.

— Este cavalo tem-me uma amizade — continuou o cocheiro — que se não acredita. Podia contar coisas extraordinárias. Há pessoas que até dizem que é mentira minha; mas, não, senhor, não é. Quem não sabe que cavalo e cachorro são os animais que mais gostam da gente? Cachorro parece que inda gosta mais...

Cachorro trouxe à memória de Rubião o Quincas Borba, que lá devia estar em casa, à espera dele, ansioso. Rubião não esquecia a condição do testamento; jurava cumpri-la à risca. Convém dizer que, de envolta com o receio de vê-lo fugir, entrava o de vir a perder os bens. Não valiam afirmações do advogado; não há, dizia-lhe este, não há no testamento cláusula reversível para outrem, no caso de fuga do cachorro; os bens não podiam sair-lhe das mãos. Que lhe importava a fuga, se era até melhor, um cuidado menos? Rubião aceitava aparentemente a explicação, mas lá ficava a dúvida, o exemplo de longas demandas, a variedade das opiniões jurídicas sobre uma só matéria, a ação de algum invejoso ou inimigo, e, o que resumia tudo, o terror de ficar sem nada. Daí os rigores da reclusão; daí também o remorso de ter passado a tarde e a noite sem pensar uma só vez no Quincas Borba.

"Sou um ingrato!", disse consigo.

Emendou-se logo; mais ingrato era não ter pensado no outro Quincas Borba, que lhe deixou tudo. Vai senão quando, ocorreu-lhe que os dois Quincas Borba podiam ser a mesma criatura, por efeito da entrada da alma do defunto no corpo do cachorro, menos a purgar os seus pecados que a vigiar o dono. Foi uma preta de São João del-Rei que lhe meteu, em criança, essa ideia de transmigração. Dizia ela que a alma cheia de pecados ia para o corpo de um bruto; chegou a jurar que conhecera um escrivão que acabou feito gambá...

— Vossa Senhoria não se esqueça de dizer onde é a casa — disse-lhe repentinamente o cocheiro.

— Pare.

Capítulo XLIX

O cão ladrou de dentro; mas, logo que Rubião entrou, recebeu-o com grande alegria; e por mais importuno que fosse, Rubião desfez-se em carícias. A possibilidade de estar ali o testador dava-lhe arrepios. Subiram juntos a escada de pedra; ali ficaram por alguns instantes, à luz do lampião que Rubião mandara deixar aceso. Rubião era mais crédulo que crente; não tinha razões para atacar nem para defender nada — terra eternamente virgem para se lhe plantar qualquer coisa. A vida da Corte deu-lhe até uma particularidade: entre incrédulos, chegava a ser incrédulo...

Olhou para o cão, enquanto esperava que lhe abrissem a porta. O cão olhava para ele, de tal jeito que parecia estar ali dentro o próprio e defunto Quincas Borba; era o mesmo olhar meditativo do filósofo, quando examinava negócios humanos... Novo arrepio; mas o medo, que era grande, não era tão grande que lhe atasse as mãos. Rubião estendeu-as sobre a cabeça do animal, coçando-lhe as orelhas e a nuca.

— Pobre Quincas Borba! Gosta de seu senhor, não gosta? Rubião é muito amigo de Quincas Borba...

E o cão movia devagar a cabeça, para a esquerda e para a direita, ajudando a distribuição das carícias às duas orelhas pendentes; depois levantava o queixo, para que lhe coçasse embaixo, e o dono obedecia; mas então os olhos do cão, meio fechados de gosto, tinham um ar dos olhos do filósofo na cama, contando-lhe coisas de que ele entendia pouco ou nada... Rubião fechava os seus. Abriram-lhe a porta; despediu-se do cão, mas com tais carinhos que era o mesmo que pedir-lhe que entrasse. O criado espanhol incumbiu-se de o levar para baixo.

— Não lhe dê pancadas — recomendou Rubião.

Não lhe deu pancadas; mas só a descida era dolorosa, e o cão amigo gemeu por muito tempo no jardim. Rubião entrou, despiu-se e deitou-se. Ah! tinha vivido um dia cheio de sensações diversas e contrárias, desde as recordações da manhã, e o almoço aos dois amigos, até aquela última ideia de metempsicose, passando pela lembrança do enforcado, e por uma declaração de amor não aceita, malrepelida, parece que adivinhada por outros... Misturava tudo; o espírito ia de um para outro lado como bola de borracha entre mãos de crianças. Contudo, a sensação maior era a do amor. Rubião estava admirado de si mesmo, e arrependia-se; mas o arrependimento era obra da consciência, ao passo que a imaginação não soltava por nenhum preço a figura da bela Sofia... Uma, duas, três horas... Sofia ao longe, os latidos do cão embaixo... O sono esquivo... Onde iam já as três horas? Três e meia... Enfim, depois de muito cuidar, apareceu-lhe o sono, espremeu as clássicas papoulas, e foi um instante; Rubião dormiu antes das quatro.

Capítulo L

Não, senhora minha, ainda não acabou este dia tão comprido; não sabemos o que se passou entre Sofia e o Palha, depois que todos se foram embora. Pode ser até que acheis aqui melhor sabor que no caso do enforcado.

Tende paciência; é vir agora outra vez a Santa Teresa. A sala está ainda alumiada, mas por um bico de gás; apagaram-se os outros, e ia apagar-se o último, quando o Palha mandou que o criado esperasse um pouco lá dentro. A mulher ia a sair, o marido deteve-a, ela estremeceu.

— A nossa festa esteve bem bonita — disse ele.

— Esteve.

— O Siqueira é um cacete, mas paciência; é alegre. A filha não estava mal-arranjada. Viste o Ramos como devorava tudo o que se lhe pôs no prato? Tu verás que ele um dia engole a mulher.

— A mulher? — disse Sofia, sorrindo.

— É gorda, concordo; mas a primeira era muito mais gorda, e creio que não morreu, ele engoliu-a, com certeza.

Sofia, reclinada no canapé, ria das graças do marido. Criticaram ainda alguns episódios da tarde e da noite; depois, Sofia, acariciando os cabelos do marido, disse-lhe de repente:

— E você ainda não sabe do melhor episódio da noite.

— Que foi?

— Adivinhe.

Palha ficou algum tempo calado, olhando para a mulher, a ver se adivinhava qual tinha sido o melhor episódio da noite. Não podia acertar; acudia-lhe isto ou aquilo, nada; Sofia abanava a cabeça.

— Mas então que foi?

— Não sei; adivinha.

— Não posso. Dize logo.

— Com uma condição — acudiu ela —; não quero zangas nem barulhos...

Palha foi ficando mais sério. "Zangas? barulhos? Que diabo podia ser?", pensava ele. Já se não ria; tinha só um resto de sorriso forçado e resignado. Olhou bem para ela, e perguntou-lhe o que era.

— Você promete o que lhe disse?

— Vá lá. Que foi?

— Pois saiba que ouvi nada menos que uma declaração de amor.

Palha empalideceu. Não prometera deixar de empalidecer. Gostava da mulher, como sabemos, até o ponto singular de publicá-la; não podia ouvir a frio a notícia. Sofia viu a palidez, e gostou da má impressão causada; para saboreá-la mais, inclinou o busto, soltou o cabelo atrás, que a incomodava um pouco, recolheu os grampos em um lenço, depois sacudiu a cabeça, respirou largo, e pegou nas mãos do marido, que ficara de pé.

— É verdade, meu velho, namoraram-te a mulher.

— Mas quem foi o patife? — disse ele impaciente.

— Mau, se vamos assim, não digo nada. Quem foi? Quer saber quem foi? Há de ouvir sossegado. Foi o Rubião.

— O Rubião?

— Nunca imaginei tanto. Parecia-me acanhado e respeitoso; fica sabendo que não é o hábito que faz o monge. De tantos homens que aqui vêm não ouvi nunca o menor dito. Olham para mim; naturalmente, porque não sou feia... Para que estás andando assim de um lado para outro? Para, que não quero levantar a voz... Bem, assim... Vamos ao caso. Não me fez declaração positiva...

— Ah! não? — acudiu vivamente o marido.

— Não, mas vem a dar na mesma.

E depois de contar o que se passara no jardim, desde que ali chegaram os dois, até que o major apareceu:

— Foi só isto — concluiu —; mas é bastante para ver que se ele não disse amor é porque não lhe chegou a língua, mas chegou-lhe a mão, que me apertou os dedos... Só isso, mas é preciso trancar-lhe a porta — ou de uma vez ou aos poucos; eu preferia logo, mas estou por tudo. Como achas melhor?

Mordendo o beiço inferior, Palha ficou a olhar para ela a modo de estúpido. Sentou-se no canapé calado. Considerava o negócio. Achava natural que as gentilezas da esposa chegassem a cativar um homem — e Rubião podia ser esse homem; mas confiava tanto no Rubião, que o bilhete que Sofia mandara a este, acompanhando os morangos, foi redigido por ele mesmo; a mulher limitou-se a copiá-lo, assiná-lo e mandá-lo. Nunca, entretanto, lhe passou pela cabeça que o amigo chegasse a declarar amor a alguém, menos ainda a Sofia, se é que era amor deveras; podia ser gracejo de intimidade. Rubião olhava para ela muita vez, é certo; parece também que Sofia, em algumas ocasiões, pagava os olhares com outros... Concessões de moça bonita! Mas, enfim, contanto que lhe ficassem os olhos, podiam ir alguns raios deles. Não havia de ter ciúmes do nervo óptico, ia pensando o marido.

Sofia levantou-se, foi pôr o lenço com os grampos em cima do piano, e deu uma olhada ao espelho para ver-se com a trança caída. Quando voltou ao canapé, o marido pegou-lhe na mão, rindo:

— Parece-me que te amofinaste mais do que o caso merecia. Comparar os olhos de uma moça às estrelas, e as estrelas aos olhos, afinal de contas é coisa que até se pode fazer à vista de todos, em família, e em prosa ou verso para o público. A culpa é de quem tem olhos bonitos. Demais, apesar do que me contas, sabes que ele é ainda matuto...

— Então o Diabo também é matuto, porque ele pareceu-me nada menos que o Diabo. E pedir-me que a certa hora olhasse para o Cruzeiro, a fim de que as nossas almas se encontrassem?

— Isso, sim, isso já cheira a namoro — concordou Palha —; mas bem vês que é um pedido de alma cândida. É assim que as moças falam aos quinze anos; é assim que falam os tolos em todos os tempos, e os poetas também; mas ele nem é moça nem poeta.

— Creio que não; mas segurar-me nas mãos para reter-me no jardim?

Palha teve um calafrio; a ideia do contato das mãos e da força empregada para reter a mulher é que o mortificava mais. Francamente, se pudesse, era capaz de ir ter com ele, e deitar-lhe as mãos ao gasnate. Outras ideias, porém, acudiram e dissiparam o efeito da primeira; de modo que, cuidando Sofia havê-lo irritado, viu-o dar de ombros com desprezo, e responder-lhe que efetivamente era um ato de grosseria.

— E depois, Sofia, que lembrança foi essa de convidá-lo a ir ver a lua, não me dirás?

— Chamei dona Tonica para ir conosco.

— Mas, uma vez que dona Tonica recusou, devias ter achado meios e modos de não ir ao jardim. São coisas que acodem logo. Tu é que deste ocasião...

Sofia olhou para ele, contraindo as grossas sobrancelhas; ia responder, mas calou-se. Palha continuou a desenvolver a mesma ordem de considerações; a culpa era dela, não devia ter dado ocasião...

— Mas você mesmo não me tem dito que devemos tratá-lo com atenções particulares? Seguramente, que eu não iria ao jardim, se pudesse imaginar o que se passou. Mas nunca esperei que um homem tão pacato, tão não sei como, se tirasse dos seus cuidados para vir dizer-me coisas esquisitas...

— Pois daqui em diante evita a lua e o jardim — disse o marido, procurando sorrir...

— Mas, Cristiano, como queres tu que lhe fale a primeira vez que ele cá vier? Não tenho cara para tanto; o melhor de tudo é acabar com as relações.

Palha atravessou uma perna sobre a outra e começou a rufar no sapato. Durante alguns segundos ficaram calados. Palha cuidava na proposta de acabar com as relações, não que quisesse aceitá-la, mas não sabia como responder à mulher, que mostrava tanto ressentimento, e se portava com tal dignidade. Era preciso nem desaprová-la, nem aceitar a proposta, e não lhe acudia nada. Levantou-se, meteu as mãos nas algibeiras das calças e, depois de alguns passos, parou defronte de Sofia.

— Talvez nos estejamos a incomodar com um simples efeito de vinhos. Olha que ele não mandou o seu quinhão ao vigário; cabeça fraca, um pouco de abalo, e entornou o que tinha dentro... Sim, eu não nego que lhe possas ter causado certa impressão, como tantas outras senhoras. Há dias foi a um baile no Catete, e voltou encantado das senhoras que lá vira, de uma principalmente, a viúva Mendes...

Sofia interrompeu-o:

— Por que é que não convidou essa beleza a ver o Cruzeiro?

— Não jantou lá, naturalmente, e não havia jardim nem lua. O que eu quero dizer é que o *nosso amigo* não estaria em si. Talvez se ache agora arrependido do que fez, envergonhado, sem saber como se há de explicar, ou se não explicará nada... É muito possível até que se ausente...

— Era melhor.

— ... Se o não chamarmos — concluiu Palha.

— Mas para que chamá-lo?

— Sofia — disse-lhe o marido, sentando-se ao pé dela. — Não quero entrar em minudências; digo só que não permito que alguém te falte ao respeito...

Houve uma pequena pausa; Sofia olhava para ele, esperando.

— Não permito, e ai daquele que o fizesse, assim como ai de ti se o consentires; sabes que sou de ferro, a esse respeito, e que a certeza da tua amizade ou — vá logo tudo — do amor que me tens é que me tranquiliza. Pois bem, nada me abala relativamente ao Rubião. Crê que o Rubião é nosso amigo, devo-lhe obrigações.

— Alguns presentes, algumas joias, camarotes no teatro, não são motivos para que eu fite o Cruzeiro com ele.

— Prouvera a Deus que fosse só isso! — suspirou o zangão.

— Que mais?

— Não entremos em minudências... Há outras coisas... Conversaremos depois... Mas fica certa que nada me faria recuar, se visse no que contaste alguma gravidade. Não há nenhuma. O homem é um simplório.

— Não.

— Não?

Sofia levantou-se; também não queria entrar em minudências. O marido pegou-lhe na mão, ela ficou de pé e calada. Palha, com a cabeça reclinada nas costas do sofá, olhava sorrindo, sem achar que dizer. Ao cabo de alguns minutos, ponderou a mulher que era tarde, que ia mandar apagar tudo.

— Bem — tornou o Palha depois de breve silêncio —; escrevo-lhe amanhã que não ponha aqui os pés.

Olhou para a mulher esperando alguma recusa. Sofia coçava as sobrancelhas e não respondeu nada. Palha repetiu a solução; e pode ser que desta vez com sinceridade. A mulher então com ar de tédio:

— Ora, Cristiano... Quem é que te pede cartas? Já estou arrependida de haver falado nisso. Contei-te um ato de desrespeito, e disse que era melhor cortar as relações — aos poucos ou de uma vez.

— Mas como se hão de cortar as relações de uma vez?

— Fechar-lhe a porta, mas não digo tanto: basta, se queres, aos poucos...

Era uma concessão; Palha aceitou-a; mas imediatamente ficou sombrio, soltou a mão da mulher, com um gesto de desespero. Depois, agarrando-a pela cintura, disse em voz mais alta do que até então:

— Mas, meu amor, eu devo-lhe muito dinheiro.

Sofia tapou-lhe a boca e olhou assustada para o corredor.

— Está bom — disse —, acabemos com isto. Verei como ele se comporta, e tratarei de ser mais fria... Nesse caso, tu é que não deves mudar, para que não pareça que sabes o que se deu. Verei o que posso fazer.

— Você sabe, apertos do negócio, algumas faltas... é preciso tapar um buraco daqui, outro dali... o diabo! É por isso que... Mas riamos, meu bem; não vale nada. Sabes que confio em ti.

— Vamos, que é tarde.

— Vamos — repetiu o Palha dando-lhe um beijo na face.

— Estou com muita dor de cabeça — murmurou ela. — Creio que foi do sereno, ou dessa história... Estou com muita dor de cabeça.

Capítulo LI

Banhado, barbeado, meio vestido, Palha lia os jornais, à espera do almoço, quando viu entrar a mulher no gabinete, um tanto pálida.

— Estás pior?

Sofia respondeu com um gesto dos lábios, que tanto negava como afirmava. Palha acreditou que, pelo dia adiante, passaria o incômodo; a agitação da véspera, o jantar tarde... Depois, pediu que lhe deixasse acabar de ler um artigo relativo a certo negócio da praça. Era uma briga entre dois comerciantes, a propósito de uns saques; na véspera escrevera um deles, hoje vinha a resposta do outro. Resposta completa, disse ele acabando a leitura; e explicou longamente à mulher a questão dos saques, o mecanismo da operação, a situação dos dois adversários, os boatos da praça, tudo com o vocabulário técnico. Sofia ouvia e suspirava; mas para o despotismo da profissão não há suspiros de mulher, nem cortesia de homem. Felizmente, o almoço estava na mesa.

Ficando só, a nossa amiga, que apenas tomou um caldo, lá para as duas horas foi sentar-se à porta de casa, no jardim. Naturalmente, voltou a pensar no lance da véspera. Não estava bem em si nem fora de si, nem com Deus nem com o Diabo. Arrependia-se de haver contado o episódio ao marido, e ao mesmo tempo irritava-se com as tentativas de explicação que este lhe deu. No meio das reflexões, ouviu distintamente as palavras do major: "Olá! estão apreciando a lua?" como se as folhas as tivessem guardado, e repetido agora que a aragem começava a movê-las. Sofia teve um calafrio. Siqueira era indiscreto — indiscreto em farejar e indagar os negócios alheios; sê-lo-ia ao ponto de publicá-los? Sofia considerava-se já objeto de suspeita ou de calúnia. Formava planos. Não visitaria ninguém; ou iria para fora, para Nova Friburgo ou mais longe. A exigência do marido em receber o Rubião, como dantes, era excessiva; maiormente pela causa dada. Não querendo obedecer nem desobedecer, cuidava em deixar a cidade, pretextando o que quer que fosse.

"A culpa foi minha!", suspirou ela consigo.

A culpa eram as atenções especiais com o homem, carinhos, lembranças, obséquios familiares e, na véspera, aqueles olhos tão longamente pregados nele. Se não fosse isso... Ia-se assim perdendo em reflexões multiplicadas. Tudo a aborrecia, plantas, móveis, uma cigarra que cantava, um rumor de vozes, na rua, outro de pratos, em casa, o andar das escravas, e até um pobre preto velho que, em frente à casa dela, trepava com dificuldade um pedaço de morro. As cautelas do preto buliam-lhe com os nervos.

Capítulo LII

Nisso passou um rapaz alto, que a cortejou sorrindo e vagarosamente. Sofia cortejou-o também, um pouco espantada da pessoa e da ação.

"Quem é esse sujeito?", pensou ela.

E entrou a cogitar donde é que o conhecia, porque, em verdade, a cara não lhe era estranha, nem as maneiras, nem os olhos plácidos e grandes. Onde é que o teria visto? Percorreu várias casas, sem acertar com a verdadeira; afinal pensou em certo baile — no mês anterior — em casa de um advogado que fazia anos. Era isso; viu-o lá, dançaram uma quadrilha, por simples condescendência dele, que não dançava nunca; lembrava-se de lhe ter ouvido muitas palavras agradáveis, relativamente à beleza da mulher, que, dizia ele, consistia principalmente nos olhos e nos ombros. Os dela, como sabemos, eram magníficos. E quase não tratou de outro assunto — os ombros e os olhos —; a propósito de uns e outros contou várias anedotas sucedidas com ele, algumas sem interesse, mas falava tão bem! e o assunto era tão dela! É verdade; lembrava-se agora que, apenas ele a deixou, Palha veio ter com ela, sentou-se na cadeira, ao lado, e disse-lhe o nome do rapaz, porque ela não ouvira bem à pessoa que lho apresentara: era Carlos Maria — o próprio do almoço do nosso Rubião.

— É a primeira figura do salão — disse-lhe o marido com orgulho de ver que se ocupara tanto tempo com ela.

— Entre os homens — explicou Sofia.

— Entre as senhoras és tu — acudiu ele mirando-se no colo da mulher, e circulando depois os olhos pela sala, com uma expressão de posse e domínio, que a mulher já conhecia e que lhe fazia bem.

Quando acabou de recordar tudo, já iria longe o rapaz; ao menos, foi uma interrupção na série de tédios que lhe tomavam a alma. Tinha uma dor nas costas, que se calara por instantes. Voltou logo, teimosa, aborrecida; Sofia reclinou-se na cadeira e fechou os olhos. Quis ver se passava pelo sono, mas não pôde. Os pensamentos eram tão teimosos como a dor, e ainda mais ruins que ela. De quando em quando um bater de asas, rápido, quebrava o silêncio: eram as pombas de uma casa vizinha que tornavam ao pombal. Sofia a princípio abriu os olhos, umas duas vezes; depois, acostumou-se ao rumor, e deixou-os fechados, a ver se dormia. Passado algum tempo, ouviu passos na rua, e levantou a cabeça, supondo que era Carlos Maria que regressava; era um carteiro que lhe trazia uma carta da roça. Entregou-lha em mão. Ao sair do jardim, tropeçou o carteiro no pé de um banco e caiu de bruços, espalhando as cartas no chão. Sofia não pôde conter o riso.

Capítulo LIII

Perdoem-lhe esse riso. Bem sei que o desassossego, a noite malpassada, o terror da opinião, tudo contrasta com esse riso inoportuno. Mas, leitora amada, talvez a senhora nunca visse cair um carteiro. Os deuses de Homero — e mais eram deuses — debatiam uma vez no Olimpo, gravemente, e até furiosamente. A orgulhosa Juno, ciosa dos colóquios de Tétis e Júpiter em favor de Aquiles, interrompe o filho de Saturno. Júpiter troveja e ameaça; a esposa treme de cólera. Os outros gemem e suspiram. Mas, quando Vulcano pega da urna de néctar, e vai coxeando servir a todos, rompe no Olimpo uma enorme gargalhada inextinguível. Por quê? Senhora minha, com certeza nunca viu cair um carteiro.

Às vezes, nem é preciso que ele caia; outras vezes nem é sequer preciso que exista. Basta imaginá-lo ou recordá-lo. A sombra da sombra de uma lembrança grotesca projeta-se no meio da paixão mais aborrecível, e o sorriso vem às vezes à tona da cara, leve que seja — um nada. Deixemo-la rir, e ler a sua carta da roça.

Capítulo LIV

Quinze dias depois, estando Rubião em casa, apareceu-lhe o marido de Sofia. Vinha perguntar-lhe o que era feito dele? onde se tinha metido que não aparecia? estivera doente? ou já não cuidava dos pobres? Rubião mastigava as palavras, sem acabar de compor uma frase única. No meio disto, Palha viu que havia na sala um homem mirando os quadros, e abafou a voz.

— Desculpe, não vi que estava com visitas — disse ele.

— Desculpar o quê? é um amigo, como o senhor. Doutor, aqui está o meu amigo Cristiano de Almeida e Palha. Creio que já lhe falei dele. Este é o meu amigo doutor Camacho — João de Sousa Camacho.

Camacho fez um sinal de cabeça, disse uma ou duas frases e quis sair; mas Rubião acudiu que não, senhor, que ficasse. Eram ambos amigos; e depois a lua não tardava a iluminar a bela enseada de Botafogo.

A lua — outra vez a lua —, e esta frase: *Creio que já lhe falei dele*, atordoaram de tal jeito o recém-chegado, que não lhe foi possível proferir uma palavra durante algum tempo. Bom é acrescentar que o dono da casa também não sabia o que dissesse. Estavam os três sentados: Rubião no canapé, Palha e Camacho em cadeiras defronte um do outro. Camacho, que conservara a bengala na mão, pô-la verticalmente nos joelhos, batendo no nariz e olhando para o teto. Fora, rumor de carros, tropel de cavalos e algumas vozes. Eram sete horas e meia da noite, ou mais, perto de oito. O silêncio foi mais longo do que era lícito na ocasião; nem Rubião nem Palha davam por ele. Camacho é que, aborrecido, foi à janela, e exclamou dali para os dois:

— Lá vem o luar entrando!

Rubião fez um gesto, Palha outro; mas quão diferentes! Rubião era para transportar-se à janela; Palha ia a agarrá-lo pela gola. Cedia menos à divulgação possível da aventura do que à lembrança da violência com que ele pegara nas mãos da mulher para atraí-la a si. Um e outro contiveram-se; logo depois, Rubião, cruzando a perna esquerda sobre a direita, voltou-se para o Palha, e perguntou-lhe:

— Sabe que vou deixá-los?

Capítulo LV

Tudo esperava o outro, menos isso. Daí o espanto em que se dissolveu a cólera; daí também uma sombrinha de pesar, que é o que o leitor menos espera. Deixá-los? Naturalmente ia-se embora do Rio de Janeiro; era o castigo que a si mesmo impunha pela ação ruim que praticara em Santa Teresa; logo, vexara-se, arrependera-se. Não tinha cara de aparecer à esposa do amigo. Tal foi a primeira conclusão do Palha; mas vieram outras hipóteses. Por exemplo, a paixão podia persistir, e a saída dele era um modo de afastar-se da pessoa amada. Também podia acontecer que entrasse aí algum plano de casamento.

A última hipótese trouxe à fisionomia do Palha um elemento novo, que não sei como chame. Desapontamento? Já o elegante Garrett não achava outro termo para tais sensações, e nem por ser inglês o desprezava. Vá desapontamento. Misturem-lhe o pesar da separação, não esqueçam a cólera que o primeiro trovejou surdamente, e não faltará quem ache que a alma desse homem é uma colcha de retalhos. Pode ser; moralmente as colchas inteiriças são tão raras! O principal é que as cores se não desmintam umas às outras — quando não possam obedecer à simetria e regularidade. Era o caso do nosso homem. Tinha o aspecto baralhado à primeira vista; mas atentando bem, por mais opostos que fossem os matizes, lá se achava a unidade moral da pessoa.

Capítulo LVI

Mas, por que é que Rubião ia deixá-los? Que razão? Que negócio?

No dia seguinte ao do caso de Santa Teresa, acordou opresso. Almoçou mal. Não cuidou de nada; calçou as chinelas africanas sem interesse, não mirou as alfaias belas, ou simplesmente ricas, que lhe enchiam a casa. Não pôde suportar as carícias do cão mais de dois minutos; tão depressa o recebeu na sala, como o mandou embora. Ele é que enganou os criados e tornou à sala; mas, tal foi o tabefe que recebeu na orelha, que não repetiu os afagos: estirou-se no chão com os olhos no amigo.

Rubião estava arrependido, irritado, envergonhado. No capítulo X deste livro ficou escrito que os remorsos deste homem eram fáceis, mas de pouca dura; faltou explicar a natureza das ações que os podiam fazer curtos ou compridos. Lá tratava-se daquela carta escrita pelo finado Quincas Borba, tão expressiva do estado mental do autor, e que ele ocultou do médico, podendo ser útil à ciência ou à justiça. Se entrega a carta, não teria remorsos, nem talvez legado — o pequeno legado que então esperava do enfermo. No caso presente, era uma tentativa de adultério. Certo que ele suspirava há muito, e tinha ímpetos interiores; mas foi só a animação indiscreta da moça, e a própria excitação do momento que o levou a fazer a declaração repelida. Passados os vapores da noite, não era só vexame que sentia, mas também remorsos. A moral é uma, os pecados são diferentes.

Saltemos por cima de tudo o que ele sentiu e pensou durante os primeiros dias. Chegou a esperar alguma coisa no domingo, um bilhete como o do anterior — com morangos ou sem eles. Na segunda-feira estava determinado a ir a Minas passar uns dois meses; tinha necessidade de restaurar a alma aos ventos de Barbacena. Não contava com o dr. Camacho.

— Deixar-nos? — perguntou finalmente o Palha.

— Creio que sim; vou a Minas.

Camacho, voltando da janela, sentou-se na cadeira em que estivera antes.

— Que Minas? — disse ele sorrindo. — Deixe-se de Minas por ora; lá irá quando for preciso, e não se demorará muito que o seja.

Palha não ficou menos admirado das palavras deste que das do outro. Donde surgira semelhante homem, com ar de dominar o Rubião? Olhou para ele; era pessoa de estatura média, rosto estreito, pouca barba, queixo comprido, orelhas de pavilhão largo e aberto. Foi tudo o que pôde observar rapidamente. Viu também que a roupa era fina, sem luxo, e que os pés não estavam malcalçados. Não examinou os olhos, nem o sorriso, nem as maneiras; não chegou a reparar no princípio de calva, nem nas mãos magras e cabeludas.

Capítulo LVII

Camacho era homem político. Formado em direito em 1844, pela Faculdade do Recife, voltara para a província natal, onde começou a advogar; mas a advocacia era um pretexto. Já na academia escrevera um jornal político, sem partido definido, mas com muitas ideias colhidas aqui e ali, e expostas em estilo meio magro e meio inchado. Pessoa que recolheu esses primeiros frutos de Camacho fez um índice dos seus princípios e aspirações: — *ordem pela liberdade, liberdade pela ordem*;

— *a autoridade não pode abusar da lei, sem esbofetear-se a si própria;* — *a vida dos princípios é a necessidade moral das nações novas como das nações velhas;* — *dai-me boa política, dar-vos-ei boas finanças (barão Louis);* — *mergulhemos no Jordão constitucional;* — *dai passagem aos valentes, homens do poder; eles serão os vossos sustentáculos etc. etc.*

Na província natal, essa ordem de ideias teve de ceder a outras; e o mesmo se pode dizer do estilo. Fundou ali um jornal; mas, sendo a política local menos abstrata, Camacho aparou as asas e desceu às nomeações de delegados, às obras provinciais, às gratificações, à luta com a folha adversa, e aos nomes próprios e impróprios. A adjetivação exigiu grande apuro. Nefasto, esbanjador, vergonhoso, perverso, foram os termos obrigados, enquanto atacou o governo; mas, logo que, por uma mudança de presidente, passou a defendê-lo, as qualificações mudaram também: enérgico, ilustrado, justiceiro, fiel aos princípios, verdadeira glória da administração etc. etc. Esse tiroteio durou três anos. No fim deles, a paixão política dominava a alma do jovem bacharel.

Membro da assembleia provincial, logo depois da câmara dos deputados, presidente de uma província de segunda ordem, onde, por natural mudança do destino, leu nas folhas da oposição todos os nomes que escrevera outrora, nefasto, esbanjador, vergonhoso, perverso, Camacho teve dias grandes e pequenos, andou fora e dentro da câmara, orou, escreveu, lutou constantemente. Acabou por vir morar na capital do Império. Deputado da conciliação dos partidos, viu governar o marquês de Paraná, e instou por algumas nomeações, em que foi atendido; mas, se é certo que o marquês lhe pedia conselhos, e usava confiar-lhe os planos que trazia, ninguém podia afirmá-lo, porque ele, em se tratando da própria consideração, mentia sem dificuldade.

O que se pode crer é que queria ser ministro, e trabalhou por obtê-lo. Agregou-se a vários grupos, segundo lhe parecia acertado; na câmara discorria largamente sobre matérias de administração, acumulava algarismos, artigos de legislação, pedaços de relatório, trechos de autores franceses, embora maltraduzidos. Mas, entre a espiga e a mão, está o muro de que fala o poeta; e por mais que o nosso homem estendesse a mão do seu desejo para colhê-la, a espiga lá ficava do lado oposto, donde a arrancavam outras mãos, mais ou menos sôfregas, ou até descuidadas.

Há solteirões na política. Camacho ia entrando nessa categoria melancólica, em que todos os sonhos nupciais se evaporam com o tempo; mas não tinha a superioridade de abandoná-la. Ninguém que organizasse um gabinete se atrevia, ainda que o desejasse, a dar-lhe uma pasta. Camacho ia-se sentindo cair; para simular influência, tratava familiarmente os poderosos do dia, contava em voz alta as visitas aos ministros e a outras dignidades do Estado.

Não lhe faltava que comer. A família era pequena; mulher, uma filha, que ia nos dezoito anos, um afilhado de nove, e para isso dava a advocacia. Mas trazia a política no sangue; não lia, não cuidava em outra coisa. De literatura, ciências naturais, história, filosofia, artes, não se preocupava absolutamente nada. Também não conhecia grandes coisas de direito; guardava algum do que lhe dera a academia, mais a legislação posterior e práticas forenses. Com isso ia arrazoando e ganhando.

Capítulo LVIII

Dias antes, indo passar a noite em casa de um conselheiro, viu ali Rubião. Falava-se da chamada dos conservadores ao poder, e da dissolução da câmara. Rubião assistira à reunião em que o ministério Itaboraí pediu os orçamentos. Tremia ainda ao contar as suas impressões, descrevia a câmara, tribunas, galerias cheias que não cabia um alfinete, o discurso de José Bonifácio, a moção, a votação... Toda essa narrativa nascia de uma alma simples; era claro. A desordem dos gestos, o calor da palavra tinham a eloquência da sinceridade. Camacho escutava-o atento. Teve modo de o levar a um canto da janela, e fazer-lhe considerações graves sobre a situação. Rubião opinava de cabeça, ou por palavras soltas e aprobatórias.

— Os conservadores não se demoram no poder — disse-lhe finalmente Camacho.

— Não?

— Não; eles não querem a guerra, e têm de cair por força. Veja como andei bem no programa da folha.

— Que folha?

— Conversaremos depois.

No dia seguinte, almoçaram no Hotel de la Bourse, a convite de Camacho. Este referiu ao outro que fundara, meses antes, uma folha com o único programa de continuar a guerra a todo o transe... Andava muito acesa a dissenção entre liberais; pareceu-lhe que o melhor modo de servir ao próprio partido era dar-lhe um terreno neutro e nacional.

— E isto agora serve-nos — concluiu ele —, porque o governo inclina-se à paz. Já amanhã sai um artigo meu, furibundo.

Rubião ouvia tudo, quase sem tirar os olhos do outro, comendo rapidamente, nos intervalos em que o próprio Camacho inclinava a cabeça ao prato. Folgava de ver-se confidente político; e, para dizer tudo, a ideia de entrar em luta para colher alguma coisa depois, um lugar na câmara, por exemplo, espanejou as asas de ouro no cérebro do nosso amigo. Camacho não lhe disse mais nada; procurou-o no dia seguinte, e não o achou. Agora, pouco depois de entrar, vinha o Palha interrompê-los.

Capítulo LIX

— Sim, mas eu preciso ir a Minas — teimou Rubião.

— Para quê? — perguntou Camacho.

Palha fez-lhe igual pergunta. Para que iria a Minas, salvo se era negócio de pouco tempo. Ou já estava aborrecido da Corte?

— Não, aborrecido não estou; ao contrário...

Ao contrário, gostava muito dela; mas a terra natal, por menos bonita que seja — um lugarejo —, dá saudades à gente; ainda mais quando a pessoa veio de lá homem. Queria ver Barbacena. Barbacena era a primeira terra do mundo. Durante alguns minutos, Rubião pôde subtrair-se à ação dos outros. Tinha a terra natal em si mesmo: ambições, vaidades da rua, prazeres efêmeros, tudo cedia ao mineiro saudoso da província. Se a alma dele foi alguma vez dissimulada, e escutou a voz do interesse, agora era a simples alma de um homem arrependido do gozo, e mal-acomodado na própria riqueza.

Palha e Camacho olharam um para o outro... Oh! esse olhar foi como um bilhete de visita trocado entre as duas consciências. Nenhuma disse o seu segredo, mas viram os nomes no cartão, e cumprimentaram-se. Sim, era preciso impedir que o Rubião saísse; Minas podia retê-lo. Concordaram que lá fosse; mas depois — alguns meses depois —; e talvez o Palha fosse também. Nunca vira Minas; seria excelente ocasião.

— O senhor? — perguntou Rubião.

— Sim, eu; há muito que desejo ir a Minas e a São Paulo. Olhe, há mais de um ano que estivemos vai não vai... Sofia é companheira para essas viagens. Lembra-se quando nos encontramos no trem da estrada de ferro?... Vínhamos de Vassouras; mas esse projeto de Minas nunca nos deixou. Iremos os três.

Rubião agarrou-se às eleições próximas; mas aqui interveio Camacho, afirmando que não era preciso, que a serpente devia ser esmagada cá mesmo na capital; não faltaria tempo depois para ir matar saudades e receber a recompensa. Rubião agitou-se no canapé. A recompensa era, com certeza, o diploma de deputado. Visão magnífica, ambição, que nunca teve, quando era um pobre-diabo... Ei-la que o toma, que lhe aguça todos os apetites de grandeza e de glória. Entretanto, ainda insistiu por poucos dias de viagem, e, para ser exato, devo jurar que o fez sem desejo de que lhe aceitassem a proposta.

A lua estava então brilhante; a enseada, vista pelas janelas, apresentava aquele aspecto sedutor que nenhum carioca pode crer que exista em outra parte do mundo. A figura de Sofia passou ao longe, na encosta do morro, e diluiu-se no luar; a última sessão da câmara, tumultuosa, ressoou aos ouvidos de Rubião... Camacho foi até a janela e voltou logo.

— Mas quantos dias? — perguntou ele.

— Isso é que não sei, mas poucos.

— Em todo o caso, amanhã conversaremos.

Camacho despediu-se. Palha ficou ainda alguns instantes, para dizer-lhe que seria esquisito voltar a Minas, sem que eles liquidassem as contas... Rubião interrompeu-o. Contas? Quem lhe pedia contas?

— Bem se vê que o senhor não é homem de comércio — redarguiu Cristiano.

— Não sou, é verdade; mas as contas pagam-se quando se pode. Entre nós, tem sido isto. Ou, quem sabe? Seja franco; precisa de algum dinheiro?

— Não, não preciso. Obrigado. Tenho que propor um negócio, mas há de ser mais demoradamente. Vim vê-lo para não botar anúncios nos jornais: "Desapareceu um amigo, por nome Rubião, que tem um cachorro..."

Rubião gostou da facécia. Palha saiu e ele foi acompanhá-lo até a esquina da rua Marquês de Abrantes. Ao despedir-se prometeu visitá-lo em Santa Teresa, antes de ir a Minas.

Capítulo LX

Pobre Minas! Rubião voltou para casa, sozinho, a passo lento, pensando no modo de lá não ir agora. E as palavras dos dois andavam-lhe no cérebro, como peixinhos de ouro em globo de vidro, abaixo, acima, rutilantes: "*aqui é que se deve esmagar a cabeça da cobra*"; — "*Sofia é companheira para essas viagens*". Pobre Minas!

No dia seguinte recebeu um jornal que nunca vira antes, a *Atalaia*. O artigo editorial desancava o ministério; a conclusão, porém, estendia-se a todos os partidos e à nação inteira: — *Mergulhemos no Jordão constitucional*. Rubião achou-o excelente; tratou de ver onde se imprimia a folha para assiná-la. Era na rua da Ajuda; lá foi, logo que saiu de casa; lá soube que o redator era o dr. Camacho. Correu ao escritório dele.

Mas, em caminho, na mesma rua:

— Deolindo! Deolindo! — bradou angustiadamente uma voz de mulher à porta de uma colchoaria.

Rubião ouviu o grito, voltou-se, viu o que era. Era um carro que descia e uma criança de três ou quatro anos que atravessava a rua. Os cavalos vinham quase em cima dela, por mais que o cocheiro os sofreasse. Rubião atirou-se aos cavalos e arrancou o menino ao perigo. A mãe, quando o recebeu das mãos do Rubião, não podia falar; estava pálida, trêmula. Algumas pessoas puseram-se a altercar com o cocheiro, mas um homem calvo, que vinha dentro, ordenou-lhe que fosse andando. O cocheiro obedeceu. Assim, quando o pai, que estava no interior da colchoaria, veio fora, já o carro dobrava a esquina de São José.

— Ia quase morrendo — disse a mãe. — Se não fosse este senhor, não sei o que seria do meu pobre filho.

Era uma novidade no quarteirão. Vizinhos entravam a ver o que sucedera ao pequeno; na rua, crianças e moleques espiavam pasmados. A criança tinha apenas um arranhão no ombro esquerdo, produzido pela queda.

— Não foi nada — disse Rubião —; em todo caso, não deixem o menino sair à rua; é muito pequenino.

— Obrigado — acudiu o pai —; mas onde está o seu chapéu?

Rubião advertiu então que perdera o chapéu. Um rapazinho esfarrapado, que o apanhara, estava à porta da colchoaria, aguardando a ocasião de restituí-lo. Rubião deu-lhe uns cobres em recompensa, coisa em que o rapazinho não cuidara, ao ir apanhar o chapéu. Não o apanhou senão para ter uma parte na glória e nos serviços. Entretanto, aceitou os cobres, com prazer; foi talvez a primeira ideia que lhe deram da venalidade das ações.

— Mas espere — tornou o colchoeiro —, o senhor feriu-se?

Com efeito, a mão do nosso amigo tinha sangue, um ferimento na palma, coisa pequena; só agora começava a senti-lo. A mãe do pequeno correu a buscar uma bacia e uma toalha, apesar de dizer o Rubião que não era nada, que não valia a pena. Veio a água; enquanto ele lavava a mão, o colchoeiro correu à farmácia próxima, e trouxe um pouco de arnica. Rubião curou-se, atou o lenço na mão; a mulher do colchoeiro escovou-lhe o chapéu; e, quando ele saiu, um e outro agradeceram-lhe muito o benefício da salvação do filho. A outra gente, que estava à porta e na calçada, fez-lhe alas.

Capítulo LXI

— Que é que tem aí na mão? — inquiriu Camacho, logo que Rubião entrou no escritório.

Rubião narrou o incidente da rua da Ajuda. O advogado fez-lhe muitas perguntas sobre a criança, os pais, o número da casa; mas o próprio Rubião pôs termo às respostas.

— Não sabe, ao menos, o nome do pequeno?

— Ouvi chamar Deolindo. Vamos ao que importa. Venho assinar a sua folha; recebi um número, e quero contribuir para...

Camacho acudiu que não precisava de assinaturas. Em assinaturas, a folha ia bem. O que ela precisava era de material tipográfico e desenvolvimento no texto; ampliar a matéria, pôr-lhe mais noticiário, variedades, tradução de algum romance para o folhetim, movimento do porto, da praça etc. Tinha anúncios, como viu!

— Sim, senhor.

— Estou com o capital quase subscrito. Bastam dez pessoas, e já somos oito; eu e mais sete. Faltam dois. Com mais duas pessoas está completo o capital.

"Quanto será?", pensou Rubião.

Camacho batia com um canivete na beira da escrivaninha, calado, olhando às furtadelas para o outro. Rubião passou uma vista à sala, poucos móveis, alguns autos sobre um tamborete ao pé do advogado, estante com livros, Lobão, Pereira e Sousa, Dalloz, Ordenações do Reino, um retrato na parede, diante da escrivaninha.

— Conhece? — disse Camacho apontando para o retrato.

— Não, senhor.

— Veja se conhece.

— Não posso saber. Nunes Machado?

— Não — acudiu o ex-deputado dando à cara um ar pesaroso. — Não pude obter um bom retrato dele. Vendem-se aí umas litografias que me não parecem boas. Não; aquele é o marquês.

— De Barbacena?

— Não, de Paraná; é o grande marquês, meu particular amigo. Tentou conciliar os partidos, e foi por isso que me achei com ele. Morreu cedo; a obra não pôde ir adiante. Hoje, se ele a quisesse, ter-me-ia contra si. Não! nada de conciliações; guerra de morte. Havemos de destruí-los; leia a *Atalaia*, meu bom companheiro de lutas; recebê-la-á em casa...

— Não, senhor.

— Por que não?

Rubião baixou os olhos diante do nariz interrogativo do Camacho.

— Não, senhor; sou firme, desejo ajudar os amigos. Receber a folha de graça...

— Mas, se já lhe disse que de assinaturas vamos bem — retorquiu Camacho.

— Sim, senhor, mas não disse também que faltam duas pessoas para o capital?

— Duas, sim; temos oito.

— Quanto é o capital?

— O capital é de cinquenta contos; cinco por pessoa.

— Pois entro com cinco.

Camacho agradeceu-lho em nome das ideias. Tinha intenção de convidá-lo para entrar com eles; era um direito adquirido pela convicção, pela fidelidade, pelo amor aos negócios públicos do seu recente amigo. Uma vez que espontaneamente se alistou, pedia-lhe que o desculpasse. Mostrou-lhe a lista dos outros; Camacho era o primeiro; entrava com a folha, o material existente, as assinaturas, e o trabalho hercúleo... Ia a emendar-se, mas repetiu corajosamente: trabalho hercúleo. Podia dizer que o era, sem deslustre, nem mentira; esganou cobras, em criança. Já agora era um vício; gostava da luta, morreria nela, envolvido na bandeira...

Capítulo LXII

Rubião despediu-se. No corredor passou por ele uma senhora alta, vestida de preto, com um arruído de seda e vidrilhos. Indo a descer a escada, ouviu a voz do Camacho, mais alta do que até então:

— Oh! senhora baronesa!

No primeiro degrau parou. A voz argentina da senhora começou a dizer as primeiras palavras; era uma demanda. Baronesa! E o nosso Rubião ia descendo a custo, de manso, para não parecer que ficara ouvindo. O ar metia-lhe pelo nariz acima um aroma fino e raro, coisa de tontear, o aroma deixado por ela. Baronesa! Chegou à porta da rua; viu parado um cupê; o lacaio, em pé, na calçada, o cocheiro na almofada, olhando; fardados ambos... Que novidade podia haver em tudo isso? Nenhuma. Uma senhora titular, cheirosa e rica, talvez demandista para matar o tédio. Mas o caso particular é que ele, Rubião, sem saber por que, e apesar do seu próprio luxo, sentia-se o mesmo antigo professor de Barbacena...

Capítulo LXIII

Na rua, encontrou Sofia com uma senhora idosa e outra moça. Não teve olhos para ver bem as feições destas; todo ele foi pouco para Sofia. Falaram-se acanhadamente, dois minutos apenas, e seguiram o seu caminho. Rubião parou adiante, e olhou para trás; mas as três senhoras iam andando sem voltar a cabeça. Depois do jantar, consigo:

"Irei lá hoje?"

Reflexionou muito sem adiantar nada. Ora que sim, ora que não. Achara-lhe um modo esquisito; mas lembrava-se que sorriu — pouco, mas sorriu. Pôs o caso à sorte. Se o primeiro carro que passasse viesse da direita, iria; se viesse da esquerda, não. E deixou-se estar na sala, no pufe central, olhando. Veio logo um tílburi da esquerda. Estava dito; não ia a Santa Teresa. Mas aqui a consciência reagiu; queria os próprios termos da proposta: um carro. Tílburi não era carro. Devia ser o que vulgarmente se chama carro, uma caleça inteira ou meia, ou ainda uma vitória. Daí a pouco vieram chegando da direita muitas caleças, que voltavam de um enterro. Foi.

Capítulo LXIV

Sofia deu-lhe a mão gentilmente, sem sombra de rancor. As duas senhoras do passeio estavam com ela, em trajes caseiros; apresentou-as. A moça era prima, a velha era tia — aquela tia da roça, autora da carta que Sofia recebeu no jardim das mãos do carteiro, que logo depois deu uma queda. A tia chamava-se d. Maria Augusta; tinha uma fazendola, alguns escravos e dívidas, que lhe deixara o marido, além das saudades. A filha era Maria Benedita — nome que a vexava, por ser de velha, dizia ela; mas a mãe retorquia-lhe que as velhas foram algum dia moças e meninas, e que os nomes adequados às pessoas eram imaginações de poetas e contadores de histórias. Maria Benedita era o nome da avó dela, afilhada de Luís de Vasconcelos, o vice-rei. Que queria mais?

Contaram isso ao Rubião, sem que ela se vexasse. Sofia, ou por atenuar o caso, ou por outro motivo, acrescentou que os mais feios nomes eram lindos, segundo a pessoa. Maria Benedita era lindíssimo.

— Não lhe parece? — concluiu voltando-se para Rubião.

— Deixa de caçoada, prima! — acudiu Maria Benedita, rindo.

Podemos crer que a velha nem Rubião entenderam o dito — a velha, porque começava a cochilar; Rubião porque afagava um cãozinho que tinham dado a Sofia, pequeno, delgado, leve, buliçoso, olhos negros, com um guizo ao pescoço. Mas, insistindo a dona da casa, ele respondeu que sim, sem saber o que era. Maria Benedita deu um muxoxo. Em verdade, não era uma beleza; não lhe pedissem olhos que fascinam, nem dessas bocas que segregam alguma coisa, ainda caladas; era natural, sem acanho de roceira; e tinha um donaire particular, que corrigia as incoerências do vestido.

Nascera na roça e gostava da roça. A roça era perto, Iguaçu. De longe em longe vinha à cidade, passar alguns dias; mas, ao cabo dos dois primeiros, já estava ansiosa por tornar a casa. A educação foi sumária: ler, escrever, doutrina e algumas obras de agulha. Nos últimos tempos (ia em dezenove anos), Sofia apertou com ela para aprender piano; a tia consentiu; Maria Benedita veio para a casa da prima, e ali esteve uns dezoito dias. Não pôde mais; doeram-lhe as saudades da mãe e voltou para a roça, deixando consternado o professor, que anunciou nela, desde os primeiros dias, um grande talento musical.

— Oh! sem dúvida, um grande talento!

Maria Benedita riu-se quando a prima lhe contou isto, e nunca mais pôde ver a sério o homem. Às vezes, no meio de uma lição, deitava a rir; Sofia contraía as sobrancelhas, a modo de ralho, e o pobre homem perguntava o que era, e de si mesmo explicava que havia de ser alguma lembrança de moça, e continuava a lição. Nem piano nem francês — outra lacuna, que Sofia mal podia desculpar. D. Maria Augusta não compreendia a consternação da sobrinha. Para que francês? A sobrinha dizia-lhe que era indispensável para conversar, para ir às lojas, para ler um romance...

— Sempre fui feliz sem francês — respondia a velha —; e os meias--línguas da roça são a mesma coisa: não vivem pior que os crioulos.

Um dia acrescentou:

— Nem por isso lhe hão de faltar noivos. Pode casar, já lhe disse que pode casar quando quiser, que eu também casei; e até deixar-me na roça, sozinha, morrer como uma besta velha...

— Mamãe!

— Não tenha pena; é só aparecer o noivo. Em aparecendo, vá com ele, e deixe-me ficar. Olha Maria José o que fez comigo? Vive lá pelo Ceará.

— Mas se o marido é juiz de direito — ponderava Sofia.

— Torto que seja! Para mim é a mesma coisa. Cá fica o frangalho da velha. Casa, Maria Benedita, casa depressa; eu morrerei com Deus. Não terei filhos, mas terei Nossa Senhora, que é mãe de todos. Casa, anda, casa!

Toda essa rabugem era cálculo; tinha em mira arredar a filha do matrimônio, excitando-lhe o terror e a piedade. Quando menos, retardar-lho. Não creio que revelasse esse pecado ao confessor, nem que chegasse a entendê-lo; era obra de um egoísmo idoso e melindroso. D. Maria Augusta fora longamente querida; a mãe era doida por ela, o marido amou-a até o último dia com a mesma intensidade. Mortos ambos, todas as suas saudades filiais e matrimoniais foram postas na cabeça das duas filhas. Uma fugira-lhe, casando. Ameaçada da solidão, se a outra casasse também, d. Maria Augusta fazia tudo o que podia por evitar o desastre.

Capítulo LXV

Curta foi a visita de Rubião. Às nove horas levantou-se ele discretamente, esperando qualquer palavra de Sofia, um pedido para que ficasse ainda algum tempo, que esperasse o marido que já vinha, um espanto que fosse: *Já!*, mas nem isso. Sofia estendeu-lhe a mão, em que ele mal pôde tocar. Contudo, a moça, durante a visita, mostrou-se tão natural, tão sem azedume... Não teve seguramente os olhos longos e loquazes, como dantes; parecia até que não houvera nada, nem bem nem mal, nem morangos, nem lua. Rubião tremia, não achava palavras; ela achava todas as que queria e, se era preciso olhar para ele, fazia-o direitamente, tranquilamente.

— Lembranças ao nosso Palha — murmurou ele de chapéu e bengala na mão.

— Obrigada! Foi fazer uma visita; parece que ouço passos; há de ser ele.

Não era ele; era Carlos Maria. Rubião ficou espantado de o ver ali, mas achou logo que a presença da fazendeira e da filha explicaria tudo; podia ser até que fossem aparentados.

— Ia saindo, quando o senhor entrou — disse-lhe Rubião, depois de o ver sentado ao pé de d. Maria Augusta.

— Ah! — respondeu o outro, olhando para o retrato de Sofia.

Sofia foi até à porta despedir-se do Rubião; disse-lhe que o marido ficaria com pena de não estar em casa; mas que a visita era imperiosa. Negócios... Iria pedir-lhe desculpa.

— Que desculpa? — acudiu Rubião.

Parece que quis dizer ainda alguma coisa; mas o aperto de mão de Sofia e a reverência que esta lhe fez deram-lhe o sinal de despedida. Rubião inclinou-se, atravessou o jardim, ouvindo a voz de Carlos Maria, na sala:

— Vou denunciar seu marido, minha senhora; é homem de muito mau gosto.

Rubião parou.

— Por quê? — disse Sofia.

— Tem esse seu retrato na sala — continuou Carlos Maria —; a senhora é muito mais bela, infinitamente mais bela que a pintura. Comparem, minhas senhoras.

Capítulo LXVI

"Como ele diz aquelas coisas tão naturalmente!", pensou Rubião, em casa, relembrando as palavras de Carlos Maria. "Desfazer no retrato só para elogiar a pessoa! Note-se que o retrato é muito parecido."

Capítulo LXVII

De manhã, na cama, teve um sobressalto. O primeiro jornal que abriu foi a *Atalaia*. Leu o artigo editorial, uma correspondência e algumas notícias. De repente, deu com o seu nome.

— Que é isto?

Era o seu próprio nome impresso, rutilante, multiplicado, nada menos que uma notícia do caso da rua da Ajuda. Depois do sobressalto, aborrecimento. Que diacho de ideia aquela de imprimir um fato particular, contado em confiança? Não quis ler nada; desde que percebeu o que era, deitou a folha ao chão, e pegou em outra. Infelizmente, perdera a serenidade, lia por alto, pulava algumas linhas, não entendia outras, ou dava por si no fim de uma coluna sem saber como viera escorregando até ali.

Ao levantar-se, sentou-se na poltrona, ao pé da cama, e pegou da *Atalaia*. Lançou os olhos pela notícia: era mais de uma coluna. "Coluna e tanto para coisa tão diminuta!", pensou consigo. E a fim de ver como é que Camacho enchera o papel, leu tudo, um pouco às pressas, vexado dos adjetivos e da descrição dramática do caso.

— Foi bem feito! — disse em voz alta. — Quem me mandou ser linguarudo?

Passou ao banho, vestiu-se, penteou-se, sem esquecer a bisbilhotice da folha, acanhado com a publicação de um negócio que ele reputava mínimo, e ainda mais pelo encarecimento que lhe dera o escritor, como se tratasse de dizer bem ou mal em política. Ao café, pegou novamente na folha, para ler outras coisas, nomeações do governo, um assassinato em Garanhuns, meteorologia, até que a vista desastrada foi cair na notícia, e leu-a então com pausa. Aqui confessou Rubião que bem podia crer na sinceridade do escritor. O entusiasmo da linguagem explicava-se pela impressão que lhe ficou do fato; tal foi ela que lhe não permitiu ser mais sóbrio. Naturalmente é o que foi. Rubião recordou a sua entrada no escritório do Camacho, o modo por que falou; e daí tornou atrás, ao próprio ato. Estirado no gabinete, evocou a cena; o menino, o carro, os cavalos, o grito, o salto que deu, levado de um ímpeto irresistível. — Agora mesmo não podia explicar o negócio; foi como se lhe tivesse passado uma sombra pelos olhos... Atirou-se à criança, e aos cavalos, cego e surdo, sem atender ao próprio risco... E podia ficar ali, embaixo dos animais, esmagado pelas rodas, morto ou ferido; ferido que fosse... Podia ou não podia? Era impossível negar que a situação foi grave... A prova é que os pais e a vizinhança...

Rubião interrompeu as reflexões para ler ainda a notícia. Que era bem-escrita, era. Trechos havia que releu com muita satisfação. O diabo do homem parecia ter assistido à cena. Que narração! que viveza de estilo! Alguns pontos estavam acrescentados — confusão de memória —, mas o acréscimo não ficava mal. E certo orgulho que lhe notou ao repetir-lhe o nome? "O nosso amigo, o nosso distintíssimo amigo, o nosso valente amigo..."

Ao almoço, riu-se de si mesmo; achou-se mortificado em demasia. Afinal, que tinha que o outro desse aos seus leitores uma notícia que era verdadeira, que era interessante, dramática — e seguramente — não vulgar? Saindo, recebeu alguns cumprimentos; Freitas chamou-lhe são Vicente de Paulo. E o nosso amigo sorria, agradecia, diminuía-se, não era nada...

— Nada? — replicou alguém. — Dê-me muitos desses nadas. Salvar uma criança com risco da própria vida...

Rubião ia concordando, ouvindo, sorrindo; contava a cena a alguns curiosos, que a queriam da própria boca do autor. Certos ouvintes respondiam com proezas suas — um que salvara uma vez um homem, outro uma menina, prestes a afogar-se no boqueirão do Passeio, estando a tomar banho. Vinham também suicídios malogrados, por intervenção do ouvinte, que tomou a pistola ao infeliz, e fê-lo jurar... Cada gloriazinha oculta picava o ovo, e punha a cabeça de fora, olho aberto, sem penas, em volta da glória máxima do Rubião. Também teve invejosos, alguns que nem o conheciam, só por ouvi-lo louvar em voz alta. Rubião foi agradecer a notícia ao Camacho, não sem alguma censura pelo abuso de confiança, mas uma censura mole, ao canto da boca. Dali foi comprar uns tantos exemplares da folha para os amigos de Barbacena. Nenhuma outra transcreveu a notícia; ele, a conselho do Freitas, fê-la reimprimir nos *a pedidos* do *Jornal do Commercio*, interlinhada.

Capítulo LXVIII

Maria Benedita consentiu finalmente em aprender francês e piano. Durante quatro dias a prima teimou com ela, a todas as horas, de tal arte e maneira, que a mãe da moça resolveu apressar a volta à fazenda, para evitar que ela acabasse aceitando. A filha resistiu muito; respondia que eram coisas supérfluas, que moça de roça não precisa de prendas da cidade. Uma noite, porém, estando ali Carlos Maria, pediu-lhe este que tocasse alguma coisa; Maria Benedita fez-se vermelha. Sofia acudiu com uma mentira:

— Não lhe peça isso; ainda não tocou depois que veio. Diz que agora só toca para os roceiros.

— Pois faça de conta que somos roceiros — insistiu o moço.

Mas passou logo a outra coisa, ao baile da baronesa do Piauí (a mesma que o nosso amigo Rubião encontrou no escritório do Camacho), um baile esplêndido, oh! esplêndido! A baronesa prezava-o muito, disse ele. No dia seguinte, Maria Benedita declarou à prima que estava pronta a aprender piano e francês, rabeca e até russo, se quisesse. A dificuldade era vencer a mãe. Esta, quando soube da resolução da filha, pôs as mãos na cabeça. Que francês? que piano? Bradou que não, ou então que deixasse de ser sua filha; podia ficar, tocar, cantar, falar cabinda ou a língua do diabo que os levasse a todos. Palha é que a persuadiu finalmente; disse-lhe que, por mais supérfluas que lhe parecessem aquelas prendas, eram o mínimo dos adornos de uma educação de sala.

— Mas eu criei minha filha na roça e para a roça — interrompeu a tia.

— Para a roça? Quem sabe lá para que cria os filhos? Meu pai destinava-me a padre; é por isso que arranho algum latim. A senhora não há de viver sempre; os seus negócios andam atrapalhados. Pode acontecer que Maria Benedita fique ao desamparo... Ao desamparo, não digo; enquanto vivermos somos todos uma só pessoa. Mas não é melhor prevenir? Podia ser até que, se lhe faltássemos todos, ela vivesse à larga, só com ensinar francês e piano. Basta que os saiba para estar em condições melhores. É bonita, como a senhora foi no seu tempo; e possui raras qualidades morais. Pode achar marido rico. Sabe a senhora se já tenho alguém em vista, pessoa séria?

— Sim? Então ela vai aprender francês, piano e namoro?

— Que namoro? Refiro-me a um pensamento íntimo, a um plano que me parece adequado à felicidade dela e de sua mãe... Pois eu havia... Ora, tia Augusta!

Palha mostrou-se tão mortificado que a tia deixou o tom áspero pelo tom seco. Resistiu ainda; mas a noite deu-lhe bons conselhos. O estado dos seus negócios e a possibilidade de um genro abastado fizeram mais que outras razões. Os melhores genros da roça aliavam-se a outras fazendas, a famílias de representação e riqueza segura. Dois dias depois acharam um *modus vivendi*. Maria Benedita ficaria com a prima; iriam de quando em quando à roça, e a tia também viria à capital, para vê-las. Palha chegou a dizer que, logo que o estado da praça o permitisse, arranjaria meio de liquidar-lhe os negócios e transportá-la para aqui. Mas a isto a boa senhora abanou a cabeça.

Não se pense que tudo isso foi tão fácil como aí fica escrito. Na prática, vieram os óbices, amofinações, saudades, rebeliões de Maria Benedita. Dezoito dias depois da volta da mãe à fazenda, quis ir visitá-la, e a prima acompanhou-a; estiveram lá uma semana. A mãe, dois meses depois, veio passar uns dias aqui. Sofia acostumava habilmente a prima às distrações da cidade; teatros, visitas, passeios, reuniões em casa, vestidos novos, chapéus lindos, joias. Maria Benedita era mulher, posto que mulher esquisita; gostou de tais coisas, mas tinha para si que, logo que quisesse, podia arrebentar todos esses liames, e andar para a roça. A roça vinha ter com ela, às vezes, em sonho ou simples devaneio. Depois dos primeiros saraus, quando voltava para casa, não eram as sensações da noite que lhe enchiam a alma, eram as saudades de Iguaçu. Cresciam-lhe mais a certas horas do dia, quando a quietação da casa e da rua era completa. Então batia as asas para a varanda da velha casa, onde bebia café, ao pé da mãe; pensava na escravaria, nos móveis antigos, nas bonitas chinelas que lhe mandara o padrinho, um fazendeiro rico de São João del-Rei — e que lá ficaram em casa. Sofia não consentiu que ela as trouxesse.

Os mestres de francês e piano eram homens sabedores do ofício. Sofia teve modo de dizer-lhes em particular que a prima vexava-se de aprender tão tarde, e pediu-lhes que não falassem nunca de tal discípula. Prometeram que sim; o de piano apenas referiu o pedido a alguns colegas da arte, que lhe acharam graça, e contaram outras anedotas da clientela. O certo é que Maria Benedita aprendia com singular facilidade, estudava com afinco, quase todas as horas, a tal ponto que a mesma prima julgava acertado interrompê-la.

— Descansa, filha de Deus!
— Deixa recobrar o tempo perdido — respondia ela, rindo.

Então Sofia inventava passeios, à toa, para fazê-la descansar. Ora um bairro, ora outro. Em certas ruas, Maria Benedita não perdia tempo: lia as tabuletas francesas, e perguntava pelos substantivos novos, que a prima, algumas vezes, não sabia dizer o que eram, tão estritamente adequado era o seu vocabulário às coisas do vestido, da sala e do galanteio.

Mas não era só nessas disciplinas que Maria Benedita fazia progressos rápidos. A pessoa ajustara-se ao meio, mais depressa do que fariam crer o gosto natural e a vida da roça. Já competia com a outra, embora houvesse nesta um desgarre, e não sei que expressão particular que, para assim dizer, dava cor a todas as linhas e gestos da figura. Não obstante essa diferença, é certo que a outra era vista e notada ao pé dela, de tal jeito que Sofia, que começara por louvá-la em toda a parte, não a deslouvava agora, mas ouvia calada as admirações. Falava bem — mas, quando calava, era por muito tempo; dizia que eram os seus "calundus". Contradançava sem vida, que é a perfeição desse gênero de recreio; gostava muito de ver polcar e valsar. Sofia, imaginando que era por medo que a prima não valsava nem polcava, quis dar-lhe algumas lições em casa, sozinhas, com o marido ao piano; mas a prima recusava sempre.

— Isso é ainda um bocadinho de casca da roça — disse-lhe uma vez Sofia.

Maria Benedita sorriu de um modo tão particular, que a outra não insistiu. Não foi riso de vexame, nem de despeito, nem de desdém. Desdém, por quê? Contudo, é certo que o riso parecia vir de cima. Não menos o é que Sofia polcava e valsava com ardor, e ninguém se pendurava melhor do ombro do parceiro; Carlos Maria, que era raro dançar, só valsava com Sofia — dois ou três giros, dizia ele —; Maria Benedita contou uma noite quinze minutos.

Capítulo LXIX

Os quinze minutos foram contados no relógio do Rubião, que estava ao pé da Maria Benedita, e a quem ela perguntou duas vezes que horas eram, no princípio e no fim da valsa. A própria moça inclinou-se para ver bem o ponteiro dos minutos.

— Está com sono? — perguntou Rubião.

Maria Benedita olhou para ele de soslaio. Viu-lhe o rosto plácido, sem intenção nem riso.

— Não — respondeu —; digo-lhe até que estou com medo que prima Sofia se lembre de ir cedo para casa.

— Não vai cedo. Já acabou a desculpa de Santa Teresa, por causa da subida. A casa fica perto daqui.

De fato, as duas moravam agora na praia do Flamengo, e o baile era na rua dos Arcos.

É de saber que tinham decorrido oito meses desde o princípio do capítulo anterior, e muita coisa estava mudada. Rubião é sócio do marido de Sofia, em uma casa de importação, à rua da Alfândega, sob a firma Palha & Cia. Era o negócio que este ia propor-lhe, naquela noite, em que achou o dr. Camacho na casa de Botafogo. Apesar de fácil, Rubião recuou algum tempo. Pediam-lhe uns bons pares de contos de réis, não entendia de comércio, não lhe tinha inclinação. Demais, os gastos particulares eram já grandes; o capital precisava do regime do bom juro e alguma poupança, a ver se recobrava as cores e as carnes primitivas. O regime que lhe indicavam não era claro; Rubião não podia compreender os algarismos do Palha, cálculos de lucros, tabelas de preço, direitos da alfândega, nada; mas, a linguagem falada supria a escrita. Palha dizia coisas extraordinárias, aconselhava ao amigo que aproveitasse a ocasião para pôr o dinheiro a caminho, multiplicá-lo. Se tinha medo, era diferente; ele, Palha, faria o negócio com John Roberts, sócio que foi da Casa Wilkinson, fundada em 1844, cujo chefe voltou para a Inglaterra, e era agora membro do parlamento.

Rubião não cedeu logo; pediu prazo, cinco dias. Consigo era mais livre; mas desta vez a liberdade só servia para atordoá-lo. Computou os dinheiros despendidos, avaliou os rombos feitos no cabedal que lhe deixara o filósofo. Quincas Borba, que estava com ele no gabinete, deitado, levantou casualmente a cabeça e fitou-o. Rubião estremeceu; a suposição de que naquele Quincas Borba podia estar a alma do outro nunca se lhe varreu inteiramente do cérebro. Desta vez chegou a ver-lhe um tom de censura nos olhos; riu-se, era tolice; cachorro não podia ser homem. Insensivelmente, porém, abaixou a mão e coçou as orelhas ao animal, para captá-lo.

Atrás dos motivos de recusa, vieram outros contrários. E se o negócio rendesse? Se realmente lhe multiplicasse o que tinha? Acrescia que a posição era respeitável, e podia trazer-lhe vantagens na eleição, quando houvesse de propor-se ao parlamento, como o velho chefe da Casa Wilkinson. Outra razão mais forte ainda era o receio de magoar o Palha, de parecer que lhe não confiava dinheiros, quando era certo que, dias antes, recebera parte da dívida antiga, e a outra parte restante devia ser-lhe restituída dentro de dois meses.

Nenhum desses motivos era pretexto de outro; vinham de si mesmos. Sofia só apareceu no fim, sem deixar de estar nele, desde o princípio, ideia latente, inconsciente, uma das coisas últimas do ato, e a única dissimulada. Rubião abanou a cabeça para expedi-la, e levantou-se. Sofia (dona astuta!) recolheu-se à inconsciência do homem, respeitosa da liberdade moral, e deixou-o resolver por si mesmo que entraria de sócio com o marido, mediante certas cláusulas de segurança. Foi assim que se fez a sociedade comercial; assim é que Rubião legalizou a assiduidade das suas visitas.

— Senhor Rubião — disse Maria Benedita depois de alguns segundos de silêncio —, não lhe parece que minha prima é bem bonita?

— Não desfazendo na senhora, acho.

— Bonita e bem-feita.

Rubião aceitou o complemento. Um e outro acompanharam com os olhos o par de valsistas, que passeava ao longo do salão. Sofia estava magnífica. Trajava de azul-escuro, mui decotada — pelas razões ditas no capítulo XXXV; os braços nus, cheios, com uns tons de ouro claro, ajustavam-se às espáduas e aos seios, tão acostumados ao gás do salão. Diadema de pérolas feitiças, tão bem-acabadas, que iam de par com as duas pérolas naturais, que lhe ornavam as orelhas, e que Rubião lhe dera um dia.

Ao lado dela, Carlos Maria não ficava mal. Era um rapaz galhardo, como sabemos, e trazia os mesmos olhos plácidos do almoço do Rubião. Não tinha as maneiras súditas, nem as curvas reverentes dos outros rapazes; exprimia-se com a graça de um rei benévolo. Entretanto, se, à primeira vista, parecia fazer apenas um obséquio àquela senhora, não é menos certo que ia desvanecido, por trazer ao lado a mais esbelta mulher da noite. Os dois sentimentos não se contradiziam; fundiam-se ambos na adoração que este moço tinha de si mesmo. Assim, o contato de Sofia era para ele como a prosternação de uma devota. Não se admirava de nada. Se um dia acordasse imperador, só se admiraria da demora do ministério em vir cumprimentá-lo.

— Vou descansar um pouco — disse Sofia.

— Está cansada ou... aborrecida? — perguntou-lhe o braceiro.

— Oh! cansada apenas!

Carlos Maria, arrependido de haver suposto a outra hipótese, deu-se pressa em eliminá-la.

— Sim, creio; por que é que estaria aborrecida? Mas eu afirmo que é capaz de fazer-me o sacrifício de passear ainda algum tempo. Cinco minutos?

— Cinco minutos.

— Nem mais um que seja? Pela minha parte passearia a eternidade.

Sofia abaixou a cabeça.

— Com a senhora, note bem.

Sofia deixou-se ir com os olhos no chão, sem contestar, sem concordar, sem agradecer, ao menos. Podia não ser mais que uma galanteria, e as galanterias, é de uso que se agradeçam. Já lhe tinha ouvido outrora palavras análogas, dando-lhe a primazia entre as mulheres deste mundo. Deixou de as ouvir durante seis meses — quatro que ele gastou em Petrópolis, dois em que lhe não apareceu. Ultimamente é que tornou a frequentar a casa, a dizer-lhe finezas daquelas, ora em particular, ora à vista de toda a gente. Deixou-se ir; e ambos foram andando calados, calados, calados — até que ele rompeu o silêncio, notando-lhe que o mar defronte da casa dela batia com muita força, na noite anterior.

— Passou lá? — perguntou Sofia.

— Estive lá; ia pelo Catete, já tarde, e lembrou-me descer à praia do Flamengo. A noite era clara; fiquei cerca de uma hora, entre o mar e a sua casa. A senhora aposto que nem sonhava comigo? Entretanto, eu quase que ouvia a sua respiração.

Sofia tentou sorrir; ele continuou:

— O mar batia com força, é verdade, mas o meu coração não batia menos rijamente — com esta diferença que o mar é estúpido, bate sem saber por quê, e o meu coração sabe que batia pela senhora.

— Oh! — murmurou Sofia.

Com espanto? Com indignação? Com medo? São muitas perguntas a um tempo. Estou que a própria dama não poderia responder exatamente, tal foi o abalo que lhe trouxe a declaração do moço. Em todo caso, não foi com incredulidade. Não posso dizer mais senão que a exclamação saiu tão frouxa, tão abafada que ele mal pôde ouvi-la. Pela sua parte, Carlos Maria disfarçou bem, ante os olhos de toda a sala; nem antes, nem durante, nem depois das palavras, mostrou no rosto a menor comoção; tinha até umas sombras de riso cáustico, um riso de seu uso, quando mofava de alguém; parecia ter dito um epigrama. Contudo, mais de um olho de mulher espreitava a alma de Sofia, estudava o gesto da moça, tal ou qual acanhado, e as pálpebras teimosamente caídas.

— A senhora está perturbada — disse ele —; disfarce com o leque.

Sofia maquinalmente entrou a abanar-se e levantou os olhos. Viu que muitos outros a fitavam, e empalideceu. Os minutos iam correndo, com a mesma brevidade dos anos; os primeiros cinco e os segundos iam longe; estavam no décimo terceiro, atrás deste iam apontando as asas de outro, e mais outro. Sofia disse ao braceiro que queria sentar-se.

— Vou deixá-la e retiro-me.

— Não — disse ela precipitadamente.

Depois, emendou-se:

— O baile está bonito.

— Está, mas eu quero levar comigo a melhor recordação da noite. Qualquer outra palavra que ouça agora será como o coaxar das rãs, depois do canto de um lindo pássaro, um dos seus pássaros lá de casa. Onde quer que a deixe?

— Ao lado de minha prima.

Capítulo LXX

Rubião cedeu a cadeira, e acompanhou Carlos Maria, que atravessou a sala e foi até o gabinete da entrada, onde estavam os sobretudos e uns dez homens conversando. Antes que o rapaz entrasse no gabinete, Rubião pegou-lhe do braço, familiarmente, para lhe perguntar alguma coisa — fosse o que fosse — mas, em verdade, para retê-lo consigo e procurar sondá-lo. Começava a crer possível ou real uma ideia que o atormentava desde muitos dias. Agora, a conversação dilatada, os modos dela...

Carlos Maria não tinha notícia da longa paixão do mineiro, guardada, mortificada, não se podendo confessar a ninguém — esperando os benefícios do acaso —, contentando-se de pouco, da simples vista da pessoa, dormindo mal as noites, dando dinheiro para as operações mercantis... Que ele não tinha ciúmes do marido. Nunca a intimidade do casal lhe excitara os ódios contra o legítimo senhor. E lá iam meses e meses, sem alteração do sentimento, nem morte da esperança. Mas a possibilidade de um rival de fora veio atordoá-lo; aqui é que o ciúme trouxe ao nosso amigo uma dentada de sangue.

— Que é? — disse Carlos Maria voltando-se.

Ao mesmo tempo entrou no gabinete, onde os dez homens tratavam de política, porque este baile — ia-me esquecendo dizê-lo — era dado em casa de Camacho, a propósito dos anos da mulher. Quando os dois ali entraram, a conversação era geral, o assunto o mesmo, e todos falavam para todos — um turbilhão de ditos, de pareceres, de afirmações diversas... Um, que era doutrinário, conseguiu dominar os outros, que se calaram por instantes, fumando.

— Podem fazer tudo — disse o doutrinário —, mas a punição moral é certa. As dívidas dos partidos pagam-se com juros até o último real e até a última geração. Princípios não morrem; os partidos que o esquecem expiram no lodo e na ignomínia.

Outro, meio calvo, não acreditava na punição moral, e dizia por quê; mas um terceiro aludiu à demissão de uns coletores, e os espíritos, meio tontos com a doutrina, tomaram pé. Os coletores não tinham outra culpa, além da opinião; e nem ao menos se podia defender o ato com o merecimento dos substitutos. Um destes trazia às costas um desfalque; outro era cunhado de um tal Marques que dera um tiro de garrucha no delegado, em São José dos Campos... E os novos tenentes-coronéis? Verdadeiros réus de polícia.

— Já se vai embora? — perguntou Rubião ao moço, quando o viu tirar o sobretudo dentre os outros.

— Já; estou com sono. Ajude-me a enfiar esta manga. Estou com sono.

— Mas ainda é cedo; fique. O nosso Camacho não deseja que os rapazes saiam; quem é que há de dançar com as moças?

Carlos Maria replicou sorrindo que era pouco dado a danças. Valsara com d. Sofia, por ser mestra no ofício; senão, nem isso. Estava com sono; preferia a cama à orquestra. E estendeu-lhe a mão com benignidade; Rubião apertou-lha, meio incerto.

Não sabia que pensasse. O fato de sair, de a deixar no baile, em vez de esperar para acompanhá-la à carruagem, como de outras vezes... Podia ser engano dele... E pensava, recordava a noite de Santa Teresa, quando ele ousou declarar à moça o que sentia, pegando-lhe na bela mão delicada... O major interrompera-os; mas por que não insistiu ele mais tarde? Nem ela o maltratou, nem o marido percebera coisa nenhuma... Aqui voltava a ideia do possível rival; é certo que se retirara com sono, mas os modos dela... Rubião ia à porta do salão, para ver Sofia, depois chegava-se a um canto, ou à mesa do voltarete, inquieto, aborrecido.

Capítulo LXXI

Em casa, ao despentear-se, Sofia falou daquele sarau como de uma coisa enfadonha. Bocejava, doíam-lhe as pernas. Palha discordava; era má disposição dela. Se lhe doíam as pernas é porque dançara muito. Ao que retorquiu a mulher que, se não dançasse, teria morrido de tédio. E ia tirando os grampos, deitando-os num vaso de cristal; os cabelos caíam-lhe aos poucos sobre os ombros, malcobertos pela camisola de cambraia. Palha, por trás dela, disse-lhe que o Carlos Maria valsava muito bem. Sofia estremeceu; fitou-o no espelho, o rosto era plácido. Concordou que não valsava mal.

— Não, senhora, valsa muito bem.

— Você louva os outros porque sabe que ninguém é capaz de o desbancar. Anda, meu vaidoso, já te conheço.

Palha, estendendo a mão e pegando-lhe no queixo, obrigou-a a olhar para ele. Vaidoso por quê? por que é que ele era vaidoso?

— Ai — gemeu Sofia —; não me machuques.

Palha beijou-lhe a espádua; ela sorriu, sem tédio, sem dor de cabeça, ao contrário daquela noite de Santa Teresa, em que relatou ao marido os atrevimentos do Rubião. É que os morros serão doentios, e as praias saudáveis.

No dia seguinte, Sofia acordou cedo, ao som dos trilos da passarada de casa, que parecia dar-lhe um recado de alguém. Deixou-se estar na cama, e fechou os olhos para ver melhor.

Ver melhor o quê? Não, seguramente, os morros são doentios. A praia era outra coisa. Posta à janela, dali a meia hora, Sofia contemplava as ondas que vinham morrer defronte, e, ao longe, as que se levantavam e desfaziam à entrada da barra. A imaginosa dama perguntava a si mesma se aquilo era a valsa das águas, e deixava-se ir por essa torrente abaixo, sem velas nem remos. Deu consigo olhando para a rua, ao pé do mar, como procurando os sinais do homem que ali estivera, na antevéspera, alta noite... Não juro, mas cuido que achou os sinais. Ao menos, é certo que cotejou o achado com o texto da conversação:

"A noite era clara; fiquei cerca de uma hora, entre o mar e a sua casa. A senhora aposto que nem sonhava comigo? Entretanto, eu quase que ouvia a sua respiração. O mar batia com força, é verdade, mas o meu coração não batia menos rijamente; com esta diferença que o mar é estúpido, bate sem saber por quê, e o meu coração sabe que batia pela senhora."

Sofia teve um calafrio, procurou esquecer o texto, mas o texto ia-se repetindo: "A noite era clara..."

Capítulo LXXII

Entre duas frases, sentiu que alguém lhe punha a mão no ombro; era o marido, que acabava de tomar café e ia para a cidade. Despediram-se afetuosamente; Cristiano recomendou-lhe Maria Benedita, que acordara muito aborrecida.

— Já de pé! — exclamou Sofia.

— Quando eu desci, já a achei na sala de jantar. Acordou com a mania de ir para a roça; teve um sonho... não sei quê...

— Calundus! — concluiu Sofia.

E com os dedos hábeis e leves concertou a gravata ao marido, puxou-lhe a gola do fraque para diante, e despediram-se outra vez. Palha desceu e saiu; Sofia deixou-se estar à janela. Antes de dobrar a esquina, ele voltou a cabeça, e, na forma do costume, disseram adeus com a mão.

Capítulo LXXIII

"A noite era clara; fiquei cerca de uma hora entre o mar e a sua casa. A senhora aposto que..."

Quando Sofia pôde arrancar-se de todo à janela, o relógio de baixo batia nove horas. Zangada, arrependida, jurou a si mesma, pela alma da mãe, não pensar mais em semelhante episódio. Considerou que não valia nada; o erro foi deixar que o rapaz chegasse ao fim dos seus atrevimentos. Verdade é que, procedendo assim, evitou algum grande escândalo, porque ele era capaz de a acompanhar até a cadeira e dizer-lhe o resto ao pé de outras pessoas. E o resto repetia-se ainda uma vez na memória dela, como um trecho musical teimoso, as mesmas palavras, e a mesma voz: "A noite era clara; fiquei cerca de uma hora..."

Capítulo LXXIV

Enquanto ela repetia a declaração da véspera, Carlos Maria abria os olhos, estirava os membros, e, antes de ir para o banho, vestir-se e dar um passeio a cavalo, reconstruiu a véspera. Tinha esse costume; achava sempre nos sucessos do dia anterior algum fato, algum dito, alguma nota que lhe fazia bem. Aí é que o espírito se demorava; aí eram as estalagens do caminho, onde ele descavalgava, para beber vagarosamente um gole d'água fresca. Se não havia sucesso nenhum desses — ou se os havia só contrários, nem por isso as sensações eram desconfortativas; bastava-lhe o sabor de alguma palavra que ele mesmo houvesse dito — de algum gesto que fizesse, a contemplação subjetiva, o gosto de ter sentido viver —, para que a véspera não fosse um dia perdido.

Na véspera figurava Sofia. Parece até que foi o principal da reconstrução, a fachada do edifício, larga e magnífica. Carlos Maria saboreou de memória toda a conversação da noite, mas, quando se lembrou da confissão de amor, sentiu-se bem e mal. Era um compromisso, um estorvo, uma obrigação; e, posto que o benefício corrigisse o tédio, o rapaz ficou entre uma e outra sensação, sem plano. Ao recordar-se da notícia que lhe deu de haver ido à praia do Flamengo, na outra noite, não pôde suster o riso, porque não era verdade. Nascera-lhe a ideia da própria conversação; mas nem lá foi nem pensara nisso. Afinal susteve o riso, e até arrependeu-se dele; o fato de haver mentido trouxe-lhe uma sensação de inferioridade, que o abateu. Chegou a pensar em retificar o que dissera, logo que estivesse com Sofia, mas reconheceu que a emenda era pior que o soneto, e que há bonitos sonetos mentirosos.

Depressa ergueu a alma. Viu de memória a sala, os homens, as mulheres, os leques impacientes, os bigodes despeitados, e estirou-se todo num banho de inveja e admiração. De inveja alheia, note-se bem; ele carecia desse sentimento ruim. A inveja e a admiração dos outros é que lhe davam ainda agora uma delícia íntima. A princesa do baile entregava-se-lhe. Definia assim a superioridade de Sofia, posto lhe conhecesse um defeito capital — a educação. Achava que as maneiras polidas da moça vinham da imitação adulta, após o casamento, ou pouco antes, que ainda assim não subiam muito do meio em que vivia.

Capítulo LXXV

Outras mulheres vieram ali — as que o preferiam aos demais homens no trato e na contemplação da pessoa. Se as requestava ou requestara todas? Não se sabe. Algumas, vá: é certo, porém, que se deleitava com todas elas. Tais havia de provada honestidade que folgavam de o trazer ao pé de si, para gostar o contato de um belo homem, sem a realidade nem o perigo da culpa — como o espectador que se regala das paixões de Otelo, e sai do teatro com as mãos limpas da morte de Desdêmona.

Vinham todas rodear o leito de Carlos Maria, tecendo-lhe a mesma grinalda. Nem todas seriam moças em flor; mas a distinção supria a juvenilidade. Carlos Maria recebia-as, como um deus antigo devia receber, quieto no mármore, as lindas devotas e suas oferendas. No burburinho geral distinguia as vozes de todas — não todas a um tempo, mas às três e às quatro.

A derradeira delas foi a da recente Sofia; escutou-a ainda namorado, mas sem o alvoroço do princípio, porque a lembrança das outras donas, pessoas de qualidade, diminuía agora a importância desta. Contudo, não podia negar que era mui atrativa e que valsava perfeitamente. Chegaria a amar com força? Nisto apareceu-lhe outra vez a mentira da praia. Levantou-se aborrecido da cama.

"Que diabo me mandou dizer semelhante coisa?"

Tornou a sentir o desejo de restabelecer a verdade; e desta vez mais seriamente que da outra. Mentir, pensava ele, era para os lacaios e seus congêneres.

Daí a meia hora, trepava ao cavalo e saía de casa, que era na rua dos Inválidos. Catete adiante, lembrou-se que a casa de Sofia era na praia do Flamengo; nada mais natural que torcer a rédea, descer uma das ruas perpendiculares ao mar, e passar pela porta da valsista. Achá-la-ia talvez à janela; vê-la-ia corar, cumprimentá-lo. Tudo isto passou pela cabeça ao rapaz, em poucos segundos; chegou a dar um jeito à rédea, mas a alma — não o cavalo —, a alma empinou; era ir muito depressa atrás dela. Deu outro jeito à rédea, e continuou o passeio.

Capítulo LXXVI

Montava bem. Toda a gente que passava, ou estava às portas, não se fartava de mirar a postura do moço, o garbo, a tranquilidade régia com que se deixava ir. Carlos Maria — e este era o ponto em que cedia à multidão — recolhia as admirações todas, por ínfimas que fossem. Para adorá-lo, todos os homens faziam parte da humanidade.

Capítulo LXXVII

— Já de pé! — repetiu Sofia, ao ver a prima lendo os jornais.

Maria Benedita teve um sobressalto, mas aquietou-se logo; dormira mal, e acordou cedo. Não estava para aquelas folias até tão tarde, disse ela; mas a outra replicou logo que era preciso acostumar-se, a vida do Rio de Janeiro não era a mesma da roça, dormir com as galinhas e acordar com os galos. Depois perguntou-lhe que impressões trouxera do baile; Maria Benedita levantou os ombros com indiferença, mas verbalmente respondeu que boas. As palavras saíam-lhe poucas e moles. Sofia, entretanto, ponderou-lhe que dançara muito, salvo polcas e valsas. E por que não havia de polcar e valsar também? A prima lançou-lhe uns olhos maus.

— Não gosto.
— Qual não gosta! É medo.
— Medo?
— Falta de costume — explicou Sofia.

— Não gosto que um homem me aperte o corpo ao seu corpo, e ande comigo, assim, à vista dos outros. Tenho vexame.

Sofia tornou-se séria; não se defendeu nem continuou, falou da roça, perguntou se era certo o que lhe dissera Cristiano, que ela queria ir para casa. Então a prima, que folheava os jornais à toa, respondeu animadamente que sim; não podia viver sem a mãe.

— Mas por quê? Você não estava tão contente conosco?

Maria Benedita não disse nada; passeou os olhos em um dos jornais, como se procurasse alguma notícia, trincando o beiço, trêmula, inquieta. Sofia teimou em querer saber a causa daquela mudança repentina; pegou-lhe nas mãos, achou-as frias.

— Você precisa casar — disse finalmente. — Tenho já um noivo.

Era Rubião; o Palha queria acabar por aí, casando o sócio com a prima; tudo ficava em casa, dizia ele à mulher. Esta tomou a si guiar o negócio. Acudia-lhe agora a promessa; tinha um noivo pronto.

— Quem? — perguntou Maria Benedita.

— Uma pessoa.

Crê-lo-eis, pósteros? Sofia não pôde soltar o nome de Rubião. Já uma vez dissera ao marido havê-lo proposto, e era mentira. Agora, indo a propô-lo deveras, o nome não lhe saiu da boca. Ciúmes? Seria singular que essa mulher, que não tinha amor àquele homem, não quisesse dá-lo de noivo à prima, mas a natureza é capaz de tudo, amigo e senhor. Inventou o ciúme de Otelo e o do cavaleiro Desgrieux, podia inventar esse outro, de uma pessoa que não quer ceder o que não quer possuir.

— Mas quem? — repetiu Maria Benedita.

— Direi depois, deixe-me arranjar as coisas — respondeu Sofia, e mudou de conversa.

Maria Benedita trocou de rosto; a boca encheu-se-lhe de riso, um riso de alegria e de esperança. Os olhos agradeceram a promessa, e disseram palavras que ninguém podia ouvir nem entender, palavras obscuras:

— Gosta de valsar; é o que é.

Gosta de valsar quem? Provavelmente a outra. Tinha valsado tanto na véspera, com o mesmo Carlos Maria, que bem se poderia achar na dança um pretexto; Maria Benedita concluía agora que era o próprio e único motivo. Conversaram muito nos intervalos, é certo, mas naturalmente era dela que falavam, uma vez que a prima tinha a peito casá-la e só lhe pedia que deixasse arranjar as coisas. Talvez ele a achasse feia, ou sem graça. Uma vez, porém, que a prima queria arranjar as coisas... Tudo isso diziam os olhos gaios da menina.

Capítulo LXXVIII

Rubião é que não perdeu a suspeita assim tão facilmente. Pensou em falar a Carlos Maria, interrogá-lo, e chegou a ir à rua dos Inválidos, no dia seguinte, três vezes; não o encontrando, mudou de parecer. Encerrou-se por alguns dias; o major Siqueira arrancou-o à solidão. Ia participar-lhe que se mudara para a rua Dois de Dezembro. Gostou muito da casa do nosso amigo, das alfaias, do luxo, de todas as minúcias, ouros e bambinelas. Sobre esse assunto discorreu longamente, relembrando alguns móveis antigos. Parou de repente, para dizer que o achava aborrecido; era natural, faltava-lhe ali um complemento.

— O senhor é feliz, mas falta-lhe aqui uma coisa; falta-lhe mulher. O senhor precisa casar. Case-se, e diga que eu o engano.

Rubião lembrou-se de Santa Teresa — daquela famosa noite da conversação com Sofia — e sentiu correr-lhe um frio pelas costas; mas a voz do major não tinha nenhum sarcasmo. Tampouco era animada de interesse. A filha estava ainda qual a deixamos no capítulo XLIII, com a diferença que os quarenta anos vieram. Quarentona, solteirona. Gemeu-os consigo, logo de manhã, no dia em que os completou; não pôs fita nem rosa no cabelo. Nenhuma festa; tão somente um discurso do pai, ao almoço, lembrando-lhe a vida de criança, anedotas da mãe e da avó, um dominó de baile de máscaras, um batizado de 1848, a solitária de um coronel Clodomiro, várias coisas assim de mistura, para entreter as horas. D. Tonica mal podia ouvi-lo; metida em si mesma ia roendo o pão da solitude moral, ao passo que se arrependia dos últimos esforços empregados na busca de um marido. Quarenta anos; era tempo de parar.

Nada disso lembrava agora ao major. Era sincero; achou que a casa de Rubião não tinha alma. E repetiu, ao despedir-se:

— Case-se, e diga que eu o engano.

Capítulo LXXIX

— E por que não? — perguntou uma voz, depois que o major saiu. Rubião, apavorado, olhou em volta de si; viu apenas o cachorro, parado, olhando para ele. Era tão absurdo crer que a pergunta viria do próprio Quincas Borba — ou antes do outro Quincas Borba, cujo espírito estivesse no corpo deste, que o nosso amigo sorriu com desdém; mas, ao mesmo tempo, executando o gesto do capítulo XLIX, estendeu a mão, e coçou amorosamente as orelhas e a nuca do cachorro — ato próprio a dar satisfação ao possível espírito do finado.

Era assim que o nosso amigo se desdobrava, sem público, diante de si mesmo.

Capítulo LXXX

Mas a voz repetiu: — E por que não? — Sim, por que não havia de casar — continuou ele raciocinando. — Mataria a paixão que o ia comendo aos poucos, sem esperança nem consolação. Demais, era a porta de um mistério. Casar, sim, casar logo e bem.

Estava ao portão, quando essa ideia começou a abotoar; foi dali para dentro, subindo os degraus de pedra, abrindo a porta, sem consciência de nada. Ao fechar a porta, é que um pulo do Quincas Borba, que o viera acompanhando, fê-lo dar por si. Onde ficara o major? Quis descer para vê-lo, mas advertiu a tempo que acabava de o acompanhar até à rua. As pernas tinham feito tudo; elas é que o levaram por si mesmas, direitas, lúcidas, sem tropeço, para que ficasse à cabeça tão somente a tarefa de pensar. Boas pernas! pernas amigas! muletas naturais do espírito!

Santas pernas! Elas o levaram ainda ao canapé, estenderam-se com ele, devagarinho, enquanto o espírito trabalhava a ideia do casamento. Era um modo de fugir a Sofia; podia ser ainda mais.

Sim, podia ser também um modo de restituir à vida a unidade que perdera, com a troca do meio e da fortuna; mas essa consideração não era propriamente filha do espírito nem das pernas, mas de outra causa, que ele não distinguia bem nem mal, como a aranha. Que sabe a aranha a respeito de Mozart? Nada; entretanto, ouve com prazer uma sonata do mestre. O gato, que nunca leu Kant, é talvez um animal metafísico. Em verdade, o casamento podia ser o laço da unidade perdida. Rubião sentia-se disperso; os próprios amigos de trânsito, que ele amava tanto, que o cortejavam tanto, davam-lhe à vida um aspecto de viagem, em que a língua mudasse com as cidades, ora espanhol, ora turco. Sofia contribuía para esse estado; era tão diversa de si mesma, ora isto, ora aquilo, que os dias iam passando sem acordo fixo, nem desengano perpétuo.

Rubião não tinha que fazer; para matar os dias longos e vazios, ia às sessões do júri, à câmara dos deputados, à passagem dos batalhões, dava grandes passeios, fazia visitas desnecessárias, à noite, ou ia aos teatros, sem prazer. A casa era ainda um bom repouso ao espírito, com o seu luxo rutilante e os sonhos que vagavam no ar.

Ultimamente, ocupava-se muito em ler; lia romances, mas só os históricos de Dumas pai, ou os contemporâneos de Feuillet, estes com dificuldade, por não conhecer bem a língua original. Dos primeiros sobravam traduções. Arriscava-se a algum mais, se lhe achava o principal dos outros, uma sociedade fidalga e régia. Aquelas cenas da corte de França, inventadas pelo maravilhoso Dumas, e os seus nobres espadachins e aventureiros, as condessas e os duques de Feuillet, metidos em estufas ricas, todos eles com palavras mui compostas, polidas, altivas ou graciosas, faziam-lhe passar o tempo às carreiras. Quase sempre, acabava com o livro caído e os olhos no ar, pensando. Talvez algum velho marquês defunto lhe repetisse anedotas de outras eras.

Capítulo LXXXI

Antes de cuidar da noiva, cuidou do casamento. Naquele dia e nos outros, compôs de cabeça as pompas matrimoniais, os coches — se ainda os houvesse antigos e ricos, quais ele via gravados nos livros de usos passados. Oh! grandes e soberbos coches! Como ele gostava de ir esperar o Imperador, nos dias de grande gala, à porta do paço da cidade, para ver chegar o préstito imperial, especialmente o coche de Sua Majestade, vastas proporções, fortes molas, finas e velhas pinturas, quatro ou cinco parelhas guiadas por um cocheiro grave e digno! Outros vinham, menores em grandeza, mas ainda assim tão grandes que enchiam os olhos.

Um desses outros, ou ainda algum menor, podia servir-lhe às bodas, se toda a sociedade não estivesse já nivelada pelo vulgar cupê. Mas, enfim, iria de cupê; imaginava-o forrado magnificamente, de quê? De uma fazenda que não fosse comum, que ele mesmo não distinguia, por ora; mas que daria ao veículo o ar que não tinha. Parelha rara. Cocheiro fardado de ouro. Oh! mas um ouro nunca visto. Convidados de primeira ordem, generais, diplomatas, senadores, um ou dois ministros, muitas sumidades do comércio; e as damas, as grandes damas? Rubião nomeava-as de cabeça; via-as entrar, ele no alto da escada de um palácio, com o olhar perdido por aquele tapete abaixo — elas atravessando o saguão, subindo os degraus com os seus sapatinhos de cetim, breves e leves — a princípio, poucas —, depois mais, e ainda mais. Carruagens após carruagens... Lá vinham os condes de Tal, um varão guapo e uma singular dama... "Caro amigo, aqui estamos"; dir-lhe-ia o conde, no alto; e, mais tarde, a condessa: "Senhor Rubião, a festa é esplêndida..."

De repente, o internúncio... Sim, esquecera-se que o internúncio devia casá-los; lá estaria ele com as suas meias roxas de monsenhor, e os grandes olhos napolitanos, em conversação com o ministro da Rússia. Os lustres de cristal e ouro aluminando os mais belos colos da cidade, casacas direitas, outras curvas, ouvindo os leques que se abriam e fechavam, dragonas e diademas, a orquestra dando sinal para uma valsa. Então os braços negros, em ângulo, iam buscar os braços nus, enluvados até o cotovelo, e os pares saíam girando pela sala, cinco, sete, dez, doze, vinte pares. Ceia esplêndida. Cristais da Boêmia, louça da Hungria, vasos de Sèvres, criadagem lesta e fardada, com as iniciais do Rubião na gola.

Capítulo LXXXII

Esses sonhos iam e vinham. Que misterioso Próspero transformava assim uma ilha banal em mascarada sublime? "Vai, Ariel, traze aqui os teus companheiros, para que eu mostre a este jovem casal alguns feitiços da minha feitiçaria." As palavras seriam as mesmas da comédia; a ilha é que era outra, a ilha e a mascarada. Aquela era a própria cabeça do nosso amigo; esta não se compunha de deusas nem de versos, mas de gente humana e prosa de sala. Mais rica era. Não esqueçamos que o Próspero de Shakespeare era um duque de Milão; e eis aí, talvez, por que se meteu na ilha do nosso amigo.

Em verdade, as noivas que apareciam ao lado do Rubião, naquele sonho de bodas, eram sempre titulares. Os nomes eram os mais sonoros e fáceis da nossa nobiliarquia. Eis aqui a explicação: poucas semanas antes, Rubião apanhou um almanaque de Laemmert, e, entrando a folheá-lo, deu com o capítulo dos titulares. Se ele sabia de alguns, estava longe de os conhecer a todos. Comprou um almanaque, e lia-o muitas vezes, deixando escorregar os olhos por ali abaixo, desde os marqueses até os barões, voltava atrás, repetia os nomes bonitos, trazia a muitos de cor. Às vezes, pegava da pena e de uma folha de papel, escolhia um título moderno ou antigo, e escrevia-o repetidamente, como se fosse o próprio dono e assinasse alguma coisa:

  Marquês de Barbacena
 Marquês de Barbacena
   Marquês de Barbacena
    Marquês de Barbacena
 Marquês de Barbacena
    Marquês de Barbacena

Ia assim, até o fim da lauda, variando a letra, ora grossa, ora miúda, caída para trás, em pé, de todos os feitios. Quando acabava a folha, pegava nela, e comparava as assinaturas; deixava o papel e perdia-se no ar. Daí a jerarquia das noivas. O pior é que todas traziam a cara de Sofia — podiam parecer-se nos primeiros instantes com alguma vizinha, ou com a moça que ele cumprimentara, à tarde, na rua; podiam começar muito magras ou gordas —, mas não tardavam em mudar de figura, encher ou desbastar o corpo, e sobre isso vinha rutilar o rosto da bela Sofia, com os seus mesmos olhos amotinados ou quietos. Não havia fugir, ainda casando? Rubião chegou a pensar na morte do Palha; foi em certo dia, ao sair da casa dele, tendo-lhe ouvido a ela uma porção de coisas bonitas e vagas. Grande foi a sensação de ventura, posto que ele repelisse logo a ideia, como um ruim agouro. Dias depois, trocadas as maneiras, tornava ele definitivamente aos seus planos. Mais de uma vez, era o próprio Palha que o acordava daqueles sonhos conjugais.

— Tem onde ir hoje à noite?

— Não.

— Pegue lá uma entrada para o Teatro Lírico; camarote número 8, primeira ordem à esquerda.

Rubião chegava mais cedo, ia esperar por eles, e dava o braço a Sofia. Se ela estava de bom humor, a noite era das melhores do mundo. Se não, era um martírio, para repetir as próprias palavras dele, ao cão, um dia:

—Vim ontem de um martírio, meu pobre amigo.

— Case-se, e diga que eu o engano — latiu-lhe Quincas Borba.

— Sim, meu pobre amigo — acudiu ele pegando-lhe nas patas dianteiras e colocando-as sobre os joelhos.—Você tem razão; precisa de uma boa amiga que lhe dê cuidados que não posso ou não sei dar. Quincas Borba, você ainda se lembra do nosso Quincas Borba? Bom amigo meu, grande amigo, eu também fui amigo dele, dois grandes amigos. Se fosse vivo, seria o padrinho do meu casamento, levantaria os brindes — ao menos, o de honra, aos noivos —, e seria por um copo de ouro e diamantes, que eu lhe mandaria fazer de propósito... Grande Quincas Borba!

E o espírito de Rubião pairava sobre o abismo.

Capítulo LXXXIII

Um dia, como houvesse saído mais cedo de casa, e não soubesse onde passar a primeira hora, caminhou para o armazém. Desde uma semana que não ia à praia do Flamengo, por haver Sofia entrado em um dos seus períodos de sequidão. Achou o Palha de luto; morrera a tia da mulher, d. Maria Augusta, na fazenda; a notícia chegara na antevéspera, à tarde.

— A mãe daquela mocinha?
— Justo.

Palha falou da defunta com muitos encarecimentos; depois contou a dor de Maria Benedita; estava que metia pena. Perguntou-lhe por que é que não ia ao Flamengo, logo à noite, para ajudá-los a distraí-la? Rubião prometeu ir.

— Vá, é favor que nos faz; a pobre pequena vale tudo. Não imagina que primor ali está. Boa educação, muito severa; e quanto a prendas de sociedade, se não as teve em criança, ressarciu o tempo perdido com rapidez extraordinária. Sofia é a mestra. E dona de casa? Isso, meu amigo, não sei se em tal idade se achará pessoa tão completa. Já agora fica conosco. Tem uma irmã, Maria José, casada com um juiz de direito, no Ceará; tem também o padrinho, em São João del-Rei. A defunta fazia-lhe muitos elogios; não creio que ele a mande buscar, mas ainda que mande, não a dou. Já agora é nossa. Não há de ser pelo que o padrinho lhe quiser dar em testamento que nos desfaremos dela. Aqui ficará — concluiu tirando com o dedo um pouco de poeira da gola do Rubião.

Rubião agradeceu. Depois, como estavam no escritório, ao fundo, olhou por entre as grades, e viu entrar uns fardos no armazém. Perguntou que traziam.

— São uns morins ingleses.
— Morins ingleses — repetiu Rubião, com indiferença.
— A propósito, sabe que a Casa Morais e Cunha paga a todos os credores, integralmente?

Rubião não sabia nada, nem se a casa existia, nem se eles eram credores dela; ouviu a notícia, respondeu que estimava muito, e dispôs-se a ir embora. Mas o sócio reteve-o ainda alguns instantes. Estava alegre agora; parecia que não lhe morrera ninguém. Voltou a tratar de Maria Benedita. Tinha intenção de casá-la bem; nem ela era moça de dar lérias a pelintras, nem se deixava ir por fantasias tolas; era ajuizada, merecia um bom esposo, pessoa séria.

— Sim, senhor — ia dizendo Rubião.

— Olhe — murmurou de repente o sócio —; não se admire do que lhe vou dizer. Creio que você é que casa com ela.

— Eu? — acudiu Rubião, espantado. — Não, senhor. — E em seguida, para atenuar o efeito da recusa: — Não nego que seja moça digna e perfeita; mas... por ora... não penso em casar...

— Ninguém lhe diz que seja amanhã ou depois; casamento não é coisa que se improvise. O que eu digo é que tenho cá um palpite. São coisas; palpites. Sofia nunca lhe contou esse meu palpite?

— Nunca.

— É esquisito, disse-me que lhe falara uma vez, ou duas, não me lembro bem.

— Pode ser, sou muito distraído. Que queriam casar-me com a moça?

— Não, que eu tinha um palpite. Mas, deixemos isso. Demos tempo ao tempo.

— Adeus.

— Adeus; vá cedo.

Capítulo LXXXIV

Com que então, Sofia queria casá-lo?, saiu pensando o Rubião; era naturalmente o processo mais expedito para descartar-se dele. Casá-lo, fazê-lo seu primo. Rubião palmilhou muita rua, antes que chegasse a esta outra hipótese: — talvez Sofia não se houvesse esquecido, mas mentisse de propósito ao marido para não dar andamento ao projeto. Neste caso o sentimento era outro. Esta explicação pareceu-lhe lógica; a alma voltou à serenidade anterior.

Capítulo LXXXV

Mas não há serenidade moral que corte uma polegada sequer às abas do tempo, quando a pessoa não tem maneira de o fazer mais curto. Ao contrário, a ânsia de ir ao Flamengo, à noite, vinha tornar as horas mais arrastadas. Era cedo, cedo para tudo, para ir à rua do Ouvidor, para voltar a Botafogo. O dr. Camacho estava em Vassouras defendendo um réu no júri. Não havia divertimento algum público, festa nem sermão. Nada. Rubião, profundamente aborrecido, trocava as pernas, à toa, lendo as tabuletas, ou detendo-se ao simples incidente de um atropelo de carros. Em Minas, não se aborrecia tanto, por quê? Não achou solução ao enigma, uma vez que o Rio de Janeiro tinha mais em que se distrair, e que o distraía deveras; mas havia aqui horas de um tédio mortal.

Felizmente, há um deus para os enojados. Acudiu à memória de Rubião que o Freitas — aquele Freitas tão alegre — estava gravemente enfermo; Rubião chamou um tílburi e foi visitá-lo à praia Formosa, onde morava. Gastou ali perto de duas horas, conversando com o doente; este adormeceu, ele despediu-se da mãe — um caco de velha — e à porta, antes de sair:

— A senhora há de ter tido seus apertos de dinheiro — disse Rubião; e, vendo-a morder o beiço e baixar os olhos: — Não se envergonhe; necessidade aflige, mas não envergonha. Eu o que queria era que a senhora aceitasse alguma coisa, que lhe vou deixar para acudir à despesa; pagará um dia, se puder...

Tinha aberto a carteira, tirou seis notas de vinte mil-réis, fez um bolo de todas elas, e deixou-lho na mão. Abriu a porta e saiu. A velha, espantada, nem teve alma para agradecer; só ao rodar do tílburi, é que correu à janela, mas já não podia ver o benfeitor.

Capítulo LXXXVI

Tudo aquilo saiu tão espontaneamente ao Rubião, que ele só teve tempo de refletir, depois que o tílburi começou a andar. Parece que chegou a levantar a cortina do postigo; a velha ia entrando; viu-lhe ainda o resto do braço. Rubião sentiu toda a vantagem de não estar inválido. Reclinou-se, desabafou o peito com um grande suspiro e olhou para a praia; logo depois inclinou-se. Na vinda, mal pudera vê-la.

— Vossa Senhoria está gostando — disse-lhe o cocheiro, contente com o bom freguês que tinha.

— Acho bonito.

— Nunca veio aqui?

— Creio que vim, há muitos anos, quando estive no Rio de Janeiro pela primeira vez. Que eu sou de Minas... Pare, moço.

O cocheiro fez parar o cavalo: Rubião desceu, e disse-lhe que fosse andando devagar.

Em verdade, era curioso. Aquelas grandes braçadas de mato, brotando do lodo, e postas ali ao pé da cara do Rubião, davam-lhe vontade de ir ter com elas. Tão perto da rua! Rubião nem sentia o sol. Esquecera o doente e a mãe do doente. "Assim, sim" — dizia ele consigo —, "fosse o mar todo uma coisa daquele feitio, alastrado de terras e verduras, e valia a pena navegar. Para lá daquilo ficava a praia dos Lázaros e a de São Cristóvão. Uma pernada apenas."

— Praia Formosa — murmurou ele —; bem-posto nome.

Entretanto, a praia ia mudando de aspecto. Dobrava para o saco do Alferes, vinham as casas edificadas do lado do mar. De quando em quando, não eram casas, mas canoas, encalhadas no lodo, ou em terra, fundo para o ar. Ao pé de uma dessas canoas, viu meninos brincando, em camisa e descalços, em volta de um homem que estava de barriga para baixo. Todos eles riam; um ria mais que os outros porque não acabava de fixar o pé do homem no chão. Era um pequerrucho de três anos; agarrava-se-lhe à perna e ia-a estendendo até nivelá-la com o chão, mas o homem fazia um gesto e levava pelo ar o pé e o menino.

Rubião deteve-se alguns minutos diante daquilo. O sujeito, vendo-se objeto de atenção, redobrou o esforço no brinco; perdeu a naturalidade. Os outros meninos mais idosos detiveram-se a olhar espantados. Mas Rubião não distinguia nada; via tudo confusamente. Foi ainda a pé durante largo tempo; passou o saco do Alferes, passou a Gamboa, parou diante do Cemitério dos Ingleses, com os seus velhos sepulcros trepados pelo morro, e afinal chegou à Saúde. Viu ruas esguias, outras em ladeira, casas apinhadas ao longe e no alto dos morros, becos, muita casa antiga, algumas do tempo do rei, comidas, gretadas, estripadas, o cais encardido e a vida lá dentro. E tudo isso lhe dava uma sensação de nostalgia... Nostalgia do farrapo, da vida escassa, acalcanhada e sem vexame. Mas durou pouco; o feiticeiro que andava nele transformou tudo. Era tão bom não ser pobre!

Capítulo LXXXVII

Rubião chegou ao fim da rua da Saúde. Ia à toa com os olhos espraiados e desatentos. Rente com ele, passou uma mulher, não bonita, nem singela sem elegância, antes pobre que remediada, mas fresca de feições; contaria vinte e cinco anos, e levava pela mão um menino. Este atrapalhou-se nas pernas do Rubião.

— Que é isso, nhonhô? — disse a moça, puxando o filho pelo braço.

Rubião inclinara-se ao pequeno, para ampará-lo.

— Muito obrigada, desculpe — disse ela sorrindo; e cumprimentou-o.

Rubião tirou o chapéu, sorriu também. A visão da família apoderou-se dele outra vez. — "Case-se e diga que eu o engano!" — Parou, olhou para trás, viu ir a moça, *tique-tique*, e o menino ao pé dela, amiudando as perninhas, para ajustar-se ao passo da mãe. Depois, foi andando lentamente, pensando em várias mulheres que podia escolher muito bem, para executar, a quatro mãos, a sonata conjugal, música séria, regular e clássica. Chegou a pensar na filha do major, que apenas sabia umas velhas mazurcas. De repente, ouvia a guitarra do pecado, tangida pelos dedos de Sofia, que o deliciavam, que o estonteavam, a um tempo; e lá se ia toda a castidade do plano anterior. Teimava novamente, forcejava por trocar as composições; pensava na moça da Saúde, modos tão bonitos, criancinha pela mão...

Capítulo LXXXVIII

A vista do tílburi fez-lhe lembrar o doente da praia Formosa.

— Pobre Freitas! — suspirou.

Logo depois, pensou também no dinheiro que deixara à mãe do enfermo, e achou que fizera bem. Talvez a ideia de haver dado uma ou duas notas demais esvoaçou por alguns segundos no cérebro do nosso amigo; ele a sacudiu depressa, não sem se zangar consigo, e, para esquecê-la de todo, exclamou ainda em voz alta:

— Boa velha! pobre velha!

Capítulo LXXXIX

Como a ideia tornasse ainda, Rubião atirou-se depressa ao tílburi, entrou e sentou-se, falando ao cocheiro, para fugir a si mesmo.

— Dei uma caminhada grande; mas, sim, senhor, isto aqui é bonito, é curioso; aquelas praias, aquelas ruas, é diferente dos outros bairros. Gosto disto. Hei de vir mais vezes.

O cocheiro sorriu para si de um modo tão particular, que o nosso Rubião desconfiou. Não atinava com o motivo do riso; talvez lhe houvesse escapado alguma palavra que no Rio de Janeiro tivesse mau sentido, mas repetiu-as e não descobriu nada; eram todas usadas e comuns. Entretanto, o cocheiro sorria ainda, com o mesmo ar do princípio, meio velhaco. Rubião esteve a pique de o interrogar, mas recuou a tempo. Foi o outro que reatou a conversação.

— Vossa Senhoria está então muito admirado do bairro? — disse ele. — Há de deixar que eu não acredite, sem se zangar, que não é para ofender a Vossa Senhoria, nem eu sou pessoa que agrave um freguês sério; mas não creio que esteja admirado do bairro.

— Por quê? — aventurou Rubião.

O cocheiro meneou a cabeça para um e outro lado, e insistiu em não crer, não porque o bairro não fosse digno de apreço, mas porque naturalmente já o conhecia muito. Rubião ratificou a primeira afirmação; tinha ido ali muitos anos antes, quando esteve da outra vez no Rio de Janeiro, mas não se lembrava de nada. E o cocheiro ria; e, à medida que o freguês ia demonstrando, ele ia ficando mais familiar, fazia negativas com o nariz, com os beiços, com a mão.

— Já sei disso — concluiu ele. — Nem eu sou homem que não veja as coisas. Vossa Senhoria pensa que não vi a maneira por que olhou para aquela moça que passou ainda agora? Basta só isso para mostrar que Vossa Senhoria tem faro e gosta...

Rubião, lisonjeado, sorriu um pouco; mas emendou-se logo:

— Que moça?

— Que lhe dizia eu? — redarguiu o homem. — Vossa Senhoria é fino, e faz muito bem; mas eu sou pessoa de segredo, e cá o carro tem servido para essas idas e vindas. Não há muitos dias trouxe um belo moço, muito bem-vestido, pessoa fina — já se sabe, negócio de rabo de saia.

— Mas eu... — interrompeu Rubião.

Mal podia conter-se; a suposição agradava-lhe; o cocheiro cuidou que ele dissimulava a culpa.

— Olhe, eu bem digo — continuou ele; tal qual o moço da rua dos Inválidos. — Vossa Senhoria pode ficar descansado; não digo nada; cá estou para outras. Então, quer que eu acredite que é por gosto que uma pessoa, que tem carro às ordens, vem andando a pé desde a praia Formosa até aqui? Vossa Senhoria veio ao lugar marcado, a pessoa não veio...

— Que pessoa? Fui ver um doente, um amigo que está para morrer.

— Tal qual o moço da rua dos Inválidos — repetiu o homem. — Esse veio ver uma costureira da mulher, como se fosse casado...

— Da rua dos Inválidos? — perguntou Rubião, que só agora atentava no nome da rua.

— Não digo mais nada — acudiu o cocheiro. — Era da rua dos Inválidos, bonito, um moço de bigodes e olhos grandes, muito grandes. Oh! eu também, se fosse mulher, era capaz de apaixonar-me por ele... Ela não sei donde era, nem diria ainda que soubesse; sei só que era um peixão.

E vendo que o freguês o escutava com os olhos arregalados:

— Oh! Vossa Senhoria não imagina! Era de boa altura, bonito corpo, a cara meio coberta por um véu, coisa papa-fina. A gente, por ser pobre, não deixa de apreciar o que é bom.

— Mas... como foi? — murmurou Rubião.

— Ora, como foi! Ele chegou como Vossa Senhoria, no meu tílburi, apeou-se e entrou numa casa de rótula; disse que ia ver a costureira da mulher. Como eu não lhe perguntei nada, e ele tinha vindo calado toda a viagem, muito cheio de si, compreendi logo a finura. Agora, podia ser verdade, porque é mesmo uma costureira que mora na casa da rua da Harmonia...

— Da Harmonia? — repetiu Rubião.

— Mau! Vossa Senhoria está arrancando o meu segredo; mudemos de assunto; não digo mais nada.

Rubião olhava atônito para o homem, que de fato se calou por dois ou três minutos, mas logo depois continuou:

— Também não há muita coisa mais. O moço entrou; eu fiquei esperando; meia hora depois vi um vulto de mulher, ao longe, e desconfiei logo que ia para lá. Meu dito, meu feito; ela veio, veio, devagar, olhando disfarçadamente para todos os lados; ao passar pela casa, não lhe digo nada, nem precisou bater; foi como nas mágicas, a rótula abriu-se por si, e ela enfiou por ali dentro. Se eu já conheço isso. Em que é que Vossa Senhoria quer que a gente ganhe algum cobrinho mais? O preço da tabela mal dá para comer; é preciso fazer esses ganchos.

Capítulo XC

"Não, não podia ser ela", refletiu Rubião, em casa, vestindo-se de preto.

Desde que chegara, não pensou em outra coisa que não fosse o caso contado pelo cocheiro do tílburi. Tentou esquecê-lo, arranjando papéis, ou lendo, ou dando estalinhos com os dedos para ver pular o Quincas Borba; mas a visão perseguia-o. Dizia-lhe a razão que há muitas senhoras de boa figura, e nada provava que a da rua da Harmonia fosse ela; mas o bom efeito era curto. Daí a pouco, desenhava-se ao longe, cabisbaixa, vagarosa, uma pessoa, que era nem mais nem menos a própria Sofia, e andava, e entrava de repente pela porta de uma casa, que se fechava logo... A visão foi tal, em certa ocasião, que o nosso amigo ficou a olhar para a parede, como se ali estivesse a rótula da rua da Harmonia. De imaginação, fez uma série de ações: — bateu, entrou, lançou a mão ao gasnate da costureira, e pediu-lhe a verdade ou a vida. A pobre mulher, ameaçada da morte, confessou tudo; levou-o a ver a dama, que era outra, não era Sofia. Quando Rubião voltou a si, sentiu-se vexado.

"Não, não podia ser ela."

Vestiu o colete, e foi abotoá-lo diante de uma das janelas, que dava para os fundos, no momento em que uma caravana de formigas ia passando pelo peitoril. Quantas vira passar outrora! Mas, desta vez, nunca soube como, pegou de uma toalha, deu dois golpes, atropelou as tristes formigas, matando uma porção delas. Talvez alguma lhe pareceu "boa figura e bonita de corpo". Logo depois arrependeu-se do ato; e realmente, que tinham as formigas com as suas suspeitas? Felizmente, começou a cantar uma cigarra, com tal propriedade e significação, que o nosso amigo parou no quarto botão do colete. *Sôôôô... fia, fia, fia, fia, fia, fia... Sôôôô... fia, fia, fia, fia, fia...*

Oh! precaução sublime e piedosa da natureza, que põe uma cigarra viva ao pé de vinte formigas mortas, para compensá-las. Essa reflexão é do leitor. Do Rubião não pode ser. Nem era capaz de aproximar as coisas, e concluir delas — nem o faria agora que está a chegar ao último botão do colete, todo ouvidos, todo cigarra... Pobres formigas mortas! Ide agora ao vosso Homero gaulês, que vos pague a fama; a cigarra é que se ri, emendando o texto:

Vous marchiez? J'en suis fort aise.
Eh bien! mourez maintenant.

Capítulo XCI

Soou a campainha de jantar; Rubião compôs o rosto, para que os seus habituados (tinha sempre quatro ou cinco) não percebessem nada. Achou-os na sala de visitas, conversando, à espera; ergueram-se todos, foram apertar-lhe a mão, alvoroçadamente. Rubião teve aqui um impulso inexplicável — dar-lhes a mão a beijar. Reteve-se a tempo, espantado de si próprio.

Capítulo XCII

De noite, correu à praia do Flamengo. Não pôde falar a Maria Benedita, que estava em cima, no quarto, com duas moças da vizinhança, amigas dela. Sofia veio recebê-lo à porta, e levou-o para o gabinete, onde duas costureiras faziam os vestidos de luto. O marido acabava de chegar; ainda não descera.

— Sente-se aqui — disse ela.

Tomou conta dele; estava divina. As palavras saíam-lhe carinhosas e graves, entrecortadas de sorrisos amigos e honestos. Falou-lhe da tia, da prima, do tempo, dos criados, dos espetáculos, da falta d'água, de uma multidão de coisas diversas, vulgares ou não, mas que passando pela boca da moça mudavam de natureza e de aspecto. Rubião ouvia fascinado. Ela, para não estar vadia, ia cosendo uns folhos; e, quando a conversação fazia pausa, Rubião era pouco para comer-lhe as mãos ágeis, que pareciam brincar com a agulha.

— Sabe que estou formando uma comissão de senhoras? — perguntou ela.

— Não sabia; para quê?

— Não leu a notícia daquela epidemia numa cidade das Alagoas?

Contou-lhe haver ficado tão penalizada, que resolveu logo organizar uma comissão de senhoras, para pedir esmolas. A morte da tia interrompeu os primeiros passos; mas ia continuar, passada a missa do sétimo dia. E perguntou que lhe parecia.

— Parece-me bem. Não há homens na comissão?

— Há só senhoras. Os homens apenas dão dinheiro — concluiu rindo.

Rubião, de cabeça, subscreveu logo uma quantia grossa, para obrigar os que viessem depois. Era tudo verdade. Era também verdade que a comissão ia pôr em evidência a pessoa de Sofia e dar-lhe um empurrão para cima. As senhoras escolhidas não eram da roda da nossa dama, e só uma a cumprimentava; mas, por intermédio de certa viúva, que brilhara entre 1840 e 1850, e conservava do seu tempo as saudades e o apuro, conseguira que todas entrassem naquela obra de caridade. Desde alguns dias não pensara em outra coisa. Às vezes, à noite, antes do chá, parecia dormir na cadeira de balanço; não dormia, fechava os olhos para considerar-se a si mesma, no meio das companheiras, pessoas de qualidade. Compreende-se que este fosse o assunto principal da conversação; mas Sofia tornava de quando em quando ao presente amigo. Por que é que ele fazia fugidas tão longas, oito, dez, quinze dias, e mais? Rubião respondeu que por nada, mas tão comovido, que uma das costureiras bateu no pé da outra. Daí em diante, ainda quando o silêncio era largo, cortado apenas pelo som das agulhas no merinó, das tesouradas, dos rasgados, uma e outra não perdiam de vista a pessoa do nosso amigo, com os olhos fisgados na dona da casa.

Veio uma visita de pêsames — um homem, diretor de banco. Foram chamar logo o Palha, que desceu a recebê-lo. Sofia pediu licença ao Rubião, por alguns segundos; ia ver Maria Benedita.

Capítulo XCIII

Rubião, ficando só com as duas mulheres, entrou a andar de um lado para outro, abafando os passos, para não incomodar ninguém. Da sala vinha uma ou outra palavra do Palha: "Em todo o caso, pode crer..." — "Nem a administração de um banco é coisa de brincadeira..." — "Positivamente..." O diretor falava pouco, seco e baixo.

Uma das costureiras dobrou a costura, arrecadou apressadamente retalhos, tesouras, carretéis de linha, de retrós. Era tarde; ia-se embora.

— Dondon, espera um bocado que eu vou também.

— Não, não posso. O senhor faz favor de dizer que horas são?

— São oito e meia — respondeu Rubião.

— Jesus! é muito tarde.

Rubião, para dizer alguma coisa, perguntou-lhe por que não esperava, como a outra pedia.

— Só espero dona Sofia — acudiu Dondon com respeito —; mas o senhor sabe onde é que esta mora? Mora na rua do Passeio. E eu vou dar com os ossos na rua da Harmonia. Olhe que daqui à rua da Harmonia é um estirão.

Capítulo XCIV

Sofia desceu logo, achou Rubião transtornado, fugindo com os olhos. Perguntou-lhe o que era; ele respondeu que nada, dor de cabeça. Dondon saiu, o diretor do banco despedia-se; Palha agradecia-lhe a fineza, estimava-lhe a saúde. Onde estava o chapéu? Achou-o; deu-lhe também o sobretudo; e, parecendo que ele procurava outra coisa, perguntou se era a bengala.

— Não, senhor, é o guarda-chuva. Creio que é este; é este. Adeus.

— Ainda uma vez, obrigado, muito obrigado — disse o Palha. — Ponha o seu chapéu, está úmido, não faça cerimônias. Obrigado, muito obrigado — concluiu apertando-lhe a mão nas suas, e curvado em ângulo.

Voltando ao gabinete, deu com o sócio, que teimava em sair. Instou também; disse-lhe que tomasse uma xícara de chá, que lhe passava logo; Rubião recusou tudo.

— A sua mão está fria — observou a moça ao Rubião, apertando-lha —; por que não espera? Água de melissa é muito bom. Vou buscar.

Rubião deteve-a; não era preciso; conhecia aqueles achaques, curavam-se com sono. Palha quis mandar vir um tílburi; mas o outro acudiu dizendo que o ar da noite lhe faria bem, e que no Catete acharia condução.

Capítulo XCV

—Vou agarrá-la antes de chegar ao Catete — disse Rubião subindo pela rua do Príncipe.
Calculou que a costureira teria ido por ali. Ao longe, descobriu alguns vultos de um e outro lado; um deles pareceu-lhe de mulher. "Há de ser ela", pensou; e picou o passo. Entende-se naturalmente que levava a cabeça atordoada: rua da Harmonia, costureira, uma dama, e todas as rótulas abertas. Não admira que, fora de si, e andando rápido, desse um encontrão em certo homem que ia devagar, cabisbaixo. Nem lhe pediu desculpa; alargou o passo, vendo que a mulher também andava depressa.

Capítulo XCVI

E o homem empurrado, apenas sentiu o empurrão. Caminhava absorto, mas contente, espraiando a alma, desabafado de cuidados e fastios. Era o diretor de banco, o que acabava de fazer a visita de pêsames ao Palha. Sentiu o empurrão, e não se zangou; concertou o sobretudo e a alma, e lá foi andando tranquilamente.
Convém dizer, para explicar a indiferença do homem, que ele tivera, no espaço de uma hora, comoções opostas. Fora primeiro à casa de um ministro de Estado, tratar do requerimento de um irmão. O ministro, que acabava de jantar, fumava calado e pacífico. O diretor expôs atrapalhadamente o negócio, tornando atrás, saltando adiante, ligando e desligando as frases. Mal sentado, para não perder a linha do respeito, trazia na boca um sorriso constante e venerador; e curvava--se, pedia desculpas. O ministro fez algumas perguntas; ele, animado,

deu respostas longas, extremamente longas, e acabou entregando um memorial. Depois ergueu-se, agradeceu, apertou a mão ao ministro, este acompanhou-o até à varanda. Aí fez o diretor duas cortesias — uma em cheio, antes de descer a escada — outra em vão, já embaixo, no jardim; em vez do ministro, viu só a porta de vidro fosco, e na varanda, pendente do teto, o lampião de gás. Enterrou o chapéu e saiu. Saiu humilhado, vexado de si mesmo. Não era o negócio que o afligia, mas os cumprimentos que fez, as desculpas que pediu, as atitudes subalternas, um rosário de atos sem proveito. Foi assim que chegou à casa do Palha.

Em dez minutos, tinha a alma espanada e restituída a si mesma, tais foram as mesuras do dono da casa, os *apoiados* de cabeça, e um raio de sorriso perene, não contando oferecimentos de chá e charutos. O diretor fez-se então severo, superior, frio, poucas palavras; chegou a arregaçar com desdém a venta esquerda, a propósito de uma ideia do Palha, que a recolheu logo, concordando que era absurda. Copiou do ministro o gesto lento. Saindo, não foram dele as cortesias, mas do dono da casa.

Estava outro, quando chegou à rua; daí o andar sossegado e satisfeito, o espraiar da alma devolvida a si própria, e a indiferença com que recebeu o embate do Rubião. Lá se ia a memória dos seus rapapés; agora o que ele rumina saborosamente são os rapapés de Cristiano Palha.

Capítulo XCVII

Quando Rubião chegou à esquina do Catete, a costureira conversava com um homem, que a esperara, e que lhe deu logo depois o braço; viu-os ir ambos, conjugalmente, para o lado da Glória. Casados? amigos? Perderam-se na primeira dobra da rua, enquanto Rubião ficou parado, recordando as palavras do cocheiro, a rótula, o moço de bigodes, a senhora de bonito corpo, a rua da Harmonia... Rua da Harmonia; ela dissera rua da Harmonia.

Deitou-se tarde. Parte do tempo esteve à janela, matutando, charuto aceso, sem acabar de explicar aquele negócio. Dondon era por força a terceira nos amores; devia ser, tinha olhos sonsos, pensava Rubião.

"Amanhã vou lá, saio mais cedo, vou esperá-la na esquina; dou-lhe cem mil-réis, duzentos, quinhentos; ela há de confessar-me tudo."

Quando cansou, olhou para o céu; lá estava o Cruzeiro... Oh! se ela houvesse consentido em fitar o Cruzeiro! Outra teria sido a vida de ambos. A constelação pareceu confirmar este modo de sentir, fulgurando extraordinariamente; e Rubião quedou-se a mirá-la, a compor mil cenas lindas e namoradas — a viver do que podia ter sido. Quando a alma se fartou de amores nunca desabrochados, acudiu à mente do nosso amigo que o Cruzeiro não era só uma constelação, era também uma ordem honorífica. Daqui passou a outra série de pensamentos. Achou genial a ideia de fazer do Cruzeiro uma distinção nacional e privilegiada. Já tinha visto a venera ao peito de alguns servidores públicos. Era bela, mas principalmente rara.

— Tanto melhor! — disse ele em voz alta.

Era perto de duas horas quando saiu da janela; fechou-a e foi meter-se na cama, dormiu logo; acordou ao som da voz do criado espanhol, que lhe trazia um bilhete.

Capítulo XCVIII

Rubião sentou-se na cama estremunhado, não reparou na letra do sobrescrito; abriu o bilhete, e leu:

> *Ficamos ontem muito inquietos, depois que o senhor saiu. Cristiano não vai lá agora, porque acordou tarde, e tem de ir ao inspetor da alfândega. Mande-nos dizer se passou melhor. Lembranças de Maria Benedita e da*
> *Sua amiga e obrigada*
>
> Sofia.

— Diga ao portador que espere.

Daí a vinte minutos a resposta chegou à mão do moleque que trouxera o bilhete; foi o próprio Rubião que lha entregou, perguntando-lhe como tinham passado as senhoras. Soube que bem; deu-lhe dez tostões, recomendando-lhe que, quando precisasse algum dinheiro, viesse procurá-lo. O rapaz, espantado, arregalou os olhos e prometeu tudo.

— Adeus! — disse-lhe benevolamente o Rubião.

E ficou parado, enquanto o portador descia os poucos degraus. Indo este a meio do jardim, ouviu bradar:

— Espera!

Voltou para acudir ao chamado; Rubião já tinha descido os degraus; foram um ao outro, e pararam, calados. Correram dois minutos, sem que Rubião abrisse a boca. Afinal, perguntou alguma coisa — se as senhoras tinham passado bem. Era a mesma pergunta de há pouco; o criado confirmou a resposta. Depois, Rubião deixou vagar os olhos pelo jardim. As rosas e as margaridas estavam lindas e frescas, alguns cravos desabrochavam, outras flores e folhagens, begônias e trepadeiras, todo esse pequeno mundo parecia estender os olhos invisíveis ao Rubião, e bradar-lhe:

— Alma sem vigor, acaba de uma vez com o teu desejo; colhe-nos, manda-nos...

— Bem — disse finalmente Rubião —; lembranças às senhoras. Não se esqueça do que lhe disse; precisando de mim, venha cá. Guardou a carta?

— Está aqui, sim, senhor.

— É melhor metê-la no bolso, mas olhe não machuque.

— Não machuco, não, senhor — retorquiu o criado acomodando a carta.

Capítulo XCIX

Saiu o moleque; Rubião ficou passeando no jardim, com as mãos nos bolsos do chambre, e os olhos nas flores. Que tinha que mandasse algumas? Era um presente natural, e até de obrigação para pagar uma cortesia com outra. Fez mal; correu ao portão, mas já o moleque ia longe; Rubião advertiu que o luto excluía as lembranças alegres, e ficou tranquilo.

Senão quando, ao recomeçar o passeio, viu uma carta ao pé de um canteiro. Inclinou-se, apanhou-a, leu o sobrescrito... A letra era dela, tão só dela; comparou-a com a do bilhete que recebera; era a mesma. O nome era o do diabo: Carlos Maria.

"Sim, foi isso", pensou ele ao cabo de alguns minutos, "o portador da minha carta trouxe esta, e deixou-a cair."

E, mirando a carta, de um e outro lado, perguntava-lhe pelo conteúdo. Oh! o conteúdo! Que iria ali escrito dentro daquele papel homicida? Perversidade, luxúria, toda a linguagem do mal e da demência, resumidas em duas ou três linhas. Ergueu-a ante os olhos, para ver se podia ler alguma palavra; o papel era grosso; não se podia ler nada. Ao lembrar-se que o portador, dando por falta da carta, voltaria a procurá-la, meteu-a atrapalhadamente no bolso, e correu para dentro.

Em casa, tirou-a e mirou-a outra vez; as mãos hesitavam, reproduzindo o estado da consciência. Se abrisse a carta, saberia tudo. Lida e queimada, ninguém mais conheceria o texto, ao passo que ele teria acabado por uma vez com essa terrível fascinação que o fazia penar ao pé daquele abismo de opróbrios... Não sou eu que o digo, é ele; ele é que junta esse e outros nomes ruins, ele o que para no meio da sala, com os olhos no tapete, em cuja trama figura um turco indolente, cachimbo na boca, olhando para o Bósforo... Devia ser o Bósforo.

— Infernal carta! — rosnou surdamente, repetindo uma frase ouvida no teatro, semanas antes; frase esquecida, que vinha agora exprimir a analogia moral do espetáculo e do espectador.

Teve ímpetos de abri-la; era só um gesto, um ato; ninguém o via, os quadros da parede estavam quietos, indiferentes, o turco do tapete continuava a fumar e a olhar para o Bósforo. Contudo, sentia escrúpulos; a carta, posto que achada no jardim, não lhe pertencia, mas ao outro. Era como se fosse um embrulho de dinheiro; não devolveria o dinheiro ao dono? Despeitado, meteu-a outra vez no bolso. Entre mandar a carta ao destinatário e entregá-la a Sofia, adotou afinal o segundo alvitre; tinha a vantagem de poder ler a verdade nas feições da própria autora.

"Digo-lhe que achei uma carta, assim e assim", pensou Rubião; "e antes de lhe dar a carta, vejo bem na cara dela, se fica aterrada ou não. Talvez empalideça; então ameaço-a, falo-lhe da rua da Harmonia; juro-lhe que estou disposto a gastar trezentos, oitocentos, mil contos, dois mil, trinta mil contos, se tanto for preciso para estrangular o infame..."

Capítulo C

Nenhum dos habituados da casa compareceu ao almoço. Rubião esperou ainda uns dez minutos, chegou a mandar um criado ao portão, a ver se vinha alguém. Ninguém; teve de almoçar sozinho.

Em geral, não podia suportar as refeições solitárias; estava tão afeito à linguagem dos amigos, às observações, às graças, não menos que aos respeitos e considerações, que comer só era o mesmo que não comer nada. Agora, porém, era como um Saul que precisasse de algum Davi, para expelir o espírito maligno que se metera nele. Já queria mal ao portador da carta, porque a deixara cair; ignorar era um benefício. E depois, a consciência vacilava — ia da entrega da carta à recusa e à guarda indefinida. Rubião tinha medo de saber; ora queria, ora não queria ler nada no rosto de Sofia. O desejo de saber tudo era, em resumo, a esperança de descobrir que não havia nada.

Davi apareceu enfim, entre o queijo e o café, na pessoa do dr. Camacho, que voltara de Vassouras, na véspera, à noite. Como o Davi da Escritura, trazia um jumento carregado de pães, um cântaro de vinho e um cabrito. Deixara gravemente enfermo um deputado mineiro, que estava em Vassouras, e preparou a candidatura do Rubião, escrevendo às influências de Minas. Foi o que lhe disse aos primeiros goles de café.

— Candidato, eu?
— Pois então quem?
Camacho demonstrou que não podia haver melhor. Tinha serviços em Minas, não tinha?
— Alguns.
— Aqui os tem de grande relevância. Mantendo comigo o órgão dos princípios, tem recebido solidariamente os golpes que me dão, além dos sacrifícios que todos fazemos pelo lado pecuniário. Sobre isto, não me diga nada. Digo-lhe que hei de fazer o que puder. Demais, o senhor é a melhor solução da divergência.
— Divergência?
— Sim, o doutor Hermenegildo, de Catas-Altas, e o coronel Romualdo; dizem que ambos, em caso de vaga, querem apresentar-se; é dividir os votos...
— Seguramente; mas teimam?
— Creio que não teimarão, quando eu lhes mandar daqui confirmação dos chefes, porque foi uma das coisas que me lançaram à cara, é que eu não tinha poderes; confessei que, para aquele caso imprevisto, não; mas que possuía a confiança dos chefes, os quais me aprovariam. Creia que está feito. Então que pensa? Pensa que trabalho aqui sacrificando tempo e dinheiro, e algum talento, para não valer a um amigo, que tantas provas tem dado de fidelidade aos princípios? Oh! isso não. Hão de ouvir-me, e adotar o que lhes proponho.

Rubião, comovido, fez ainda outras perguntas acerca da luta e da vitória, se eram precisas despesas já, ou carta de recomendação e pedido, e como é que se havia de ter notícia frequente do enfermo etc. Camacho respondia a tudo; mas recomendava-lhe cautela. Em política, disse ele, uma coisa de nada desvia o curso da campanha e dá a vitória ao adversário. Contudo, ainda que não saísse vencedor, tinha Rubião a vantagem de ficar com o seu nome sufragado; e o precedente contava-se por um serviço.

— Firmeza e paciência — concluiu.
E logo em seguida:
— Eu próprio que sou, senão um exemplo de paciência e firmeza? A minha província está entregue a um grupo de bandidos; não há

outro nome para a gente dos Pinheiros; e além disso (digo-lhe isto com dor e em particular) tenho amigos que me intrigam, uns ganhadores, que querem ver se o partido me repele e se me tomam o lugar... Uns biltres! Ah! meu caro Rubião, isso de política pode ser comparado à paixão de Nosso Senhor Jesus Cristo; não falta nada, nem o discípulo que nega, nem o discípulo que vende. Coroa de espinhos, bofetadas, madeiro, e afinal morre-se na cruz das ideias, pregado pelos cravos da inveja, da calúnia e da ingratidão...

Esta frase, caída no calor da conversa, pareceu-lhe digna de um artigo; reteve-a de memória; antes de dormir, escreveu-a em uma tira de papel. Mas, na ocasião da conversa, enquanto a repetia consigo para fixá-la, Rubião dizia que se animasse, que ele era homem para grandes campanhas. E não fugisse de caretas.

— De caretas? Seguramente que não. Nem de papões verdadeiros, se os há. Cá os espero! Que se acautelem no dia em que subirmos! Hão de pagar tudo. Ouça-me este conselho: em política, não se perdoa nem se esquece nada. Quem fez uma, paga; creia que a vingança é um prazer — continuou sorrindo —; há muita delícia... Enfim, contados os males e os bens da política, os bens ainda são superiores. Há ingratos, mas os ingratos demitem-se, prendem-se, perseguem-se...

Rubião ouvia subjugado. Camacho impunha; faiscavam-lhe os olhos. Os anátemas brotavam-lhe como da boca de Isaías; as palmas do triunfo verdejavam-lhe nas mãos. Cada gesto parecia um princípio. Quando abria os braços, ferindo o ar, era como se desdobrasse um programa inteiro. Ia-se embriagando de esperanças, e tinha o vinho alegre. De uma vez, parou diante de Rubião:

— Vamos lá, deputado; ensaie um discurso, pedindo o encerramento da discussão: *Senhor Presidente...* Vamos, diga comigo: *Senhor Presidente, peço a Vossa Excelência...*

Rubião interrompeu-o, erguendo-se; teve uma espécie de vertigem. Via-se na câmara, entrando para prestar juramento, todos os deputados de pé; e teve um calafrio. O passo era difícil. Contudo, atravessou a sala, subiu à mesa da presidência, prestou o juramento de estilo... Talvez a voz lhe fraqueasse na ocasião...

Capítulo CI

Foi nesse estado que o veio achar a notícia da morte do Freitas. Chorou uma lágrima às escondidas; tomou a si custear as despesas do enterro, e acompanhou o defunto, na tarde seguinte, ao cemitério. A velha mãe do finado, quando o viu entrar na sala, quis ajoelhar-se aos pés dele; Rubião abraçou-a a tempo de impedir-lhe o gesto. Esse ato do nosso amigo fez grande impressão nos convidados. Um deles veio apertar-lhe a mão; depois a um canto, baixinho, contou-lhe a injustiça da demissão que recebera, dias antes; demissão acintosa, por causa de intrigas...

— Imagine Vossa Excelência que aquilo é (com perdão da palavra) um covil de patifes...

Chegou a hora de sair o enterro; as despedidas da mãe foram dolorosas: beijos, soluços, exclamações, tudo de mistura, e lancinantes. As mulheres não conseguiram arrancá-la dali; foram precisos dois homens e o emprego de força; ela gritava e teimava por tornar ao cadáver: meu filho! meu pobre filho!

— Um escândalo! — insistia o demitido. — O próprio ministro dizem que não gostou do ato; mas Vossa Excelência sabe, para não desmoralizar o diretor...

— Pan... pan... pan... — soavam os martelos surdamente, pregando o caixão.

Rubião acedeu ao pedido que lhe faziam de pegar em uma das argolas, e deixou o demitido. Fora, alguma gente parada; os vizinhos, às janelas, debruçavam-se uns sobre os outros, com os olhos cheios daquela curiosidade que a morte inspira aos vivos. Ao demais, havia o cupê do Rubião, que se destacava das caleças velhas. Já se falava muito daquele amigo do finado, e a presença confirmou a notícia. O defunto era agora apreciado com certa consideração.

No cemitério, não se contentou Rubião com deitar a pá de terra, ato em que foi primeiro, por solicitação de todos; esperou que os coveiros enchessem a cova com as suas grandes pás do ofício. Tinha os olhos úmidos; acabou, saiu, ladeado pelos outros, e, à porta, com uma só chapelada para a direita e para a esquerda, saudou a todas as cabeças descobertas e curvas. Ao entrar no cupê, ainda ouviu estas palavras, a meia-voz:

— Parece que é senador ou desembargador, ou coisa assim...

Capítulo CII

Era noite entrada. Rubião vinha por ali abaixo, recordando o pobre-diabo que enterrara, quando, na rua de São Cristóvão, cruzou com outro cupê, que levava duas ordenanças atrás. Era um ministro que ia para o despacho imperial. Rubião pôs a cabeça de fora, recolheu-a e ficou a ouvir os cavalos das ordenanças, tão iguaizinhos, tão distintos, apesar do estrépito dos outros animais. Era tal a tensão do espírito do nosso amigo, que ainda os ouvia, quando já a distância não permitia audiência. Catrapus... catrapus... catrapus...

Capítulo CIII

Ao sétimo dia da morte de d. Maria Augusta, rezou-se a missa de uso, em São Francisco de Paula; Rubião lá foi, lá viu Carlos Maria. Tanto bastou para precipitar a devolução da carta; três dias depois, meteu-a no bolso e correu ao Flamengo. Eram duas horas da tarde. Maria Benedita fora visitar as amigas da vizinhança, que a tinham acompanhado nos primeiros dias de aflição; Sofia estava só, vestida para sair.

— Mas, não importa — disse ela convidando-o a sentar-se —; fico ou saio mais tarde.

Rubião retorquiu que a demora era curta; vinha dar-lhe um papel.

— Em todo caso, sente-se; também se pode dar um papel sentado.

Estava tão bonita, que ele hesitou em dizer-lhe as palavras duras que trazia de cor. O luto ia-lhe muito bem, e o vestido parecia uma luva. Sentada, via-se-lhe metade do pé, sapato raso, meia de seda, coisas todas que pediam misericórdia e perdão. Quanto à espada daquela bainha — assim chama à alma um velho autor —, parecia não ter gume nem campanhas; era uma ingênua faca de marfim. Rubião esteve a pique de fraquear; a primeira palavra arrastou as outras.

— Que papel? — perguntou Sofia.

— Um papel, que suponho grave — respondeu ele contendo-se —; não se recorda ou não sabe que perdeu uma carta?

— Não.

— Costuma escrever cartas?

— Tenho escrito algumas; mas, não me lembra se grave. Deixe ver.

Rubião tinha os olhos desvairados. Não disse nem fez nada. Levantou-se para sair, não saiu. Depois de alguns instantes de silêncio e inquietação, continuou sem raiva:

— Não é segredo para a senhora que lhe quero bem. A senhora sabe disso, e não me despede, nem me aceita, anima-me com os seus bonitos modos. Não me esqueci ainda de Santa Teresa, nem da nossa viagem no trem de ferro, quando vínhamos os dois, com seu marido no meio. Lembra-se? Foi a minha desgraça aquela viagem; desde aquele dia a senhora me prendeu. A senhora é má, tem gênio de cobra; que mal lhe fiz eu? Vá que não goste de mim; mas podia desenganar-me logo...

— Cale-se, vem gente — interrompeu Sofia erguendo-se também e olhando para o lado da porta.

Não vinha ninguém; entretanto, podiam ouvi-lo, porque a voz do Rubião ia aquecendo e crescendo. Cresceu ainda mais. Já não pleiteava esperanças; abria e despejava a alma.

— Não me importa que ouçam — bradou ele —; podem ouvir-me; agora digo tudo, a senhora bota-me para fora e tudo acaba. Não, não se pode fazer sofrer assim um homem...

— Cale-se, pelo amor de Deus!

— Qual Deus! Ouça-me o resto, porque eu estou disposto a não guardar nada...

Desatinada, receando deveras que algum criado ouvisse, Sofia levantou a mão e tapou-lhe a boca. Ao contato daquela epiderme querida, Rubião perdeu a voz. Sofia retirou a mão, e dispôs-se a deixar a sala; mas, chegando à porta, parou. Rubião caminhara até à janela, para convalescer da explosão.

Capítulo CIV

Sofia, depois de estar alguns segundos à escuta, tornou à sala, e foi sentar-se com grande rumor de saias, na otomana de cetim azul, compra de poucos dias. Rubião voltou-se, e deu com ela, abanando repreensivamente a cabeça. Antes que ele falasse, Sofia pôs o dedo na boca, pedindo-lhe silêncio; depois chamou-o com a mão; Rubião obedeceu.

— Sente-se naquela cadeira — disse ela. E continuou, depois de o ver sentado: — Tenho razão para zangar-me com o senhor; não faço, porque sei que é bom, e estou que é sincero; arrependa-se do que me disse, e tudo lhe será perdoado.

Sofia bateu com o leque no lado direito do vestido para o abaixar e compor; depois levantou os braços sacudindo as pulseiras de vidro preto; finalmente, pousou-os sobre os joelhos e, abrindo e fechando as varetas do leque, aguardou a resposta. Ao contrário do que esperava, Rubião abanou a cabeça negativamente.

— Não tenho de que me arrepender — disse ele —; e prefiro que me não perdoe. A senhora ficará cá dentro, quer queira, quer não; podia mentir, mas que é que rende a mentira? A senhora é que não tem sido sincera comigo, porque me tem enganado...

Sofia retesou o busto.

— ... Não se zangue; não desejo ofendê-la; mas, deixe-me dizer que a senhora é que me tem enganado, e muito, e sem compaixão. Que ame a seu marido, vá; perdoava-lhe; mas que...

— Mas quê? — repetiu ela espantada.

Rubião meteu a mão no bolso, tirou a carta, e entregou-lha. Sofia, ao ler o nome de Carlos Maria, ficou sem pinga de sangue; ele viu-lhe a palidez. Dominando-se logo, perguntou o que era, que queria dizer essa carta.

— A letra é sua.

— É minha. Mas que diria eu aqui dentro? — continuou tranquila.

— Quem lhe deu isto?

Rubião quis referir o achado; mas entendeu ter alcançado o bastante; cortejou-a para sair.

— Perdão — disse ela —, abra o senhor mesmo a carta.

— Não tenho mais nada a fazer aqui.

— Fique, abra a carta, aqui a tem; leia tudo — dizia a moça pegando-lhe na manga; mas, Rubião puxou violentamente o braço, foi buscar o chapéu e saiu. Sofia, com medo dos criados, deixou-se ficar na sala.

Capítulo CV

Tão nervosa esteve durante os primeiros instantes, que não cuidou da carta. Afinal, virou-a de um lado para outro, sem adivinhar o conteúdo; mas, pouco a pouco, já senhora de si, lembrou-se que devia ser a circular da comissão das Alagoas. Rasgou a sobrecarta: era a circular. Como é que semelhante papel fora ter às mãos dele? E donde lhe vinha a suspeita? De si mesmo ou de fora? Correria algum boato? Foi ter com o criado que levara a circular a Carlos Maria e perguntou-lhe se a entregara. Soube que não. Quando o criado chegou à rua dos Inválidos, não achou o papel no bolso, e, com medo, não dissera nada à ama.

Sofia tornou à sala, disposta a não sair. Recolheu a carta e a sobrecarta, para mostrá-las a Rubião, a fim de que ele visse bem que não era nada; mas, provavelmente, suporia a substituição do papel.

— Maldito homem! — murmurou. E começou a andar à toa.

Uma revoada de memórias entrou na alma de Sofia. A imagem de Carlos Maria veio postar-se ante ela, com os seus grandes olhos de espectro querido e aborrecido. Sofia quis arredá-lo, mas não pôde; ele acompanhava-a de um lado para outro, sem perder o tom esbelto e másculo, nem o ar de riso sublime. Às vezes, via-o inclinar-se, articulando as mesmas palavras de certa noite de baile, que lhe custaram a ela horas de insônia, dias de esperança, até que se perderam na irrealidade. Nunca Sofia compreendera o malogro daquela aventura. O homem parecia querer-lhe deveras, e ninguém o obrigava a declará-lo tão atrevidamente, nem a passar-lhe pelas janelas, alta noite, segundo lhe ouviu. Recordou ainda outros encontros, palavras furtadas, olhos cálidos e compridos, e não chegava a entender que toda essa paixão acabasse em nada. Provavelmente, não haveria nenhuma; puro galanteio — quando muito, um modo de apurar as suas forças atrativas... Natureza de cínico, de fútil.

Que lhe importava o mistério? Era um sujeito fútil. Cresceu-lhe o nojo e o desdém. Chegou a rir-se dele; podia encará-lo sem remorsos. E foi andando por ali fora, vingando-se do bobo — chamava-lhe bobo — e fitando no ar os olhos de imaculada. Em verdade, era ocupar-se demais com tal assunto; começou a maldizer do Rubião, que evocara semelhante homem do esquecimento, por causa daquela triste circular... Depois, tornou às primeiras lembranças, às palavras de Carlos Maria. Se todos a achavam bela, por que não o acharia ele, que lho disse? Talvez o tivesse a seus pés, se não se houvesse mostrado tão agradecida, tão rasteira...

De repente, a criada, que estava na outra sala, ouvindo rumor de alguma coisa que se quebrava, correu à de visitas, e viu a ama, sozinha, de pé.

— Não é nada — disse-lhe esta.

— Pareceu-me que ouvi...

— Foi aquele boneco que caiu: apanhe os cacos.

— O chinês! — exclamou a criada.

De feito, era um mandarim de porcelana, pobre-diabo que estava muito quieto, em cima de uma estante. Sofia achou-se com ele entre os dedos, sem saber como, nem desde quando; ao cuidar na sua voluntária humilhação, teve um impulso — parece que raiva de si mesma — e deu com o boneco em terra. Pobre mandarim! não lhe valeu ser de porcelana; não lhe valeu sequer ser dado pelo Palha.

— Mas, minha ama, como é que o chinês...

— Vá-se embora!

Sofia recordou todo o seu proceder diante de Carlos Maria, as aquiescências fáceis, os perdões antecipados, os olhos com que o buscava, os apertos de mão tão fortes... Era isso; tinha-se-lhe lançado aos pés. Depois, o sentimento foi mudando. Apesar de tudo, era natural que ele gostasse dela, e a conformidade moral de ambos não traria o abandono de um. Talvez a culpa fosse outra. Escavou razões possíveis, algum gesto duro e frio, alguma falta de atenção para com ele; lembrou-se que, uma vez, por medo de o receber sozinha, mandou dizer que não estava em casa. Sim, podia ser isso. Carlos Maria era orgulhoso; a menor desfeita pungia-o. Soube que era mentira... Essa era a culpa.

Capítulo CVI

... Ou, mais propriamente, capítulo em que o leitor, desorientado, não pode combinar as tristezas de Sofia com a anedota do cocheiro. E pergunta confuso: — Então a entrevista da rua da Harmonia, Sofia, Carlos Maria, esse chocalho de rimas sonoras e delinquentes, é tudo calúnia? Calúnia do leitor e do Rubião, não do pobre cocheiro, que não proferiu nomes, não chegou sequer a contar uma anedota verdadeira. É o que terias visto, se lesses com pausa. Sim, desgraçado, adverte bem que era inverossímil que um homem, indo a uma aventura daquelas, fizesse parar o tílburi diante da casa pactuada. Seria pôr uma testemunha ao crime. Há entre o céu e a terra muitas mais ruas do que sonha a tua filosofia — ruas transversais, onde o tílburi podia ficar esperando.

— Bem; o cocheiro não soube compor. Mas que interesse tinha em inventar a anedota?

Conduzira Rubião a uma casa, onde o nosso amigo ficou quase duas horas, sem o despedir; viu-o sair, entrar no tílburi, descer logo e vir a pé, ordenando-lhe que o acompanhasse. Concluiu que era ótimo freguês; mas, ainda assim, não se lembrou de inventar nada. Passou, porém, uma senhora com um menino — a da rua da Saúde —, e Rubião quedou-se a olhar para ela com vistas de amor e melancolia. Aqui é que o cocheiro o teve por lascivo, além de pródigo, e encomendou-lhe as suas prendas. Se falou em rua da Harmonia foi por sugestão do bairro donde vinham; e, se disse que trouxera um moço da rua dos Inválidos, é que naturalmente transportara de lá algum, na véspera — talvez o próprio Carlos Maria —, ou porque lá morasse ou porque lá tivesse a cocheira — qualquer outra circunstância que lhe ajudou a invenção, como as reminiscências do dia servem de matéria aos sonhos da noite. Nem todos os cocheiros são imaginativos. Já é muito concertar farrapos da realidade.

Resta só a coincidência de morar na rua da Harmonia uma das costureiras do luto. Aqui, sim, parece um propósito do acaso. Mas a culpa é da costureira; não lhe faltaria casa mais para o centro da cidade, se quisesse deixar a agulha e o marido. Ao contrário disso, ama-os sobre todas as coisas deste mundo. Não era razão para que eu cortasse o episódio, ou interrompesse o livro.

Capítulo CVII

Das reflexões de Sofia é que não há que explicar. Todas tinham o pé na verdade. Era certo e certíssimo que Carlos Maria não correspondera às primeiras esperanças — nem às segundas e terceiras, porque as houve em quadras diversas, ainda que menos verdes e bastas. Quanto à causa disso, vimos que Sofia, à míngua de uma, atribuiu-lhe sucessivamente três. Não chegou a pensar em alguns amores que ele porventura trouxesse e lhe tornassem insípidos quaisquer outros. Seria uma quarta causa, e talvez a verdadeira.

Capítulo CVIII

Durante alguns meses, Rubião deixou de ir ao Flamengo. Não foi resolução fácil de cumprir. Custou-lhe muita hesitação, muito arrependimento; mais de uma vez chegou a sair com o propósito de visitar Sofia e pedir-lhe perdão. De quê? Não sabia; mas queria ser perdoado. Em todas as tentativas desse gênero, a lembrança de Carlos Maria fazia-o recuar. De certo ponto em diante, foi o próprio lapso de tempo que o tolheu; era esquisito aparecer lá um dia, como um triste filho pródigo, unicamente para suplicar o calor dos belos olhos da dona da casa. Ia ao armazém visitar o Palha; este, ao fim de cinco semanas, reprochou-lhe a ausência; e, passados dois meses, perguntou-lhe se era formal propósito.

— Tenho tido muito que fazer — acudiu Rubião —; esses negócios políticos tomam todo o tempo a uma pessoa. Vou lá domingo.

Sofia aparelhou-se para recebê-lo. Espiaria a ocasião de lhe dizer o que era a carta, jurando por todas as coisas santas, para que ele visse que a verdade não era contra ela. Planos perdidos; Rubião não compareceu. Veio outro domingo, vieram outros domingos... Não obstante, Sofia remeteu-lhe um dia a subscrição para as Alagoas; ele assinou cinco contos de réis.

— É muito — disse-lhe o sócio, no armazém, quando ele lhe foi levar o papel.

— Não dou menos.

— Mas olhe que pode dar muito, sem dar tanto. Parece-lhe então que esta subscrição é feita entre meia dúzia de pessoas? Anda nas mãos de muitas senhoras e de alguns homens; está nos mostradores das lojas, na praça do Comércio etc. Assine menos.

— Como, se está escrito?

— Deste cinco pode-se fazer muito bem um três. Três contos já é uma boa assinatura. Há maiores, mas são de pessoas obrigadas pelo cargo ou pelos milhões; o Bonfim, por exemplo, assinou dez contos.

Rubião não pôde reter um risinho irônico; abanou a cabeça, e não recuou dos cinco contos. Só emendaria, escrevendo o algarismo 1 atrás — quinze contos, mais que o Bonfim.

— Seguramente, que pode dar cinco, dez ou quinze contos — tornou o Palha —; mas o seu capital precisa cautelas, você está entrando muito por ele... Repare que já lhe rende menos.

Palha era agora o depositário dos títulos de Rubião (ações, apólices, escrituras), que estavam fechados na burra do armazém. Cobrava-lhe os juros, os dividendos e os aluguéis de três casas, que lhe fizera comprar algum tempo antes, a vil preço, e que lhe rendiam muito. Guardava também uma porção de moedas de ouro, porque Rubião tinha a mania de as colecionar, para a contemplação. Conhecia, mais que o dono, a soma total dos bens, e assistia aos rombos feitos na caravela, sem temporal, mar de leite. Três contos bastavam, insistiu ele; e provou a sinceridade pelo fato de ser justamente marido da fundadora da comissão. Mas o Rubião não desistiu dos cinco; aproveitou a ocasião para pedir-lhe mais dez; precisava de dez contos. Palha coçou a cabeça.

— Você desculpe — disse-lhe ao cabo de alguns instantes —, mas para que é que os quer? Não está certo que vai perdê-los, ou arriscá-los, ao menos?

Rubião riu da objeção.

— Se eu estivesse certo de que os perdia, não vinha buscá-los. Pode ser arriscado, mas não é sem arriscar que se ganha. Preciso deles para um negócio — quero dizer, três negócios. Dois são empréstimos seguros, e não passam de um conto e quinhentos. Os oito contos e quinhentos são para uma empresa. Por que abana a cabeça, se não sabe de que se trata?

— Por isso mesmo. Se você me consultasse, se me dissesse que empresa e que pessoas eram, eu veria logo se podia arriscar-se; e receio muito que nada preste, a não ser o dinheiro que se perder. Lembra-se das ações daquela Companhia União dos Capitais Honestos? Disse-lhe logo que esse título era enfático, um modo de embair a gente, e dar emprego a sujeitos necessitados. Você não quis crer, e caiu. As ações estão por baixo, e já este semestre não há dividendos.

— Pois venda justamente essas ações; contento-me com o sólido. Ou então dê-me da caixa da nossa casa... Passo logo por aqui, se você quiser — ou mande-me lá a Botafogo. Caucione umas apólices, se lhe parecer melhor...

— Não, não faço nada; não dou os dez contos — atalhou fogosamente o Palha. — Basta de ceder a tudo; o meu dever é resistir. Empréstimos seguros? Que empréstimos são esses? Não vê que lhe levam o dinheiro, e não lhe pagam as dívidas? Sujeitos que vão ao ponto de jantar diariamente com o próprio credor, como um tal Carneiro, que lá tenho visto. Dos outros não sei se lhe devem também; é possível que sim. Vejo que é demais. Falo-lhe por ser amigo; não dirá algum dia que não foi avisado em tempo. De que há de viver, se estragar o que possui? A nossa casa pode cair.

— Não cai — acudiu o Rubião.

— Pode cair; tudo pode cair. Eu vi cair o banqueiro Souto, em 1864.

Rubião remoía os conselhos do sócio, não por serem bons nem prováveis, mas por achar neles uma intenção maviosa, revestida de forma crua. Agradeceu-os de coração, mas rejeitou-os; precisava dos dez contos. Podia ter mais tento, dali em diante, e afirmava-lhe que seria menos fácil. De resto, possuía de sobra, tinha dinheiro para dar e vender...

— Para vender só — emendou o Palha.

E, depois de um instante:

— Bem, agora é tarde, amanhã levo-lhe os dez contos. E por que os não há de ir buscar lá à nossa casa ao Flamengo? Que mal lhe fizemos nós? Ou que lhe fizeram elas? porque a zanga parece ser com elas, visto que o vejo aqui. Que foi, para castigá-las? — concluiu rindo.

Rubião desviou os olhos do sócio, cuja palavra lhe parecia afiada de ironia — como de pessoa que soubesse tudo, e risse dele. Quando lhos tornou, viu o mesmo semblante interrogativo, e respondeu:

— Não me fizeram nada; lá irei amanhã à noite.

— Vá jantar.

— Jantar, não posso, tenho uns amigos em casa; vou de noite. — E querendo rir: — Não as castigue, que não me fizeram nada.

"Alguém o possui", refletiu Palha logo que ele saiu; "alguém, por inveja às nossas relações... Também pode ser que Sofia lhe fizesse alguma para arredá-lo de casa..."

Rubião assomou outra vez à porta; não tivera tempo de chegar à esquina. Voltava para dizer que, precisando do dinheiro cedo, viria buscá-lo ao armazém; de noite iria então visitá-los. Precisava do dinheiro até às duas horas da tarde.

Capítulo CIX

Nessa noite, Rubião sonhou com Sofia e Maria Benedita. Viu-as num grande terreiro, apenas vestidas de saia, costas inteiramente despidas; o marido de Sofia, armado de um azorrague de cinco pontas de couro, rematando em bicos de ferro, castigava-as despiedadamente. Elas gritavam, pediam misericórdia, torciam-se, alagadas em sangue, as carnes caíam-lhes aos bocados. Agora, por que razão Sofia era a imperatriz Eugênia, e Maria Benedita uma aia sua, é o que não sei dizer com exatidão. "São sonhos, sonhos, Penseroso!", exclamava um personagem do nosso Álvares de Azevedo. Mas eu prefiro a reflexão do velho Polonius, acabando de ouvir uma fala tresloucada de Hamlet: "Desvario embora, lá tem seu método." Também há método aqui, nessa mistura de Sofia e Eugênia; e ainda há método no que se lhe seguiu, e que parece mais extravagante.

Sim, Rubião, indignado, mandou logo cessar o castigo, enforcar o Palha e recolher as vítimas. Uma delas, Sofia, aceitou um lugar na carruagem aberta que esperava pelo Rubião, e lá foram a galope, ela garrida e sã, ele glorioso e dominador. Os cavalos, que eram dois à saída, eram daí a pouco, oito, quatro belas parelhas. Ruas e janelas cheias de gente, flores chovendo em cima deles, aclamações… Rubião sentiu que era o imperador Luís Napoleão; o cachorro ia no carro aos pés de Sofia…

Tudo acabou sem fim, nem fracasso. Rubião abriu os olhos; talvez alguma pulga o mordeu; qualquer coisa: "Sonhos, sonhos, Penseroso!" Ainda agora prefiro o dito de Polonius: "Desvario embora, lá tem seu método!"

Capítulo CX

Rubião fez os dois empréstimos e o negócio. O negócio era uma Empresa Melhoradora dos Embarques e Desembarques no porto do Rio de Janeiro. Um dos empréstimos tinha por fim pagar certa conta atrasada de papel da *Atalaia*, dívida urgente. A folha estava ameaçada de parar.

— Perfeitamente — disse Camacho, quando Rubião lhe foi levar o dinheiro à casa. — Muito obrigado. Veja você como, por uma miséria dessa ordem, podia emudecer o nosso órgão. São os espinhos naturais da carreira. O povo não está educado; não reconhece, não apoia os que trabalham por ele, os que descem à arena todos os dias em defesa das liberdades constitucionais. Imagine, que, de momento, não dispúnhamos deste dinheiro, tudo estava perdido, cada um ia para os seus negócios, e os princípios ficavam sem o seu leal expositor.

— Nunca! — protestou Rubião.

—Tem razão; redobraremos de esforços. A *Atalaia* será como o Anteu da fábula. De cada vez que cair, erguer-se-á com mais vida.

Dito isto, Camacho mirou o maço de notas. — Um conto e duzentos, não? perguntou; e meteu-o no bolso do fraque. Continuou a dizer que estavam seguros agora, a folha ia de vento em popa. Tinha certas reformas materiais em vista; foi ainda mais longe:

— Precisamos desenvolver o programa, dar um empurrão aos correligionários, atacá-los, se for preciso...

— Como?

— Ora, como? atacando. Atacar é um modo de dizer; corrigir. É evidente que o órgão do partido está afrouxando. Chamo órgão do partido, porque a nossa folha é órgão das ideias do partido; compreende a diferença?

— Compreendo.

—Vai afrouxando — continuou Camacho apertando um charuto entre os dedos, antes de o acender —; nós precisamos de acentuar os princípios, mas francamente, nobremente, dizendo a verdade. Creia que os chefes precisam ouvi-la a seus próprios amigos e aderentes. Nunca rejeitei a conciliação dos partidos, pugnei por ela; mas conciliação não é jogo de empulha. Para lhe dar um exemplo, na minha província a gente dos Pinheiros tem o apoio do governo, unicamente para me deslocar; e os meus correligionários da Corte, em vez de a combater, visto que o governo lhe dá força, que pensa que fazem? Dão também apoio aos Pinheiros.

— Têm ao menos alguma influência os Pinheiros?

— Nenhuma — respondeu Camacho fechando violentamente a caixa de fósforos que ia a abrir. — Há um réu de polícia entre eles, e há outro que até foi aprendiz de barbeiro. Matriculou-se, é verdade, na Faculdade do Recife, creio que em 1855, por morte do padrinho que lhe deixou alguma coisa, mas tal é o escândalo da carreira desse homem que, logo depois de receber o diploma de bacharel, entrou na assembleia provincial. É uma besta; é tão bacharel como eu sou papa.

Entenderam-se sobre as modificações políticas da folha. Camacho lembrou ao Rubião que a candidatura deste naufragara por causa justamente da oposição dos chefes. De alguns, emendou logo. Rubião concordou; assim lho tinha dito o amigo em tempo, e a lembrança avivou o ressentimento do desastre. Podia, devia estar na câmara. Os tais é que o não quiseram; mas haviam de ver, pensava Rubião; tinham de amargar o malfeito. Deputado, senador, ministro, vê-lo-iam tudo, com olhos tortos e espantados. A cabeça de nosso amigo, tanto que o outro lhe pôs a faísca, foi ardendo de si mesma, não por ódio, nem inveja, mas de ambição ingênua, e cordial certeza, visão antecipada e deslumbrante das grandezas. Camacho estimou achá-lo de acordo.

— A nossa gente é de igual opinião — disse ele. — Creio que não faz mal uma pequena ameaça aos amigos.

Nessa mesma noite, leu-lhe o artigo em que advertia o partido da conveniência de não ceder às perfídias do poder, apoiando em algumas províncias certa gente corrupta e sem valor. Eis aqui a conclusão:

Os partidos devem ser unidos e disciplinados. Há quem pretenda (mirabile dictu!) que essa disciplina e união não podem ir ao ponto de rejeitar os benefícios que caem das mãos dos adversários. Risum teneatis! Quem pode proferir tal blasfêmia sem que lhe tremam as carnes? Mas suponhamos que assim seja, que a oposição possa, uma ou outra vez, fechar os olhos aos desmandos do governo, à postergação das leis, aos excessos da autoridade, à perversidade e aos sofismas. Quid inde? Tais casos — aliás raros — só podiam ser admitidos quando favorecessem os elementos bons, não os maus. Cada partido tem os seus díscolos e sicofantas. É interesse dos nossos adversários ver-nos afrouxar, a troco da animação dada à parte corrupta do partido. Esta é a verdade; negá-lo é provocar-nos à guerra intestina, isto é, à dilaceração da alma nacional... Mas, não, as ideias não morrem; elas são o lábaro da justiça. Os vendilhões serão expulsos do templo; ficarão os crentes e os puros, os que põem acima dos interesses mesquinhos, locais e passageiros a vitória indefectível dos princípios. Tudo que não for isto ter-nos-á contra si. Alea jacta est.

Capítulo CXI

Rubião aplaudiu o artigo; achava-o excelente. Talvez pouco enérgico. *Vendilhões*, por exemplo, era bem dito; mas ficava melhor *vis vendilhões*.

— Vis vendilhões? Há só um inconveniente — ponderou Camacho. — É a repetição dos *vv*. Vis ven...Vis vendilhões; não sente que o som fica desagradável?

— Mas lá em cima há *vés vis...*

— *Vae victis*. Mas é uma frase latina. Podemos arranjar outra coisa: vis mercadores.

—Vis mercadores é bom.

— Contudo, *mercadores* não tem a força de *vendilhões*.

— Então, por que não deixa vendilhões? Vis vendilhões é forte; ninguém repara no som. Olhe, eu nunca dou por isso. Gosto de energia. Vis vendilhões.

— Vis vendilhões, vis vendilhões — repetiu Camacho, a meia-voz. — Já estou achando melhor. Vis vendilhões. Aceito — concluiu emendando. E releu:

Os vis vendilhões serão expulsos do templo; ficarão os crentes e os puros, os que põem acima dos interesses mesquinhos, locais e passageiros a vitória indefectível dos princípios. Tudo que não for isto ter-nos-á contra si. Alea jacta est.

— Muito bem! — disse Rubião, sentindo-se algum tanto autor do artigo.

— Parece-lhe bem? — perguntou Camacho, sorrindo. — Há pessoas que ainda me acham no estilo a frescura do meu tempo de estudante. Não sei, não digo nada; a disposição, sim, é a mesma. Hei de castigá-los; havemos de castigá-los.

Capítulo CXII

Aqui é que eu quisera ter dado a este livro o método de tantos outros — velhos todos — em que a matéria do capítulo era posta no sumário: "De como aconteceu isto assim, e mais assim." Aí está Bernardim Ribeiro; aí estão outros livros gloriosos. Das línguas estranhas, sem querer subir a Cervantes nem a Rabelais, bastavam-me Fielding e Smollet, muitos capítulos dos quais só pelo sumário estão lidos. Pegai em *Tom Jones*, livro IV, capítulo I, lede este título: *Contendo cinco folhas de papel*. É claro, é simples, não engana a ninguém; são cinco folhas, mais nada, quem não quer não lê, e quem quer lê, para os últimos é que o autor concluiu obsequiosamente: "E agora, sem mais prefácio, vamos ao seguinte capítulo."

Capítulo CXIII

Se tal fosse o método deste livro, eis aqui um título que explicaria tudo: "De como Rubião, satisfeito da emenda feita no artigo, tantas frases compôs e ruminou, que acabou por escrever todos os livros que lera."

Lá haverá leitor a quem só isso não bastasse. Naturalmente, quereria toda a análise da operação mental do nosso homem, sem advertir que, para tanto, não chegariam as cinco folhas de papel de Fielding. Há um abismo entre a primeira frase de que Rubião era coautor até a autoria de todas as obras lidas por ele; é certo que o que mais lhe custou foi ir da frase ao primeiro livro; deste em diante a carreira fez-se rápida. Não importa; a análise seria ainda assim longa e fastiosa. O melhor de tudo é deixar só isto; durante alguns minutos, Rubião se teve por autor de muitas obras alheias.

Capítulo CXIV

Ao contrário, não sei se o capítulo que se segue poderia estar todo no título.

Capítulo CXV

Rubião foi mantendo o propósito de não tornar a ver Sofia; pelo menos, não ia ao Flamengo. Viu-a um dia passar de carro, com uma das damas da comissão das Alagoas; ela inclinou-se risonha, dizendo-lhe adeus com a mão. Ele retribuiu o cumprimento, tirando o chapéu, com tal ou qual alvoroço, mas não ficou parado como lhe aconteceria dantes; apenas lançou um olhar ao carro que ia andando. Também ele foi andando — e pensando no lance da carta, não compreendendo aquele gesto de mão, sem ódio nem vexame — como se nada houvesse entre eles. Podia ser que o serviço da comissão e a companheira que levava explicassem a benevolência graciosa de Sofia; mas Rubião não cogitou desta hipótese.

— Estará assim tão falta de brio? — perguntava ele. — Pois não se lembra da carta que achei, mandada por ela ao tal gamenho da rua dos Inválidos? É muito; é demais. Parece um desafio, um modo de dizer que não faz caso, que escreverá todas as cartas que quiser. Que as escreva, mas gaste algum dinheiro em registrá-las no correio; é barato.

Achou algum pico em si mesmo, e riu-se. Isto, e um homem que passou rasgando-lhe uma cortesia, tiraram-lhe o amargor das saudades, e ele esqueceu o assunto, para cuidar de outro, que o levava ao Banco do Brasil.

Ao entrar no banco esbarrou no sócio, que saiu.

— Creio que vi agora dona Sofia — disse-lhe Rubião.

— Onde?

— Na rua dos Ourives; ia de carro, com outra senhora, que não conheço. Como tem você passado?

— Viu-a, e não se lembrou de nada — observou Palha, sem responder à pergunta. — Não se lembrou que ela faz anos quarta-feira, depois de amanhã. Não lhe peço que vá jantar, não ouso tanto, seria convidá-lo a aborrecer-se; mas uma xícara de chá bebe-se depressa. Faz-me esse favor?

Rubião não respondeu logo.

— Vou até jantar — disse finalmente. — Quarta-feira? Conte comigo. Tinha-me esquecido, confesso; mas ando com tanta coisa na cabeça... Espere por mim daqui a meia hora, no armazém.

Antes de meia hora estava lá, pedindo-lhe dois contos de réis. Palha já não resistia ao desmoronamento do capital; e, se uma ou outra vez, dizia alguma palavrinha frouxa, agora entregou-lhe o dinheiro com indiferença. Rubião não tornou à casa sem comprar um magnífico brilhante, que, na quarta-feira, enviou a Sofia, acompanhado de um bilhete de visita, e duas palavras de felicitação.

Sofia estava só, no quarto de vestir, calçando os sapatos, quando a criada lhe entregou o pacote. Era o terceiro presente do dia; a criada esperou que ela o abrisse para ver também o que era. Sofia ficou deslumbrada, quando abriu a caixa e deu com a rica joia — uma bela pedra, no centro de um colar. Esperava alguma coisa bonita; mas, depois dos últimos sucessos, mal podia crer que ele fosse tão generoso. Batia-lhe o coração.

— O portador está aí?

— Já foi. Que bonito, minha ama!

Sofia fechou a caixa, e acabou de calçar-se. Deteve-se algum tempo, sentada, sozinha, recordando coisas idas, e levantou-se pensando: "Aquele homem adora-me."

Tratou de vestir-se; mas, ao passar por diante do espelho, deixou-se estar alguns instantes. Comprazia-se na contemplação de si mesma, das suas ricas formas, dos braços nus de cima a baixo, dos próprios olhos contempladores. Fazia vinte e nove anos, achava que era a mesma dos vinte e cinco, e não se enganava. Cingindo e apertando o colete, diante do espelho, acomodou os seios com amor, e deixou espraiar-se o colo magnífico. Lembrou-se então de ver como lhe ficava o brilhante; tirou o colar e pô-lo ao pescoço. Perfeito. Voltou-se da esquerda para a direita e vice-versa, aproximou-se, afetou-se, aumentou a luz do camarim; perfeito. Fechou a joia e guardou-a.

"Aquele homem adora-me", repetiu.

"Provavelmente, ele lá estará", pensou Rubião indo jantar ao Flamengo; "duvido que tenha dado melhor presente que eu."

Carlos Maria lá estava, efetivamente, conversando, entre uma das comissárias das Alagoas e Maria Benedita. Poucos eram os convivas; houve propósito em escolher e limitar. Não estava ali o major Siqueira, nem a filha, nem as senhoras e os homens que Rubião conheceu naquele outro jantar de Santa Teresa. Da comissão das Alagoas viam-se algumas damas; via-se mais o diretor do banco — o da visita ao ministro — com a senhora e as filhas — outro personagem bancário —, um comerciante inglês, um deputado, um desembargador, um conselheiro, alguns capitalistas, e pouco mais.

Posto que evidentemente gloriosa, Sofia esqueceu por um instante os outros, quando viu Rubião entrar na sala e caminhar para ela. Ou mudança, ou descostume, achou-lhe outro ar, passo firme, cabeça levantada, o avesso, em suma, do antigo gesto encolhido e diminuto. Sofia apertou-lhe a mão com força e sussurrou um agradecimento. À mesa fê-lo sentar ao pé de si, tendo do outro lado a presidente da comissão. Rubião olhava superiormente para tudo. A qualidade dos convivas não lhe produziu impressão, nem o ar cerimonioso, nem o luxo da mesa; nada disso o deslumbrou. O mesmo cuidado particular de Sofia, embora lhe fosse agradável, não o tonteava, como outrora. E da parte dela era mais apurada a atenção, e os olhos excepcionalmente meigos e serviçais. Rubião procurou Carlos Maria; lá estava entre as mesmas moças da sala — Maria Benedita e a comissária das Alagoas.

Verificou que só se ocupava com elas, não olhava para Sofia, nem esta para ele.

"Talvez disfarcem", pensou.

Pareceu-lhe, ao levantarem-se da mesa, que trocavam um olhar; mas o movimento geral da reunião podia iludi-lo, e Rubião não fez maior cabedal da observação. Sofia dera-se pressa em tomar-lhe o braço. De caminho, disse-lhe ela:

— Tenho esperado pelo senhor desde aquele dia, e nunca mais veio aqui. Era meu direito exigi-lo, para explicar-me. Logo falaremos.

Rubião foi daí a pouco para o gabinete dos fumantes. Ouviu calado, com os olhos erradios. Quando os outros saíram, Rubião deixou-se estar só, meio reclinado em um sofá de couro, sem pensar. A imaginação é que fazia o seu ofício, um tanto pachorrenta, agora — talvez porque ele tivesse comido muito. Lá fora iam entrando os convidados da noite; enchia-se a casa, crescia o burburinho da conversação, sem que o nosso amigo descesse dos seus belos sonhos. O próprio som do piano, que fez calar todos os rumores, não o atraiu à terra. Mas um farfalhar de sedas, entrando no gabinete, fê-lo erguer-se de golpe, acordado.

— Aí está — disse Sofia —, recolhe-se aqui para fugir ao aborrecimento; nem quer ouvir boa música. Pensei que tivesse ido embora. Vim ter com o senhor.

E sem mais demora, porque não podia perder um minuto, referiu-lhe o que sabemos da carta achada no jardim de Botafogo; lembrou-lhe que, antes de a abrir, pedira-lhe que ele mesmo a abrisse e lesse. Que melhor prova de inocência? A palavra saía-lhe rápida, séria, digna e comovida. Ocasião houve em que os olhos se lhe tornaram úmidos; ela enxugou-os, e ficaram vermelhos. Rubião pegou-lhe na mão, e viu ainda uma lágrima — uma pequena lágrima — escorregar até o canto da boca. Jurou então que sim, acreditava em tudo. Que ideia aquela de chorar? Sofia enxugou ainda os olhos, e estendeu-lhe a mão agradecida.

— Até já — disse ela.

O piano continuava; Rubião notou-lhe esta circunstância. Enquanto ouviam tocar, não viriam ter com eles.

— Mas eu é que não posso estar ausente tanto tempo — acudiu Sofia. — Demais, tenho ordens que dar. Até já.

— Olhe, escute — insistiu Rubião.

Sofia parou.

— Escute; deixe-me dizer-lhe, e não sei se pela última vez...

— Pela última vez?

— Quem sabe? Pode ser que última. Importa-me pouco que esse homem viva ou não, mas posso achá-lo aqui alguma vez, e não me sinto disposto a brigar.

— Há de encontrá-lo todos os dias. Cristiano ainda lhe não disse o que há? Vai casar com Maria Benedita.

Rubião deu um passo para trás.

— Casam-se — continuou ela. — O fato é de admirar porque surgiu quando menos contávamos com isso; — ou eram muito fingidos, ou foi coisa que lhes deu de repente. Casam-se. Maria Benedita contou-me uma história, que me foi confirmada por outra pessoa; mas, afinal, a história é sempre a mesma. Gostaram um do outro, e adeus. Casam-se brevemente. Quando ele falou a Cristiano, Cristiano respondeu que dependia de mim... Como se fosse mãe dela! Consenti logo, e desejo que sejam felizes. Ele parece bom rapaz; ela é excelente criatura; hão de ser felizes, por força. É bom negócio, sabe? Ele está de posse de todos os bens do pai e da mãe. Maria Benedita não tem nada, em dinheiro; mas tem a educação que lhe dei. Há de lembrar-se que, quando veio para minha companhia, era um bicho do mato; não sabia quase nada; fui eu que a eduquei. Minha tia merecia tudo, e ela também. Pois, é verdade, casam-se muito breve. Não os viu hoje sempre juntos? Não há ainda participação oficial; mas os íntimos da família podem saber.

Para quem tinha tanta pressa, eis aí um discurso demasiado comprido. Sofia deu por isso um pouco tarde; repetiu a Rubião que até logo, que fosse para a sala. O piano acabara; ouvia-se um burburinho discreto de aplauso e conversação.

Capítulo CXVI

Iam casar? Mas como é então que?... Maria Benedita — era Maria Benedita que casava com Carlos Maria; mas então Carlos Maria...

Compreendia agora; era tudo engano, confusão; o que parecia ser com uma pessoa era com outra, e aí está como a gente pode chegar à calúnia e ao crime.

Assim reflexionava Rubião, saindo para a sala de jantar, onde os copeiros adereçavam a mesa da ceia. E continuou, andando ao comprido da sala: "— Ora vejam! E o Palha queria justamente casar-me com a prima, mal sabendo que o destino lhe guardava outro noivo. Não é feio rapaz; é muito mais bonito que ela. Ao pé de Sofia, Maria Benedita vale pouco ou nada; mas a simpatia é assim mesmo... Casam-se, e breve... Será de estrondo o casamento? Deve ser; o Palha vive agora um pouco melhor..." — e Rubião lançava os olhos aos móveis, porcelanas, cristais, reposteiros. — "Há de ser de estrondo. E depois o noivo é rico..." Rubião pensou na carruagem e nos cavalos que levaria; tinha visto uma parelha soberba, no Engenho Velho, dias antes, que estava mesmo ao pintar. Ia fazer a encomenda de outra assim, fosse por que preço; tinha também de presentear a noiva. Ao pensar nela viu-a entrar na sala.

— Prima Sofia onde está? — perguntou ela ao Rubião.

— Não sei; esteve aqui há pouco.

E, como a visse disposta a ir adiante, pediu-lhe uma palavra, e que se não zangasse. Maria Benedita esperou; ele, sem hesitação, deu-lhe os parabéns. Sabia que ia casar... Maria Benedita ficou muito vermelha, e murmurou que não divulgasse nada. Não havia então nenhum criado ali; Rubião pegou-lhe na mão e fechou-a entre as suas.

— Eu sou da casa — disse —; a senhora merece ser feliz, e espero que seja.

Um pouco assustada, Maria Benedita puxou a mão e libertou-a; mas, para o não aborrecer, sorriu. Não era preciso tanto; ele estava encantado. Sabemos que a moça não era bonita. Pois estava linda, à força de felicidade. A natureza parecia haver posto nela as suas mais finas ideias. Sorrindo igualmente, Rubião continuou:

— Foi sua prima que me disse; recomendou-me segredo. Não direi nada antes do tempo. Mas que tem que diga à senhora? A senhora é boa e merece tudo. Não é preciso esconder os olhos; casar não é vergonha. Vamos lá; levante a cabeça e ria.

Maria Benedita pôs nele os olhos radiantes.

— Isso! — aplaudiu Rubião. — Que mal há em confessar-se a um amigo? Deixe-me dizer-lhe a verdade; creio que a senhora será feliz, mas admito que ele ainda será mais feliz. Não? Verá se não é verdade; ele mesmo lhe há de dizer o que sentir e, se for sincero, a senhora reconhecerá que eu estou apenas profetizando. Bem sei que não tem balança para medir os sentimentos; enfim, o que eu quero dizer é que a senhora é uma linda e boa criatura... Vá, vá-se embora; se não, fico dizendo verdades, e a senhora está corando muito...

De fato, Maria Benedita corava de gosto, ouvindo a linguagem de Rubião. Em casa, achara aquiescência, nada mais. O próprio Carlos Maria não era assim terno; gostava dela com circunspecção. Falava-lhe da felicidade conjugal, como de uma taxa que ia receber do destino — pagamento devido, integral e certo. Também não era preciso que a tratasse de outro modo, para que ela o adorasse sobre todas as coisas deste mundo. Rubião repetiu a despedida, e ficou a olhar para ela, como para uma filha. Viu-a ir assim, atravessar a sala, viva e satisfeita — tão diversa do que achara em outros tempos, a desaparecer por uma das portas. Não pôde reter esta palavra:

— Linda e boa criatura!

Capítulo CXVII

A história do casamento de Maria Benedita é curta; e, posto Sofia a ache vulgar, vale a pena dizê-la. Fique desde já admitido que, se não fosse a epidemia das Alagoas, talvez não chegasse a haver casamento; donde se conclui que as catástrofes são úteis, e até necessárias. Sobejam exemplos; mas basta um contozinho que ouvi em criança, e que aqui lhes dou em duas linhas. Era uma vez uma choupana que ardia na estrada; a dona — um triste molambo de mulher — chorava o seu desastre, a poucos passos, sentada no chão. Senão quando, indo a passar um homem ébrio, viu o incêndio, viu a mulher, perguntou-lhe se a casa era dela.

— É minha, sim, meu senhor; é tudo o que eu possuía neste mundo.
— Dá-me então licença que acenda ali o meu charuto?

O padre que me contou isto certamente emendou o texto original, não é preciso estar embriagado para acender um charuto nas misérias alheias. Bom padre Chagas! — Chamava-se Chagas. — Padre mais que bom, que assim me incutiste por muitos anos essa ideia consoladora, de que ninguém, em seu juízo, faz render o mal dos outros; não contando o respeito que aquele bêbado tinha ao princípio da propriedade — a ponto de não acender o charuto sem pedir licença à dona das ruínas. Tudo ideias consoladoras. Bom Padre Chagas!

Capítulo CXVIII

Adeus, padre Chagas! Vou à história do casamento. Que Maria Benedita gostava de Carlos Maria, é coisa vista ou pressentida desde aquele baile da rua dos Arcos, em que ele e Sofia valsaram tanto. Vimo-la na manhã seguinte, pronta a ir para a roça; a prima apaziguou-a com a promessa de que lhe estava arranjando um noivo. Maria Benedita cuidou que era o valsista da véspera, e ficou esperando. Não lhe confessou nada — por vergonha, a princípio — e depois, por lhe não fazer perder o efeito da novidade, quando Sofia houvesse de descobrir o nome da pessoa. Se confessasse desde logo, podia acontecer também que a outra afrouxasse na tarefa, e lá se perdia a causa. Não façamos caso disso; são pequenos cálculos de moça.

Sobreveio a epidemia das Alagoas. Sofia organizou a comissão, que trouxe novas relações à família Palha. Incluída entre as senhoras que formavam uma das subcomissões, Maria Benedita trabalhou com todas, mas granjeou em especial a estima de uma delas, d. Fernanda, esposa de um deputado. D. Fernanda tinha pouco mais de trinta anos, era jovial, expansiva, corada e robusta; nascera em Porto Alegre, casara com um bacharel das Alagoas, deputado agora por outra província, e, segundo corria, prestes a ser ministro de Estado. A naturalidade do marido foi o pretexto para metê-la na comissão; e bem acertado foi, porque ela pedia como quem manda, não tinha acanhamento nem admitia recusa. Carlos Maria, que era seu primo, foi visitá-la logo que ela chegou ao Rio de Janeiro. Achou-a mais formosa ainda que em 1865, último ano em que a vira, e talvez fosse verdade; concluiu que o ar do sul era feito para enrijar as pessoas, duplicar-lhe as graças, e prometeu ir lá acabar os seus dias.

—Vamos para lá, que lhe arranjarei casamento — disse ela. — Conheço uma moça de Pelotas, que é um *bijou*, e só casa com moço da Corte.

— Comigo, naturalmente?

— Da Corte e de olhos grandes. Olhe que não estou brincando. É uma guasca de primeira ordem. Tenho aqui o retrato dela.

D. Fernanda abriu o álbum e mostrou o retrato da pessoa.

— Não é feia — concordou ele.

— Só?

— Sim, é bonita.

— Onde é que você bota os seus chinelos velhos, primo?

Carlos Maria sorriu sem responder; não gostou da expressão. Quis passar a outro assunto, mas d. Fernanda tornou ao casamento da amiga de Pelotas. Mirava o retrato, coloria-o de palavras, dizendo como eram os olhos, os cabelos, a tez; e depois fez uma pequena biografia de Sonora. Tinha este bonito nome. O padre que a batizou hesitou em dar-lho, apesar do respeito e influência do pai da menina, rico estancieiro; mas, afinal cedeu, considerando que as virtudes da pessoa podiam levar o nome ao rol dos santos.

— Crê que ela vá ao rol dos santos? — perguntou Carlos Maria.

— Se casar com você, creio.

— Não me explica nada; casando com o Diabo sucederá a mesma coisa, e com mais certeza, por causa do martírio. Santa Sonora, não é feio nome, responde bem ao sentido. Santa Sonora... Em todo caso, prima...

—Você tem raça de judeu; cale-se — interrompeu ela. — Recusa então a minha guasca? — continuou, indo pôr o álbum no seu lugar.

— Não recuso; deixe-me ir indo com o meu celibato, que é meio caminho do céu.

D. Fernanda soltou uma gargalhada.

— Deus de misericórdia! Você acredita mesmo que vai para o céu?

— Já cá estou, há vinte minutos. Pois que é esta sala, tranquila, fresca, tão longe da gente que anda lá fora? Aqui conversamos os dois, sem ouvir blasfêmias, sem aturar espíritos aleijados, tísicos, escrofulosos, insuportáveis, o próprio inferno, em suma. Aqui é o céu — ou um pedaço do céu; uma vez que nós cabemos nele, vale pelo infinito. Conversamos de santa Sonora, de são Carlos Maria e de santa Fernanda, que, para contrastar com são Gonçalo, fez-se casamenteira das moças. Onde é que há outro céu como este?

— Em Pelotas.

— Pelotas fica tão longe! — suspirou ele, estendendo as pernas e pondo os olhos no lustre da sala.

— Está bom, é só a primeira investida; darei outras, até você acabar de querer.

Carlos Maria sorriu e olhou para as borlas caídas do cordão de seda que ela trazia à cintura, atado por um laço frouxo; ou para ver as borlas, ou para notar a gentileza do corpo. Viu bem, ainda uma vez, que a prima era uma bela criatura. A plástica levou-lhe os olhos — o respeito os desviou; mas, não foi só a amizade que o fez demorar ainda ali, e o trouxe novamente àquela casa. Carlos Maria amava a conversação das mulheres, tanto quanto, em geral, aborrecia a dos homens. Achava os homens declamadores, grosseiros, cansativos, pesados, frívolos, chulos, triviais. As mulheres, ao contrário, não eram grosseiras, nem declamadoras, nem pesadas. A vaidade nelas ficava bem, e alguns defeitos não lhes iam mal; tinham, ao demais, a graça e a meiguice do sexo. Das mais insignificantes, pensava ele, há sempre alguma coisa que extrair. Quando as achava insípidas ou estúpidas, tinha para si que eram homens mal-acabados.

Entretanto, as relações de d. Fernanda e Maria Benedita iam-se estreitando. Esta, além de acanhada, andava triste por aquele tempo; foi justamente a disparidade de caráter e de situação que as prendeu uma à outra. D. Fernanda possuía, em larga escala, a qualidade da simpatia; amava os fracos e os tristes, pela necessidade de os fazer ledos e corajosos. Contavam-se dela muitos atos de piedade e dedicação.

— A senhora que tem? — perguntou ela um dia à amiguinha. — Quase nunca ri, anda sempre com os olhos espantados, pensando...

Maria Benedita respondeu que não tinha nada, que era o seu modo; e sorria dizendo isto, por simples condescendência. Aludiu à perda da mãe, como uma das causas de suas melancolias. D. Fernanda entrou a levá-la a toda parte, a trazê-la para jantar, a dar-lhe lugar no camarote, se ia ao teatro; e graças a isso, e ao seu gênio galhofeiro, sacudiu da alma da moça os corvos aborrecidos que lá avoejavam. Costume e afeição depressa as fizeram íntimas. Não obstante, Maria Benedita continuou a calar o seu mistério.

"Seja qual for o mistério", pensou um dia d. Fernanda, "acho que o melhor é casá-la com o Carlos Maria; a Sonora que espere."

— Você precisa casar, Maria Benedita — disse-lhe dali a dois dias, de manhã, na chácara, em Mata-cavalos; Maria Benedita tinha ido ao teatro com ela e passara lá a noite. — Não quero estremecimentos; precisa casar e há de casar... Desde anteontem que estou para lhe dizer isto, mas essas coisas conversadas em sala ou na rua, não têm força. Aqui na chácara é diferente. E se você tem ânimo de trepar comigo um pedaço do morro, então é que ficaremos bem. Vamos?

— Está fazendo calor...

— É mais poético, menina. Ah! carioca sem sangue! Vocês só têm água nas veias. Pois fiquemos aqui neste banco. Sente-se; assim, eu fico aqui ao pé, armada para tudo. Casa ou morre. Não me replique. Você não é feliz — continuou, mudando o tom —; por mais que faça, eu vejo que você passa a vida sem gosto. Venha cá, diga-me com franqueza, tem inclinação a alguém? Se tem, confesse, que eu mando procurar a pessoa.

— Não tenho.

— Não? Pois é justamente o que nos serve. Não precisa pôr escritos no coração; conheço um bom inquilino.

Maria Benedita voltou-se de todo para ela, com os lábios entreabertos e os olhos escancarados. Parecia recear da proposta ou ansiar por ela. D. Fernanda, não atinando com o verdadeiro estado da amiga, pegou-lhe na mão primeiro, e pediu que lhe dissesse tudo. De força que amava a alguém, era claro, via-se-lhe nos olhos, cumpria confessá-lo, instava, rogava — intimaria, se preciso fosse. A mão de Maria Benedita esfriara, os olhos cavavam o chão, e, por alguns instantes, nenhuma delas disse nada.

— Vamos, fale — repetiu d. Fernanda.

— Não tenho que dizer.

D. Fernanda fazia gestos de incredulidade; apertava-a cada vez mais, passou-lhe a mão pela cintura, e ligou-a muito a si; disse-lhe baixinho, dentro do ouvido, que era como se fosse sua própria mãe. E beijava-a na face, na orelha, na nuca, encostava-lhe a cabeça ao ombro, acarinhava-a com a outra mão. Tudo, tudo, queria saber tudo. Se o namorado estava na lua, mandaria buscá-lo à lua — fosse onde fosse, exceto no cemitério, mas, se estivesse no cemitério, dar-lhe-ia outro muito melhor, que faria esquecer o primeiro em poucos dias. Maria Benedita ouvia agitada, palpitante, não sabendo por onde escapasse — prestes a dizer, e calando a tempo, como se defendesse o seu pudor. Não negava, não confessava; mas, como também não sorria, e tremia de comoção, era fácil adivinhar meia verdade, ao menos.

— Mas então não sou sua amiga, não tem confiança em mim? Faça de conta que sou sua mãe.

Maria Benedita pouco mais resistiu; gastara as forças e sentia a necessidade de revelar alguma coisa. D. Fernanda escutou-a comovida. O sol vinha já lambendo as cercanias do banco, não tardou que lhes trepasse aos sapatos, à barra dos vestidos e aos joelhos; mas nenhuma deu por ele. O amor as absorvia; a exposição de uma tinha para a outra um enlevo raro. Era uma paixão não sabida, não compartida, não adivinhada; paixão que ia perdendo de índole e de espécie para se converter em adoração pura. A princípio, quando ela via a pessoa amada, passava por dois estados mui diversos — um que não podia definir, alvoroço, tonteira, pancadas no coração, quase um desmaio; o segundo era de contemplação. Agora era quase que só este. Tinha chorado muito, consigo, perdera noites e noites de saudades; pagou caro a ambição das suas esperanças. Mas não perderia nunca a certeza de que ele era superior a todos os demais homens, um ente divino, que, ainda não fazendo caso dela, mereceria sempre ser adorado.

— Bem — disse d. Fernanda, quando a amiga se calou de todo. — Vamos ao essencial, que é não ficar penando à toa. Não, queridinha, isso de adorar a um homem que não faz caso da gente, é poesia. Deixe-se de poesia. Olhe que só você perde no negócio, porque ele casa com outra, os anos passam, a paixão monta na garupa deles, e um dia, quando você menos pensar, acorda sem amor nem marido. E quem é esse bárbaro?

— Isso não digo — respondeu Maria Benedita, levantando-se do banco.

— Pois não diga — acudiu d. Fernanda, pegando-lhe nos pulsos e fazendo-a sentar nos seus joelhos. — A questão principal é casar; — não podendo ser com esse, será com outro.

— Não, não caso.

— Só com ele?

— Nem sei se com ele — respondeu Maria Benedita, depois de alguns instantes. — Gosto dele, como gosto de Deus, que está no céu.

— Virgem Santíssima! Que blasfêmia! Duas blasfêmias, menina; a primeira é que não se deve amar a ninguém como a Deus — a segunda é que um marido, ainda sendo mau, sempre é melhor que o melhor dos sonhos.

Capítulo CXIX

"Um marido, ainda mau, é sempre melhor que o melhor dos sonhos."

A máxima não era idealista; Maria Benedita protestou contra ela. Pois não era melhor sonhar que chorar? Os sonhos acabam ou alteram-se, enquanto que os maus maridos podem viver muito.

— A senhora diz isso — concluiu Maria Benedita —, porque Deus lhe destinou um anjo... Olhe, lá vem ele.

— Deixe estar que há de ter também o seu anjo; conheço um magnífico para você; todos os anjos me procuram.

Teófilo, marido de d. Fernanda, que as vira a distância, veio ter com elas; trazia na mão um diário amarrotado. Não saudou a hóspede; foi direito à mulher.

— Você quer saber o que me fizeram, Nanã? — disse ele com os dentes cerrados. — Saiu hoje o meu discurso do dia cinco. Veja esta frase; eu tinha dito: *Na dúvida, abstém-te, é o conselho do sábio*. E puseram: *Na dívida abstém-te...* É insuportável! Nota que tratava-se justamente de um crédito do Ministério da Marinha, alegando-se no debate que muitas despesas estavam feitas. De modo que pode parecer chulice da minha parte; é como se aconselhasse o calote. Em todo caso, é disparate.

— Mas você não leu as provas?

— Li, mas o autor é o menos apto para as ler bem. *Na dívida abstém-te*, — continuou ele com os olhos na folha. E bufando: — Isto só com...

Estava consternado. Era homem de talento, de gravidade e de trabalho; mas, naquele instante, todas as grandes obras, os mais temerosos problemas, as batalhas mais decisivas, as revoluções mais profundas, o sol e a lua, e todas as constelações, e todas as alimárias, e todas as gerações humanas, valiam menos do que a troca de um *u* por um *i*. Maria Benedita olhava para ele sem entendê-lo. Cuidava padecer a maior tristura; mas ali estava outra tão grande como a sua, e muito mais aflitiva. Assim, a melancolia roaz de uma pobre criatura era tanto como um erro tipográfico. Teófilo, que só então deu por ela, estendeu-lhe a mão; estava fria. Ninguém finge as mãos frias; devia padecer deveras. Instantes depois, atirou a folha ao chão, com um gesto violento, e foi-se embora.

— Mas, Teófilo, emenda-se amanhã — disse-lhe d. Fernanda, levantando-se.

Teófilo, sem voltar atrás, deu de ombros, desesperado. A mulher correu a ele; a amiga seguiu-a espantada. Ficou só o banco, já agora livre delas, recebendo em cheio os raios do sol, que não ama nem faz discursos. D. Fernanda levou o marido para um gabinete, e, à força de beijos, consolou-o daquele golpe. Ao almoço, já ele sorria, ainda que de um sorriso pálido; a mulher, para desviá-lo da preocupação, aventou o plano de casar Maria Benedita, e havia de ser com um deputado, se existisse na câmara algum solteiro, qualquer que fosse a opinião. Podia ser governista, oposicionista, ambas as coisas, ou nada

— contanto que fosse marido. Sobre esse tema fez algumas reflexões, vivas, lépidas, que encheram o tempo e destinavam-se a matar a lembrança da troca de letras. Pia criatura! Teófilo, entendendo a mulher, ia-se fazendo alegre, e concordava na conveniência de casar Maria Benedita.

— O pior — acudiu a mulher olhando para a amiga —, é que ela ama a alguém, cujo nome não quer dizer.

— Nem é preciso — atalhou o marido enxugando os beiços —, vê-se bem que ela gosta de teu primo.

Capítulo CXX

No domingo seguinte, d. Fernanda foi à Igreja de Santo Antônio dos Pobres. Acabada a missa, viu surgir do movimento dos fiéis que se cumprimentavam entre si, ou saudavam o altar, nada menos que o primo, ereto, risonho, gravemente trajado, estendendo-lhe a mão.

—Veio também à missa? — perguntou espantada.
—Vim.
—Vem sempre?
— Nem sempre, muitas vezes.
— Francamente, não esperava tanta devoção em você. Os homens são, em geral, uns ímpios. Teófilo não pisa na igreja, a não ser para batizar os filhos. Você então é religioso?

— Não posso responder com certeza; mas tenho horror à banalidade, que é dizer mal da religião. E basta; vim à missa, não vim confessar-me; agora vou conduzi-la a casa, e, se me oferecer almoço, almoçarei com vocês. Salvo se quiserem vir almoçar comigo; é nesta rua, como sabe.

— Iria eu só, se pudesse ser, para lhe dar uma notícia muito comprida.

— Vamos então devagar — disse Carlos Maria à porta da igreja, oferecendo-lhe o braço. E dois passos adiante: — Notícia importante?

— Importante e deliciosa.

— Querem ver que Deus, sempre misericordioso, vai levar para si o nosso querido Teófilo, deixando aqui ao desamparo a mais gentil de todas as viúvas... Não precisa fazer essa cara, prima; deixe estar o braço. Vamos à notícia. Chegou a moça de Pelotas, aposto?

— Não direi o que é, se você me não jurar ouvir seriamente.

— Seriamente.

D. Fernanda confessou-lhe que hesitava em casá-lo com a patrícia de Pelotas; não queria remorsos; descobrira aqui alguém que tinha ao primo um imenso amor. Carlos Maria sorriu, iniciou um gracejo, mas a notícia esporeou-lhe o espírito. Imenso amor? Imenso amor, paixão violenta, confirmou a prima, acrescentando que talvez a definição já não coubesse bem ao atual sentimento da pessoa. Agora era uma adoração quieta e calada. Tinha chorado por ele noites e noites, enquanto as esperanças lhe duraram... E d. Fernanda foi assim repetindo a confidência de Maria Benedita. Restava só o nome; Carlos Maria quis sabê-lo, ela negou-lho. Não podia revelá-lo. Para que dar-lhe o gosto de saber quem era que o adorava, se não corria ao encontro da alma dela? Melhor era deixá-lo no mistério. Já não chorava agora; modesta e desambiciosa, perdera as esperanças de ser amada, e com o tempo ficou apenas uma devota, mas uma devota sem-par, que nem sequer esperava ser ouvida ou agraciada um dia por um olhar benévolo do seu deus querido.

— Prima, você...

— Eu quê?...

Carlos Maria concluiu dizendo que a advogada era digna da causa. Realmente, se essa moça o adorava a tal ponto, era justo e natural que a prima se interessasse por ela com tanto calor. Mas por que não dizer o nome?

— Agora não digo; pode ser que algum dia... Mas, você compreende que me custaria muito casá-lo com a minha patrícia, sabendo que outra pessoa o ama tanto. E daí bem pode ser que esta de cá não padeça muito, se o vir casado. Sim, senhor, parece absurdo, mas é preciso conhecê-la; digo que, uma vez que você seja feliz, é capaz de abençoar a bela rival.

— Já não é romantismo, é misticismo — redarguiu Carlos Maria depois de alguns passos, com os olhos no chão. — Não está nas cordas do nosso tempo. Tem alguma prova de semelhante estado da alma?

— Tenho... A sua casa é aquela, não? — perguntou d. Fernanda parando.

— É.

— Bonito prédio, e sólido.

— Muito sólido.

— Uma, duas, três, quatro... Sete janelas. O salão vai de ponta a ponta? Bem bom para um baile.

E andando:

— Eu, se tivesse aqui uma casa maior que a minha, daria um grande baile, antes de voltar para o Rio Grande. Gosto de festas. Os meus dois filhos não me dão grande trabalho. A propósito, ando com vontade de meter o Lopo no colégio; onde acharei um bom colégio?

Carlos Maria pensava na devota incógnita. Estava longe, muito longe do ensino e seus estabelecimentos. Que bom que era sentir-se um deus adorado, e adorado à maneira evangélica, metida a devota no aposento, fechada a porta, em secreto, não nas sinagogas, à vista de todos. "E teu pai que vê o que se passa em secreto te dará a paga." Oh! ele daria a paga, se soubesse quem era. Casada, seria? Não, não podia ser, não iria confessá-lo a ninguém; viúva ou solteira, antes solteira. Cheirava-lhe a solteira. Em que aposento se fechava para rezar, para evocá-lo, chorá-lo e abençoá-lo? Já nem teimava pelo nome; mas o aposento, ao menos.

— Onde acharei um bom colégio? — repetiu d. Fernanda.

— Colégio? Não sei; estou pensando na desconhecida. Compreende bem que uma pessoa que me adora, em silêncio, sem esperanças, é objeto de alguma atenção. Alta ou baixa?

— Maria Benedita.

Carlos Maria estacou o passo.

— Aquela moça?... Não é possível. Tenho-lhe falado muitas vezes, e nunca descobri nada. Achei-a sempre fria. Há de ser engano. Ouviu-lhe o meu nome?

— Não, por mais que lhe pedisse. Confessou o milagre, sem nomear o santo, mas que milagre! Gabe-se de ser adorado como ninguém... De quem é aquela casa?

—Você costuma exagerar as coisas, prima, pode não ser tanto. Adorado como ninguém? E de que modo soube que era eu?

— Teófilo foi o primeiro que descobriu; ela, dizendo-se-lhe isto, ficou como uma pitanga. Negou-o ainda depois, comigo; desde esse dia não voltou lá a casa.

Tal foi o início dos amores. Carlos Maria folgou de se ver assim amado em silêncio, e toda a prevenção se converteu em simpatia. Começou a vê-la, saboreou a confusão da moça, os medos, a alegria, a modéstia, as atitudes quase implorativas, um composto de atos e sentimentos que eram a apoteose do homem amado. Tal foi o início, tal o desfecho. Assim os vimos, naquela noite dos anos de d. Sofia, a quem ele dissera antes coisas tão doces. São assim os homens; as águas que passam, e os ventos que rugem não são outra coisa.

Capítulo CXXI

"Bem, vai casar, tanto melhor!", pensou Rubião.

Entre aquela noite e o dia do casamento, Rubião apanhou no ar algumas olhadas de Sofia, suspeitas de tentação; Carlos Maria, se lhe correspondeu, foi antes por polidez que outra coisa. Rubião concluiu que o caso era fortuito; lembrava-se ainda da lágrima de Sofia na noite dos anos, quando lhe explicou a história da carta.

Oh! boa lágrima inesperada! Tu, que bastaste a persuadir um homem, podes não ser explicável a outros, e assim vai o mundo. Que importa que os olhos não fossem costumados ao choro, nem que a noite parecesse exaltar sentimentos mui diversos da melancolia? Rubião a viu cair; ainda agora a vê de memória. Mas a confiança de Rubião não vinha só da lágrima, vinha também da presente Sofia, que nunca fora tão solícita nem tão dada com ele. Parecia arrependida de todo o mal causado, prestes a saná-lo, ou por afeição tardia, ou pelo próprio malogro da primeira aventura. Há delitos virtuais, que dormem. Há óperas remissas na cabeça de um maestro, que só esperam os primeiros compassos da inspiração.

Capítulo CXXII

"Ainda bem que se casa!", repetiu o Rubião.

Não se demorou o casamento: três semanas. Na manhã do dia aprazado, Carlos Maria abriu os olhos com algum espanto. Era ele mesmo que ia casar? Não havia dúvida; mirou-se ao espelho, era ele. Relembrou os últimos dias, a marcha rápida dos sucessos, a realidade da afeição que tinha à noiva, e, enfim, a felicidade pura que lhe ia dar. Esta derradeira ideia enchia-o de grande e rara satisfação. Ia-as ruminando ainda, a cavalo, no passeio habitual da manhã; desta vez escolhera o bairro do Engenho Velho.

Posto se achasse acostumado aos olhos admirativos, via agora em toda a gente um aspecto parecido com a notícia de que ele ia casar. As casuarinas de uma chácara, quietas antes que ele passasse por elas, disseram-lhe coisas mui particulares, que os levianos atribuiriam à aragem que passava também, mas que os sapientes reconheceriam ser nada menos que a linguagem nupcial das casuarinas. Pássaros saltavam de um lado para outro, pipilando um madrigal. Um casal de borboletas — que os japões têm por símbolo da fidelidade, por observarem que, se pousam de flor em flor, andam quase sempre aos pares —, um casal delas acompanhou por muito tempo o passo do cavalo, indo pela cerca de uma chácara que beirava o caminho, volteando aqui e ali, lépidas e amarelas. De envolta com isto, um ar fresco, céu azul, caras alegres de homens montados em burros, pescoços estendidos pela janela fora das diligências, para vê-lo e ao seu garbo de noivo. Certo, era difícil crer que todos aqueles gestos e atitudes da gente, dos bichos e das árvores exprimissem outro sentimento que não fosse a homenagem nupcial da natureza.

As borboletas perderam-se em uma das moitas mais densas da cerca. Seguiu-se outra chácara, despida de árvores, portão aberto, e ao fundo, fronteando com o portão, uma casa velha, que encarquilhava os olhos sob a forma de cinco janelas de peitoril, cansadas de perder moradores. Também elas tinham visto bodas e festins; o século ainda as achou verdes de novidade e de esperança.

Não cuideis que esse aspecto contristou a alma do cavaleiro. Ao contrário, ele possuía o dom particular de remoçar as ruínas e viver da vida primitiva das coisas. Gostou até de ver a casa velhusca, desbotada, em contraste com as borboletas tão vivas de há pouco. Parou o cavalo; evocou as mulheres, que por ali entraram, outras galas, outros rostos, outras maneiras. Porventura as próprias sombras das pessoas felizes e extintas vinham agora cumprimentá-lo também, dizendo-lhe pela boca invisível todos os nomes sublimes que pensavam dele. Chegou a ouvi-las e sorrir. Mas uma voz estrídula veio mesclar-se ao concerto — um papagaio, em gaiola pendente da parede externa da casa: "Papagaio real, para Portugal; quem passa? Currupá, papá. Grrr... Grrr..." As sombras fugiram, o cavalo foi andando, Carlos Maria aborrecia o papagaio, como aborrecia o macaco, duas contrafações da pessoa humana, dizia ele.

"A felicidade que *eu lhe der* será assim também interrompida?", reflexionou andando.

Cambaxirras voaram de um para outro lado da rua, e pousaram cantando a sua língua própria; foi uma reparação. Essa língua sem palavras era inteligível, dizia uma porção de coisas claras e belas. Carlos Maria chegou a ver naquilo um símbolo de si mesmo. Quando a mulher, aturdida dos papagaios do mundo, viesse caindo de fastio, ele a faria erguer aos trilos da passarada divina, que trazia em si ideias de ouro, ditas por uma voz de ouro. Oh! como a *tornaria* feliz! Já a antevia ajoelhada, com os braços postos nos seus joelhos, a cabeça nas mãos e os olhos nele, gratos, devotos, amorosos, toda implorativa, toda nada.

Capítulo CXXIII

Ora bem, aquele quadro, na mesma hora em que aparecia aos olhos da imaginação do noivo, reproduzia-se no espírito da noiva, tal qual. Maria Benedita, posta à janela, fitando as ondas que se quebravam ao longe e na praia, via-se a si mesma, ajoelhada aos pés do marido, quieta, contrita, como à mesa da comunhão para receber a hóstia da felicidade. E dizia consigo: "Oh! como *ele* me fará feliz!" Frase e pensamento eram outros, mas a atitude e a hora eram as mesmas.

Capítulo CXXIV

Casaram-se; três meses depois foram para a Europa. Ao despedir-se deles, d. Fernanda estava tão alegre como se viesse recebê-los de volta; não chorava. O prazer de os ver felizes era maior que o desgosto da separação.

— Você vai contente? — perguntou a Maria Benedita, pela última vez, junto à amurada do paquete.

— Oh! muito!

A alma de d. Fernanda debruçou-se-lhe dos olhos, fresca, ingênua, cantando um trecho italiano — porque a soberba guasca preferia a música italiana —, talvez esta ária da *Lucia*: Ó *bell'alma innamorata*. Ou este pedaço do *Barbeiro*:

Ecco ridente in cielo
Spunta la bella aurora.

Capítulo CXXV

Sofia não foi a bordo, adoeceu e mandou o marido. Não vão crer que era pesar nem dor; por ocasião do casamento, houve-se com grande discrição, cuidou do enxoval da noiva e despediu-se dela com muitos beijos chorados. Mas ir a bordo pareceu-lhe vergonha. Adoeceu; e, para não desmentir do pretexto, deixou-se estar no quarto. Pegou de um romance recente; fora-lhe dado pelo Rubião. Outras coisas ali lhe lembravam o mesmo homem, teteias de toda a sorte, sem contar joias guardadas. Finalmente, uma singular palavra que lhe ouvira, na noite do casamento da prima, até essa veio ali para o inventário das recordações do nosso amigo.

— A senhora é já a rainha de todas — disse-lhe ele em voz baixa —; espere que ainda a farei imperatriz.

Sofia não pôde entender essa frase enigmática. Quis supor que era uma aliciação de grandeza para torná-la sua amante; mas excluiu tal intenção por demasiado vaidosa. Rubião, posto não fosse agora o mesmo homem encolhido e tímido de outros tempos, não se mostrava tão cheio de si que lhe pudesse atribuir tão alta presunção. Mas que era então a frase? Talvez um modo figurado de dizer que a amaria ainda mais. Sofia acreditava possível tudo. Não lhe faltavam galanteios; chegou a ouvir aquela declaração de Carlos Maria, provavelmente ouvira outras, a que deu somente a atenção da vaidade. E todas passaram; Rubião é que persistia. Tinha pausas, filhas de suspeitas; mas as suspeitas iam como vinham.

"*Ele merece ser amado*", leu Sofia na página aberta do romance, quando ia continuar a leitura; fechou o livro, fechou os olhos, e perdeu-se em si mesma. A escrava que entrou daí a pouco, trazendo-lhe um caldo, supôs que a senhora dormia e retirou-se pé ante pé.

Capítulo CXXVI

Entretanto, Rubião e Palha desciam do paquete para a lancha e tornavam ao cais Pharoux. Vinham cuidosos e calados. Palha foi o primeiro que abriu a boca:

— Ando há tempos para dizer-lhe uma coisa importante, Rubião.

Capítulo CXXVII

Rubião acordou. Era a primeira vez que ia a um paquete. Voltava com a alma cheia dos rumores de bordo, a lufa-lufa das gentes que entravam e saíam, nacionais, estrangeiros, estes de vária casta, franceses, ingleses, alemães, argentinos, italianos, uma confusão de línguas, um cafarnaum de chapéus, de malas, cordoalha, sofás, binóculos a tiracolo, homens que desciam ou subiam por escadas para dentro do navio, mulheres chorosas, outras curiosas, outras cheias de riso, e muitas que traziam de terra flores ou frutas — tudo aspectos novos. Ao longe, a barra por onde tinha de ir o paquete. Para lá da barra, o mar imenso, o céu fechado e a solidão. Rubião renovou os sonhos do mundo antigo, criou uma Atlântida, sem nada saber da tradição. Não tendo noções de geografia, formava uma ideia confusa dos outros países, e a imaginação rodeava-os de um nimbo misterioso. Como não lhe custava viajar assim, navegou de cor algum tempo, naquele vapor alto e comprido, sem enjoo, sem vagas, sem ventos, sem nuvens.

Capítulo CXXVIII

— A mim? — perguntou Rubião depois de alguns segundos.
— A você — confirmou o Palha. — Devia tê-la dito há mais tempo, mas essas histórias de casamento, de comissão das Alagoas etc., atrapalharam-me, e não tive ocasião; agora, porém, antes do almoço... Você almoça comigo.
— Sim, mas que é?
— Uma coisa importante.

Dizendo isso, tirou um cigarro, abriu-o, desfiou o fumo com os dedos, enrolou a palha outra vez, e riscou um fósforo, mas o vento apagou o fósforo. Então pediu ao Rubião que lhe fizesse o favor de segurar o chapéu, para poder acender outro. Rubião obedeceu impaciente. Bem pode ser que o sócio, esticando a espera, quisesse justamente fazer-lhe crer que se tratava de um terremoto; a realidade viria a ser um benefício. Puxadas duas fumaças:

— Estou com meu plano de liquidar o negócio; convidaram-me aí para uma casa bancária, lugar de diretor, e creio que aceito.

Rubião respirou.

— Pois sim; liquidar já?

— Não, lá para o fim do ano que vem.

— E é preciso liquidar?

— Cá para mim, é. Se a história do banco não fosse segura, não me animaria a perder o certo pelo duvidoso; mas é seguríssima.

— Então no fim do ano que vem soltamos os laços que nos prendem...

Palha tossiu.

— Não, antes, no fim deste ano.

Rubião não entendeu; mas o sócio explicou-lhe que era útil desligarem já a sociedade, a fim de que ele sozinho liquidasse a casa. O banco podia organizar-se mais cedo ou mais tarde; e para que sujeitar o outro às exigências da ocasião? Demais, o dr. Camacho afirmava que, em breve, Rubião estaria na câmara, e que a queda do ministério era certa.

— Seja o que for — concluiu —; é sempre melhor desligarmos a sociedade com tempo. Você não vive do comércio; entrou com o capital necessário ao negócio — como podia dá-lo a outro ou guardá-lo.

— Pois sim, não tenho dúvida — concordou o Rubião.

E depois de alguns instantes:

— Mas diga-me uma coisa, essa proposta traz algum motivo oculto? É rompimento de pessoas, de amizade... Seja franco, diga tudo...

— Que caraminhola é essa? — redarguiu o Palha. — Separação de amizade, de pessoas... Mas você está tonto. Isso é do balanço do mar. Pois eu, que tenho trabalhado tanto por você, eu que o faço amigo dos meus amigos, que o trato como um parente, como um irmão, havia de brigar à toa? Aquele mesmo casamento de Maria Benedita com o Carlos Maria devia ser com você, bem sabe, se não fosse a sua recusa. A gente pode romper um laço sem romper os outros. O contrário seria despropósito. Então todos os amigos de sociedade ou de família são sócios de comércio? E os que não forem comerciantes?

Rubião achou excelente a razão, e quis abraçar o Palha. Este apertou-lhe a mão satisfeitíssimo; ia ver-se livre de um sócio cuja prodigalidade crescente podia trazer-lhe algum perigo. A casa estava sólida; era fácil entregar ao Rubião a parte que lhe pertencesse, menos as dívidas pessoais e anteriores. Restavam ainda algumas daquelas que o Palha confessou à mulher, na noite de Santa Teresa, capítulo L. Pouco tinha pago; geralmente era o Rubião que abanava as orelhas ao assunto. Um dia, o Palha, querendo dar-lhe à força algum dinheiro, repetiu o velho provérbio: "Paga o que deves, vê o que te fica." Mas o Rubião, gracejando:

— Pois não pagues, e vê se te não fica ainda mais.

— É boa! — redarguiu o Palha rindo e guardando o dinheiro no bolso.

Capítulo CXXIX

Não havia banco, nem lugar de diretor, nem liquidação; mas como justificaria o Palha a proposta de separação, dizendo a pura verdade? Daí a invenção, tanto mais pronta, quanto o Palha tinha amor aos bancos, e morria por um. A carreira daquele homem era cada vez mais próspera e vistosa. O negócio corria-lhe largo; um dos motivos da separação era justamente não ter que dividir com outro os lucros futuros. Palha, além do mais, possuía ações de toda a parte, apólices de ouro do empréstimo Itaboraí, e fizera uns dois fornecimentos para a guerra, de sociedade com um poderoso, nos quais ganhou muito. Já trazia apalavrado um arquiteto para lhe construir um palacete. Vagamente pensava em baronia.

Capítulo CXXX

— Quem diria que a gente do Palha nos trataria desse modo? Já não valemos nada. Escusa de os defender...

— Não defendo, estou explicando; há de ter havido confusão.

— Fazer anos, casar a prima, e nem um triste convite ao major, ao grande major, ao impagável major, ao velho amigo major. Eram os nomes que me davam; eu era impagável, amigo velho, grande e outros nomes. Agora, nada, nem um triste convite, um recado de boca, ao menos, por um moleque: "Nhanhã faz anos, ou casa a prima, diz que a casa está às suas ordens, e que vão com luxo." Não iríamos; luxo não é para nós. Mas era alguma coisa, era recado, um moleque, ao impagável major...

— Papai!

Rubião, vendo a intervenção de d. Tonica, animou-se a defender longamente a família Palha. Era em casa do major, não já na rua Dois de Dezembro, mas na dos Barbonos, modesto sobradinho. Rubião passava, ele estava à janela, e chamou-o. D. Tonica não teve tempo de sair da sala, para dar, ao menos, uma vista d'olhos ao espelho; mal pôde passar a mão pelo cabelo, compor o laço de fita ao pescoço e descer o vestido para cobrir os sapatos, que não eram novos.

— Digo-lhe que pode ter havido confusão — insistiu Rubião —; tudo anda por lá muito atrapalhado com essa comissão das Alagoas.

— Lembra bem — interrompeu o major Siqueira —; por que não meteram minha filha na comissão das Alagoas? Qual! Há já muito que reparo nisso; antigamente não se fazia festa sem nós. Nós éramos a alma de tudo. De certo tempo para cá começou a mudança; entraram a receber-nos friamente, e o marido, se pode esquivar-se, não me cumprimenta. Isso começou há tempos; mas antes disso sem nós é que não se fazia nada. Que está o senhor a falar de confusão? Pois se na véspera dos anos dela, já desconfiando que não nos convidariam, fui ter com ele ao armazém. Poucas palavras; disfarçava. Afinal disse-lhe assim: "Ontem, lá em casa, eu e Tonica estivemos discutindo sobre a data dos anos de dona Sofia; ela dizia que tinha passado, eu disse que não, que era hoje ou amanhã." Não me respondeu, fingiu que estava absorvido em uma conta, chamou o guarda-livros, e pediu explicações. Eu entendi o bicho, e repeti a história: fez a mesma coisa. Saí. Ora o Palha, um pé-rapado! Já o envergonho. Antigamente: major, um brinde. Eu fazia muitos brindes, tinha certo desembaraço. Jogávamos o voltarete. Agora está nas grandezas; anda com gente fina. Ah! Vaidades deste mundo! Pois não vi outro dia a mulher dele, num cupê, com outra? A Sofia de cupê! Fingiu que me não via, mas arranjou os olhos de modo que percebesse se eu a via, se a admirava. Vaidades desta vida! Quem nunca comeu azeite, quando come se lambuza.

— Perdão, mas os trabalhos da comissão exigem certo aparato.

— Sim — acudiu Siqueira —, é por isso que minha filha não entrou na comissão; é para não estragar as carruagens...

— Demais, o cupê podia ser da outra senhora que ia com ela.

O major deu dois passos, com as mãos atrás, e parou diante de Rubião.

— Da outra... ou do padre Mendes. Como vai o padre? Boa vida, naturalmente.

— Mas, papai, pode não haver nada — interrompeu d. Tonica. — Ela sempre me trata bem, e quando estive doente no mês passado, mandou saber pelo moleque, duas vezes...

— Pelo moleque! — bradou o pai. — Pelo moleque! Grande favor! "Moleque, vai ali à casa daquele reformado e pergunta-lhe se a filha tem passado melhor; não vou, porque estou lustrando as unhas!" Grande favor! Tu não lustras as unhas! tu trabalhas! tu és digna filha minha! pobre, mas honesta!

Aqui o major chorou, mas suspendeu de repente as lágrimas. A filha, comovida, sentiu-se também vexada. Certo, a casa dizia a pobreza da família, poucas cadeiras, uma mesa redonda velha, um canapé gasto; nas paredes duas litografias encaixilhadas e em pinho pintado de preto, uma era o retrato do major em 1857, a outra representava o *Veronês em Veneza*, comprado na rua do Senhor dos Passos. Mas o trabalho da filha transparecia em tudo; os móveis reluziam de asseio, a mesa tinha um pano de crivo, feito por ela, o canapé uma almofada. E era falso que d. Tonica não lustrasse as unhas; não teria o pó nem a camurça, mas acudia-lhes com um retalho de pano todas as manhãs.

Capítulo CXXXI

Rubião tratou-os com simpatia. Não continuou a defender a gente Palha, para não desesperar o major. Pouco depois, despediu-se, prometendo, sem convite, que lá iria jantar "um dia destes".

— Jantar de pobre — acudiu o major —; se puder avisar, avise.

— Não quero banquetes; virei quando me der na cabeça.

Despediu-se. D. Tonica, depois de ir até o patamar, sem chegar à frente por causa dos sapatos, foi à janela para vê-lo sair.

Capítulo CXXXII

Logo que Rubião dobrou a esquina da rua das Mangueiras, d. Tonica entrou e foi ao pai, que se estendera no canapé, para reler o velho *Saint-Clair das ilhas ou os desterrados da ilha da Barra*. Foi o primeiro romance que conheceu; o exemplar tinha mais de vinte anos; era toda a biblioteca do pai e da filha. Siqueira abriu o primeiro volume, e deitou os olhos ao começo do capítulo II, que já trazia de cor. Achava-lhe agora um sabor particular, por motivo dos seus recentes desgostos:

> *Enchei bem os vossos copos, exclamou Saint-Clair, e bebamos de uma vez; eis o brinde que vos proponho. À saúde dos bons e valentes oprimidos, e ao castigo dos seus opressores. Todos acompanharam Saint-Clair, e foi de roda a saúde.*

— Sabe de uma coisa, papai? Papai compra amanhã latas de conserva, ervilha, peixe etc., e ficam guardadas. No dia em que ele aparecer para jantar, põe-se no fogo, é só aquecer, e daremos um jantarzinho melhor.

— Mas eu só tenho o dinheiro do teu vestido.

— O meu vestido? Compra-se no mês que vem, ou no outro. Eu espero.

— Mas não ficou ajustado?

— Desajusta-se; eu espero.

— E se não houver outro do mesmo preço?
— Há de haver; eu espero, papai.

Capítulo CXXXIII

Ainda não disse — porque os capítulos atropelam-se debaixo da pena —, mas aqui está um para dizer que, por aquele tempo, as relações de Rubião tinham crescido em número. Camacho pusera-o em contato com muitos homens políticos, a comissão das Alagoas com várias senhoras, os bancos e companhias com pessoas do comércio e da praça, os teatros com alguns frequentadores, e a rua do Ouvidor com toda a gente. Já então era um nome repetido. Conhecia-se o homem. Quando apareciam as barbas e o par de bigodes longos, uma sobrecasaca bem justa, um peito largo, bengala de unicórnio, e um andar firme e senhor, dizia-se logo que era o Rubião — um ricaço de Minas.

Tinham-lhe feito uma lenda. Diziam-no discípulo de um grande filósofo, que lhe legara imensos bens — um, três, cinco mil contos. Estranhavam alguns que ele não tratasse nunca de filosofia, mas a lenda explicava esse silêncio pelo próprio método filosófico do mestre, que consistia em ensinar somente aos homens de boa vontade. Onde estavam esses discípulos? Iam à casa dele, todos os dias — alguns duas vezes, de manhã e de tarde; e assim ficavam definidos os comensais. Não seriam discípulos, mas eram de boa vontade. Roíam fome, à espera, e ouviam calados e risonhos os discursos do anfitrião. Entre os antigos e os novos, houve tal ou qual rivalidade, que os primeiros acentuaram bem, mostrando maior intimidade, dando ordens aos criados, pedindo charutos, indo ao interior, assobiando etc. Mas o costume os fez suportáveis entre si, e todos acabaram na doce e comum confissão das qualidades do dono da casa. Ao cabo de algum tempo, também os novos lhe deviam dinheiro, ou em espécie — ou em fiança no alfaiate, ou endosso de letras, que ele pagava às escondidas, para não vexar os devedores.

Quincas Borba andava ao colo de todos. Davam estalinhos, para vê-lo saltar; alguns chegavam a beijar-lhe a testa; um deles, mais hábil, achou modo de o ter à mesa, ao jantar ou almoço, sobre as pernas, para lhe dar migalhas de pão.

— Ah! isso não! — protestou Rubião à primeira vez.

— Que tem? — retorquiu o comensal. — Não há pessoas estranhas.

Rubião refletiu um instante.

—Verdade é que está aí dentro um grande homem — disse ele.

— O filósofo, o outro Quincas Borba — continuou o conviva, circulando o olhar pelos novatos, para mostrar a intimidade das relações entre ele e Rubião; mas não logrou sozinho a vantagem, porque os outros amigos da mesma era repetiram, em coro:

— É verdade, o filósofo.

E Rubião explicou aos novatos a alusão ao filósofo, e a razão do nome do cão, que todos lhe atribuíam. Quincas Borba (o defunto) foi descrito e narrado como um dos maiores homens do tempo — superior aos seus patrícios. Grande filósofo, grande alma, grande amigo. E no fim, depois de algum silêncio, batendo com os dedos na borda da mesa, Rubião exclamou:

— Eu o faria ministro de Estado!

Um dos convivas exclamou, sem convicção, por simples ofício:

— Oh! sem dúvida!

Nenhum daqueles homens sabia, entretanto, o sacrifício que lhes fazia o Rubião. Recusava jantares, passeios, interrompia conversações aprazíveis, só para correr à casa e jantar com eles. Um dia achou meio de conciliar tudo. Não estando ele em casa às seis horas em ponto, os criados deviam pôr o jantar para os amigos. Houve protestos; não, senhor, esperariam até sete ou oito horas. Um jantar sem ele não tinha graça.

— Mas é que não posso vir — explicou Rubião.

Assim se cumpriu. Os convivas ajustaram bem os relógios pelos da casa de Botafogo. Davam seis horas, todos à mesa. Nos dois primeiros dias houve tal ou qual hesitação; mas os criados tinham ordens severas. Às vezes, Rubião chegava pouco depois. Eram então risos, ditos, intrigas alegres. Um queria esperar, mas os outros... Os outros desmentiam o primeiro; ao contrário, foi este que os arrastou, tal fome trazia — a ponto que, se alguma coisa restava, eram os pratos. E Rubião ria com todos.

Capítulo CXXXIV

Fazer um capítulo só para dizer que, a princípio, os convivas, ausente o Rubião, fumavam os próprios charutos, depois do jantar — parecerá frívolo aos frívolos; mas os considerados dirão que algum interesse haverá nessa circunstância em aparência mínima.

De fato, uma noite, um dos mais antigos lembrou-se de ir ao gabinete de Rubião; lá fora algumas vezes, ali se guardavam as caixas de charutos, não quatro nem cinco, mas vinte e trinta de várias fábricas e tamanhos, muitas abertas. Um criado (o espanhol) acendeu o gás. Os outros convivas seguiram o primeiro, escolheram charutos e os que ainda não conheciam o gabinete admiraram os móveis bem-feitos e bem dispostos. A secretária captou as admirações gerais; era de ébano, um primor de talha, obra severa e forte. Uma novidade os esperava: dois bustos de mármore, postos sobre ela, os dois Napoleões, o primeiro e o terceiro.

— Quando veio isto?

— Hoje ao meio-dia — respondeu o criado.

Dois bustos magníficos. Ao pé do olhar aquilino do tio perdia-se no vago o olhar cismático do sobrinho. Contou o criado que o amo, apenas recebidos e colocados os bustos, deixara-se estar grande espaço em admiração, tão deslembrado do mais, que ele pôde mirá-los também, sem admirá-los. — *No me dicen nada estos dos pícaros* — concluiu o criado, fazendo um gesto largo e nobre.

Capítulo CXXXV

Rubião protegia largamente as letras. Livros que lhe eram dedicados entravam para o prelo com a garantia de duzentos e trezentos exemplares. Tinha diplomas e diplomas de sociedades literárias, coreográficas, pias, e era juntamente sócio de uma Congregação Católica e de um Grêmio Protestante, não se tendo lembrado de um quando lhe falaram do outro; o que fazia era pagar regularmente as mensalidades de ambos. Assinava jornais sem os ler. Um dia, ao pagar o semestre de um, que lhe haviam mandado, é que soube, pelo cobrador, que era do partido do governo; mandou o cobrador ao diabo.

Capítulo CXXXVI

O cobrador não foi ao diabo; recebeu o preço do semestre, e, como possuía a observação natural dos cobradores, resmungou na rua:

— Ora, aqui está um homem que detesta a folha e paga. Quantos a adoram e não pagam!

Capítulo CXXXVII

Mas — ó lance da fortuna! ó equidade da natureza! — os desperdícios do nosso amigo, se não tinham remédio, tinham compensação. Já o tempo não passava por ele como por um vadio sem ideias. Rubião, à falta delas, tinha agora imaginação. Outrora vivia antes dos outros que de si, não achava equilíbrio interior, e o ócio esticava as horas, que não acabavam mais. Tudo ia mudando; agora a imaginação tendia a pousar um pouco. Sentado na loja do Bernardo, gastava toda uma manhã, sem que o tempo lhe trouxesse fadiga, nem a estreiteza da rua do Ouvidor lhe tapasse o espaço. Repetiam-se as visões deliciosas, como a das bodas (capítulo LXXXI), em termos a que a grandeza não tirava a graça. Houve quem o visse, mais de uma vez, saltar da cadeira e ir até à porta ver bem pelas costas alguma pessoa que passava. Conhecê-la-ia? Ou seria alguém que, casualmente, tinha as feições da criatura imaginária que ele estivera mirando? São perguntas demais para um só capítulo; basta dizer que uma dessas vezes nem passou ninguém, ele próprio reconheceu a ilusão, voltou para dentro, comprou uma teteia de bronze para dar à filha do Camacho, que fazia anos, e ia casar em breve, e saiu.

Capítulo CXXXVIII

E Sofia?, interroga impaciente a leitora, tal qual Orgon: *Et Tartufe*? Ai, amiga minha, a resposta é naturalmente a mesma: também ela comia bem, dormia largo e fofo — coisas que, aliás, não impedem que uma pessoa ame, quando quer amar. Se esta última reflexão é o motivo secreto da vossa pergunta, deixai que vos diga que sois muito indiscreta, e que eu não me quero senão com dissimulados.

Repito, comia bem, dormia largo e fofo. Chegara ao fim da comissão das Alagoas, com elogios da imprensa; a *Atalaia* chamou-lhe "o anjo da consolação". E não se pense que esse nome a alegrou, posto que a lisonjeasse; ao contrário, resumindo em Sofia toda a ação da caridade, podia mortificar as novas amigas, e fazer-lhe perder em um dia o trabalho de longos meses. Assim se explica o artigo que a mesma folha trouxe no número seguinte, nomeando, particularizando e glorificando as outras comissárias — "estrelas de primeira grandeza".

Nem todas as relações subsistiram, mas a maior parte delas estava atada, e não faltava à nossa dona o talento de as tornar definitivas. O marido é que pecava por turbulento, excessivo, derramado, dando bem a ver que o cumulavam de favores, que recebia finezas inesperadas e quase imerecidas. Sofia, para emendá-lo, vexava-o com censuras e conselhos, rindo:

— "Você esteve hoje insuportável; parecia um criado."

— "Cristiano, fique mais senhor de si, quando tivermos gente de fora, não se ponha com os olhos fora da cara saltando de um lado para outro, assim com ar de criança que recebe doce..."

Ele negava, explicava ou justificava-se; afinal, concluía que sim, que era preciso não parecer estar abaixo dos obséquios; cortesia, afabilidade, mais nada...

— Justo, mas não vás cair no extremo oposto — acudiu Sofia —; não vás ficar casmurro...

Palha era então as duas coisas; casmurro, a princípio, frio, quase desdenhoso; mas, ou a reflexão, ou o impulso inconsciente restituía ao nosso homem a animação habitual, e com ela, segundo o momento, a demasia e o estrépito. Sofia é que, em verdade, corrigia tudo. Observava, imitava. Necessidade e vocação fizeram-lhe adquirir, aos poucos, o que não trouxera do nascimento nem da fortuna. Ao demais, estava naquela idade média em que as mulheres inspiram igual confiança às sinhazinhas de vinte e às sinhás de quarenta. Algumas morriam por ela; muitas a cumulavam de louvores.

Foi assim que a nossa amiga, pouco a pouco, espanou a atmosfera. Cortou as relações antigas, familiares, algumas tão íntimas que dificilmente se poderiam dissolver; mas a arte de receber sem calor, ouvir sem interesse e despedir-se sem pesar não era das suas menores prendas; e, uma por uma, se foram indo as pobres criaturas modestas, sem maneiras nem vestidos, amizades de pequena monta, de pagodes caseiros, de hábitos singelos e sem elevação. Com os homens fazia exatamente o que o major contara, quando eles a viam passar de carruagem — que era sua — entre parêntesis. A diferença é que já nem os espreitava para saber se a viam. Acabara a lua de mel da grandeza; agora torcia os olhos duramente para outro lado, conjurando, de um gesto definitivo, o perigo de alguma hesitação. Punha assim os velhos amigos na obrigação de lhe não tirarem o chapéu.

Capítulo CXXXIX

Rubião ainda quis valer ao major, mas o ar de fastio com que Sofia o interrompeu foi tal, que o nosso amigo preferiu perguntar-lhe se, não chovendo na seguinte manhã, iriam sempre passear à Tijuca.

— Já falei a Cristiano; disse-me que tem um negócio, que fique para domingo que vem.

Rubião, depois de um instante:

— Vamos nós dois. Saímos cedo, passeamos, almoçamos lá; às três ou quatro horas estamos de volta...

Sofia olhou para ele com tamanha vontade de aceitar o convite, que Rubião não esperou resposta verbal.

— Está assentado, vamos — disse ele.

— Não.

— Como não?

E repetiu a pergunta, porque Sofia não lhe quis explicar a negativa, aliás tão óbvia. Obrigada a fazê-lo, ponderou que o marido ficaria com inveja, era capaz de adiar o negócio, só para ir também. Não queria atrapalhar os negócios dele, e podiam esperar oito dias. O olhar de Sofia acompanhava essa explicação, como um clarim acompanharia um padre-nosso. Vontade tinha, oh! se tinha vontade de ir na manhã seguinte, com Rubião, estrada acima, bem-posta no cavalo, não cismando à toa, nem poética, mas valente, fogo na cara, toda deste mundo, galopando, trotando, parando. Lá no alto, desmontaria algum tempo; tudo só, a cidade ao longe e o céu por cima. Encostada ao cavalo, penteando-lhe as crinas com os dedos, ouviria Rubião louvar-lhe a afoiteza e o garbo... Chegou a sentir um beijo na nuca...

Capítulo CXL

Pois que se trata de cavalos, não fica mal dizer que a imaginação de Sofia era agora um corcel brioso e petulante, capaz de galgar morros e desbaratar matos. Outra seria a comparação, se a ocasião fosse diferente; mas corcel é o que vai melhor. Traz a ideia do ímpeto, do sangue, da disparada, ao mesmo tempo que a da serenidade com que torna ao caminho reto, e por fim à cavalariça.

Capítulo CXLI

— Está dito, vamos amanhã — repetiu Rubião, que espreitava o rosto aceso de Sofia.

Mas o corcel viera fatigado da carreira, e deixou-se estar sonolento na cavalariça. Sofia era já outra; passara a vertigem da empresa, o ardor sonhado, o gosto de subir com ele a estrada da Tijuca. Dizendo-lhe Rubião que pediria ao marido que a deixasse ir ao passeio, redarguiu sem alma:

— Está tonto! Fica para o domingo que vem!

E fixou os olhos no trabalho de linha que fazia — frioleira é o nome — enquanto Rubião voltava os seus para um trechozinho de jardim mofino, ao pé da saleta de trabalho onde estavam. Sofia, sentada no ângulo da janela, ia meneando os dedos. Rubião viu em duas rosas vulgares uma festa imperial, e esqueceu a sala, a mulher e a si. Não se pode dizer, ao certo, que tempo estiveram assim calados, alheios e remotos um do outro. Foi uma criada que os despertou, trazendo-lhes café. Bebido o café, Rubião concertou as barbas, tirou o relógio e despediu-se. Sofia, que espreitava a saída, ficou satisfeita, mas encobriu o gosto com o espanto.

— Já!

— Devo estar com um sujeito antes das quatro horas — explicou Rubião. — Estamos entendidos; passeio de amanhã gorado. Vou mandar desavisar os cavalos. Mas será certo no domingo que vem?

— Certo, certo, não posso afirmar; mas resolvendo-se em tempo o Cristiano, creio que sim. Sabe que meu marido é o homem dos impedimentos.

Sofia acompanhou-o até à porta, estendeu-lhe a mão indiferente, respondeu sorrindo alguma coisa chocha, tornou à salinha em que estivera — ao mesmo ângulo, da mesma janela. Não continuou logo o trabalho, pôs uma perna sobre outra, fazendo descer, por hábito, a saia do vestido, e lançou uma olhada ao jardim, onde as duas rosas tinham dado ao nosso amigo uma visão imperial. Sofia não viu mais que duas flores mudas. Fitou-as, não obstante, algum tempo; em seguida, pegou da frioleira, trabalhou um pouco, deteve-se outro pouco, deixando as mãos no regaço; e voltou à obra, outra vez, para tornar a deixá-la. De repente, levantou-se e atirou as linhas e a *navette* à cestinha de junco onde guardava os seus pretextos de trabalho. A cesta era ainda uma lembrança de Rubião.

— Que homem aborrecido!

Dali foi encostar-se à janela, que dava para o jardim mofino, onde iam murchando as duas rosas vulgares. Rosas, quando recentes, importam-se pouco ou nada com as cóleras dos outros; mas, se definham, tudo lhes serve para vexar a alma humana. Quero crer que esse costume nasce da brevidade da vida. "Para as rosas", escreveu alguém, "o jardineiro é eterno." E que melhor maneira de ferir o eterno que mofar das suas iras? Eu passo, tu ficas; mas eu não fiz mais que florir e aromar, servi a donas e a donzelas, fui letra de amor, ornei a botoeira dos homens, ou expiro no próprio arbusto, e todas as mãos, e todos os olhos me trataram e me viram com admiração e afeto. Tu não, ó eterno; tu zangas-te, tu padeces, tu choras, tu afliges-te! a tua eternidade não vale um só dos meus minutos.

Assim, quando Sofia chegou à janela que dava para o jardim, ambas as rosas riram-se a pétalas despregadas. Uma delas disse que era bem feito! bem feito! bem feito!

— Tens razão em te zangares, formosa criatura — acrescentou —, mas há de ser contigo, não com ele. Ele que vale? Um triste homem sem encantos, pode ser que bom amigo, e talvez generoso, mas repugnante, não? E tu, requestada de outros, que demônio te leva a dar ouvidos a esse intruso da vida? Humilha-te, ó soberba criatura, porque és tu mesma a causa do teu mal. Tu juras esquecê-lo, e não o esqueces. E é preciso esquecê-lo? Não te basta fitá-lo, escutá-lo, para desprezá-lo? Esse homem não diz coisa nenhuma, ó singular criatura, e tu...

— Não é tanto assim — interrompeu a outra rosa, com a voz irônica e descansada —; ele diz alguma coisa, e di-la desde muito, sem desaprendê-la nem trocá-la; é firme, esquece a dor, crê na esperança. Toda a sua vida amorosa é como o passeio à Tijuca, de que vocês conversavam há pouco: "Fica para o domingo que vem!" Eia, piedade ao menos; sê piedosa, ó boníssima Sofia! Se hás de amar a alguém fora do matrimônio, ama-o a ele, que te ama e é discreto. Anda, arrepende-te do gesto de há pouco. Que mal te fez ele, e que culpa lhe cabe se és bonita? E quando haja culpa, a cesta é que a não tem, só porque ele a comprou, e menos ainda as linhas e a *navette* que tu mesma mandaste comprar pela criada. Tu és má, Sofia, és injusta...

Capítulo CXLII

Sofia deixou-se estar ouvindo, ouvindo... Interrogou outras plantas, e não lhe disseram coisa diferente. Há desses acertos maravilhosos. Quem conhece o solo e o subsolo da vida sabe muito bem que um trecho de muro, um banco, um tapete, um guarda-chuva, são ricos de ideias ou de sentimentos, quando nós também o somos, e que as reflexões de parceria entre os homens e as coisas compõem um dos mais interessantes fenômenos da terra. A expressão: "Conversar com os seus botões", parecendo simples metáfora, é frase de sentido real e direto. Os botões operam sincronicamente conosco; formam uma espécie de senado, cômodo e barato, que vota sempre as nossas moções.

Capítulo CXLIII

Fez-se o passeio à Tijuca, sem outro incidente mais que uma queda do cavalo, ao descerem. Não foi Rubião que caiu, nem o Palha, mas a senhora deste, que vinha pensando em não sei que, e chicoteou o animal com raiva; ele espantou-se e deitou-a em terra. Sofia caiu com graça. Estava singularmente esbelta, vestida de amazona, corpinho tentador de justeza. Otelo exclamaria, se a visse: "Oh! minha bela guerreira!" Rubião limitara-se a isso, ao começar o passeio: "A senhora é um anjo!"

Capítulo CXLIV

— Fiquei com o joelho dorido — disse ela entrando em casa e coxeando.

— Deixa ver.

No quarto de vestir, Sofia levantou o pé sobre um banquinho e mostrou ao marido o joelho pisado; inchara um pouco, muito pouco, mas tocando-lhe fazia-a gemer. Palha, não querendo machucá-la, chegou-lhe a pontinha dos beiços apenas.

— Fiquei descomposta quando caí?

— Não. Pois com um vestido tão comprido... Mal se pôde ver o bico do pé. Não houve nada, acredita.

— Jura que não?

— Que desconfiada que você é, Sofia! Juro por tudo o que há mais sagrado, pela luz que me alumia, por Deus Nosso Senhor. Estás satisfeita?

Sofia ia cobrindo o joelho.

— Deixa ver outra vez. Creio que não será nada maior; bota um pouco de qualquer coisa. Manda perguntar à botica.

— Está bom, deixa-me ir despir — disse ela forcejando por descer o vestido.

Mas o Palha baixara os olhos do joelho até ao resto da perna, onde pegava com o cano da bota. De feito, era um belo trecho da natureza. A meia de seda mostrava a perfeição do contorno. Palha, por graça, ia perguntando à mulher se se machucara aqui, e mais aqui, e mais aqui, indicando os lugares com a mão que ia descendo. Se aparecesse um pedacinho desta obra-prima, o céu e as árvores ficariam assombrados, concluiu ele enquanto a mulher descia o vestido e tirava o pé do banco.

— Pode ser, mas não havia só o céu e as árvores — disse ela —; havia também os olhos do Rubião.

— Ora, o Rubião! É verdade; ele nunca mais teve aquelas tolices de Santa Teresa?

— Nunca; mas, enfim, não me agradaria... Jura de verdade, Cristiano?

— O que você quer é que eu vá subindo de sagrado em sagrado, até a coisa mais sagrada. Jurei por Deus; não bastou. Juro por você; está satisfeita?

Pieguices de lascivo. Saiu finalmente do quarto da mulher e foi para o seu. Aquele pudor medroso e incrédulo de Sofia fazia-lhe bem. Mostrava que ela era sua, totalmente sua; mas, por isso mesmo que ele a possuía, considerava que era de grande senhor não se afligir com a vista casual e instantânea de um pedaço oculto do seu reino. E lastimava que o casual tivesse parado na ponta da bota. Era apenas a fronteira; as primeiras vilas do território, antes da cidade machucada pela queda, dariam ideia de uma civilização sublime e perfeita. E ensaboando-se, esfregando a cara, o colo e a cabeça na vasta bacia de prata, escovando-se, enxugando-se, aromando-se, Palha imaginava o pasmo e a inveja da única testemunha do desastre, se este fosse menos incompleto.

Capítulo CXLV

Foi por esse tempo que Rubião pôs em espanto a todos os seus amigos. Na terça-feira seguinte ao domingo do passeio (era então janeiro de 1870) avisou a um barbeiro e cabeleireiro da rua do Ouvidor que o mandasse barbear à casa, no outro dia, às nove horas da manhã. Lá foi um oficial francês, chamado Lucien, que entrou para o gabinete de Rubião, segundo as ordens dadas ao criado.

— Uhm!... — rosnou Quincas Borba, de cima dos joelhos do Rubião.

Lucien cumprimentou o dono da casa; este, porém, não viu a cortesia, como não ouvira o sinal do Quincas Borba. Estava em uma longa cadeira de extensão, ermo do espírito, que rompera o teto e se perdera no ar. A quantas léguas iria? Nem condor nem águia o poderia dizer. Em marcha para a lua — não via cá embaixo mais que as felicidades perenes, chovidas sobre ele, desde o berço, onde o embalaram fadas, até à praia de Botafogo, aonde elas o trouxeram, por um chão de rosas e bogaris. Nenhum revés, nenhum malogro, nenhuma pobreza — vida plácida, cosida de gozo, com rendas de supérfluo. Em marcha para a lua!

O barbeiro relanceou os olhos pelo gabinete, onde fazia principal figura a secretária, e sobre ela os dois bustos de Napoleão e Luís Napoleão. Relativamente a este último, havia ainda, pendentes da parede, uma gravura ou litografia representando a *Batalha de Solferino*, e um retrato da imperatriz Eugênia.

Rubião tinha nos pés um par de chinelas de damasco, bordadas a ouro; na cabeça, um gorro com borla de seda preta. Na boca, um riso azul-claro.

Capítulo CXLVI

— Senhor...
— Uhm! — repetiu Quincas Borba, de pé nos joelhos do senhor.

Rubião voltou a si e deu com o barbeiro. Conhecia-o por tê-lo visto ultimamente na loja; ergueu-se da cadeira. Quincas Borba latia, como a defendê-lo contra o intruso.

— Sossega! cala a boca! — disse-lhe Rubião; e o cachorro foi, de orelha baixa, meter-se por trás da cesta de papéis. Durante esse tempo, Lucien desembrulhava os seus aparelhos.

— O senhor vai perder uma bela barba — dizia ele em francês. — Conheço pessoas que fizeram a mesma coisa, mas para servir a alguma dama. Tenho sido confidente de homens respeitáveis...

— Justamente! — interrompeu Rubião.

Não entendera nada; posto soubesse algum francês, mal o compreendia lido — como sabemos — e não o entendia falado. Mas, fenômeno curioso, não respondeu por impostura; ouviu as palavras, como se fossem cumprimento ou aclamação; e, ainda mais curioso fenômeno, respondendo-lhe em português, cuidava falar francês.

— Justamente! — repetiu. — Quero restituir a cara ao tipo anterior; é aquele.

E, como apontasse para o busto de Napoleão III, respondeu-lhe o barbeiro pela nossa língua:

— Ah! o imperador! Bonito busto, em verdade. Obra fina. O senhor comprou isto aqui ou mandou vir de Paris? São magníficos. Lá está o primeiro, o grande; este era um gênio. Se não fosse a traição, oh! os traidores, vê o senhor? os traidores são piores que as bombas de Orsini.

— Orsini! Um coitado!

— Pagou caro.

— Pagou o que devia. Mas não há bombas nem Orsini contra o destino de um grande homem — continuou Rubião. — Quando a fortuna de uma nação põe na cabeça de um grande homem a coroa imperial, não há maldades que valham... Orsini! um bobo!

Em poucos minutos, começou o barbeiro a deitar abaixo as barbas de Rubião, para lhe deixar somente a pera e os bigodes de Napoleão III; encarecia-lhe o trabalho; afirmava que era difícil compor exatamente uma coisa como a outra. E à medida que lhe cortava as barbas, ia-as gabando. — Que lindos fios! Era um grande e honesto sacrifício que fazia, em verdade...

— "Seu" barbeiro, você é pernóstico — interrompeu Rubião. — Já lhe disse o que quero; ponha-me a cara como estava. Ali tem o busto para guiá-lo.

— Sim, senhor, cumprirei as suas ordens, e verá que semelhança vai sair.

E zás, zás, deu os últimos golpes às barbas de Rubião, e começou a rapar-lhe as faces e os queixos. Durou longo tempo a operação, o barbeiro ia tranquilamente rapando, comparando, dividindo os olhos entre o busto e o homem. Às vezes, para melhor cotejá-los, recuava dois passos, olhava-os alternadamente, inclinava-se, pedia ao homem que se virasse de um lado ou de outro, e ia ver o lado correspondente do busto.

— Vai bem? — perguntava Rubião.

Lucien pedia-lhe com um gesto que se calasse, e prosseguia. Recortou a pera, deixou os bigodes, e escanhoou à vontade, lentamente, amigamente, aborrecidamente, adivinhando com os dedos alguma pontinha imperceptível de cabelo no queixo ou na face. Às vezes, Rubião, cansado de estar a olhar para o teto, enquanto o outro lhe aperfeiçoava os queixos, pedia para descansar. Descansando, apalpava o rosto e sentia pelo tato a mudança.

— Os bigodes é que não estão muito compridos — observava.

— Falta arranjar-lhes as guias; aqui trago os ferrinhos para encurvá-los bem sobre o lábio, e depois faremos as guias. Ah! eu prefiro compor dez trabalhos originais a uma só cópia.

Volveram ainda dez minutos, antes que os bigodes e a pera fossem bem retocados. Enfim, pronto. Rubião deu um salto, correu ao espelho, no quarto, que ficava ao pé; era o outro, eram ambos, era ele mesmo, em suma.

— Justamente! — exclamou, tornando ao gabinete, onde o barbeiro, tendo arrecadado os aparelhos, fazia festas ao Quincas Borba.

E indo à secretária, abriu uma gaveta, tirou uma nota de vinte mil-réis, e deu-lha.

— Não tenho troco — disse o outro.

— Não precisa dar troco — acudiu Rubião com um gesto soberano —; tire o que houver de pagar à casa, e o resto é seu.

Capítulo CXLVII

Ficando só, Rubião atirou-se a uma poltrona, e viu passar muitas coisas suntuosas. Estava em Biarritz ou Compiègne, não se sabe bem; Compiègne, parece. Governou um grande Estado, ouviu ministros e embaixadores, dançou, jantou — e assim outras ações narradas em correspondências de jornais, que ele lera e lhe ficaram de memória. Nem os ganidos de Quincas Borba logravam espertá-lo. Estava longe e alto. Compiègne era no caminho da lua. Em marcha para a lua!

Capítulo CXLVIII

Quando desceu da lua, ouviu os ganidos do cachorro e sentiu frio nos queixos. Correu ao espelho e verificou que a diferença entre a cara barbada e a cara lisa era grande, mas que, assim lisa, não lhe ficava mal. Os comensais chegaram à mesma conclusão.

— Está perfeitamente bem! Há muito que devia ter feito isso. Não é que as barbas grandes lhe tirassem a nobreza do rosto; mas, assim como está agora, tem o que tinha, e mais um tom moderno...

— Moderno — repetiu o anfitrião.

Fora, igual espanto. Todos achavam sinceramente que este outro aspecto lhe ia melhor que o anterior. Uma só pessoa, o dr. Camacho, posto julgasse que os bigodes e a pera ficavam muito bem ao amigo, ponderou que era de bom aviso não alterar o rosto, verdadeiro espelho da alma, cuja firmeza e constância devia reproduzir.

— Não é por lhe falar de mim — concluiu —; mas nunca me há de ver a cara de outro modo. É uma necessidade moral da minha pessoa. Minha vida, sacrificada aos princípios — porque eu nunca tentei conciliar princípios, mas homens —, minha vida, digo, é uma imagem fiel da minha cara, e vice-versa.

Rubião ouvia com seriedade, e acenava de cabeça que sim, que devia ser assim por força. Sentia-se então imperador dos franceses, incógnito, de passeio; descendo à rua, voltou ao que era. Dante, que viu tantas coisas extraordinárias, afirma ter assistido no inferno ao castigo de um espírito florentino, que uma serpente de seis pés abraçou de tal modo, e tão confundidos ficaram, que afinal já se não podia distinguir bem se era um ente único, se dois. Rubião era ainda dois. Não se misturavam nele a própria pessoa com o imperador dos franceses. Revezavam-se; chegavam a esquecer-se um do outro. Quando era só Rubião, não passava do homem do costume. Quando subia a imperador, era só imperador. Equilibravam-se, um sem outro, ambos integrais.

Capítulo CXLIX

— Que mudança é essa? — perguntou Sofia, quando ele lhe apareceu no fim da semana.

—Vim saber do seu joelho; está bom?

— Obrigada.

Eram duas horas da tarde. Sofia acabava de vestir-se para sair, quando a criada lhe fora dizer que estava ali Rubião — tão mudado de cara que parecia outro. Desceu a vê-lo curiosa; achara-o na sala, de pé, lendo os cartões de visita.

— Mas que mudança é essa? — repetiu ela.

Rubião, sem nenhum sentimento imperial, respondeu que supunha ficarem-lhe melhor os bigodes e a pera.

— Ou estou mais feio? — concluiu.

— Está melhor, muito melhor.

E Sofia disse consigo que talvez fosse ela a causa da mudança. Sentou-se no sofá, e começou a enfiar os dedos nas luvas.

— Vai sair?

— Vou, mas o carro ainda não veio.

Caiu-lhe uma das luvas. Rubião inclinou-se para apanhá-la, ela fez a mesma coisa, ambos pegaram na luva, e teimando em levantá--la sucedeu que as caras encontraram-se no ar, o nariz dela bateu no dele; e as bocas ficaram intactas para rir, como riram.

— Machuquei-a?

— Não! eu é que lhe pergunto...

E riram outra vez. Sofia calçou a luva, Rubião fitou-lhe um pé que se mexia disfarçadamente, até que o criado veio dizer que a carruagem chegara. Ergueram-se, e ainda uma vez riram.

Capítulo CL

Teso, descoberto, o lacaio abriu a portinhola do cupê, quando Sofia assomou à porta. Rubião ofereceu a mão para ajudá-la a entrar, ela aceitou o obséquio e entrou.

— Agora, até...

Não pôde acabar a frase; Rubião entrara após ela e sentara-se-lhe ao lado; o lacaio fechou a portinhola, trepou à almofada, e o carro partiu.

Capítulo CLI

Tão rápido foi tudo, que Sofia perdeu a voz e o movimento; mas, ao cabo de alguns segundos:

— Que é isto?... senhor Rubião, mande parar o carro.

— Parar? Mas a senhora não me disse que ia sair e esperava por ele?

— Não ia sair com o senhor... Não vê que... Mande parar...

Desatinada, quis ordenar ao cocheiro que parasse; mas o receio de um possível escândalo fê-la deter-se a meio caminho. O cupê entrara na rua Bela da Princesa. Sofia novamente pediu a Rubião que advertisse na inconveniência de irem assim, à vista de Deus e de todo mundo. Rubião respeitou o escrúpulo, e propôs que descessem as cortinas.

— Eu acho que não faz mal que nos vejam — explicou Rubião —; mas, fechando as cortinas, ninguém nos vê. Se quer?

Sem aguardar resposta, desceu as cortinas de um e outro lado, e ficaram os dois a sós, porque, se de dentro podiam ver uma ou outra pessoa que passasse, de fora ninguém os via. Sós, completamente sós, como naquele dia em que às mesmas duas horas da tarde, em casa dela, Rubião lhe lançou em rosto os seus desesperos. Lá, ao menos, a moça estava livre; aqui, dentro do carro fechado, não podia calcular as consequências.

Rubião, entretanto, acomodara as pernas e não dizia nada.

Capítulo CLII

Sofia encolhera-se muito ao canto. Podia ser estranheza da situação, podia ser medo; mas era principalmente repugnância. Nunca esse homem lhe fez sentir tanta aversão, asco, ou outra coisa menos dura, se querem, mas que se reduzia à incompatibilidade — como direi que não agrave os ouvidos? —, à incompatibilidade da epiderme. Onde iam os sonhos de há poucos dias? Ao simples convite de um passeio, a sós, à Tijuca, subiu com ele a montanha, a galope, desmontou, ouviu palavras de adoração, e sentiu um beijo na nuca. Onde iam essas imaginações? Onde iam os olhos fixos e grandes, as mãos amigas e longas, os pés inquietos, as palavras meigas e os ouvidos cheios de misericórdia? Tudo esqueceu, tudo desapareceu, agora que ambos se achavam deveras sós, insulados pelo carro e pelo escândalo.

E os cavalos continuavam a andar, sacudindo as patas, arrastando lentamente o carro, pelas pedras da rua Bela da Princesa. Que faria ela chegando ao Catete? Iria à cidade com ele? Pensou em seguir para a casa de alguma amiga; deixá-lo-ia dentro, diria ao cocheiro que se fosse embora. Contaria tudo ao marido. No meio daquela agonia, atravessaram-lhe o cérebro algumas memórias banais, ou estranhas à situação, como a notícia de um roubo de joias lida de manhã nos jornais, a ventania da véspera, um chapéu. Afinal fixou-se em um só cuidado. Que lhe ia dizer o Rubião? Viu que ele continuava a olhar para a frente, calado, com o castão da bengala no queixo. Não lhe ficava mal a atitude, tranquila, séria, quase indiferente; mas então para que se meteu no carro? Sofia quis romper o silêncio; por duas vezes moveu nervosamente as mãos; quase que a irritou a quietação do homem, cuja ação só podia ser explicada pela paixão antiga e violenta. Depois, imaginou que ele próprio estaria arrependido, e disse-lho em bons termos.

— Não vejo que me possa arrepender de coisa nenhuma — acudiu ele, voltando-se. — Quando a senhora disse que era mau irmos assim, à vista do público, abaixei as cortinas. Não concordei, mas obedeci.

— Chegamos ao Catete — atalhou ela —; quer que o leve a casa? Não podemos ir juntos para a cidade.

— Podemos andar à toa.

— Como?

— À toa, os cavalos vão andando e nós vamos conversando, sem que nos ouçam nem adivinhem...

— Pelo amor de Deus! Não me fale assim; deixe-me, saia do carro, ou eu saio aqui mesmo, e o senhor toma conta dele. Que é que quer dizer? Bastam poucos minutos... Olhe, já dobramos para o lado da cidade; mande ir para Botafogo, vou deixá-lo à porta de casa...

— Mas eu saí há pouco de casa, vou para a cidade. Que mal há em levar-me até lá? Se é para que não nos vejam, apeio-me, em qualquer lugar — na praia de Santa Luzia, por exemplo — do lado do mar...

— O melhor é descer aqui mesmo.

— Mas por que não iremos até a cidade?

— Não, não pode ser. Peço-lhe por tudo que lhe for mais sagrado! Não faça escândalo; vamos, diga-me o que é preciso para obter uma coisa tão simples? Quer que me ajoelhe aqui mesmo?

Apesar da estreiteza do espaço, ia dobrando os joelhos; mas Rubião deu-se pressa em fazê-la sentar-se outra vez.

— Não é preciso que se ajoelhe —, disse com brandura.

— Obrigada; peço-lhe então por Deus, por sua mãe, que está no céu...

— Deve estar no céu — confirmou Rubião. — Era uma santa senhora! As mães são sempre boas; mas daquela, ninguém que a conheceu poderá dizer outra coisa senão que era uma santa. E prendada, como poucas. Que dona de casa! Hóspedes, para ela, tanto fazia cinco como cinquenta, era a mesma coisa, cuidava de tudo a tempo e a hora, e criou fama. Os escravos davam-lhe o nome de Sinhá Mãe, porque era, realmente, mãe para todos. Deve estar no céu!

— Bem, bem — atalhou Sofia —, pois faça-me isso por amor de sua mãe; faz?

— Isso quê?

— Apear-se aqui mesmo.

— E ir a pé para a cidade? Não posso. É cisma sua; ninguém nos vê. E depois, estes seus cavalos são magníficos. Já reparou como atiram as patas, lentamente, plás... plás... plás... plás...

Cansada de pedir, Sofia calou-se, cruzou os braços e coseu-se ainda mais, se era possível, ao cantinho do carro.

"Agora me lembro", pensou ela; mando parar à porta do armazém do Cristiano; digo-lhe o modo por que este homem se introduziu no cupê, os pedidos que lhe fiz e as respostas que me deu. Antes isso que fazê-lo apear misteriosamente em qualquer rua.

Entretanto, Rubião estava quieto. De vez em quando volvia no dedo o anel de brilhante — um solitário esplêndido. Não olhava para ela, não lhe dizia nem pedia nada. Iam como um casal de aborrecidos. Sofia começava a não entender que razão o teria levado a entrar no carro. Necessidade de transporte não podia ser. Vaidade, também não; fechara as cortinas, à sua primeira queixa de publicidade. Nenhuma palavra amorosa, uma alusão remota que fosse, a medo, cheia de veneração e súplica. Era um inexplicável, um monstro.

Capítulo CLIII

— Sofia... — disse de repente Rubião; e continuou com pausa: — Sofia, os dias passam, mas nenhum homem esquece a mulher que verdadeiramente gostou dele, ou então não merece o nome de homem. Os nossos amores não serão esquecidos nunca — por mim, está claro, e estou certo que nem por ti. Tudo me deste, Sofia; a tua própria vida correu perigo. Verdade é que eu te vingaria, minha bela. Se a vingança pode alegrar os mortos, terias o maior prazer possível. Felizmente, o meu destino protegeu-nos, e pudemos amar sem peias nem sangue...

A moça olhava espantada.

— Não te espantes — continuou ele —; não nos vamos separar; não, não te falo de separação. Não me digas que morrerias; sei que havias de chorar muitas lágrimas. Eu não — que não vim ao mundo para chorar —, mas nem por isso a minha dor seria menor; ao contrário, as dores guardadas no coração doem mais que as outras. Lágrimas são boas porque a pessoa desabafa. Querida amiga, falo-te assim, porque é preciso termos cautela; a nossa insaciável paixão pode esquecer essa necessidade. Temos facilitado muito, Sofia; como nascemos um para o outro, parece-nos que estamos casados, e facilitamos. Ouve, querida, ouve, alma da minha alma... A vida é bela! a vida é grande! a vida é sublime! Contigo, porém, que nome haverá que lhe possa dar? Lembras-te da nossa primeira entrevista?

Rubião disse esta última palavra, querendo pegar-lhe na mão. Sofia recuou a tempo; estava desorientada, não entendia e tinha medo. A voz dele crescia, o cocheiro podia ouvir alguma coisa... E aqui uma suspeita a abalou: talvez o intento de Rubião fosse justamente fazer-se ouvir, para obrigá-la pelo terror — ou então para que a abocanhassem. Teve ímpeto de atirar-se a ele, gritar que lhe acudissem, e salvar-se pelo escândalo.

Ele, baixinho, depois de curta pausa:

— A mim lembra-me, como se fosse ontem. Tu chegaste de carro, não era este; era um carro de praça, uma caleça. Desceste medrosa, com o véu pela cara; tremias como varas verdes... Mas os meus braços te ampararam... O sol daquele dia devia ter parado, como quando obedeceu a Josué... E contudo, minha flor, aquelas horas foram compridas como diabo, não sei por quê; a rigor, deviam ser curtas. Era talvez porque a nossa paixão não acabava mais, não acabou, nem há de acabar nunca... Em compensação, não vimos mais o sol; ia caindo para o outro lado das montanhas quando a minha Sofia, ainda medrosa, saiu para a rua, e pegou de outra caleça. Outra ou a mesma? Creio que foi a mesma. Não imaginas como fiquei; parecia tonto, beijei tudo em que havias tocado; cheguei a beijar a soleira da porta. Creio que já te contei isso. A soleira da porta. E estive quase, quase a ir de rastos beijar os degraus da escada... Não o fiz, recolhi-me, fechei-me para que se não perdesse o teu cheiro; violeta, se bem me recordo...

Não, não era possível que o intuito de Rubião fosse fazer crer ao cocheiro uma aventura mentirosa. A voz era tão sumida que Sofia mal podia escutá-la; mas, se lhe custava entender as palavras, não chegava a compreender o sentido delas. A que vinha aquela história não sucedida? Quem quer que a ouvisse, aceitaria tudo por verdade, tal era a nota sincera, a meiguice dos termos e a verossimilhança dos pormenores. E ele continuou suspirando as belas reminiscências...

— Mas que caçoada é essa? — atalhou finalmente Sofia.

Não lhe respondeu o nosso amigo; — tinha a imagem diante dos olhos, não ouviu a pergunta, e foi andando. Citou-lhe um concerto de Gottschalk. O divino pianista melodiava ao piano; eles ouviam, mas o demônio da música levou os olhos de um para outro, e ambos esqueceram o resto. Quando a música cessou, as palmas romperam, e eles acordaram. Ai tristes! Acordaram com o olhar do Palha em cima deles, um olho de onça brava. Nessa noite cuidou que ele a matasse.

— Senhor Rubião...

— Napoleão, não; chama-me Luís. Sou o teu Luís, não é verdade, galante criatura? Teu, teu... Chama-me teu; o teu Luís, o teu querido Luís. Ai, se tu soubesses o gosto que me dás quando te ouço essas duas palavras: "Meu Luís!" Tu és a minha Sofia — a doce, a mimosa Sofia da minha alma. Não percamos estes momentos; vamos dizer nomes ternos; mas baixo, baixinho, para que os malandros da almofada do carro não escutem. Para que há de haver cocheiros neste mundo? Se o carro andasse por si, a gente falava à vontade e iria ao fim da terra.

Já então iam costeando o Passeio Público; Sofia não deu por isso. Olhava fixamente para Rubião; não podia ser cálculo de perverso, nem lhe atribuía mofa... Delírio, sim, é o que era; tinha a sinceridade da palavra, como pessoa que vê ou viu realmente as coisas que relata.

"É preciso pô-lo fora daqui", pensou a moça. E, aparelhando-se de coragem:

— Onde estaremos nós? — perguntou-lhe. — É ocasião de separar-nos. Veja do lado de lá; onde estamos? Parece que é o convento; estamos no largo da Ajuda. Diga ao cocheiro que pare; ou, se quer, pode apear-se no largo da Carioca. Meu marido...

— Vou nomeá-lo embaixador — disse Rubião. — Ou senador, se quiser. Senador é melhor; ficam os dois aqui. Embaixador que fosse, não consentiria que tu o acompanhasses, e as más línguas... Tu sabes a oposição que sofro, as calúnias... Ah! ruim gente! Convento da Ajuda, disseste? Que tens tu com ele? Queres ser freira?

— Não; digo que já passamos o convento da Ajuda. Vou deixá-lo no largo da Carioca. Ou vamos até o armazém de meu marido?

Sofia tornou a apegar-se ao segundo alvitre; não se faria suspeita ao cocheiro, provaria melhor a sua inocência ao Palha, narrando-lhe tudo, desde a entrada inesperada no carro até ao delírio. E que delírio era esse? Sofia pensou que o motivo podia ser ela própria, e esta conjectura fê-la sorrir de piedade.

— Para quê? — disse Rubião. — Vou apear-me aqui mesmo, é mais seguro. Para que há de ele desconfiar de nós e maltratar-te? Posso castigá-lo, mas sempre me ficaria o remorso do mal que ele te causaria. Não, linda flor amiga; o vento que se atreve a tocar em tua pessoa, acredita que eu mandaria pôr fora do espaço, como um vento indigno. Tu ainda não conheces bem o meu poder, Sofia; anda, confessa.

Como Sofia não confessasse nada, Rubião chamou-lhe de bonita, e ofereceu-lhe o solitário que tinha no dedo; ela, porém, conquanto amasse as joias e tivesse a intuição dos solitários, recusou medrosamente a oferta.

— Compreendo o escrúpulo — disse ele —; mas não perdes por isso, porque hás de receber outra pedra ainda mais bela, e pela mão de teu marido. Far-te-ei duquesa. Ouviste? O título é dado a ele, mas tu é que és a causa. Duque... Duque de quê? Vou ver um título bonito; ou então escolhe tu mesma, porque é para ti, não é para ele, é para ti, minha mimosa. Não é preciso escolher já, vai para casa e pensa. Não te vexes: manda-me dizer o que achares mais bonito, e faço lavrar imediatamente o decreto. Também podes fazer outra coisa: escolhe, e diz-me no nosso primeiro encontro, no lugar do costume. Quero ser o primeiro que te chame duquesa. Querida duquesa... O decreto virá depois. Duquesa da minha alma!

— Sim, sim — disse ela desvairadamente —, mas avisemos o cocheiro que nos leve até a casa de Cristiano.

— Não, apeio-me aqui... Para! para!

Rubião ergueu as cortinas, e o lacaio veio abrir a portinhola. Sofia, para tirar toda a suspeita a este, pediu novamente ao Rubião que fosse com ela à casa do marido; disse-lhe que este precisava falar-lhe com urgência. Rubião olhou um pouco espantado para ela, para o lacaio e para a rua; e respondeu que não, que iria depois.

Capítulo CLIV

Apenas separados, deu-se em ambos um contraste.

Rubião, na rua, voltou a cabeça para todos os lados, a realidade apossava-se dele e o delírio esvaía-se. Andava, estacava diante de uma loja, atravessava a rua, detinha um conhecido, pedia-lhe notícias e opiniões; esforço inconsciente para sacudir de si a personalidade emprestada.

Ao contrário, Sofia, passado o susto e o espanto, mergulhou no devaneio; todas as referências e histórias mentirosas de Rubião como que lhe davam saudades — saudades de quê? —, "saudades do céu", que é o que dizia o padre Bernardes do sentimento de um bom cristão. Nomes diversos relampejavam no azul daquela possibilidade. Quanto pormenor interessante! Sofia reconstruiu a caleça velha, onde entrou rápida, donde desceu trêmula, para esgueirar-se pelo corredor dentro, subir a escada, e achar um homem — que lhe disse os mimos mais apetitosos deste mundo, e os repetiu agora, ao pé dela, no carro; mas não era, não podia ser o Rubião. Quem seria? Nomes diversos relampejavam no azul daquela possibilidade.

Capítulo CLV

Espalhou-se a nova da mania de Rubião. Alguns, não o encontrando nas horas do delírio, faziam experiências, a ver se era verdadeiro o boato; encaminhavam a conversação para os negócios de França e do imperador. Rubião resvalava ao abismo, e convencia-os.

Capítulo CLVI

Passaram-se alguns meses, veio a guerra franco-prussiana, e as crises de Rubião tornaram-se mais agudas e menos espaçadas. Quando as malas da Europa chegavam cedo, Rubião saía de Botafogo, antes do almoço, e corria a esperar os jornais; comprava a *Correspondência de Portugal*, e ia lê-la no Carceller. Quaisquer que fossem as notícias, dava-lhes o sentido da vitória. Fazia a conta dos mortos e feridos, e achava sempre um grande saldo a seu favor. A queda de Napoleão III foi para ele a captura do rei Guilherme, a revolução de 4 de setembro um banquete de bonapartistas.

Em casa, os amigos do jantar não se metiam a dissuadi-lo. Também não confirmavam nada, por vergonha uns dos outros; sorriam e desconversavam. Todos, entretanto, tinham as suas patentes militares, o marechal Torres, o marechal Pio, o marechal Ribeiro, e acudiam pelo título. Rubião via-os fardados; ordenava um reconhecimento, um ataque, e não era necessário que eles saíssem a obedecer; o cérebro do anfitrião cumpria tudo. Quando Rubião deixava o campo de batalha para tornar à mesa, esta era outra. Já sem prataria, quase sem porcelana nem cristais, ainda assim aparecia aos olhos de Rubião regiamente esplêndida. Pobres galinhas magras eram graduadas em faisões; picados triviais, assados de má morte traziam o sabor das mais finas iguarias da terra. Os comensais faziam algum reparo, entre si — ou ao cozinheiro —, mas Luculo ceava sempre com Luculo. Toda a mais casa, gasta pelo tempo e pela incúria, tapetes desbotados, mobílias truncadas e descompostas, cortinas enxovalhadas, nada tinha o seu atual aspecto, mas outro, lustroso e magnífico. E a linguagem era também diversa, rotunda e copiosa, e assim os pensamentos, alguns extraordinários, como os do finado amigo Quincas Borba — teorias que ele não entendera, quando lhas ouvira outrora, em Barbacena, e que ora repetia com lucidez, com alma —, às vezes, empregando as mesmas frases do filósofo. Como explicar essa repetição do obscuro, esse conhecimento do inextricável, quando os pensamentos e as palavras pareciam ter ido com os ventos de outros dias? E por que todas essas reminiscências desapareciam com a volta da razão?

Capítulo CLVII

A compaixão de Sofia — explicado o mal de Rubião pelo amor que ele lhe tinha — era um sentimento médio, não simpatia pura nem egoísmo ferrenho, mas participando de ambos. Uma vez que evitasse alguma situação idêntica à do cupê, tudo ia bem. Nas horas em que Rubião estava lúcido, escutava-o e falava-lhe com interesse — até porque a doença, dando-lhe audácia nos momentos de crise, dobrava-lhe a timidez nas horas normais. Não sorria, como o Palha, quando Rubião subia ao trono ou comandava um exército. Crendo-se autora do mal, perdoava-lho; a ideia de ter sido amada até à loucura, sagrava-lhe o homem.

Capítulo CLVIII

— Por que não o tratam? — perguntou uma noite d. Fernanda, que ali o conhecera no ano anterior. — Pode ser que se cure.

— Parece que não é coisa grave — acudiu o Palha —; tem desses acessos, mas assim mansos, como viu, ideias de grandeza, que passam logo; e repare que, fora daquilo, conversa perfeitamente. Contudo, pode ser... Que acha Vossa Excelência?

Teófilo, o marido de d. Fernanda, respondeu que sim, que era possível.

— Que fazia ele, ou que faz agora? — continuou o deputado.

— Nada, nem agora nem antes. Era rico — mas gastador. Conhecemo-lo quando veio de Minas, e fomos, por assim dizer, o seu guia no Rio de Janeiro, aonde não voltara desde longos anos. Bom homem. Sempre com luxo, lembra-se? Mas não há riqueza inesgotável, quando se entra pelo capital; foi o que ele fez. Hoje creio que tenha pouco...

— Podia salvar-lhe esse pouco, fazendo-se nomear curador, enquanto ele se trata. Não sou médico, mas pode ser que esse seu amigo fique bom.

— Não digo que não. Realmente, é pena... Dá-se com todos e presta seus serviços. Sabe que esteve para ser nosso parente? Pois não! Quis casar com Maria Benedita.

— A propósito de Maria Benedita — interrompeu d. Fernanda —, ia-me esquecendo que trago uma carta dela para mostrar à senhora; recebi-a ontem. Já há de saber que, em breve, estão de volta? Está aqui.

Entregou a carta a Sofia, que a abriu sem entusiasmo, e a leu com tédio. Era mais que uma vulgar carta transatlântica, era um depósito moral, uma confissão íntima e completa de pessoa feliz e agradecida. Contava os mais recentes episódios da viagem, desordenadamente, porque os viajantes eram sobrepostos a tudo, e as mais belas obras do homem ou da natureza valiam menos que os olhos que as miravam. Às vezes, um incidente de hospedaria ou de rua comia mais papel e trazia mais interesse que outros, pela razão de pôr em relevo as qualidades do marido. Maria Benedita amava tanto ou ainda mais que no primeiro dia. No fim, a medo, em *post-scriptum*, pedindo que o não dissesse a ninguém, confessava que era mãe.

Sofia dobrou o papel, não já com tédio, senão com despeito, e por dois motivos que se contradizem; mas a contradição é deste mundo. Cotejada aquela carta com as que recebera de Maria Benedita, dir-se-ia que ela era apenas uma conhecida, sem outro laço de sangue ou de afeto; e, contudo, não quereria ser confidente daquela felicidade cochichada do outro lado do oceano, cheia de minúcias, de adjetivos, de exclamações, do nome de Carlos Maria, dos olhos de Carlos Maria, dos ditos de Carlos Maria, finalmente do filho de Carlos Maria. Parecia acinte, e quase fazia crer na cumplicidade de d. Fernanda.

Hábil, sabendo domar-se a tempo, Sofia dissimulou o despeito, e restituiu sorrindo a carta da prima. Quis dizer que, pelo texto, a felicidade de Maria Benedita devia estar intacta como a levara daqui, mas a voz não lhe passou da garganta. D. Fernanda é que se incumbiu da conclusão:

—Vê-se bem que é feliz!

— Parece que sim.

Capítulo CLIX

Se a manhã seguinte não fosse chuvosa, outra seria a disposição de Sofia. O sol nem sempre é oficial de boas ideias; mas, ao menos, permite sair, e a troca do espetáculo muda as sensações. Quando Sofia acordou, já a chuva caía grossa e contínua, e o céu e o mar era tudo um, tão baixas estavam as nuvens, tão espessa era a cerração.

Tédio por dentro e por fora. Nada em que espraiasse a vista e descansasse a alma. Sofia meteu a alma em um caixão de cedro, encerrou o de cedro no caixão de chumbo do dia, e deixou-se estar sinceramente defunta. Não sabia que os defuntos pensam, que um enxame de noções novas vem substituir as velhas, e que eles saem criticando o mundo como os espectadores saem do teatro criticando a peça e os atores. A defunta sentiu que algumas noções e sensações continuavam a vida. Vinham de mistura, mas tinham um ponto de partida comum — a carta da véspera e as recordações que lhe trouxe de Carlos Maria.

Em verdade, cuidara ter arredado para longe essa figura aborrecida, e ei-la que reaparecia, que sorria, que a fitava, que lhe sussurrava ao ouvido as mesmas palavras do vadio egoísta e enfatuado, que a convidou um dia à valsa do adultério e a deixou sozinha no meio do salão. À volta dessa vinham outras; Maria Benedita, por exemplo, um caco de gente, que ela foi buscar à roça para lhe dar lustre de cidade, e que esqueceu todos os benefícios para só se lembrar das suas ambições. E d. Fernanda também, madrinha dos seus amores, que de caso pensado trouxera na véspera a carta de Maria Benedita com o *post-scriptum* confidencial. Não advertiu que o prazer da amiga bastava a explicar o esquecimento da parte reservada da carta; menos ainda indagou se a natureza moral de d. Fernanda comportava essa suposição. Vieram assim outras cogitações e imagens, e tornaram as primeiras, e todas se iam ligando e desligando. Entre elas, apareceu uma lembrança da véspera. O marido de d. Fernanda envolvera Sofia em um grande olhar de admiração. Ela, em verdade, estava nos seus melhores dias; o vestido sublinhava admiravelmente a gentileza do busto, o estreito da cintura e o relevo delicado das cadeiras; — era *foulard*, cor de palha.

— Cor de *palha* — acentuou Sofia rindo, quando d. Fernanda o elogiou, pouco depois de entrar —; cor de *palha*, como uma lembrança deste senhor.

Não é fácil dissimular o prazer da lisonja; o marido sorriu cheio de vaidade, procurando ler nos olhos dos outros o efeito daquela prova minuciosa de amor. Teófilo elogiou também o vestido, mas era difícil mirá-lo sem mirar também o corpo da dona; dali, os olhos compridos que lhe deitou, sem concupiscência, é certo, e quase sem reincidência. Pois essa lembrança da véspera, um gesto sem convite, uma admiração sem desejo, veio meter-se de permeio agora, quando Sofia cuidava na maldade da outra.

Carlos Maria, Teófilo... Outros nomes relampejavam no céu daquela possibilidade, como ficou expresso no capítulo CLIV. E vieram todos agora, porque a chuva, continuando a cair, o céu e o mar estavam ainda unidos pela mesma cerração. Vieram todos esses nomes, com os próprios sujeitos correspondentes, e até vieram sujeitos sem nomes — os adventícios e ignorados — que uma só vez passaram por ela, cantaram o hino da admiração e receberam o óbolo da boa vontade. Por que não reteve algum de tantos, para ouvi-lo cantar e enriquecê-lo? Não é que os óbolos enriqueçam a ninguém, mas há outras moedas de maior valia. Por que não reteve um de tantos nomes elegantes e até egrégios? Essa pergunta sem palavras correu-lhe assim pelas veias, pelos nervos, pelo cérebro, sem outra resposta mais que a agitação e a curiosidade.

Capítulo CLX

Nisto, a chuva cessou um pouco, um raio de sol logrou romper o nevoeiro — um desses raios úmidos que parecem vir de olhos que choraram. Sofia cuidou que ainda podia sair; estava inquieta por ver, por andar, por sacudir aquele torpor, e esperou que o sol varresse a chuva e tomasse conta do céu e da terra; mas o grande astro percebeu que a intenção dela era constituí-lo lanterna de Diógenes, e disse ao raio úmido: "Volta, volta ao meu seio, raio casto e virtuoso; não vás tu conduzi-la onde o seu desejo a quer levar. Que ame, se lhe parece; que responda aos bilhetes namorados — se os recebe e não queima —, não lhe sirvas tu de archote, luz do meu seio, filho das minhas entranhas, raio, irmão dos meus raios..."

E o raio obedeceu, recolhendo-se ao foco central, um pouco espantado do temor do sol, que tem visto tantas coisas ordinárias e extraordinárias. Então o véu de nuvens fez-se outra vez espesso, e mais escuro, e a chuva tornou a cair em grandes bátegas.

Capítulo CLXI

Sofia resignou-se à reclusão. Já agora tinha a alma tão confusa e difusa como o espetáculo exterior. Todas as imagens e nomes perdiam-se no mesmo desejo de amar. É justo dizer que ela, quando regressava desses estados de consciência vagos e obscuros, tentava fugir-lhes e guiava o espírito para diverso assunto; mas sucedia-lhe como aos que têm sono e forcejam por velar: os olhos fecham-se de cada vez que espertam, e tornam a espertar para se fecharem outra vez. Afinal, deixou a vista da chuva e do nevoeiro; estava cansada, e para repousar, foi abrir as folhas do último número da *Revista dos dois mundos*. Um dia, no melhor dos trabalhos da comissão das Alagoas, perguntara-lhe uma das elegantes do tempo, casada com um senador.

— Está lendo o romance de Feuillet, na *Revista dos dois mundos*?

— Estou — acudiu Sofia —; é muito interessante.

Não estava lendo, nem conhecia a *Revista*; mas, no dia seguinte, pediu ao marido que a assinasse; leu o romance, leu os que saíram depois, e falava de todos os que lera ou ia lendo. Abertas as folhas daquele número, e acabada uma novela, Sofia recolheu-se ao quarto e atirou-se à cama. Passara mal a noite, não lhe custou pegar no sono — profundo, largo e sem sonhos —, exceto para o fim, em que teve um pesadelo. Estava diante da mesma parede de cerração daquele dia, mas no mar, à proa de uma lancha, deitada de bruços, escrevendo com o dedo na água um nome — *Carlos Maria*. E as letras ficavam gravadas e, para maior nitidez, tinham os sulcos de espuma. Até aqui nada havia que atordoasse, a não ser o mistério; mas é sabido que os mistérios dos sonhos parecem fatos naturais. Eis que a parede da cerração se rasga, e nada menos que o próprio dono do nome aparece aos olhos de Sofia, caminha para ela, toma-a nos braços e diz-lhe muitas palavras de ternura, análogas às que ela, alguns meses antes, ouvira do Rubião. E não a afligiram, como as deste; ao contrário, escutou-as com prazer, meio caída para trás, como se desmaiasse. Já não era lancha, mas carruagem, onde ela se ia com o primo, mãos presas, namorada de uma linguagem de ouro e sândalo. Também aqui não há que aterre. O terror veio quando a carruagem parou, muitos vultos mascarados a cercaram, mataram o cocheiro, arrancaram as portinholas, apunhalaram Carlos Maria e deitaram o cadáver ao chão. Depois, um deles, que parecia ser o chefe de todos, tomou o lugar do defunto, tirou a máscara e disse a Sofia que se não assustasse, que ele a amava cem mil vezes mais que o outro. Logo em seguida, pegou-lhe nos pulsos e deu-lhe um beijo, mas um beijo úmido de sangue, cheirando a sangue. Sofia soltou um grito de horror e acordou. Tinha ao pé do leito o marido.

— Que foi? — perguntou ele.

— Ah! — respirou Sofia. — Gritei, não gritei?

Palha não respondeu nada; olhava à toa, pensava em negócios. Então um receio assaltou a mulher, se haveria efetivamente falado, murmurado alguma palavra, um nome qualquer — o mesmo que escrevera na água. E logo, espreguiçando os braços para o ar, fê-los cair sobre os ombros do marido, cruzou as pontas dos dedos na nuca, e murmurou meio alegre, meio triste:

— Sonhei que estavam matando você.

Palha ficou enternecido. Havê-la feito padecer por ele, ainda que em sonhos, encheu-o de piedade, mas de uma piedade gostosa, um sentimento particular, íntimo, profundo — que o faria desejar outros pesadelos, para que o assassinassem aos olhos dela, e para que ela gritasse angustiada, convulsa, cheia de dor e de pavor.

Capítulo CLXII

No dia seguinte, o sol apareceu claro e quente, o céu límpido, e o ar fresco. Sofia meteu-se no carro e saiu a visitas e a passeio para desforrar-se da reclusão. Já o próprio dia lhe fez bem. Vestiu-se cantarolando. O trato das senhoras que a receberam em suas casas e das que achou na rua do Ouvidor, a agitação externa, as notícias da sociedade, a boa feição de tanta gente fina e amiga, bastaram a espancar-lhe da alma os cuidados da véspera.

Capítulo CLXIII

Assim, pois, o que parecia vontade imperiosa reduzia-se a veleidade pura, e, com algumas horas de intervalo, todos os maus pensamentos se recolheram às suas alcovas. Se me perguntardes por algum remorso de Sofia, não sei que vos diga. Há uma escala de ressentimento e de reprovação. Não é só nas ações que a consciência passa gradualmente da novidade ao costume, e do terror à indiferença. Os simples pecados de pensamentos são sujeitos a essa mesma alteração, e o uso de cuidar nas coisas afeiçoa tanto a elas — que, afinal, o espírito não as estranha, nem as repele. E nesses casos há sempre um refúgio moral na isenção exterior, que é, por outros termos mais explicativos, o corpo sem mácula.

Capítulo CLXIV

Um só incidente afligiu Sofia naquele dia puro e brilhante — foi um encontro com Rubião. Tinha entrado em uma livraria da rua do Ouvidor para comprar um romance; enquanto esperava o troco, viu entrar o amigo. Rapidamente voltou o rosto e percorreu com os olhos os livros da prateleira — uns livros de anatomia e de estatística

—, recebeu o dinheiro, guardou-o e, de cabeça baixa, rápida como uma flecha, saiu à rua, e enfiou para cima. O sangue só lhe sossegou quando a rua dos Ourives ficou para trás.

Dias depois, indo a entrar em casa de d. Fernanda, deu com ele no saguão. Cuidou que subisse, e dispôs-se a subir também, ainda que receosa; mas Rubião descia, apertaram-se as mãos familiarmente, e despediram-se até à tarde.

— Ele vem aqui muitas vezes? — perguntou Sofia a d. Fernanda, depois de lhe contar o encontro no saguão.

— Esta é a quarta vez, quarta ou quinta; mas só da segunda vez apareceu delirando. Das outras é como viu agora, sossegado, e até conversador. Há nele sempre alguma coisa que mostra não estar completamente bem. Não reparou nos olhos um pouco vagos? É isso; no mais, conversa bem. Creia, dona Sofia; aquele homem pode sarar. Por que não faz com que seu marido tome isso a peito?

— Cristiano tem projeto de o mandar examinar e tratar; mas deixe estar, que eu o apresso.

— Pois sim. Ele parece ser muito amigo da senhora e do senhor Palha.

"Ter-lhe-á dito alguma inconveniência no delírio, a meu respeito?", pensou Sofia. "Convirá revelar-lhe a verdade?"

Concluiu que não; o próprio mal do Rubião explicaria as inconveniências. Prometeu que apressaria o marido, e nessa mesma tarde expôs o negócio ao Palha.

— É uma grande *amolação* — redarguiu este. E perguntou que interesse tinha d. Fernanda em tornar àquele negócio. Que o tratasse ela mesma! Era uma atrapalhação ter de cuidar do outro, de o acompanhar e, provavelmente, de recolher e gerir algum resto de dinheiro que ainda houvesse, fazendo-se curador, como dissera o dr. Teófilo. Um aborrecimento de todos os diabos. — Já ando com grande carga sobre mim, Sofia. E depois, como há de ser? Havemos de trazê-lo para casa? Parece que não. Metê-lo onde? Em alguma casa de saúde... Sim, mas se não puderem aceitá-lo? Não hei de mandá-lo para a praia Vermelha... E as responsabilidades? Você prometeu que me falaria?

— Prometi, e afirmei que você faria isso — respondeu Sofia sorrindo. —Talvez não custe tanto como parece.

Sofia insistiu ainda. A compaixão de d. Fernanda tinha-a impressionado muito; achou-lhe um quê distinto e nobre, e advertiu que se a outra, sem relações estreitas nem antigas com Rubião, assim se mostrava interessada, era de bom-tom não ser menos generosa.

Capítulo CLXV

Tudo se fez sossegadamente. Palha alugou uma casinha na rua do Príncipe, cerca do mar, onde meteu o nosso Rubião, alguns trastes, e o cachorro amigo. Rubião adotou a mudança sem desgosto e, desde que lhe tornou o delírio, com entusiasmo. Estava nos seus paços de St.-Cloud.

Não sucedeu assim aos amigos da casa, que receberam a notícia da mudança como um decreto de exílio. Tudo na antiga habitação fazia parte deles: o jardim, a grade, os canteiros, os degraus de pedra, a enseada. Traziam tudo de cor. Era entrar, pendurar o chapéu, e ir esperar na sala. Tinham perdido a noção da casa alheia e do obséquio recebido. Depois, a vizinhança. Cada um daqueles amigos do Rubião estava afeito a ver as pessoas do lugar, as caras da manhã e as da tarde, alguns chegavam a cumprimentá-los, como aos seus próprios vizinhos. Paciência! iriam agora para Babilônia, como os desterrados de Sião. Onde quer que estivesse o Eufrates, achariam salgueiros em que pendurassem as harpas saudosas — ou, propriamente, cabides em que pusessem os chapéus. A diferença entre eles e os profetas é que, ao cabo de uma semana, pegariam outra vez dos instrumentos e os tangeriam com a mesma graça e força; cantariam os velhos hinos, tão novos como no primeiro dia, e Babel acabaria por ser a mesma Sião, perdida e resgatada.

— O nosso amigo precisa de repouso por algum tempo — disse-lhes o Palha, em Botafogo, na véspera da mudança. — Hão de ter reparado que não anda bom; tem suas horas de esquecimento, de transtorno, de confusão; vai tratar-se, por enquanto é preciso que descanse. Arranjei-lhe uma casa pequena, mas pode ser que, ainda assim, passe para um estabelecimento de saúde.

Ouviram atônitos. Um deles, o Pio, voltando a si mais depressa que os outros, respondeu que há mais tempo se devia ter feito aquilo; mas, para fazê-lo, era preciso ter influência decisiva no ânimo de Rubião.

— Muitas vezes lhe disse, por boas maneiras, que era indispensável consultar um médico, por me parecer que tinha alguma coisa no estômago... Era um modo de desviar o sentido, compreende? Mas ele respondia sempre que não tinha nada, digeria bem... "Mas come menos", dizia-lhe eu; "há dias em que não come quase nada; está mais magro, um pouco amarelo..." Compreende que não podia dizer-lhe a verdade. Cheguei a consultar um médico, meu amigo; mas o nosso bom Rubião não o quis receber.

Os outros quatro iam confirmando de cabeça toda aquela invenção; era o mais que se lhes podia pedir e tudo o que lhes consentia o atordoamento do golpe. Acabaram perguntando o número da nova casa, para irem saber dele. Pobre amigo! Quando se arrancaram dali, e se despediram uns dos outros, deu-se um fenômeno com que não contavam; é que eles mesmos mal podiam separar-se. Não que os ligasse amizade nem estima; o próprio interesse os fazia antipáticos. Mas o costume de se verem todos os dias, ao almoço e ao jantar, à mesma mesa, como que os tinha fundido uns nos outros; a necessidade os fez suportáveis, o tempo os tornou mutuamente precisos. Em resumo, eram os olhos de cada um que iam padecer com a ausência das caras de uso, do gesto, das suíças, dos bigodes, da calva, dos sestros particulares, do modo de comer, de falar e de estar dos companheiros. Era mais que separação, era desarticulação.

Capítulo CLXVI

Rubião notou que eles não o acompanharam à casa nova, e mandou-os chamar; nenhum veio, e a ausência encheu de tristeza o nosso amigo — durante as primeiras semanas. Era a família que o abandonava. Rubião procurou recordar se lhes fizera algum mal, por obra ou por palavra, e não achou nada.

Capítulo CLXVII

— Conversei com o homem; achei-lhe ideias delirantes. Conquanto não seja alienista, acho que pode ficar bom... Mas quer saber uma descoberta interessante?

— Crê que fique bom? — disse d. Fernanda, sem atender à pergunta do dr. Falcão.

Era deputado, o dr. Falcão, deputado e médico, amigo da casa, varão sabedor, cético e frio. D. Fernanda tinha-lhe pedido o favor de examinar o Rubião, pouco depois que este se transportou para a casa da rua do Príncipe.

— Sim, creio que fique bom, desde que seja regularmente tratado. Pode ser que a doença não tenha antecedentes na família. Mande ver um especialista. Mas não quer saber a minha interessante descoberta?

— Qual é?

— Talvez tenha parte na moléstia uma pessoa sua conhecida — respondeu ele sorrindo.

— Quem?

— Dona Sofia.

— Como assim?

— Ele falou-me dela com entusiasmo, disse-me que era a mais esplêndida mulher do mundo, e que a nomeara duquesa, por não poder nomeá-la imperatriz; mas que não brincassem com ele, que era capaz de fazer como o tio, divorciar-se e casar com ela. Concluí que terá tido paixão pela moça; e depois a intimidade, Sofia para aqui, Sofia para ali... Desculpe-me, mas eu creio que os dois se amaram...

— Oh! não!

— Dona Fernanda, creio que se amaram. Que admira? Eu mal a conheço; a senhora parece que não a conhece há muito tempo, nem viveu na intimidade dela. Pode ser que se tivessem amado, e que alguma paixão violenta... Suponhamos que ela o mandasse pôr fora de casa... É verdade que tem a mania das grandezas; mas tudo se pode juntar...

D. Fernanda não olhava para ele, vexada de lhe ouvir aquela suposição; evitava discuti-la pelo melindre do assunto. Achava a suspeita sem fundamento, absurda, inverossímil; não chegaria a crer naquele amor espúrio, ainda que o ouvisse ao próprio Rubião. Um desvairado, em suma. Quando o não fosse, é ainda provável que lhe não desse fé. Sim, não lhe daria fé. Não podia crer que Sofia houvesse amado aquele homem, não por ele, mas por ela, tão correta e pura. Era impossível. Quis defendê-la; mas, apesar da intimidade do dr. Falcão, recuou segunda vez do assunto, e repetiu a pergunta de há pouco:

— Parece-lhe então que ele pode ficar bom?

— Pode, mas não basta o meu exame. A senhora sabe que, nessas coisas, é melhor um especialista.

Pouco depois, saindo à rua, Falcão sorria da resistência de d. Fernanda em aceitar a sua hipótese. "Com certeza, houve alguma coisa", dizia ele consigo; "boa cara, e, se não é um petimetre, é apessoado, e tem fogo nos olhos. Com certeza..." E repetia algumas frases de Rubião, evocava o gesto e a modulação terna da voz, e cada vez mais se lhe ia agravando a suspeita. "Com certeza..." Era já impossível que se não tivessem amado; a oposição de d. Fernanda parecia-lhe ingênua — se não era antes um recurso para desconversar e não tocar na matéria. Havia de ser isso...

Neste ponto, sem querer, o deputado estacou. Uma suspeita nova assaltara-lhe o espírito. Após alguns instantes rápidos, abanou a cabeça voluntariamente, como a desmentir-se, como a achar-se absurdo, e foi andando. Mas a suspeita era teimosa, e a que ocupa deveras o interior do homem não faz caso da cabeça nem dos seus gestos. "Quem sabe se dona Fernanda não suspirou também por ele? Essa dedicação não seria um prolongamento de amor etc.?" E assim foram nascendo perguntas, que achavam no íntimo do dr. Falcão resposta afirmativa. Resistiu ainda, era amigo da casa, tinha respeito a d.

Fernanda, conhecia-a honesta; mas — ia pensando — bem podia ser que um sentimento oculto, recatado — quem sabe até se provocado pela mesma paixão da outra...? Há dessas tentações. O contágio da lepra corrompe o mais puro sangue; um triste bacilo destrói o mais robusto organismo.

Pouco a pouco, as veleidades de resistência foram cedendo à noção da possibilidade, da probabilidade e da certeza. Em verdade, tinha notícia de algumas obras de caridade de d. Fernanda; mas aquele caso era novo. Essa dedicação especial a um homem que não era familiar da casa, nem velho amigo, nem parente, aderente, colega do marido, qualquer coisa que o fizesse partícipe da vida doméstica, pelas relações, pelo sangue ou pelo costume, não era explicável sem algum motivo secreto. Amor, seguramente; curiosidade de mulher honesta, que pode descambar no vício e no remorso. Aquela teria recuado a tempo; fitou-lhe a simpatia mórbida... E daí, quem sabe?

Capítulo CLXVIII

E daí, quem sabe?, repetiu o dr. Falcão na manhã seguinte. A noite não apagara a desconfiança do homem. E daí, quem sabe? Sim, não seria só simpatia mórbida. Sem conhecer Shakespeare, ele emendou Hamlet: "Há entre o céu e a terra, Horácio, muitas coisas mais do que sonha a vossa vã *filantropia*." Ali andou dedo de amor. E não chasqueava nem lastimava nada. Já disse que era cético; mas, como era também discreto, não transmitiu a ninguém a sua conclusão.

Capítulo CLXIX

A volta de Carlos Maria e da mulher interrompeu as preocupações de d. Fernanda relativamente a Rubião. Esta foi a bordo recebê-los, conduziu-os à Tijuca, onde um velho amigo da família de Carlos Maria alugara e trastejara uma casa, por ordem dele. Sofia não foi a bordo; mandou o cupê esperá-los no cais Pharoux, mas d. Fernanda já ali tinha uma caleça, que os levou, e mais a ela e ao Palha. De tarde, Sofia foi visitar os recém-chegados.

D. Fernanda não cabia em si de contente. As cartas de Maria Benedita os davam por felizes; ela não pôde ler desde logo nos olhos e nas maneiras do casal a confirmação do escrito. Pareciam satisfeitos. Maria Benedita não reteve as lágrimas quando abraçou a amiga, nem esta as suas, e ambas se apertaram como duas irmãs de sangue. No dia seguinte, d. Fernanda perguntou a Maria Benedita se ela e o marido eram felizes e, sabendo que sim, pegou-lhe nas mãos e fitou-a longamente sem achar palavra. Não logrou mais que repetir a pergunta:

— Vocês são felizes?

— Somos — respondia Maria Benedita.

— Não sabe que bem me faz a sua resposta. Não é só porque eu teria remorsos, se vocês não tivessem a felicidade que eu imaginei dar-lhes, mas também porque é bem bom ver os outros felizes. Ele gosta de você como no primeiro dia?

— Creio que mais, porque eu o adoro.

D. Fernanda não entendeu essa palavra. *Creio que mais, porque eu o adoro!* Em verdade, a conclusão não parecia estar nas premissas; mas era o caso de emendar outra vez Hamlet: "Há entre o céu e a terra, Horácio, muitas coisas mais do que sonha a vossa vã *dialética*." Maria Benedita começou a contar-lhe a viagem, a desfiar as suas impressões e reminiscências; e, como o marido viesse ter com elas, pouco depois, recorria à memória dele para preencher as lacunas.

— Como foi, Carlos Maria?

Carlos Maria lembrava, explicava, ou retificava, mas sem interesse, quase impaciente. Adivinhara que Maria Benedita acabava de confiar à outra as suas venturas, e mal podia encobrir o efeito desagradável que isso lhe trazia. Para que dizer que era feliz com ele, se não podia ser outra coisa? E por que divulgar os seus carinhos e palavras, as suas misericórdias de deus grande e amigo?

A volta ao Rio de Janeiro foi uma condescendência sua. Maria Benedita queria ter aqui o filho; o marido cedeu — a custo, mas cedeu. A custo, por quê? É difícil explicá-lo, não menos que entendê-lo. Relativamente à maternidade, Carlos Maria tinha ideias pessoais e singulares, recônditas, não confiadas a ninguém. Achava impudica a natureza em fazer da gestação humana um fenômeno público, franco às vistas, crescente até ao aleijão, sugestivo até ao desrespeito. Daí vinha o desejo da solidão, do mistério e da ausência. Viveria de boa mente os últimos tempos no interior de uma casa única, posta no alto de um morro, vedada ao mundo, donde a mulher baixasse um dia com o filho nos braços e a divindade nos olhos.

Não fez sobre isso nenhuma proposta à mulher. Teria de discutir, e ele não gostava de discutir; preferia ceder. Maria Benedita tinha naturalmente o sentimento contrário: considerava-se a si mesma um templo divino e recatado, em que vivia um deus, filho de outro deus. A gestação ia cheia de tédios, de dores, de incômodos que ela ocultava o mais que podia ao marido; mas tudo isso dava maior preço à criaturinha futura. Acolhia o mal com resignação — se não é que o agasalhava com alegria — uma vez que era a condição da vinda do fruto. Fazia cordialmente o ofício da espécie. E repetia sem palavras a resposta de Maria de Nazaré: "Eu sou a serva do Senhor: faça-se em mim a sua vontade."

Capítulo CLXX

— Você que tem? — perguntou Maria Benedita ao marido, logo que ficaram sós.
— Eu? Nada. Por quê?
— Parecia estar aborrecido.
— Não, não estava aborrecido.
— Estava, sim — insistiu ela.

Carlos Maria sorriu, sem responder. Maria Benedita já lhe conhecia esse sorriso especial, inexpressivo, sem ternura nem censura, superficial e pálido. Não teimou em querer saber, mordeu os beiços e retirou-se.

No quarto, durante algum tempo, não cuidou de outra coisa que não fosse aquele sorriso descorado e mudo, sinal de algum aborrecimento, cuja culpa não podia ser senão ela. E percorria toda a conversação, todos os gestos que fizera, e não achava nada que explicasse a frieza, ou o que quer que era de Carlos Maria. Talvez ela se mostrasse excessiva nas palavras; era seu costume, se estava contente, pôr o coração nas mãos e distribuí-lo a amigos e a estranhos. Carlos Maria reprovava essa generosidade, porque dava um ar de sorte grande ao seu estado moral e doméstico, e porque lhe parecia banal e inferior. Maria Benedita recordava-se que, em Paris, na colônia brasileira, sentira mais de uma vez esse efeito de suas expansões, e reprimira-se. Mas d. Fernanda estaria no mesmo caso? Não era a autora da felicidade de ambos? Rejeitou essa hipótese, e tratou de ver outra. Não a achando — voltou à primeira, e, segundo lhe sucedia sempre, deu razão ao marido. Em verdade, por mais íntima e grata que fosse, não devia contar à boa amiga as minúcias da vida; era leviandade sua...

Náuseas vieram interrompê-la neste ponto das reflexões. A natureza lembrava-lhe uma razão de Estado — a razão da espécie — mais instante e superior aos tédios do marido. Ela cedeu à necessidade; mas, poucos minutos depois, estava ao pé de Carlos Maria, contornando-lhe o pescoço com o braço direito. Ele, sentado, lia uma revista inglesa; pegou-lhe na mão, pendente sobre o peito, e acabou a página.

—Você me perdoa? — perguntou a mulher, quando o viu fechar o folheto. — Daqui em diante vou ser menos tagarela.

Carlos Maria pegou-lhe nas duas mãos, sorrindo, e respondeu com a cabeça que sim. Foi como se lançasse uma onda de luz sobre ela; a alegria penetrou-lhe a alma. Dir-se-ia que o próprio feto repercutiu a sensação e abençoou o pai.

Capítulo CLXXI

— Perfeitamente! Assim é que eu os quero ver! — bradou uma voz do lado da varanda.

Maria Benedita afastou-se rapidamente do marido. A varanda, que comunicava para a sala por três portas, tinha uma destas aberta. Dali viera a voz; dali espiava e ria a cabeça de Rubião. Era a primeira vez que o viam. Carlos Maria, sem se levantar, olhava para ele, sério, esperando. E a cabeça ria, com os seus fartos bigodes de ponta de agulha, mirando um e outro, e repetindo:

— Perfeitamente! Assim é que eu os quero ver!

Rubião entrou, estendeu-lhes a mão, que eles receberam sem carinho, disse muitas frases de admiração e louvor a Maria Benedita, ela tão galante, ele tão galhardo; notou que ambos tivessem o nome de Maria, espécie de predestinação, e acabou noticiando a queda do ministério.

— Caiu o ministério? — perguntou involuntariamente Carlos Maria.

— Não se fala em outra coisa na cidade. Vou abancar-me, sem pedir licença, já que não me oferecem cadeira — continuou ele, sentando-se, tirando a bengala que trazia debaixo do braço e firmando as mãos sobre ela. — Pois é verdade, o ministério pediu demissão. Vou organizar outro. Há de entrar o Palha, o nosso Palha, seu primo Palha, e o senhor também, se lhe dá gosto, será ministro. Preciso de um bom gabinete, todo gente amiga e forte, capaz de dar a vida por mim. Hei de chamar o Morny, o Pio, o Camacho, o Rouher, o major Siqueira. A senhora lembra-se do major? Creio que fica com a guerra; não conheço homem mais apto para os negócios militares.

Maria Benedita, aborrecida e impaciente, andava pela sala, à espera que o marido mandasse alguma coisa; este disse-lhe com os olhos que se fosse embora; ela não aguardou outro gesto, pediu licença ao hóspede e retirou-se. Rubião, depois que ela saiu, elogiou-a novamente — uma flor, disse ele; e emendou-se rindo: — Duas flores, creio que há ali duas flores. Nosso Senhor as abençoe! Carlos Maria estendeu-lhe a mão em ar de despedida.

— Meu caro senhor...
— Posso incluí-lo no ministério? — perguntou Rubião.

Não ouvindo resposta, entendeu que sim, e prometeu-lhe uma boa pasta. O major iria para a guerra, e o Camacho para a justiça. Não os conhecia acaso? "Dois grandes homens, Camacho ainda maior que o outro." E obedecendo a Carlos Maria, que ia andando na direção da porta, Rubião retirava-se sem sentir; mas não foi tão pronto. Na varanda, antes de descer os degraus, referiu vários fatos da guerra. Por exemplo, tinha restituído a Alemanha aos alemães; era bonito e político. Já havia dado Veneza aos italianos. Não precisava mais território; as províncias do Reno, sim, mas havia tempo de as ir buscar.

— Meu caro senhor... — insistiu Carlos Maria estendendo-lhe a mão.

Despediu-o e fechou a porta; Rubião proferiu ainda algumas palavras e desceu os degraus. Maria Benedita, que os espreitava do fundo, veio ter com o marido, reteve-o pela mão, e ficou a ver o Rubião que atravessava o jardim. Não ia direito, nem apressado, nem calado; detinha-se, gesticulava, apanhava um galho seco, vendo mil coisas no ar, mais galantes que a dona da casa, mais galhardas que o dono. Da vidraça miravam o nosso amigo, e, em certo lance grotesco, Maria Benedita não pôde suster o riso; Carlos Maria, porém, olhava plácido.

Capítulo CLXXII

— Mas se a queda do ministério é verdadeira — disse ela —, sabe você quem está ministro?

— Quem? — perguntou Carlos Maria com os olhos.

— Seu primo Teófilo. Nanã contou-me que ele andava com suas esperanças, e foi por isso que ficou este ano na Corte. Desconfiou, ou já se falava na saída do ministério; talvez desconfiasse. Não me lembra bem o que ela me disse; mas parece que entra.

— Pode ser.

— Olha, lá vai Rubião; parou, está olhando para cima, espera talvez a diligência ou o carro. Ele tinha carro. Lá vai andando...

Capítulo CLXXIII

— Com que então, o Teófilo está ministro! — exclamou Carlos Maria.

E, depois de um instante:

— Creio que dará um bom ministro. Você queria ver-me também ministro?

— Se você gostasse, que remédio?

— De maneira que, por teu voto, não o era? — perguntou Carlos Maria.

"Que hei de responder?", pensou ela, escrutando o rosto do marido.

Ele, rindo:

— Confessa que me adorarias, ainda que eu fosse uma simples ordenança de ministro.

— Justamente! — exclamou a moça, lançando-lhe os braços aos ombros.

Carlos Maria afagou-lhe os cabelos, e murmurou sério: — Bernadotte foi rei, e Bonaparte imperador. Você queria ser a rainha-mãe da Suécia?

Maria Benedita não entendeu a pergunta nem ele a explicou. Para explicá-la seria mister dizer que possivelmente trazia ela no seio um Bernadotte; mas essa suposição significava um desejo, e o desejo uma confissão de inferioridade. Carlos Maria espalmou outra vez as mãos sobre a cabeça da mulher, com um gesto que parecia dizer: "Maria, tu escolheste a melhor parte..." E ela pareceu entender o sentido daquele gesto.

— Sim! sim!

O marido sorriu e tornou à revista inglesa. Ela, encostada à poltrona, passava-lhe os dedos pelos cabelos, muito ao de leve e caladinha para não perturbá-lo. Ele ia lendo, lendo, lendo. Maria Benedita foi atenuando a carícia, retirando os dedos aos poucos, até que saiu da sala, onde Carlos Maria continuou a ler um estudo de Sir Charles Little, M.P., sobre a famosa estatueta de Narciso, do Museu de Nápoles.

Capítulo CLXXIV

Quando Rubião foi à casa de d. Fernanda, à tardinha, ouviu do criado que não podia subir. A senhora estava incomodada; o senhor estava com ela; parece que esperavam o médico. O nosso amigo não teimou, e retirou-se.

Era o contrário; era o senhor que estava doente, e a senhora que o acompanhava; mas o criado não podia trocar o recado que lhe deram. Outro criado desconfiou, é certo, que o doente fosse ele e não ela, porque o vira entrar abatido. Em cima, no quarto deles, havia algum rumor de vozes, ora alto, ora baixo, com intervalos de silêncio. Uma criadinha, que subira pé ante pé, desceu dizendo que ouvira lastimar-se o amo; provavelmente a senhora estava perdida. Embaixo, um palavrear surdo, ouvidos compridos, conjecturas; notavam que de cima não pedissem água, qualquer remédio, um caldo, ao menos. A mesa posta, o criado engravatado, o cozinheiro orgulhoso e ansioso... Justamente, um dos melhores jantares!

Que era? Teófilo tinha ainda o gesto abatido com que entrou; estava sentado em um canapé, sem colete, olhos fixos. Ao pé dele, sentada também, segurando-lhe uma das mãos, d. Fernanda pedia-lhe que sossegasse, que não valia a pena. E inclinava-se para ver-lhe o rosto, chamava-o para si, queria que ele encostasse a cabeça ao ombro dela.

— Deixa, deixa — murmurava o marido.

— Não vale a pena, Teófilo! Pois agora um ministério...? Valerá tanto um cargo de pouco tempo, cheio de desgostos, insultos, trabalhos, para quê? Não é melhor a vida tranquila? Vá que haja injustiça;

creio que sim, você tem serviços; mas será tamanha perda assim? Anda, querido, sossega; vamos jantar.

Teófilo mordia os beiços, puxando uma das suíças. Não ouvira nada do que a mulher dissera, nem exortações nem consolações. Ouvira as conversas da noite anterior e daquela manhã, as combinações políticas, os nomes lembrados, os recusados e os aceitos. Nenhuma combinação o incluiu, posto que ele falasse com muita gente acerca do verdadeiro aspecto da situação. Era ouvido com atenção por uns, com impaciência por outros. Uma vez, os óculos do organizador pareceram interrogá-lo; mas foi rápido o gesto e ilusório. Teófilo recompunha agora a agitação de tantas horas e lugares — lembrava os que o olhavam de esguelha, os que sorriam, os que traziam a mesma cara que ele. Para o fim já não falava; as últimas esperanças estalavam-lhe nos olhos como lamparina de madrugada. Ouvira os nomes dos ministros, fora obrigado a achá-los bons; mas que força não lhe era precisa para articular alguma palavra! Receava que lhe descobrissem o abatimento ou despeito, e todos os seus esforços concluíam por acentuá-los ainda mais. Empalidecia, tremiam-lhe os dedos.

Capítulo CLXXV

— Anda, vamos jantar —, repetiu d. Fernanda.

Teófilo deu um golpe no joelho com a mão aberta, e levantou-se, dizendo palavras soltas e raivosas, andando de um lado para outro, batendo o pé, ameaçando. D. Fernanda não pôde vencer a violência daquele novo acesso, esperou que fosse curto, e foi curto; Teófilo chegou-se a uma poltrona, sacudiu a cabeça e caiu outra vez prostrado. D. Fernanda pegou de uma cadeira e sentou-se ao pé dele.

— Tens razão, Teófilo; mas é preciso ser homem. És moço e forte, tens ainda futuro, e talvez grande futuro. Quem sabe se, entrando agora no ministério, não perderias mais tarde? Entrarás em outro. Às vezes, o que parece desgraça é felicidade.

Teófilo apertou-lhe a mão agradecido.

— É perfídia, é intriga — murmurava ele, olhando para ela —; eu conheço toda essa canalha. Se eu contasse a você tudo, tudo... Mas para quê? Prefiro esquecer... Não é por causa de uma miserável pasta que estou aborrecido — continuou ele depois de alguns instantes. — Pastas não valem nada. Quem sabe trabalhar e tem talento pode zombar das pastas, e mostrar que é superior a elas. A maior parte dessa gente, Nanã, não me chega aos calcanhares. Disso estou certo e eles também. Súcia de intrigantes! Onde acharão mais sinceridade, mais fidelidade, mais ardor para a luta? Quem trabalhou mais na imprensa, no tempo do ostracismo? Desculpam-se; dizem que os gabinetes já vêm organizados de São Cristóvão... Ah! eu quisera falar ao Imperador!

— Teófilo!

— Eu diria ao Imperador: "Senhor, Vossa Majestade não sabe o que é essa política de corredores, esses arranjos de camarilha. Vossa Majestade quer que os melhores trabalhem nos seus conselhos, mas os medíocres é que se arranjam... O merecimento fica para o lado." É o que lhe hei de dizer um dia; pode ser até que amanhã...

Calou-se. Depois de longa pausa, ergueu-se e foi ao gabinete de trabalho, que ficava ao pé do quarto; a mulher acompanhou-o. Era já escuro, acendeu o bico de gás, e circulou pelo gabinete os olhos velados de melancolia. Havia ali quatro largas estantes cheias de livros, de relatórios, de orçamentos, de balanços do Tesouro. A secretária estava em ordem. Três armários altos, sem portas, guardavam os manuscritos, notas, lembranças, cálculos, apontamentos, tudo empilhado e rotulado metodicamente: — *créditos extraordinários,* — *créditos suplementares,* — *créditos de guerra,* — *créditos de marinha,* — *empréstimos de 1868,* — *estradas de ferro,* — *dívida interna,* — *exercício de 61—62, de 62—63, de 63—64* etc. Era ali que trabalhava de manhã e de noite, somando, calculando, recolhendo os elementos dos seus discursos e pareceres, porque era membro de três comissões parlamentares, e trabalhava geralmente por si e pelos seis colegas: estes ouviam e assinavam. Um deles, quando os pareceres eram extensos, assinava-os sem ouvir.

— Homem, você é mestre e basta — dizia-lhe —, dê cá a pena.

Tudo ali respirava atenção, cuidado, trabalho assíduo, meticuloso e útil. Da parede, em ganchos, pendiam os jornais da semana, que eram depois tirados, guardados e finalmente encadernados semestralmente, para consultas. Os discursos do deputado, impressos e brochados in-quarto, enfileiravam-se em uma estante. Nenhum quadro ou busto, adereço, nada para recrear, nada para admirar; tudo seco, exato, administrativo.

— De que vale tudo isto? — perguntou Teófilo à mulher, após alguns instantes de contemplação triste. — Horas cansadas, longas horas da noite, até madrugada, às vezes... Não se dirá que este gabinete é de homem vadio; aqui trabalha-se. Você é testemunha que eu trabalho. Tudo para quê?

— Consola-te trabalhando — murmurou ela.

Ele, acerbo:

— Ruim consolação! Não, não, acabo com isto, passo a ignorar tudo. Olha, na câmara, todos me consultam, até os ministros — porque sabem que eu aplico-me deveras às coisas da administração. Que prêmio? Vir para cá, em maio, aplaudir os novos senhores?

— Pois não aplaudas nada — disse-lhe mansamente a mulher. — Queres fazer-me um obséquio? Vamos à Europa, em março ou abril, e voltemos daqui a um ano. Pede licença à câmara, donde quer que estejamos — de Varsóvia, por exemplo; tenho muita vontade de ir a Varsóvia — continuou sorrindo e fechando-lhe graciosamente a cara entre as mãos. — Diga que sim; responda, que é para eu escrever hoje mesmo para o Rio Grande, o vapor sai amanhã. Está dito; vamos a Varsóvia?

— Não brinques, Nanã, que isto não é objeto de brincadeira.

— Falo seriamente. Já há muito tempo que ando para propor a você uma viagem, a ver se descansa desta papelada infernal. É demais, Teófilo! Você mal se pode arranjar para uma visita. Passeio, é raro. Quase não conversa. Os nossos filhos apenas veem seu pai, porque aqui não se entra quando você trabalha... É preciso descansar; peço-lhe um ano de repouso. Olhe que é sério. Vamos para a Europa em março.

— Não pode ser — balbuciou ele.

— Por que não?

Não podia ser. Era convidá-lo a sair da própria pele. Política valia tudo. Que também houvesse política lá fora, sim; mas que tinha ele com ela? Teófilo não sabia nada do que ia por fora, exceto a nossa dívida em Londres, e meia dúzia de economistas. Contudo, agradeceu à mulher a intenção da proposta:

— Tu és boa.

E um sentimento vago de esperança restituía à voz do deputado a brandura que perdera naquela grande crise moral. Os papéis sopravam-lhe ânimo. Toda aquela massa de estudos aparecia-lhe como a terra adubada e semeada aos olhos do lavrador. Não tardaria a grelar; o trabalho teria a recompensa; um dia, mais tarde ou mais cedo, o grelo brotaria e a árvore daria frutos. Era justamente o que a mulher havia dito por outras palavras diretas e próprias; mas só agora é que ele via a possibilidade da colheita. Lembrou-se das explosões de cólera, de indignação, de desespero, das queixas de há pouco, ficou vexado. Quis rir, fê-lo mal. Ao jantar e ao café entreteve-se com os filhos, que naquela noite recolheram-se mais tarde. Nuno, que já andava no colégio, onde ouvira falar da mudança de gabinete, disse ao pai que queria ser ministro. Teófilo ficou sério.

— Meu filho — disse ele —, escolhe outra coisa, menos ministro.

— Diz que é bonito, papai; diz que anda de carro com soldado atrás.

— Pois eu te dou um carro.

— Papai já foi ministro?

Teófilo tentou sorrir e olhou para a mulher, que aproveitou a ocasião para mandar deitar os filhos.

— Já, já fui ministro — respondeu o pai beijando a testa ao Nuno —; mas não quero mais, é muito feio, dá trabalho. Tu hás de ser capelão.

— Que é capelão?

— Capelão é cama — respondeu d. Fernanda —; vai dormir, Nuno.

Capítulo CLXXVI

Ao almoço, no dia seguinte, Teófilo recebeu uma carta por uma ordenança.

— Ordenança?

— Sim, senhor, diz que vem da parte do senhor presidente do conselho.

Teófilo abriu a carta, com a mão trêmula. Que podia ser? Tinha lido nos jornais a relação dos novos ministros; o gabinete estava completo. Não havia divergência de nomes. Que podia ser? D. Fernanda, defronte do marido, procurava ler-lhe no rosto o texto da carta. Via uma claridade; percebeu que a boca sofreava um sorriso de satisfação — de esperança, ao menos.

— Diga que espere — ordenou Teófilo ao criado.

Foi ao gabinete, e tornou minutos depois com a resposta. Sentou-se à mesa, calado, dando tempo a que o criado entregasse a carta à ordenança. Desta vez, como estava prevenido, ouviu as patas do cavalo, e logo depois a galope, rua fora e sentiu-se bem.

— Lê — disse ele.

D. Fernanda leu a carta do presidente do conselho; era um pedido para ir falar-lhe às duas horas da tarde.

— Mas então o ministério...?

— Está completo — deu-se pressa em dizer o deputado —; os ministros estão nomeados.

Não acreditava de todo o que dizia. Imaginava alguma vaga da última hora, e a necessidade urgente de a preencher.

— Há de ser alguma conferência política, ou talvez queira conversar sobre o orçamento — ou incumbir-me algum estudo.

Dizendo isto para iludir a mulher, sentiu a probabilidade das hipóteses, e outra vez se abateu; mas, três minutos depois, as borboletas da esperança volteavam diante dele, não duas, nem quatro, mas um turbilhão, que cegava o ar.

Capítulo CLXXVII

D. Fernanda esperou, cheia de ânsias, como se o ministério fosse para ela, e lhe viesse dar qualquer gosto, que não fosse amargo e complicado. Uma vez, porém, que satisfizesse o marido, tudo iria pelo melhor. Teófilo tornou às cinco horas e meia. Pelo aspecto reconheceu que vinha satisfeito. Correu a apertar-lhe as mãos.

— Que há?

— Pobre Nanã! Aí vamos com a trouxa às costas. O marquês pediu-me instantemente que aceitasse uma presidência de primeira ordem. Não podendo meter-me no gabinete, onde tinha lugar marcado, desejava, queria e pedia que eu partilhasse a responsabilidade política e administrativa do governo, assumindo uma presidência. Não podia, em nenhum caso, dispensar o meu prestígio (são palavras dele), e espera que na câmara assuma o lugar de chefe de maioria. Que dizes?

— Que arranjemos a trouxa — respondeu d. Fernanda.

— Achas que podia recusar?

— Não.

— Não podia. Você sabe, não se podem negar serviços desses a um governo amigo; ou então deixa-se a política. Tratou-me muito bem, o marquês; eu já sabia que era homem superior; mas que risonho e afável! não imaginas. Quer também que compareça a uma reunião, os ministros e alguns amigos, poucos, meia dúzia. Confiou-me já o programa do gabinete, em reserva...

— Quando saímos?

— Não sei; hei de estar com ele amanhã, à noite. A reunião é amanhã às oito horas... Mas não te parece que fiz bem, aceitando?

— Decerto.

— Sim; se recusasse censurar-me-iam, e com razão. Em política, a primeira coisa que se perde é a liberdade. Agora você é que se quisesse, podia ficar; daqui a cinco meses — ou quatro — abrem-se as câmaras; mal terei tempo de chegar e olhar.

Capítulo CLXXVIII

D. Fernanda anuiu à proposta; não interrompia a educação do filho; era uma separação de quatro meses. Teófilo partiu daí a dias. Na manhã do dia do embarque, logo cedo, foi despedir-se do gabinete de trabalho. Deitou os últimos olhos aos livros, relatórios, orçamentos, manuscritos, a toda essa parte da família, que só tinha língua e interesse para ele. Havia atado os papéis e os folhetos para que se não extraviassem, e fez à mulher grandes recomendações. Parado no centro, circulou a vista pelas estantes, e dispersou a alma por todas elas. Despedia-se assim dos seus santos e amigos, com verdadeiras saudades. D. Fernanda, que estava ao pé dele, não viveu ali mais que os dez minutos da despedida. Teófilo viveu muitos anos.

— Deixa estar, eu cuidarei deles, eu mesma os espanarei todos os dias.

Teófilo deu-lhe um beijo... Outra mulher recebê-lo-ia triste, por ver que ele amava tanto os livros que parecia amá-los mais que a ela. Mas d. Fernanda sentiu-se venturosa.

Capítulo CLXXIX

Rubião, desde o dia da crise ministerial, não tornou à casa de d. Fernanda; nada soube, nem da presidência, nem do embarque de Teófilo. Vivia entre o cão e um criado, sem grandes crises, nem longos repousos. O criado fazia o serviço irregularmente, comia gratificações, e recebia, amiúde, o título de marquês. Ao demais, divertia-se. Quando lhe dava ao amo para conversar com as paredes, o criado corria a espiá-lo; assistia ao diálogo, porque o Rubião incumbia-se das palavras delas, respondendo como se houvessem feito alguma pergunta. De noite, ia à palestra com os amigos da vizinhança.

— Como vai o gira?

— O gira vai bem. Hoje convidou o cachorro para cantar; o cachorro ladrou muito, e ele gostou que se pelou, mas assim um gosto de figurão. Ele, quando está de pancada, parece que é como quem governa o mundo. Ainda ontem, almoçando, disse para mim: "Marquês Raimundo... quero que tu..." e embrulhou o resto, que não entendi nada. No fim deu-me dez tostões.

— Você guardou logo...

— Ora!

Quando Rubião voltava do delírio, toda aquela fantasmagoria palavrosa tornava-se, por instantes, uma tristeza calada. A consciência, onde ficavam rastros do estado anterior, forcejava por despegá-los de si. Era como a ascensão dolorosa que um homem fizesse do abismo, trepando pelas paredes, arrancando a pele, deixando as unhas, para chegar acima, para não tombar outra vez e perder-se. Ia então à visita dos amigos, uns novos, outros velhos, como a gente do major e a do Camacho, por exemplo.

Este, desde algum tempo, era menos conversado. A mesma política não lhe dava matéria aos discursos de outrora. No escritório, quando via Rubião assomar à porta, fazia um gesto de impaciência, que sofreava logo; o outro notava essa mudança, e perdia-se em conjecturas, se lhe escapara alguma ofensa, por descuido — ou se começava a aborrecê-lo. E para desfazer o tédio ou o ressentimento, falava macio, risonho, abrindo longas pausas respeitosas, à espera que ele dissesse qualquer coisa. Em vão apelava para o marquês de Paraná, cujo retrato continuava a pender da parede; repetia os nomes que lhe ouvira — o grande marquês! o estadista consumado! Camacho ia apoiando de cabeça, e escrevendo sem parar, consultando os autos e os praxistas, Lobão, Coelho da Rocha, citando, riscando, pedindo-lhe desculpa. Tinha um libelo que dar naquele dia. Interrompia-se para ir à estante.

— Com licença...

Rubião arredava as pernas para deixá-lo passar; ele tirava um volume das Ordenações do Reino, e folheava, folheava, pulando adiante, voltando atrás, à toa, sem buscar nada, unicamente para o fim de despedir o importuno; mas o importuno ia ficando, por isso mesmo, e entreolhavam-se disfarçados. Camacho tornava ao libelo. Para ler, sentado, inclinava-se muito à esquerda, donde lhe vinha a luz, dando as costas ao Rubião.

— Aqui é escuro — aventurou Rubião um dia.

E não ouviu resposta, tão atento parecia o advogado na leitura dos autos. "Realmente, pode ser importunação", pensou o nosso amigo. Espreitava-lhe o rosto duro e sério, o gesto com que pegava da pena para continuar o interminável libelo. Vinte minutos mais de silêncio absoluto. No fim desse prazo, Rubião viu-o deixar a pena, retesar o busto, esticar os braços e passar as mãos pelos olhos. Disse-lhe com interesse:

— Cansado, não?

Camacho fez um gesto afirmativo, e preparou-se para continuar; então o nosso homem levantou-se e aproveitou o intervalo para dizer adeus.

—Voltarei quando estiver menos atarefado.

Estendeu-lhe a mão; Camacho segurou-lha ao de leve, e tornou ao papel. Rubião desceu a escada, aturdido, magoado com a frieza do seu ilustre amigo. Que lhe teria feito?

Capítulo CLXXX

Daquela vez, teve a fortuna de encontrar o major Siqueira.

— Ia agora mesmo à sua casa — disse-lhe —; vai para lá?

—Vou; mas já não estamos na mesma casa; mudamo-nos para os Cajueiros, rua da Princesa...

— Seja onde for, vamos.

Rubião precisava de um pedaço de corda que o atasse à realidade, porque o espírito sentia-se outra vez presa da vertigem. Entretanto, falou com tal acerto e propriedade, que o major o achou em pleno juízo, e disse-lhe:

— Sabe que tenho uma grande notícia que lhe dar?

—Vamos a ela.

— Há de ser quando chegarmos.

Chegaram. Era uma casa assobradada; d. Tonica veio abrir-lhes a cancela. Trazia um vestido novo e brincos.

— Olhe bem para ela — disse o major pegando na filha pelo queixo.

D. Tonica recuou envergonhada.

— Estou olhando — respondeu Rubião.

— Não se vê logo que é uma pessoa que vai casar?

— Ah! parabéns!

— É verdade, vai casar. Custou, mas acertou. Achou por aí um noivo, que a adora, como todos eles; eu, quando fui noivo, adorei a minha defunta, que foi uma coisa nunca vista... Vai casar. Arranjou um noivo. Custou, mas acertou. Pessoa séria, meia-idade; vem aqui passar as noites. De manhã, quando passa para a repartição, creio que bate na janela, ou ela já o espera; eu finjo que não percebo...

D. Tonica dizia com a cabeça que não, mas sorrindo de modo que parecia dizer que sim. Estava tão buliçosa! Nem se lembrava já que requestara o Rubião, que este fora uma das últimas, e por fim a última das suas esperanças. Tinham entrado na sala; d. Tonica foi à janela, voltou, cabeça alta, andando à toa, reconciliada com a vida.

— Boa pessoa — repetiu o major —, boa criatura... Tonica, vai buscar o retrato... Anda, vai buscar o teu noivo...

D. Tonica foi buscar o retrato. Era uma fotografia; representava um homem de meia-idade, cabelo curto, raro, olhando espantado para a gente, cara chupada, pescoço fino e paletó abotoado.

— Que lhe parece?

— Muito bem.

D. Tonica recebeu o retrato e fitou-o alguns instantes; mas tirou logo os olhos, e deixou-se estar sentada, enquanto a imaginação saiu a esperar o Rodrigues. Chamava-se Rodrigues. Era mais baixo que ela — coisa que o retrato não dava — e empregado em uma repartição do Ministério da Guerra. Viúvo, com dois filhos, um que estava no batalhão dos menores, outro que era tuberculoso — doze anos —, condenado à morte. Que importa? Era o noivo; todas as noites, ao recolher-se, d. Tonica ajoelhava-se ante a imagem de Nossa

Senhora, sua madrinha, agradecia-lhe o favor e pedia-lhe que a fizesse feliz. Sonhava já com um filho; havia de chamar-lhe Álvaro.

Capítulo CLXXXI

Rubião escutou calado um discurso do major. O casamento era dali a mês e meio; o noivo tinha que perfazer os arranjos da casa, não era capitalista, vivia do ordenado e recorrera a empréstimos. A casa era a mesma e não exigia trastes novos nem ricos; mas há sempre algumas necessidades... Em suma, dali a mês e meio, ou pelo menos cinco semanas, estariam unidos pelos santos laços do matrimônio.

— E fico eu livre do trambolho — concluiu o major.

— Oh! — protestou Rubião.

A filha ria-se; estava acostumada às graças do pai, e tão disposta à alegria que nada a vexava; ainda mesmo que o pai se referisse aos seus quarenta anos passados não lhe daria grande golpe. Todas as noivas têm quinze anos.

—Verá como ele há de procurá-la depois, com saudades — disse Rubião a d. Tonica.

— Qual! Talvez eu me case também!

Rubião levantou-se repentino, e deu alguns passos; o major não viu a expressão do rosto, não percebeu que o espírito do homem ia talvez descarrilhar, e que ele mesmo o pressentia. Disse-lhe que se sentasse, e contou-lhe os seus tempos de casado e de campanha. Quando chegou à narração da batalha de Monte-Caseros, com as marchas e contramarchas próprias do seu discurso, tinha diante de si Napoleão III. Calado a princípio, Rubião proferiu algumas palavras de aplauso, citou Solferino e Magenta, prometeu ao Siqueira uma condecoração. Pai e filha entreolharam-se; o major disse que vinha muita chuva. Com efeito, escurecera um pouco. Era melhor que Rubião fosse, antes de cair água; não trouxera guarda-chuva, o dele era velho e único...

— Aí vem o meu coche — redarguiu Rubião tranquilamente.

— Não vem, foi esperá-lo no Campo. Não vês daí o coche, Tonica?

D. Tonica fez um gesto vago e sem vontade. Não queria mentir, mas tinha medo, e desejava que Rubião saísse. Da casa era impossível ver o Campo da Aclamação. Já então o pai pegava no Rubião pelo braço e o encaminhava para a porta.

— Volte amanhã, depois, quando quiser.

— Mas por que não hei de esperar aqui até que venha o coche? — perguntou Rubião. — A imperatriz não pode apanhar chuva...

— A imperatriz já foi.

— Fez mal. Eugênia fez muito mal. General... Para que há de o senhor ficar sempre em major? General, vi o retrato do seu genro; quero dar-lhe o meu. Mande às Tulherias. Onde está o coche?

— Está no Campo, esperando.

— Mande chamá-lo.

D. Tonica, que estava à janela, disse para dentro:

— Lá vem o Rodrigues.

E tornou a olhar para a rua, inclinando-se, sorrindo, enquanto na sala o pai continuava a guiar o Rubião para a porta, sem violência, mas tenaz. Este parava, repreendia:

— General, sou seu imperador!

— Decerto, mas acompanhe-me Vossa Majestade...

Tinham chegado à porta; o major abriu a cancela, justamente quando o Rodrigues punha o pé na soleira. D. Tonica entrou para receber o noivo, mas a porta estava atravancada com o pai e Rubião. Rodrigues tirou o chapéu, mostrando o cabelo, áspero e grisalho; tinha nas faces chupadas umas pintinhas de sarda, mas o riso era bom e humilde — mais humilde ainda que bom — e, não obstante a trivialidade do gesto e da pessoa, era agradável. Os olhos não mostravam o espanto da fotografia; esse efeito provinha da ênfase que ele pôs em todo o corpo, a fim de que o retrato *saísse bonito*.

— Este senhor é o meu futuro genro — disse o major a Rubião. — Não é verdade que viu no Campo um coche e um esquadrão de cavalaria? — perguntou ao Rodrigues, piscando um olho.

— Parece que sim, senhor.

— Pois então? — continuou Siqueira, voltando-se para Rubião.
— Vá, vá, dobre a rua de São Lourenço, e caminhe direito para o Campo. Adeus, até amanhã.

Rubião desceu três degraus — eram cinco — e parou diante do recém-chegado, fitou-o alguns instantes e declarou que estimava muito conhecê-lo, que fosse bom esposo e bom genro. Como se chamava?

— João José Rodrigues.
— Rodrigues. Hei de mandar-lhe uma fitinha aqui para a casaca. É o meu presente de núpcias. Lembre-me, Siqueira.

Siqueira pegou-lhe no braço para fazê-lo descer os dois últimos degraus, e pô-lo na rua.

— No Campo, dizes tu?
— No Campo.
— Adeus.

Da rua, ainda Rubião olhou para as janelas, com os dedos no chapéu, a fim de cumprimentar d. Tonica; mas d. Tonica estava na sala, onde Rodrigues acabava de entrar, fresco e delicioso, como a primeira rosa de verão.

Capítulo CLXXXII

Rubião não cuidou mais do coche nem do esquadrão de cavalaria. Foi dar consigo abaixo, andou por várias ruas, até que subiu pela rua de São José. Desde o paço imperial, vinha gesticulando e falando a alguém que supunha trazer pelo braço, e era a imperatriz. Eugênia ou Sofia? Ambas em uma só criatura — ou antes a segunda com o nome da primeira. Homens que iam passando, paravam; do interior das lojas corria gente às portas. Uns riam-se, outros ficavam indiferentes; alguns, depois de verem o que era, desviavam os olhos para poupá-los à aflição que lhes dava o espetáculo do delírio. Uma turba de moleques acompanhava o Rubião, alguns tão próximos, que lhe ouviam as palavras. Crianças de toda a sorte vinham juntar-se ao grupo. Quando eles viram a curiosidade geral, entenderam dar voz à multidão, e começou a surriada:

— Ó gira! ó gira!

Esse vozear chamou a atenção de outras pessoas, muitas janelas dos sobrados começaram a abrir-se, apareceram curiosos de ambos os sexos e todas as idades, um fotógrafo, um estofador, três e quatro figuras juntas, cabeças por cima de outras, todas inclinadas, espiando, acompanhando o homem, que falava à parede, com o seu gesto cheio de grandeza e de obséquio.

— Ó gira! ó gira! — berravam os vadios.

Um deles, muito menor que todos, apegava-se às calças de outro, taludo. Era já na rua da Ajuda. Rubião continuava a não ouvir nada; mas, de uma vez que ouviu, supôs que eram aclamações, e fez uma cortesia de agradecimento. A surriada aumentava. No meio do rumor, distinguiu-se a voz de uma mulher à porta de uma colchoaria:

— Deolindo! vem para casa, Deolindo!

Deolindo, a criança que se agarrava às calças da outra mais velha, não obedeceu: pode ser que nem ouvisse, tamanha era a grita, e tal a alegria do pequerrucho, clamando com a vozinha miúda:

— Ó gira! Ó gira!

— Deolindo!

Deolindo tratou de esconder-se entre os outros, para escapar às vistas da mãe que o chamava; esta, porém, correu ao grupo, e arrancou-o de lá. Em verdade, era pequeno demais para andar em tumultos de rua.

— Mamãe, deixa eu ver...

— Qual ver! anda!

Meteu-o em casa, e ficou à porta, a olhar para a rua. Rubião estacara o passo; ela pôde vê-lo bem, com os seus gestos e palavras, o peito alto, e uma barretada que deu em volta.

— Os malucos têm graça, às vezes — disse ela sorrindo a uma vizinha.

Os rapazes continuavam a bradar e a rir, e Rubião foi andando, com o mesmo coro atrás de si. Deolindo, à porta da loja, vendo o grupo alongar-se, pedia chorosamente à mãe que o deixasse ir também, ou então que o levasse. Quando perdeu as esperanças, enfeixou todas as energias em um só gritozinho esganiçado:

— Ó gira!

Capítulo CLXXXIII

A vizinha riu-se. A mãe riu-se também. Confessou que o filho era uma pestezinha, um endiabrado, que não sossegava; não podia perdê-lo de vista. Qualquer distração, estava na rua. E isso desde pequenino; tinha ainda dois anos quando escapou de morrer embaixo de um carro, ali mesmo; esteve por um fio. Se não fosse um homem que passava, um senhor bem-vestido, que acudiu depressa, até com perigo de vida, estaria morto e bem morto. Nisso o marido, que vinha pela calçada oposta, atravessou a rua, e interrompeu a conversação. Trazia o cenho carregado, mal cumprimentou a vizinha, e entrou; a mulher foi ter com ele. Que era? O marido contou a surriada.

— Passou por aqui — disse ela.
— Não conheceste o homem?
— Não.

O marido cruzou os braços e ficou a olhar, fixo, calado. A mulher perguntou-lhe quem era.

— É aquele homem que nos salvou o Deolindo da morte.

A mulher estremeceu.

— Viste bem? — perguntou.
— Perfeitamente. Se eu já o tinha encontrado outras vezes, mas então não estava assim. Coitado! E a molecada berrava atrás dele. Qual! não há polícia nesta terra.

O que lhe doía à mulher não era tanto o mal do homem, nem ainda a surriada; mas a parte que teve nesta o filho — a mesma criança que o homem salvara da morte. Realmente, como podia o menino reconhecê-lo, nem saber que lhe devia a vida? Doía-lhe o encontro, a coincidência. Afinal, contentou-se de pôr todas as culpas em si. Se tivesse tido mais cuidado, o pequeno não havia saído, e não entraria na troça. Tremia de quando em quando, e estava inquieta. O marido pegou na cabeça do filho, e deu-lhe dois beijos.

— Você viu a cena toda? — perguntou à mulher.

— Vi.

— Eu ainda quis dar o braço ao homem, e trazê-lo para aqui; mas tive vergonha; os moleques eram capazes de dar-me uma vaia. Desviei o rosto, porque ele podia conhecer-me. Coitado! Nota que não parecia ouvir nada, e seguia satisfeito, creio que até ria... Que triste coisa que é perder o juízo!

A mulher pensava na travessura do filho; não a referiu ao marido, pediu à vizinha que não aludisse a ela e, de noite, só pregou olho tarde. Metera-se-lhe em cabeça que, anos depois, o filho endoidecia, era castigado pela mesma troça, e que ela cuspia para o céu, indignada, blasfemando.

Capítulo CLXXXIV

Duas horas depois da cena da rua da Ajuda chegou Rubião à casa de d. Fernanda. Os vadios foram-se dispersando, a pouco e pouco, e os claros não se preenchiam; os três últimos juntaram os seus adeuses em um berro único e formidável. Rubião continuou sozinho, malpercebido pelos moradores das casas, porque a gesticulação diminuía ou mudava de feitio. Não se dirigia à parede, à suposta imperatriz; mas era ainda imperador. Caminhava, parava, murmurava, sem grandes gestos, sonhando sempre, sempre, sempre, envolvido naquele véu, através do qual todas as coisas eram outras, contrárias e melhores; cada lampião tinha um aspecto de camarista, cada esquina uma feição de reposteiro. Rubião seguia direito à sala do trono, para receber um embaixador qualquer, mas o paço era interminável, cumpria atravessar muitas salas e galerias, verdade é que sobre tapetes — e por entre alabardeiros, altos e robustos.

Das gentes que o viam e paravam na rua, ou se debruçavam das janelas, muitas suspendiam por instantes os seus pensamentos tristes ou enfastiados, as preocupações do dia, os tédios, os ressentimentos, este uma dívida, outro uma doença, desprezos de amor, vilanias de amigo. Cada miséria esquecia-se, o que era melhor que consolar-se; mas o esquecimento durava um relâmpago. Passado o enfermo, a realidade empolgava-os outra vez, as ruas eram ruas, porque os paços suntuosos iam com Rubião. E mais de um tinha pena do pobre-diabo; comparando as duas fortunas, mais de um agradecia ao céu a parte que lhe coube — amarga, mas consciente. Preferiam o seu casebre real ao alcáçar fantasmagórico.

Capítulo CLXXXV

Rubião foi recolhido a uma casa de saúde. Palha esquecera a obrigação que Sofia lhe impôs, e Sofia não se lembrou mais da promessa feita à rio-grandense. Cuidavam ambos de outra casa, um palacete em Botafogo, cuja reconstrução estava prestes a acabar, e que eles queriam inaugurar no inverno, quando as câmaras trabalhassem, e toda a gente houvesse descido de Petrópolis. Mas agora a promessa foi cumprida; Rubião deu entrada no estabelecimento, onde ficou ocupando uma sala e um quarto especiais, recomendado pelo dr. Falcão e pelo Palha. Não resistiu a nada; acompanhou-os com satisfação, e entrou nos seus aposentos como se os conhecesse desde muito. Quando eles se despediram, dizendo que já voltam, Rubião convidou-os para uma revista militar, no sábado.

— Pois sim, sábado — assentiu Falcão.

— Sábado é bom dia — continuou Rubião. — Não faltes, duque de Palha.

— Não falto — disse o Palha andando.

— Olha, mandar-te-ei um dos meus coches, novo em folha; é preciso que tua mulher pouse o seu lindo corpo onde ninguém ainda ousou sentar-se. Almofadas de damasco e veludo, arreios de prata e rodas de ouro; os cavalos descendem do próprio cavalo que meu tio montava em Marengo. Adeus, duque de Palha.

Capítulo CLXXXVI

"Para mim, é claro", saiu pensando o dr. Falcão, "aquele homem foi amante da mulher deste sujeito."

Capítulo CLXXXVII

Lá ficou o homem. Quincas Borba tentara entrar na carruagem que levou o amigo, e porfiou em acompanhá-la, correndo; foi necessária toda a força do criado para agarrá-lo, contê-lo e trancá-lo em casa. Era a mesma situação de Barbacena; mas a vida, meu rico senhor, compõe-se rigorosamente de quatro ou cinco situações, que as circunstâncias variam e multiplicam aos olhos. Rubião pediu instantemente que lhe mandassem o cão. D. Fernanda, alcançado o consentimento do diretor, cuidou de satisfazer o desejo do doente. Quis escrever a Sofia, mas foi ela própria ao Flamengo.

Capítulo CLXXXVIII

— Mando ver, é aqui perto — propôs Sofia.
— Vamos nós mesmas. Que tem? Já pensei em uma coisa. Valerá a pena conservar a casa pronta e alugada, quando a cura pode prolongar-se? Melhor é deixá-la, vender os trastes e apurar o que houver.

Foram a pé do Flamengo à rua do Príncipe, três a quatro minutos. Raimundo estava na rua, mas viu gente à porta e veio abri-la. O interior da casa tinha a feição do abandono, sem a fixidez e regularidade das coisas, que parecem conservar um resto da vida interrompida; era o abandono do desmazelo. Mas, por outro lado, o transtorno dos móveis da sala exprimia bem o delírio do morador, suas ideias tortas e confusas.

— Ele foi muito rico? — perguntou d. Fernanda a Sofia.

— Tinha alguma coisa — respondeu esta — quando chegou de Minas; mas parece que estragou tudo. Olhe, levante o vestido que o chão parece que não se varre há um século.

Não era só o chão; os trastes tinham a crosta da incúria. Nem por isso o criado explicava nada; olhava, escutava e, baixinho, assobiava uma polca do dia. Sofia não lhe perguntou pelo asseio; estava morta por fugir "daquela imundice", dizia a si mesma, e tinha vontade de indagar do cão, que era o principal motivo da visita; mas não queria mostrar interesse por ele nem pelo resto. A trivialidade daquilo tudo não lhe dizia nada ao espírito nem ao coração; a lembrança do alienado não a ajudava a suportar o tempo. De si para si achava a companheira singularmente romântica ou afetada. "Que bobagem!", ia pensando, sem desconcertar o sorriso aprovador com que acudia a todas as observações de d. Fernanda.

— Abra aquela janela — disse esta ao criado —; tudo cheira a mofo.

— Oh! insuportável! — acudiu Sofia, respirando com asco.

Mas, apesar da exclamação, d. Fernanda não se resolveu a sair. Sem que nenhuma recordação pessoal lhe viesse daquela miserável estância, sentia-se presa de uma comoção particular e profunda, não a que dá a ruína das coisas. Aquele espetáculo não lhe trazia um tema de reflexões gerais, não lhe ensinava a fragilidade dos tempos, nem a tristeza do mundo; dizia-lhe tão somente a moléstia de um homem, de um homem que ela mal conhecia, a quem falara algumas vezes. E ia ficando e olhando, sem pensar, sem deduzir, metida em si mesma, dolente e muda. Sofia não ousava articular nada, com receio de ser desagradável a tão conspícua dama. Tinham ambas os vestidos apanhados, para evitar a mácula da poeira; mas Sofia acrescentou a essa precaução a agitação viva, contínua e impaciente da ventarola, como pessoa que sufocasse naquela atmosfera. Chegou a tossir algumas vezes.

— E o cachorro? — perguntou d. Fernanda ao criado.

— Está preso no quarto, lá dentro.

— Vá buscá-lo.

Quincas Borba apareceu. Magro, abatido, parou à porta da sala, estranhando as duas senhoras, mas sem latir; mal erguia os olhos apagados. Ia a dar meia-volta ao corpo na direção do interior da casa, quando d. Fernanda fez uns estalinhos com os dedos; ele parou, agitando a cauda.

— Como é mesmo que se chama? — perguntou d. Fernanda.

— Quincas Borba — respondeu o criado, rindo com a voz arrastada. — Tem nome de gente. Eh! Quincas Borba! Vai lá! A senhora está chamando.

— Quincas Borba! vem cá! Quincas Borba! — repetiu d. Fernanda.

Quincas Borba acudiu ao chamado, não pulando nem alegre. D. Fernanda inclinou-se, perguntou-lhe pelo amigo, se estava longe, se queria ir vê-lo. Assim mesmo inclinada, interrogava o criado sobre o trato do cão.

— Agora come, sim, senhora; logo que meu amo foi embora, não queria comer nem beber; eu até pensei que estivesse danado.

— Come bem?

— Come pouco.

— Procura pelo senhor?

— Parece que procura — respondeu Raimundo tapando o riso com a mão —; mas eu tranquei ele no quarto, para não fugir. Já não chora; a princípio chorava muito, que até me acordava... Era preciso eu bater com um cacete na porta e gritar, para ele sossegar...

D. Fernanda coçava a cabeça do animal. Era o primeiro afago depois de longos dias de solidão e desprezo. Quando d. Fernanda cessou de acariciá-lo, e levantou o corpo, ele ficou a olhar para ela, e ela para ele, tão fixos e tão profundos, que pareciam penetrar no íntimo um do outro. A simpatia universal, que era a alma desta senhora, esquecia toda a consideração humana diante daquela miséria obscura e prosaica, e estendia ao animal uma parte de si mesma, que o envolvia, que o fascinava, que o atava aos pés dela. Assim, a pena que lhe dava o delírio do senhor, dava-lhe agora o próprio cão, como se ambos representassem a mesma espécie. E sentindo que a sua presença levava ao animal uma sensação boa, não queria privá--lo do benefício.

— A senhora está-se enchendo de pulgas — observou Sofia.

D. Fernanda não a ouviu. Continuou a mirar os olhos meigos e tristes do animal, até que este deixou cair a cabeça e entrou a farejar a sala. Sentira o cheiro do senhor. A porta da rua estava aberta; ele teria fugido por ela, se Raimundo não acudisse a prendê-lo. D. Fernanda deu algum dinheiro ao criado para que o fosse lavar e conduzir à casa de saúde, recomendando-lhe o maior cuidado, que o levasse ao colo, ou preso por um cordão. Nesta parte acudiu também Sofia, ordenando que a procurasse antes, em casa.

Capítulo CLXXXIX

Saíram. Sofia, antes de pôr o pé na rua, olhou para um e outro lado, espreitando se vinha alguém; felizmente, a rua estava deserta. Ao ver-se livre da pocilga, Sofia readquiriu o uso das boas palavras, a arte maviosa e delicada de captar os outros, e enfiou amorosamente o braço no de d. Fernanda. Falou-lhe de Rubião e da grande desgraça da loucura; assim também do palacete de Botafogo. Por que não ia com ela ver as obras? Era só lanchar um pouco, e partiriam imediatamente.

Capítulo CXC

Sobreveio um sucesso que distraiu d. Fernanda do Rubião; foi o nascimento de uma filha de Maria Benedita. Ela correu à Tijuca, encheu de beijos a mãe e a criança, deu a mão a beijar a Carlos Maria.

— Sempre exuberante! — exclamou o jovem pai, obedecendo.

— Sempre secarrão! — retorquiu ela.

Apesar da resistência do primo, d. Fernanda acompanhou a convalescença de Maria Benedita, tão cordial, tão boa, tão alegre, que era um encanto conservá-la em casa. A felicidade daqui fê-la esquecer a desgraça dacolá; mas, convalescida a recente mãe, d. Fernanda acudiu ao enfermo.

Capítulo CXCI

"Conto restituí-lo à razão no fim de seis ou oito meses. Vai muito bem."

D. Fernanda mandou a Sofia esta resposta do diretor da casa de saúde, e convidou-a a irem ver o enfermo, se achasse que não lhe ficava mal. "Que mal pode haver?", respondeu Sofia em um bilhete. "Mas eu é que não teria ânimo de vê-lo; foi tão nosso amigo, que não sei se poderia suportar a vista e a conversação do pobre homem. Mostrei a carta a Cristiano, que me declarou ter liquidado os bens do sr. Rubião: apurou três contos e duzentos."

Capítulo CXCII

"Seis meses, oito meses passam depressa", reflexionou d. Fernanda.

E eles vieram vindo, com os sucessos às costas — a queda do ministério, a subida de outro em março, a volta do marido, a discussão da lei dos ingênuos, a morte do noivo de d. Tonica, três dias antes de casar. D. Tonica espremeu as últimas lágrimas, umas de amizade, outras de desesperança, e ficou com os olhos tão vermelhos, que pareciam doentes.

Teófilo, que merecera do novo gabinete a mesma confiança do antigo, teve parte copiosa nos debates da sessão parlamentar. Camacho declarou pela sua folha que a lei dos ingênuos absolvia a esterilidade e os crimes da situação. Em outubro, Sofia inaugurou os seus salões de Botafogo com um baile, que foi o mais célebre do tempo. Estava deslumbrante. Ostentava, sem orgulho, todos os seus braços e espáduas. Ricas joias; o colar era ainda um dos primeiros presentes do Rubião, tão certo é que, nesse gênero de atavios, as modas conservam-se mais. Toda a gente admirava a gentileza daquela trintona fresca e robusta; alguns homens falavam (com pena) das suas virtudes conjugais, da profunda adoração que ela tinha ao marido.

Capítulo CXCIII

No dia seguinte ao baile, d. Fernanda acordou tarde. Foi ao gabinete do marido, que já devorara cinco ou seis jornais, escrevera dez cartas e retificava a posição de alguns livros nas estantes.

— Recebi esta carta, há pouco — disse ele.

D. Fernanda leu-a; era do diretor da casa de saúde; noticiava que Rubião, desde três dias, desaparecera, não tendo podido ser encontrado por mais esforços que houvessem empregado a polícia e ele. "Tanto mais me espanta essa fuga", concluía a carta, "quanto que as melhoras eram grandes, e podia contar que em dois meses o poria inteiramente bom."

D. Fernanda ficou consternada; alcançou do marido que escrevesse ao chefe de polícia e ao ministro da justiça, pedindo-lhes que ordenassem as mais severas pesquisas. Teófilo não tinha o menor interesse no achado nem na cura de Rubião; mas quis servir à mulher, cuja bondade conhecia, e porventura gostava de cartear-se com os homens da alta administração.

Capítulo CXCIV

Como achar, porém, o nosso Rubião nem o cachorro, se ambos haviam partido para Barbacena? Oito dias antes, Rubião escrevera ao Palha que o procurasse; este acudiu à casa de saúde, viu que ele raciocinava claramente, sem a menor sombra de delírio.

— Tive uma crise mental — disse-lhe Rubião —; agora estou bom, perfeitamente bom. Peço-lhe que me ponha fora daqui. Creio que o diretor não se oporá. Entretanto, como quero deixar algumas lembranças à gente que me tem servido, e servido também ao Quincas Borba, veja se me pode adiantar cem mil-réis.

Palha abriu a carteira sem hesitação, e deu-lhe o dinheiro.

— Vou tratar de o fazer sair — disse ele —; mas, provavelmente são precisos alguns dias (estava em vésperas do baile); não se aflija por isso; daqui a uma semana está na rua.

Antes de sair, consultou o diretor, que lhe deu boas notícias do enfermo. Uma semana é pouco, disse ele; para pô-lo bom, bom, preciso ainda uns dois meses. Palha confessou que o achara são; em todo caso, mandava quem sabia, e se fossem necessários seis ou sete meses mais, não precipitasse a alta.

Capítulo CXCV

Rubião, logo que chegou a Barbacena e começou a subir a rua que ora se chama de Tiradentes, exclamou, parando:

— Ao vencedor, as batatas!

Tinha-as esquecido de todo, a fórmula e a alegoria. De repente, como se as sílabas houvessem ficado no ar, intactas, aguardando alguém que as pudesse entender, uniu-as, recompôs a fórmula, e proferiu-a com a mesma ênfase daquele dia em que a tomou por lei da vida e da verdade. Não se lembrava inteiramente da alegoria; mas a palavra deu-lhe o sentido vago da luta e da vitória.

Subiu, acompanhado do cão, e foi parar defronte da igreja. Ninguém lhe abriu a porta; não viu sombra de sacristão. Quincas Borba, que não comia desde muitas horas, colava-se-lhe às pernas, cabisbaixo, esperando. Rubião voltou-se, e do alto da rua estendeu os olhos abaixo e ao longe. Era ela, era Barbacena; a velha cidade natal ia-se-lhe desentranhando das profundas camadas da memória. Era ela; aqui estava a igreja, ali a cadeia, acolá a farmácia, donde vinham os medicamentos para o outro Quincas Borba. Sabia que era ela, quando chegou; mas, à medida que os olhos se derramavam, as reminiscências vinham vindo, mais numerosas, em bando. Não via ninguém; uma janela, à esquerda, parecia ter alguém que espiava. Tudo o mais deserto.

"Talvez não saibam que cheguei", pensou Rubião.

Capítulo CXCVI

Súbito, relampejou; as nuvens amontoavam-se às pressas. Relampejou mais forte, e estalou um trovão. Começou a chuviscar grosso, mais grosso, até que desabou a tempestade. Rubião, que, aos primeiros pingos, deixara a igreja, foi andando rua abaixo, seguido sempre do cão, faminto e fiel, ambos tontos, debaixo do aguaceiro, sem destino, sem esperança de pouso ou de comida... A chuva batia-lhes sem misericórdia. Não podiam correr, porque Rubião temia escorregar e cair, e o cão não queria perdê-lo. A meia rua, acudiu à memória do Rubião a farmácia, voltou para trás, subindo contra o vento, que lhe dava de cara; mas, ao fim de vinte passos, varreu-se-lhe a ideia da cabeça; adeus, farmácia! adeus, pouso! Já se não lembrava do motivo que o fizera mudar de rumo, e desceu outra vez, e o cão atrás, sem entender nem fugir, um e outro alagados, confusos, ao som da trovoada rija e contínua.

Capítulo CXCVII

Vagaram sem destino. O estômago de Rubião interrogava, exclamava, intimava; por fortuna, o delírio vinha enganar a necessidade com os seus banquetes das Tulherias. Quincas Borba é que não tinha igual recurso. E toca a andar acima e abaixo. Rubião, de quando em quando, sentava-se no lajedo, e o cão trepava-lhe às pernas, para dormir a fome; achava as calças molhadas, e descia; mas tornava logo a subir, tão frio era o ar da noite, já noite alta, já noite morta. Rubião passava-lhe as mãos por cima, resmungando algumas palavras magras.

Se, apesar de tudo, Quincas Borba conseguia adormecer, acordava logo, porque Rubião levantava-se e punha-se outra vez a descer e subir ladeiras. Soprava um triste vento, que parecia faca, e dava arrepios aos dois vagabundos. Rubião andava devagar; o próprio cansaço não lhe permitia as grandes pernadas do princípio, quando a chuva caía em bátegas. As paradas eram agora mais frequentes. O cão, morto de fome e de fadiga, não entendia aquela odisseia, ignorava o motivo, esquecera o lugar, não ouvia nada, senão as vozes surdas do senhor. Não podia ver as estrelas, que já então rutilavam, livres de nuvens. Rubião descobriu-as; chegara à porta da igreja, como quando entrou na cidade; acabava de sentar-se e deu com elas. Estavam tão bonitas, reconheceu que eram os lustres do grande salão e ordenou que os apagassem. Não pôde ver a execução da ordem; adormeceu ali mesmo, com o cão ao pé de si. Quando acordaram de manhã, estavam tão juntinhos que pareciam pegados.

Capítulo CXCVIII

— Ao vencedor, as batatas! — exclamou Rubião quando deu com os olhos na rua, sem noite, sem água, beijada do sol.

Capítulo CXCIX

Foi a comadre do Rubião que o agasalhou e mais ao cachorro, vendo-os passar defronte da porta. Rubião conheceu-a, aceitou o abrigo e o almoço.

— Mas que é isso, seu compadre? Como foi que chegou assim? Sua roupa está toda molhada. Vou dar-lhe umas calças de meu sobrinho.

Rubião tinha febre. Comeu pouco e sem vontade. A comadre pediu-lhe contas da vida que passara na Corte, ao que ele respondeu que levaria muito tempo, e só a posteridade a acabaria. Os sobrinhos de seu sobrinho, concluiu ele magnificamente, é que hão de ver-me em toda a minha glória. Começou, porém, um resumo. No fim de dez minutos, a comadre não entendia nada, tão desconcertados eram os fatos e os conceitos; mais cinco minutos, entrou a sentir medo. Quando os minutos chegaram a vinte, pediu licença e foi a uma vizinha dizer que Rubião parecia ter virado o juízo. Voltou com ela e um irmão, que se demorou pouco tempo e saiu a espalhar a nova. Vieram vindo outras pessoas, às duas e às quatro, e, antes de uma hora, muita gente espiava da rua.

— Ao vencedor, as batatas! — bradava Rubião aos curiosos. — Aqui estou imperador! Ao vencedor, as batatas!

Essa palavra obscura e incompleta era repetida na rua, examinada, sem que lhe dessem com o sentido. Alguns antigos desafetos do Rubião iam entrando, sem cerimônia, para gozá-lo melhor; e diziam à comadre que não lhe convinha ficar com um doido em casa, era perigoso; devia mandá-lo para a cadeia, até que a autoridade o remetesse para outra parte. Pessoa mais compassiva lembrou a conveniência de chamar o doutor.

— Doutor para quê? — acudiu um dos primeiros. — Este homem está maluco.

— Talvez seja delírio de febre; já viu como está quente?

Angélica, animada por tantas pessoas, tomou-lhe o pulso, e achou-o febril. Mandou vir o médico — o mesmo que tratara o finado Quincas Borba. Rubião conheceu-o também; e respondeu-lhe que não era nada. Capturara o rei da Prússia, não sabendo ainda se o mandaria fuzilar ou não; era certo, porém, que exigiria uma indenização pecuniária enorme — cinco bilhões de francos.

— Ao vencedor, as batatas! — concluiu rindo.

Capítulo CC

Poucos dias depois morreu... Não morreu súdito nem vencido. Antes de principiar a agonia, que foi curta, pôs a coroa na cabeça — uma coroa que não era, ao menos, um chapéu velho ou uma bacia, onde os espectadores palpassem a ilusão. Não, senhor; ele pegou em nada, levantou nada e cingiu nada; só ele via a insígnia imperial, pesada de ouro, rútila de brilhantes e outras pedras preciosas. O esforço que fizera para erguer meio corpo não durou muito; o corpo caiu outra vez; o rosto conservou porventura uma expressão gloriosa.

— Guardem a minha coroa — murmurou. — Ao vencedor...

A cara ficou séria, porque a morte é séria; dois minutos de agonia, um trejeito horrível, e estava assinada a abdicação.

Capítulo CCI

Queria dizer aqui o fim do Quincas Borba, que adoeceu também, ganiu infinitamente, fugiu desvairado em busca do dono, e amanheceu morto na rua, três dias depois. Mas, vendo a morte do cão narrada em capítulo especial, é provável que me perguntes se ele, se o seu defunto homônimo é que dá o título ao livro, e por que antes um que outro — questão prenhe de questões, que nos levariam longe... Eia! chora os dois recentes mortos, se tens lágrimas. Se só tens riso, ri-te! É a mesma coisa. O Cruzeiro, que a linda Sofia não quis fitar, como lhe pedia Rubião, está assaz alto para não discernir os risos e as lágrimas dos homens.

DIREÇÃO GERAL
Antônio Araújo

DIREÇÃO EDITORIAL
Daniele Cajueiro

EDITORA RESPONSÁVEL
Ana Carla Sousa

PRODUÇÃO EDITORIAL
Adriana Torres
Anna Beatriz Seilhe

PROJETO GRÁFICO DE CAPA E MIOLO
Leandro B. Liporage

DIAGRAMAÇÃO
Filigrana

Este livro foi impresso em 2016 para a Editora Nova Fronteira.

SENHORA

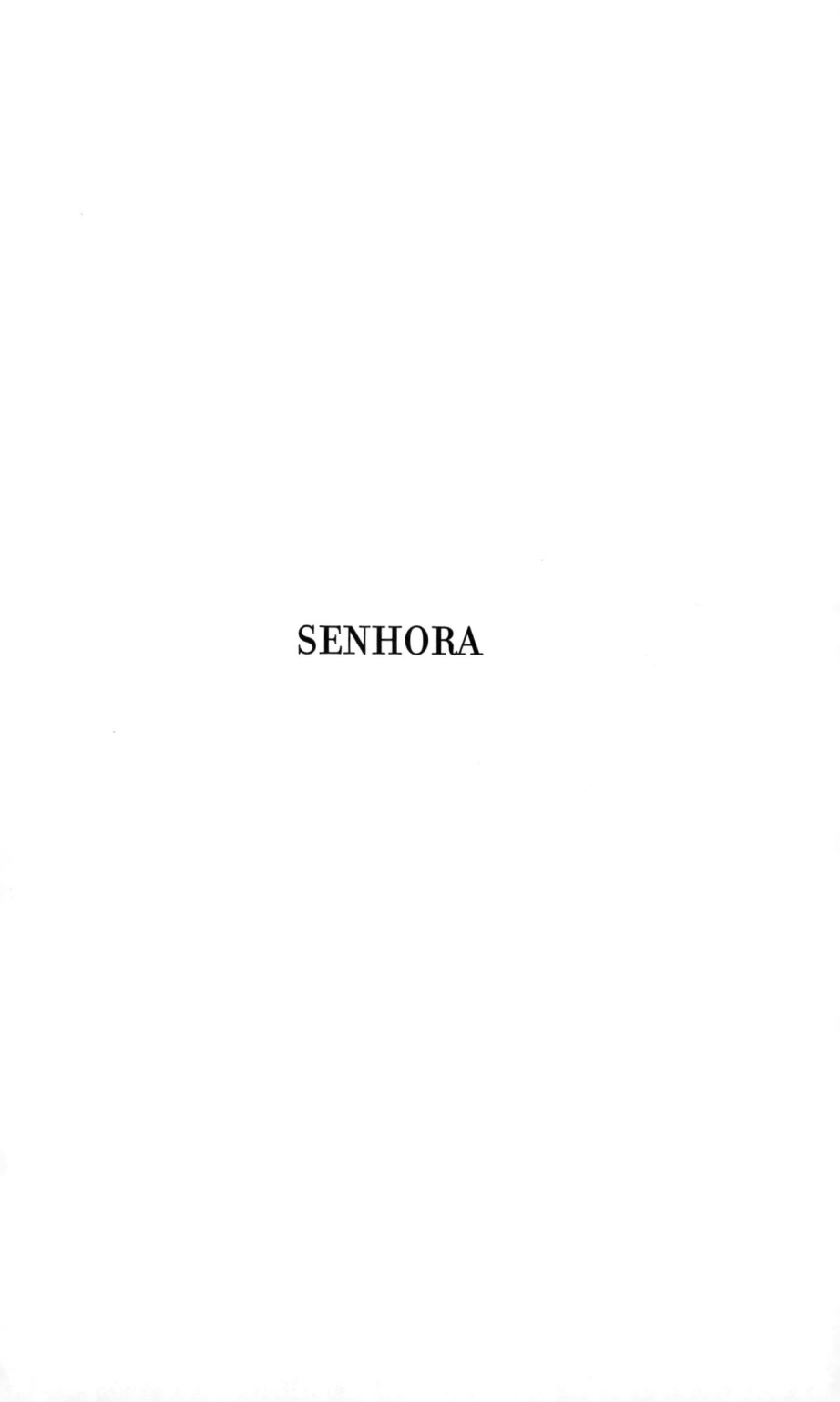

SENHORA
José de Alencar

CLUBEDOLIVRO

Direitos de edição da obra em língua portuguesa no Brasil adquiridos pela EDITORA NOVA FRONTEIRA PARTICIPAÇÕES S.A. Todos os direitos reservados. Nenhuma parte desta obra pode ser apropriada e estocada em sistema de banco de dados ou processo similar, em qualquer forma ou meio, seja eletrônico, de fotocópia, gravação etc., sem a permissão do detentor do copirraite.

EDITORA NOVA FRONTEIRA PARTICIPAÇÕES S.A.
Rua Nova Jerusalém, 345 – Bonsucesso – 21042-235
Rio de Janeiro – RJ – Brasil
Tel.: (21) 3882-8200 – Fax: (21) 3882-8312/8313

CIP-Brasil. Catalogação na publicação
Sindicato Nacional dos Editores de Livros, RJ

A353s

Alencar, José de, 1829-1877
   Senhora / José de Alencar ; Biografia, introdução e notas M. Cavalcanti Proença. - [Ed. Especial] - Rio de Janeiro : Nova Fronteira, 2016.

   ISBN 978.85.209.3010-6
   1. Romance brasileiro. I. Título. II. Série.

16-33261   CDD: 869.3
                               CDU: 821.134.3(81)-3

Sumário

Biografia 7

Introdução 11

Ao leitor 15

PRIMEIRA PARTE: O preço 17

SEGUNDA PARTE: Quitação 87

TERCEIRA PARTE: Posse 131

QUARTA PARTE: Resgate 193

Notas 251

Biografia

José Gonçalves dos Santos, português, e Bárbara de Alencar, raça de gente pernambucana, são os avós de José de Alencar. A família reside em Barbalha, sopé da serra do Araripe, no Ceará.

No ano de 1794, nasce José Martiniano de Alencar que, desde moço, revelaria pendores políticos e revolucionários, atingindo os postos de presidente da província e senador do Império.

Em 1829, 1º de maio, nasce o romancista, em Mecejana. A certidão de idade registra 12 de março; mais tarde, ao matricular-se na Faculdade de Direito de São Paulo, ele se dará como nascido a 28 de março. Mas a família comemorava a data certa: 1º de maio.

Em 1837, o pai, que assumira a presidência do Ceará, deixa o governo e volta ao Rio de Janeiro. A viagem se faz pelo interior, de Fortaleza até o rio São Francisco e daí até Salvador. O conhecimento do sertão deixará marcas inapagáveis na memória do menino José e será uma evocação permanente na obra do romancista J. de Alencar.

Com 11 anos, está matriculado no Colégio de Instrução Elementar, que ficava na rua do Lavradio; mora nas vizinhanças, na rua do Conde. É aluno estudioso e que sabe ler muito bem; também em casa, é o leitor dos serões, em que a mãe, a tia e algumas pessoas mais se reúnem para ouvir romances de amor contrariado, histórias de esposas caluniadas que, no capítulo final, são, afinal, desagravadas, enquanto os carrascos e os maus recebem o castigo pelo falso levantado. Na mesma casa, entretanto, se planeja a revolução de 1842; frustrada a conspiração, dela partem e a ela aportam pessoas estranhas, de sussurrantes vozes e pesados silêncios; os derrotados, procurando escapar às perseguições.

Mas o tempo é de criança não se meter em conversas de mais velho, quanto mais em planos revolucionários! O que ninguém podia proibir ao menino era adivinhar e pressentir, e perceber; silencioso, sofrido, tenso, aprende fatos, interpreta notícias. E vem, talvez, dessa conjura fracassada o seu plano de escrever uma história dos movimentos rebeldes no Nordeste.

Em 1846 está em São Paulo, na Faculdade do Largo de São Francisco, à sombra daquelas arcadas onde se pode dizer que nasceu grande parte da literatura romântica do Brasil. Continua estudando sério, pegado aos livros, pouco dado às loucuras boêmias que constituíam a legenda dos acadêmicos de então. Sob esse aspecto, é apagada sua passagem por São Paulo; importantíssima, entretanto, para sua formação intelectual, pois são daquela época os seus estudos de francês, a leitura de Balzac, Victor Hugo e Chateaubriand, a aquisição do artesanato literário, traço que o singulariza entre os nossos românticos.

Mas, em 1848, tem de transferir-se para a Faculdade de Direito de Olinda. Lá, a paisagem evocativa de um passado heroico e as bibliotecas das comunidades religiosas lhe abrem ao espírito as largas perspectivas do romance histórico; *Alma de Lázaro* e *Guerra dos Mascates* estão diretamente ligados a essa permanência em Pernambuco; podem situar-se na mesma linha *O ermitão da Glória* e *O garatuja*, embora tenham como cenário o Rio de Janeiro.

Aproveitando a proximidade, vai ao Ceará; o reencontro da paisagem natal reaviva-lhe o encantamento pelos índios, a admiração pelo conhecimento que possuíam da terra, íntimos das plantas e dos animais silvestres, quase miraculoso para o entusiasmo do jovem estudante. Dezessete anos.

Mais tarde contará que nessa ocasião se delineiam os primeiros sinais de *O guarani*, e também de *Iracema*, embora a distância de oito anos que haveria entre um e outro.

De volta a São Paulo, recebe o diploma de bacharel em Direito, em 1850; pouco depois se instala no Rio, trabalhando no escritório do dr. Alberto Soares.

Fato muito curioso em J. de Alencar, é aquela reiterada confissão de que procurava na literatura "diversão à tristeza que (lhe) infundia o estado da Pátria" (*Iracema*, 1865). Frase cujo sentido se completa nesta outra em que mal se revela uma alusão ao seu caso pessoal: "Quando as letras, entre nós, forem uma profissão talentos que hoje aí buscam apenas passatempo ao espírito convergirão para tão nobre esfera suas poderosas faculdades." Note-se, a propósito, a abundância de sua produção no campo da jurisprudência e da política, da crítica literária e da filosofia (cerca de 42 trabalhos), e compare-se com o volume da obra de ficção que não chegou a vinte romances.

No entanto, do ponto de vista nacional, é ele o nosso mais importante escritor, uma vez que em vinte anos de ofício literário, levantou em seus romances um retrato do Brasil. Sincronicamente regional, descrevendo o Ceará, em *O sertanejo;* o Estado do Rio, em *Til* e *O tronco do ipê;* a capital do Império, em *A viuvinha, Cinco minutos, Senhora, A pata da gazela;* a zona rural carioca, em *Diva;* a Tijuca, em *Sonhos d'ouro;* o Rio Grande do Sul, em *O gaúcho.* Diacronicamente histórico, romanceou os tempos coloniais em *Minas de prata;* o contato entre os índios e os colonizadores em *O guarani* e *Iracema;* o dia a dia do Rio colonial em *O garatuja;* uma lenda em *O ermitão da Glória. Guerra dos Mascates,* episódio da história pernambucana, é uma sátira com endereço a d. Pedro II.

Se, como romancista, sua obra é deliberada e conscientemente nacional, seu sentimento de brasilidade e de apaixonada devoção à pátria se expandiriam em outros campos, numa atividade múltipla e intensa.

No *Correio Mercantil* faz polêmica, de grande repercussão, com os defensores de *A Confederação dos Tamoios,* poema feito por quem não era poeta e mandado publicar pelo Imperador; e tanto tinha razão que, hoje, o poema tem importância apenas cronológica e só é lembrado em função da crítica de Alencar.

A política seria escoadouro natural de um espírito assim combativo e animado de tanta paixão cívica. Em 1861 é eleito deputado; em 68, é ministro da Justiça do Gabinete Itaboraí. Foi assinada por ele a lei que proibia a venda de escravos sob pregão e em exposição pública, espetáculo degradante, muito comum no chamado Mercado do Valongo (15.9.1869).

Mas, por esse tempo, já se tornam agudas as divergências com Pedro II, que lhe vetará a escolha para senador do Império, embora tenha sido o mais votado na lista tríplice. O episódio culminante é característico da personalidade de Alencar. Ele se candidatara ao Senado, talvez desejando repetir a carreira do pai, então já falecido, e foi comunicar o fato a Pedro II; este observa:

— No seu caso, eu não me apresentava agora; o senhor é muito moço.

— Por esta razão, Vossa Majestade devia ter devolvido o ato que o declarou maior antes da idade legal.

Não teve cadeira no Senado. Mas teve glórias que a compensaram. Taunay nos dá notícia da percussão de *O guarani,* publicado em folhetim: "Verdadeira novidade emocional, desconhecida nesta cidade; (...) entusiasmo particularmente acentuado nos círculos femininos da sociedade fina e no seio da mocidade (...) o Rio de Janeiro, em peso, lia *O guarani* e seguia comovido e enlevado os amores de Ceci e Peri (...) Quando a São Paulo chegava o correio, com muitos dias de intervalo, então, reuniam-se muitos estudantes, numa república em que houvesse qualquer feliz assinante do *Diário do Rio de Janeiro*, para ouvir, absortos e sacudidos por elétrico frêmito, a leitura feita em voz alta, por algum deles que tivesse órgão mais forte. E o jornal era depois disputado com impaciência e pelas ruas se viam agrupamentos em torno dos fumegantes lampiões da iluminação pública de outrora — ainda ouvintes para cercarem, ávidos, qualquer improvisado leitor."

A glória não veio sem o sofrimento provocado pela inveja e pela incompreensão dos incapazes e dos retrógrados. Atacado, negado, vilipendiado na vida literária e na política, só no lar, bem-constituído, encontrava tranquilidade e compreensão. Torna-se amargo. Sente-se velho aos quarenta anos, e adota o pseudônimo de Sênio. A saúde não é boa. Vai à Europa, e a viagem é um parêntese vazio na sua vida; tem encontros desagradáveis em Portugal; acolhimento amável em Paris; Londres é um desconsolo total.

Dezembro de 1877, morre chorando, abraçado à esposa, preocupado com a pobreza em que vai deixar os seus.

Joaquim Serra, amigo certo, colhe o depoimento dos contemporâneos. O de Machado de Assis é lapidar:

"Jamais me esqueceu a impressão que recebi quando dei com o cadáver de Alencar, no alto da essa, prestes a ser transferido para o cemitério. O homem estava ligado aos anos das minhas estreias. Tinha-lhe afeto, conhecia-o desde o tempo em que ele ria, não me podia acostumar à ideia de que a trivialidade da morte houvesse desfeito esse artista, fadado para distribuir a vida."

M. Cavalcanti Proença

Introdução

Senhora (Perfil de Mulher) teve sua primeira edição em 1875, e foi publicada em dois volumes pela editora B.L. Garnier. À guisa de assinatura, duas iniciais — G.M. — que já haviam aparecido em *Diva* (1864) e *Lucíola* (1862). Foi a única edição em vida do autor, e infelizmente inçada de erros de imprensa que as erratas, acrescentadas a cada volume, não conseguem sanar totalmente.

O título do livro tem uma particularidade gráfica: vem acentuada a vogal tônica — *Senhóra* — acentuação intencional, pois que a protagonista do romance distingue os vocábulos conforme sejam abertas ou fechadas as vogais tônicas. Por outro lado, existe, também, a pronúncia "senhôra", hoje caindo em desuso.

Como mensagem, o romance apresenta a condenação ao casamento de conveniência e aponta os males e perigos da educação artificial da época, desenvolvida em função das atividades da vida social, do ambiente falso dos salões; e — não seria Alencar — afirma a superioridade da vida rural e do homem do campo sobre o ambiente e o habitante das cidades.

Aurélia, a heroína, é um tipo de mulher cerebral, lutando contra o cordial que, afinal, vence. Para o romancista, bem sabemos, a mulher é toda coração, assim como para Barbosa (referência ao homônimo, de *A carne,* de Júlio Ribeiro) ela é toda mãe. Alencar põe mais alta a essência da feminilidade: "(...) o coração, e, ainda mais, o da mulher, que é toda ela, representa o caos do mundo moral. Ninguém sabe que maravilhas ou que monstros vão surgir desses limbos". Adiante, desenvolve e interpreta o que Mário de Andrade resumiria em "amar, verbo intransitivo": Aurélia amava mais seu amor do que seu amante.

E, porque estas notas vão tomando um rumo parentético, expliquemos: o "caos" de que fala o escritor é o próprio *Gênesis,* o mundo latente, antes de se organizar; "amante" é, por assim dizer, nomenclatura romântica, correspondendo a "amado", "namorado", sem a conotação carnal. Explicação que achamos necessária, em defesa da reputação de Aurélia, senhora de irrepreensível comportamento.

Linda moça, diz o romancista, e de muita personalidade. Até certo ponto, quixotesca, pois, "quando a riqueza veio surpreendê-la, a ela que não tinha mais com quem a partilhar, viu que era uma arma. Deus lha enviava para dar combate a essa sociedade corrompida, e vingar os sentimentos nobres, escarnecidos pela turba dos agiotas". O "amante", Seixas, é de índole poética e fidalga; não tem a firmeza inflexível de Aurélia, e, por isso, o ambiente influencia o seu modo de viver, leva-o a perder-se por leviandade. Pertencia à classe em que, "à força de viverem em um mundo de convenção, esses homens de sociedade tornam-se artificiais". A vida elegante "estragara o caráter de Seixas" e "sua honestidade havia tomado essa têmpera flexível da cera que se amolda às fantasias da vaidade e aos reclamos da ambição". O romancista o redime, fazendo-o reencontrar a natureza, mergulhar o espírito no universo das coisas e dos seres simples, para o que é necessário "ou nascer nas idades primitivas, ou desprezar a sociedade e mergulhar na solidão".

Recuperado Seixas, pela humilhação, é a vez de Aurélia redimir-se do orgulho, pelo amor que se submete, e tudo submete.

O mais será, de passagem, a crítica ao patriarcalismo familiar, com o fazendeiro que impede o filho natural de casar-se com moça pobre.

Não poderemos, entretanto, saltar sobre os traços autobiográficos, aparecendo aqui e ali, na figura de Seixas. Não será, nem estamos afirmando isso, a superposição do autor à personagem, mas uma fantasia em que o "faz de conta" o colocasse nessa situação, casado, por exemplo, com a moça que foi modelo de *Diva*. Como procederia ele se assim acontecesse?

Finalmente, lembremos o retrato de Fernando, que o imobiliza no tempo e mantém aceso o amor de Aurélia. É o tema de *O retrato de Dorian Gray*, de Oscar Wilde, que, entretanto, só apareceria em 1890.

Traços biográficos do autor serão aquele "gosto da juventude em traduzir Byron"; a expressão meio irônica, "escrevinhador de folhetins"; e a profissão de oficial de secretaria, compondo a personalidade de Seixas. Outro estará no pai de Aurélia, filho natural, com os desajustes a que leva tal circunstância.

A técnica da composição, muito bem-tramada, prende o interesse do leitor ao enredo que se desenrola em graus diversos de intensidade; a primeira parte, que se termina com o casamento de Seixas e Aurélia, atinge tal dramaticidade que poderia perturbar o final do romance se o talento do escritor não o levasse a adotar, na segunda, um tom diferente, quase todo em surdina, contrastando com os pedais violentos da primeira. Em termos de crítica cinematográfica, diríamos que a segunda parte do romance é em *flashback,* desenvolvendo-se em retrospecção. A partir de "Posse" e "Resgate", a narrativa se desenvolve em movimento cicloidal, ora um, ora outro, no topo ou na base.

No estudo das personagens, grande parte dos cacoetes românticos desaparece; e a Seixas não falta mesmo certa dose de racionalização psicanalítica, justificando o seu pendor para caça-dotes.

O autor não se ausenta do livro; a todo momento, o seu desencanto e o seu ceticismo aparecem, sob disfarce de ironia que vai até o sarcasmo. Diferença que o separa de Machado de Assis, em quem o desprezo pelo homem, escravo dos instintos, inerme nas mãos do destino, nunca vai além da ironia. Em Alencar, essa ironia, contida a princípio, acaba aquecida pela revolta e ressentimento, explode em sarcasmo. Apresentando Seixas como escritor dos "mais elegantes", comenta: "Não diremos *festejado,* como agora é moda, porque nesta nossa terra os cortejos e aplausos rastejam a mediocridade feliz". De d. Firmina, diz que lamentava a sorte de Abreu, "revestindo-se dessa moral severa que em geral se cultiva para uso alheio e não para o próprio gasto". Lemos tem suas filosofias e acha que "os ricos alugam os seus capitais; os pobres alugam-se a si, enquanto não se vendem de uma vez, salvo o direito do estelionato"; adiante, diz: "Não tínhamos mais objeção de qualquer espécie, nem essas patranhas de honra e dignidade, com que andam por aí uns certos sujeitos a embaçar os outros". De passagem, o romancista alfineta Pedro II, analisando a tirania feminina "que, à semelhança de certas realezas, compraz-se com as minúcias".

A linguagem está a caminho da estabilização formal, e os arroubos e lances oratórios já são raros. Os termos da linguagem oral são mais frequentes que em outros livros, ao lado dos regionalismos. Aí estão "talho", como ferimento ("cautério aplicado ao talho"); "traste", em lugar de móvel ("e de que serve a mim esse traste, *a sua honra?*"). E, como ainda é tempo de censuras ao idioma e estilo alencarianos, um convidado, na festa em casa de Seixas, censura *Diva* de estilo "incorreto, cheio de galicismos e crivado de erros de gramática".

Se o leitor se ativer a um exame mais atento, verá que *Diva, Lucíola* e *Senhora* são irmãs. Que as três heroínas são mulheres que viveram no Rio de Janeiro do tempo e que mostram a evolução da sociedade imperial, marcada por uma alienação que a europeizava, na época, tal como, hoje em dia, americaniza a nossa. Do ponto de vista estético, *Senhora* revela uma nova direção na literatura de José de Alencar, e que não se completou porque ele morreria dois anos depois.

Ubirajara, O sertanejo e *Senhora,* o primeiro de 1874, o derradeiro de 1875, são os últimos romances publicados em vida do autor. Coincidentemente, três modalidades que ele cultivou: a indianista, a rural-regional e a urbana.

M. Cavalcanti Proença

Ao leitor

Este livro, como os dois que o precederam, não são da própria lavra do escritor, a quem geralmente os atribuem.

A história é verdadeira; e a narração vem de pessoa que recebeu diretamente, e em circunstâncias que ignoro, a confidência dos principais atores deste drama curioso.

O suposto autor não passa rigorosamente de editor. É certo que tomando a si o encargo de corrigir a forma e dar-lhe um lavor literário, de algum modo apropria-se não a obra mas o livro.

Em todo o caso, encontram-se muitas vezes nestas páginas exuberâncias de linguagem e afoutezas de imaginação, a que já não se lança a pena sóbria e refletida do escritor sem ilusões e sem entusiasmos.

Tive tentações de apagar alguns desses quadros mais plásticos ou pelo menos de sombrear as tintas vivas e cintilantes.

Mas devia eu sacrificar a alguns cabelos grisalhos esses caprichos artísticos de estilo, que talvez sejam para os finos cultores da estética, o mais delicado matiz do livro?

E será unicamente fantasia de colorista e adorno de forma o relevo daquelas cenas, ou antes de tudo serve de contraste ao fino quilate de um caráter?

Há efetivamente um heroísmo de virtude na altivez dessa mulher, que resiste a todas as seduções, aos impulsos da própria paixão, como ao arrebatamento dos sentidos.

PRIMEIRA PARTE

O PREÇO

I

Há anos raiou no céu fluminense uma nova estrela. Desde o momento de sua ascensão ninguém lhe disputou o cetro; foi proclamada a rainha dos salões.

Tornou-se a deusa dos bailes; a musa dos poetas e o ídolo dos noivos em disponibilidade.

Era rica e formosa.

Duas opulências, que se realçam como a flor em vaso de alabastro; dois esplendores que se refletem, como o raio de sol no prisma do diamante.

Quem não se recorda da Aurélia Camargo, que atravessou o firmamento da Corte como brilhante meteoro, e apagou-se de repente no meio do deslumbramento que produzira o seu fulgor?

Tinha ela 18 anos quando apareceu a primeira vez na sociedade. Não a conheciam; e logo buscaram todos, com avidez, informações acerca da grande novidade do dia.

Dizia-se muita coisa que não repetirei agora, pois a seu tempo saberemos a verdade, sem os comentos malévolos de que usam vesti-la os noveleiros.

Aurélia era órfã; e tinha em sua companhia uma velha parenta, viúva, d. Firmina Mascarenhas, que sempre a acompanhava na sociedade.

Mas essa parenta não passava de mãe de encomenda, para condescender com os escrúpulos da sociedade brasileira, que naquele tempo não tinha admitido ainda certa emancipação feminina.

Guardando com a viúva as deferências devidas à idade, a moça não declinava um instante do firme propósito de governar sua casa e dirigir suas ações como entendesse.

Constava também que Aurélia tinha um tutor; mas essa entidade desconhecida, a julgar pelo caráter da pupila, não devia exercer maior influência em sua vontade do que a velha parenta.

A convicção geral era que o futuro da moça dependia exclusivamente de suas inclinações ou de seu capricho; e por isso todas as adorações se iam prostrar aos próprios pés do ídolo.

Assaltada por uma turba de pretendentes que a disputavam como o prêmio da vitória, Aurélia, com sagacidade admirável em sua idade, avaliou da situação difícil em que se achava, e dos perigos que a ameaçavam.

Daí provinham talvez a expressão cheia de desdém e um certo ar provocador, que erriçavam a sua beleza aliás tão correta e cinzelada para a meiga e serena expansão d'alma.

Se o lindo semblante não se impregnasse constantemente, ainda nos momentos de cisma e distração, dessa tinta de sarcasmo, ninguém veria nela a verdadeira fisionomia de Aurélia, e sim a máscara de alguma profunda decepção.

Como acreditar que a natureza houvesse traçado as linhas tão puras e límpidas daquele perfil para quebrar-lhes a harmonia com o riso de uma pungente ironia?

Os olhos grandes e rasgados, Deus não os aveludaria com a mais inefável ternura, se os destinasse para vibrar chispas de escárnio.

Para que a perfeição estatuária do talhe de sílfide, se, em vez de arfar ao suave influxo do amor, ele devia ser agitado pelos assomos do desprezo?

Na sala, cercada de adoradores, no meio das esplêndidas reverberações de sua beleza, Aurélia, bem longe de inebriar-se da adoração produzida por sua formosura e do culto que lhe rendiam, ao contrário, parecia unicamente possuída de indignação por essa turba vil e abjeta.

Não era um triunfo que ela julgasse digno de si, a torpe humilhação dessa gente ante sua riqueza. Era um desafio, que lançava ao mundo; orgulhosa de esmagá-lo sob a planta, como a um réptil venenoso.

E o mundo é assim feito, que foi o fulgor satânico da beleza dessa mulher a sua maior sedução. Na acerba veemência da alma revolta, pressentiam-se abismos de paixão; e entrevia-se que procelas de volúpia havia de ter o amor da virgem bacante.

Se o sinistro vislumbre se apagasse de súbito, deixando a formosa estátua na penumbra suave da candura e inocência, o anjo casto e puro que havia naquela, como há em todas as moças, talvez passasse despercebido pelo turbilhão.

As revoltas mais impetuosas de Aurélia eram justamente contra a riqueza que lhe servia de trono, e sem a qual nunca, por certo, apesar de suas prendas, receberia como rainha desdenhosa a vassalagem que lhe rendiam.

Por isso mesmo considerava ela o ouro um vil metal que rebaixava os homens; e no íntimo sentia-se profundamente humilhada pensando que, para toda essa gente que a cercava, ela, a sua pessoa, não merecia uma só das bajulações que tributavam a cada um de seus mil contos de réis.

Nunca da pena de algum Chatterton[1] desconhecido saíram mais cruciantes apóstrofes contra o dinheiro do que vibrava muitas vezes o lábio perfumado dessa feiticeira menina, no seio de sua opulência.

Um traço basta para desenhá-la sob esta face.

Convencida de que todos os seus inúmeros apaixonados, sem exceção de um, a pretendiam unicamente pela riqueza, Aurélia reagia contra essa afronta, aplicando a esses indivíduos o mesmo estalão.

Assim costumava ela indicar o merecimento relativo de cada um dos pretendentes, dando-lhes certo valor monetário. Em linguagem financeira, Aurélia cotava os seus adoradores pelo preço que razoavelmente poderiam obter no mercado matrimonial.

Uma noite, no Cassino, a Lísia Soares, que fazia-se íntima com ela, e desejava ardentemente vê-la casada, dirigiu-lhe um gracejo acerca do Alfredo Moreira, rapaz elegante que chegara recentemente da Europa:

— É um moço muito distinto — respondeu Aurélia sorrindo —, vale bem como noivo cem contos de réis; mas eu tenho dinheiro para pagar um marido de maior preço, Lísia; não me contento com esse.

Riam-se todos destes ditos de Aurélia e os lançavam à conta de gracinhas de moça espirituosa; porém a maior parte das senhoras, sobretudo aquelas que tinham filhas moças, não cansavam de criticar esses modos desenvoltos, impróprios de meninas bem-educadas.

Os adoradores de Aurélia sabiam, pois ela não fazia mistério, do preço de sua cotação no rol da moça; e longe de se agastarem com a franqueza, divertiam-se com o jogo que muitas vezes resultava do ágio de suas ações naquela empresa nupcial.

Dava-se isto quando qualquer dos apaixonados tinha a felicidade de fazer alguma cousa a contento da moça e satisfazer-lhe as fantasias; porque nesse caso ela elevava-lhe a cotação, assim como abaixava a daquele que a contrariava ou incorria em seu desagrado.

Muito devia a cobiça embrutecer esses homens, ou cegá-los a paixão, para não verem o frio escárnio com que Aurélia os ludibriava nestes brincos ridículos, que eles tomavam por garridices de menina, e não eram senão ímpetos de uma irritação íntima e talvez mórbida.

A verdade é que todos porfiavam, às vezes colhidos por desânimo passageiro, mas logo restaurados por uma esperança obstinada, nenhum se resolvia a abandonar o campo; e muito menos o Alfredo Moreira que parecia figurar na cabeça do rol.

Não acompanharei Aurélia em sua efêmera passagem pelos salões da Corte, onde viu, jungido a seu carro de triunfo, tudo que a nossa sociedade tinha de mais elevado e brilhante.

Proponho-me unicamente a referir o drama íntimo e estranho que decidiu do destino dessa mulher singular.

II

Seriam nove horas do dia.

Um sol ardente de março esbate-se nas venezianas que vestem as sacadas de uma sala, nas Laranjeiras.

A luz coada pelas verdes empanadas debuxa com a suavidade do nimbo o gracioso busto de Aurélia sobre o aveludado escarlate do papel que forra o gabinete.

Reclinada na conversadeira com os olhos a vagar pelo crepúsculo do aposento, a moça parece imersa em intensa cogitação. O recolho apaga-lhe no semblante, como no porte, a reverberação mordaz que de ordinário ela desfere de si, como a chama sulfúrea de um relâmpago.

Mas a serenidade que se derrama por toda a sua pessoa, se de alguma sorte desmaia a cintilação de sua beleza, a embebe de um fluido inefável de meiguice e carinho, que a torna irresistível.

Seus olhos já não têm aqueles fulvos lampejos, que despedem nos salões, e que, a igual do mormaço, crestam. Nos lábios, em vez do cáustico sorriso, borbulha agora a flor d'alma a rever os íntimos enlevos.

Sombreia o formoso semblante uma tinta de melancolia que não lhe é habitual desde certo tempo, e que não obstante se diria o matiz mais próprio das feições delicadas. Há mulheres assim, a quem um perfume de tristeza idealiza. As mais violentas paixões são inspiradas por esses anjos de exílio.

Aurélia concentra-se de todo dentro de si; ninguém ao ver essa gentil menina, na aparência tão calma e tranquila, acreditaria que nesse momento ela agita e resolve o problema de sua existência; e prepara-se para sacrificar irremediavelmente todo o seu futuro.

Alguém que entrava no gabinete veio arrancar a formosa pensativa à sua longa meditação. Era d. Firmina Mascarenhas, a senhora que exercia junto de Aurélia o ofício de guarda-moça.

A viúva aproximou-se da conversadeira para estalar um beijo na face da menina, que só nessa ocasião acordou da profunda distração em que estava absorta.

Aurélia correu a vista surpresa pelo aposento; e interrogou uma miniatura de relógio presa à cintura por uma cadeia de ouro fosco.

Entretanto d. Firmina, acomodando a sua gordura semissecular em uma das vastas cadeiras de braços que ficavam ao lado da conversadeira, dispunha-se a esperar pelo almoço.

— Está fatigada de ontem? — perguntou a viúva, com a expressão de afetada ternura que exigia o seu cargo.

— Nem por isso; mas sinto-me lânguida; há de ser o calor — respondeu a moça, para dar uma razão qualquer de sua atitude pensativa.

— Estes bailes que acabam tão tarde não podem ser bons para a saúde; por isso é que no Rio de Janeiro há tanta moça magra e amarela. Ora, ontem, quando serviram a ceia, pouco faltava para tocar matinas em Santa Teresa. Se a primeira quadrilha começou com o toque do Aragão!... Havia muita confusão; o serviço não esteve mau, mas andou tão atrapalhado!...

D. Firmina continuou por aí além a descrever suas impressões do baile da véspera, sem tirar os olhos do semblante de Aurélia, onde espiava o efeito de suas palavras, pronta a desdizer-se de qualquer observação, ao menor indício de contrariedade.

Deixou-a a moça falar, desejosa de desprender-se de suas preocupações e embalar-se ao rumor dessa voz que ouvia, sem compreender. Sabia que a viúva conversava acerca do baile; mas não acompanhava o que ela dizia.

De repente, porém, interrompeu-a:

— Que tal achou a Amaralzinha, d. Firmina?

A velha fez semblante de recordar-se.

— A Amaralzinha?... É aquela moça toda de azul?

— Com espigas de prata nos cabelos e nos apanhados da saia; simples e de muito bom gosto.

— Lembra-me. É uma menina bem galante! — afirmou a viúva.

— E bem-educada. Dizem que toca piano perfeitamente, e que tem uma voz muito agradável.

— Mas não costuma aparecer na sociedade. É a primeira vez que a encontramos; não me lembro de a ter visto antes.

— Foi a primeira vez!

Pronunciando estas palavras, a moça parecia de novo sentir sua alma refranger-se, atraída imperiosamente por esse pensamento recôndito que a absorvia.

Mas reagiu contra essa preocupação, e dirigiu-se à viúva em tom vivo e instante:

— Diga-me uma cousa, d. Firmina!

— O que é, Aurélia?

— Mas há de ser franca. Promete-me?

— Franca? Mais do que eu sou, menina? Se é este o meu defeito!...

A moça hesitava.

— Experimente!

— Quem acha a senhora mais bonita, a Amaralzinha ou eu? — disse afinal Aurélia, empalidecendo de leve.

— Ora, ora! — acudiu a viúva a rir. — Está zombando, Aurélia. Pois, a Amaralzinha é para se comparar com você?

— Seja sincera!

— Outras muito mais bonitas que ela não chegam a seus pés.

A viúva citou quatro ou cinco nomes de moças que então andavam no galarim e dos quais não me recordo agora.

— É tão elegante! — disse Aurélia como se completasse uma reflexão íntima.

— São gostos!

— Em todo o caso é mais bem-educada do que eu?

— Do que você, Aurélia? Há de ser difícil que se encontre em todo o Rio de Janeiro outra moça que tenha sua educação. Lá mesmo, por Paris, de que tanto se fala, duvido que haja.

— Obrigada! É esta a sua franqueza d. Firmina?

— Sim, senhora; a minha franqueza está em dizer a verdade, e não em escondê-la. Demais, isso é o que todos veem e repetem. Você toca piano como o Arnaud,[2] canta como uma prima-dona, e conversa na sala com os deputados e os diplomatas, que eles ficam todos enfeitiçados. E como não há de ser assim? Quando você quer, Aurélia, fala que parece uma novela.

— Já vejo que a senhora não é nada lisonjeira. Está desmerecendo nos meus *dotes* — acudiu a menina sublinhando a última palavra com um fluo sorriso de ironia. — Então não sabe, d. Firmina, que eu tenho um *estilo de ouro,* o mais sublime de todos os estilos, a cuja eloquência arrebatadora não se resiste? As que falam como uma novela, em vil prosa, são essas moças românticas e pálidas que se andam evaporando em suspiros; eu falo como um poema: sou a poesia que brilha e deslumbra!

— Entendo o que você quer dizer; o dinheiro faz do feio bonito, e dá tudo, até saúde. Mas repare bem, os seus maiores admiradores são justamente aqueles que não podem pretender sua riqueza; uns casados, outros já velhos...

— Quando pela primeira vez fumaram perto da senhora, não sentiu alguma cousa, um atordoamento?... Pois o ouro tem uma fumaça invisível, que embriaga ainda mais do que a do charuto de Havana, e até mesmo do que a desse nojento cigarro de papel, com que os rapazes de hoje se incensam. Toda essa gente que rodeia um velho ricaço, ministros, senadores e fidalgos, de certo que não espera casar-se com a burra do sujeito;[3] mas sofre a atração do dinheiro.

— Agora mesmo, Aurélia, está você me dando razão e mostrando sua instrução. Quem há de dizer que uma menina de sua idade sabe mais de que muitos homens que aprenderam nas academias? E assim é bom; porque senão, com a riqueza que lhe deixou seu avô, sozinha no mundo, por força que havia de ser enganada.

— Antes fosse! — murmurou a moça, recaindo em sua meditação.

D. Firmina ainda proferiu algumas palavras em continuação da conversa; mas notou que a moça não lhe prestava a menor atenção, antes parecia esquivar-se a qualquer impressão exterior, para mais profundamente reconcentrar-se.

Então com o tato dessas almas feitas para a domesticidade moral, ergueu-se; e trocando alguns passos pela sala, disfarçou a reparar nas estatuetas de alabastro e vasos de porcelana colocados no mármore vermelho dos consolos.

Assim de costas para a conversadeira, mostrava-se desapercebida daquele enlevo de Aurélia, a quem de certo havia de contrariar, quando voltasse da distração à presença de uma pessoa a escrutar-lhe nos gestos o segredo dos pensamentos.

Não teriam decorrido cinco minutos quando ouvia d. Firmina um som trépido e cristalino, que ela bem conhecia por tê-lo muitas vezes escutado. Voltou-se e viu Aurélia, cujos lábios de nácar vibravam ainda com o harpejo daquele ríspido sorriso.

A gentil menina surgira de sua pensativa languidez, como uma estátua de cera que, transmutando-se em jaspe de repente, se erigisse altiva e desdenhosa, desferindo de si os lívidos e fulvos reflexos do mármore polido.

Ela caminhou para as janelas e, com petulância nervosa, suspendeu impetuosamente as duas venezianas, que pareciam um peso excessivo para sua mão fina e mimosa.

A torrente da luz, precipitando-se pela abertura das janelas, encheu o aposento; e a moça adiantou-se até a sacada, para banhar-se nessas cascatas de sol, que lhe borbotavam sobre a régia fronte coroada do diadema de cabelos castanhos, e desdobravam-se pelas formosas espáduas como uma túnica de ouro.

Embebia-se de luz. Quem a visse nesse momento assim resplandecente poderia acreditar que sob as pregas do roupão de cambraia estava a ondular voluptuosamente a ninfa das chamas, a lasciva salamandra, em que se transformara de chofre a fada encantada.

Depois de saturar-se de sol como a alva papoula, que se cora aos beijos de seu real amante, a moça dirigiu-se ao piano e estouvadamente o abriu. Dos turbilhões da estrepitosa tempestade cromática, que revolvia o teclado, desprendeu-se afinal a sublime imprecação da Norma,[4] quando rugindo ciúme, fulmina a perfídia de Polião.

Moderando os arrojos dessa instrumentação vertiginosa, para fazer o acompanhamento, a moça começou a cantar; mas às primeiras notas, sentindo-se tolhida pela posição, abandonou o piano, e em pé, no meio da sala, roçagando a saia do roupão como se fosse a cauda do pálio gaulês, ela reproduziu com a voz e o gesto aquela epopeia do coração traído, que tantas vezes tinha visto representada por Lagrange.[5]

A ferocidade da mulher enganada, sanha da leoa ferida, nunca teve para exprimi-la, nem mesmo na exímia cantora, uma voz mais bramida, um gesto mais sublime. As notas que desatavam-se dos lábios de Aurélia, possantes de vigor e harmonia, deixavam após si um frêmito que lembrava o silvo da serpente, sobretudo quando este braço mimoso e torneado distendia-se de repente com um movimento hirto para vibrar o supremo desprezo.

D. Firmina, apesar de habituada desde muito ao caráter excêntrico de Aurélia, contemplava-a com surpresa nesse momento; e desconfiava que alguma cousa de extraordinário ocorrera na vida da moça, que a tornara a princípio tão pensativa, e produzia agora esse acesso sentimental.

Entretanto ela, com a mesma volubilidade que a tomara ao erguer-se da conversadeira, correu para d. Firmina, travou-lhe do pulso fazendo-a de Polião, e deu imediatamente um jeito cômico à cena que terminou em risadas.

III

Era a hora do almoço. As duas senhoras puseram-se à mesa. Aurélia distinguia-se pela sobriedade, que era nela a consequência de temperamento e educação. Não quer isto dizer que fosse dessa espécie de moças papilonáceas que se alimentam do pólen das flores, e para quem o comer é um ato desgracioso e prosaico.

Bem ao contrário, ela sabia que a nutrição dá a seiva de beleza, sem a qual as cores desmaiam nas faces e os sorrisos nos lábios, como as efêmeras e pálidas florações de uma roseira ética.

Assim não tinha vergonha de comer; e, sem vaidade, acreditava que o esmalte de seus dentes não era menos gracioso quando eles se triscavam como a crepitação de um colar de pérolas; nem o matiz de seus lábios menos saboroso quando chupavam uma fruta, ou se entreabriam para receber o alimento.

Nessa ocasião, porém, a moça fez exceção a seus hábitos de sobriedade; ela que não gostava de especiarias, e só de longe em longe bebia algumas gotas de licor, quis experimentar quanto molho e condimento picante havia em casa; e para remate bebeu um cálice de xerez.

D. Firmina, sem esquecer o almoço, continuava a observar de parte a menina, cada vez mais convencida da existência de um acontecimento importante que havia alterado a calma habitual da moça.

Esse acontecimento, na opinião da viúva, não podia ser outro senão aquele que tamanha influência exerce nas meninas de 18 anos, sobretudo se não dependem de ninguém para dispor de si.

D. Firmina tinha, pois, como certo que Aurélia, a desdenhosa, sentira afinal uma inclinação; e estava ansiosa a viúva, para conhecer o feliz que tivera o poder de cativar a altiva rainha dos salões, tão adorada, quanto fria e indiferente.

Revolvia na mente as recordações da noite anterior para certificar-se que não aparecera no baile nenhum moço desconhecido de quem Aurélia se pudesse apaixonar de súbito. Devia de ser, pois, qualquer dos antigos adoradores, dos que ela escarnecia, que por alguma circunstância inexplicável alcançara render-lhe enfim o coração.

Não se pôde conter a viúva; em risco de desagradar a menina, dirigiu-lhe uma indireta com que se propunha a entabular a conversa e, conforme a resposta, dirigi-la para o ponto.

— Não sei que lhe acho hoje, Aurélia! Parece-me tão contente, e até mais bonita, se é possível, do que de costume!

— Deveras!

— Não é exageração, não. Olhe! As moças quando se vestem para um baile onde esperam encontrar alguém, ficam mais bonitas do que são. Mas você está hoje ainda mais bonita do que nos bailes. Nunca lhe vi assim. Aqui anda volta de algum segredinho!

— Quer saber qual é? — perguntou Aurélia, com um sorriso.

— Não sou curiosa — replicou a viúva, sentindo o pungir daquele sorriso.

— Resolvi ser freira!

— Está bom!

— Mas o meu convento há de ser este mesmo mundo em que vivemos, que nenhum outro teria mais penitências e mortificações para mim.

Desmentindo logo após a gravidade destas palavras com uma risada galhofeira, Aurélia deixou na sala de jantar d. Firmina, espantada de que uma menina imensamente rica e formosa, desejada por todos, pudesse ter semelhantes pensamentos, ainda mesmo por gracejo.

Aurélia, que se dirigira ao seu toucador, sentou-se a uma escrivaninha de araribá guarnecido de relevos de bronze dourado e escreveu uma carta de poucas linhas.

A todos os pormenores dessa comezinha operação, no dobrar a folha de papel, encerrá-la na capa, derreter o lacre e imprimir o sinete, a moça deliberadamente aplicava a maior atenção e esmero.

Ou essa carta era destinada a quem tudo lhe merecia, ou nesse apuro e cuidado buscava Aurélia disfarçar a hesitação que a surpreendera no momento de realizar uma ideia anteriormente assentada.

Depois de sobrescrita a carta, a moça tirou do segredo da secretária um cofre de sândalo embutido de marfim.

Havia ali entre cartas e flores murchas um cartão de visita, já amarelo, que ela escondeu no bolso do roupão, depois de guardado na sua carteirinha de veludo.

Ao som do tímpano apareceu um criado. Aurélia entregou-lhe a carta com um gesto vivo e a voz breve, como receosa de súbito arrependimento.

— Para o sr. Lemos! Depressa!

Sentiu então Aurélia essa quietude que sucede às lutas do coração. Ela tinha afinal resolvido o problema inextricável de sua vida; e em vez de abandonar-se ao acaso e deixar-se levar pelo turbilhão do mundo, achara em sua alma a força precisa para dirigir os acontecimentos e dominar o futuro.

Daí provinha a calma de que revestia-se ao deixar o toucador e que outra vez imprimia à sua beleza uma doce expressão de melancolia e resignação.

D. Firmina, como de costume, esperava que Aurélia dispusesse a maneira por que passariam a manhã, pois a viúva não tinha outra ocupação que não fosse agradar à menina, fazer-lhe companhia e prestar-se a todas as suas vontades e caprichos.

Para isto recebia além do tratamento uma boa mesada que ia acumulando para os tempos difíceis, como já os havia passado logo depois da perda do marido.

—Você não sai hoje, Aurélia?

— Pode ser. Mas não se constranja por meu respeito.

— Há de ficar sozinha?

— Tenho em que empregar o tempo. Um negócio grave! — tornou a menina sorrindo.

— É já alguma penitenciazinha?

—Ainda não; é a profissão de noviça.

Nessa ocasião e no meio das risadas da menina, anunciaram o sr. Lemos, que foi imediatamente introduzido na sala.

— Recebi a sua carta em caminho; ia ao Botafogo: o José encontrou-me no Largo do Machado. Estou às suas ordens, Aurélia.

Era o sr. Lemos um velho de pequena estatura, não muito gordo, mas rolho e bojudo como um vaso chinês. Apesar de seu corpo rechonchudo, tinha certa vivacidade buliçosa e saltitante que lhe dava petulâncias de rapaz e casava perfeitamente com os olhinhos de azougue.

Logo à primeira apresentação reconhecia-se o tipo desses folgazões que trazem sempre um provimento de boas risadas com que se festejam a si mesmos.

Quando o Lemos na qualidade de tio fora pelo juiz de órfãos encarregado da tutela de Aurélia, deu-se um incidente que desde logo determinou a natureza das relações entre o tutor e sua pupila.

Pretendia o velho levar a menina para a companhia de sua família.

Opôs-se formalmente Aurélia; e declarou que era sua intenção viver em casa própria, na companhia de d. Firmina Mascarenhas.

— Mas atenda, minha menina, que ainda é menor.

— Tenho 18 anos.

— Só aos 21 é que poderá viver sobre si e governar-se.

— É a sua opinião? Vou pedir ao juiz que me dê outro tutor mais condescendente.

— Como diz?

— E tais argumentos lhe apresentarei que ele há de atender-me.

À vista desse tom positivo, o Lemos refletiu e julgou mais prudente não contrariar a vontade da menina. Aquela ideia do pedido ao juiz para remoção da tutela não lhe agradara. Pensava ele que às mulheres ricas e bonitas não faltam protetores de influência.

Logo depois dos cumprimentos, d. Firmina retirou-se para deixar a moça em liberdade. Bem desejos tinha a viúva de assistir a essas conferências que o Lemos costumava ter de vez em quando com a pupila acerca de contas da tutela; mas neste ponto Aurélia era de extrema reserva e não gostava que ninguém entendesse com o que ela chamava seus negócios.

— Faça favor, meu tio! — disse a moça, abrindo uma porta lateral.

Essa porta dava para um gabinete elegantemente mobiliado; o centro era ocupado por uma banca oval, como o resto dos trastes de *érable* e coberta com um pano azul de franjas escarlates. Sobre a mesa, em salva de prata, havia o tinteiro e mais preparos de escrever.

No momento em que Aurélia, depois de passar o Lemos, ia por sua vez entrar no gabinete, apareceu à porta da saleta a Bernardina, velha a quem a menina protegia com esmolas. A sujeita parara com um modo tímido, esperando permissão para adiantar-se.

Aurélia aproximou-se dela com um gesto de interrogação.

— Quis vir ontem — segredou a Bernardina —, mas não pude, que atacou-me o reumatismo. Era para dizer que ele chegou.

— Já sabia!

— Ah! quem lhe contou? Pois foi ontem, havia de ser mais de meio-dia.

— Entre!

Aurélia cortou o diálogo, indicando à velha o corredor que levava para o interior, e, passando ao gabinete, cerrou a porta sobre si.

Não escapou este pormenor ao Lemos, que pela solenidade da conferência avaliava de sua importância.

"Com que história virá ela hoje?", dizia entre si o alegre velhinho.

Aurélia sentou-se à mesa de *érable,* convidando o tutor a ocupar a poltrona que lhe ficava defronte.

IV

Quem observasse Aurélia naquele momento não deixaria de notar a nova fisionomia que tomara o seu belo semblante e que influía em toda a sua pessoa.

Era uma expressão fria, pausada, inflexível, que jaspeava sua beleza, dando-lhe quase a gelidez da estátua. Mas no lampejo de seus grandes olhos pardos brilhavam as irradiações da inteligência. Operava-se nela uma revolução. O princípio vital da mulher abandonava seu foco natural, o coração, para concentrar-se no cérebro, onde residem as faculdades especulativas do homem.

Nessas ocasiões seu espírito adquiria tal lucidez que fazia correr um calafrio pela medula do Lemos, apesar do lombo maciço de que a natureza havia forrado no roliço velhinho o tronco do sistema nervoso.

Era realmente para causar pasmo aos estranhos e susto a um tutor a perspicácia com que essa moça de 18 anos apreciava as questões mais complicadas; o perfeito conhecimento que mostrava dos negócios e a facilidade com que fazia, muitas vezes de memória, qualquer operação aritmética, por muito difícil e intrincada que fosse.

Não havia, porém, em Aurélia nem sombra do ridículo pedantismo de certas moças que, tendo colhido em leituras superficiais algumas noções vagas, se metem a tagarelar de tudo.

Bem ao contrário, ela recatava sua experiência, de que só fazia uso quando o exigiam seus próprios interesses. Fora daí ninguém lhe ouvia falar de negócios e emitir opinião acerca de cousas que não pertencessem à sua especialidade de moça solteira.

O Lemos não estava a gosto; tinha perdido aquela jovialidade saltitante, que lhe dava um gracioso ar de pipoca. Na gravidade desusada dessa conferência, ele, homem experiente e sagaz, entrevia sérias complicações.

Assim era todo ouvidos, atento às palavras da moça.

— Tomei a liberdade de incomodá-lo, meu tio, para falar-lhe de objeto muito importante para mim.

— Ah! muito importante?... — repetiu o velho batendo a cabeça.

— De meu casamento! — disse Aurélia com a maior frieza e serenidade.

O velhinho saltou na cadeira como um balão elástico. Para disfarçar sua comoção esfregou as mãos rapidamente uma na outra, gesto que indicava nele grande agitação.

— Não acha que já estou em idade de pensar nisso? — perguntou a moça.

— Certamente! Dezoito anos...

— Dezenove.

— Dezenove? Cuidei que ainda não os tinha feito!... Muitas casam-se nesta idade, e até mais moças; porém é quando têm o paizinho ou a mãezinha para escolher um bom noivo e arredar certos espertalhões. Uma menina órfã, inexperiente, eu não lhe aconselharia que se casasse senão depois da maioridade, quando conhecesse bem o mundo.

— Já o conheço demais — tornou a moça com o mesmo tom sério.

— Então está decidida?

— Tão decidida que lhe pedi esta conferência.

— Já sei! Deseja que eu aponte alguém... Que eu lhe procure um noivo nas condições precisas... Hã!... É difícil... um sujeito no caso de pretender uma moça como você, Aurélia? Enfim há de se fazer a diligência!

— Não precisa, meu tio. Já o achei!

Teve o Lemos outro sobressalto que o fez de novo pular na cadeira.

— Como?... Tem alguém de olho?

— Perdão, meu tio, não entendo sua linguagem figurada. Digo-lhe que escolhi o homem com quem me hei de casar.

— Já compreendo. Mas bem vê!... Como tutor, tenho de dar a minha aprovação.

— De certo, meu tutor; mas essa aprovação o senhor não há de ser tão cruel que a negue. Se o fizer, o que eu não espero, o juiz de órfãos a suprirá.

— O juiz?... Que histórias são essas que lhe andam metendo na cabeça, Aurélia?

— Sr. Lemos — disse a moça, pausadamente e traspassando com um olhar frio a vista perplexa do velho —, completei 19 anos; posso requerer um suplemento de idade mostrando que tenho capacidade para reger minha pessoa e bens; com maioria de razão obterei do juiz de órfãos, apesar de sua oposição, um alvará de licença para casar-me com quem eu quiser. Se estes argumentos jurídicos não lhe satisfazem, apresentar-lhe-ei um que me é pessoal.

— Vamos a ver! — acudiu o velho para quebrar o silêncio.

— É a minha vontade. O senhor não sabe o que ela vale, mas juro-lhe que para a levar efeito não se me dará de sacrificar a herança de meu avô.

— É próprio da idade! São ideias que somente se têm aos 19 anos; e isso mesmo já vai sendo raro.

— Esquece que desses 19 anos, 18 os vivi na extrema pobreza e um no seio da riqueza para onde fui transportada de repente. Tenho as duas grandes lições do mundo: a da miséria e a da opulência. Conheci outrora o dinheiro como um tirano; hoje o conheço como um cativo submisso. Por conseguinte devo ser mais velha do que o senhor, que nunca foi nem tão pobre, como eu fui, nem tão rico, como eu sou.

O Lemos olhava com pasmo essa moça que lhe falava com tão profunda lição do mundo e uma filosofia para ele desconhecida.

— Não valia a pena ter tanto dinheiro — continuou Aurélia, se ele não servisse para casar-me a meu gosto; ainda que para isto seja necessário gastar alguns miseráveis contos de réis.

— Aí é que está a dificuldade — acudiu o Lemos, que desde muito espreitava uma objeção. — Bem sabe, Aurélia, que eu como tutor não posso despender um vintém sem autorização do juiz.

— O senhor não me quer entender, meu tutor — replicou a moça com um tênue assomo de impaciência. — Sei disso, e sei também muitas cousas que ninguém imagina. Por exemplo: sei o dividendo das apólices, a taxa do juro, as cotações da praça, sei que faço uma conta de prêmios compostos com a justeza e exatidão de uma tábua de câmbio.

O Lemos estava tonto.

— E, por último, sei que tenho uma relação de tudo quanto possuía meu avô, escrita por seu próprio punho e que me foi dada por ele mesmo.

Desta vez o purpurino velhinho empalideceu, sintoma assustador em tão completa e maciça carnadura, como a que lhe acolchoava as calcinhas emigradas e o fraque preto.

— Isto quer dizer que se eu tivesse um tutor que me contrariasse e caísse em meu desagrado, ao chegar à minha maioridade não lhe daria quitação, sem primeiro passar um exame nas contas de sua administração para o que felizmente não careço de advogado nem de guarda-livros.

— Sim, senhora; está em seu direito — tornou o velho, contrito.

— Cabendo-me, porém, a fortuna de ter um tutor meu amigo, que me faz todas as vontades, como o senhor, meu tio...

— Lá isso é verdade!

— Neste caso, em vez de matar a paciência e aborrecer-me com autos e contas, dou tudo por bem-feito. Ainda mais, sei que a tutela é gratuita, mas assim não deve ser quando os órfãos têm de sobra com que recompensar o trabalho que dão.

— Lá isso não, Aurélia. Este encargo é uma dívida sagrada, que pago à memória de sua mãe, a minha boa e sempre chorada irmã...

O Lemos enxugou no canto do olho uma lágrima que ele conseguira espremer, se é que não a tinha inventado, como parece mais provável. E a moça, em tributo à memória de sua mãe evocada pelo velho, ergueu-se um instante a pretexto de olhar pela janela.

Quando voltou a seu lugar, o Lemos estava de todo restabelecido dos choques por que havia passado, e mostrava-se ao natural, fresco, titilante e risonho.

— Estamos entendidos? — perguntou a menina, com a sisudez que não deixara em todo este diálogo.

—Você é uma feiticeirazinha, Aurélia; faz de mim o que quer.

— Reflita bem, meu tio. Vou confiar-lhe meu segredo, um segredo que a ninguém neste mundo foi revelado, e que só Deus sabe. Se depois de conhecê-lo, o senhor não me quiser servir, ou não souber, eu jamais lhe perdoarei.

— Pode confiar de mim sem susto o seu segredo, Aurélia, que mostrar-me-ei digno dessa confiança.

— Creio, sr. Lemos, e, para tirar-lhe qualquer escrúpulo que por acaso o assalte, lhe juro pela memória de minha mãe, que se há para mim felicidade neste mundo, é somente esta que o senhor me pode dar.

— Disponha de mim.

Aurélia parou um instante.

— Conhece o Amaral?

— Qual deles? — perguntou o velho, um tanto acanhado.

— Manuel Tavares do Amaral, empregado da alfândega — disse a moça, consultando sua carteirinha. — Tenha a bondade de tomar nota. Não é rico, mas possui alguma cousa; ajustou o casamento da filha Adelaide com um moço que esteve ausente do Rio de Janeiro, e a quem ele ofereceu de dote trinta contos de réis.

Ao proferir estas palavras, sentiu-se um fugaz tremor na voz sempre tão límpida da moça, que logo após tomou um timbre ríspido.

O Lemos ficara roxo de vermelho que já era; e, para disfarçar o seu vexame, remexia a cabeça mui desinquieto, com o dedo a repuxar e alargar o colarinho, como se este o sufocasse.

Aurélia demorou um instante o seu frio olhar no semblante do velho; depois desviando com placidez a vista para fitá-la na página aberta de sua carteirinha, deu tempo ao tio de reportar-se, o que foi breve. O Lemos tinha o traquejo do mundo.

— Trinta contos?... — observou ele. — Já não é mau começo!

Aurélia continuou:

— É preciso quanto antes desmanchar este casamento. A Adelaide deve casar com o dr. Torquato Ribeiro, de quem ela gosta. Ele é pobre; e por isso o pai o tem rejeitado; mas se o senhor assegurasse ao Amaral que esse moço tem de seu uns cinquenta contos de réis, acha que ele recusaria?

— Suponha que eu assegurasse isso. Donde sairia esse dinheiro?

— Eu o darei com o maior prazer.

— Mas, minha menina, para que nos vamos nós intrometer nos negócios alheios?

— O senhor é bastante perspicaz para perceber aquilo que debalde lhe procuraria ocultar. Prefiro confiar-me sem reservas à sua lealdade.

A moça fez um esforço.

— Esse moço, que está justo com a Adelaide Amaral, é o homem a quem eu escolhi para meu marido. Já se vê que, não podendo pertencer a duas, é necessário que eu o dispute.

— Conte comigo! — acudiu o velho, esfregando as mãos, como quem entrevia os benefícios que essa paixão prometia a um tutor hábil.

— Esse moço...

— O nome? — perguntou o velho, molhando a pena.

Aurélia fez um aceno de espera.

— Esse moço chegou ontem; é natural que trate agora dos preparativos para o casamento que está justo há perto de um ano. O senhor deve procurá-lo quanto antes...

— Hoje mesmo.

— E fazer-lhe sua proposta. Estes arranjos são muito comuns no Rio de Janeiro.

— Estão-se fazendo todos os dias.

— O senhor sabe melhor do que eu como se aviam estas encomendas de noivos.

— Ora, ora!

— Previno-o de que meu nome não deve figurar em tudo isto.

— Ah! quer conservar o incógnito?

— Até o momento da apresentação. Entretanto pode dizer quanto baste para que não suponham que se trata de alguma velha ou aleijada.

— Percebo! — exclamou o velho, rindo. — Um casamento romântico.

— Não, senhor; nada de exagerações. Só tem licença para afirmar que a noiva não é velha nem feia.

— Quer preparar a surpresa?

— Talvez. Os termos da proposta...
— Com licença! Desde que deseja conservar o incógnito, não devo aparecer?

Aurélia refletiu um instante.

— Não quero que isto passe do senhor. Caso ele o reconheça como meu tio e tutor, não poderia o senhor convencê-lo que eu não tenho nisso a mínima parte? que é um negócio da família ou dos parentes?

— Bem lembrado! Eu cá me arranjo; não tenha cuidado.

— Os termos da proposta devem ser estes; atenda bem. A família da tal moça misteriosa deseja casá-la com separação de bens, dando ao noivo a quantia de cem contos de réis de dote. Se não bastarem cem e ele exigir mais, será o dote de duzentos...

— Hão de bastar. Não tenha dúvida.

— Em todo o caso quero que o senhor compreenda bem o meu pensamento. Desejo, como é natural obter o que pretendo, o mais barato possível; mas o essencial é obter; e portanto até metade do que possuo, não faço questão de preço. É a minha felicidade que vou comprar.

Estas últimas palavras, a moça proferiu-as com uma indefinível expressão.

— Não será caro?

— Oh! — exclamou Aurélia. — Eu daria por ela toda a minha riqueza. Outras a têm de graça, que lhes vem diretamente do céu. Mas não me posso queixar, pois negando-me esse bem, Deus compadeceu-se de mim, e enviou-me quando menos esperava tamanha herança para que eu possa realizar a aspiração de minha vida. Não dizem que o dinheiro traz todas as venturas?

— A maior ventura que dá o dinheiro é possuí-lo; as outras são secundárias — disse o Lemos como entendido na matéria.

Aurélia, que um instante se deixara arrebatar pelo sentimento, voltava ao tom frio e refletido com que havia discutido até ali a questão de seu futuro.

— Falta-me ainda, meu tio, recomendar-lhe um ponto. A palavra, além de esquecer, está sujeita a equívocos. Não seria possível tratar este negócio por escrito?

— Passar ao sujeito um papel?... Certamente; mas se ele roer a corda, não há meio de obrigá-lo a casar.

— Não importa. Eu prefiro confiar-me à honra dessa pessoa, antes do que aos tribunais. Com uma obrigação em que ele empenhe sua palavra ficarei tranquila.

— Há de se arranjar.

— Eis o que espero de sua amizade, meu tio.

O Lemos deixou passar a ironia que acentuara a palavra *amizade*, e esticou a prumo diante dos olhos e contra a luz, a folha de papel em que tomara suas notas.

—Vejamos!... Tavares do Amaral, empregado da alfândega... a filha d. Adelaide, trinta contos de réis... O dr. Torquato Ribeiro... garantir cinquenta... O outro... de cem até duzentos. Só me falta o nome.

Aurélia tirou da carteirinha o bilhete de visita e apresentou-o ao tutor. Como este se preparasse para repetir em alta voz o nome, ela o atalhou com a palavra breve e imperativa que às vezes lhe crispava os lábios.

— Escreva!

O velhinho copiou as indicações que havia no cartão e o restituiu.

— Nada mais?

— Nada, senão repetir-lhe ainda uma vez que entreguei em suas mãos a única felicidade que Deus me reserva neste mundo.

A moça proferiu estas palavras com um tom de profunda convicção que penetrou o bonacho ceticismo do velho.

— Há de ser muito feliz, eu lhe garanto.

— Dê-me esta felicidade, que eu tanto invejo; eu lhe darei da que me sobra.

— Conte comigo, Aurélia,

O velhinho apertou a mão da moça, que lhe tocara o coração com a última promessa, e retirou-se.

Quando chegou a casa, ainda o Lemos não estava de todo restabelecido do atordoamento que sofrera.

V

Havia à rua do Hospício,[6] próximo ao campo, uma casa que desapareceu com as últimas reconstruções.

Tinha três janelas de peitoril na frente; duas pertenciam à sala de visitas, a outra a um gabinete contíguo.

O aspecto da casa revelava, bem como seu interior, a pobreza da habitação.

A mobília da sala consistia em sofá, seis cadeiras e dois consolos de jacarandá, que já não conservavam o menor vestígio de verniz. O papel da parede de branco passara a amarelo e percebia-se que em alguns pontos já havia sofrido hábeis remendos.

O gabinete oferecia a mesma aparência. O papel que fora primitivamente azul tomara a cor de folha seca.

Havia no aposento uma cômoda de cedro que também servia de toucador, um armário de vinhático, uma mesa de escrever e, finalmente, a marquesa, de ferro, como o lavatório, e vestida de mosquiteiro verde.

Tudo isto, se tinha o mesmo ar de velhice dos móveis da sala, era como aqueles cuidadosamente limpo e espanejado, respirando o mais escrupuloso asseio. Não se via uma teia de aranha na parede, nem sinal de poeira nos trastes. O soalho mostrava aqui e ali fendas na madeira; mas uma nódoa sequer não manchava as tábuas areadas.

Outra singularidade apresentava essa parte da habitação: era o frisante contraste que faziam com a pobreza carranca dos dois aposentos certos objetos, aí colocados, e de uso do morador.

Assim, no recosto de uma das velhas cadeiras de jacarandá via-se neste momento uma casaca preta, que, pela fazenda superior, mas sobretudo pelo corte elegante e esmero do trabalho, conhecia-se ter o chique da casa do Raunier, que já era naquele tempo o alfaiate da moda.

Ao lado da casaca estava o resto de um trajo de baile, que todo ele saíra daquela mesma tesoura em voga; finíssimo chapéu claque do melhor fabricante de Paris; luvas de Jouvin cor de palha; e um par de botinas como o Campas só fazia para os seus fregueses prediletos.

Sobre um dos aparadores tinham posto uma caixa de charutos de Havana, da marca mais estimada que então havia no mercado. Eram regalias como talvez só saboreavam nesse tempo os dez mais puros fumistas do Império.

No velho sofá de palha escura havia uma almofada de cetim azul bordada a froco e ouro. A mais suntuosa das salas do Rio de Janeiro não se arreava por certo com uma obra de tapeçaria, nem mais delicada, nem mais mimosa do que essa, trabalhada por mãos aristocráticas.

Passando à alcova, na mesquinha banca de escrever, coberta com um pano desbotado e atravancada de rumas de livros, a maior parte romances, apareciam sem ordem tinteiros de bronze dourado sem serventia, porta-charutos de vários gostos, cinzeiros de feitios esquisitos e outros objetos de fantasia.

A tábua da cômoda era verdadeiro balcão da perfumista. Aí achavam-se arranjados toda a casta de pentes e escovas, e outros utensílios no toucador de um rapaz à moda, assim como as mais finas essências francesas e inglesas, que o respectivo rótulo indicava terem saído das casas do Bernardo e do Louis.

A um canto do aposento notava-se um sortimento de guarda-chuvas e bengalas, algumas de muito preço. Parte destas naturalmente provinha de mimos, como outras curiosidades artísticas, em bronze e jaspe, atiradas para baixo da mesa, e cujo valor excedia de certo ao custo de toda a mobília da casa.

Um observador reconheceria nesse disparate a prova material de completa divergência entre a vida exterior e a vida doméstica da pessoa que ocupava esta parte da casa.

Se o edifício e os móveis estacionários e de uso particular denotavam escassez de meios, senão extrema pobreza, a roupa e objetos de representação anunciavam um trato de sociedade, como só tinham cavalheiros dos mais ricos e francos da Corte.

Esta feição característica do aposento repetia-se em seu morador, o Seixas, derreado neste momento no sofá da sala, a ler uma das folhas diárias, estendidas sobre os joelhos erguidos, que assim lhe servem de cômoda estante.

É um moço que ainda não chegou aos trinta anos. Tem uma fisionomia tão nobre quanto sedutora; belos traços, tez finíssima, cuja alvura realça a macia barba castanha. Os olhos rasgados e luminosos às vezes coalham-se em um enlevo de ternura, mas natural e estreme de afetação, que há de torná-los irresistíveis quando o amor os acende.

A boca vestida por um bigode elegante mostra o seu molde gracioso, sem contudo perder a expressão grave e sóbria, que deve ter o órgão da palavra viril.

Sua posição negligente não esconde de todo o garbo do talhe, que se deixa ver nessa mesma retração do corpo. É esbelto sem magreza, e de elevada estatura.

O pé pousado agora em uma chinela não é pequeno; mas tem a palma estreita e o firme arqueado da forma aristocrática.

Vestido com um chambre de fustão que briga com as mimosas chinelas de chamalote bordadas a matiz, vê-se que ele está ainda no desalinho matutino de quem acaba de erguer-se da cama. Ainda o pente não alisou os cabelos, que deixados a si tomam entretanto sua elegante ondulação.

Depois de lavar o rosto e enfiar o chambre, viera à sala, buscar na porta que dava para a escada os jornais do dia; pois era ele dos que se consideram em jejum e ficam de cabeça oca, se ao acordarem não espreguiçam o espírito por essas toalhas de papel com que a civilização enxuga a cara ao público todas as manhãs.

Deitara-se, então,[7] de bruços no sofá, para ler mais a cômodo, e maquinalmente corria os olhos pelas rubricas dos artigos à cata de algum escândalo que lhe aguçasse a curiosidade embotada pela fadiga de uma prolongada vigília.

Apareceu à porta da escada uma pessoa, que deitou a cabeça a espiar, dizendo:

— Mano, já acordou?

— Entra, Mariquinhas — respondeu o moço, do sofá.

A moça aproximou-se do sofá, reclinou-se para o irmão, que, sem mudar de posição, cingiu-lhe o colo com o braço esquerdo atraindo-a a jeito de pousar-lhe um beijo na face.

— Quer o seu café? — perguntou Mariquinhas.

— Traze, menina.

Momentos depois, voltou a moça com a xícara de café. Enquanto o irmão, soerguendo o busto, sorvia aos goles a aromática bebida dos poetas sibaritas, ela ia à alcova buscar um charuto de marca pérola, e acendia um fósforo.

Todos estes pormenores praticava-os como quem tinha perfeito conhecimento dos hábitos do irmão, e sabia por experiência que regalia não era o charuto para fumar-se logo pela manhã, e depois do café.

Aceitava o indolente estes serviços como um sultão os receberia de sua almeia favorita; de tão acostumado que estava, já não os agradecia, convencido que para a moça era uma fineza consentir que lhos prestasse.

Depois que o irmão acendeu o charuto, Mariquinhas sentou-se perto dele à beira do sofá.

— Divertiu-se muito, mano?

— Nem por isso.

— Acabou bastante tarde. Quando você entrou deviam ser três horas.

— E não valeu a pena; perdi a noite quando podia recobrar-me das péssimas que passei a bordo.

— É verdade; fez mal em ir a um baile no mesmo dia da chegada.

O moço acompanhou com os olhos a espiral de um alvo froco da fumaça de seu havana, até que de todo se desfez nos ares.

— Sabes quem lá estava? E era a rainha do baile?... A Aurélia!

— Aurélia... — repetiu a moça buscando na memória recordação desse nome.

— Não te lembras?... Olha!

E o irmão cruzando o pé esquerdo sobre o joelho direito, mostrou, com um aceno da mão alva e delicada, a chinela de chamalote.

— Ah! já sei — exclamou a moça vivamente. — Aquela que morava em Santa Teresa?[8]

— Justamente.

— Você gostava bem dela, mano.

— Foi a maior paixão da minha vida, Mariquinhas!

— Mas você esqueceu-a pela Amaralzinha — observou a irmã, com um sorriso.

Seixas moveu a cabeça com um meneio lento e melancólico; depois de uma pausa, em que a irmã contemplou, compassiva e arrependida de ter evocado aquela saudade, ele continuou em tom vivo e animado:

— Ontem no Cassino, estava deslumbrante, Mariquinhas! Nem tu podes imaginar!...Vocês mulheres têm isso de comum com as flores, que umas são flores da sombra e abrem com a noite, e outras são filhas da luz e carecem de sol. Aurélia é como estas, nasceu para a riqueza. Eu bem o pressenti! Quando admirava a sua formosura naquela salinha térrea de Santa Teresa, parecia-me que ela vivia ali exilada. Faltava o diadema, o trono, as galas, a multidão submissa; mas a rainha ali estava em todo o seu esplendor. Deus a destinara à opulência.

— Está rica então?

— Apareceu-lhe de repente uma herança... Creio que dum avô. Não me souberam bem explicar; o certo é que possui hoje, segundo me disseram, cerca de mil contos.

— Ela também tinha muita paixão por você, mano! — observou a moça, com uma intenção que não escapou a Seixas.

Tomou ele a mão da irmã:

— Aurélia está perdida para mim. Quantos a admiravam ontem no Cassino podem pretendê-la, embora se arrisquem a ser repelidos; eu não tenho esse direito, sou o único.

— Por quê, mano? É por causa da Amaralzinha, com quem dizem que você há de casar-se?

— Isto ainda não é cousa decidida, Mariquinhas, tu bem sabes. A razão é outra.

— Qual é então?

— Depois... depois eu te direi.

Terceira voz interveio no diálogo com estas palavras:

— Pode dizer já, mano; eu me vou embora. Não quero surpreender seus segredos.

A pessoa que falara era outra moça que pouco antes entrara na sala e ouvira as últimas réplicas da conversa.

— Pois vem cá, Nicota, que eu te direi ao ouvido o meu segredo! — retrucou-lhe Seixas, a rir-se do amuo da irmã.

— Não mereço; isto é bom para Mariquinhas! — tornou a Nicota de longe.

— Que é isto agora de Nicota? Porque eu estava conversando com Fernandinho? Será algum crime?

— Não é por isso — voltou-lhe a irmã, com os olhos a marejar. — Você enganou-me dizendo que ia engomar seu vestido e veio espiar se o mano já tinha acordado para trazer-lhe o café.

— Pois fui mesmo engomar; porém ouvi o mano abrir a porta... E você, por que se deixou ficar?

— Eu estava acabando a costura daquela senhora, que você bem sabe, que devo dar hoje sem falta. Tinha pedido a mamãe para me chamar logo que Fernandinho acordasse; e ela, não o ouvindo assoviar como costuma, pensou que estivesse dormindo ainda com o cansaço da viagem e do baile.

Seixas acompanhava com um sorriso de remoque, mas repassado de ternura e desvanecimento, a contestação das duas irmãs.

— Mas afinal que culpa tenho eu, Nicota, do que fez a senhora d. Mariquinhas? Não me dirás, menina?

— Não lhe acuso, mano. Alguém tem culpa de querer mais bem a uma pessoa do que a outra?

— Ciumenta! — exclamou Seixas.

O moço ergueu-se e foi ao meio da sala buscar a Nicota, que por despeito se conservara arredia encostada à última cadeira.

— É escusado te agastares comigo, que eu não admito estes arrufos. Quanto mais franzires a testa, mais beijos te dou para desmanchar estas rugas tão feias.

— É o que ela queria! — observou Mariquinhas, já com sua ponta de ciúme.

— Ora vamos a saber, senhora ingrata — disse Seixas trazendo a Nicota para o sofá e sentando-a junto a si. — Em que mostrei eu querer mais bem a Mariquinhas do que a ti? Não reparti meu coração em duas fatias, bem iguaizinhas, das quais cada uma tem a sua?

— Mas você gosta mais de conversar com Mariquinhas, tanto que toda esta manhã estiveram aqui em segredinhos...

— É este o ponto da queixa? Pois senhora d. Mariquinhas vá-se embora, que eu quero conversar outro tanto tempo com Nicota e com ela só. Está satisfeita? Assim fica bem-paga?

Nicota sorriu, ainda entre o arrufo, como raio de sol através da nuvem.

— E o café?

— Ah! também temos o café? pois, filha, vai buscar outra xícara que eu receberei com muito prazer de tuas mãos. E também me darás um charuto que eu fumarei até o meio em lugar desta ponta. Ainda falta alguma cousa?

A jovialidade do Seixas e o seu carinho não só desvaneceram as queixas da Nicota, como restabeleceram a cordialidade entre as duas meninas, que se queriam extremosamente com afeto, só estremecido pelo ciúme desse irmão mimoso.

VI

Filho de um empregado público e órfão aos 18 anos, Seixas foi obrigado a abandonar seus estudos na Faculdade de São Paulo pela impossibilidade em que se achou sua mãe de continuar-lhe a mesada.

Já estava no terceiro ano, e se a natureza que o ornara de excelentes qualidades lhe desse alguma energia e força de vontade, conseguiria ele, vencendo pequenas dificuldades, concluir o curso; tanto mais quanto um colega e amigo, o Torquato Ribeiro, lhe oferecia hospitalidade até que a viúva pudesse liquidar o espólio.

Mas Seixas era desses espíritos que preferem a trilha batida, e só impelidos por alguma forte paixão rompem com a rotina. Ora, a carta de bacharel não tinha grande sedução para sua bela inteligência mais propensa à literatura e ao jornalismo.

Cedeu, pois, à instância dos amigos de seu pai que obtiveram encartá-lo em uma secretaria como praticante. Assim começou ele essa vegetação social, em que tantos homens de talento consomem o melhor da existência numa tarefa inglória, ralados por contínuas decepções.

Continuando a carreira de empregado público, que lhe impunha a necessidade, Seixas buscou para seu espírito superior campo mais brilhante, e encontrou-o na imprensa.

Admitido à colaboração de uma das folhas diárias da Corte, em princípio como simples tradutor, depois como noticiarista, veio com o tempo a ser um dos escritores mais elegantes do jornalismo fluminense. Não diremos *festejado,* como agora é moda, porque nesta nossa terra os cortejos e aplausos rastejam a mediocridade feliz.

O pai de Seixas deixara seu escasso patrimônio complicado com uma hipoteca, além de várias dívidas miúdas. Depois de uma difícil e morosa liquidação, com que a viúva achou-se embaraçada, pôde-se apurar a soma de 12 contos de réis, afora uns quatro escravos.

Partilhados estes bens, d. Camila, a mãe de Seixas, por conselho de amigos, pôs o dinheiro a render na Caixa Econômica, donde ia tirando os juros semestrais com que acudia aos gastos da casa, ajudada dos aluguéis de dous escravos e também de algumas costuras dela e das duas filhas.

Fernando quis concorrer com seu ordenado para a despesa mensal, mas tanto a mãe como as irmãs recusaram. Sentiam elas, ao contrário, não poder reservar alguma quantia para acrescentar aos mesquinhos vencimentos, que mal chegavam para o vestuário e outras despesas do rapaz.

No geral conceito, esse único filho varão devia ser o amparo da família, órfã de seu chefe natural. Não o entendiam assim aquelas três criaturas, que se desviviam pelo ente querido. Seu destino resumia-se em fazê-lo feliz; não que elas pensassem isto e fossem capaz de o exprimir; mas faziam-no.

Que um moço tão bonito e prendado como o seu Fernandinho se vestisse no rigor da moda e com a maior elegância; que em vez de ficar em casa aborrecido, procurasse os divertimentos e a convivência dos camaradas; que em suma fizesse sempre na sociedade a melhor figura, era para aquelas senhoras não somente justo e natural, mas indispensável.

Durante o tempo que Fernandinho alardeava nas salas e espetáculos, elas passavam o serão na sala de jantar, em volta do candeeiro, que alumiava a tarefa noturna. O mais das vezes solitárias; outras acompanhadas de alguma rara visita, que as frequentava no seu modesto e recatado viver.

O tema da conversa era invariavelmente o ausente. Não cansavam nunca os elogios. Cada uma comunicava sua conjetura sobre a realização de certos desejos e esperanças; pois desde essa época se acostumara Fernandinho a fazê-las confidentes de seus menores segredos.

Se aquela de quem tanto gostava o rapaz estaria no baile; se lhe concederia a contradança predileta, a quarta, que se reserva para o escolhido, pela razão não somente de ser a infalível, como de dançar-se no momento da maior animação; se o Fernandinho conseguiria enfim dar-lhe a entender sua paixão, e como receberia a moça essa declaração; tais eram as graves preocupações dessas três criaturas, que privadas de toda a distração, trabalhavam à luz da candeia para ganhar uma parte do necessário.

Outras noites era o acolhimento que faria ao rapaz a mulher de certo figurão, a quem ele devia ser apresentado. Contava Seixas granjear os favores da senhora, com a mira de alcançar por seu empenho a proteção do ministro para um acesso. A mãe e as irmãs, às quais ele confiara o projeto, inquietas do resultado, rezavam para que fosse bem-sucedido, não percebendo em sua ingenuidade a natureza dessa influência feminina que devia malear o ministro.

Foi assim que Seixas insensivelmente afez-se à dupla existência, que de dia em dia mais se destacava. Homem de família no interior da casa, partilhando com a mãe e as irmãs a pobreza herdada, tinha na sociedade, onde aparecia sobre si, a representação de um moço rico.

Dessa vida faustosa, que ostentava na sociedade, trazia Seixas para a intimidade da família não só as provas materiais, mas as confidências e seduções. Era então muito moço; e não pensou no perigo que havia, de acordar no coração virgem das irmãs desejos, que podiam supliciá-las. Quando mais tarde a razão devia adverti-lo, já o doce hábito das confidências a havia adormecido. Felizmente d. Camila tinha dado a suas filhas a mesma vigorosa educação que recebera, antiga brasileira, já bem rara em nossos dias, que, se não fazia donzelas românticas, preparava a mulher para as sublimes abnegações que protegem a família e fazem da humilde casa um santuário.

Mariquinhas, mais velha que Fernando, vira escoarem-se os anos da mocidade, com serena resignação. Se alguém se lembrava de que o outono, que é a estação nupcial, ia passando sem esperança de casamento, não era ela, mas a mãe, d. Camila, que sentia apertar-se-lhe o coração, quando lhe notava o desbote da mocidade.

Também Fernando algumas vezes a acompanhava nessa mágoa; mas nele breve a apagava o bulício do mundo.

Nicota, mais moça e também mais linda, ainda estava na flor da idade; mas já tocava aos vinte anos, e com a vida concentrada que tinha a família, não era fácil que aparecessem pretendentes à mão de uma menina pobre e sem proteções. Por isso cresciam as inquietações e tristezas da boa mãe, ao pensar que também esta filha estaria condenada à mesquinha sorte do aleijão social, que se chama celibato.

Quando Fernando chegou à maioridade, d. Camila nele resignou a autoridade que exercia na casa, e a administração do módico patrimônio que ficara por morte do marido, e que embora partilhado nos autos, ainda estava intacto e em comunhão.

O rendimento da caderneta da Caixa Econômica e dos escravos de aluguel andava em um conto e quinhentos mil-réis ou 125 mil-réis mensais. Como, porém, a despesa da família subia a 150 mil-réis, as três senhoras supriam o resto com seus trabalhos de agulha e engomado, no que as ajudavam as duas pretas do serviço doméstico.

Ao tomar a direção dos negócios da casa, Seixas fez uma alteração nesse regulamento. Declarou que entraria por sua parte com os 25 mil-réis que minguavam, ficando as senhoras com todo o produto de seu trabalho para as despesas particulares, no que ele ainda as auxiliaria logo que pudesse.

Nessa época já ele era segundo oficial, com esperanças de ser promovido a primeiro; e seus vencimentos acumulados à gratificação que recebia pela colaboração assídua do jornal, montavam acima de três contos de réis. Mais tarde subiram a sete em virtude de uma comissão que lhe deu o ministro, por haver simpatizado com ele.

Assim tinha anualmente um rendimento de oito contos e quinhentos mil-réis, do qual deduzindo um conto e oitocentos mil-réis, quantia que dava à família em prestações de 150 mil-réis cada mês, ficavam-lhe para seus gastos de representação seis contos e setecentos mil-réis, que naquele tempo não gastavam com sua pessoa muitos celibatários ricos, que faziam figura na sociedade.

Uma noite, Seixas sofreu uma decepção amorosa ao entrar no baile, e retirou-se despeitado. Não tendo onde consumir as horas, e aborrecido da sociedade, recolheu-se a casa.[9] A desventura pungiu-lhe a musa, que era de índole melancólica. Lembrou-se do seu Byron[10] e das imitações que havia feito de algumas das mais acerbas exprobrações do bardo inglês.

Era extraordinário passar Fernando a noite em casa. Para evitar explicações resolveu entrar inapercebido, e subiu as escadas de manso. Abriu a porta da sala com a chave francesa que ele trazia na argola, assim como a da rua, para não incomodar a família quando voltava a desoras, e ganhou sua alcova.

D. Camila com as filhas estava ao chá; havia de visita uma família da vizinhança. As moças conversavam alto; no meio dessa garrulice ouviu Fernando que falavam da representação de uma ópera que se dava então no Teatro Lírico.[11]

As amigas tinham assistido ao último espetáculo, e o referiam por miúdo às duas irmãs, encarecendo o divertimento com muitos louvores.

— Ainda não viram? Pois não devem faltar; vale a pena. Peçam a seu irmão.

Tomadas de surpresa pela interpelação direta, as duas irmãs arrefeceram logo no interesse com que escutavam a descrição do espetáculo.

Retraíram-se ambas silenciosas, mas insistindo as outras com alguma malícia, a Mariquinhas, que era mais desembaraçada, respondeu:

— Fernandinho já nos convidou muitas vezes; mas tem havido sempre um transtorno qualquer.

— É verdade! — observou Nicota.

Pela primeira vez desenhou-se claramente no espírito de Seixas um contraste que aliás tinha diante de si todos os dias, a cada instante, e do qual era ele próprio um dos termos.

Enquanto lhe minguavam as horas para os prazeres de que se fartava, aquelas três senhoras ali desfiavam as compridas noites sem outro entretenimento além da tarefa jornaleira ou daqueles ecos do mundo, que até lá chegavam com alguma rara visita.

Consigo unicamente despendia ele mais do triplo da subsistência de toda a família. Nessa mesma noite para ir a um baile de que saíra apenas chegado, dissipara maior quantia da necessária para dar a suas irmãs a satisfação de um espetáculo lírico.

Estas ideias apossaram-se de seu espírito. Em vez de riscar o fósforo já em mão para acender a lâmpada que alumiasse-lhe a vigília poética, e o charuto que lhe opiasse a musa, atirou-se à cama, fincou a cabeça no travesseiro, e dormiu o sono do justo.

Na primeira noite de representação lírica, Fernando levou ao teatro a família. Foi uma festa para as três senhoras: d. Camila, apesar de sua lhaneza e modéstia, sentiu ao atravessar a multidão pelo braço do filho um aroma de orgulho, mas desse orgulho repassado de susto, que é antes a consciência da própria humildade, do que desvanecimento de egoísmo. As filhas partilhavam este sentimento; e acreditavam que todas as outras moças lhes invejavam aquele irmão.

Quando Fernando, depois de instalar a família no camarote, saiu a percorrer o salão, encontrou um camarada:

— Ó Seixas, não me dirás onde foste desencovar aquele terno de roceiras? Aposto que andas com tenções sinistras. Uma delas não é nenhuma asneira!... Que temível!

Fernando cortou este diálogo, a pretexto de cumprimentar um conhecido que passava.

Ao sair de casa, com a pressa e à luz mortiça do candeeiro, não tinha ele reparado no vestuário da mãe e irmãs. No camarote, porém, ao clarão do gás, não escaparam a seu olhar severo em pontos de elegância os esquisitos do vestuário das três senhoras, tão alheias às modas e usos da sociedade.

O resto da noite, que lhe pareceu interminável, esquivou-se do camarote, e quando lá demorava-se, não chegava à frente.

Durante alguns dias andou Seixas sorumbático e preocupado com este incidente. Chegou a pretextar um incômodo para ficar-se em casa, e fugir aos divertimentos. É verdade que esta esquivança da sociedade também servia ao despeito da noite do baile. Ao cabo, resultou dessa crise um raciocínio que serenou o nosso jornalista.

Frequentando assiduamente e com algum brilho a sociedade, adquirindo relações, e cultivando a amizade de pessoas influentes que o acolhiam com distinção, era natural que ele, Seixas, fizesse uma bonita carreira. Poderia de um momento para outro arranjar um casamento vantajoso, como tinham conseguido muitos que não estavam em tão favoráveis condições. Não era difícil também que de repente se lhe abrisse essa estrada real da ambição, que se chama política.

Uma vez rico e ilustre, montaria sua casa com um estado correspondente à sua posição.

Então sua família participaria não só dos gozos materiais desse viver opulento, como do brilho e prestígio de seu nome. O trato da sociedade lhes imprimiria o cunho de distinção de que precisavam para bem se apresentarem. Casaria as duas irmãs vantajosamente; e faria assim a felicidade de todos esses entes queridos confiados a seu desvelo.

Se, ao contrário, ele, Seixas, se onerasse desde logo, no princípio de sua carreira, com o peso da família, prendendo-se à vida obscura de que não podia tirá-la ainda mesmo com sacrifício de todos seus rendimentos, que outra cousa devia esperar senão vegetar na penumbra da mediania e consumir esterilmente sua mocidade?

Firmou-se pois Seixas nesta convicção que o luxo era não somente a porfia infalível de uma ambição nobre, como o penhor único da felicidade de sua família. Assim dissiparam-se os escrúpulos.

Seixas acabava de chegar de Pernambuco, onde se demorara oito meses; desembarcara na véspera, a tempo de não perder o Cassino.[12]

O motivo ostensivo dessa viagem fora uma comissão, creio que de secretário da presidência. Dizia-se, porém, nas rodas políticas que o nosso escritor fora lançar as bases de uma candidatura próxima. Sem contestar o fato, acrescentavam os invejosos que o levara ao Norte o fulgor dos belos olhos negros de uma moreninha pernambucana, que fora o astro da última sazão parlamentar.

Todas estas circunstâncias influíram na resolução de Seixas; mas a razão predominante que o moveu, a ele carioca da gema, a ausentar-se da Corte por oito meses, a seu tempo a saberemos.

VII

Brincava Fernando com as irmãs, quando bateram palmas à escada.

As meninas fugiram pela alcova; o Seixas, sem mudar de posição, disse em alta voz:

— Suba!

Este modo de receber tão sem-cerimônia talvez cause reparo em um moço de educação apurada, mas Seixas não era procurado em casa senão por algum caixeiro, ou por gente de condição inferior.

Borbotou, é o termo próprio, borbotou pela sala a dentro a nédia e roliça figura do sr. Lemos que de relance fez às carreirinhas um zigue-zague e atochou à queima-roupa no Seixas estático três apertos de mão um sobre o outro, coroados das respectivas cortesias.

— É ao sr. Fernando Rodrigues de Seixas que tenho a honra de falar?

O nosso escritor ergueu-se de pronto. Compondo as abas do chambre com um gesto rápido, tomou o ar de suprema distinção, que ninguém revestia com tanta nobreza e tato.

— Tenha a bondade de sentar-se — disse, oferecendo ao Lemos o sofá — e desculpar-me este desarranjo de quem acaba de chegar.

— Sei. Desembarcou ontem?

Seixas confirmou com a cabeça:

— A quem tenho a honra de receber?

Lemos tirou do bolso uma carta que apresentou ao moço, fitando nele o olhar perspicaz.

— A pessoa que me fez a honra de apresentá-lo, sr. Ramos, merece-me tudo. É para mim uma fortuna esta ocasião de provar-lhe minha estima, pondo-me inteiramente às ordens de V. S^a.

Quando Seixas pronunciou o nome *Ramos,* o velhinho desfez-se em mesuras corrigindo *Lemos,* mas com uma presteza e no meio de tais afinados de garganta, que não o percebeu o seu interlocutor.

Eis a explicação do equívoco. Ao chegar à sua casa na rua de São José, Lemos tinha traçado um plano, como indicava este monólogo:

"O que não tem remédio, remediado está. Desengane-se, meu Lemos: com a tal menina é escusado trapacear que ela corta-lhe as vasas. Portanto o que de melhor pode fazer um espertalhão da sua marca, é tirar partido da situação."

Saltando do tílburi, o velhinho subiu ao sobrado, donde voltou logo munido de um par de óculos verdes, que usara outrora por causa dum ameaço de oftalmia. Fez ao cocheiro sinal de acompanhá-lo, e dobrou pela rua da Quitanda.

Pouco adiante entrou em uma loja:

— Ó comendador, dá-me aí uma carta de apresentação para o Seixas.

O negociante a quem estas palavras eram dirigidas puxou pela memória.

— Seixas... Não conheço!

— Hás de conhecer por força. Vamos, escreve lá. Em favor do sr. Antônio Joaquim Ramos.

Era esta a carta que o tutor de Aurélia acabava de apresentar ao Seixas. Viera ele confiado nos dois disfarces, o dos óculos, e o do nome do recomendado.

Se apesar disto o moço o reconhecesse, ele acharia meio de sair perfeitamente da dificuldade.

— Desculpe-me, V. S^a., se o procuro logo no dia seguinte ao de sua chegada, quando ainda deve estar fatigado da viagem; mas o assunto que me traz é de sua natureza urgentíssimo.

— Estou pronto a ouvi-lo com toda a atenção.
— É negócio importante que exige a maior reserva e discrição.
— Pode contar com ela.

O Lemos bamboleou-se na cadeira com sua frenética alacridade e prosseguiu:

— Trata-se de uma moça, sofrivelmente rica, bonitona, a quem a família deseja casar quanto antes. Desconfiando desses peralvilhos que por aí andam a farejar dotes, e receando que a menina possa de repente enfeitiçar-se por algum dos tais bonifrates, assentou de procurar um moço sisudo, de boa posição, embora seja pobre; porque são justamente os pobres que sabem melhor o valor do dinheiro, e compreendem a necessidade de poupá-lo, em vez de atirá-lo pela janela fora como fazem os filhos dos ricaços.

Lemos fitou os olhinhos de azougue no semblante de Seixas.

— Fui encarregado por essa família que me honra com sua amizade de procurar a pessoa que se deseja, e minha presença aqui, neste momento, significa que tive a fortuna de encontrá-la.

— Sua escolha devia lisonjear-me o amor-próprio, se o tivesse, sr. Ramos; porém há de compreender que não posso aceder...

— Perdão; em negócio tenho o meu sistema. Faço a proposta com lisura, sem omitir os encargos e as vantagens, porque não costumo regatear. O outro pensa, e aceita se lhe convém.

— Já vejo que é um verdadeiro negócio que me propõe! — observou Fernando, com ironia cortês.

— Sem dúvida! — atestou o velho. — Mas ainda não disse tudo. A pequena é rica bastante e dota o marido com cem contos de réis em moeda sonante.

Como Seixas se calasse:

— Agora V. Sª. me dirá se posso levar uma boa decisão?
— Nenhuma!
— Como assim? Nem recusa, nem aceita?
— Sua proposição, sr. Ramos, permita-me esta franqueza, não é séria — disse o moço com a maior urbanidade.
— Por que razão?
— Antes de tudo cumpre-me declarar-lhe que estou de algum modo comprometido; e embora não haja um ajuste formal, todavia não poderia dispor livremente de mim.

— Os compromissos rompem-se dum momento para outro.

— É exato; às vezes ocorrem circunstâncias que desatam as mais solenes obrigações. Mas entre as razões que movem a consciência, não se conta o interesse; ele daria ao arrependimento a feição de uma transação.

— E o que é a vida, no fim de contas, senão uma contínua transação do homem com o mundo? — exclamou Lemos.

— Não vejo ainda a vida por esse prisma. Compreendo que um homem sacrifique-se por qualquer motivo nobre, para fazer a felicidade de uma mulher, ou de entes que lhe são caros; mas se o fizer por um preço em moeda, não é sacrifício, mas tráfico.

O Lemos insistiu com todos os recursos da dialética materialista que ele manejava habilmente. Não conseguiu, porém, desvanecer os escrúpulos do moço que o ouvia com afabilidade, mantendo-se inflexível na negativa.

— Bem — resumiu o velho. — Não são negócios que se resolvem assim de palpite. O sr. Seixas pensará, e se como eu espero decidir-se, me fará o favor de prevenir. Vou deixar-lhe minha morada...

— Agradeço, mas para esse objeto é inútil — observou Seixas.

— Ninguém sabe o que pode acontecer!

O velho escreveu a lápis a rua e o número de sua casa numa folha da carteira que deixou sobre o consolo.

Meia hora depois, Seixas descia a rua do Ouvidor em busca do hotel de Europa,[13] onde ia almoçar à fidalga, pela volta do meio-dia.

De caminho encontrava os camaradas e conhecidos que o festejavam, pedindo-lhe novas da viagem e dando-lhe as mais frescas da Corte. Entre estas figurava a aparição de Aurélia Camargo, que datava de meses, mas era ainda o grande sucesso do mundo fluminense.

Havia nessa noite teatro lírico. Cantava Lagrange no *Rigoletto*.[14] Seixas, depois de um exílio de oito meses, não podia faltar ao espetáculo.

Às oito horas em ponto, com o fino binóculo de marfim na mão esquerda calçada por macia luva de pelica cinzenta, e o elegante sobretudo no braço, subia as escadas do lado do mar.

No patamar encontrou Alfredo Moreira com quem de véspera apenas falara de relance no Cassino.

— Ontem não sei onde te meteste, Seixas, cansei de procurar-te!

— Pois andava bem perto de ti. É que estavas ontem muito encandeado — respondeu Fernando, a sorrir.

— É verdade! Que mulher, Seixas! Não imaginas. Olhas de longe e vês um anjo de beleza, que te fascina e arrasta a seus pés, ébrio de amor. Quando lhe tocas, não achas senão uma moeda, sob aquele esplendor. Ela não fala; tine como o ouro. Era para apresentar-te que eu te procurei. Ei-la que chega!

Esta última exclamação, Alfredo soltou-a avistando um carro que nesse momento parara à porta. Efetivamente dele saltou Aurélia, que se dirigiu acompanhada de d. Firmina a seu camarote na segunda ordem.

Envolvia-a desde a cabeça até aos pés um finíssimo e amplo manto de alva caxemira, que apenas descobria-lhe o fino rosto à sombra do capuz e uma orla do vestido azul.

Era preciso ter a suprema elegância de Aurélia para, dentre esse envolto singelo e fofo, desatar o garbo de um talhe encantador.

Ela parou justo em frente dos dous moços, voltando-lhes as costas, à espera de d. Firmina, que se demorara em descer do carro.

— Não é uma beleza? — perguntou Moreira ao camarada, em tom de ser ouvido.

— Deslumbrante! — respondeu Seixas. — Mas para mim é uma beleza de espectro!

— Não entendo!

— É a imagem de uma mulher a quem amei, e que morreu. Esta semelhança me repele!

Aurélia ficou impassível. Moreira, que se adiantava para cortejá-la, pensou que o amigo tinha razão. Efetivamente havia cousa de fantástico naquela fronte lívida e cintilante.

D. Firmina se aproximara. A moça, retribuindo com um afável cortejo ao cumprimento do Alfredo, passou como se não se apercebesse de Fernando, e subiu à segunda ordem.

VIII

Lemos voltara satisfeito com o resultado da sua exploração.

Era o velho um espírito otimista, mas à sua maneira: confiava no instinto infalível de que a natureza dotou o bípede social para farejar seu interesse e descobri-lo.

Tinha, pois, como impossível que um moço, em seu perfeito juízo, dirigido por conselho de homem experiente, repelisse a fortuna que de repente lhe entrava pela porta da casa, e casa da rua do Hospício a sessenta mil-réis mensais, para tomá-lo pelo braço e conduzi-lo de carruagem, recostado em fofas almofadas, a um palácio nas Laranjeiras.

Sabia Lemos que os escritores, para arranjarem lances dramáticos e quadros de romance, caluniavam a espécie humana, atribuindo-lhe estultices desse jaez; mas na vida real não admitia a possibilidade de semelhantes fatos.

"Não se recusam cem contos de réis", pensava ele, "sem uma razão sólida, uma razão prática". "O Seixas não a tem; pois não considero como tal essas palavras ocas de tráfico e mercado, que não passam de um disparate. Queria que me dissessem os senhores moralistas o que é esta vida senão uma quitanda? Desde que nasce um pobre-diabo até que o leve a breca[15] não faz outra cousa senão comprar e vender? Para nascer é preciso dinheiro, e para morrer ainda mais dinheiro. Os ricos alugam os seus capitais; os pobres alugam-se a si, enquanto não se vendem de uma vez, salvo o direito do estelionato."

Assim, convencido de que Seixas não tinha o que ele chamava uma razão sólida para rejeitar o casamento proposto, não vira Lemos na primeira recusa senão um disfarce, ou talvez o impulso dessa tímida resistência, que os escrúpulos costumam opor à tentação. Esperava, pois, pela salutar revolução que dentro de poucos dias se devia operar nas ideias do mancebo.

Ao sair da casa de Seixas, Lemos dirigiu-se à casa do Amaral, onde entabulou uma negociação que devia assegurar o êxito da primeira.

Desenganado o moço da Adelaide e dos trinta contos, não tinha remédio senão aceitar a consolação dos cem; consolação que levaria o pico de uma vingançazinha.

Não sei como pensarão da fisiologia social[16] de Lemos; a verdade é que o velhinho não mostrou grande surpresa quando uma bela manhã veio dizer-lhe seu agente que o procurava um moço de nome Seixas.

Esse agente chamava-se Antônio Joaquim Ramos, e era o mesmo de quem o velho tomara emprestado o nome. Estava prevenido pelo patrão desta circunstância que não o surpreendia, pois era jubilado em tais alicantinas.

— Que espere! — gritou o velho.

Tinha Lemos na loja da casa de morada uma cousa chamada escritório de agências.

Era um corredor que dava porta para a rua e estendia-se até à área do fundo, onde o velho trabalhava dentro de uma espécie de gaiola, feita de tabique de madeira com balaústres.

Fora daí que respondera. Era seu costume sempre que ia tratar de negócio importante, ruminá-lo de antemão para não ser tomado de improviso. Foi o que fez nesse momento.

"De que disposições virá o sujeito? Quererá sondar-me a respeito da noiva, desconfiado de que lhe pretendo impingir alguma carcaça? Ah! ah! por este lado não há perigo. Terá intenção de regatear? A menina não se importa de chegar até aos duzentos e aposto que se for preciso vai por aí fora, que isso de mulher, o dinheiro faz-lhe cócegas. Mas eu é que não estou pelos autos! Seguro-me nos cem, que daí não me arrancam. Quando muito uns vinte de quebra, para o enxoval e nem mais um real!"

Tendo feito seus cálculos, Lemos chegou à porta do cubículo e gritou para a frente do armazém:

— Mande entrar!

Quando Seixas chegou ao escritório, já Lemos estava de novo trepado no mocho, e, debruçado à carteira, continuava a despachar seus negócios. Sem erguer a cabeça, fez com a mão esquerda um gesto ao moço indicando-lhe o sofá.

— Queira sentar-se; já lhe falo.

Terminada a carta e enxuta com o mata-borrão, Lemos fechou-a na competente capa; pôs-lhe sobrescrito, e só então, girando sobre o mocho, como uma figurinha de cata-vento, apresentou a frente ao moço.

— O senhor deseja falar-me? — perguntou.

— Já se não recorda de mim? — perguntou Seixas, inquieto.

— Tenho uma lembrança vaga. O senhor não me é de todo estranho!

— Não há três dias estivemos juntos — tornou Seixas —, é verdade que pela primeira vez.

— Há três dias?..

E Lemos fez semblante de recordar-se.

Desde que entrara, Seixas mostrava em sua fisionomia, como em suas maneiras, um constrangimento que não era natural ao seu caráter.

Parecia lutar contra uma força interior que o demovia da resolução tomada; mas se não podia subtrair-se a esses rebates, dominava-se bastante para subjugá-los à necessidade.

O esquecimento de Lemos porém veio abalar aquela firmeza momentânea; no semblante do moço pintou-se imediatamente a vacilação do espírito. Não escapou essa alteração ao velho que, recostando-se na cadeira a jeito de olhar o seu interlocutor de meio perfil, se desfez em exclamações de surpresa:

— Ora!... O sr. Seixas!... O meu amigo desculpe!.. Isto de negociantes... O senhor deve saber!... Temos a memória na carteira ou no borrador. São tantas as cousas de que nos ocupamos, que realmente só uma cabeça de duzentas folhas, como esta, pode chegar para tanto!

O velho soltou uma risadinha cacofônica e apontou para um livro mercantil colocado sobre a carteira.

— Aqui está a minha, rubricada pelo tribunal do comércio e competentemente selada, com todas as formalidades legais. Ah! ah! ah!... Então, meu amigo, que manda a seu serviço?

— O sr. Ramos mantém a proposta que me fez anteontem em minha casa? — perguntou Seixas.

Lemos fingiu que refletia.

— Um dote de cem contos no ato do casamento, é isto?

— Resta-me conhecer a pessoa.

— Ah! Este ponto, parece-me que deixei-o bem claro. Não tenho autorização para declarar, senão depois de fechado nosso contrato.

— O senhor nada me disse a este respeito.

— Estava subentendido.

— Qual a razão deste mistério? Faz suspeitar algum defeito — observou Fernando.

— Garanto-lhe que não; se o enganar, o senhor está desobrigado.

— Ao menos pode dar-me algumas informações?

— Todas.

Seixas dirigiu ao velho uma série de interrogações acerca da idade, educação, nascimento e outras circunstâncias que lhe interessavam. As respostas não podiam ser mais favoráveis.

— Aceito — concluiu o moço.

— Muito bem.

— Aceito; mas com uma condição.

— Sendo razoável.
— Preciso de vinte contos até amanhã sem falta.
O velho saltou na cadeira. Este caso o apanhava de surpresa:
— Meu amigo, se dependesse de mim... Mas o senhor sabe que neste negócio eu sou apenas um procurador oficioso. Não tenho ordem para adiantar a menor quantia. Quanto ao dote depois de realizado o casamento, este sim, garanto.
— Não pode emprestar-me sobre essa garantia?
Ao Lemos escapou uma careta que ele procurou disfarçar.
— Tem razão — observou Seixas sem alterar-se. — V. S.ª não me conhece, sr. Ramos; e a posição em que me coloquei dando este passo não é própria de certo para inspirar confiança.
— Não é isso, homem — acudiu o velho, ainda um tanto atrapalhado —, mas é que há viver e morrer.
— Desculpe-me o incômodo que lhe dei — tornou o moço fazendo um cumprimento de despedida.
O negociante estava tão atarantado e perplexo que não correspondeu à cortesia de Seixas, e o viu sair do escritório, indeciso sobre o que havia de fazer.
"Para que diabo quererá este marreco os vinte contos? Aposto que anda aqui volta do Alcazar.[17] O rapaz está caído por alguma das tais francesinhas; e elas que são umas jiboias!... Finas como um alhambre, mas capazes de engolir um homem!... Que dirá a isso a senhora minha pupila? Estará disposta a correr todos os riscos e perigos da transação?"
Neste ponto de seu monólogo, o velho, recobrando sua petulante agilidade, deu uma corrida à porta do armazém, onde ainda chegou a tempo de avistar o moço, que afastava-se a passos lentos, pensativo e de cabeça baixa.
— Oh! sr. Seixas!... Faz favor!
O negociante adiantara-se alguns passos na rua para ir ao encontro do moço.
— É só uma pergunta! — foi logo dizendo o velho para não incutir vã esperança. — Se recebesse os vinte contos, ficava fechado de uma vez o nosso ajuste?
— Sem dúvida! Já o declarei.
— Não tínhamos mais objeção de qualquer espécie, nem essas patranhas de honra e dignidade com que andam por aí uns certos

sujeitos a embaçar os outros. Negócio, decidido, sem olhar à fazenda, quero dizer, à pequena?

— Sendo ela como o senhor assegurou...

— Está visto! Escute, não prometo nada; mas espere-me amanhã em sua casa, que eu lá estarei por volta das nove.

Lemos aviou uns negocinhos; muniu-se de uma folha de papel selado de vinte mil-réis; e depois de jantar deu um pulo às Laranjeiras.

Aurélia estava lendo na sala de conversa; mas o estilo de George Sand[18] não conseguia nesse momento cativar-lhe o espírito que às vezes batia as asas, e lá se ia borboleteando pelo azul de uma sesta amena.

Quando lhe anunciaram o Lemos, ela sobressaltou-se; e o tremor que agitou as róseas asas da narina revelou a comoção interior:

— Uma pequena dificuldade que ocorreu naquele nosso negócio é o que me traz.

— Qual foi?

— O Seixas...

— Já lhe pedi que não pronuncie este nome — disse a moça com um modo austero.

— É verdade! Desculpe-me, Aurélia, a precipitação... *Ele* exige vinte contos de réis à vista, até amanhã, sem o que não aceita.

— Pague-os!

A moça proferiu esta palavra com aquele timbre sibilante que em certas ocasiões tomava sua voz, e que parecia o ranger do diamante no vidro.

Cobrira-se-lhe o semblante de uma palidez mortal; e por momentos parecia que a vida tinha abandonado aquele formoso vulto, congelado em uma estátua de mármore.

Não percebeu Lemos esse profundo confrangimento, atrapalhado como estava a tirar do bolso uma das folhas de papel selado que estendeu sobre a mesa, alisando-a com as palmas das mãos. Depois, molhando a pena, apresentou-a à moça:

— Uma ordenzinha!

Aurélia sentou-se à mesa e traçou com uma letra miúda de talhe oblíquo algumas linhas.

— Para que pede ele este dinheiro? — perguntou a menina, enquanto escrevia.

— Não me quis dizer; mas eu suspeito; e tratando-se de uma união, de que depende o seu futuro, Aurélia, não devo ocultar cousa alguma.
— É um favor, que lhe agradeço.
— Não tenho certeza; mas desconfio que é uma rapaziada. O nosso José Clemente fez um palácio para guardar os doudos; mas vieram os meus francesinhos e inventaram o tal Alcazar, que é uma casa de fazer doudos; de modo que já eles não cabem na Praia Vermelha.[19]

Aurélia mordia a extremidade da caneta, cujo marfim escurecia entre os dous rocais de seus dentes de pérola.
— Não importa!
E assinou a ordem.
No dia seguinte à hora aprazada estava o Lemos em casa de Seixas.
— O senhor é um rapaz feliz. Aqui lhe trago a bolada. O negociante tirou do bolso a segunda folha de papel selado.
— Temos que passar primeiro um recibozinho.
— Em que termos?
Depois de uma pequena discussão em que os escrúpulos de Seixas relutaram contra a imposição da necessidade, assinou o moço contrariado esta declaração:

Recebi do Ilmo. sr. Antônio Joaquim Ramos a quantia de vinte contos de réis como avanço do dote de cem contos pelo qual me obrigo a casar no prazo de três meses com a senhora que me for indicada pelo mesmo sr. Ramos; e para garantia empenho minha pessoa e minha honra.

Depois de verificar que o recibo estava em regra, Lemos contou com a destreza de um cambista o maço de notas que trazia e o entregou ao moço recolhendo uma das cédulas:
— Dezenove contos, novecentos e oitenta mil-réis... com vinte de selo...
Seixas recebeu o dinheiro com tristeza.
— Maganão feliz!...
Soltando a sua implicante risadinha, Lemos fez duas piruetas, deu três saltinhos, beliscou a coxa de seu interlocutor e desceu a escada como uma bola de borracha aos ricochetes.

IX

Seixas era homem honesto; mas, ao atrito da secretaria e ao calor das salas, sua honestidade havia tomado essa têmpera flexível de cera que se molda às fantasias da vaidade e aos reclamos da ambição.

Era incapaz de apropriar-se do alheio, ou de praticar um abuso de confiança; mas professava a moral fácil e cômoda, tão cultivada atualmente em nossa sociedade.

Segundo essa doutrina, tudo é permitido em matéria de amor; e o interesse próprio tem plena liberdade, desde que transija com a lei e evite o escândalo.

No dia seguinte à visita de Lemos, logo pela manhã, d. Camila procurou um pretexto para ir à alcova do filho.

— Venho falar-te de um negócio de família, Fernandinho. Há um moço, aqui mesmo desta rua, que tem paixão pela Nicota. Está começando sua vida; mas já é dono de uma lojinha. Não quis decidir nada antes de tua chegada.

D. Camila contou, então, ao filho os pormenores do inocente namoro; Fernando concordou com prazer no casamento.

— Já era tempo — disse a boa senhora, suspirando. — Estava com tanto medo que a Nicota também fosse ficando para o canto, como minha pobre Mariquinhas!

— Coitada! Mas eu ainda tenho esperança de arranjar-lhe um bom partido, minha mãe.

— Deus te ouça. Ah! ia-me esquecendo. Então há de ser preciso tirar algum dinheiro da Caixa Econômica por conta do que ela tem para cuidar do enxoval.

— Já?... O moço ainda não a pediu.

— Só espera licença de Nicota, e ela não quis dar, sem primeiro saber se era de teu gosto e meu. Hoje mesmo...

— Está bem. Logo que eu possa, irei tirar o dinheiro; mas se precisa já de algum, tenho aqui.

— Não; melhor é comprar tudo de uma vez.

Fernando saiu contrariado. Com a vida que tinha, avultava sua despesa. O dinheiro que recebia mensalmente gastava-o com o hotel, o teatro, a galanteria, o jogo, as gorjetas, e mil outras verbas próprias de rapaz que luxa. No fim do ano, quando chegava a ocasião de saldar a conta do alfaiate, sapateiro, perfumista e da cocheira, não havia sobras.

Recorreu ao dinheiro da Caixa Econômica; e não teve escrúpulo de o fazer, e desde que pontualmente continuou a entregar à mãe a mesada de 150 mil-réis, esperando uma aragem da fortuna para restituir ao pecúlio o que desfalcara. Mas em vez da restituição, foi entrando por ele de modo que muito havia se esgotara.

Onde, pois, ia ele buscar o dinheiro que a mãe lhe pedira para o enxoval; e mais tarde o resto do quinhão da Nicota?

Assinou Fernando o ponto na repartição e, como de costume, saiu para almoçar; depois do que dirigiu-se à casa do correspondente a quem ele incumbira de, na sua ausência, pagar a mensalidade a d. Camila, e enviar-lhe algumas encomendas.

Contava com um saldo das remessas que havia feito de Pernambuco, e dos atrasados que deixara a cobrar. Esbarrou-se porém com um alcance superior a dous contos de réis; ao qual o correspondente começava a contar um juro de 12%. Seixas compreendeu a eloquência dessa taxa, que significava uma intimação de imediato pagamento.

Ao escurecer, tornando a casa para trajar-se pois tinha de ir a uma partida, achou três cartas, que haviam trazido em sua ausência.

Uma era do Amaral. Enchia duas laudas; dizia muito, mas nada concluía; verdadeiro logogrifo epistolar, cuja decifração o autor deixava à perspicácia do Seixas. Em suma, o pai de Adelaide escrevera uma folha de papel para preparar o pretendente a um próximo arrependimento da promessa.

Quem estivesse traquejado no trato do Lemos, conheceria naquela prosa o seu estilo, pintalegrete, como o seu físico.

As duas outras cartas eram simplesmente umas contas avulsas, mas não insignificantes, que Seixas deixara ao partir para Pernambuco, e de que já não tinha a menor ideia. Elas se faziam lembrar com o laconismo brutal desta verba: — *Importância de sua conta entregue o ano passado* — Rs. etc.

Fernando amassou as três missivas em uma pelota que arremessou ao canto. A ruptura do ajuste de casamento, que em outra circunstância porventura o contentaria com a restituição da liberdade e responderia a um oculto desejo, naquele instante o acabrunhou. Viu nesse fato a prova esmagadora da ruína que ia tragá-lo e de que eram documentos as contas não pagas e as dívidas acumuladas.

Na reunião, onde foi passar a noite, esperava-o a última decepção.

Aceitando a comissão em Pernambuco, Seixas alcançara a promessa de na volta continuar com a sinecura da recopilação das leis; mas nessa manhã, apresentando-se na secretaria, surgiram certas dúvidas. Confiou em seus protetores.

Apenas chegado o ministro, que era um dos convidados, despachou-lhe Fernando, um após outro, seus melhores empenhos dos dous sexos. Caso inaudito; o excelentíssimo foi inflexível; por força que andava aí volta de alguma intriga.

Era um desfalque de conto e seiscentos nos rendimentos, e quando as urgências mais avultavam. Decididamente a mão do destino pesava sobre ele e o punia severamente dos pecadilhos da mocidade.

Quando Seixas achava-se ainda sob o império desta nova contrariedade, apareceu na sala a Aurélia Camargo, que chegara naquele instante. Sua entrada foi como sempre um deslumbramento; todos os olhos voltaram-se para ela; pela numerosa e brilhante sociedade ali reunida passou o frêmito das fortes sensações. Parecia que o baile se ajoelhava para recebê-la com o fervor da adoração.

Seixas afastou-se. Essa mulher humilhava-o. Desde a noite de sua chegada que sofrera a desagradável impressão. Refugiava-se na indiferença, esforçava-se por combater com o desdém a funesta influência, mas não o conseguia.

A presença de Aurélia, sua esplêndida beleza, era uma obsessão que o oprimia. Quando, como agora, a tirava da vista fugindo-lhe, não podia arrancá-la da lembrança, nem escapar à admiração que ela causava e que o perseguia nos elogios proferidos a cada passo em torno de si.

No Cassino, Seixas tivera um reduto onde abrigar-se dessa cruel fascinação. Ocupara-se de Adelaide, que então ainda o tratava como noivo; e desfizera-se em atenções e requestos, para não deixar presa à preocupação.

Nessa noite, porém, obrigado a afastar-se da moça, com quem estavam rotas suas relações, ele não sabia o que fizesse, e pensava em retirar-se aterrado com a ideia de tornar-se o ludíbrio daquela mulher fatal, quando ouviu uma voz que o agitou.

Ao voltar-se tinha diante de si Aurélia pelo braço de Torquato Ribeiro; e Adelaide conduzida por Alfredo Moreira. Seixas quis retirar-se; mas estava em uma estreita saleta, e um grupo de senhoras impedia-lhe a passagem.

— Proponho-lhe uma troca, d. Adelaide.
— Qual é, d. Aurélia?
— Troquemos os pares. Aceita?
Adelaide corou observando timidamente:
— Podem ofender-se.
— Não tenha susto.

Aurélia deixou o braço de Torquato e tomou o do Moreira, que exultou como se imagina.

— Esta troca é paga da outra que fizemos, ou que fizeram por nós; ouviu, d. Adelaide?

Soltando estas palavras com um riso argentino, Aurélia perpassou pelo semblante de Seixas o olhar sarcástico e imperioso.

Fernando saiu desesperado. Compreendera que Aurélia escarnecia da repulsa que ele sofrera, e triunfava com seu infortúnio. Esta irrisão depois dos transtornos econômicos fez-lhe o efeito de um cautério aplicado ao talho.

Lembrou-se da moça dos quinhentos contos, que lhe haviam proposto na véspera. Para ostentar sua riqueza nos salões, diante dessa mulher enfatuada de seu ouro, valia a pena casar-se, ainda mesmo com uma sujeita feia e talvez roceira. A roça é o viveiro de noivas ricas onde se prové a mocidade elegante da Corte; daí vinha a suposição de Seixas.

No outro dia, depois de uma insônia atribulada, Fernando, recapitulando as contrariedades com que o recebera a sua corte predileta, depois de uma ausência prolongada, chegou a esta dolorosa conclusão: que estava arruinado. Pobre, desacreditado, reduzido à vida de expedientes com a sua carreira cortada, que futuro era o seu? Não lhe restava senão resignar-se à vegetação de emprego público com a ridícula esperança de alforria lá para os cinquenta anos, sob a forma da mesquinha aposentadoria.

Esta perspectiva o horrorizava. Entretanto sua posição nada tinha de assustadora. Com um pouco de resolução para confessar à mãe suas faltas, e algumas perseveranças em repará-las, podia ao cabo de dous anos de uma vida modesta e poupada restabelecer a antiga abastança.

Mas essa coragem é que não tinha Seixas. Deixar de frequentar a sociedade; não fazer figura entre a gente do tom; não ter mais por alfaiate o Raunier, por sapateiro o Campas, por camiseira a Cretten, por perfumista o Bernardo? Não ser de todos os divertimentos? Não andar no rigor da moda?

Eis o que ele não concebia. Sentia-se com ânimo para matar-se; mas para tal degradação reconhecia-se pusilânime.

Este pânico da pobreza apoderou-se de Seixas e, depois de trabalhá-lo o dia inteiro, levou-o na manhã seguinte à casa do Lemos, onde efetuou-se a transação, que ele próprio havia qualificado, não pensando que tão cedo havia de tornar-se réu dessa indignidade.

A uma justiça, porém, tem ele direito. Se previsse os transes por que ia passar durante a realização do mercado, e especialmente no ato de assinar o recibo, talvez se arrependesse. Mas arrastado de concessão em concessão, a dignidade abatida já não podia reagir.

Três dias depois daquele em que recebera os vinte contos de réis, achou Seixas ao recolher-se um recado do tal Ramos nestes termos:

Prepare-se, que amanhã às sete da noite vou buscá-lo para a apresentação.

No dia seguinte, à hora marcada, com pontualidade mercantil, parava à porta do sobradinho da rua do Hospício um carro, no qual poucos momentos depois seguia o Lemos caminho das Laranjeiras com o noivo que ele havia negociado para sua pupila.

Durante o rápido trajeto, o velho divertiu-se em meter sustos no rapaz acerca da noiva, a quem sorrateiramente ia emprestando certos senões, a pretexto de os desculpar. Ora dava a entender que a moça tinha um olho de vidro; ora inculcava que era uma perfeita roceira, a qual o marido devia logo depois do casamento mandar para o colégio.

Tão depressa inventava o negociante suas pilhérias, como as destruía com o costumado repique de riso, batendo três palmadinhas na perna de seu companheiro.

— Ficou passado, hein, maganão!... Qual roceira! Esteja descansado! Não precisa de colégio; se ela já é uma academia! Tome meu conselho; trate de estudar, senão o senhor faz má figura! Eh! eh! eh!...

Seixas não prestava atenção às facécias do velho; seu espírito estava nesse momento oprimido pela dolorosa convicção que tinha do abatimento e vergonha de sua posição.

Agora sobretudo, ao começar a realização do mercado que ele havia feito de sua pessoa, quando ia encontrar-se com a mulher a quem se alienara sem a conhecer, e em troca de um dote; agora é que toda a humilhação desse procedimento se lhe desenhava com as cores mais carregadas.

O carro acabava de parar. O velhinho saltando ágil e lépido bateu no chão com os pés a fim de consertar as calças que haviam subido pelos canos das botas.

— Escuso preveni-lo — observou Lemos — de que a pequena nada sabe, nem suspeita. Por enquanto não dê a perceber.

X

O portão ficava a uns trinta passos da casa que se erguia no centro de vasto jardim inglês.

Todas as janelas do primeiro pavimento estavam abertas e despejavam cortinas de luz, que tremulavam nas águas do tanque e na folhagem verde agitada pela brisa.

As visitas foram conduzidas pelo criado ao salão, onde apenas se achava d. Firmina Mascarenhas e o Torquato Ribeiro, com quem o velho trocou algumas palavras no vão de uma janela, enquanto Seixas, sentado junto ao sofá, aguardava o terrível momento.

Ouviu-se um frolido de sedas, e Aurélia assomou na porta do salão.

Trazia nessa noite um vestido de nobreza opala, que assentava-lhe admiravelmente, debuxando como uma luva o formoso busto. Com as rutilações da seda que ondeava ao reflexo das luzes, tornavam-se ainda mais suaves as inflexões harmoniosas do talhe sedutor.

Como que banhava-se essa estátua voluptuosa em um gás de leite e fragrância.

Seus opulentos cabelos colhidos na nuca por um diadema de opalas borbotavam em cascatas sobre as alvas espáduas bombeadas, com uma elegante simplicidade e garbo original que a arte não pode dar, ainda que o imite, e que só a própria natureza incute.

Via-se bem que essa altiva e gentil cabeça não carregava um fardo, talvez o espólio de um crânio morto, jugo cruel que a moda impõe às moças vaidosas. O que ela ostentava era a coma abundante de que a toucara a natureza, como às árvores frondosas; era a juba soberba de que a galanteria moderna coroou a mulher como emblema de sua realeza.

Cingia o braço torneado, que a manga arregaçada descobria até a curva, uma pulseira também de opalas, como eram o frouxo colar e os brincos de longos pingentes que tremulavam na ponta das orelhas de nácar.

Com o andar, crepitavam as pedras das pulseiras e dos brincos, formando um trilo argentino, música do riso mavioso que essa graciosa criatura desprendia de si e ia deixando em sua passagem, como os harpejos de uma lira.

Atravessou a sala com o brando arfar que tem o cisne no lago sereno, e que era o passo das deusas. No meio das ondulações da seda parecia não ser ela quem avançava; mas os outros que vinham a seu encontro, e o espaço que ia-se dobrando humilde a seus pés, para evitar-lhe a fadiga de o percorrer.

Se Aurélia contava com o efeito de sua entrada sobre o espírito de Seixas, frustrara-se essa esperança; porque os olhos do mancebo, nublados por um súbito deslumbramento, não viram mais do que um vulto de mulher atravessar o salão e sentar-se no sofá.

A moça porém não carecia dessas ilusões cênicas. Aquela aparição esplêndida era em sua existência um fato de todos os dias, como o orto dos astros. Se sua beleza surgia sempre brilhante no oriente dos salões, assim conservava-se toda a noite, no apogeu de sua graça.

O Lemos, vendo entrar sua pupila, foi-lhe ao encontro e acompanhou-a até ao sofá:

— Aurélia, tenho a honra de apresentar-lhe o sr. Seixas. A moça correspondeu com uma leve inclinação da fronte à cortesia de Seixas, a quem estendeu a mão, que ele apenas tocou. Ainda neste momento o moço não conseguiu de si fitar a pessoa que tinha em face.

Esse rosto desconhecido incutia-lhe indizível pavor: porque era a fisionomia de sua humilhação.

Aurélia, para romper o enleio da apresentação, começara com o tio uma dessas conversas de sala, que suprem o piano e o canto, e que não passam, como eles, de um rumor sonoro para entreter o ouvido.

A extrema volubilidade com que a palavra lhe brincava nos lábios fazia contraste com a rispidez do gesto sempre harmonioso, e com um refrangimento que por assim dizer congelava-lhe o lado do perfil voltado para Seixas.

Entretanto dissipou-se a grande comoção que percutira profundamente o organismo desse homem, desde o momento da entrada de Aurélia no salão, e lhe havia embotado os sentidos. Uma voz melodiosa penetrou-lhe n'alma, acordando ecos dali adormecidos. Pela primeira vez pôs os olhos no semblante da moça, e imagine-se qual seria o seu pasmo reconhecendo Aurélia Camargo.

Por algum tempo julgou-se vítima de uma alucinação. Custava-lhe a convencer-se que tivesse realmente diante de si a mulher de quem se julgava eternamente separado. A comoção foi tão forte que desvaneceu quase de seu espírito a lembrança do motivo que o trouxera àquela casa, e a posição falsa em que se achava. Uma satisfação íntima o absorveu completamente, e não deixou presa às amargas preocupações que pouco antes o dominavam.

Também Aurélia de sua parte havia recobrado a calma, pois voltou-se sem o mínimo acanhamento para o moço e perguntou-lhe:

— Esteve ultimamente no Norte, sr. Seixas?

— Sim, minha senhora. Cheguei a semana passada de Pernambuco.

— Onde desempenhou uma comissão importante — acrescentou Lemos.

— O Recife é realmente tão bonito como dizem?

— Creio que poucas cidades do mundo lhe poderão disputar em encantos de perspectiva e beleza de situação.

— Nem o nosso Rio de Janeiro? — perguntou Aurélia, com um sorriso.

— O Rio de Janeiro é sem dúvida superior na majestade da natureza; o Recife porém prima pela graça e louçania. A nossa Corte parece uma rainha altiva em seu trono de montanhas; a capital de Pernambuco será a princesa gentil que se debruça sobre as ondas dentre as moitas de seus jardins.

— É por isso que a chamam Veneza brasileira.

— Não conheço Veneza; mas pelo que sei dela, não posso compreender que se compare um acervo de mármore levantado sobre o lodo das restingas, com as lindas várzeas do Capibaribe, toucadas de seus verdes coqueirais, a cuja sombra a campina e o mar se abraçam carinhosamente.

— Já vejo que o senhor encontrou a musa no Recife — observou Aurélia, gracejando.

— Acha-me poético? Não fiz senão repetir o que provavelmente já disse algum vate pernambucano. Quanto à minha musa... ficou anjinho: morreu de sete dias e jaz enterrada na poeira da secretaria! — respondeu Seixas no mesmo tom.

Tinham entrado várias visitas, cuja chegada interrompeu este diálogo. Aurélia ergueu-se para receber as senhoras, enquanto os cavalheiros se derramavam pela sala esperando o momento de apresentar suas homenagens à dona da casa.

Notava-se a completa ausência dos pretendentes declarados de Aurélia; se algum conseguira ser convidado, devia o favor à circunstância de não ter revelado ainda suas intenções.

Fatigada das adorações de que era alvo nos bailes e que se transformavam em verdadeira perseguição, Aurélia fizera dessas reuniões em família um calmo remanso onde se abrigava da obsessão do mundo.

Aproveitando a confusão, Lemos levou Seixas à janela:

— Então enganei-o?

— Ao contrário; nunca eu poderia supor que fosse ela.

— Pois agora que a conhece, é tempo de saber que sou eu o feliz tutor deste amorzinho; e que chamo-me Lemos e não Ramos. Diferença de duas letras apenas. Enquanto não se fechava o negócio, era preciso guardar o segredo. Compreende? Hein? Maganão!...

E Lemos beliscou o braço de Seixas, o que era uma das mais significativas demonstrações de sua amizade.

Por meio da noite, a moça, ao atravessar a sala quando voltava de despedir-se de uma senhora, viu Seixas recostado a uma janela, pela parte de fora.

A pretexto de fumar, o moço tinha saído ao jardim; e para de todo não sequestrar-se da sociedade, tomara aquela posição da qual parecia acompanhar com a vista o que se fazia na sala; mas era como se ali não estivesse, pela preocupação que nesse momento o reconcentrava.

Essa primeira pausa que lhe deixavam os deveres da sociedade depois da entrada de Aurélia na sala, seu pensamento a aproveitou para bem compenetrar-se dos fatos que se acabavam de passar e aos quais buscava uma causa ou uma explicação.

A moça, a pretexto de olhar para o céu, veio debruçar-se à mesma janela:

— Está tão retirado! Também cultiva as estrelas?

— Quais? As do céu?

— Pois há outras?

— Nunca lho disseram?

— Talvez alguém se lembrasse disso; mas ainda não achei quem mo fizesse acreditar — respondeu a moça, com um sorriso.

Seixas calou-se. Seu espírito, além de pouco propenso a esses torneios da palavra, estava cativo de uma ideia importuna.

— Quem sabe se vim perturbar alguma visão encantadora? — insistiu Aurélia.

— Não a tenho. Estava pensando nos caprichos da fortuna que me trouxe esta noite à sua casa. É isto uma graça ou uma ironia da sorte? A senhora é quem poderá dizer-me.

Aurélia desatou a rir:

— Era preciso que eu estivesse na intimidade dessa senhora, para conhecer-lhe as intenções; e apesar de muita gente considerar-me uma de suas prediletas, acredite que no fundo não nos gostamos.

Isto disse-o a moça galanteando; mas logo ficou séria e prosseguiu:

— O que eu compreendo dessas palavras é que o sr. Seixas arrependeu-se de não haver empregado melhor seu tempo.

— E tenho eu o direito de arrepender-me! — disse o moço em voz baixa, como temendo que o ouvissem.

— Como está misterioso, meu Deus! Não fala senão por enigmas. Confesso que não o entendo. Carece alguém de direito para arrepender-se de uma cousa tão simples como uma visita!

— Tem razão, d. Aurélia. Desculpe; ainda não me recobrei da surpresa. Vindo a esta casa, não esperava encontrá-la. Estava longe de pensar...

— Tanto lhe desagradou o encontro? — perguntou Aurélia, sorrindo.

— Se eu ainda acreditasse na felicidade, diria que ela me tinha sorrido.

— E por que descreu?

Seixas fitou um olhar melancólico no semblante da moça:

— Que interesse lhe pode isso inspirar?... Questão de gênio; a alguns nunca a esperança os abandona, a outros falta de todo a fé, e desanimam com a menor decepção. E a senhora, d. Aurélia? Há pouco ouvi-lhe uma alusão; foi de certo gracejo! Diga-me, é feliz?

— Creio que sim; pelo menos todos o afirmam, e eu não posso ter a presunção de conhecer melhor o mundo do que tantas pessoas mais sabedoras e experientes que a minha cabecinha de vento. Assim, para não desmentir a opinião geral, considero-me a mais ditosa moça do Rio de Janeiro. Todos os meus caprichos são logo satisfeitos; não formo um desejo que não o veja realizado. Por toda a parte cercam-me de adorações e louvores que eu não mereço, e que por isso mesmo se tornam mais lisonjeiros.

— Nada lhe falta, portanto.

— Diz meu tutor que me falta um marido; e ele incumbiu-se de o escolher.

— Qualquer?... É-lhe isto indiferente? — perguntou Seixas, sorrindo.

— Está entendido que só aceitarei o que me agradar; mas não quero ter o aborrecimento de ocupar-me com semelhante assunto.

— Tão pouco lhe interessa!

— Ao contrário; tanto receio tenho de comprometer eu mesma o meu futuro, que o confio à sorte. Deus proverá.

Seixas interrogava o semblante risonho da moça para descobrir laivos de ironia sob aquela graciosa volubilidade.

— E no seio de sua opulência, nos raros instantes de repouso que permitem os prazeres de sua vida elegante, não lhe acode alguma recordação de outros tempos?...

— Não falemos do passado! — exclamou a moça, com um modo ríspido.

Meigo sorriso porém apagou logo a veemência do gesto e a cintilação do olhar:

— Nosso conhecimento data de hoje, sr. Seixas. Os mortos, deixemo-los dormir em paz.

Vertendo então n'alma do moço os eflúvios de seu inefável sorriso, Aurélia retirou-se da janela.

XI

Desde então Seixas encontrou-se quase todas as noites com Aurélia, ou em casa desta, ou na sociedade.

A maneira afável por que a moça o tratava tinha, se não desvanecido completamente, ao menos embotado as suscetibilidades de sua consciência acerca do ajuste que fizera com Lemos. Não que se absolvesse da culpa; mas esperava remi-la pelo amor.

Suas conversas com Aurélia versavam ordinariamente sobre temas de sala. Às vezes, porém, ele aproveitava um pretexto para falar-lhe nesse estilo terno e mavioso, que é como o canto do amor, e por isso não carece da ideia, mas somente do vocábulo sonoro, para embalar[20] o coração aos suaves harpejos dessa música.

Então Aurélia pendia a fronte, e escutava com recolhimento o lirismo da palavra inspirada pelo moço; todavia nunca em seu rosto ou em sua pessoa transpareceu o menor sinal de retribuição a esse afeto. Ela abria a alma ao amor; porém o amor que filtrava nas meigas falas de Seixas evaporava-se como uma fragrância que a envolvia um instante, sem penetrar-lhe os selos d'alma.

Houve ocasião em que escapou a Seixas outra alusão ao passado. Como da primeira vez, ela o atalhou:

— Esse tempo não existe para mim. Nasci há um ano.

Encontrando-se uma tarde com Lemos, Seixas o interpelou:

— Tenho um favor a pedir-lhe.

— Dois que sejam.

— Diga-me com franqueza, qual o motivo por que o senhor escolheu-me de preferência para marido de sua pupila, quando nem me conhecia?

O velho debulhou uma risadinha que lhe era peculiar.

— Hã! hã!... Então quer saber? Pois lá vai; não faço mistério, não me convinha que a pequena se deixasse iludir pelas lábias de um desses bigodinhos que lhe andam ao faro do dote. Então soube que ela outrora gostara do senhor; e como, pelas informações que tinha, me quadrava, fui procurá-lo. Agora o resto é por sua conta, maganão.

Esta explicação mais serenou o espírito do moço, e dissipou uns últimos rebates que ainda o assaltavam às vezes. Pensando bem, o modo por que ajustara seu casamento não era nenhuma novidade; todos os dias se estavam fazendo dessas alianças de conveniência, em termos idênticos; se não mais positivos.

Além disso, a sorte, por uma feliz coincidência, fizera que desse projeto de casamento de razão surtisse um enlace de amor; de modo que o coração absolvia e santificava quanto se havia feito para realização de seus votos.

Continuou, pois, Seixas com os seus doces madrigais e os maviosos noturnos ao canto da sala.

Depois da noite da apresentação, deixara Lemos a seu protegido, como o chamava, o cuidado de arranjar seus negócios. Apareceu-lhe, porém, uma manhã:

— Meu amigo, se não tem que fazer agora, vamos concluir o negócio. Isto de casamento é como a sopa; não se deixa esfriar.

Seixas também tinha pressa de sair da situação em que se achava; temia a cada instante ver dissipada a doce ilusão com que sua alma disfarçava a transação por ele aceita. A ideia de aparecer ante a moça sob o aspecto de um especulador era-lhe suplício.

Acedeu prontamente ao convite do negociante, e acompanhou-o à casa de Aurélia, em trajo de cerimônia.

A moça, prevenida da visita, os esperava no salão, onde foram logo introduzidos; depois dos cumprimentos e de uma conversa frouxa e distraída, Lemos, formalizando-se, tomou a palavra:

— D. Aurélia, o sr. Seixas a quem já conhece por suas excelentes qualidades, pessoa digna de toda a estima, pediu-me sua mão. Por minha parte eu não podia fazer melhor escolha, em todos os sentidos; mas tudo isto nada vale, se não tiver a fortuna de merecer o seu agrado.

Aurélia fitou em seu pretendente um olhar que desmentia o sorriso em flor de seus lábios.

— Não lhe assustam meus caprichos e excentricidades?

— Se eu os adoro! — respondeu Seixas, galanteando.

— Não lhe parece difícil fazer a felicidade de um coração desabusado como este meu, e tão afligido pela dúvida?

— Tenho fé no meu amor; com ele vencerei o impossível.

Apagou-se nos lábios de Aurélia o sorriso; e a expressão de um ardente anelo, ressumbrando do mais profundo de sua alma, imergiu-lhe o semblante.

— Aqui tem a minha mão; e tudo quanto posso dar-lhe. A mulher que ama e que sonhou, essa não a possuo. Mas se o senhor tiver o poder de a realizar, ela lhe pertencerá absolutamente como sua criatura. Acredite que esta é a esperança de minha vida, eu a confio de sua afeição.

A moça, com um gesto de sublime abandono, oferecera sua mão acetinada a Seixas, que a beijou, murmurando as efusões de seu júbilo e gratidão.

O Lemos, que se apartara discretamente para não acanhar os noivos, tornou à conversação, que reassumiu o tom ligeiro das banalidades do costume.

A notícia do próximo casamento de Aurélia produziu na alta sociedade fluminense grande assombro.

Ninguém podia capacitar-se de que essa moça, pretendida pelo creme dos noivos fluminenses, podendo escolher à vontade, entre os seus inúmeros adoradores, maridos de toda a espécie, tivesse o mau gosto de enxovalhar-se com um escrevinhador de folhetins.

O Alfredo Moreira, quando a encontrou depois da novidade, não pôde esconder o despeito:

— Então casa-se?

— É verdade.

— Afinal achou; cotação muito alta sem dúvida? — replicou o elegante, com ironia.

— Não — tornou-lhe a moça no mesmo tom. — Ficou-me por uma ninharia.

— Ah! estimo muito. Que preço?...

— Quer saber o preço?

— Estou curioso.

— Foi o seu.

O Moreira mordeu os beiços e riu-se. Apesar de tudo, não perdera a derradeira esperança. O projetado casamento podia desfazer-se por qualquer motivo, e não era difícil que a moça de um momento para outro se arrependesse da escolha com a mesma volubilidade com que a tinha feito de repente e por um capricho.

Assim pensava o malogrado pretendente; enquanto que todos os indícios pareciam revelar da parte de Aurélia a firme intenção de persistir na primeira resolução, que ela não tomara, senão depois de muito refletida.

Desde que anunciou-se o casamento, começou a moça a aparecer mais raramente na sociedade, até que de todo retirou-se; limitando-se ao pequeno círculo que frequentava sua casa, e no qual ela por assim dizer espanejava sua alma de um certo entorpecimento que lhe deixavam as ternas confidências e devaneios namorados do noivo.

Seixas, pelas palavras que Aurélia havia proferido tão d'alma, na ocasião de dar-lhe a mão de esposa, julgara compreender o segredo das estranhezas e oscilações do caráter da moça.

"Ela duvida que eu a ame", pensou consigo. "Suspeita que tenho a mira em sua riqueza. É preciso que a convença da sinceridade de minha afeição. Se ela soubesse! Um desgraçado pode sacrificar sua liberdade; mas a alma não se vende!"

Imbuído dessa ideia, não é de estranhar que Seixas tivesse em suas expansões uma exuberância que descaía em exageração. Muitas vezes fatigada, se não opressa, dessas demonstrações apaixonadas, Aurélia, que debalde tentara adormecer com elas as desconfianças de sua alma, exclamava entre fagueira e irônica:

— Ah! deixe-me respirar! Nunca fui amada, nem pensei que o seria com tamanha paixão. Careço de habituar-me aos poucos.

A residência de Laranjeiras fora recentemente preparada com luxo correspondente às avultadas posses da herdeira, e já na previsão do próximo consórcio. Poucos eram os preparativos a fazer para a celebração do casamento, e esses, apressou-os o dinheiro, que é o primeiro e mais eloquente dos improvisadores.

Tratou-se pois de marcar o dia. O Lemos pôs em discussão a questão dos padrinhos. Já ele tinha cogitado sobre o assunto, e, segundo a moda de nossa sociedade julgava indispensável, pelo menos uma baronesa para madrinha e dois figurões, cousa entre senador e ministro, para padrinhos. Não tinha ele amizade com gente dessa plaina, mas entendia que um simples conhecimento de chapéu, e até mesmo a carta de recomendação eram títulos suficientes para solicitar semelhantes favores, com que a vaidade dos grandes se lisonjeia e a presunção dos pequenos se exalta.

Grande foi portanto o embaraço de Lemos quando Aurélia declarou que um dos seus padrinhos havia de ser o dr. Torquato Ribeiro.

— Que lembrança! — disse Fernando, involuntariamente.

— Desagrada-lhe?

Na fisionomia da moça perpassou um súbito lampejo. Podia-se tomar esse brilho pela chispa do solitário de seu anel que a luz feria, quando a mão corrigia um crespo do cabelo desprendido do toucado.

— Podia escolher outra pessoa, Aurélia.
— Não é seu amigo? Ah! cuidava!...
— Não tem posição.
— De certo! — acudiu Lemos. — A posição é essencial.

Um simples bacharel não correspondia por modo algum à noção aristocrática que o velho tinha do paraninfo de uma herdeira milionária. Além de que transtornava-lhe o plano, pois os altos personagens convidados declinariam infalivelmente de ombrear com um rapazola que nem comendador era.

Aurélia porém não cedeu.

No dia seguinte assinou-se a escritura nupcial de separação de bens que assegurava a Seixas um dote de cem contos de réis.

A moça, que sempre esquivara-se à mínima interferência em assuntos pecuniários, deixando esse cuidado ao tutor e conservando-se de todo estranha a semelhantes arranjos, ainda desta vez soube evitar qualquer inteligência com seu noivo acerca de interesses materiais.

Lemos levou Seixas ao cartório do Fialho, dizendo-lhe que era isso uma exigência do juiz de órfãos, no que não faltou à verdade, embora fosse antes a vontade da herdeira quem determinara essa condição, que facilmente se ilude no foro.

Só mais tarde assinou Aurélia, para o que levou-lhe o tabelião o livro à casa. Nenhuma palavra, porém, trocou-se entre ela e o noivo a tal respeito.

XII

Reunira-se na casa das Laranjeiras, a convite de Aurélia, uma sociedade escolhida e não muito numerosa para assistir ao casamento.

A moça não aceitou a ideia de dar um baile por esse motivo; mas entendeu que devia cercar o ato da solenidade precisa, para tornar bem notória a espontaneidade de sua escolha e o prazer que sentia com esse enlace.

Não faltaram amigos e conhecidos que sugerissem a Aurélia a lembrança de fazer o casamento à moda europeia, com o romantismo da viagem logo depois da cerimônia, a lua de mel campestre, e o baile de estrondo na volta à Corte.

Ela, porém, recusou todos esses alvitres; resolveu casar-se ao costume da terra, à noite em oratório particular, na presença de algumas senhoras e cavalheiros, que lhe fariam, a ela órfã e só no mundo, as vezes da família que não tinha.

Celebrara-se a cerimônia às oito horas. Lemos conseguira um barão para servir de contrapeso ao Ribeiro e um monsenhor para oficiar.

Quanto à madrinha, Aurélia escolhera d. Margarida Ferreira, respeitável senhora, que lhe mostrara desinteressada amizade, desde a primeira vez que a encontrou na sociedade.

No momento de ajoelhar aos pés do celebrante, e de pronunciar o voto perpétuo que a ligava ao destino do homem por ela escolhido, Aurélia, com o decoro que revestia seus menores gestos e movimentos, curvara a fronte, envolvendo-se pudicamente nas sombras diáfanas dos cândidos véus de noiva.

Malgrado seu, porém, o contentamento que lhe enchia o coração e estava a borbotar nos olhos cintilantes e nos lábios aljofrados de sorriso, erigia-lhe aquela fronte gentil, cingida nesse instante por uma auréola de júbilo.

No altivo realce da cabeça e no enlevo das feições cuja formosura se toucava de lumes esplêndidos, estava-se debuxando a soberba expressão do triunfo, que exalta a mulher quando consegue a realidade de um desejo férvido e longamente ansiado.

Os convidados, que antes lhe admiravam a graça peregrina, essa noite a achavam deslumbrante, e compreendiam que o amor tinha colorido com as tintas de sua palheta inimitável, a já tão feiticeira beleza, envolvendo-a de irresistível fascinação.

— Como ela é feliz — diziam os homens.

— E tem razão! — acrescentaram as senhoras, volvendo os olhos ao noivo.

Também a fisionomia de Seixas se iluminava com o sorriso da felicidade. O orgulho de ser o escolhido daquela encantadora mulher ainda mais lhe ornava o aspecto já de si nobre e gentil.

Efetivamente, no marido de Aurélia podia-se apreciar essa fina flor da suprema distinção, que não se anda assoalhando nos gestos pretensiosos e nos ademanes artísticos; mas reverte do íntimo com uma fragrância que a modéstia busca recatar, e não obstante exala-se dos seios d'alma.

Depois da cerimônia começaram os parabéns que é de estilo dirigir aos noivos e a seus parentes.

Só então reparou-se na presença de uma senhora de idade, que ali estava desde o princípio da noite. Era d. Camila, mãe de Seixas, que saíra de sua obscuridade para assistir ao casamento do seu Fernando, e sentindo-se deslocada no meio daquela sociedade, retirou-se com as filhas logo depois de concluído o ato.

Para animar a reunião, as moças improvisaram quadrilhas, no intervalo das quais um insigne pianista, que fora mestre de Aurélia, executava os melhores trechos de óperas então em voga.

Por volta das dez horas despediram-se as famílias convidadas.

Encaminhou-se então Lemos com Seixas para aquela parte da casa onde ficavam os aposentos que Aurélia destinara a seu marido, os quais estavam preparados com muito luxo, e sobretudo com uma novidade de muito gosto.

— Meu amigo, o senhor está casado, pelo que já lhe dei os meus parabéns; falta-me porém cumprir um dever, que me cabe como tutor que fui de sua mulher, e a quem nesta noite ainda faço as vezes de pai.

— Também eu esperava este momento para agradecer-lhe os cuidados e desvelos que dispensou a Aurélia, e assegurar-lhe minha sincera amizade.

— Não fiz mais do que pagar uma dívida à minha boa irmã. Estimo esta pequena como se fosse minha filha; vi-a nascer.

Tirando do bolso uma argola de chaves, o velho passou a abrir os diversos móveis de *érable,* que ia deixando às escâncaras. Enquanto expedia-se nessa tarefa, ia falando:

— Vou ter a satisfação de o instalar em seus novos aposentos. Aqui está o seu gabinete de trabalho; ali é o toucador; deste lado do jardim fica um quarto de banho e uma saleta de fumar com entrada independente para receber seus amigos. Tudo isto é um brinco.

— Bem reconheço a mão de Aurélia; estou sentindo em todos estes objetos o aroma que exala de sua beleza — disse Seixas, inebriado de felicidade.

— Foi ela, sim senhor, que se incumbiu disso; mas ainda não viu tudo. Olhe o enxoval.

Lemos mostrou então as gavetas e prateleiras dos guarda-roupas e cômodas atopetados das várias peças de vestuário, feito de superior fazenda e com maior apuro. Nada faltava do que pode desejar um homem habituado a todas as comodidades da moda.

No toucador, se o tabuleiro de mármore ostentava toda a casta de perfumarias, as gavetas continham cópias de joias próprias de um cavalheiro elegante. Algumas havia de grande preço, como o anel de rubim, e uma abotoadura completa de brilhantes.

— Tudo isto lhe pertence — disse o velho, terminando o inventário. — É cousa lá da pequena; não entrou em nosso ajuste.

Seixas experimentou sensação igual à do homem que no meio de um sonho aprazível fosse arremessado a um pântano e acordasse chafurdado na torpe realidade. A palavra ajuste, ali naquele instante, quando acabava de santificar pelo juramento o eterno amor que votava a sua esposa; quando estava-se revendo em sua lembrança, de que a moça deixara impregnada a cada passo o luxo e elegância daqueles aposentos; essa palavra proferida sem intenção pelo velho infligiu-lhe a mais acerba das humilhações.

Entretanto Lemos fechava as portas e gavetas que tinha aberto; e terminou apresentando a Seixas a argola de chaves.

— Aqui tem, meu caro. Só uma chave não lhe posso eu dar; é dali.

O velho, indicou na extrema de um breve corredor uma porta oculta por um reposteiro de seda azul com flecha dourada.

— Quando aquela porta abrir-se, não haverá em todo este Rio um maganão mais feliz!

E o velho, repicando a sua fustigante risadinha de falsete, tornou ao salão, onde encontrou cinco negociantes, velhos camaradas, que a seu pedido se haviam demorado, e achavam-se um tanto embrulhados com a história.

— Ó Lemos, não dirás que fazemos nós ainda a esta hora aqui? Olhe, que para trapalhão temos conversado.

— Querem ver que o brejeiro pretende fazer o negócio com toda a solenidade! Vocês não viram aquele... o tabelião?

— É verdade; chamaram-no agora mesmo. E nós seremos as testemunhas.

Aqui desafogaram-se os sujeitos em boas risadas.

— Quase que adivinharam vocês — disse o Lemos. — Venham cá e verão o que é.

Na saleta, onde Lemos introduziu seus amigos, estava sentado à mesa do centro um tabelião, que assistira à cerimônia como convidado e parecia agora em atitude de exercer algum ato do ofício.

Pela porta fronteira acabava de entrar Aurélia, em companhia de d. Firmina. A moça trazia nos ombros uma peliça de caxemira cinzenta, que disfarçava seu traje de noiva, cingindo-lhe a cabeça com o frouxo capuz.

A auréola de júbilo, que resplandecia-lhe a beleza quando ajoelhada aos pés do altar e ao lado do noivo, não se ofuscara; mas ia empalidecendo. Às vezes súbito erriçamento estremecia-lhe o talhe delicado; percebia-se nesses momentos um eclipse da luz íntima, como o vágado de uma lâmpada a apagar-se.

Ela sentou-se defronte do tabelião; aos lados da mesa tomaram lugar Lemos e os outros negociantes.

— Peço aos senhores que me desculpem este incômodo; e aceitem meu reconhecimento por sua bondade em acompanhar-me neste capricho.

Houve uns protestos murmurados.

— É minha última excentricidade! — tornou Aurélia, com adorável sorriso. — Ainda estou me despedindo da vida de moça; por isso mereço alguma indulgência. Demais, pensando bem, não é tão extravagante o que faço agora, pois o testamento também faz parte da confissão. Quero aproveitar este momento em que ainda sou senhora de mim e das minhas vontades, para declarar a última, que foi também a primeira de minha vida.

Apesar da garridice com que proferiu a moça estas palavras, e da graça jovial que o seu mago sorriso espargia sempre em torno de si, um sentimento de vaga e indefinível tristeza pungiu as pessoas presentes; especialmente quando Aurélia entregou ao tabelião o testamento por ela escrito em uma folha perfumada de papel cetim, a gume dourado, com o monograma A. C. em relevo escarlate.

A associação de dois atos tão opostos, a aurora da existência e sua despedida; a ideia da morte a entrelaçar-se naquela mocidade tão rica de todas as prendas; a grinalda de noiva cingindo uma fronte a desfalecer; esse contraste era para deixar funda impressão no ânimo.

Aviou o tabelião o termo de aprovação com as fórmulas consagradas; e no meio do mais profundo silêncio restituiu à moça o testamento já cerrado com um torçal de seda e pingos de lacre dourado, cujo perfume derramou-se pela sala.

Nunca a abstrusa e rançosa algaravia de cartório se vira tão catita. O papel, com seu testamento, não desdizia da linda mão que traçara o contexto, e d'alma gentil que talvez nele havia encerrado, com sua última vontade, o perfume de lágrimas ignotas.

Ao despedir-se da pupila, Lemos apertou-lhe a mão:

— Desejo-lhe que seja muito e muito feliz.

— Se o não for, será minha e minha só a culpa — respondeu a moça, agradecendo-lhe.

D. Firmina quis acompanhar a moça ao toucador, para prestar-lhe os serviços de camareira de honra, que são de costume e privilégio da mãe, e na falta desta, da mais próxima parenta.

Recusou Aurélia; abraçando a velha senhora, disse-lhe comovida:

— Reze por mim!

Ficando só, a moça fechou à chave a porta da saleta e murmurou:

— Enfim!

Em todo aquele lado da casa não havia senão ela e seu marido.

XIII

Afastemos indiscretamente uma dobra do reposteiro que recata a câmara nupcial.

É uma sala em quadro, toda ela de uma alvura deslumbrante, que realça o azul-celeste do tapete de riço recamado de estrelas e a bela cor de ouro das cortinas e do estofo dos móveis.

A um lado, duas estatuetas de bronze dourado representando o amor e a castidade sustentam uma cúpula oval de forma ligeira, donde se desdobram até o pavimento bambolins de cassa finíssima.

Por entre a diáfana limpidez dessas nuvens de linho, percebe-se o molde elegante de uma cama de pau-cetim pudicamente envolta em seus véus nupciais, e forrada por uma colcha de chamalote também cor de ouro.

Do outro lado há uma lareira, não de fogo, que o dispensa nosso ameno clima fluminense, ainda na maior força do inverno. Essa chaminé de mármore cor-de-rosa é meramente pretexto para o cantinho de conversação, pois que não podemos chamá-lo como os franceses o *coin du feu*.

A bem dizer a lareira não passa de uma jardineira que esparze o aroma de suas flores, em vez do brando calor do lume, por aquele círculo, onde estão dispostas algumas poltronas baixas e derreadas, transição entre a cadeira e o leito.

O aposento é iluminado por uma grande lâmpada de gás, cujo globo de cristal opaco filtra uma claridade serena e doce, que derrama-se sobre os objetos e os envolve como de um creme de luz.

Correu-se uma cortina, e Aurélia entrou na câmara nupcial.

Seu passo deslizou pela alcatifa de veludo azul marchetado de alcachofras de ouro, como o andar com que as deusas perlustravam no céu a galáxia quando subiam ao Olimpo.

A formosa moça trocara seu vestuário de noiva por esse outro que bem se podia chamar trajo de esposa; pois os suaves emblemas da pureza imaculada, de que a virgem se reveste quando caminha para o altar, já se desfolhavam como as pétalas da flor no outono, deixando entrever as castas primícias do santo amor conjugal.

Trazia Aurélia uma túnica de cetim verde, colhida à cintura por um cordão de torçal de ouro, cujas borlas tremiam com seu passo modulado. Pelos golpeados deste simples roupão borbulhavam os frocos de transparente cambraia, que envolviam as formas sedutoras da jovem mulher.

As mangas amplas e esvasadas eram apanhadas, na covinha do braço e sobre a espádua, por um broche onde também prendia a ombreira, mostrando o braço mimoso, cuja tez roseava a camisa de cambraia abotoada no punho por uma pérola.

Os lindos cabelos negros refluíam-lhe pelos ombros presos apenas com o aro de ouro, que cingia-lhe a opulenta madeixa; o pé escondia-se em um pantufo de cetim que às vezes beliscava a orla da anágua, como um travesso beija-flor.

O casto vestuário da moça recatava-lhe as graças do talhe; entretanto quando ela andava, e que seu corpo airoso nadava nas ondas de seda e cambraia, sentia-se mais n'alma do que nos olhos o debuxo da estátua palpitante de emoção. A cada movimento que imprimia-lhe o passo onduloso, acreditava-se que o broche da ombreira partira-se e que os véus zelosos se abatiam de repente aos pés dessa mulher sublime, desvendando uma criação divina, mas de beleza imaterial, e vestida de esplendores celestes.

Aurélia atravessou o aposento e, chegando à porta que ficava fronteira àquela por onde entrara, curvou de leve a cabeça recolhendo-se para escutar; mas não ouviu senão o arfar do seio, que ofegava.

Afastou-se rapidamente, e foi atirar-se a uma das poltronas, em um gesto de desânimo, cruzando as mãos e erguendo-as ao céu com um olhar repassado de angústia:

— Meu Deus, por que não me fizeste como as outras? Por que me deste este coração exigente, soberbo e egoísta? Posso ser feliz como são tantas mulheres neste mundo, e beber na taça do amor, em que talvez nunca mais toquem estes lábios. Não é o néctar divino que eu sonhei, não; mas dizem que embriaga a alma, e faz esquecer!...

O espírito de Aurélia rastreou a ideia que despontava, e por algum tempo como que embalou-se num sonho:

— Não! — exclamou arrebatadamente. — Seria a profanação deste santo amor que foi e será toda a minha vida!

Ergueu-se; deu algumas voltas pela câmara nupcial, acariciando com os olhos todos estes móveis e adereços, que ela escolhera para ornarem o regaço de sua felicidade, e nos quais tinha como que esculpido suas mais queridas esperanças.

Depois que assim repassou-se das reminiscências que lhe acordavam esses objetos, foi rever-se no espelho, e enviou à sua feiticeira imagem reproduzida no cristal, um sorriso de indefinível expressão.

Dirigiu-se, então, à porta, onde pouco antes escutara; deu volta à chave, e afastou uma das bandas. Pouco depois, Seixas roçagou a cortina, e cingindo o talhe de sua mulher, foi sentá-la em uma das cadeiras.

— Como tardaste, Aurélia! — disse ele, queixoso.

— Tinha um voto a cumprir. Quis emancipar-me logo de uma vez para pertencer toda a meu único senhor — respondeu a moça, galanteando.

— Não me mates de felicidade, Aurélia! Que posso eu mais desejar neste mundo do que viver a teus pés, adorando-te, pois que és a minha divindade na terra.

Seixas ajoelhou aos pés da noiva, tomou-lhe as mãos que ela não retirava; e modulou o seu canto de amor, essa ode sublime do coração, que só as mulheres entendem, como somente as mães percebem o balbuciar do filho.

A moça, com o talhe languidamente recostado no espaldar da cadeira, a fronte reclinada, os olhos coalhados em uma ternura maviosa, escutava as falas de seu marido; toda ela se embebia dos eflúvios de amor, de que ele a repassava com a palavra ardente, o olhar rendido, e o gesto apaixonado.

— É então verdade que me ama?
— Pois duvida, Aurélia?
— E amou-me sempre, desde o primeiro dia que nos vimos?
— Não lho disse já?
— Então nunca amou a outra?
— Eu lhe juro, Aurélia. Estes lábios nunca tocaram a face de outra mulher, que não fosse minha mãe. O meu primeiro beijo de amor, guardei-o para minha esposa, para ti...

Soerguendo-se para alcançar-lhe a face, não viu Seixas a súbita mutação que se havia operado na fisionomia de sua noiva.

Aurélia estava lívida, e a sua beleza, radiante há pouco, se marmorizara.

— Ou para outra mais rica!... — disse ela, retraindo-se para fugir ao beijo do marido, e afastando-o com a ponta dos dedos.

A voz da moça tomara o timbre cristalino, eco da rispidez e aspereza do sentimento que lhe sublevava o seio, e que parecia ringir-lhe nos lábios como aço.

— Aurélia! Que significa isto?
— Representamos uma comédia, na qual ambos desempenhamos o nosso papel com perícia consumada. Podemos ter este orgulho, que os melhores atores não nos excederiam. Mas é tempo de pôr termo a esta cruel mistificação, com que nos estamos escarnecendo mutuamente, senhor. Entremos na realidade por mais triste que ela seja, e resigne-se cada um ao que é; eu, uma mulher traída; o senhor, um homem vendido.

— Vendido! — exclamou Seixas ferido, dentro d'alma.
— Vendido sim; não tem outro nome. Sou rica, muito rica, sou milionária; precisava de um marido, traste indispensável às mulheres

honestas. O senhor estava no mercado; comprei-o. Custou-me cem contos de réis, foi barato; não se fez valer. Eu daria o dobro, o triplo, toda a minha riqueza por este momento.

Aurélia proferiu estas palavras desdobrando um papel, no qual Seixas reconheceu a obrigação por ele passada ao Lemos.

Não se pode exprimir o sarcasmo que salpicava dos lábios da moça; nem a indignação que vazava dessa alma profundamente revolta, no olhar implacável com que ela flagelava o semblante do marido.

Seixas, trespassado pelo cruel insulto, arremessado do êxtase da felicidade a esse abismo de humilhação, a princípio ficara atônito. Depois quando os assomos da irritação vinham sublevando-lhe a alma, recalcou-os esse poderoso sentimento do respeito à mulher, que raro abandona o homem de fina educação.

Penetrado da impossibilidade de retribuir o ultraje à senhora a quem havia amado, escutava imóvel, cogitando no que lhe cumpria fazer; se matá-la a ela, matar-se a si, ou matar a ambos.

Aurélia, como se lhe adivinhasse o pensamento, esteve por algum tempo afrontando-o com inexorável desprezo.

— Agora, meu marido, se quer saber a razão por que o comprei de preferência a qualquer outro, vou dizê-la; e peço-lhe que me não interrompa. Deixe-me vazar o que tenho dentro desta alma, e que há um ano a está amargurando e consumindo.

A moça apontou a Seixas uma cadeira próxima.

— Sente-se, meu marido.

Com que tom acerbo e excruciante lançou a moça esta frase *meu marido,* que nos seus lábios ríspidos acerava-se como um dardo ervado de cáustica ironia!

Seixas sentou-se.

Dominava-o a estranha fascinação dessa mulher, e ainda mais a situação incrível a que fora arrastado.

SEGUNDA PARTE

QUITAÇÃO

I

Dois anos antes deste singular casamento, residia à rua de Santa Teresa uma senhora pobre e enferma.

Era conhecida por d. Emília Camargo; tinha em sua companhia uma filha já moça, a que se reduzia toda a sua família.

Passava por viúva, embora não faltassem malévolos para quem essa viuvez não era mais do que manto decente a vendar o abandono de algum amante.

Havia uns laivos de verdade nessa injusta suspeita.

Quando moça, d. Emília Lemos teve inclinação por um estudante de medicina, que dela se apaixonara. Certo de que seu afeto era retribuído, Pedro de Sousa Camargo, o estudante, animou-se a pedi-la em casamento.

Vivia Emília na companhia do sr. Manuel José Correia Lemos, seu irmão mais velho e chefe da família. Tratou este de colher informações acerca do moço. Veio ao conhecimento de que era filho natural de um fazendeiro abastado, que o mandara estudar e tratava-o à grande. Não o tinha, porém, reconhecido, o que era de suma importância, pois além de existir a mãe do fazendeiro lá para as bandas de Minas, o sujeito ainda estava robusto e podia bem casar-se e ter filhos legítimos.

À vista destas informações entendeu Lemos que não se podia prescindir de certas formalidades, dispensáveis no caso de ser o rapaz herdeiro necessário. O irmão de Emília era apenas remediado, e já custava-lhe bem aguentar com o peso de 12 pessoas que tinha às costas, para arriscar-se ainda ao contrapeso de mais esta nova família em projeto.

— Por nossa parte, não há dúvida, meu camaradinha. Arranje a licença do papai, ou o reconhecimento por escritura pública; o resto fica por minha conta.

Era uma recusa formal, porquanto Pedro Camargo jamais se animaria a confessar o seu amor ao pai, que lhe inspirava desde a infância, pela rudeza e severidade da índole, um supersticioso terror.

— Sua família me repele, Emília, porque sou pobre e não posso contar com a herança de meu pai — disse o estudante a primeira vez que encontrou-se com a namorada.

A irmã de Lemos sabia pelas explicações dos parentes que efetivamente era aquele o motivo da recusa.

— Ela o repele porque é pobre, senhor Camargo; mas eu o aceito por essa mesma razão.

— Quer ser minha mulher ainda, Emília? Apesar da oposição de seus parentes? Apesar de não ser eu mais do que um estudante sem fortuna?

— Desde que o motivo da oposição de meus parentes não é outro senão sua pobreza, sinto-me com forças de resistir. Que maior felicidade posso eu desejar do que partilhar sua sorte, boa ou má?

— Eu não me animava a pedir-lhe esta prova de seu amor, Emília. Você é um anjo!

Quinze dias depois, Pedro Camargo parava à porta de Lemos em um carro. Era a hora do chá; estavam todos na sala de jantar. Emília, que se recolhera a pretexto de incômodo, desceu a escada sem que a percebessem.

No dia seguinte pela manhã, Lemos, de jornal aberto, tomava nota dos anúncios, tarefa habitual com que estreava o dia, quando lhe entregaram uma carta. A capa era de relevos, e o conteúdo um quarto de papel cetim com estas palavras:

Pedro de Sousa Camargo
e d. Emília Lemos Camargo
têm a honra de participar a V.S^a. o seu casamento.
Rio de Janeiro etc.

Na casa de Lemos ninguém acreditou em semelhante casamento. Para a família, a moça não era senão a amante de Pedro Camargo; e por conseguinte uma mulher perdida.

Entretanto o casamento fora celebrado na matriz do Engenho Velho[21] em segredo, mas com todas as formalidades; pois os noivos eram maiores, e haviam requerido as dispensas necessárias.

Por esse tempo o fazendeiro Lourenço de Sousa Camargo recebeu o aviso de que o filho vivia com uma rapariga que tirara de casa da família. Acrescentava o oficioso amigo que o estudante já se inculcava de casado; portanto não seria de espantar se coroasse a primeira extravagância com a loucura de semelhante união.

Despachou imediatamente o velho um de seus camaradas, o mais decidido, com intimação ao filho para recolher-se à fazenda no prazo de uma semana. O emissário trazia ordem terminante de conduzi-lo à força, caso não obedecesse.

Pedro Camargo arrancou-se aos braços de sua Emília, prometendo-lhe voltar breve para não mais separarem-se. Passados os primeiros assomos da irritação do velho, aproveitaria qualquer ocasião para confessar-lhe tudo. O pai, que o amava, não lhe negaria o perdão de uma falta irremediável e santificada pela religião.

Faltou, porém, ao moço a coragem para afrontar novamente as iras do fazendeiro com a revelação do seu casamento. Preparava-se, fazia firme tenção; mas no momento propício fugia-lhe a resolução.

Assim correram os dias, e prolongou-se a ausência de Pedro Camargo. Escrevia ele à sua Emília longas cartas cheias de ternuras e protestos, nas quais prometia-lhe partir dentro em poucos dias para levá-la à fazenda.

Ao mesmo tempo e por intermédio de um amigo remetia à mulher os meios de prover à sua subsistência, enquanto não podia chamá-la para sua companhia: o que se realizaria logo que revelasse ao pai o segredo do casamento.

Emília muito sofreu com essa ausência; não tanto pela posição falsa em que ficara, mas sobretudo pelo amor que tinha ao marido. Era porém feita para as abnegações; em suas cartas a Pedro, nunca lhe escapou a menor queixa. Longe de exprobrar-lhe os receios, que a mantinham na incerteza de sua sorte, ao contrário, o consolava do remordimento que sentia de sua própria timidez.

Ao cabo de um ano, desvanecidas, se não dissipadas, as suspeitas do velho fazendeiro, consentiu ele que o filho viesse à Corte de passagem.

Reviram-se os dois esposos depois de tão longa ausência, e amaram-se nesses poucos dias por todo o tempo da separação.

Encontrou Pedro Camargo já com dois meses o seu primeiro filho, a que deu o nome de Emílio, apesar das instâncias da mãe, que instava por Pedro.

"Não, Pedro não; é o nome de um infeliz", respondia o marido, com os olhos cheios de lágrimas.

Continuou este singular teor da vida dos dois esposos que passavam juntos em sua casinha da rua de Santa Teresa algumas semanas intercaladas por muitos meses de separação.

Essas ausências acrisolavam o amor, e lhe davam uma exuberância que mais tarde expandia-se com ignoto fervor. Os dias que Pedro Camargo demorava-se na Corte eram uma bem-aventurança para os dois corações que se reproduziam um no outro.

Emília se resignou à sorte que lhe reservara a Providência; ainda assim julgava-se bem feliz com a afeição e ternura do homem a quem escolhera.

Refletira que, sabendo de seu casamento, talvez se irritasse o velho fazendeiro, e destruísse de repente essa ventura que lhe coubera em partilha, a ela e seu marido.

Além de que Pedro Camargo era filho natural ainda não reconhecido; seu futuro dependia exclusivamente da vontade do pai que podia abandoná-lo como a um estranho, deixando-o reduzido à indigência. Esta circunstância influiu muito no espírito de Emília: não por si, que não tinha ambição: mas era esposa e mãe.

A esse tempo já lhe havia nascido também uma filha que chamou-se Aurélia, por ter sido este o nome da mãe de Pedro Camargo, infeliz rapariga, que morrera da vergonha de seu erro.

Convencida do perigo de revelar o segredo de seu casamento, Emília condenou-se a uma existência não somente obscura, mas suspeita. Bem custava à sua virtude o desprezo injusto que a envolvia, e o escárnio que a pungia; mas era por seu marido e por seus filhos que sofria. Refugiava-se no isolamento; confortava-se com a reparação.

Cresceram os dois filhos de Camargo; ambos eles receberam excelente educação. As liberalidades do velho fazendeiro permitiam que Pedro tratasse a família com decência e abastança; tanto mais quanto não tinha ele cousa com que distraísse dinheiro daquele honesto emprego, a não ser o seu modesto vestuário.

Haviam decorrido 12 anos depois do casamento de Pedro Camargo e estava ele com 36, quando seu caráter fraco e irresoluto foi submetido a uma prova cruel.

Por diversas vezes mostrara o fazendeiro ao filho desejos de vê-lo casado; mas essas veleidades sem alvo determinado passavam, e as labutações da vida rural distraíam o velho das preocupações domésticas. Pedro Camargo quitava-se deste perigo com um pequeno susto.

Afinal, porém, o pai exigiu formalmente dele que se casasse, e indigitou-lhe a pessoa já escolhida. Era a filha de um rico fazendeiro da vizinhança. Tinha ela completado os 15 anos; antes que a notícia deste dote sedutor chegasse à Corte, tratou o velho Camargo de arranjá-lo para o filho.

Pedro opôs à vontade do pai a resistência passiva. Nunca se animou a dizer não; mas também não se moveu para cumprir as recomendações ou, antes, ordens que lhe dava o fazendeiro. Este esbravejava; ele abaixava a cabeça, e passada a tormenta, caía outra vez na inércia.

Quando o fazendeiro viu que, apesar dos seus ralhos e gritos, o filho não se decidia a visitar a moça, irou-se por tal modo que ameaçou expulsá-lo de casa, se não montasse a cavalo naquele mesmo instante para ir à fazenda vizinha ver a noiva e reiterar ao pai o pedido feito em seu nome.

Pedro Camargo não disse palavra. Desceu à estrebaria; selou o animal; pôs na garupa sua maleta; e partiu, mas não para a fazenda vizinha. Foi ter a um rancho, onde contava demorar-se o tempo preciso para dar alguma direção à sua vida.

Durante esta provança tinha continuado a escrever à mulher; mas ocultou-lhe o transe por que estava passando, para não afligi-la.

A resistência à vontade do pai, a quem acatava profundamente, e as sublevações de sua consciência contra o receio de confessar a verdade abalaram violentamente o robusto organismo desse homem forte para os trabalhos físicos, mas não feito para essas convulsões morais.

Pedro Camargo foi acometido de uma febre cerebral, e sucumbiu no rancho onde procurara um abrigo, longe dos socorros e quase ao desamparo. Apenas teve para acompanhá-lo em seus últimos instantes um tropeiro que vinha para a Corte.

Trazia o infeliz consigo cerca de três contos de réis, que desde certo tempo começara a juntar com intenção de estabelecer-se nalguma modesta rocinha, onde pudesse viver tranquilo com a família.

A sorte não o consentiu. Confiou ele o dinheiro ao tropeiro, pedindo-lhe que o entregasse de sua parte à sua mulher. Recomendou-lhe, porém, que não contasse o desamparo em que o vira, para não acabrunhá-la ainda mais.

Cumpriu o tropeiro o encargo com uma probidade de que ainda se encontram exemplos frequentes nas classes rudes, especialmente do interior.

Emília cobriu-se do luto que não despiu senão para trocá-lo pela mortalha. Mais negro porém e mais triste do que o vestido era o dó de sua alma, onde jamais brotou um sorriso.

II

A viuvez tornou ainda mais isolada e recolhida a existência de Emília, acrescentando-lhe a indiferença e desapego do mundo.

O único elo que a prendia à terra eram seus filhos; mas tinha o pressentimento de que não permaneceria muito tempo com eles. O marido a chamava; abandonou-se àquela atração que a aproximava do ente a quem mais amara, e a desprendia aos poucos do espólio que ainda a retinha neste vale de lágrimas.

Só uma inquietação a afligia, ao pensar no próximo termo de seu infortúnio; era a lembrança do desamparo em que ia ficar sua filha Aurélia, já nesse tempo moça, na flor dos 16 anos.

De sua família, não podia Emília esperar arrimo para a órfã. As relações, cortadas por ocasião de seu casamento, nunca mais se haviam reatado. Os parentes continuavam a considerá-la mulher perdida; e evitavam o contágio de sua reputação.

Do sogro, também já recebera a pobre viúva o desengano. Depois do falecimento do marido e logo que a dor lhe permitiu outros cuidados, escrevera ao Lourenço de Sousa Camargo, revelando-lhe o segredo do casamento, e implorando sua proteção para os filhos de seu filho.

O fazendeiro, da mesma forma que os parentes de Emília, não acreditou na realidade de um casamento oculto até àquela época, e do qual não aparecia documento ou outra prova.

A carta da viúva só lhe revelou a continuação de relações que ele supunha desde muito extintas.

Atinando que fora a influência dessa mulher a causa da desobediência do filho, lançava-lhe a culpa da desgraça que sobreveio, esquecido de que ninguém sofrera tanto como ela, pois, além da viuvez, a morte do marido deixava-lhe a pobreza e a desonra.

Ainda assim, nessa disposição de ânimo, foi generoso o Camargo. Mandou entregar a Emília um conto de réis; dinheiro cru e seco sem uma palavra de consolo ou de esperança. A pessoa que o levou à viúva fez-lhe sentir que tão avultada esmola devia livrar o fazendeiro de futuras importunações.

O Emílio, que podia ser o amparo natural da irmã, quando viesse a faltar-lhe a mãe, não estava, infelizmente, nas condições de receber o difícil encargo. Ao caráter irresoluto do pai juntava ele um espírito curto e tardio. Apesar de haver frequentado os melhores colégios, achava-se aos 18 anos tão atrasado como um menino de regular inteligência e aplicação aos 12 anos.

Reconhecendo sua inaptidão para alguma das carreiras literárias, Emília lembrara-se de encaminhá-lo à vida mercantil. Por intermédio do correspondente do marido e pouco tempo depois da morte deste, fora o rapaz admitido como caixeiro de um corretor de fundos.

Por mais esforços que fizesse o pobre Emílio, não lograva destrinçar as efemérides financeiras do movimento dos fundos públicos e oscilações do mercado monetário. Isto que aí qualquer filhote de zangão, a quem não desponta ainda o bigode, avia em duas palhetadas, era para Emílio ciência mais abstrusa do que a astronomia.

Chegava a casa com a sua tábua de câmbios, o preço corrente, a cotação da praça e as notas que lhe havia dado o corretor. Sentava-se à mesa; preparava o tinteiro e o papel, mas não havia meio de começar. Seu espírito embrulhava-se por tal modo na meada, que não atava nem desatava. Ao cabo chorava de raiva.

Corria, então, Aurélia a consolá-lo. Sabia ela já a causa daquele pranto, cuja explicação uma vez lhe arrancara à força de carinho e meiguice. Tirava-o do desespero, animava-o a tentar a operação, e para suster-lhe os esforços ia auxiliando-lhe a memória e dirigindo o cálculo.

A natureza dotara Aurélia com a inteligência viva e brilhante da mulher de talento, que se não atinge ao vigoroso raciocínio do homem, tem a preciosa ductilidade de prestar-se a todos os assuntos, por mais diversos que sejam. O que o irmão não conseguira em meses de prática, foi para ela estudo de uma semana.

Desde então, o caixeiro que ia à praça receber as ordens do patrão e levar-lhe os recados era o Emílio, mas o corretor que fazia todos os cálculos e operações, ou arranjava o preço corrente, era Aurélia. Assim poupava a menina um desgosto ao irmão, e o mantinha no emprego a tanto custo arranjado.

Bem se vê, pois, que Emílio, longe de prometer um amparo à irmã, ao contrário, tinha de ser, se já não era, um oneroso sacrifício para a menina, obrigada a consumir com ele o tempo e os poucos recursos, fruto de seu trabalho.

Nestas circunstâncias, a mãe só via para a filha o natural e eficaz apoio de um marido. Por isso não cessava de tocar a Aurélia neste ponto, e a propósito de qualquer assunto.

Se vinha a falar-se de sua moléstia que fazia rápidos progressos, dizia Emília à filha:

— O que me aflige é não ver-te casada. Mais nada.

Quando lembravam-se que o dinheiro deixado por Pedro Camargo e a esmola do fazendeiro haviam de acabar-se um dia, ficando elas na indigência, acudia a viúva:

— Ah! se eu te visse casada!

Aurélia é quem suportava todo o peso da casa. Sua mãe, abatida pela desgraça e tolhida pela moléstia, muito fazia, evitando por todos os modos tornar-se pesada e incômoda à filha. Envolvera-se ainda em vida em uma mortalha de resignação, que lhe dispensava o médico, a enfermeira e a botica.

Os arranjos domésticos, mais escassos na casa do pobre, porém de outro lado mais difíceis, o cuidado da roupa, a conta das compras diárias, as contas do Emílio e outros misteres tomavam-lhe uma parte do dia; a outra parte ia-se em trabalhos de costura.

Não lhe sobrava tempo para chegar à janela; à exceção de algum domingo em que a mãe podia arrastar-se até à igreja à hora da missa e de alguma volta à noite acompanhada pelo irmão, não saía de casa.

Esta reclusão afligia a viúva, que muitas vezes lhe dizia:

—Vai para a janela, Aurélia.

— Não gosto! — respondia a menina.

Outras vezes, ante a insistência da mãe, buscava uma desculpa:

— Estou acabando este vestido.

Emília calava-se, contrariada. Uma tarde, porém, manifestou todo o seu pensamento.

— Tu és tão bonita, Aurélia, que muitos moços se te conhecessem haviam de apaixonar-se. Poderias então escolher algum que te agradasse.

— Casamento e mortalha no céu se talham, minha mãe — respondia a menina, rindo-se para encobrir o rubor.

O coração de Aurélia não desabrochara ainda; mas, virgem para o amor, ela tinha não obstante a vaga intuição do pujante afeto, que funde em uma só existência o destino de duas criaturas, e completando-as uma pela outra, forma a família.

Como todas as mulheres de imaginação e sentimento, ela achava dentro de si, nas cismas do pensamento, essa aurora d'alma que se chama o ideal, e que doura ao longe com sua doce luz os horizontes da vida.

O casamento, quando acontecia pensar nele alguma vez, apresentava-se a seu espírito como uma cousa confusa e obscura; uma espécie de enigma, do seio do qual se desdobrava de repente um céu esplêndido que a envolvia, inundando-a de felicidade.

Em sua ingenuidade, não compreendia Aurélia a ideia do casamento refletido e preparado. Mas a insistência de sua mãe, inquieta pelo futuro, fez que ela se ocupasse com esta face da vida real.

Reconheceu que não tinha direito de sacrificar a um sonho de imaginação, que talvez nunca se realizasse, o sossego de sua mãe primeiro, e depois seu próprio destino, pois que sorte a esperava, se tivesse a desgraça de ficar só no mundo?

O golpe que sofreu por esse tempo ainda mais a dispôs ao sacrifício de suas aspirações.

Emílio, recolhendo-se muito fatigado, uma tarde de excessivo calor, cometeu a imprudência de tomar um banho frio. A consequência foi uma febre de mau caráter que o levou em poucos dias.

Aurélia não deixou a cabeceira do leito desse irmão, a quem ela amava com desvelo maternal. Os cuidados incessantes e os extremos de que o cercou, bem como a necessidade de acudir a tudo, foi talvez o que a salvou de ser fulminada por essa desgraça.

A viúva que mal resistira ao golpe da perda do filho, ainda mais se aterrava agora com o isolamento em que ia deixar Aurélia. Se Emílio não prometia à irmã um arrimo, em todo o caso era uma companhia, e podia dar-lhe ao menos a proteção material, quando não fosse senão de sua presença.

Redobraram, pois, as insistências da pobre viúva; e Aurélia, ainda coberta do luto pesado que trazia pelo irmão, condescendeu com a vontade da mãe, pondo-se à janela todas as tardes.

Foi para a menina um suplício cruel essa exposição de sua beleza com a mira no casamento. Venceu a repugnância que lhe inspirava semelhante amostra de balcão, e submeteu-se à humilhação por amor daquela que lhe dera o ser e cujo único pensamento era sua felicidade.

III

Não tardou que a notícia da menina bonita de Santa Teresa se divulgasse entre certa roda de moços que não se contentam com as rosas e margaridas dos salões, e cultivam também com ardor as violetas e cravinas das rótulas.

A solitária e plácida rua animou-se com um trânsito desusado de tílburis e passeadores a pé, atraídos pela graça da flor modesta e rasteira, que uns ambicionavam colher para a transplantar ao turbilhão do mundo, outros apenas se contentariam de crestar-lhe a pureza, abandonando-a depois à miséria.

Os olhares ardentes e cúpidos dessa multidão de pretendentes, os sorrisos contrafeitos dos tímidos, os gestos fátuos e as palavras insinuantes dos mais afoutos quebravam-se na fria impassibilidade de Aurélia. Não era a moça que ali estava à janela; mas uma estátua, ou, com mais propriedade, a figura de cera do mostrador de um cabeleireiro da moda.

A menina cumpria estritamente a obrigação que se tinha imposto; mostrava-se para ser cobiçada e atrair um noivo. Mas, além dessa tarefa de exibir sua beleza, não passava. Os artifícios de galanteio com que muitas realçam seus encantos; a tática de ratear os sorrisos e carinhos, ou negaceá-los para irritar o desejo, nem os sabia Aurélia, nem teria coragem para usá-los.

Depois de uma hora de estação à janela, recolhia-se para começar o serão da costura; e de todos aqueles homens que haviam passado diante dela com a esperança de cativar-lhe a atenção, não lhe ficava na lembrança uma fisionomia, uma palavra, uma circunstância qualquer.

No primeiro mês a investida dos pretendentes não passou de uma escaramuça. Rondas pela calçada, cortejos de chapéus, suspiros ao passar, gestos simbólicos de lenço, algum elogio à meia voz, e presentes de flores que a menina rejeitava; tais eram os meios de ataque.

Breve, porém, começou o assalto em regra; e quem abriu o exemplo foi pessoa já muito nossa conhecida, e da qual não se podia esperar semelhante desembaraço.

O Lemos, que andava sempre metido na roda dos rapazes, veio a saber do aparecimento da bisca da rua de Santa Teresa. Entendeu o árdego velhinho, que em sua qualidade de tio, cabia-lhe um certo direito de primazia sobre esse bem de família.

Entrou na fieira, e à tarde fazia volta pela rua de Santa Teresa para conversar um instante com a sobrinha, a quem desde o primeiro dia se dera a conhecer.

Aurélia teve grande contentamento por ver o tio. A afabilidade com que lhe falara ele encheu-a da esperança de uma próxima reconciliação com a família.

Temendo a oposição do pundonor ofendido de sua mãe, ocultou dela a ocorrência.

Nos dias seguintes medrou a esperança da menina. A estada à janela deixara de ser-lhe intolerável; já havia um interesse que a demorava ali, a espiar o momento em que apontasse o tio no princípio da rua.

Ela que não tinha para os mais elegantes cavalheiros um pálido sorriso, achou de repente em si, para seduzir o velhinho, o segredo da gentileza e faceirice, que é como a fragrância da mulher formosa.

O restabelecimento das relações entre d. Emília e o irmão interessava Aurélia mui intimamente. Assegurando-lhe um arrimo para o futuro, essa conciliação não só restituiria o sossego à mãe, como lhe pouparia a ela essa espera ao casamento, que era para a pobre menina uma humilhação.

Foi para a turba dos apaixonados arruadores grande assombro e maior escândalo esse de verem todas as tardes, recostado insolentemente à janela de Aurélia, o rolho velhinho, conversando e brincando na maior intimidade com a menina. Ignorantes do parentesco, atribuíam essas liberdades a uma preferência inexplicável; pois o Lemos, notoriamente pobre, se não arrebentado, carecia do condão que dispensa todas as virtudes, o dinheiro.

O sagaz do velhinho tratou de aproveitar a disposição de ânimo da sobrinha, antes que alguma circunstância fortuita viesse perturbar essas relações íntimas, por ele tecidas com habilidade.

Uma tarde, depois de ter borboleteado com Aurélia, como de costume, fazendo-a rir com suas facécias, despediu-se deixando entre as mãos da sobrinha uma carta, faceira, de capa floreada, com emblema de miosótis no fecho.

Recebeu-a Aurélia com ar de leve surpresa; mas logo acudindo-lhe uma ideia, guardou-a no seio palpitante de esperança, que enchia-lhe a alma. Essa carta devia ser a mensageira da conciliação por ela tão ardentemente desejada. Ao fechar da noite correu à alcova para a ler.

Às primeiras palavras foi-lhe congelando nos lábios o sorriso que os floria, até que se crispou em um ofego de ânsia. Quando terminou, jaspeava-lhe a fisionomia essa lividez marmórea, que tantas vezes depois a empanava, como um eclipse de sua alma esplêndida.

Dobrou friamente o papel, que fechou em seu cofrezinho de buxo, e foi ajoelhar-se à beira da cama, diante do crucifixo suspenso à cabeceira.

Como a andorinha, que não consente lhe manche as penas a poeira levantada pelo vento, e revoando molha constantemente as asas na onda do lago, assim a alma de Aurélia sentiu a necessidade de banhar-se na oração, e purificar-se do contato em que se achara com essa voragem de torpeza e infâmia.

A carta do Lemos era escrita no estilo banal do namoro realista, em que o vocabulário comezinho da paixão tem um sentido figurado, e exprime à maneira de gíria, não os impulsos do sentimento, mas as seduções do interesse.

O velho acreditou que a sobrinha, como tantas infelizes arrebatadas pelo turbilhão, estava à espera do primeiro desabusado, que tivesse a coragem de arrancá-la da obscuridade onde a consumiam os desejos famintos, e transportá-la ao seio do luxo e do escândalo. Apresentou-se, pois, francamente como o empresário dessa metamorfose, lucrativa para ambos; e acreditou que Aurélia tinha bastante juízo para compreendê-lo.

Quando, no dia seguinte à entrega da carta, notou que a rótula fechava-se obstinadamente à sua passagem, conheceu o Lemos que tinha errado o primeiro tiro; mas nem por isso desacoroçoou do projeto.

"Ainda não chegou a ocasião!", pensou ele.

O velho rapaz arranjara para seu uso, como todos os homens positivos, uma filosofia prática de extrema simplicidade. Tudo para ele tinha um momento fatal, a ocasião; a grande ciência da vida portanto resumia-se nisto: espiar a ocasião e aproveitá-la.

Entendeu lá para si que o moral da sobrinha não se achava preparado para a resolução que devia decidir de seu destino. Esse coração de mulher ainda estava passarinho implume; quando lhe acabassem de crescer as asas, tomaria o voo e remontaria aos ares.

O que lhe cumpria, a ele Lemos, era espreitá-la durante a transformação, para intervir oportunamente; e dessa vez tinha certeza de que não falharia o alvo.

O exemplo do velho estimulou os mais animosos. Um deles, confiando na audácia, pôs em sítio a rótula, especialmente à noite, quando Aurélia cosia à claridade do lampião, junto ao aparador.

Pela grades ia o conquistador insinuando súplicas e protestos de amor, com que perseguia a moça, insistindo para que lhe acudisse a rótula ou lhe recebesse mimos e cartinhas. Após este seguiam-se outros.

Conservava-se Aurélia impassível, e tão alheia a essas competências, que parecia nem ao menos aperceber-se delas. Algumas vezes assim era. Distraía-se com suas preocupações de modo que ficava estranha aos rumores da rua.

Todavia aquelas importunações a incomodavam, e sobretudo a insultavam; como não cessassem, acabaram por inspirar-lhe uma resolução em que já se revelavam os impulsos do seu caráter.

Certa noite, em que um dos mais assíduos namorados a impacientou, ergueu-se Aurélia mui senhora de si e dirigiu-se à rótula, que abriu, convidando o conquistador a entrar. Este, tomado de surpresa e indeciso, não sabia o que fizesse, mas acabou por aceder ao oferecimento da moça.

— Tenha a bondade de sentar-se — disse Aurélia, mostrando-lhe o velho sofá encostado à parede do fundo. — Eu vou chamar minha mãe.

O leão quis impedi-la e, não o conseguindo, começava a deliberar sobre a conveniência de eclipsar-se, quando voltou Aurélia com a mãe.

A moça tornou à sua costura, e d. Emília sentando-se no sofá travou conversa com sua visita.

As palavras singelas e modestas da viúva deixaram no conquistador, apesar da película de ceticismo que forra essa casca de bípedes, a convicção da inutilidade de seus esforços. A beleza de Aurélia só era acessível aos simplórios, que ainda usam do meio trivial e anacrônico do casamento.

Este incidente foi o sinal de uma deserção que operou-se em menos de um mês. Toda aquela turba de namoradores debandou em roda batida, desde que pressentiu os perigos e escândalos de uma paixão matrimonial.

Assim recobrou Aurélia sua tranquilidade, livrando-se do suplício, que lhe infligiam aquelas homenagens insultantes.

Agora, quando ficava na janela para satisfazer aos desejos de sua mãe, já não lhe custava essa condescendência tão amargo sacrifício. Sua natural esquivança era bastante para afastar as veleidades dos refratários. Esses ainda não se tinham desquitado ao todo da esperança de inspirar alguma paixão irresistível, das que domam a mais austera virtude.

IV

Seixas ouvira falar da menina de Santa Teresa, mas ocupado nesta ocasião com uns galanteios aristocráticos, não o moveu a curiosidade de conhecer desde logo a nova beldade fluminense.

Aconteceu, porém, jantar na vizinhança em casa de um amigo, e em companhia de camaradas. Veio a falar-se de Aurélia, que era ainda o tema das conversas; contaram-se anedotas, fizeram-se comentos de toda a sorte.

Depois do jantar, no fim da tarde, saíram os amigos a pé, com o pretexto de dar uma volta de passeio; mas efetivamente para mostrar a Seixas a falada menina, e convencê-lo de que era realmente um primor de formosura.

Seixas era uma natureza aristocrática, embora acerca da política tivesse a balda de alardear uns ouropéis de liberalismo. Admitia a beleza rústica e plebeia, como uma convenção artística; mas a verdadeira formosura, a suprema graça feminina, a humanação do amor, essa, ele só a compreendia na mulher a quem cingia a auréola da elegância.

Em frente da casa de d. Emília, pararam os amigos formando grupo, e Seixas pôde contemplar a gosto o busto da moça. A princípio examinou-a friamente como um artista que estuda o seu modelo. Viu-a através da expressão de altiva e triste indiferença de que ela vestia-se como de um véu para recatar sua beleza aos olhares insolentes.

Quando, porém, Aurélia, enrubescendo, volveu o rosto, e seus grandes olhos nublaram-se de uma névoa diáfana ao encontrar a vista escrutadora que lhe estava cinzelando o perfil, não se pôde conter Fernando que não exclamasse:

— Realmente...

Atalhando, porém, esse primeiro entusiasmo, corrigiu:

— Não nego; é bonita.

Nessa noite, Aurélia, quando trabalhava na tarefa da costura, quis lembrar-se da figura desse moço que a estivera olhando por algum tempo à tarde; não o conseguiu. Vira-o apenas um instante; não conservara o menor traço de sua fisionomia.

Mas cousa singular. Se recolhia-se no íntimo, aí o achava, e via-lhe a imagem, como a tivera diante dos olhos à tarde. Era um vulto, quase uma sombra; mas ela o conhecia; e não o confundira com qualquer outro homem.

Dous dias depois Seixas tornou a passar pela rua de Santa Teresa, mas só, desta vez. De longe seus olhos encontraram os de Aurélia, que fugiram para voltar tímidos e submissos. Ao passar, o moço cortejou-a; ela respondeu com uma leve inclinação da cabeça.

Decorreu uma semana. Seixas não passara à tarde como costumava; era noite, Aurélia ia recolher-se triste e desconsolada. Ao fechar a rótula distinguiu um vulto, e esperou. Era Fernando. O moço apertou-lhe a mão; declarou-lhe seu amor. Aurélia ouviu-o palpitante de comoção; e ficou absorta em sua felicidade.

— E a senhora, d. Aurélia? — interrogou Seixas. — Ama-me?

— Eu?

A moça pronunciou este monossílabo com expressão de profunda surpresa. Pensava ela que Fernando devia ter consciência da posse que tomara de sua alma, com o primeiro olhar.

— Não sei — respondeu, sorrindo. — O senhor é quem pode saber.

Não compreendeu Seixas o sublime destas palavras singelas e modestas da moça. O galanteio dos salões embotara-lhe o coração, cegando-lhe o tato delicado que podia sentir as tímidas vibrações daquela alma virgem.

Fernando frequentou assiduamente a modesta casa de Santa Teresa, onde passava as primeiras horas da noite, que de ordinário ia acabar no baile ou no espetáculo lírico. Quando saía da sala humilde, onde a paixão o retinha preso dos olhos de sua amada, sentia o elegante moço algum acanhamento. Parecia-lhe que derrogava de seus hábitos aristocráticos, e inquietava-o a ideia de macular o primor de sua fina distinção.

Um mês durante, Aurélia inebriou-se da suprema felicidade de viver amante e amada. As horas que Seixas passava junto de si eram de enlevo para ela que embebia-se d'alma do amigo. Esta provisão de afeto chegava-lhe para encher de sonhos e devaneios o tempo da ausência. Seria difícil conhecer a quem mais adorava a gentil menina, e de quem mais vivia, se do homem que a visitava todos os dias ao cair da tarde, se do ideal que sua imaginação copiara daquele modelo.

Como Pigmaleão,[22] ela tinha cinzelado uma estátua, e talvez, como o artista mitológico, se aproximasse por sua criatura, de que o homem não fora senão o grosseiro esboço. E não é esta a eterna legenda do amor, nas almas iluminadas pelo fogo sagrado?

Entre os apaixonados de Aurélia, contava-se Eduardo Abreu, rapaz de 25, de excelente família, rico e nomeado entre os mais distintos da Corte.

Apesar de sisudo e não propenso a aventuras, Abreu foi tentado pela fascinação do amor fácil e efêmero. Alistou-se à já numerosa legião dos conquistadores de Aurélia, mas andara sempre na retaguarda, entre os mais tímidos.

Quando os namoradores de profissão debandaram, ele perseverou, sem apartar-se todavia de seu modo reservado e esquivo. Um velho sapateiro que tomara a si o registro dessa barreira, continuou a ver todas as tardes o rapaz que passava em seu cavalo do Cabo.

A impressão que Aurélia deixara no espírito do moço tornou-se mais profunda, à proporção que se foi manifestando a pureza da menina. Vendo, afinal, quebrar-se de encontro à sua virtude a audácia dos mais perigosos sedutores do Rio de Janeiro, a afeição de Abreu repassou-se de admiração e respeito.

É natural que esse moço, em condições de aspirar às melhores alianças na sociedade fluminense, vacilasse muito, antes da resolução que tomou. Mas, uma vez decidido, não hesitou em realizar seu intento. Dirigiu-se a d. Emília e pediu-lhe a mão da filha.

A viúva, ainda abalada do inesperado lance da fortuna, falou a Aurélia.

— Deus ouviu minha súplica. Agora posso morrer descansada.

A moça escutara, sem interrompê-la, a exposição que d. Emília lhe fez das vantagens de um casamento com Abreu. Nas palavras de sua boa mãe, não somente sentiu os extremos de uma ternura ardente; reconheceu também o conselho da prudência.

Não obstante, sua resposta foi uma recusa formal.

— Tinha resolvido aceitar o primeiro casamento que minha mãe julgasse conveniente, para sossegar seu espírito e desvanecer o susto que tanto a consome. Meus sonhos de moça, que bem mesquinhos eram, sacrificava-os de bom grado para vê-la contente. Agora tudo mudou. Não posso dar o que não me pertence. Amo outro.

— Sei, o Seixas. E tens certeza de que ele se case contigo?

— Nunca lhe perguntei, minha mãe.

— Pois é preciso saber.

— Eu não lhe falo nisso.

— Pois falarei eu.

Efetivamente, essa noite, quando Fernando chegou, d. Emília dirigiu a conversa para o ponto melindroso. No primeiro ensejo interrogou o moço acerca de suas intenções. Fez valer o argumento formidável da sombra que um galanteio ostensivo projeta sobre a reputação de uma menina, quando não o perfuma os botões de laranjeira a abrir em flor. Lembrou também que a preferência exclusiva afugentava os pretendentes, sem garantia do futuro.

Seixas perturbou-se. Por mais preparado que esteja um homem de sociedade para essa colisão, deve comovê-lo a necessidade de escolher entre a afeição e as conveniências. Ainda mais, quando, para furtar-se ao dilema, esse homem delineou uma vereda sinuosa, por onde se arraste como o réptil, serpeando entre o amor e o interesse.

— Assevero-lhe, d. Emília, que minhas intenções são as mais puras. Se ainda não as tinha manifestado, era por aguardar a ocasião em que possa realizá-las de pronto, como convém em semelhante assunto. Minha carreira depende de acontecimentos que devem efetuar-se neste ano próximo. Então poderei oferecer a Aurélia um futuro digno dela, e que lhe invejem as mais elegantes senhoras da Corte. Antes disso não me animarei a associá-la a uma sorte precária, que talvez se torne mesquinha. Amo sinceramente sua filha, minha senhora; e esse amor dá-me forças para resistir ao egoísmo da paixão. Prefiro perdê-la a sacrificá-la.

— Este procedimento de sua parte é muito nobre, sr. Seixas. Não podia com efeito dar maior prova de estima a Aurélia, do que renunciar a ela para não servir de obstáculo a um enlace que há de fazê-la feliz.

Ditas estas palavras, a valetudinária senhora a quem a conversa havia fatigado em extremo recolheu-se ao interior. Fernando ficou na sala aturdido com a conclusão que tivera a conversa, tão outra da que ele havia esperado.

De feito acreditara que d. Emília, embalada na esperança do futuro brilhante por ele dourado com palavras maviosas, e comovida pelos acentos de sua paixão, o deixaria cultivar docemente o amor-perfeito, aí, no canteiro dessa pobre salinha, mal-alumiada por um lampião mortiço.

Erguendo-se afinal, o moço dirigiu-se ao canto da sala, onde Aurélia trabalhava inteiramente absorta em suas reflexões, e alheia à cena que se acabava de passar, da qual entretanto era ela o assunto, e quem sabe se a vítima.

Que motivo tinha a inexplicável indiferença da moça naquele momento? Talvez ela própria não o soubesse manifestar. É possível que as consequências da conversa preocupassem mais seu espírito, do que as palavras trocadas entre sua mãe e Seixas.

— Que significa isto, Aurélia? — perguntou o moço.

— Ela é mãe, Fernando, e tem o direito de inquietar-se pelo futuro de sua filha. Quanto a mim, sabe que amo sem condições, e nunca lhe perguntei onde me leva esse amor. Sei que ele é minha felicidade, e isto me basta.

No dia seguinte d. Emília comunicou à filha o resultado da conversa que tivera com Seixas, e reiterou os seus conselhos com as razões do costume.

— Se eu tivesse a desgraça de perdê-la, minha mãe, sua filha já não ficaria só. Teria para ampará-la além de sua lembrança, um amor que não a abandonará nunca.

A viúva deixou escapar um gesto de dúvida.

— Creia, minha mãe; o desejo de conservar-me digna do homem a quem amo, me protegeria melhor do que um marido do acaso.

D. Emília não insistiu mais. Lembrou-se que ela também sacrificara-se por um amor igual, e não podia exigir da filha mais coragem do que ela tivera para resistir ao impulso do coração.

Seixas, que a noite anterior deixara Aurélia, comovido pela cândida abnegação da menina, quando soube que ela havia rejeitado sem ostentação um partido por que suspiravam muitas das mais fidalgas moças da Corte, não pôde conter os impulsos da alma generosa.

Apresentou-se em casa de d. Emília e pediu a mão de Aurélia, que lhe foi concedida.

V

Ao saber que estava justo o casamento da sobrinha, considerou-se o Lemos derrotado em seus planos. Como, porém, era homem que não abandonava facilmente uma boa ideia, cogitou no modo de não perder a partida.

A única ideia que lhe ocorreu foi de expediente banal; mas acontece que são estes precisamente os que surtem melhor efeito quando se trata de assuntos que se resolvem pelas conveniências sociais.

Em sua passagem para a casa de Aurélia, via Seixas à janela, na rua das Mangueiras, uma menina, apontada entre as elegantes da Corte. Para o nosso jornalista fora inqualificável grosseria encontrar-se com uma senhora bela e distinta, sem enviar-lhe no olhar e no sorriso a homenagem de sua admiração.

Seixas pertencia a essa classe de homens, criados pela sociedade moderna, e para a qual o amor deixou de ser um sentimento e tornou-se uma fineza obrigada entre os cavalheiros e as damas de bom-tom.

A moça pertencia à mesma escola. Também ela era noiva, como o Seixas; e não obstante recebia com prazer o cortejo galante. Se por acaso os dous se encontrassem em alguma sala, ausentes daqueles com quem estavam prometidos, teceriam sem o menor escrúpulo um inocente idílio para divertir a noite.

Nessa casa da rua das Mangueiras morava o Tavares do Amaral, empregado da alfândega. Lemos, que frequentava um velho camarada da vizinhança, talvez já na intenção de manter um ponto de observação, notou aquela mútua correspondência de Fernando com Adelaide.

A primeira vez que encontrou ao Amaral na rua do Ouvidor, o velho insinuou-se em sua intimidade; a título de felicitação encareceu-lhe ao último ponto as vantagens do casamento da filha com Seixas.

— Com jeito, o melro está seguro! — concluiu ao despedir-se.

Amaral não via de boa sombra a intimidade de sua filha Adelaide com o dr. Torquato Ribeiro, que além de pobre, estava desarranjado. A ideia do Lemos sorriu-lhe. Achou modos de introduzir em casa Seixas, para quem este novo conhecimento veio a ser um tônico poderoso.

Desvanecidas as primeiras efusões do puro e íntimo contentamento, que lhe deixou o generoso impulso de pedir a mão de Aurélia, começara Fernando a considerar praticamente a influência que devia exercer em sua vida esse casamento.

Calculou os encargos materiais que ia sujeitar-se para montar casa e mantê-la com decência. Lembrou-se quanto avulta a despesa com o vestuário duma senhora que frequenta a sociedade; e reconheceu que suas posses não lhe permitiam por enquanto o casamento com uma moça bonita e elegante, naturalmente inclinada ao luxo, que é a flor dessas borboletas de asas de seda e tule.

Encerrar-se no obscuro, mas doce conchego doméstico; viver das afeições plácidas e íntimas; dedicar-se a formar uma família, onde se revivam e multipliquem as almas que uniu o amor conjugal; essa felicidade suprema não a compreendia Seixas. O casamento, visto por este prisma, aparecia-lhe como um degredo, que inspirava-lhe indefinível terror.

Jamais poderia viver longe da sociedade, retirado desse mundo elegante que era sua pátria e o berço de sua alma. As naturezas superiores obedecem a uma força recôndita. É a predestinação. Uns a têm para a glória, outros para o dinheiro; a dele era essa, a galantaria.

Algumas vezes, Seixas, receando pela saúde exposta sem repouso à ação de hábitos pouco higiênicos, sob a influência de um clima enervador, ia à fazenda de um amigo em Campos com tenção de passar por lá dous meses, em completa vegetação, acordando-se com o sol e recolhendo-se com ele.

Se era na estação da festa e havia lá pela roça bailes e partidas, que arremedavam a vida da Corte, demorava-se uns 15 dias: o tempo de compor com alguma espirituosa fazendeirinha um gentil romance pastoril que terminava com umas estâncias, gênero Lamartine.[23]

Quando, porém, a fazenda estava sossegada e na doce monotonia dos labores rurais, Fernando entregava-se ao que ele chamava a vida campestre, com um ardor infatigável. Erguia-se ao romper da alva, ia ao banho, corria as plantações, e voltava para o almoço com um feixe de parasitas, orquídeas e bromélias. Na força da soalheira andava pelas fábricas a ver despolpar o café, ou fazer o fubá.

Durava este entusiasmo campesino três dias. No quarto Fernando achava um pretexto qualquer para a volta precipitada, e antes de uma semana estava restituído à Corte. A primeira noite de baile ou partida era uma ressurreição.

De um homem assim organizado com a molécula do luxo e do galanteio, não se podia esperar o sacrifício enorme de renunciar à vida elegante. Excedia isso a suas forças; era uma aberração de sua natureza. Mais fácil fora renunciar à vida na flor da mocidade, quando tudo lhe sorria, do que sujeitar-se a esse suicídio moral, a esse aniquilamento do eu.

Quando Seixas convenceu-se que não podia casar com Aurélia, revoltou-se contra si próprio. Não se perdoava a imprudência de apaixonar-se por uma moça pobre e quase órfã, imprudência a que pusera remate o pedido do casamento. O rompimento deste enlace irrefletido era para ele uma cousa irremediável, fatal; mas o seu procedimento o indignava.

Havia nessa contradição da consciência de Seixas com a sua vontade uma anomalia psicológica, da qual não são raros os exemplos na sociedade atual. O falseamento de certos princípios da moral, dissimulado pela educação e conveniências sociais, vai criando esses aleijões de homens de bem.

Quem não conhece o livro em que Otávio Feuillet[24] glorificou sob o título de honra as últimas hesitações de uma alma profundamente corrompida?

Seixas estava muito longe de ser um Camors; mas já nele começava o embotamento do senso moral, que o influxo de uma civilização adiantada, e no seio de uma sociedade corroída como a de Paris, acaba por abortar aqueles monstros.

Para o leão fluminense, mentir a uma senhora, insinuar-lhe uma esperança de casamento, trair um amigo, seduzir-lhe a mulher, eram passes de um jogo social, permitidos pelo código da vida elegante. A moral inventada para uso dos colégios nada tinha que ver com as distrações da gente do tom.

Faltar, porém, à palavra dada, retirar sem motivo uma promessa formal de casamento, era no conceito de Seixas ato que desairava um cavalheiro. No caso especial em que se achava, essa quebra de palavra tornava-se mais grave.

Aurélia não tinha outro arrimo senão a mãe, consumida pela enfermidade que pouco tempo de vida lhe deixava. Faltando d. Emília, ficaria a filha órfã, sem abrigo, ao desamparo. Abandonar nessas tristes condições uma pobre moça, tida por sua noiva, seria dar escândalo.

Independente da reprovação que o fato receberia de seu círculo, a própria consciência lhe advertia da irregularidade desse proceder, que ele não julgava qualificar severamente tachando-o de desleal.

Estas apreensões abateram o ânimo igual e prazenteiro de Seixas. Não perdeu o semblante a expressão afável, que era como a flor da nobre e inteligente fisionomia; nem apagou-se nos lábios o sorriso que parecia o molde da palavra persuasiva; mas sob essa jovialidade de aparato flutuava a sombra de uma tristeza, que devia ser profunda, pois se fixara nessa natureza volúvel e descuidosa.

Aurélia percebeu imediatamente a mudança que se havia operado em seu noivo, e inquiriu do motivo. Fernando disfarçou; a moça não insistiu; e até pareceu esquecer a sua observação.

Uma noite, porém, que Seixas se mostrara mais preocupado, na despedida ela disse-lhe:

— A sua promessa de casamento o está afligindo, Fernando; eu lha restituo. A mim basta-me o seu amor, já lho disse uma vez; desde que mo deu, não lhe pedi nada mais.

Fernando opôs às palavras de Aurélia frouxa negativa, e formulou uma pergunta cuja intenção a moça não alcançou:

— Julga você, Aurélia, que uma moça pode amar a um homem, a quem não espera unir-se?

— A prova é que o amo — respondeu a moça, com candura.

— E o mundo? — proferiu Seixas, com reticências no olhar.

— O mundo tem o direito de exigir de mim a dignidade da mulher; e esta ninguém melhor do que o senhor sabe como a respeito.

Quanto a meu amor não devo contas senão a Deus que me deu uma alma, e ao senhor a quem a entreguei.

Fernando retirou-se ainda mais descontente e aborrecido. Essa afeição ardente, profunda, sublime de abnegação, ao passo que lisonjeava-lhe o amor-próprio, ainda mais o prendia a essa formosa menina, de quem o arredavam fatalmente seus instintos aristocráticos e o terror pânico da mediania laboriosa.

Quando propusera a Aurélia a questão de sua posição equívoca, esperava acordar escrúpulos, que lhe dariam pretextos para de todo cortar essas tão doces quanto perigosas relações. A resposta da menina o desconcertou.

Foi nestas circunstâncias que Seixas recebeu o oferecimento do Amaral, e cedendo às suas instâncias *amáveis,* começou a frequentar-lhe a casa.

Sem este incidente, ficaria a debater-se na terrível colisão, a que o haviam trazido os acontecimentos, esperando do tempo uma solução, que seu ânimo indolente não se animaria a precipitar.

Aquele pequeno desvio, porém, o lançara fora do torvelinho, submetendo-o a uma nova corrente que ia apoderar-se dele e conduzi-lo para longe.

O Torquato Ribeiro amava sinceramente a Adelaide. A volubilidade da moça ofendeu-o, e ele retirou-se da casa deixando o campo livre a seu adversário, que não carecia dessa vantagem. Amaral, dócil aos conselhos do Lemos, tratou como dizia o velho de bater o ferro quente.

Seixas, convidado a jantar um domingo em casa do empregado, fumava um delicioso havana ao levantar-se da mesa coberta de finas iguarias, e debuxava com um olhar lânguido os graciosos contornos do talhe de Adelaide, que lhe sorria do piano, embalando-o em um noturno suavíssimo.

Amaral sentou-se ao lado; sem preâmbulos, nem rodeios, à queima-roupa, ofereceu-lhe a filha com um dote de trinta contos de réis.

Seixas aceitou. Esse projeto de casamento naquele instante era a prelibação das delícias com que sonhava sua fantasia, excitada menos pelo champanhe, do que pela sedução de Adelaide.

A principal razão que moveu Seixas foi outra, porém. Fez como os devedores, que se liberam dos compromissos, quebrando.

Receoso de sua coragem para recuperar a isenção, penhorou-se a outros, que o reclamassem e o defendessem como cousa sua.

VI

Aurélia passava agora as noites solitária.

Raras vezes aparecia Fernando, que arranjava uma desculpa qualquer para justificar sua ausência. A menina que não pensava em interrogá-lo, também não contestava esses fúteis inventos. Ao contrário, buscava afastar da conversa o tema desagradável.

Conhecia a moça que Seixas retirava-lhe seu amor; mas a altivez de coração não lhe consentia queixar-se. Além de que, ela tinha sobre o amor ideias singulares, talvez inspiradas pela posição especial em que se achara ao fazer-se moça.

Pensava ela que não tinha nenhum direito a ser amada por Seixas; e, pois, toda a afeição que lhe tivesse, muita ou pouca, era graça que dele recebia. Quando se lembrava que esse amor a poupara à degradação de um casamento de conveniência, nome com que se decora o mercado matrimonial, tinha impulsos de adorar a Seixas, como seu Deus e redentor.

Parecerá estranha essa paixão veemente, rica de heroica dedicação, que entretanto assiste calma, quase impassível, ao declínio do afeto com que lhe retribuía o homem amado, e se deixa abandonar, sem proferir um queixume, nem fazer um esforço para reter a ventura que foge.

Esse fenômeno devia ter uma razão psicológica, de cuja investigação nos abstemos; porque o coração, e ainda mais o da mulher que é toda ela, representa o caos do mundo moral. Ninguém sabe que maravilhas ou que monstros vão surgir desses limbos.

Suspeito eu, porém, que a explicação dessa singularidade já ficou assinalada. Aurélia amava mais seu amor do que seu amante; era mais poeta do que mulher; preferia o ideal ao homem.

Quem não compreender a força desta razão, pergunte a si mesmo por que uns admiram as estrelas com os pés no chão, e outros alevantados às grimpas curvam-se para apanhar as moedas no tapete.

Desde que se comprometeu com Amaral, pensou Fernando em cortar de uma vez o fio que ainda o prendia a Aurélia; nessa disposição repetiu suas visitas.

Em princípio a menina cuidou que Seixas lhe voltava, e encheu-se de júbilo; mas não durou a ilusão. Logo percebeu que não era o desejo de vê-la e estar com ela o que levava o moço à sua casa; pois os poucos instantes de demora passava-os inteiramente distraído e como perplexo.

— O senhor quer dizer-me alguma cousa, mas receia afligir-me — observou a menina uma noite, com angélica resignação.

Fernando aproveitou a ocasião para resolver a crise.

— Meu voto mais ardente, Aurélia, sonho dourado de minha vida, era conquistar uma posição brilhante para depô-la aos pés da única mulher que amei neste mundo. Mas a fatalidade que pesa sobre mim aniquilou todas as minhas esperanças; e eu seria um egoísta, se prevalecendo-me de sua afeição, a associasse a uma existência obscura e atribulada. A santidade de meu amor deu-me a força para resistir a seus próprios impulsos. Disse uma vez à sua mãe, pressentindo esta cruel situação: "Sou menos infeliz renunciando à sua mão, do que seria aceitando-a para fazê-la desgraçada, e condená-la às humilhações da pobreza."

— Essas já as conheço — respondeu Aurélia, com tênue ironia — e não me aterram; nasci com elas, e têm sido as companheiras de minha vida.

— Não me compreendeu, Aurélia; referia-me a um partido vantajoso que de certo aparecerá, logo que esteja livre.

— Pensa então que basta uma palavra sua para restituir-me a liberdade? — perguntou a moça, com um sorriso.

— Sei que a fatalidade que nos separa não pode romper o elo que prende nossas almas, e que há de reuni-las em mundo melhor. Mas Deus nos deu uma missão neste mundo, e temos de cumpri-la.

— A minha é amá-lo. A promessa que o aflige, o senhor pode retirá-la tão espontaneamente como a fez. Nunca lhe pedi, nem mesmo simples indulgência, para esta afeição; não lha pedirei neste momento em que ela o importuna.

— Atenda, Aurélia! Lembre-se de sua reputação. Que não diriam se recebesse a corte de um homem, sem esperança de ligar-se a ele pelo casamento?

— Diriam talvez que eu sacrificava a um amor desdenhado, um partido brilhante, o que é uma...

A moça cortou a ironia, retraindo-se:

— Mas não; faltariam à verdade. Não sacrifiquei nenhum partido; o sacrifício é a renúncia de um bem; o que eu fiz foi defender a minha afeição. Sejamos francos: o senhor já não me ama; não o culpo, e nem me queixo.

Seixas balbuciou umas desculpas e despediu-se.

Aurélia demorou-se um instante na rótula, como costumava, para acompanhar ao amante com a vista até o fim da rua. Se Fernando não estivesse tão entregue à satisfação de haver readquirido sua liberdade, teria ouvido no dobrar da esquina o eco de um soluço.

No dia seguinte d. Emília recebeu de Seixas uma dessas cartas que nada explicam, mas que em sua calculada ambiguidade exprimem tudo. Compreendeu a viúva ao terminar a leitura do logogrifo epistolar, que estava roto o projetado casamento, e estimou o resultado. A boa mãe nutria ainda a esperança de persuadir a filha a aceitar a mão de Abreu.

Por esse tempo entrou Torquato Ribeiro a frequentar a casa de d. Emília. Soubera ele do procedimento que Seixas tivera com a viúva; e a conformidade de infortúnio o atraiu. Referiu a Aurélia a inconstância de Adelaide, que atribuiu à sua pobreza.

A moça o ouvia com meiguice, e o consolava; mas apesar da intimidade que se estabeleceu entre ambos, nunca lhe falou de seus próprios sentimentos. Tinha o pudor de sua tristeza, que não lhe consentia confidências. Seria altivez; mas ela a vestia de um recato modesto e lhano.

As exprobrações de Ribeiro contra a infidelidade de que fora vítima haviam lançado no espírito de Aurélia uma suspeita acerba. Seria a abastança do Amaral que atraíra Fernando, e não o amor de Adelaide?

A moça repeliu constantemente essa ideia, que lhe imbuíram os ressentimentos de Ribeiro; mas chegou o momento em que lhe arrancaram a dúvida consoladora.

Recebeu uma carta anônima. Comunicavam-lhe que Seixas a tinha abandonado por um dote de trinta contos de réis. Acabando de ler estas palavras levou a mão ao seio, para suster o coração que se lhe esvaía.

Nunca sentira dor como esta. Sofrera com resignação e indiferença o desdém e o abandono; mas o rebaixamento do homem, a quem amava, era um suplício infindo, de que só podem fazer ideia os que já sentiram apagarem-se os lumes d'alma, ficando-lhes a inanidade.

Debalde Aurélia refugiou-se nos primeiros sonhos de seu amor. A degradação de Seixas repercutia no ideal que a menina criara em sua imaginação, e imprimia-lhe o estigma. Tudo ela perdoou a seu volúvel amante: menos o tornar-se indigno do seu amor.

Que pungente colisão! Ou expelir do coração esse amor que tinha decaído, e deixar a vida para sempre erma de um afeto; ou humilhar-se adorando um ente que se aviltara, e associando-se à sua vergonha.

A notícia do procedimento atribuído a Seixas não passava de uma denúncia anônima, que podia ser inspirada pela malignidade.

Não obstante, Aurélia não hesitou em acreditá-la; uma voz interior dizia-lhe que era aquela a verdade.

Poucas horas depois aproximando-se da rótula para abri-la à criada, viu por entre as grades passar o Lemos, que olhava para a casa com ares garotos.

Atravessou-lhe pelo espírito a ideia de que era o autor da carta; e confirmou-se nela quando notou os manejos com que o velho nos dias subsequentes tentou inutilmente apanhá-la à janela.

Como esperava d. Emília, Eduardo Abreu voltou apenas soube da retirada de Seixas. Aurélia recebeu-o cheia de reconhecimento pela afeição que havia inspirado a esse moço e de admiração por seu nobre caráter.

— Não me pertenço, senhor Abreu; se algum dia pudesse arrancar-me a este amor fatal, e recuperar a posse de mim mesma, creia que teria orgulho em partilhar a sua sorte.

Três dias depois partia um vapor para Europa. Abreu tomou passagem, e foi aturdir-se em Paris, onde lhe ficaram as ilusões da mocidade, e algumas dezenas de contos de réis, mas não a lembrança de Aurélia.

Entretanto Seixas começava a sentir o peso do novo jugo a que se havia submetido.

O casamento, desde que não lhe trouxesse posição brilhante e riqueza, era para ele nada menos que um desastre.

As despesas de ostentação com sua pessoa unicamente absorviam-lhe todo o rendimento anual, além dos créditos suplementares. Que seria dele quando além do seu, tivesse de prover também ao luxo de uma mulher elegante, que ela só come em sedas mais do necessário ao alimento de uma numerosíssima família? Isto sem falar da casa, que se em solteiro ele conseguira reduzir ao estado de mito, adquiria para o marido de uma senhora à moda uma evidência cara.

A promessa feita ao pai de Adelaide era explícita e formal. Em caso algum Seixas se animaria a negá-la e faltar desgarradamente à sua palavra; mas como não se obrigara a realizar o casamento em prazo fixo, esperava do tempo, que é grande resolvente, uma emergência feliz que o libertasse.

Por essa época predispuseram-se as cousas para a candidatura que o nosso escritor sonhava desde muito tempo; e coincidindo elas com a partida da tal estrela nortista, lembrou-se Fernando de fazer uma excursão eropolítica por Pernambuco, a expensas do Estado.

Nunca porém se resolveria a esse desterro de ano, se não esperasse com esse adiamento esgotar a paciência de Adelaide.

Tanto a moça como o pai instaram para efetuar o casamento antes da partida; mas Fernando, que do seu tirocínio de oficial de gabinete aprendera todas as manhas de ministro, e se preparava para copiá-las em um futuro não muito remoto, opôs à pretensão da noiva a razão de Estado.

Recebera ordem do governo para partir imediatamente: se não obedecesse, arriscava-se a uma demissão.

VII

Um dia, por manhã, bateram à porta de d. Emília. Quando a viúva e a filha vieram à sala, acharam sentado no sofá um velho alto e robusto, cujo traje denotava provinciano ou homem do interior. Tinha o rosto sanguíneo e os traços duros e salientes.

Cravou ele o olhar pesado no semblante de Aurélia, sem erguer-se à chegada das senhoras. Depois de ter assim examinado a menina, com insistência desusada, volveu a vista para a viúva; reparou no vestido preto desbotado que ela trazia por casa, e tornou a descarregar os olhos torvos sobre a moça.

D. Emília, assustada com estes modos, trocou um sinal de inteligência com a filha. Ambas receavam achar-se em presença de algum louco ou ébrio; julgando-se expostas a um desacato, não sabiam que fazer.

Entretanto as lágrimas saltavam aos molhos das pálpebras do velho, que, erguendo-se de supetão, correu a Aurélia, e suspendeu a moça nos braços antes que ela se pudesse esquivar.

— Que é isto, senhor? Está louco? — disse d. Emília levantando-se para defender a filha.

Às palavras da viúva e ao grito que soltara Aurélia, o velho recuou e quis falar; mas o soluço embargava-lhe a voz:

— Não me conhece, minha filha? Sou o pai de seu marido!

— O sr. Lourenço Camargo?

— Ele mesmo. Não consente que abrace minha neta?

Foi Aurélia quem se lançou nos braços do velho, e este depois que a teve cerrada ao peito por algum tempo, desviou-se bruscamente, e foi sentar-se ao sofá, enxugando o rosto com o grande lenço de seda enrolado em uma bola.

— É o retrato de meu Pedro. Pobre rapaz! — murmurou o velho.

Depois de algumas perguntas acerca do nome e idade de Aurélia, explicou o fazendeiro a razão de ali achar-se naquele momento, reconciliado com sua nora, e pesaroso do modo por que se portara com ela.

Na estalagem ou rancho em que falecera, deixou Pedro Camargo sua maleta. Guardou-a o dono da casa com tenção de levá-la à fazenda ou mandá-la pelo primeiro portador. Por lá ficou anos até que pairou aí por acaso *um formigueiro,* nome que dão ao indivíduo perito em destruir o inseto daninho que devora as roças.

Esse de que se trata ia à fazenda do Camargo oferecer os seus serviços, e incumbiu-se de levar a mala. Ao recebê-la, avivaram-se ao fazendeiro as saudades do filho; enxugou os olhos, e mandou acender uma fogueira no terreiro para queimar os objetos que haviam pertencido ao morto.

Enquanto se cumpria sua ordem, abriu ele próprio a maleta, e tirou uma por uma as peças enxovalhadas, um pequeno estojo de toucador, e outras cousas de uso comum. No fundo havia um volume envolto em papel e atado com uma fita preta.

Continha as fotografias de Pedro Camargo, da mulher e dos seus filhos; a certidão de casamento e as de batismo dos dous meninos, e finalmente uma carta sem sobrescrito dirigida ao fazendeiro.

Essa carta de data muito anterior ao falecimento indicava que Pedro Camargo tinha a princípio pensado em suicidar-se, e se preparara para levar a efeito esse desígnio, escrevendo ao pai a fim de implorar-lhe o perdão de sua falta.

Depois de fazer a confissão do casamento que havia ocultado só pelo receio de afligir ao pai, suplicava-lhe que protegesse sua viúva e aqueles órfãos inocentes, que eram seus netos, e que o haviam de substituir, a ele Pedro, no amor e na veneração.

Lendo essa carta, Lourenço Camargo afigurou-se receber as últimas palavras do filho; e lembrou-se quanto fora injusto duvidando da realidade desse casamento de que ali tinha a prova irrecusável.

Era uma alma rude, mas direita.

Nessa mesma noite partiu para a Corte. Por intermédio do correspondente mandou colher informações na vizinhança e soube que a viúva ainda morava na mesma casa.

Depois destas explicações que arrancaram lágrimas às duas senhoras, sobretudo quando leram a carta de Pedro Camargo, o velho deu um giro pela sala e tomando o chapéu disse:

— Chorem a seu gosto; eu voltarei depois.

De feito voltou todos os dias enquanto se demorou na Corte. Por seu gosto teria enchido de presentes a Aurélia e à mãe; porém as duas senhoras acanharam-se com a excessiva liberalidade, pelo que amuou-se o velho fazendeiro:

— Pois bem, não lhes darei mais nada. Quando precisarem, peçam.

Dous dias depois deste incidente apresentou-se o velho com um maço de papel lacrado. Ao tirá-lo do bolso do jaleco, refranziu jocosamente a cara para Aurélia:

— Não vá pensando que é presente, não, senhora dona! Fique descansada. Quero que me guarde aqui este papel, até à volta.

— Se tem dinheiro, acho melhor... — ia dizendo Aurélia.

— Qual dinheiro! Você parece que tem nojo dos meus cobres?

— Não é por isso, meu avô. Bem vê que duas mulheres numa casa como esta oferecem pouca segurança.

— Pois saiba que isto é um papel... uma escritura que passei, e para não a perder na viagem, deixo em sua mão.

Na capa do maço estavam escritas em bastardinho estas palavras: "Para minha neta Aurélia guardar, até eu, seu avô, lhe pedir. L. S. Camargo."

Partiu o velho para a fazenda, tendo mandado adiante de si pedreiros, carapinas e pintores a fim de quanto antes transformar o velho e sujo casebre em uma habitação digna de receber a família de Pedro Camargo, com certo aparato que o fazendeiro considerava indispensável, como reparação de sua anterior indiferença.

Além do material do edifício, havia também no regime da casa certos hábitos inveterados, que se estabelecem em algumas fazendas, sobretudo quando são os donos solteirões. Camargo carecia pelo menos de um mês para coibir umas familiaridades antes toleradas, e abolir certa moda de saia ou tanga que dava às crioulas uns ares de dançarinas, menos a calça de meia e os frocos de gaze.

Compreendia o Camargo, que estas minudências, inocentes para um velho barbaçudo como ele, deviam arrepiar os escrúpulos da Corte. Mas quando essa ideia não lhe acudisse, bastava-lhe ter visto Aurélia, e respirado a atmosfera de altiva castidade que envolvia a formosa menina, para não ousar profaná-la com o contágio daquelas indecências.

Logo após a partida de Camargo, d. Emília teve um dos costumados acessos da moléstia crônica; porém tão forte, que inspirou sérios receios ao médico. O paroxismo cedeu à aplicação de remédios enérgicos; mas a viúva não se levantou mais do leito, onde agonizou cerca de dous meses.

Foi este o período mais difícil da vida de Aurélia; porque às mágoas acerbas de seu amor ludibriado, acresceu a dor dos sofrimentos de sua mãe. E como se não bastasse esse golpe para acabrunhá-la, veio agravar esta situação a miséria com seu cortejo.

Quando apareceu o Camargo enviado pela Providência para reconhecer a nora e a neta, a existência das duas senhoras já era bastante penosa. Consumido o dinheiro que lhes entregara o tropeiro, viviam das costuras de Aurélia, e do preço de algumas joias, ainda presentes de Pedro.

Não chegavam porém estes escassos recursos; e teriam passado inclemências se não fosse o crédito obtido na loja e venda em que se supriam.

Com algum dinheiro que o fazendeiro deixara à viúva, pagara ela essas dívidas, e o resto entregara à filha para as despesas.

Enquanto durou essa quantia, pôde Aurélia fazer face às despesas; mas estas avultaram com a moléstia da mãe; e breve não houve com que mandar ao mercado comprar um frango para o caldo da enferma.

Foi só nessa ocasião que Aurélia cedeu às instâncias do dr. Torquato Ribeiro, e recebeu dele emprestados cinquenta mil-réis. Até então rejeitara sempre o seu oferecimento, e esforçava-se por ocultar-lhe a penúria em que se achava.

É verdade que Aurélia esperava receber a cada instante os socorros que pedira ao avô. Escrevera-lhe logo que a moléstia da mãe agravou-se; e admirava-se de não receber resposta, nem ter noticias da fazenda.

A razão só depois a soube. De volta à fazenda achou Lourenço Camargo uma caterva de peraltas, que se diziam seus sobrinhos, e com eles as respectivas mulheres, e a récua dos marmanjos e sirigaitas, que formavam a ninhada dessa parentela.

O Camargo não os podia suportar; para ver-se livre deles deixava-se fintar uma vez no ano, mas não consentia se demorassem em sua casa mais do que uma noite, se fazia mau tempo.

Imagine-se pois como ficou o velho, quando aí achou-os todos de uma vez, com os seus apêndices, e muito a gosto.

Mas o furor de Camargo não teve limites, quando os intrusos tiveram o desfaçamento de confessar o motivo que ali os reunia.

Constara-lhes de fonte certa que o velho tinha feito testamento na Corte, e segundo as suas conjeturas deixava todos os bens a uma rapariga filha de certa mulher perdida, antiga amásia de Pedro Camargo.

À vista disto haviam-se reunido e ali estavam para declarar ao tio que não consentiriam jamais em semelhante espoliação. Se, como esperavam, ele não reparasse o seu erro, para o que já traziam o escrivão de paz, o preveniam desde logo que anulariam esse testamento pela instituição de pessoa indigna. Neste ponto apoiavam-se no voto de um rábula, de que por cautela se tinham acompanhado.

O velho Camargo conteve-se durante esta exposição; mas como se contém a torrente que sobe para romper o dique, e a tempestade que se condensa até desabar.

Quando o rábula, aberta a caixa de rapé, fechou a chave dos dous dedos tabaquistas para agarrar a pitada que devia destilar-lhe no nariz o monco e a eloquência, não achou presa. A boceta de tartaruga voara pelos ares a um murro do Camargo, que apanhando uns arreios de mula cargueira, suspensos à varanda, caiu na parentela, e dispersou-a a lambadas de couro e ferro.

Homens, mulheres e meninos, tudo foi escovado. Ao mesmo tempo o fazendeiro gritava pela negraria, e armando-a de peias e manguais, enxotava de casa a praga que a tinha invadido. Só depois que a deixou na estrada com as trouxas e malas de bagagem, voltou o velho.

Mas o corpo robusto, que apesar dos setenta anos desenvolveu aquele prodigioso esforço físico, não pôde resistir à explosão da cólera estupenda que subverteu-lhe a alma. Quando não teve mais em quem descarregar a indignação, esta subiu-lhe ao cérebro e fulminou-o.

O ataque paralisou-o completamente; a vitalidade de sua organização lutou cerca de dous meses, nesse corpo morto, até que afinal extinguiu-se. Em todo esse tempo não deu acordo de si. As cartas de Aurélia ficaram na gaveta, onde as guardara o administrador.

Com diferença de dias veio a falecer também d. Emília, deixando Aurélia em completa orfandade. Nesse transe cruel, o dr. Torquato Ribeiro não abandonou a moça, e foi a rogos dele que d. Firmina Mascarenhas levou a órfã para sua casa.

À exceção dessa parenta afastada, nenhuma outra pessoa da família apareceu ou mandou à casa de Aurélia, durante a enfermidade da mãe, e depois do passamento. O Lemos e sua gente não deram sinal de si.

VIII

Aceitando a companhia de d. Firmina, não era intenção de Aurélia tornar-se pesada à sua parenta.

Passados os oito dias de nojo, enviou pelo dr. Torquato Ribeiro um anúncio ao jornal, oferecendo mediante condições razoáveis seus serviços como professora de colégio, ou mestra em casa de família. Estava porém disposta a descer até o mister mais modesto de costureira, ou mesmo de aia de alguma senhora idosa. Decorreu mais de mês, sem que aparecesse cousa séria. Apenas se apresentaram alguns desses farejadores de aventuras baratas, a cem réis por linha. d. Firmina porém percebeu-lhes a manha, e despediu-os da escada, sem consentir que vissem a moça.

Pensava Aurélia em mandar outro anúncio, quando a procurou um negociante, que andara à cata de sua nova morada. Era o correspondente do falecido Camargo, que vinha comunicar à moça o falecimento do fazendeiro.

— A senhora tem em seu poder um papel, que o meu amigo lhe deu a guardar, recomendando-me que no caso de acontecer-lhe alguma cousa, lhe avisasse para abri-lo. Parece que tinha um pressentimento.

O papel continha o testamento em que Lourenço de Sousa Camargo reconhecia e legitimava como seu filho a Pedro Camargo, que fora casado com d. Emília Lemos; declarando que à sua neta d. Aurélia Camargo, nascida de um legítimo matrimônio, instituía sua única e universal herdeira.

Ao testamento juntara o velho uma relação detalhada de todo o seu possuído, escrita do próprio punho, com várias explicações relativas a alguns pequenos negócios pendentes, e conselhos acerca da futura direção das fazendas.

Calculava-se o cabedal de Camargo em mil contos ou cerca. Apenas divulgou-se a notícia de ter Aurélia herdado tamanha riqueza, acudiram-lhe à casa todos os parentes, e à frente deles o Lemos com seu rancho.

Enquanto a mulher e as filhas sufocavam de interesseiros agrados e bajulações a órfã, a quem tinham faltado quando pobre com a mais trivial caridade, o Lemos, expedito em negócios, arranjava do juiz de órfãos a nomeação de tutor da sobrinha.

De primeiro impulso, Aurélia pensou em revoltar-se contra essa nomeação, mostrando ao juiz a infame carta que lhe escrevera o tio; mas além de repugnar-lhe o escândalo, sorriu-lhe a ideia de ter um tutor a quem dominasse.

Aceitou, pois, o tio, mas com a condição que já sabemos, de morar em casa sua, e não ter relações com uma família cuja presença lhe recordava a injúria feita à sua mãe. Isso mesmo disse-o à tia e primas, quando estas se esforçavam por cobri-la de carícias.

A riqueza, que lhe sobreveio inesperada, erguendo-a subitamente da indigência ao fastígio, operou em Aurélia rápida transformação;

não foi, porém no caráter, nem nos sentimentos que se deu a revolução; estes eram inalteráveis, tinham a fina têmpera de seu coração. A mudança consumou-se apenas na atitude, se assim nos podemos exprimir, dessa alma perante a sociedade.

Com uma existência calma e um amor feliz, Aurélia teria sido meiga esposa e mãe extremosa. Atravessaria o mundo como tantas outras mulheres envolta nesse cândido enlevo das ilusões, que são a alva pura do anjo, peregrino na terra.

Mas a flor de sua juventude, ela a viu desabrochar na atmosfera impura das torpes seduções que a perseguiam. Sem o nativo orgulho que protegia sua castidade, talvez que o torpe hálito do vício lhe maculasse o seio. Mas teve força para cerrar-se, como o cacto à calma abrasadora, e viveu de seus próprios sonhos.

Cotejando o seu formoso ideal com o aspecto sórdido que lhe apresentava a sociedade, era natural entrasse a desprezá-la, e a olhar o mundo como um desses charcos pútridos, mas cobertos por folhagem estrelada de flores brilhantes, que não se podem colher sem atravessar o lodo.

Daí o terror que sentia ao ver-se próxima desse abismo de abjeções, e o afastamento a que se desejava condenar. Bem vezes revoltavam-lhe a alma as indignidades de que era vítima, e até mesmo as vilanias cujo eco chegava a seu obscuro retiro. Mas que podia ela, frágil menina, em véspera de orfandade e abandono, contra a formidável besta de mil cabeças?

Quando a riqueza veio surpreendê-la, a ela que não tinha mais com quem a partilhar, seu primeiro pensamento foi que era uma arma. Deus lhe enviava para dar combate a essa sociedade corrompida, e vingar os sentimentos nobres escarnecidos pela turba dos agiotas.

Preparou-se, pois, para a luta, à qual talvez a impelisse principalmente a ideia do casamento que veio a realizar mais tarde. Quem sabe, se não era o aviltamento de Fernando Seixas que ela punia com o escárnio e a humilhação de todos os seus adoradores?

Logo nos primeiros dias que seguiram-se à abertura do testamento, Aurélia tratou de pagar as dívidas de sua mãe e recompensar os serviços que lhe haviam prestado durante a enfermidade de d. Emília várias pessoas pobres da vizinhança. Nessa ocupação a ajudava o dr. Torquato Ribeiro, com quem ela se aconselhava, sobretudo acerca dos negócios da tutela. O bacharel não advogava, mas consultava aos colegas para satisfazer a menina e dirigi-la com acerto.

— Também temos uma dívida a saldar entre nós dous — disse Aurélia —, mas essa fica para depois. Não lhe pago agora.

— Uma bagatela! — tornou-lhe Ribeiro.

— Oh! não sabia que era tão rico.

— Sou pobre, bem sabe, d. Aurélia.

— Sei; se fosse rico, nunca seria sua devedora. A despesa que fez com o enterro de minha mãe deve fazer-lhe falta.

— Perdão, não fui eu.

— Quem foi então? — perguntou Aurélia no auge da surpresa.

Ribeiro tirou a carteira.

— Nunca lhe falei nisso com receio de afligi-la. No dia do falecimento de d. Emília, saí, como sabe, para tratar do enterro; já tinha dado muitas voltas inúteis quando recebi esta carta sem assinatura. Aceitei, porque não havia outro recurso; eu não tinha de meu vinte mil-réis.

A carta continha estas palavras apenas: "Previne-se ao sr. dr. Torquato da Costa Ribeiro que o enterro da sra. d. Emília Camargo já foi encomendado e pago por uma parenta da mesma senhora."

Aurélia leu a carta cuja letra lhe era desconhecida e guardou-a.

— Então devo-lhe somente cinquenta mil-réis, que pagarei quando for maior. Agora peço-lhe que receba esta lembrança.

A lembrança era o retrato da moça em um quadro de ouro maciço, cravejado de brilhantes, cujo valor bruto, desprezado o feitio, valia um conto de réis.

O bacharel compreendeu a intenção da moça, que era dar-lhe por aquela forma delicadíssima um auxílio pecuniário de que ele bem carecia.

Refletiu um instante, e resolveu aceitar com franqueza e sem falsa modéstia.

— Agradeço-lhe seu mimo, d. Aurélia. Acima de tudo, mais ainda do que o próprio retrato, aprecio nele o que a senhora ocultou. Suas feições são apenas a cópia da beleza; a intenção é o reflexo da alma que Deus lhe deu.

Foi depois de passados os seis meses de luto, que Aurélia apareceu na sociedade.

Tinha-se ela ensaiado para seu papel. Desde o primeiro momento em que apresentou-se nos salões, firmou neles seu império, e tomou posse dessa turba avassalada, cujo destino é bajular as reputações que se impõem.

Encontramo-la deslumbrando a multidão com sua beleza, e açulando a fome do ouro nos cavalheiros do lansquenete matrimonial. Regozijava-se em arrastar após si, rojando-os pelo pó, e fustigando-os com o sarcasmo, a esses sócios e êmulos de Fernando Seixas, ansiosos de venderem-se como ele, ainda que por maior preço.

Por isso os tinha reduzido à mercadoria ou traste, fazendo-lhes a cotação, como se usava outrora com os lotes de escravos.

Aquele marido de maior preço a que ela se referia não era outro senão seu antigo amante, que a desprezara por ser pobre.

No meio desta acrimônia que lhe inspirava a sociedade, não perdera, porém, Aurélia de todo a crença da nobreza d'alma, sabia respeitá-la onde quer que a descobria.

Assim, quando algum homem honesto, sinceramente seduzido pelos dotes de sua pessoa, e não pelo brilho da riqueza, lhe fazia a corte, ela portava-se com ele de modo inteiramente diverso. Acolhia-o com afabilidade e distinção; mas aproveitava o primeiro momento para desvanecer-lhe toda a esperança.

Só com os caçadores de dotes era loureira, se tal nome pode-se aplicar ao constante ludíbrio e humilhação a que submetia seus apaixonados.

Encontrou Aurélia uma vez na sociedade Eduardo Abreu, já de volta da Europa. Soube que tinha dissipado a legítima, e ficara reduzido à pobreza. Como se esquivasse de falar-lhe, a moça dirigiu-se a ele e insistiu para que frequentasse sua casa.

Abreu fez-lhe uma visita de cerimônia. A moça inventou um pretexto qualquer para uma carta urgente e mandou buscar o tinteiro. De repente voltou-se para o moço e pediu-lhe que escrevesse um recado a certa loja.

Aurélia examinou a letra e murmurou consigo:

— Eu tinha adivinhado!

Não disse uma palavra a Abreu sobre isto. Por aqueles dias houve quem pagasse as contas que o moço tinha em várias casas da rua do Ouvidor, que já não lhe queriam fiar.

A primeira vez que a moça encontrou-se com Abreu depois do incidente perguntou-lhe:

— Ainda me ama?

Ele corou.

— Já não tenho esse direito.

— Lembre-se do que lhe disse uma vez. Se eu remir-me de meu cativeiro, minha mão lhe pertence. Não a querendo o senhor, ninguém mais a terá neste mundo.

O dr. Torquato Ribeiro não pôde resistir à paixão que nutria pela Adelaide Amaral. Com o tempo e ausência do rival foi-se desvanecendo o primeiro ressentimento; e como o procedimento de Seixas já causava estranheza, não se demorou a reconciliação.

Aurélia percebeu que o bacharel estava cada vez mais apaixonado. Era uma verdadeira recaída. A princípio admirou-se dessa indulgência:

— E eu? Não amo um homem que não somente me esqueceu por outra, mas que se rebaixou?

Pensou então em favorecer esse amor do Ribeiro, o que obteve, concorrendo para a realização do projeto que afagava, e a cuja realização assistimos.

Estes foram os acontecimentos que ocorreram antes de encontrarmos pela primeira vez nos salões a Aurélia Camargo.

IX

Tornemos à câmara nupcial, onde se representa a primeira cena do drama original, de que apenas conhecemos o prólogo.

Os dois atores ainda conservam a mesma posição em que os deixamos. Fernando Seixas, obedecendo automaticamente a Aurélia, sentara-se, e fitava na moça um olhar estupefato. A moça arrastou uma cadeira e colocou-se em face do marido, cujas faces crestava o seu hálito abrasado.

— Não careço dizer-lhe que amor foi o meu, e que adoração lhe votou minha alma desde o primeiro momento em que o encontrei. Sabe o senhor, e se o ignora, sua presença aqui nesta ocasião já lhe revelou. Para que uma mulher sacrifique assim todo seu futuro, como eu fiz, é preciso que a existência se tornasse para ela um deserto, onde não resta senão o cadáver do homem que a assolou para sempre.

Aurélia calcou a mão sobre o seio para comprimir a emoção que a ia dominando.

— O senhor não retribuiu meu amor e nem o compreendeu. Supôs que eu lhe dava apenas a preferência entre outros namorados, e o escolhia para herói dos meus romances, até aparecer algum casamento, que o senhor, moço honesto, estimaria para colher à sombra o fruto de suas flores poéticas. Bem vê que eu o distingo dos outros, que ofereciam brutalmente, mas com franqueza e sem rebuço, a perdição e a vergonha.

Seixas abaixou a cabeça.

— Conheci que não amava-me, como eu desejava e merecia ser amada. Mas não era sua a culpa e só minha que não soube inspirar-lhe a paixão que eu sentia. Mais tarde, o senhor retirou-me essa mesma afeição com que me consolava e transportou-a para outra, em quem não podia encontrar o que eu lhe dera, um coração virgem e cheio de paixão com que o adorava. Entretanto, ainda tive forças para perdoar-lhe e amá-lo.

A moça agitou então a fronte com uma vibração altiva:

— Mas o senhor não me abandonou pelo amor de Adelaide e sim por seu dote, um mesquinho dote de trinta contos! Eis o que não tinha o direito de fazer, e que jamais lhe podia perdoar! Desprezasse-me embora, mas não descesse da altura em que o havia colocado dentro de minha alma. Eu tinha um ídolo; o senhor abateu-o de seu pedestal, e atirou-o no pó. Essa degradação do homem a quem eu adorava, eis o seu crime; a sociedade não tem leis para puni-lo, mas há um remorso para ele. Não se assassina assim um coração que Deus criou para amar, incutindo-lhe a descrença e o ódio.

Seixas, que tinha curvado a fronte, ergueu-a de novo, e fitou os olhos na moça. Conservava ainda as feições contraídas, e gotas de suor borbulhavam na raiz de seus belos cabelos negros.

— A riqueza que Deus me concedeu chegou tarde; nem ao menos permitiu-me o prazer da ilusão, que têm as mulheres enganadas. Quando a recebi, já conhecia o mundo e suas misérias; já sabia que a moça rica é um arranjo e não uma esposa; pois bem, disse eu, essa riqueza servirá para dar-me a única satisfação que ainda posso ter neste mundo.

Mostrar a esse homem que não me soube compreender, que mulher o amava, e que alma perdeu. Entretanto ainda eu afagava uma esperança. Se ele recusa nobremente a proposta aviltante, eu irei lançar-me a seus pés. Suplicar-lhe-ei que aceite a minha riqueza, que a dissipe se quiser; consinta-me que eu o ame. Essa última consolação, o senhor a arrebatou. Que me restava? Outrora atava-se o cadáver ao homicida, para expiação da culpa; o senhor matou-me o coração; era justo que o prendesse ao despojo de sua vítima. Mas não desespere, o suplício não pode ser longo: este constante martírio a que estamos condenados acabará por extinguir-me o último alento; o senhor ficará livre e rico.

Proferidas as últimas palavras com um acento de indefinível irrisão, a moça tirou o papel que trazia passado à cinta, e abriu-o diante dos olhos de Seixas. Era um cheque de oitenta contos sobre o Banco do Brasil.

— É tempo de concluir o mercado. Dos cem contos de réis em que o senhor avaliou-se, já recebeu vinte; aqui tem os oitenta que faltavam. Estamos quites, e posso chamá-lo meu; meu marido, pois é este o nome de convenção.

A moça estendeu o papel que sua mão crispada amarrotava convulsamente. Seixas permaneceu imóvel como uma estátua; apenas duas plicas profundas sulcaram-lhe as faces desde o canto dos olhos até à comissura dos lábios.

Afinal o papel escapou-se dos dedos trêmulos da moça e caiu sobre o tapete aos pés de Fernando.

Seguiu-se um momento de silêncio ou, antes, de estupor. Aurélia irritava-se contra a invencível mudez de Seixas, e talvez a atribuía a uma cínica insensibilidade moral. Pensava exacerbar os nobres estímulos de um homem ainda capaz de reabilitar-se da fragilidade a que fora arrastado, e achava um indivíduo tão embotado já em seu pudor que não se revoltava contra a maior das humilhações.

Aurélia soltou dos lábios um estrídulo, antes do que um sorriso.

— Agora podemos continuar a nossa comédia, para divertir-nos. É melhor do que estarmos aqui mudos em face um do outro. Tome a sua posição, meu marido; ajoelhe-se aqui a meus pés, e venha dar-me seu primeiro beijo de amor... Porque o senhor ama-me, não é verdade, e nunca amou outra mulher senão a mim?...

Seixas ergueu-se; sua voz afinal desprendeu-se dos lábios, calma, porém fremente:

— Não; não a amo.

— Ah!

— É verdade que a amei; mas a senhora acaba de esmagar a seus pés esse amor; aí fica ele para sempre sepultado na abjeção a que o arremessou. Eu só a amaria agora, se a quisesse insultar; pois que maior afronta pode fazer a uma senhora um miserável, do que marcando-a com o estigma de sua paixão. Mas fique tranquila; ainda quando me dominasse a cólera, que não sinto, há uma vingança que não teria forças para exercer; é essa de amá-la.

Aurélia ergueu-se impetuosamente.

— Então enganei-me? — exclamou a moça com estranho arrebatamento. — O senhor ama-me sinceramente e não se casou comigo por interesse?

Seixas demorou um instante o olhar no semblante da moça, que estava suspensa de seus lábios, para beber-lhe as palavras:

— Não, senhora, não enganou-se — disse, afinal, com o mesmo tom frio e inflexível. — Vendi-me; pertenço-lhe. A senhora teve o mau gosto de comprar um marido aviltado; ei-lo como o desejou. Podia ter feito de um caráter, talvez gasto pela educação, um homem de bem, que se enobrecesse com sua afeição; preferiu um escravo branco; estava em seu direito, pagava com seu dinheiro, e pagava generosamente. Esse escravo aqui o tem; é seu marido, porém nada mais do que seu marido!

O rubor afogueou as faces de Aurélia, ouvindo essa palavra acentuada pelo sarcasmo de Seixas.

— Ajustei-me por cem contos de réis — continuou Fernando —, foi pouco, mas o mercado está concluído. Recebi como sinal da compra vinte contos de réis; falta-me arrecadar o resto do preço, que a senhora acaba de pagar-me.

O moço curvou-se para apanhar o cheque. Leu com atenção o algarismo, e dobrando lentamente o papel, guardou-o no bolso do rico chambre de gorgorão azul.

— Quer que lhe passe um recibo?... Não; confia na minha palavra. Não é seguro. Enfim estou pago. O escravo entra em serviço.

Soltando estas palavras com pasmosa volubilidade, que parecia indicar o requinte da impudência, Fernando sentou-se outra vez defronte da mulher.

— Espero suas ordens.

Aurélia, que até esse momento escutara com ansiedade, perscrutando sôfrega no semblante do marido e através de suas palavras um sintoma de indignação, disfarçada por aquele desgarro, cobriu com as mãos o rosto abrasado de vergonha.

— Meu Deus!

A moça tragou o soluço que lhe sublevava o seio, e refugiando-se no outro canto do sofá, como se receasse o contágio do homem a quem se unira pela eternidade, abismou-a na voragem de sua consciência revolta.

Após longo trato, Aurélia, como se despertasse de um pesadelo, ergueu os olhos e encontrando de novo o semblante de Seixas que a observava com um sossego escarninho, teve um enérgico assomo de repulsão, ou antes de asco.

— Minha presença a está incomodando? Porque assim o quer. Não é, senhora? Não tem direito de mandar? Ordene, que eu me retiro.

— Oh! sim, deixe-me! — exclamou Aurélia. — O senhor me causa horror.

— Devia examinar o objeto que comprava, para não arrepender-se!

Seixas atravessou a câmara nupcial, e desapareceu por essa porta que uma hora antes ele entrara cheio de vida e de felicidade, palpitante de júbilo e emoção, e que repassava levando a morte na alma.

Quando Aurélia ouviu o som dos seus passos que afastavam-se pelo corredor, precipitou-se com um arremesso de terror e deu volta à chave. Depois quis fugir, mas arrastou uns passos trôpegos, e caiu sem sentidos sobre o tapete.

# TERCEIRA PARTE

POSSE

I

Chegando a seu aposento, Seixas nem teve tempo de sentar-se. Arrimou-se como um ébrio à cômoda que estava próxima ao corredor, e ali ficou no estupor da alma, violentamente subvertida pela crise tremenda. Parecia uma criatura fulminada, na qual arqueja apenas um último sopro. Sua respiração angustiada sibilava-lhe nos lábios, como as vascas do moribundo. E era este o único sinal de vida, nessa organização jovem e rica de selva.

De repente saiu daquele torpor, mas foi preciso um esforço supremo para arrancar-se à insânia que o invadia. Em seu rosto desenhou-se o pavor que dele se havia apoderado com a ideia de que a vida o abandonava, ou pelo menos de que a luz da alma ia apagar-se.

— Deus! Não me tires a vida neste momento. Agora mais do que nunca preciso de minha razão.

Seixas arrojou-se pelo aposento a passos precípites, esbarrando-se nos trastes, batendo de encontro às paredes, alucinado e ao mesmo tempo impelido pelo desejo de arrebatar-se à obsessão que o aniquilara.

Correu pela casa um olhar ansiado, buscando algum objeto a que seu espírito se agarrasse, como o náufrago que trava do menor fragmento no meio das ondas em que se debate. O rico toucador, esclarecido por duas arandelas de cristal com velas cor-de-rosa, ostentava os primores do luxo.

Então nessa alma sucumbida, luziu uma centelha. Foi o instinto da elegância, por certo a corda mais vivaz dessa índole poética e fidalga.

Seixas aproximou-se do toucador, levado por indefinível impulso; e entrou a contemplar minuciosamente os objetos colocados em cima da mesa de mármore; lavores de marfim, vasos e grupos de porcelana fosca, taças de cristal lapidado, joias do mais apurado gosto.

À proporção que se absorvia nesse exame, ia como ressurgindo à sua existência anterior, a que vivera até o momento do cataclismo que o submergira. Sentia-se renascer para esse fino e delicado materialismo, que tinha para seu espírito aristocrático tão poderosa sedução e tão meiga voluptuosidade.

Todos esses mimos da arte pareciam-lhe estranhos e despertavam nele ignotas emoções; tal era o abismo que o separava do recente passado. Era com uma sofreguidão pueril que os examinava um por um, não sabendo em qual se fixar. Fazia cintilar os brilhantes aos raios da luz; e aspirava a fragrância que se exalava dos frascos de perfumaria com um inefável prazer.

Nessa fútil ocupação demorou-se tempo esquecido. Porventura sua memória, atraída pelas reminiscências que suscitavam objetos idênticos a esses, remontava o curso de sua existência, e descendo-o, depois o trazia àquela noite fatal em que se achava, e a pungente realidade desse momento.

Recuou com um gesto de repulsão. Esses primores de arte que pouco antes lhe acariciavam a imaginação, agora inspiravam-lhe nojo. Apartou-se do toucador, e chegou à janela.

A noite estava plácida e serena. No céu recamado de estrelas, a brisa cariciava uns frocos de nuvens alvas como a penugem das garças. Uma onda trépida garrulava na bacia de mármore coberta de nenúfares, que alçavam os grandes e níveos cálices, aljofrados de orvalhos. O arvoredo, que recortava-se bizarramente no horizonte luminoso como um relevo gótico, estremecia com o doce arrepio da aragem, que esparzia os aromas das rosas e das magnólias.

Seixas parou um instante a contemplar a doce placidez da natureza. Essa calma suave da noite penetrou-o. Relaxaram-se-lhe as fibras da alma.

Apoiando a fronte à ombreira da janela deixou cair as lágrimas que lhe assoberbavam o seio.

Depois desse pranto que o desafogou, Seixas aproximou-se da elegante escrivaninha de mirapininga, e a abriu. Ainda chegou a puxar a pasta de chamalote escarlate. Na aba superior, dentro de um florão branco, aparecia bordado em debuxo de ouro o seu monograma, F.R.S., entrelaçados.

Esteve a olhar maquinalmente essas letras que se lhe afiguravam um enigma. Como na fábula antiga, a esfinge o estupidificava. Que significação tinha isso depois do desenlace que momentos antes o havia arremessado à maior abjeção?

Afinal tomou a resolução que o levara à mesa. Estendeu sobre a pasta uma folha de papel e preparou-se para escrever uma carta.

Mas a pena estacou ao penetrar no bocal do tinteiro. Seixas retirou-a com vivacidade e examinou inquieto os bicos. Vendo-os intactos, ergueu-se precipitadamente e percorreu o aposento.

Ao cabo de algum tempo voltou ao toucador, com um modo decidido. Mudara de resolução.

Abriu as gavetas, e guardou nelas cuidadosamente todos os objetos de preço que ali havia. Concluída a tarefa, trancou o móvel e o mesmo fez a todos os outros de que poucas horas antes o Lemos lhe fizera exibição.

Apesar da recomendação do tutor de Aurélia, Seixas tinha pela manhã enviado uma secretária em cujas gavetas inferiores acomodara a melhor roupa de seu uso, branca e exterior.

Procurou esse traste e achando-o em um quarto próximo onde o tinham colocado, verificou se com efeito ali estava a roupa; e teve ao achá-la grande satisfação. Tirou de si o rico chambre de seda, as chinelas de veludo; e vestiu-se com um trajo mais modesto, dos que trouxera.

Na secretária havia charutos. Acendeu um e sentou-se à janela. Sentiu-se com forças de encarar a situação a que fora arrastado, e a crise em que se achava sua existência.

No meio das reflexões acerbas que lhe despertara a recordação da cena recente, das revoltas por muito tempo contidas de uma dignidade contra o orgulho da mulher que o humilhava, flutuava um sentimento que afinal desprendeu-se do turbilhão de seus pensamentos e o dominou.

Esse sentimento era a intensa admiração que lhe inspirava a energia e veemência do amor de Aurélia. Havia nessa paixão que o acabava de insultar uma beleza fera, que incutia-lhe entusiasmo cheio de espanto.

"Não compreendi esse amor... E como podia eu compreendê-lo?... Se alguém me referisse o que se acaba de passar comigo, eu receberia semelhante conto com um sorriso de incredulidade. Que outrora, quando a família sequestrava a mulher da sociedade, a paixão subisse a esse auge, e absorvesse uma existência inteira...

"Então não havia tempo de amar-se mais de uma vez, e o amor deixava a alma exausta. Mas atualmente que a mulher vive cercada de adoradores, e que todas as distinções se ajoelham ante sua beleza, o amor não é mais do que um capricho, uma doce preferência, um terno devaneio, até que se transforme na amizade conjugal. Assim o imaginei sempre, assim o senti e me foi retribuído. Quando Aurélia me falava de sua afeição, estava bem longe de pensar que ela nutrisse uma paixão capaz de tais ímpetos. Pensava que eram romantismos. Não os tinha eu também? Não jurei, tantas vezes um amor eterno, que no dia seguinte desfolhava no turbilhão de uma valsa? Esse amor que eu supunha uma ilusão de poeta, um sonho da imaginação, aí está em sua realidade esplêndida. Suas asas de fogo roçaram por minha alma e a crestaram para sempre!..."

Seixas ficou um momento como extático ante a imagem que se lhe debuxava no pensamento representando a figura de Aurélia, quando soberba de cólera e indignação, o cobria de acerbas exprobrações.

"Uma paixão como a sua tinha direito de ser implacável!... E essa mulher que se deu a mim com a mais sublime abnegação, essa mulher a quem a sorte ligou-me eternamente, essa mulher única, eu a admiro, e não posso amá-la nunca mais! Encontrei-a em meu caminho, e perdi-a para sempre! Também não amarei outra. Depois de a ter conhecido, não profanarei minha alma com a afeição de mulher alguma."

Os arrebóis da manhã já se arraiavam no horizonte. Uma brisa mais fresca derramava-se no espaço, e os primeiros atitos das aves misturavam-se com os rumores confusos da cidade, que ia acordando por detrás dos muros da chácara.

Seixas desceu ao jardim, e percorreu os passeios sinuosos do prado artificial coberto de fina grama, e recortado à inglesa. Os tabuleiros de margaridas e boninas, abertas ao primeiro raio de sol, recamavam com suas coroas matizadas a verde alcatifa de relva. Fúcsias e begônias lastravam pelas grades das latadas compondo graciosos bambolins com os tirsos de flores caprichosas.

Os botões das camélias e magnólias cheios de seiva haurida com a frescura da noite, esperavam o calor do dia para desabrochar, enquanto as flores da véspera que tinham cerrado o seio à tarde, abriam-no de novo, mas pálido e langue, para despedir-se do sol, que lhe tinha dado a vida, e a crestara, como o caprichoso artista.

Seixas, como homem de sociedade que era, conhecia a natureza de tradição apenas, ou quando muito de vista. As árvores, as flores, as perspectivas, eram para ele ornatos, que se confundiam com os tapetes, cortinas, trastes, dourados e toda a casta de adereços inventados pelo luxo.

À força de viverem em um mundo de convenção, esses homens de sociedade tornam-se artificiais. A natureza para eles não é a verdadeira, mas essa fictícia, que o hábito lhes embutiu, e que alguns trazem do berço, pois aí os espera a moda para fazer neles presa, transformando-lhes a mãe, em uma simples produtora de filhos.

Frequentemente, em seus versos, Seixas falava de estrelas, flores e brisas, de que tirava imagens para exprimir a graça da mulher, e as emoções do amor. Pura imitação: como em geral os poetas da civilização, ele não recebia da realidade essas impressões, e sim de uma variada leitura. Originais somente são aqueles engenhos que se infundem na natureza, musa inexaurível porque é divina. Para isso é preciso, ou nascer nas idades primitivas, ou desprezar a sociedade e refugiar-se na solidão.

Naquele momento, porém, assistindo ao romper do dia, ali no meio do jardim, Seixas sentia que além das cores brilhantes, das formas graciosas e dos perfumes agrestes, havia alguma cousa de imaterial que palpitava no seio desse ermo, e que infundia-se em seu ser. Era a alma da criação que o envolvia, e comungava com sua alma a inefável serenidade da límpida e fresca manhã.

Com a calma que derramou-se em seu espírito, ainda mais robusteceu-se a resolução tomada pouco antes. Encheu-se dessa fria resignação, que imprime à alma uma têmpera inflexível.

Tirou-o de suas cogitações um rumor, que levantara-se ali perto. Voltou-se, e reconheceu que estava próximo à grade exterior, oculta nesse lugar pela folhagem do arvoredo. Afastou os ramos e aproximou-se para conhecer a causa do ruído. Talvez receasse que o estivessem espreitando, e talvez fosse movido por essa curiosidade fútil que se apodera do homem, a quem um abalo violento arrancou às preocupações habituais.

Um mascate de quinquilharias arreara na calçada a caixa que trazia a tiracolo, e sentado no chão, com as costas apoiadas ao muro, fazia suas contas e dava balanço à mercadoria. Ou madrugara com intenção de estender o giro, ou apanhado pela noite longe da casa, a passara em alguma estalagem, e ia agora recolhendo-se, o que parecia mais provável.

Na tampa emborcada da caixa, viam-se presos de cadarços, pregados vários objetos, que atraíram especialmente a atenção de Seixas.

Fez ele um movimento para diante, como se quisesse chamar o mascate. Retraiu-se porém com certo vexame; dir-se-ia que estivera a praticar uma leviandade, da qual o advertira em tempo sua razão.

Como quer que fosse, ao cabo de alguma hesitação, venceu a primeira repugnância, mas não ao pejo do ato que ia praticar. Lançou pelos arredores um olhar perscrutador e verificando que a rua estava deserta, estendeu o braço fora da grade e bateu no ombro do mascate:

— *Chi va...* — exclamou o mascate, voltando-se.

Não viu as feições de Seixas, que se afastara da grade, e escondia-se por trás da folhagem; mas percebeu uma nota de dois mil-réis que flutuava acima da cabeça, e tinha para ele de certo mais encanto do que a fisionomia do freguês.

— Um pente e uma escova de dentes — disse Seixas em tom rápido. — Depressa!

— *Questo?* — perguntou o mascate, tirando da tampa um pente de búfalo.

— Sim, qualquer. Não posso esperar.

O mascate passou os objetos; arrecadou a nota e querendo apresentar o troco percebeu que o freguês havia desaparecido.

— *Che birbone!*

Entendeu o mascate que um dinheiro assim atirado fora com tanto desamor, era furtado; e por cautela foi arrumando a trouxa e fazendo-se ao largo, antes que lhe surgisse alguma complicação.

Entretanto Seixas ganhava seus aposentos com receio de que o descobrissem no jardim àquela hora matinal, e suspeitassem do que ocorrera. A casa porém não dava o menor sinal da labutação diária. Todos de certo dormiam ainda sob a influência da festa nupcial.

Fazendo esta observação, lembrou-se Fernando da posição em que deixara Aurélia na véspera, e de si mesmo inquiriu que teria ela feito nessa longa noite de agonia. Naturalmente passara-a, extasiando-se no júbilo da humilhação que lhe infligira, e afinal saciada dessa vingança brutal, adormecera na febre de seu orgulho.

Se ao atravessar o jardim ele examinasse disfarçadamente as janelas desse lado da casa, talvez satisfizesse em parte sua curiosidade. Uma das alvas e diáfanas cortinas de cassa estendidas por detrás da vidraça, tinha-se esfumado de uma sombra interior que desenhava o contorno delicado de um busto.

Já era sol alto quando Seixas ouviu mexer na maçaneta da porta, que de seus aposentos comunicava para o interior da casa. Era sem dúvida o criado que vinha preparar-lhe o toucador para o asseio da manhã. Achando a porta fechada e pensando que era escusado bater àquela hora, retirou-se.

Havia água no jarro de porcelana de Sèvres, que ornava o rico lavatório de pau-cetim. Seixas esteve em dúvida algum tempo; mas pensando que a louça não perdia o seu verniz de novidade por ser molhada uma vez, resolveu-se a lavar o rosto no serviço luxuoso. Usou porém no resto de seu adereço, do pente e escova que havia comprado.

Terminando, enxugou com uma toalha de seu próprio enxoval a bacia e o lavatório; trancou em sua secretária os objetos que o podiam denunciar; e abrindo a porta de comunicação, sentou-se, já vestido e pronto com seu costumado apuro, na otomana, à espera... Nem ele sabia de quê. Depois da decepção que o precipitara do cúmulo da felicidade àquela incrível situação, podia ele conhecer que peripécias ainda lhe reservava o drama em que se agitava sua existência?

Com pouco apareceu o criado.

— O senhor já está pronto? Eu vim preparar o toucador, mas achei a porta fechada.

— Nada faltou — respondeu Seixas.

— O senhor ordena que lhe traga os jornais a seu gabinete, para os ler logo ao acordar, ou quer que fiquem na saleta?

— Onde ficavam até agora?

— Na saleta...

— É melhor assim.

— É como o senhor mandar. Foi a ordem que recebi.

O criado lançava um olhar pelo aposento, muito admirado da ordem em que encontrava todos os objetos, inclusive os adereços do lavatório.

— O cocheiro pergunta se o senhor quer sair antes do almoço? De carro ou a cavalo?

— Não, obrigado.

— A Diana já está selada. Mas em um momento pode-se mudar a sela para o Nélson, ou aprontar-se a Vitória.

— É escusado.

— A que horas o senhor deseja almoçar?

— À hora do costume. Não há necessidade de alterar.

— Então às dez.

O criado retirou-se para voltar uma hora depois:

— O almoço está na mesa.
— Quem mandou chamar?
—A senhora.
Seixas fez um aceno de cabeça, e deixou-se conduzir pelo criado.

II

No centro da sala estava a mesa onde os mais finos cristais irisavam-se aos raios da luz, cambiando o esmalte da fina porcelana e as cores das frutas apanhadas em corbelhas de prata.

O almoço era um banquete, não pela quantidade, o que seria de mau gosto; mas pela variedade e delicadeza das iguarias.

Pelas janelas abertas sobre o jardim entravam, com a brisa da manhã e a claridade de um formoso dia de verão, a fragrância das flores e o trinado dos canários de um elegante viveiro.

Achavam-se na sala Aurélia e d. Firmina.

A moça recostara-se em uma cadeira de balanço no claro de uma janela, de modo que seu gracioso vulto imergia-se na plena luz. Ao vê-la radiante de beleza e risos, se acreditara que ela de propósito afrontava o esplendor do dia, para ostentar a pureza imaculada de seu rosto, e sua graça inalterável.

Trajava um roupão de linho de alvura deslumbrante; eram azuis as fitas do cabelo e do cinto, bem como o cetim de um sapato raso, que lhe calçava o pé como o engaste de uma pérola.

Fernando parou um instante ao entrar na sala; depois do que, firmando-se na resolução tomada, dirigiu-se a sua mulher para saudá-la. Todavia calculava ele de que modo se desempenharia desse dever.

Aurélia viu o movimento. A saudação matinal do marido ia despertar suspeitas em d. Firmina.

Seixas adiantava-se. A moça ergueu-se estendendo-lhe a mão, e inclinando a cabeça sobre a espádua com uma ligeira inflexão, apresentou-lhe a face, para receber o casto beijo da esposa.

Aquela mão porém estava gelada e hirta, como se fora de jaspe. A face, pouco antes risonha e faceira, contraíra-se de repente em uma expressão indefinível de indignação e desprezo.

Fernando só reparou nessa mutação quando seus lábios roçavam a fria cútis, cuja pubescência eriçava-se como o pelo áspero do feltro. Retraiu-se involuntariamente, embora naquela circunstância a carícia dessa mulher, de quem era marido, o humilhasse mais do que sua repulsa.

—Vamos almoçar! — disse a moça dirigindo-se à mesa e acenando ao marido e a d. Firmina que se aproximassem.

Já não se via em seu belo semblante o menor traço do sarcasmo que o demudara; nem se conceberia que essa esplêndida formosura pudesse transformar-se na satânica imagem que Fernando vira pouco antes.

Aurélia tomou a cabeceira da mesa. Fernando ficou à sua direita, em frente a d. Firmina.

A princípio a moça ocupou-se unicamente em servir; depois trincando nos alvos dentes a polpa vermelha de uma lagosta, animou a conversação com uma palavra viva e cintilante.

Nunca ela tinha revelado, como nessa manhã, a graça de seu espírito e o brilho de sua imaginação. Também nunca o sorriso borbulhara de seus lábios tão florido; nem sua beleza se repassara daquelas efusões de contentamento.

Seixas se distraíra a ouvi-la. Por tal modo embebeu-se ele no enlevo da gentil garrulice, que chegou a esquecer por momentos a triste posição em que o colocara a fatalidade junto dessa mulher.

Nas folgas que o apetite deixava à reflexão, d. Firmina admirava-se do desembaraço que mostrava a noiva da véspera, na qual melhor diria um casto enleio.

Mas já habituada à inversão que têm sofrido nossos costumes com a invasão das modas estrangeiras, assentou a viúva que o último chique de Paris devia ser esse de trocarem os noivos o papel, ficando ao fraque o recato feminino, enquanto a saia alardeava o desplante do leão.

"Efeitos da emancipação das mulheres!", pensava consigo.

— Quer que lhe sirva desta salada, ou daquela empada de caça? — perguntou Aurélia, notando que Seixas estava parado.

— Nada mais, obrigado.

Seixas tinha comido um bife com uma naca de pão; e bebera meio cálice do vinho que lhe ficava mais próximo, sem olhar o rótulo.

— Não almoçou! — tornou a moça.

— A felicidade tira o apetite — observou Fernando, a sorrir.

— Nesse caso eu devia jejuar — retorquiu Aurélia, gracejando. — É que em mim produz o efeito contrário; estava com uma fome devoradora.

— Nem por isso tem comido muito — acudiu d. Firmina.

— Prove desta lagosta. Está deliciosa — insistiu Aurélia.

— Ordena? — perguntou Fernando prazenteiro, mas com uma inflexão particular na voz.

Aurélia trinou uma risada.

— Não sabia que as mulheres tinham direito de dar ordens aos maridos. Em todo o caso eu não usaria do meu poder para cousas tão insignificantes.

— Mostra que é generosa.

— As aparências enganam.

O torneio deste diálogo não desdizia do tom de nascente familiaridade, próprio de dois noivos felizes; mas havia entonações e relances d'olhos, que os estranhos não percebiam, e que eles sentiam pungir como alfinetes escondidos entre os rofos de cetim.

Da sala de jantar, Fernando, acabado o almoço, passou à saleta de conversa, onde com pouca demora o acompanhou Aurélia. D. Firmina, para não perturbar o mavioso a sós dos noivos, saiu a pretexto de encomendas.

Seixas tinha aberto maquinalmente um dos jornais do dia, que estavam em uma bandeja de charão com pés de bronze dourado, junto ao sofá. Quando Aurélia entrou, ele ofereceu-lhe a folha que tinha em mão e as outras, à escolha.

— Agradeço — disse Aurélia, sentando-se no sofá.

O criado apresentava a Seixas com um porta-charutos de araribá-rosa tauxiado de prata e guarnecido de legítimos havanas, uma lâmpada também de prata, em cujo bico cintilava a flama azulada do espírito de vinho.

— Obrigado, tenho os meus — disse Fernando, recusando com um gesto os charutos oferecidos, e tirando a carteira do bolso.

— E estes de quem são? — perguntou vivamente Aurélia, designando os havanas apresentados pelo criado.

Seixas fez um movimento para responder; lembrando-se que não estavam sós, retraiu-se:

— Referia-me aos que trouxe comigo — disse, frisando as últimas palavras.

— São melhores talvez.

— Ao contrário; mas estou habituado com eles. Não lhe incomoda a fumaça?

— Faria prova de mau gosto a senhora que atualmente mostrasse repugnâncias dessa ordem; além de que preciso de conformar-me aos hábitos de meu marido.

— Por este motivo, não. Como seu marido não tenho hábitos, e somente deveres.

Aurélia cortou o fio a este diálogo, perguntando com indiferença:

— Que trazem de novo os jornais?

— Ainda não os li. Que mais lhe interessa? Naturalmente a parte noticiosa, o folhetim...

Ao mesmo tempo abria Seixas as folhas uma após outra, e percorrendo-as com os olhos, lia em voz alta para Aurélia, o que encontrava de mais interessante. A moça fingia ouvi-lo; mas seu espírito repassava interiormente os últimos acontecimentos de sua vida, e interrogava as incertezas do futuro, que ela mesma em parte se havia traçado.

Todavia a presença do criado fez-lhe reparar que Seixas ainda tinha por acender o charuto.

— Não fuma? — perguntou ao marido.

— Permite?

— Já lhe disse que não me incomoda! — retorquiu a moça, com um assomo de impaciência.

— Desculpe-me; não tendo recebido um consentimento formal, receei contrariá-la.

— Há receios que mais parecem desejos! — observou a moça com ironia.

— O tempo a convencerá de minha sinceridade.

— O tempo!... Ah! se realizasse tudo quanto dele se espera! — exclamou Aurélia com acerba irrisão.

Subtraindo-se a esse ímpeto de sarcasmo, que sublevou-lhe a alma dorida, a moça refugiou-se numa banalidade.

— O melhor é não confiar nele e viver do presente. O verdadeiro livro é o jornal com a crônica da véspera e os anúncios do dia.

Seixas continuou a percorrer os jornais, como se acedesse ao gosto de Aurélia. Nesse rápido exame ia lendo as epígrafes, a ver se alguma tinha a virtude de excitar a curiosidade da moça.

— Como são interessantes estas folhas! — disse Aurélia, que buscava um pretexto para expandir a irritação íntima. — Quando me lembro de abri-las, o que faço raras vezes porque não tenho braços que cheguem para essa difícil empresa, sucede-me sempre julgar que estou lendo um jornal do ano anterior.

— A culpa não é do jornal, mas da cidade em que se publica, e da qual deve ser, como disse há pouco, o livro diário, ou a história da véspera.

— Perdão, não me lembrava que também foi jornalista.

Como Aurélia se calasse, e as folhas não fornecessem mais assunto à conversação, Seixas aproveitou a censura frequentemente dirigida à imprensa periódica em nosso país, para fazer sobre o tema algumas variações, com que enchesse o tempo.

Está entendido que tratou a questão sob um ponto de vista ameno, que pudesse conciliar a atenção de uma senhora; Aurélia escutou-o alguns momentos com atenção; mas observando que o marido falava com o tom monótono e a pausa calculada de quem desempenha uma tarefa, e longe de dar franca expansão ao pensamento, ao contrário solicita o espírito rebelde, a moça interrompeu essa dissertação erguendo-se do sofá.

Deu algumas voltas pela saleta; percorreu com os olhos o aposento, reparando no papel, nos móveis e adereços, como se nunca os tivesse examinado, ou indagasse se nada faltava. Passou depois a observar atentamente as figurinhas de porcelana e outras quinquilharias que havia sobre os consolos, tirando-as de seu lugar e mudando-lhes a posição.

Daí encaminhou-se ao piano, que é para as senhoras como o charuto para as homens, um amigo de todas as horas, um companheiro dócil, e um confidente sempre atento. Ao abrir o instrumento, lembrou-se que não era próprio a uma noiva de véspera entregar-se a esse passatempo, quando vizinhos e criados, todos deviam supô-la àquela hora engolfada na felicidade de amar e ser amada.

Ah! ela não conhecia essa aurora mística do amor conjugal, que se lhe transformara em vigília de angústia e desespero. Mas adivinhava qual devia ser a transfusão mútua de duas almas, e compreendia que, ávidas uma da outra, não se podiam alhear em estranho passatempo.

Abandonando o piano, disfarçou em percorrer os livros de música, arrumados sobre o móvel apropriado, uma espécie de estante baixa de prateleiras verticais. Aí esteve a folhear apenas, solfejando à meia voz os trechos favoritos, e quiçá buscando um que respondesse aos recônditos pensamentos, ou antes que traduzisse o indefinível sentimento de sua alma naquele instante.

Parece que achou afinal essa nota simpática, pois sua voz desprendia-se num alegro de bravura, quando lembrou-se que não estava só. Volveu um olhar para o sofá, onde havia deixado o marido, que porventura a estaria observando, surpreso de sua mímica.

Seixas, ao apartar-se a moça, tomara de cima da mesa um álbum de fotografias, e entretinha-se em ver as figuras.

— Está vendo celebridades? — perguntou a moça, que viera de novo sentar-se ao sofá.

Fernando compreendeu que a pergunta não era senão malha para travar a conversa, e dispôs-se a satisfazer o desejo da mulher.

— É verdade, celebridades europeias, pois ainda não as temos brasileiras; isto é, em fotografia, que no mais sobram. Admira que nesta terra tão propensa à especulação e ao charlatanismo, ainda ninguém se lembrasse de arranjar uns álbuns de celebridades nacionais. Pois havia de ganhar muito dinheiro; não só na venda de álbuns, mas sobretudo na admissão dos pretendentes à lista das celebridades.

— Diga antes ao rol.

— É com efeito mais expressivo.

— O que isso prova — observou Aurélia — é que a literatura tem feito maiores progressos em nosso país do que a arte; pois se não me engano já há por aí, dentro e fora do país, empresas montadas para exploração da biografia.

— Tem razão.

— Escapou de casar-se com uma *contemporânea ilustre* — acrescentou Aurélia grifando, as últimas palavras com o mais fino sorriso.

— Ah! não sabia! Lamento profundamente não ter de acumular essas tantas honras que recebi.

— Pois estive ameaçada de andar por aí em não sei que revista ou gazeta, na qualidade de brasileira notável. Creio eu que o meu título à celebridade era a herança de meu avô. Foi-me preciso tomar umas dez assinaturas para defender-me da conspiração armada contra a minha obscuridade, e livrar-me da glória que esses senhores pretendiam infligir-me.

Nesta conversa e na revista dos retratos consumiram os dous muito tempo.

A pêndula acabava de soar uma hora. O criado abriu com estrépito a porta da sala de jantar, como para advertir de sua entrada; e disse aportuguesando o termo inglês *luncheon* segundo o costume geral:

— O lanche está pronto.

—Vamos? — perguntou a moça, erguendo-se.

Seixas fechou o álbum e acompanhou a mulher.

O criado, que vira os dous noivos inclinados sobre o álbum, sorriu com ar brejeiro.

Fernando percebeu o sorriso e corou.

III

Frutas da estação: abacaxis, figos e laranjas seletas, rivalizando com as maçãs, peras e uvas de importação, ornavam principalmente a refeição meridiana que os costumes estrangeiros substituíram à nossa brasileira merenda da tarde, usada pelos bons avós.

Havia também profusão de massas ligeiras, como empadinhas, camarões e ostras recheadas; além de queijos de vários países e doces de calda ou cristalizados. Os melhores vinhos de sobremesa desde o Xerez até o Moscatel de Setúbal, desde o Champanhe até o Constança, estavam ali tentando o paladar, uns com seu rótulo eloquente, outros com o topázio que brilhava através das facetas do cristal lapidado.

— Não tenho a menor disposição! — disse Fernando, obedecendo ao gesto de Aurélia e sentando-se à mesa.

— Ora! — disse a moça com volubilidade. — Para provar frutas e doces não é preciso ter fome; faça como os passarinhos. O que prefere? Um figo, uma pera, ou o abacaxi?

— É preciso que eu tome alguma cousa? — perguntou Fernando, com seriedade.

— É indispensável.

— Nesse caso tomarei um figo.

— Aqui tem; um figo e uma pera; é apenas um casal.

Seixas inclinou a cabeça; colocou o prato diante de si, e comeu as duas frutas, pausada e friamente, como um homem que exerce uma ação mecânica. Nada em sua fisionomia revelava a sensação agradável do paladar.

Aurélia, que esmagava entre os lábios purpurinos bagos de uma moscatel, seguia com os olhos os movimentos automáticos de Fernando, e, se não adivinhava, confusamente pressentia o motivo que atuava sobre seu marido.

Ergueu-se então da mesa, e saindo fora, à beirada da casa, onde já fazia sombra, divertiu-se em dar de comer aos canários e sabiás, que festejaram sua chegada com uma brilhante abertura de trinados e gorjeios.

Pensava Aurélia que sua presença porventura acanhava ao marido; e buscava aquele pretexto para arredar-se um instante e deixá-lo mais livre de cerimônias. Desvaneceu-se porém essa ideia do seu espírito quando, espiando pela fresta da janela, viu Seixas imóvel, com os olhos fitos na parede fronteira, e completamente absorto.

Depois do lanche, Aurélia convidou o marido para darem uma volta pelo jardim; mas havia senhoras nas janelas da vizinhança, e a moça não quis expor-se aos olhares curiosos. Ela não era a noiva feliz e amada; mas as outras a supunham, e tanto bastava para que seu pudor a recatasse às vistas dos estranhos.

Voltaram pois à saleta.

Aí andaram a borboletear de um a outro assunto, mas apesar do desejo que tinham de prolongar a conversação, ou talvez por essa mesma preocupação que os distraía, não encontraram tema para divagar.

Afinal recaíram nas fotografias. Desta vez foi o álbum dos conhecidos que forneceu matéria. Em um dos primeiros cartões figurava o Lemos, cuja aparição coincidiu com esta observação de Aurélia:

— O álbum das pessoas de minha amizade, eu o guardo comigo. Estes são álbuns de sala, tabuletas semelhantes às que têm os fotógrafos na porta.

— Mas não apresentam de certo as antíteses curiosas das tabuletas. Os tais senhores parece que o fazem de propósito; não há mais perfeita democracia.

Seixas, emérito conhecedor da rua do Ouvidor, começou a especificar alguns dos contrastes de que se recordava; abstemo-nos de reproduzir suas observações, que ressentiam-se de singular mordacidade.

Esse tom cáustico não era natural ao mancebo, cuja índole benévola e afável nunca passava de uns toques de fria ironia. Ele próprio já notara em si essa alteração de seu caráter, e achava um sainete especial em saturar-se do fel que tinha no coração.

Ao cabo de algum tempo, notou Fernando que Aurélia erguia frequentemente os olhos para a pêndula, e disfarçou, porque ele também interrogava a miúdo e furtivamente o mostrador, ansioso de ver escoar-se o dia.

Uma vez os olhos de ambos encontraram-se, quando buscavam a pêndula. Aurélia corou de leve:

— Cuidei que fosse mais cedo! — disse ela.

— Como passa rapidamente o tempo! — exclamou Fernando. — Quase três horas.

— Ainda falta muito. São apenas duas e um quarto.

— Ah! É verdade.

— Talvez esteja atrasado! — observou Aurélia. — Consulte seu relógio.

Havia uma diferença de minuto e meio entre o relógio de Seixas e a pêndula da sala. Foi o pretexto para consumir o resto do tempo. Aurélia quis acertar a pêndula; aproveitou a ocasião para dar-lhe corda; depois do que veio uma discussão cerca da conveniência de mudá-la para outro consolo.

— Já três horas! — exclamou afinal a moça. — É tempo de vestir-nos para o jantar. Até logo!

Aurélia fez um gracioso aceno de fronte ao marido e desapareceu pela porta, que dava para o seu toucador.

Quando ela entrou nesse aposento e fechou a porta sobre si, não teve tempo de desatacar o caminho do vestido; meteu as mãos pelos ilhoses e magoando os dedos mimosos nos colchetes, despedaçou a ourela para não sufocar. O coração que ela recalcara por tanto tempo sublevava-se afinal, e estalava nos soluços que lhe dilaceravam o seio.

De seu lado Fernando, ao ficar só, respirava, como um homem que repousa de uma tarefa laboriosa e fatigante. Ele desejaria sair daquele teto, perder de vista a casa, ir bem longe daí para gozar desses momentos de solidão e recuperar durante uma hora sua liberdade. Mas um passeio, e ainda mais solitário, não era conveniente no dia seguinte ao de um casamento de amor.

O criado pediu licença para entrar.

— O senhor não precisa de mim?

— Não, obrigado. A que horas janta-se?

— Às cinco, se o senhor não der outra ordem.

— Bem.

— O senhor não sai a passeio depois de jantar? De carro ou a cavalo?

— Não.

— Sei que não é próprio logo nos primeiros dias do casamento, mas foram as ordens que recebi; que nada faltasse ao senhor.

— Quem as deu?

— A senhora.

Este cuidado que em outra circunstância lhe causaria íntimo prazer, em sua posição humilhava-o. Sentia a influência da tutela que pesava sobre ele, e o reduzia à condição de um pupilo nupcial, se não cousa pior. Mas estava resignado às duras provações da situação, a que seu ego o submetera.

Ainda nessa ocasião, Seixas revelou uma nova alteração em sua índole, ou pelo menos em seus hábitos.

Ele tinha essa flor da ingênua elegância, que não se alimenta da vaidade de ser admirada, mas da satisfação íntima. Vestir-se era para ele outrora um prazer; o contato de um novo trajo causava-lhe uma sensação deliciosa, como a de um banho frio em hora de calma.

Nesse dia, porém, quando os guarda-roupas e cômodas regurgitavam, limitou-se ele apenas a reparar algum leve desarranjo; e dar ao trajo da manhã uma feição de novidade pela mudança de uma gravata. Quando entrou na saleta de conversa, já ali estava d. Firmina, e Aurélia não se demorou.

A moça trajava de verde. Ela tinha dessas audácias só permitidas às mulheres realmente belas, de afrontar a monotonia de uma cor. Seu lindo rosto, o colo harmonioso e os braços torneados desabrochavam dessa folhagem de seda, como lírios d'água levemente rosados pelos rubores da manhã.

Quando a porta abriu-se para dar-lhe passagem, Seixas cuidou que assistia à metamorfose da ninfa transformada em loto. Mas logo depois, admirando a graça que se desprendia dessa peregrina gentileza como a irradiação de um astro, pareceu-lhe antes que a flor tomava as formas da mulher e animava-se ao sopro divino.

D. Firmina trouxera da rua muitas novidades.

Recomendações de umas amigas de Aurélia; mil inquirições de outras acerca do casamento; elogios dos noivos; e toda a outra bagagem de agradáveis banalidades, que na máxima parte compõem a vida nas grandes cidades.

Com esta provisão encarregou-se ela de preencher a meia hora que faltava para o jantar.

— É voz geral, que não se podia escolher um par mais perfeito — disse a viúva a modo de resumo.

— Já vê que nos casamos por unânime aclamação dos povos — observou Aurélia sorrindo-se para o marido. — Nada nos falta para sermos felizes.

— Mais do que eu sou, não é possível — tornou Seixas. — Esta primazia me pertence, e não lha cederei!

D. Firmina aplaudiu essa contestação que revelava os extremos de amor dos noivos um pelo outro.

O jantar correu como o almoço. Aurélia, isenta do enleio, ou antes opressão, que a tolhia quando se achava só com o marido, recobrava na presença de d. Firmina e dos criados a sua feiticeira volubilidade, na qual um observador calmo notaria certa irritabilidade nervosa, habilmente encoberta com a galanteria do gesto e a graça do sorriso.

Seixas não se demoveu da sobriedade que havia guardado pela manhã, senão para aceder aos desejos da mulher, a qual por mais de uma vez exerceu essa tirania feminina, que à semelhança de certas realezas, compraz-se com as minúcias.

Ao levantarem-se da mesa, Fernando dirigiu-se à porta do jardim, e esperava divagando os olhos pelo arvoredo, que dessem destino ao resto da tarde. Aurélia aproximou-se enquanto d. Firmina estava ocupada em arranjar a cauda de seu vestido nesgado, moda a que ainda se não pudera habituar.

— Que bela tarde! — exclamou a moça ao lado do marido. Logo sombreando a voz disse-lhe quase ao ouvido, com tom rápido e incisivo:

— Ofereça-me o braço!

Depois, prolongando a exclamação, continuou mostrando no horizonte uns arrebóis encantadores, em que os mais finos matizes se cambiavam sobre a nívea polpa de um grande cirro que de repente incendiou-se como um rosicler de fogo.

—Veja; até o céu está festejando a nossa ventura. Quem já teve desses fogos de artifícios, que o sol preparou para obsequiar-nos?

— É pena que não possamos... que eu não possa gozar da festa mais de perto, para melhor apreciá-la.

Aurélia voltou-se rapidamente para fitar no semblante do marido um frio olhar de interrogação; mas Fernando contemplava as gradações da luz no ocaso, e só voltou-se para oferecer o braço à mulher, conforme a recomendação que recebera.

Fê-lo porém, mais com o gesto, pois as palavras apenas murmuradas, mal se ouviram.

— Acenda seu charuto — disse a moça vendo que ele esquecia-se desse pormenor apesar de lhe ter o criado oferecido fogo.

Aurélia conduziu o marido a um caramanchão que havia no meio da chácara, e cuja espessa ramada os escondia às vistas de d. Firmina, e do jardineiro e hortelão que andavam na lida costumada.

Seixas tinha umas tinturas de orquídeas e parasitas[25] que havia colhido um verão em Petrópolis, no tempo em que a cultura e o estudo desses dois gêneros de plantas esteve na moda, e para alguns degenerou em mania. Como um dos leões fluminenses, estava ele na obrigação de sujeitar-se a esse novo capricho da soberana; e cumpria-lhe habilitar-se para em uma reunião nomear por sua designação científica a flor da moda que ornava uma gruta de jardim ou um vaso de sala.

Justamente embaixo do caramanchão havia uma bela coleção de orquídeas, que o jardineiro ali guardava do sol. Fernando aproveitou-se do tema, para fazer mostra dos seus conhecimentos botânicos.

Aurélia ouviu-o com atenção; só quando o marido parecia ter esgotado o assunto, foi que ela encartou uma reflexão.

— Como todo o mundo, eu sempre fui muito apaixonada de flores; mas houve um tempo em que não as pude suportar. Foi quando se lembraram de ensinar-me botânica.

— Quer isto dizer que tive a infelicidade de aborrecê-la com a minha conversa?

— Eis o que é a prevenção! Conseguiu reconciliar-me com a botânica. Não há melhor calmante.

Já estava escuro quando Aurélia se recolheu do jardim pelo braço do marido. D. Firmina os esperava da saleta já esclarecida com um doce crepúsculo artificial coado pelo cristal fosco dos globos.

A viúva sentara-se à mesa do centro para devorar os folhetins dos jornais; e teve a discrição de voltar as costas para o sofá onde se tinham acomodado os noivos.

Aurélia, fatigada da comédia que representara durante o dia, recostara-se à almofada, e cerrando as pálpebras engolfou-se em seus pensamentos. Fernando respeitou essa meditação: tanto mais quanto seu espírito cedia também a uma irresistível preocupação.

A noite causara-lhe um indefinível desassossego, que mais crescia agora com a aproximação da hora de recolher. Não sabia de que se receava; era uma cousa vaga, informe, ignota, que o enchia de pavor.

Assim, cada um em seu canto de sofá, separados ainda mais pela completa alheação do que pelo espaço que entre ambos mediava, ela absorta, ele agitado, passaram esse primeiro serão de sua vida conjugal.

D. Firmina, às vezes, nalgum ponto menos interessante do folhetim, aplicava o ouvido; e aquele silêncio suspeito a fazia sorrir pensando nos abraços e beijos furtivos que surpreenderia, se de repente se voltasse para o sofá.

Com discreta malícia, a pretexto de procurar o lenço fazia menção de voltar-se para gozar do prazer de assustar os dois pombinhos. Então percebia um leve rumor; cuidando que eles se afastavam, quando ao contrário fingiam ocupar-se um do outro, para não traírem sua mútua indiferença.

Pelo meio da noite Aurélia saiu da sala. Depois de uma pequena ausência durante a qual ouviu-se dentro algum rumor, ela voltou a ocupar seu lugar no canto do sofá.

Afinal a pêndula marcou dez horas. D. Firmina dobrou seus jornais e despediu-se.

Aurélia acompanhou-a lentamente como para certificar-se de que se afastava; depois do que cerrou a porta, deu duas voltas pela sala, e caminhou para o marido.

Seixas viu-a aproximar-se assombrado pela estranha expressão que animava o rosto da moça.

Era um sarcasmo cruel e lascivo o que transluzia com fulgor satânico da fisionomia e gesto dessa mulher.

Só faltava-lhe a coroa de pâmpanos sobre as tranças esparsas, e o tirso na destra.

Em face do marido, porém, essa febre aplacou-se como por encanto; e surgiu outra vez do corpo da bacante em delírio a virgem casta e melindrosa.

Aurélia tinha na mão dois objetos semelhantes, envoltos um em papel branco, outro em papel de cor. Ofereceu o primeiro a Seixas; mas retraiu-se substituindo aquele pelo outro.

— Esta é minha — disse guardando o invólucro de papel branco.

Enquanto Seixas olhava o objeto que recebera, sem compreender o que isto significava, Aurélia fez-lhe com a cabeça uma saudação:

— Boa noite.

E retirou-se.

IV

Fernando dirigiu-se a seu aposento com tanta precipitação, que esqueceu-lhe o objeto fechado em sua mão; só deu por ele no toucador, ao cair-lhe no chão.

Abriu então o papel. Havia dentro uma chave; e presa à argola uma tira de papel com as seguintes palavras escritas por Aurélia: *chave de seu quarto de dormir.*

Ao ler estas palavras Seixas tornou-se lívido; e lançou um olhar esvairado para o reposteiro da câmara, e em que ele que entrara na véspera palpitante de amor e que não poderia nunca mais penetrar, senão ébrio de vergonha e marcado com o ferrete da infâmia.

Com o movimento que fez descobriu uma modificação que sofrera o aposento. Fora arredado o guarda-roupa, que ocultava uma porta agora patente, e apenas coberta por uma cortina também de seda azul.

A chave servia nessa porta que dava para uma alcova elegante, mobiliada com uma cama estreita de *érable* e outros acessórios. Era o mais casquilho dormitório de rapaz solteiro que se podia imaginar.

Seixas adivinhou pela onda de fragrância derramada no aposento, que Aurélia ali estivera pouco antes. Talvez saíra ao ouvir o rumor da chave na fechadura.

— Meu Deus! — exclamou o mancebo, comprimindo o crânio entre as palmas das mãos. — Que me quer esta mulher? Não me acha ainda bastante humilhado e abatido? Está se saciando de vingança! Oh! ela tem o instinto da perversidade. Sabe que a ofensa grosseira ou caleja a alma se é infame, ou a indigna se ainda resta algum brio. Mas esse insulto cortês cheio de atenção e delicadezas, que são outros tantos escárnios; essa ostentação de generosidade com que a todo o momento se está cevando o mais soberano desprezo; flagelação cruel infligida no meio dos sorrisos e com distinção que o mundo inveja: como este, é que não há outro suplício para a alma que se não perdeu de todo. Por que não sou eu o que ela pensa, um mísero abandonado da honra, e dos nobres estímulos do homem de bem? Acharia então com quem lutar!

Seixas vergou a cabeça ao peso dessa reflexão.

— A força da resignação, essa porém hei de tê-la. Não me abandonará, por mais cruel que seja a provação.

Os dias seguintes, essa fase nascente da lua de mel, passaram como o primeiro. Entraram então os noivos na outra fase, em que o enlevo de se possuírem já permite, sobretudo ao homem, tornar às ocupações habituais.

No quinto dia Seixas apresentou-se na repartição, onde foi muito festejado por suas prosperidades. Tomaram os companheiros aquele pronto comparecimento por mera visita. Se quando pobre, sua frequência somente se fazia sentir no livro do ponto, agora que estava rico ou quase milionário, com certeza deixaria o emprego ou quando muito o conservaria honorariamente, como certos enxertos das secretarias.

Grande foi, pois, a surpresa que produziu a assiduidade de Seixas na repartição. Entrava pontualmente às nove horas da manhã e saía às três da tarde; todo esse tempo dedicava-o ao trabalho: apesar das contínuas tentações dos companheiros, não consumia como costumava outrora a maior parte dele na palestra e no fumatório.

— Olha, Seixas, que isto é meio de vida e não de morte! — dizia-lhe um camarada, repetindo pela vigésima vez esta banalidade.

—Vivi muitos anos à custa do Estado, meu amigo; é justo que também ele viva um tanto à minha custa.

Outra mudança notava-se em Seixas. Era a gravidade que, sem desvanecer a afabilidade de suas maneiras sempre distintas, imprimia-lhes mais nobreza e elevação. Ainda seus lábios se ornavam de um sorriso frequente; mas esse trazia o reflexo da meditação e não era como dantes um sestro de galanteria.

O casamento é geralmente considerado como a iniciação do mancebo na realidade da vida. Ele prepara a família, a maior e mais séria de todas as responsabilidades. Atualmente esse ato solene tem perdido muito de sua importância; indivíduo há que se casa com a mesma consciência e serenidade com que o viajante aposenta-se em uma hospedaria.

Por isso estranhavam os colegas de Seixas aqueles modos tão diversos dos que tinha antes, em solteiro; e, não concebendo que o casamento mudasse repentinamente a natureza do homem, atribuíam a transformação à riqueza; e à modéstia chamaram Impostura.

Para chegar em tempo à repartição, tinha Seixas de almoçar mais cedo e só, o que poupava-lhe, e também a Aurélia, cerca de meia hora de suplício, que ambos se infligiam um ao outro com sua presença.

— Está muito assíduo agora à repartição! — disse um dia a moça ao marido. — Pretende algum acesso?

Seixas deixou cair o remoque e respondeu francamente:

— É verdade, há uma vaga, e desejo obter a preferência.

— Que ordenado tem esse emprego?

— Quatro contos e oitocentos.

— E precisa disso?

— Preciso.

Aurélia soltou uma risada argentina, quanto má e venenosa.

— Pois então seja antes meu empregado; asseguro-lhe o acesso.

— Já sou seu marido — respondeu Seixas, com uma calma heroica.

A moça continuou a gorjear o seu riso sarcástico; mas voltou as costas ao marido e afastou-se.

Seixas ia a pé tomar em caminho a gôndola, cujo ponto ficava distante da repartição. Uma vez a mulher o interpelou acerca disso:

— Por que não serve-se do carro, quando sai?

— Prefiro o exercício a pé. É mais higiênico; faz-me bem ao corpo e ao espírito.

— É pena que não tivesse feito seus estudos de higiene quando solteiro.

— Não imagina quanto o lamento. Mas sempre é tempo de aprender, e nestes poucos dias tenho aproveitado muito.

— A mim me parece que desaprendeu. Naquele tempo sabia que eu era rica, muito rica; hoje tem-me na conta de uma mulher cujo marido anda de gôndola.

Fernando mordeu os beiços.

— A riqueza também tem sua decência. Casou-se com uma milionária, é preciso sujeitar-se aos ônus da posição. Os pobres pensam que só temos gozos e delícias; e mal sabem a servidão que nos impõe esta gleba dourada. Incomoda-lhe andar de carro? E a mim não me tortura este luxo que me cerca? Há cilício de crina que se compare a estes cilícios de tule e seda que eu sou obrigada a trazer sobre as carnes, e que me estão rebaixando a todo o instante, porque me lembram que aos olhos deste mundo, eu, a minha pessoa, a minha alma, vale menos do que esses trapos?

As últimas palavras pareciam escapar-se dos lábios da moça rorejadas de lágrimas. Seixas, esquecendo a pungente alusão que sofrera pouco antes, fitou-a com olhos compassivos; mas ela recobrara já o tom de agressiva ironia:

— Assim o mundo achará em mim a sua criatura; a mulher, que festeja e enche de adorações. Eu serei para ele o que ele me fez.

Esse mundo, Fernando compreendeu que era o pronome de sua infelicidade e ambição. Restituído à realidade de sua posição de que o ia arrancando súbita comoção, disse:

— Pensa então que a decência de sua casa exige que seu marido ande de carro?

— Penso que me casei com um cavalheiro distinto, que sabe usar de sua fortuna, e não com um homem vulgar.

— Tem razão. Reclama o que lhe pertence, e eu seria um velhaco se lhe recusasse o que adquiriu com tão bom direito.

A chegada de d. Firmina interrompeu este diálogo.

De volta da repartição, encontrava Seixas a mulher na saleta; se ela estava só, cortejavam-se apenas, trocavam algumas palavras a esmo, depois do que recolhiam-se cada um a seu aposento e preparavam-se para o jantar. Se havia alguém com Aurélia, Seixas passava-lhe a mão pela cintura e roçava um beijo hirto por aquela face aveludada que se crispava ao seu hálito frio. Depois do jantar vinha o passeio ao jardim. Era nessa ocasião, quando escondidos pela folhagem, os supunham na troca de ternuras, que Aurélia crivava o marido de epigramas e motejos. De ordinário Seixas opunha a esse fogo rolante uma paciente indiferença que acabava por fatigar a moça.

Alguma vez, porém, acontecia retribuir Seixas o sarcasmo, o que irritava o ânimo já acerbo de Aurélia, cuja palavra tornava-se então de uma causticidade implacável.

À noite havendo visitas passavam no salão; quando estavam sós, ficavam na saleta; Seixas abria um livro; Aurélia fingia escutar os trechos que o marido lia em voz alta. Outras noites improvisava-se um jogo, em que tomava parte d. Firmina, e cuja fútil monotonia matava as horas.

Tinham perto de um mês de casados; durante esse tempo, vendo-se e falando-se todos os dias, não acontecera uma só vez pronunciarem o nome um do outro. Usavam do verbo na terceira pessoa; respeitavam entre si esse anônimo tácito, sublinhando a palavra com o gesto.

Uma ocasião, estava a sala cheia de gente. Aurélia dirigiu-se ao marido quando este de pé, a pequena distância, conversava com várias pessoas. Não respondeu Seixas; ela quis aproximar-se para chamar-lhe a atenção, mas cercavam-no os amigos.

— Fernando! — disse então, fazendo um supremo esforço.

Seixas voltou-se, atônito; encontrou nos lábios da mulher um sorriso que saturava de fel a doçura daquela voz.

— Chamou-me?

— Para acompanhar d. Margarida que se retira.

A mudança que se havia operado na pessoa de Seixas depois de seu casamento fez-se igualmente sentir em sua elegância. Não mareou-se a fina distinção de suas maneiras e o apuro do trajo; mas a faceirice que outrora cintilava nele, essa desvanecera-se.

Sua roupa tinha o mesmo corte irrepreensível, mas já não afetava os requintes da moda; a fazenda era superior, porém de cores modestas. Já não se viam em seu vestuário os vivos matizes e a artística combinação de cores.

Aurélia notou não só essa alteração que dava um tom varonil à elegância de Seixas, como outra particularidade, que ainda mais excitou-lhe a observação. Dos objetos que faziam parte do enxoval por ela oferecido, não se lembrava de ter visto um só usado pelo marido.

Ao mesmo tempo a chocalhice dos escravos a advertiu de uma circunstância ignorada por ela e que se prendia à outra.

Ordenava ela à mucama que distribuísse pelas outras uns enfeites e vestidos já usados.

— Sinhá é muito esperdiçada! — observou a mucama, com a liberdade que as escravas prediletas costumam tomar. — Não sabe poupar como senhor que traz tudo fechado, até o sabonete!

— Não tens que ver, nem tu nem as outras, com o que faz teu senhor! — atalhou Aurélia, com severidade.

Bem ímpetos sentiu a moça de interrogar a mucama; mas resistiu a esse desejo veemente para conservar o decoro de sua posição e não abaixar-se até à familiaridade com a criadagem.

Despediu a rapariga; mas resolveu verificar por si o que teria valido a Seixas essa reputação de avaro, que lhe conferira a opinião pública da cozinha e da cocheira.

V

No dia seguinte, depois do almoço, lembrou-se Aurélia de sua resolução da véspera.

Àquela hora o marido estava na repartição, e já o criado devia ter acabado de fazer o serviço dos quartos; por conseguinte podia sem despertar a atenção realizar seu intento.

Deu volta à chave da porta que um mês antes fechara-se entre ela e seu marido; abriu de leve o reposteiro de seda azul para certificar-se de que ninguém havia no aposento; e, trêmula, agitada por uma comoção que lhe parecia infantil, entrou naquela parte da casa, onde não tornara depois de seu casamento.

Que horas encantadoras passara ela ali nos dias que precederam a cerimônia, quando ocupava-se com o preparo e adereço desses aposentos, destinados ao homem a quem ia unir-se para sempre, embora para dele separar-se por um divórcio moral, que talvez fosse eterno!

O sentimento que possuía Aurélia e a dominava naquele tempo, ela própria não o poderia definir, tão singulares eram os afetos que se produziam em sua alma.

Ao passo que ela acariciava com um acerbo requinte a desafronta de seu amor ludibriado, e prelibava o cáustico prazer da humilhação desse homem, que a traficava, vinham momentos em que alheava-se completamente dessa preocupação da vingança, para entregar-se às fagueiras ilusões.

Tinha sede de amor; e como não o encontrava na realidade, ia bebê-lo a longos haustos na taça de ouro, que lhe apresentava a fantasia. Essas horas via-as com seu ideal; e eram horas inebriantes e deliciosas.

Nelas foi que a jovem mulher se esmerou em ornar estas salas e gabinetes. Sonhava que iam ser habitados pelo único homem a quem amara, e que lhe retribuía com igual paixão. Queria que esse ente querido achasse como que entranhada na elegância dos aposentos, sua alma palpitante, que o envolvesse e encerrasse dentro em si.

Ao rever o lugar e objetos, que tinham sido companheiros daquelas cismas e ardentes emoções, Aurélia cedeu um instante à mágica influência de recordos, os quais se desdobravam como as névoas aljofradas, que empanam a luz do sol e mitigam-lhe a calma.

Arrancando-se afinal a esse enlevo de um passado, que nem ao menos era real, e só existira como uma doce quimera, a moça percorreu então o aposento, e volveu um olhar perscrutador.

Notou o que aliás era bem visível. O toucador estava completamente despido de todas as galanterias, de que ela o havia adornado com sua própria mão. Parecia um móvel chegado naquele instante da loja. Os guarda-roupas, cômodas, secretárias, tudo fechado, e na mesma nudez, que denunciava falta de uso.

— É por isso!... — murmurou a moça consigo. — O criado não suspeita o motivo, e atribui à mesquinheza.

Uma das mais tocantes puerilidades de Aurélia, quando sonhava o casamento com o homem amado, fora a igualdade das fechaduras de todas as portas e móveis do uso especial de cada um. Duas almas que se unem, pensava ela em sua terna abnegação, não têm segredos e devem possuir-se uma à outra completamente.

Quando reuniu em argolas de ouro, as duas séries de chaves ao todo iguais, sorriu-se e imaginou que na noite do casamento, quando seu marido se lhe ajoelhasse aos pés, ela o ergueria em seus braços para dizer-lhe:

— Aqui estão as chaves de minha alma e de minha vida. Eu te pertenço; fiz-te meu senhor; e só te peço a felicidade de ser tua sempre!

Em que abismo de dor e vergonha se tinham submergido essas visões maviosas já o sabemos. Ninguém suspeitou jamais nem ela revelou nunca, a voragem de desespero oculta sob aquele formoso colo, que parecia arfar unicamente com as brandas emoções do amor e do prazer.

Aurélia abriu com suas chaves os móveis; e confirmou-se em uma conjetura. Tudo, joias, perfumarias, utensílios de toucador, roupa, tudo ali estava guardado em folha, como viera da loja.

— Que significação tem isto? — murmurou a moça, interrogando atentamente seu espírito. — Parece desinteresse... Mas não! Não pode ser. Em todo caso há um plano, uma ideia fixa. Outro dia o carro; agora isto!...

Refletiu algum tempo mais, e concluiu:

— Não compreendo.

Aurélia tinha razão. Se com essa obstinação, Seixas queria mostrar desapego à riqueza adquirida pelo casamento, fazia um ridículo papel; pois o enxoval não era senão um insignificante acessório do dote em troca do qual tinha negociado sua liberdade.

A porta do quarto de dormir estava fechada. Aurélia abriu-a com a chave parelha que havia em sua argola.

Ali achou a escrivaninha, que servia de toucador provisório a Seixas, e uns pentes e escovas de ínfimo preço.

— Agora entendo. Quer mortificar-me.

Depois do jantar, passeavam no jardim; Aurélia, tendo colhido uma rosa, afagava com as pétalas macias o cetim de suas faces, mais puro que o matiz da flor.

— Hoje estive em seu toucador — disse ela, com simulada indiferença.

— Ah! fez-me esta honra?

— Uma dona de casa, bem sabe, tem obrigação de ver tudo.

— A obrigação e o direito.

— O direito aqui seria da mulher; e não só este como outros mais.

— Eu os reconheço — disse Fernando.

— Ainda bem. Vejo que nos havemos de entender.

Este diálogo, quem o ouvisse de parte, não lhe descobriria a menor expressão hostil ou agressiva. Os dois atores deste drama singular já se tinham por tal forma habituado a vestir sua ironia de afabilidade e galanteria, que vendavam completamente a intenção.

Muitas vezes d. Firmina aproximava-se no meio de uma dessas escaramuças de espírito e supunha ao ouvi-los que estavam arrulando finezas e ternuras, quando eles se crivavam de alusões pungentes.

A moça hesitou um instante; mas fitando de chofre o olhar no semblante do marido, perguntou-lhe:

— Que fez dos objetos que estavam no toucador?

Seixas conteve um assomo de nobre ressentimento e sorriu-se com desdém.

— Não tenha susto; estão fechados nas gavetas, intactos como os deixou. Pensava talvez que parassem em alguma casa de penhor?

— Estes objetos lhe pertencem; pode dispor deles como lhe aprouver, sem dar contas disso a ninguém. Era a resposta que supunha receber e eu não teria que replicar-lhe, pois reconheço o seu direito e o respeito.

— Penhora-me com tamanha generosidade — disse Seixas, sentindo o dardo da alusão.

— Não se apresse em agradecer. Se respeito o seu direito de dispor livremente do que é seu, também por minha parte reclamo a garantia do que adquiri com o sacrifício de minha felicidade. Casei-me com o sr. Fernando Rodrigues de Seixas, cavalheiro distinto, franco e liberal; e não com um avarento, pois é este o conceito em que o têm os criados, e brevemente toda a vizinhança, se não for a cidade inteira.

Seixas escutara com uma calma forçada estas palavras da mulher, e replicou-lhe vivamente:

— Há dias, a propósito do carro, agitou-se entre nós esta questão; volta agora o caso do toucador; e pode renovar-se a cada momento. O melhor pois é liquidá-la de uma vez.

— Liquidemos.

— Dê-me o braço, que ali vem d. Firmina.

Aurélia passou a mão pelo braço de Seixas. Passeando ao longo de uns painéis de fúcsias de várias espécies e admirando as flores, tiveram eles esta conferência, que de certo nunca houve entre marido e mulher.

— A senhora comprou um marido: tem, pois, o direito de exigir dele o respeito, a fidelidade, a convivência, todas as atenções e homenagens, que um homem deve à sua esposa. Até hoje...

— Faltou-lhe mencionar uma, talvez por insignificante, o amor — atalhou Aurélia, brincando com um cacho de fúcsias.

— Estava subentendido. Há apenas uma reserva a fazer acerca da espécie desse produto. Suponha que a senhora não possuísse esta bela e opulenta madeixa, suntuoso diadema como não o tem nenhuma rainha, e que fizesse como as outras moças, que compram os coques, as tranças e os cachos. Não teria de certo a pretensão de que esses cabelos comprados lhe nascessem na cabeça, nem exigiria razoavelmente senão uns postiços. O amor que se vende é da mesma natureza desses postiços: frocos de lã, ou despojo alheio.

— Oh! ninguém o sabe melhor do que eu, que espécie de amor é esse, que se usa na sociedade e que se compra e vende por uma transação mercantil, chamada casamento!... O outro, aquele que eu sonhei outrora, esse bem sei que não o dá todo o ouro do mundo! Por ele, por um dia, por uma hora dessa bem-aventurança, sacrificaria não só a riqueza, que nada vale, porém minha vida, e creio que minha alma!

Aurélia, no afogo destas palavras que lhe brotavam do seio agitado, retirara a mão do braço de Seixas; ao terminar voltara-se rapidamente para esconder a veemência do afeto que lhe incendiara o olhar e as faces.

Seixas acompanhou este movimento com um gesto de profunda mágoa, que um instante confrangeu-lhe o semblante, mas logo passou; já ele estava ocupado em entrançar nos losangos do gradil verde alguns pâmpanos mais longos de madressilva, quando Aurélia aproximou-se.

— Não faça caso destas puerilidades. São os últimos arrancos do passado. Cuidei que já estava morto de todo; ainda respira; mas em poucos dias nós o teremos enterrado. Talvez que então eu consiga ser a mulher que lhe convinha, uma de tantas que o mundo festeja e admira.

— A senhora será o que lhe aprouver; de qualquer modo deve convir-me desde que não empobreça.

Este sarcasmo chamou Aurélia à realidade de sua posição.

— É verdade, esqueci-me que entre nós só há um vínculo.

— Posso continuar?

— Estou ouvindo-o.

— As obrigações e respeitos que lhe devo como seu marido, ainda não me eximi de cumpri-los; e não me eximirei, qualquer que seja a humilhação, que eles me imponham.

Aurélia sentiu uma estranha repulsão ao ouvir estas palavras; o rubor queimou-lhe as faces.

— A senhora pretende também que não comprou um marido qualquer, e sim um marido elegante, de boa sociedade e maneiras distintas. Fazendo violência à minha modéstia, concordo. Tudo quanto for preciso para pavonear essa vaidade de mulher rica, eu o farei e o tenho feito. Salvas algumas modificações ligeiras, que a idade vai trazendo, sou o mesmo que era quando recebi sua proposta por intermédio de Lemos. Estarei enganado?

Aurélia respondeu com um gesto de suprema indiferença.

— Já vê que sou exato e escrupuloso na execução do contrato. Conceda-me ao menos este mérito. Vendi-lhe um marido; tem-no à sua disposição, como dona e senhora que é. O que porém não lhe vendi foi minha alma, meu caráter, a minha individualidade; porque essa não é dado ao homem alheá-la de si, e a senhora sabia perfeitamente que não podia jamais adquiri-la a preço d'ouro.

— A preço de que então?

— A nenhum preço, está visto, desde que o dinheiro não bastava. Se me der o capricho para fingir-me sóbrio, econômico, trabalhador, estou em meu pleno direito; ninguém pode proibir-me esta hipocrisia, nem impor-me certas prendas sociais, e obrigar-me a ser à força um glutão, um dissipador e um indolente.

— Prendas que possuía quando solteiro.

— Justamente, e que me granjearam a honra de ser distinguido pela senhora.

— É por isso que desejo revivê-las.

— Neste ponto sou livre, e a senhora não tem sobre mim o menor poder. O fausto de sua casa exige que tenha um palácio, mesa lauta, carros e cavalos de preço, que viva no meio do luxo e da grandeza. Não a contrario no mínimo detalhe; moro nessa casa, sento-me a essa mesa, entrarei nesses carros para acompanhá-la; não serei nos esplêndidos salões um traste indigno de emparelhar com os outros móveis. Quanto ao mais, ter por exemplo, apetite para suas iguarias e prazer para suas festas, eis ao que não me obriguei. E porventura será defeito que rebaixe o homem de sua posição social, de seus méritos, o fastio ou o hábito de andar a pé?

— Porventura, pergunto-lhe eu, será agradável a alguma senhora ter um marido que serve de tema à risota dos criados, e passa por trancar o sabonete? E veja quanto se desmandam, que já chegaram a meus ouvidos os chascos dessa gente.

— Compreendo que se ofenda com isso o seu orgulho. Mas há um remédio; deixar que roubem esses objetos, ou dá-los sob qualquer pretexto, contanto que eu não me sirva deles.

Aurélia fez um gesto de impaciência.

— Não contesto-lhe o direito que pretende haver sobre o que chama sua alma e seu caráter. Ideou este meio engenhoso de contrariar-me; não lhe roubarei o prazer; mas se deseja saber o que penso...

— Tenho até o maior empenho. Sua opinião é para mim como um farol; indica-me o parcel.

— O que não impediu seu naufrágio. Mas não gastemos o tempo em epigramas. Que necessidade temos nós destes trocadilhos de palavras, quando somos a sátira viva um do outro? Há neste mundo certos pecadores que depois de obtidos os meios de gozar da vida, arranjam umas duas virtudes de aparato, com que negociam a absolvição e se dispensam assim de restituir a alma a Deus.

O aspecto de Seixas denunciava a cólera que sublevava-se em sua alma e não tardava a prorromper. Mas desta vez ainda conseguiu domar a revolta de seus brios:

— Acabe.

— Já tinha acabado. Mas, para satisfazê-lo, aí vai o ponto do i; sua economia e sobriedade são do número daquelas virtudes oficiais dos pecadores timoratos.

— A senhora tem uma sagacidade prodigiosa! Bem mostra que é sobrinha do sr. Lemos.

Aurélia, que seguira adiante, voltou-se como se uma víbora a tivesse picado no calcanhar. Tão eloquente foi o assomo de dignidade ofendida que vibrou a fronte da formosa moça, e tal o império de seu olhar de rainha, que Seixas arrependeu-se.

— Desculpe!... — disse ele, com brandura. — Sua ironia às vezes é implacável.

Aurélia não respondeu. Adiantando-se, entrou em casa e recolheu-se ao toucador.

Era a primeira noite depois de casados, que ela não voltava do jardim na companhia e pelo braço do marido.

VI

Fazia um luar magnífico.

Seixas conversava com d. Firmina na calçada de mármore de frente, que a folhagem das árvores cobria de sombra.

À direita do marido estava Aurélia reclinada em uma cadeira mais baixa de encosto derreado, cômodo preguiceiro para o corpo e o espírito que deseja cismar.

Desde a tarde da explicação relativa ao toucador, as relações dos dous companheiros dessa grilheta matrimonial se tinham modificado.

Como se houvessem naquela ocasião exaurido toda a dose de fel e acrimônia, acumulada nesse primeiro mês de casados, desde o dia seguinte suas palavras correspondendo à amenidade e apuro das maneiras, perderam a ponta de ironia, de que anteriormente vinham sempre armadas, como as vespas de seu dardo sutil e virulento.

Conversaram menos de si; falando sobre causas indiferentes ou banais, acontecia-lhes durante muitas horas esquecerem-se da fatalidade que os tinha unido em uma eterna colisão para se dilacerarem mutuamente a alma.

Seixas descrevia naquele momento a d. Firmina o lindo poema de Byron, "Parisina". O tema da conversa fora trazido por um trecho da ópera que Aurélia tocara antes de vir sentar-se na calçada.

Depois do poema ocupou-se Fernando com o poeta. Ele tinha saudade dessas brilhantes fantasias, que outrora haviam embalado os sonhos mais queridos de sua juventude. A imaginação, como a borboleta que o frio entorpeceu e desfralda as asas ao primeiro raio do sol, doudejava por essas flores d'alma.

Não falava para d. Firmina, que talvez não o compreendia, nem para Aurélia que certamente não o escutava. Era para si mesmo que expandia as abundâncias do espírito; o ouvinte não passava de um pretexto para esse monólogo.

Às vezes repetia as traduções que havia feito das poesias soltas do bardo inglês; essas joias literárias, vestidas com esmero, tomavam maior realce na doce língua fluminense, e nos lábios de Seixas, que as recitava como um trovador.

Aurélia a princípio entregara-se ao encanto daquela noite brasileira, que lhe parecia um sonho de sua alma pintado no azul diáfano do céu.

Umas vezes ela refugiava-se no mais espesso da sombra, como se receasse que os raios indiscretos da lua viessem espiar em seus olhos os recônditos pensamentos. Daí, da escuridão em que se embuçava, entretinha-se a ver as árvores e os edifícios flutuando na claridade que os inundava como um lago sereno.

Outras vezes inclinava a medo e lentamente a cabeça até encontrar a faixa de luar que passava entre duas folhas de palmeira, e vinha esbater-se na parede. Então essa veia de luz caía-lhe sobre a fronte e banhava-a de um cândido esplendor.

Ficava um instante nessa posição com os olhos engolfados no luar, e os lábios entreabertos para beberem os eflúvios celestes. Depois, saciada de luz, recolhia-se outra vez à sombra; e como a árvore que desabrocha em flores aos raios de sol, sua alma transformava os fulgores da noite em sonhos.

Ali perto recendiam os corimbos de resedá, balouçados pela brisa, e foi através desse enlevo de luz e fragrância que a voz sonora de Seixas penetrou nas cismas de Aurélia e enleou-se nelas, de modo que a moça imaginava escutar não a conversa do marido, mas uma fala de seu sonho.

Para ouvir apoiara-se ao braço da cadeira e insensivelmente a cabeça descaindo reclinou sobre a espádua de Seixas com um movimento de graciosa languidez.

— Um dos mais lindos poemetos de Byron é o "Corsário" — dizia Seixas.

— Conte! — murmurou-lhe ao ouvido a moça com a voz que teriam sílfides se falassem.

Fernando cedia nesse instante a uma suavíssima influência, contra a qual desejava reagir, mas faltava-lhe o ânimo. A pressão dessa formosa cabeça produzia nele o efeito do toque mágico de uma fada; presa do encanto não se lembrou mais quem era e onde estava.

A palavra fluía-lhe dos lábios trêmula de emoção, mas rica, inspirada, colorida. Não contou o poema do bardo inglês; bordou outro poema sobre a mesma teia, e quem o ouvisse naquele instante, acharia frio e pálido o original, ante o plágio eloquente. É que neste havia uma alma a palpitar, enquanto que no outro apenas restam os cantos mudos do gênio que passou.

— O senhor deve traduzir este poema. É tão bonito! — disse d. Firmina.

— Já não tenho tempo — respondeu Seixas — nem gosto. — Sou empregado público e nada mais.

— Agora não precisa do emprego; está rico.

— Nem tanto como pensa.

Aurélia levantou-se tão arrebatadamente, que pareceu repelir o braço do marido, no qual pouco antes se apoiava.

— Tem razão; não traduza Byron, não. O poeta da dúvida e do cepticismo, só o podem compreender aqueles que sofrem dessa enfermidade cruel, verdadeiro marasmo do coração. Para nós, os felizes, é um insípido visionário.

Depois de ter lançado envoltas em um riso sardônico estas palavras a Seixas, a moça afastou-se da calçada. Mal entrou na zona de luz que prateava a fina areia, teve um calafrio. Esse esplêndido luar, onda suave, em que ela banhava-se voluptuosamente momentos antes, a transpassara como um lençol de gelo.

Voltou precipitadamente e entrou na sala, onde apenas havia a frouxa claridade de dois bicos de gás em lamparina. Fora ela mesma quem dispusera assim, para que a luz artificial não perturbasse a festa da natureza. Agora batia o tímpano, chamando o criado para fazer inteiramente o contrário. Os lustres acesos entornaram as torrentes deslumbrantes do gás, que expeliram da sala os níveos reflexos do luar.

— Pretendem ficar aí toda noite? — perguntou Aurélia.

— Estávamos gozando do luar — disse d. Firmina, entrando com Seixas.

— Há quem admire as noites de luar! Eu acho-as insuportáveis. O espírito afoga-se nesse mar de azul, como o infeliz que se debate no oceano. Para mim não há céu, nem campo, que valha estas noites de sala, cheias de conforto, de calor e de luz em que há risco de afogar-se o pensamento.

— Não; mas asfixia-se! — observou Fernando.
— Antes isso.

Aurélia sentou-se à mesa de mosaico, voltando as costas ao jardim para não ver a formosa noite que lhe caíra no desagrado. Como porém no espelho fronteiro reproduzia-se com a cintilação do cristal uma nesga do jardim, onde a claridade argentina da lua parecia coalhar-se nos lírios e cactos, a moça chamou novamente o criado e ordenou-lhe que fechasse a janela pela qual entrava aquele importuno bosquejo do soberbo painel da noite.

Havia em cima da mesa uma caixa de jogo, donde Aurélia tirou um baralho, com que se entreteve a fazer sortes.

— Vamos jogar? — disse, dirigindo-se ao marido.

Este tomou lugar na mesa em frente a Aurélia, que entregou-lhe o baralho e tirou outro da caixa.

— O *écarté*.

Seixas fez um gesto de assentimento ou obediência; preparadas as cartas para o jogo e tocando-lhe começar deu o baralho a partir.

— Dez mil-réis a partida! — disse Aurélia, vibrando o tímpano.

Seixas procurou com os olhos d. Firmina, que se recostara à janela e não prestava atenção ao jogo. A esse tempo entrou o criado.

— Luísa que traga minha carteira. Podemos continuar.
— Perdão — contestou Seixas a meia voz. — Eu não jogo a dinheiro.
— Por quê?
— Não gosto.
— Tem medo de perder?
— É uma das razões.
— Eu lhe empresto.
— Também já perdi este mau costume de contar com o dinheiro alheio — tornou Seixas, sorrindo e frisando as palavras. — Depois que sou rico, só gasto do meu.
— Não lhe mereço esta fineza? — retorquiu Aurélia, acerando também o sorriso. — Seja ao menos esta noite jogador e perdulário para satisfazer o meu capricho.

A moça recebeu a carteira da mucama; e tirou dela uma libra esterlina, que deitou sobre a mesa.

— Não se tenta?

— É muito pouco! — tornou Seixas, com um riso amargurado.

Este riso incomodou Aurélia, que ocultou a moeda e a carteira. Ainda esteve algum tempo baralhando as cartas distraída; então escaparam-lhe palavras soltas que pareciam de um monólogo.

— Dizem que a água no vinho faz de duas bebidas excelentes uma péssima. O mesmo acontece à mistura da virtude com o vício. Torna o homem um ente híbrido. Nem bom, nem mau. Nem digno de ser amado; nem tão vil, que se lhe evite o contágio. Compreendo o que deve sentir uma mulher... o que sentiu uma amiga minha, quando conheceu que amava um desses homens equívocos, produtos da sociedade moderna.

— Essa amiga sua, que suponho conhecer, talvez preferisse que o marido fosse em vez de algum desses equívocos, pura e simplesmente um galé? — perguntou Seixas.

— De certo. Se o marido fosse um galé, ela quebraria imediatamente a grilheta que a prendesse a ele, e se afastaria com a morte n'alma. Mas eu...

— A senhora? — interrogou o marido, vendo-a hesitar.

As pálpebras franjadas de Aurélia ergueram-se desvendando os grandes olhos pardos que deslumbraram Seixas. Seu colo se distendera com o movimento que fez para aproximar-se, e a voz soou vibrante e profunda.

— Eu?... Não me importaria que ele fosse Lúcifer, contanto que tivesse o poder de iludir-me até o fim, e convencer-me de sua paixão e inebriar-me dela. Mas adorar um ídolo para vê-lo a todo o instante transformar-se em uma cousa que nos escarnece e nos repele... É um suplício de Tântalo,[26] mais cruel do que o da sede e da fome.

Aurélia, proferidas estas palavras, ergueu-se e, atravessando a sala, entrou em seu aposento.

— Onde está Aurélia? — perguntou d. Firmina quando saiu da janela.

— Já recolheu-se. A noite estava fresca. O sereno fez-lhe mal. Boa noite.

O outro dia foi um domingo.

Ao jantar Aurélia disse ao marido:

— Há mais de um mês que estamos casados. Carecemos pagar nossas visitas.

— Quando quiser.
— Começaremos amanhã. Ao meio-dia; não é boa hora?
— Não seria melhor à tarde? — consultou o marido.
— Causa-lhe transtorno de manhã?
— Não desejo faltar à repartição.
— Pois então há de ser mesmo de manhã — retorquiu a moça, a sorrir. — Não consinto nessa falta de galanteria. Não acha, d. Firmina? Preferir o emprego à minha companhia?
— Decerto! — confirmou a viúva.

Seixas nada opôs. Era seu dever acompanhar a mulher quando esta quisesse sair, e ele estava resolvido a cumprir escrupulosamente todas as obrigações.

VII

Seixas escreveu a seu chefe uma carta justificando sua ausência com um motivo grave, e remetendo-lhe alguns papéis que havia despachado na véspera.

Ao entrar na saleta, encontrou Aurélia que examinava o tempo.

— Está um dia tão quente!... O melhor talvez fosse adiar nossas visitas. Que diz?
— Decida, porque ainda tenho tempo de ir à secretaria.
— Vamos almoçar. Resolverei depois.

Quando se ergueram da mesa, ainda Aurélia não tinha decidido. Seixas compreendeu que a intenção da mulher era contrariá-lo, no que ela achava um prazer especial, e resignou-se a perder o dia.

À uma hora, a moça chegou-se a ele:

— Jantaremos hoje mais cedo e sairemos às cinco horas. Não lhe convém assim?
— Convém-me qualquer hora que escolher — respondeu Seixas.
— Talvez não goste de sair de tarde. Então ficará para amanhã às 11 horas.
— Pois seja amanhã.
— Faltará outra vez à repartição?
— Sendo preciso.

— Não; sairemos esta tarde.

Aurélia chamou o criado e deu suas ordens. Como havia determinado, apressou-se o jantar; e às cinco horas descia ela a escadaria de seu palacete em cujo pórtico a esperava a elegante vitória tirada por uma parelha de cavalos do Cabo.

A moça trajava um vestido de gorgorão azul entretecido de fios de prata, que dava à sua tez pura tons suaves e diáfanos. O movimento com que, apoiando sutilmente a ponta da botina no estribo, ergueu-se do chão para reclinar-se no acolchoado amarelo da carruagem, lembrava o surto da borboleta, que agita as grandes asas e se aninha no cálix de uma flor.

O vestido de Aurélia encheu a carruagem e submergiu o marido; o que ainda lhe aparecia do semblante e do busto ficava inteiramente ofuscado pela deslumbrante beleza da moça. Ninguém o via; todos os cumprimentos, todos os olhares, eram para a rainha, que surgia depois de seu passageiro retiro.

O carro parou em diversas casas, indicadas na nota que o cocheiro recebera. Seixas oferecia a mão à mulher para ajudá-la a apear-se, e a conduzia pelo braço à escada, que ela subia só, pois precisava de ambas as mãos para nadar nesse dilúvio de sedas, rendas e joias, que atualmente compõe o *mundus* da mulher.

Aí, como na rua, todas as atenções eram para Aurélia, que as senhoras rodeavam pressurosas, e os homens fascinados por sua graça. Seixas apenas recebia um pálido reflexo dessa consideração, quanto exigia a estrita urbanidade. Houve casa, onde no afã de acolher a mulher, o deixaram atrás, despercebido como um criado.

Em outras circunstâncias, aquela anulação de sua individualidade, bem pode ser que não o incomodasse. Talvez se reparasse nela, fosse para desvanecer-se de ser o preferido dessa formosa mulher, cercada da admiração geral e disputada por tantos admiradores. Todo esse culto que lhe rendia o mundo, todas estas homenagens que lhe prestava a sociedade, não seriam a seus olhos senão o tributo a ele oferecido pelo amor de sua mulher.

Mas as condições em que se achava deviam mudar completamente a disposição de seu ânimo. Quanto mais se elevava a mulher, a quem não o prendia o amor e somente uma obrigação pecuniária, mais rebaixado sentia-se ele. Exagerava sua posição; chegava a comparar-se a um acessório ou adereço da senhora.

Não tinha dito Aurélia naquela noite cruel, que o marido era um traste indispensável à mulher honesta e que o comprara para esse fim? Ela tinha razão. Ali, naquele carro, ou nas salas onde entravam, parecia-lhe que sua posição e sua importância eram a mesma, senão menor, do que tinha o leque, a peliça, as joias, o carro, no trajo e luxo de Aurélia.

Quando ele oferecia a mão à mulher para apear-se, ou levava no braço a manta de caxemira, considerava-se a igual do cocheiro que dirigia o carro e do lacaio que abria o estribo. A única diferença era serem aqueles serviços dos que os cavalheiros geralmente prestam às senhoras; e que só em falta desses recebem elas de um criado mais graduado.

Uma das últimas visitas foi à família de Lísia Soares, que se dizia a amiga mais íntima de Aurélia, quando solteira.

Depois dos cumprimentos e felicitações, quando a conversa vacilava à espera de um tema, a Lísia que era maliciosa lembrou-se de soprar uma faísca. Não podia haver para ela maior prazer do que o de picar Aurélia cujo espírito muitas vezes a tinha beliscado.

— Lembra-se, Aurélia, quando você fazia a cotação de seus pretendentes? — disse a maligna, alteando a voz para ser bem ouvida.

— Se me lembro! Perfeitamente! — respondeu Aurélia, sorrindo.

— E o que me disse uma noite a respeito do Alfredo Moreira? Que valia quando muito cem contos de réis; mas que você era muito rica para pagar um marido de maior preço.

— E não disse a verdade?

— Então o sr. Seixas?... — interrompeu Lísia, com uma reticência impertinente que estancou-lhe a palavra nos lábios, para borrifar a malícia no sorriso e no olhar.

— Pergunte-lhe! — disse Aurélia, voltando-se para o marido. Nunca, depois que se achava sob o jugo dessa mulher, ou antes da fatalidade que o submetia a seus caprichos, nunca Seixas precisou tanto da resignação de que se revestira para não sucumbir à vergonha de semelhante degradação. O primeiro abalo produzido pelo diálogo das duas amigas foi terrível; e não o perceberam, porque a atenção geral convergia para Aurélia nesse instante.

Dominou-se, porém; quando os olhares acompanhando o gesto da mulher voltaram-se para ele, encontraram-no calmo, naturalmente grave e cortês, embora ainda lhe restasse uma ligeira palidez em que ninguém reparou.

— Então, sr. Seixas, é certo? — insistiu Lísia.

— O quê, minha senhora? — perguntou o moço por sua vez e com a maior polidez.

— O que disse Aurélia.

— Não vês que é um gracejo! — observou a mãe de Lísia.

— Ela foi sempre assim, amiga de brincar! — disse uma prima.

— Não querem acreditar!... — tornou Aurélia com um modo indiferente.

— É sério, sr. Seixas? — perguntou Lísia novamente.

— Responda! — disse Aurélia ao marido, sorrindo-se.

— Da parte de minha mulher não sei, e só ela poderá dizer-lhe, d. Lísia. Quanto a mim asseguro-lhe que me casei unicamente pelo dote de cem contos de réis que recebi. Devo crer que minha mulher mudou da ideia em que estava de pagar um marido de maior preço.

A sisudez com que Seixas pronunciou estas palavras, e porventura também certa aspereza do timbre que percebia-se-lhe na fala harmoniosa, como sente-se a aspa de ferro sob o estofo de cetim, deixaram as pessoas presentes perplexas acerca do sentido e crédito que deviam dar a semelhante asseveração.

Nisto ressoaram os trilos cristalinos da risada de Aurélia.

— Eis o que você queria, Lísia, era fazer desconfiar Fernando. Quer saber se eu o comprei, e por que preço? Não faço mistério disso; comprei-o, e muito caro; custou-me mais, muito mais de um milhão; e paguei-o, não em ouro, mas em outra moeda de maior valia. Custou-me o coração; por isso já não o tenho!

Estas palavras e a expressão que palpitava nelas convenceram a todos que Aurélia estivera efetivamente a gracejar acerca de seu casamento. A resposta à Lísia não fora senão um disfarce para provocar aquela confissão inconveniente da paixão com que se estremeciam ela e o marido.

Assim, quando retiraram-se as visitas, o tema da conversa foi o desfrute dos dois noivos, que depois de um mês de casados andavam pela rua requebrando-se como dois pombinhos namorados. Lísia asseverava ter visto Aurélia de tal modo enleada ao braço do marido, que este não podia andar.

Entretanto rodava o carro pelo Catete, e Aurélia balançando-se ao brando movimento das almofadas, parecia ter completamente esquecido Seixas sentado a seu lado, quando este dirigiu-lhe a palavra.

— Desde que estamos casados, uma só vez não inquiri de suas intenções. Respeito-as, como é meu dever, e conformo-me com elas quanto posso, por mais estranhas que me pareçam. Mas para satisfazer suas vontades é preciso pelo menos conhecê-las, embora não as compreenda.

Aurélia voltara o rosto para o marido. Como já não receava ser vista por causa do lusco-fusco, deixou que seu semblante tomasse a expressão de soberba desdenhosa, que o vestia nesses momentos de surda irritação.

— Que pretende com este prólogo?

— A princípio quis-me parecer que desejava ocultar dos estranhos a realidade de nossa posição. Confesso que nunca pude atinar com o motivo dessa singularidade. Criar deliberadamente uma situação, para ter o gosto de a negar a todo instante...

— É absurdo?... Não é?... Também me parece a mim.

— Não perscruto seu pensamento. A senhora devia ter uma razão, que ignoro.

— Como eu.

— Importa-me, porém, saber se mudou de propósito, como indica a cena que acaba de representar, e se resolveu dora em diante fazer escândalo, do que ontem fazia mistério.

— E para que deseja saber isso?

— Já o disse, para conformar-me à sua vontade e afinar-me pela mesma clave. O dueto será mais aplaudido.

— Não duvido: mas eu é que não me casei para fazer de minha vida uma solfa de música. Serei leviana e inconsequente; terei estes defeitos; mas o que não tenho, pode estar certo, é o talento do cálculo. Deixe-me com o meu gênio excêntrico. Agora, neste momento, sei eu porventura o que farei esta noite? Que extravagância me virá tentar? Como, pois, havia de formular um programa conjugal para nosso uso? Eu posso fazer de nossa união um mistério ou um escândalo, conforme o capricho. O senhor é que não tem esse direito.

— Tanto como a senhora!

Aurélia contestou com fria impassibilidade:

— Engana-se. O sr. Seixas não pode desacreditar meu marido e expô-lo à irrisão pública.

— Mas a mulher do infeliz pode; tem esse direito.

— O senhor deu-lho.

— Não; use do termo: vendi-lho!

Aurélia não respondeu. Derreando o corpo nas almofadas, e voltando o rosto para ver o recorte das árvores e chácaras na tela iluminada do ocaso, deixou cair a conversa.

Ainda fizeram algumas visitas. Eram mais de oito horas quando parou o carro à porta de casa. D. Firmina tinha saído. Aurélia queixou-se de fadiga, cortejou o marido e recolheu-se.

Em seu quarto lembrou-se Seixas de algumas palavras que haviam escapado a Aurélia na conversação da tarde. "Sei eu acaso o que farei esta noite? Que extravagância me virá tentar?", dissera a mulher; e ele sabia, que valor tinham em seus lábios essas frases enigmáticas.

Desde a noite de luar e os devaneios poéticos sobre Byron que Aurélia mostrava uma irritabilidade contínua. Qual devia ser a resolução inspirada por essa febre de sua alma, já tão propensa aos caprichos e excentricidades?

Esteve Seixas cogitando um momento sobre este ponto a fazer conjeturas. Fatigou-se, porém, da tarefa, e abandonou-a, pensando que não havia piores na posição intolerável em que se achava.

Já não pensava naquilo, quando súbito atravessou-lhe o espírito uma ideia que o fez estremecer.

Um impulso de curiosidade o dominou. Correu à porta que o separava da câmara nupcial e dos aposentos da mulher. Ergueu a mão para bater; começou o nome de Aurélia; mas não se animou a realizar o primeiro intento. Aplicou o ouvido a escutar. Reinava naquela parte da casa o mais profundo silêncio. Que fazer?

Agitado pela ideia terrível que o assaltava, deu a esmo algumas voltas pelo aposento, numa perplexidade cruel. Seu olhar que não deixava a porta, notou um esguicho de luz no fundo do corredor escuro, e conheceu que saía pela greta da fechadura.

Aproximou-se cautelosamente e sem rumor. Pelo recorte da chave, pôde ver na parede fronteira um quadro iluminado que se destacava no crepúsculo da câmara nupcial. Era o espelho colocado sobre a jardineira de mármore, que refletia obliquamente pela porta aberta uma faixa de outro gabinete.

Essa zona abrangia um divã onde nesse instante destacava-se do brocado verde a estátua de Aurélia, deitada como o alto-relevo que outrora ornava as campas dos nobres. Envolvia o corpo da moça um roupão de cambraia, cujas pregas caíam sobre o tapete semelhantes aos borbotões da nívea espuma de uma cascata, e deixavam-lhe o talho debuxado sob a fina teia de linho.

Estava muito pálida e imóvel. Um dos braços descaía desfalecido pela borda do divã; tinha o outro suspenso até à moldura do recorte onde a mão se crispava, talvez no esforço de erguer o corpo. Havia na imobilidade dessa posição e em seu perfil alguma causa de hirto que assustava.

VIII

Sucedem-se no procedimento de Aurélia atos inexplicáveis e tão contraditórios, que derrotam a perspicácia do mais profundo fisiologista.

Convencido de que também o coração tem uma lógica,[27] embora diferente da que rege o espírito, bem desejara o narrador deste episódio perscrutar a razão dos singulares movimentos que se produzem n'alma de Aurélia.

Como, porém, não foi dotado com a lucidez precisa para o estudo dos fenômenos psicológicos, limita-se a referir o que sabe, deixando à sagacidade de cada um atinar com a verdadeira causa de impulsos tão encontrados.

Remontemos pois o curso dessa nova existência de Aurélia até à noite de seu casamento, quando a exaltação que a animava durante a cena passada com Seixas, abatendo de repente, a deixou prostrada no tapete da câmara nupcial.

Não foi propriamente um desmaio que a tomou, ou este não passou de breve síncope. Mas o resto da noite, ela o passou ali, sem forças nem resolução de erguer-se, em um torpor intenso, que, se não lhe apagava de todo os espíritos, os sopitava em uma modorra pesada.

Tinha a consciência de sua dor; sofria acerbamente; porém faltava-lhe aquele instante a lucidez para discriminar a causa de seu desespero e avaliar da situação que ela própria havia criado.

Pela madrugada, o sono, embora agitado, trouxe um breve repouso à sua angústia. Dormiu cerca de uma hora, tendo por leito o chão, e com a cabeça apoiada nesse mesmo estrado, que devia servir de degrau à sua felicidade.

A claridade da manhã que filtrava pela cassa das cortinas, despertou-a. Ergueu-se arrebatadamente e ao impulso de uma ideia terrível, que atravessara como um raio de luz a sombra confusa de suas reminiscências.

Correu à porta por onde saíra Seixas, e escutou presa de viva inquietação. Por vezes levou a mão à chave, e retirou-a assustada. Volveu a esmo os passos rápidos pela casa; afinal aproximou-se da janela, sem intenção, automaticamente.

Foi nessa ocasião que viu Seixas atravessar o jardim furtivamente e entrar em casa. Ainda reinava o silêncio por toda essa parte da habitação, de modo que ela pôde ouvir o leve rumor dos passos do marido no próximo aposento.

Um riso de acre desprezo crispou-lhe os lábios.

— É um cobarde!

Depois do que se havia passado entre ambos, na noite de seu casamento, pensava Aurélia que só havia para Seixas dous meios de quebrar o jugo humilhante a que o tinha submetido. Não lhe restava senão matá-la a ela, ou matar-se a si.

Para uma dessas duas soluções se tinha a moça preparado. É certo que às vezes seu coração afagava uma esperança impossível. Se o homem a quem amava, se ajoelhasse a seus pés e lhe suplicasse o perdão, teria ela forças para resistir e salvar a dignidade de seu amor?

Por este lance não teve ela de passar. Às suas primeiras palavras, Seixas retraíra-se, para ostentar depois uma imprudência, que ela jamais podia esperar, e que produziu em sua alma indizível horror. O laço que a unia àquele homem tornou-se uma abjeção, quase uma infâmia.

Entretanto, ao expeli-lo de sua presença, ainda esperava que as palavras proferidas pelo marido fossem apenas uma ironia amarga. Não concebia que tivesse amado um ente tão depravado e vil. O cinismo que pouco antes a indignara, devia ter uma reação.

Foi quando viu Seixas pela manhã que de todo acabou de convencer-se da miséria do indivíduo. Então operou-se em sua alma uma revolução, na qual soçobraram todos os sentimentos bons e afetuosos, ficando à tona unicamente os instintos agressivos e malignos que formam a lia do coração.

Quando Aurélia deliberara o casamento que veio a realizar, não se inspirou em um cálculo de vingança. Sua ideia, a que afagava e lhe sorria, era patentear a Seixas a imensidade da paixão que ele não soubera compreender; sacrificando sua liberdade e todas as esperanças para unir-se a um homem a quem não amava e nem podia amar, desnudava a seus olhos o ermo sáfaro em que lhe ficara a alma, depois da perda desse amor, que era toda sua existência. Esse casamento póstumo de um amor extinto não era senão esplêndido funeral, em face do qual Seixas devia sentir-se mesquinho e ridículo, como em face da essa o soberbo compenetra-se da miséria humana.

O sentimento que animava Aurélia podia chamar-se orgulho, mas não vingança. Era antes pela exaltação de seu amor que ela ansiava, do que pela humilhação de Seixas, embora essa fosse indispensável ao efeito desejado. Não sentia ódio pelo homem que a iludira; revoltava-se contra a decepção, e queria vencê-la, subjugá-la, obrigando esse coração frio que não lhe retribuía o afeto, a admirá-la no esplendor de sua paixão.

Mas naquele instante, recordando as palavras que Seixas proferira poucas horas antes; vendo-o tranquilo e disposto a aceitar como natural a terrível situação; pensando no desbrio com que esse homem sujeitava-se a uma degradação de todos os instantes, Aurélia tivera um verdadeiro ímpeto de vingança.

Seixas queria afrontá-la com seu desgarro impudente. Pois bem; ela aceitava o desafio; se esse infeliz não estava completamente desamparado dos últimos resquícios do amor-próprio e da vergonha, ela propunha-se a pungi-lo com o seu mais virulento sarcasmo. A menos que a alma não estivesse morta, sentiria o estigma do ferro em brasa.

Foi nestas disposições que Aurélia vestiu-se para o almoço; e nessas disposições conservava-se ainda na tarde em que saíra com o marido às visitas.

Todavia, quando no dia seguinte ao casamento, sentada na cadeira de balanço, viu entrar Seixas na sala de jantar, sua resolução vacilou. O aspecto nobre e distinto do mancebo, a elegância natural de seu gesto, recobraram o prestígio que esses dotes nunca deixam de exercer em espíritos elevados, e a que o dela estava já afeito.

Não a abandonou o pensamento da vingança; mas o desabrimento e a ira excitados pela indignação da véspera, revestiram a forma cortês e o tom delicado, que raro e só em um instante de violento abalo desamparam as pessoas de fina educação.

Nas alternativas desse desejo de vingança a miúdo contrariado pelos generosos impulsos de sua alma, se escoara o primeiro mês depois do casamento.

Se abandonando-se à irritação íntima que exacerbava-lhe o espírito, deleitava-se em flagelar com o seu implacável sarcasmo a dignidade do marido; quando recolhia-se depois de uma cena destas, era para desafogar o pranto e soluços que intumesciam-lhe o seio. Então reconhecia que a vítima de sua ira não fora o homem a quem detestava, mas seu próprio coração, que havia adorado esse ente, indigno de tão santo afeto.

Se fatigada desse constante orgasmo d'alma, sempre crispada pelo escárnio, restituía-se insensivelmente à sua índole meiga, as relações com o marido tomavam uma expressão afetuosa; de repente a invadia um gelo mortal, e ela estremecia espavorida com a ideia de pertencer a semelhante homem.

Assim chegou Aurélia àquela noite de luar, em que Seixas falava de poesia, e ela escutava reclinada a seu braço no enlevo de que a arrancara dolorosamente uma palavra do marido.

Quando a sós consigo pensou neste incidente, encheu-se de terror. Houve um instante, rápido embora, no qual chegou a lamentar que Seixas não tivesse conseguido enganá-la nessa ocasião adormecendo ou antes cegando-lhe os brios. Quando se dissipasse essa ilusão, seria tarde, e ela pertenceria irrevogavelmente ao marido.

Este sentimento, que apenas pronunciado ela repeliu com todas as forças de sua alma, deixou-lhe contudo um desgosto profundo, acompanhado do pânico de semelhantes alucinações. Daí a irritabilidade que desde então a possuía, e que tocara ao auge nessa tarde das visitas.

Entretanto em seu toucador, Aurélia tinha febre: febre da paixão que a abrasara. Abriu todas as portas e janelas, atirou-se vestida como estava sobre o divã, e ali ficou imóvel, como a vira Seixas pela broca da fechadura.

Assustado com essa imobilidade, o marido ia bater, quando a mucama atravessou por diante do quadro iluminado, o qual apagou-se de repente. Fechara-se a porta do toucador, refletida pelo espelho.

No dia seguinte Aurélia deixou-se ficar em seu aposento toda a manhã. Voltando da repartição, Seixas encontrou-a pálida e abatida.

Ao jantar foi d. Firmina quem fez os gastos da conversação. Na véspera a viúva passara a noite em uma casa da vizinhança, onde havia reunião semanal. Acenou falar-se no Abreu, que diziam ter caído na miséria. Por essa ocasião recordaram-se todas as extravagâncias e prodigalidades, com que o rapaz havia esbanjado em pouco mais de ano, a avultada herança deixada pelo pai.

D. Firmina, repetindo o que ouvira, lamentava a sorte do Abreu que sacrificara tão bonito futuro. Revestindo-se dessa moral severa, que em geral se cultiva para uso alheio e não para o próprio gasto, acusava o rapaz com excessivo rigor.

— A culpa não é dele, d. Firmina — observou Aurélia, voltando de sua distração.

— De quem mais pode ser? — perguntou a viúva.

— De quem o fez rico, não o tendo educado para a riqueza. O ouro desprende de si não sei que miasmas que produzem febre, e causam vertigens e delírios. É necessário ter um espírito muito forte, para resistir a essa infecção; ou então possuir algum santo afeto, que o preserve do veneno, sem o que sucumbe-se infalivelmente.

— Quer dizer que a riqueza é um mal, Aurélia?

— Não é um mal; muitas vezes torna-se um bem; mas em todo o caso é um perigo. Aqueles que se exercitam em jogar as armas, pensam que tudo se decide pela força. O mesmo acontece com o dinheiro. Quem o possui em abundância, persuade-se que tudo se compra.

Tinham acabado de jantar. Aurélia ergueu-se da mesa e entretinha-se em dar aos canários as migalhas de pão, que esfarelava na palma da mão.

Entretanto Seixas acendera o charuto e seguia distraído pela rua que serpeando entre os tabuleiros de margaridas e os tapetes de relva, ia sumir-se em um bosque de palmeiras. O mancebo recordava-se das cenas da véspera, cotejava-as com as palavras que pouco antes haviam escapado a Aurélia, e buscava a explicação do enigma.

Interrompeu-o a voz da moça que achava-se a seu lado.

— Este passeio todas as tardes já deve aborrecê-lo. Por que não sai a cavalo? Deve distrair-se.

Aurélia falava brincando com as flores para evitar que seu olhar encontrasse o de Seixas.

— Sua companhia não me pode aborrecer nunca.

— Sempre, torna-se monótona.

— Demais é o meu *dever* — tornou Seixas, frisando a palavra. Aurélia afastou-se; deu alguns passos, esteve reparando nas flores escarlates de uma trepadeira a que chamam brincos-de-dama, e tendo-se firmado na resolução que a preocupava, tornou para o marido.

— Nossos destinos estão ligados para sempre. A sorte recusou-me a felicidade que sonhei. Tive este capricho que nenhuma outra o possuiria, enquanto eu viva. Mas não pretendo condená-lo ao suplício desta existência, que vivemos há mais de um mês. Não o retenho; é livre; disponha de seu tempo como lhe aprouver; não tem que dar-me contas.

A moça calou-se esperando uma resposta.

— A senhora deseja ficar só? — perguntou Seixas. — Ordene, que eu me retiro, agora como em qualquer outra ocasião.

— Não me compreendeu. Há um meio de aliviar-lhe o peso dessa cadeia que nos prende fatalmente e de poupar-lhe as constantes explosões de meu gênio excêntrico. É o divórcio que lhe ofereço.

— O divórcio? — exclamou Seixas, com vivacidade.

— Pode tratar dele quando quiser — respondeu Aurélia, com um tom firme, e afastou-se.

IX

Seixas, surpreso e agitado pela proposição da moça, refletiu um momento.

O resultado dessa reflexão foi aproximar-se da mulher, ocupada nesse momento a ver os peixinhos vermelhos do tanque fervilharem à tona d'água para devorar os bocados de um jambo com que ela os tentava.

— Estes peixes agora a divertem — disse Fernando. — Se amanhã a aborrecerem, mandará que os deitem fora, e que os deixem morrer à fome?

A moça ergueu para o marido os olhos cheios de surpresa.

— Talvez nunca lhe acontecesse refletir sobre este problema social — continuou Fernando. — O senhor tem o direito de despedir o cativo, quando lhe aprouver?

— Creio que ninguém porá isso em dúvida — respondeu Aurélia.

— Então entende que depois de privar-se um homem de sua liberdade, de o rebaixar ante a própria consciência, de o haver transformado em um instrumento, é licito, a pretexto de alforria, abandonar essa criatura a quem sequestraram da sociedade? Eu penso o contrário.

— Mas que relação tem isso?..

— Toda. A senhora fez-me seu marido; não me resta outra missão neste mundo; desde que impôs-me esse destino sacrificou meu futuro, não tem o direito de negar-me o que paguei tão caro, pois o paguei a preço de minha liberdade.

— Essa liberdade, eu a restituo.

— E pode restituir-me com ela o que perdi alienando-a?

— Receia talvez o escândalo que produzirá o divórcio. Não há necessidade de publicarmos nossa resolução; podemos viver inteiramente estranhos um ao outro na mesma cidade, e até na mesma casa. Se for preciso, temos o pretexto das viagens por moléstia, da mudança de clima, do passeio à Europa.

— A senhora fará o que for de sua vontade. A minha obrigação é obedecer-lhe, como seu servo, contanto que não lhe falte com o marido que a senhora comprou.

Aurélia fitou no semblante de Seixas um olhar soberano:

— Acredita que eu possa mudar de sentimentos para com o senhor?

— Não tenha esse receio. Se eu não estivesse convencido que o amor entre nós é impossível, não estaria aqui neste momento.

Estranho sorriso iluminou a fronte de Aurélia, que vibrou com um gesto de sublime altivez.

— Qual é então o motivo por que não aceita o que lhe ofereço?

— O que a senhora me oferece custou-lhe cem contos de réis, e receber esmolas desse valor é roubar ao pródigo que as deita fora.

— Como quiser! — disse Aurélia desdenhosamente. — O senhor pensa de certo que sua presença me incomoda, e por isso lhe sorri a ideia de impô-la como uma contrariedade. Engana-se; pode ficar; não era por mim, mas por si mesmo que oferecia-lhe a separação. Rejeita-a? Melhor; não poderá queixar-se pelo que venha a acontecer.

Apesar da recusa de Seixas, suas relações com Aurélia tornaram-se desde aquela tarde mais esquivas. A moça já não caprichava como nas primeiras semanas em passar a maior parte do tempo na companhia do marido. Este de seu lado, receando tornar-se importuno, conservava-se arredio enquanto a mulher não manifestava o desejo de tê-lo perto de si.

Dias houve em que não se viram. Seixas saía muito cedo para a repartição; Aurélia ia jantar com alguma amiga; só no outro dia às quatro horas da tarde se encontravam de novo.

Essas tardes em que Fernando ficava sozinho em casa, pois d. Firmina acompanhava Aurélia, ele as aproveitava para ir ver a mãe, que ainda habitava na mesma casa da rua do Hospício.

Excitava reparo entre os conhecidos de d. Camila, que o filho a deixasse na vida obscura e necessitada, em vez de chamá-la para sua companhia, ou pelo menos de ajudá-la a passar com outra decência e abastança.

D. Camila não se queixava; mas apesar de seus extremos por aquele filho, e da abnegação de sua ternura, tinha estranhado consigo que Fernando, depois de casado, não pensasse em dar às irmãs uma lembrança qualquer.

Mui raras vezes aparecia Fernando em casa da mãe, e de passagem. Nisso não reparava d. Camila; embora lamentasse que a posição do filho e seus deveres sociais não lhe permitissem possuí-lo por mais tempo.

Mariquinhas a princípio excitava a mãe para irem à casa de Seixas nas Laranjeiras e até para lá passarem um dia. A mãe desabituada à sociedade receava-se da crítica de Aurélia. Todavia essa razão não a demoveria se Fernando insistisse; porém ele, ao contrário, fez-se desentendido e desconversou aos primeiros rodeios da irmã.

Não passou despercebida a Aurélia essa esquivança da família do marido. Uma tarde em que Seixas recebeu à sua vista um bilhete de Nicota, ela o interpelou:

— Sua família depois da noite de nosso casamento nunca mais voltou a esta casa! Será por meu respeito?

— Não; o culpado sou eu que nunca lhes falei nisso.

— E por quê?

— Julgam-me feliz. Não quero roubar-lhes essa doce ilusão.

— Aqueles que nos visitam e que frequentamos não andam iludidos.

— São indiferentes. Olhos de mãe leem n'alma do filho como em livro aberto: aquilo o que não veem, adivinham.

— Quer fazer uma aposta?

— Sobre?

— Sou capaz de enganá-la como tenho enganado a todos.

— É possível; ela não é sua mãe.

O bilhete de Nicota comunicava a Fernando o dia que fora marcado para seu casamento, o qual celebrou-se na seguinte semana, em um sábado conforme o uso geral.

Seixas ocultou da mulher essa particularidade. Na tarde em que devia ter lugar o casamento, saiu de casa a pretexto de fazer uma visita a um ministro, e assistiu à cerimônia. Levava à irmã uma joia; mas de valor insignificante para sua riqueza.

Essa mesquinheza junta à circunstância de apresentar-se a pé, fizeram suspeitar às pessoas presentes que a imprevista opulência abalara o caráter de Seixas a ponto de transformá-lo de perdulário que era, em refinado avarento.

Outro casamento efetuou-se por esse tempo! Foi o do dr. Torquato Ribeiro com Adelaide Amaral.

Dias antes, o noivo recebeu por intermédio de Lemos um recado de Aurélia, que pedia-lhe o seu recibo de cinquenta mil-réis, pois chegara a ocasião de pagá-lo. Foi Ribeiro às Laranjeiras, cogitando na surpresa que a moça lhe preparava.

— Aqui tem o que lhe devo; as três cifras são o presente de Adelaide.

Ribeiro abriu o papel; era uma letra ao portador de cinquenta contos passada pelo Banco do Brasil. Ele fez um gesto de recusa; a moça atalhou-o.

— Não tem o direito de rejeitar. Foi o preço da minha felicidade. Meu tio garantiu ao Amaral que o senhor possuía este dinheiro, sem o que ele não consentiria em desfazer o casamento da filha com Fernando, e este não seria meu marido.

— Como lhe havemos de pagar nunca tamanho benefício? — disse o moço comovido.

— Sendo feliz — respondeu Aurélia.

— Basta-me ser tanto como a senhora.
— Como eu?
— Sim; não é tão feliz?
— Muito; como não pode imaginar!

Aurélia serviu de madrinha a Adelaide, e Seixas foi obrigado a assistir a esse casamento, que desdobrava-lhe por assim dizer diante dos olhos um passado a que ele em vão tentava subtrair-se. Ali estavam juntas, diante do altar, duas mulheres a quem ele traíra sucessivamente, e não arrebatado da paixão, mas seduzido pelo interesse.

Quando absorto em suas cogitações, abandonava-se à melancolia daquelas reminiscências, Aurélia, que se aproximara, murmurou-lhe ao ouvido:

— Mostre-se alegre. Quero que todos, mas principalmente esta mulher, acreditem que sou feliz e muito. O senhor deve-me ao menos esta ridícula satisfação em troca do que roubou-me.

Tomando o braço de Seixas, e reclinando-se com esse voluptuoso orgulho da mulher que se rende a um imenso amor, dirigiu-se à porta da igreja onde a esperava o seu carro.

Nesse momento, como durante a noite em casa do Amaral, não houve quem não invejasse a felicidade do par formoso que Deus havia cumulado de todos os dons, de formosura, de graça, de mocidade, de amor, de saúde e de riqueza.

Tinham tudo isto, e não passavam de dois infelizes! Essa festa alegre e aparatosa, ninguém imaginava que suplício era para essas duas almas, que estavam queimando-se nas luzes da sala e dilacerando-se nos sorrisos que desfolhavam dos lábios.

No dia seguinte, domingo, Aurélia deixou-se ficar em seu aposento, e até quarta-feira não viu o marido.

Nem d. Firmina, nem os fâmulos, desconfiaram do fato, embora suspeitassem de algum estremecimento entre os noivos.

Como nessas ocasiões, o marido e a mulher encerravam-se cada um de seu lado; as pessoas da casa, ignorantes do interdito a que fora condenada a câmara nupcial, presumiam que eles se correspondessem por essa comunicação interior.

Estas esquivanças de Aurélia repetiram-se muitas vezes daí em diante: Seixas percebeu que ela o evitava, e desconfiou que sua presença começasse a importuná-la. Não se enganava. Desde que a moça não achava mais em si a irritação e o sarcasmo, em que a princípio se deleitava seu coração, a aproximação do marido a oprimia.

Seixas não a contrariava. Conservando-se em casa ao alcance da voz e ao aceno da mulher, poupava-lhe o desgosto de o ver.

Entrava isso na resolução que havia tomado, mas não era sem grande esforço e luta acérrima, que obtinha de si permanecer ao lado dessa mulher para a qual se havia tornado, ele o sentia, verdadeiro flagelo.

Uma razão poderosa o retinha, devemos supor, e tão forte que subjugava a todo o instante a revolta de seus brios, magoados pela aversão cheia de desdém da qual era alvo.

Desse tempo data a agitação em que laborou ele à busca de um recurso para subtraí-lo à terrível colisão. Todas as ideias que lhe sugeria seu espírito alvoroçado, ele as aceitava com sofreguidão, para logo as rejeitar com desânimo.

Afinal decidiu-se. Antes de ir à repartição procurou Lemos, com quem só de passagem se encontrara depois do casamento.

O velho recebeu-o com o seu modo folgazão:

— Que honraria, meu amigo! Esta pobre casa não o merecia!

— Tinha necessidade de falar-lhe! — respondeu Seixas. O velhinho piscou os olhos. Ele adivinhara que o moço não o tinha procurado àquela hora para fazer-lhe uma visita de cortesia.

— Desejava consultá-lo — continuou Seixas, hesitando. — Consta-me que as apólices vão baixar consideravelmente, e que seria um bom negócio vendê-las neste momento para comprá-las mais tarde, talvez daqui a dous meses.

— Não é mau; porém há outro melhor neste momento — disse Lemos.

— Qual?

— Vender libras esterlinas.

— Não as possuo.

— Isso não impede.

— Não entendo.

— Venda a entregar no fim do mês, pelo preço de 12 réis. Nesse tempo elas baixam a dez réis com certeza, e o senhor ganha em 15 dias sem despender um real, uns contos de réis que não fazem mal a ninguém.

— Agora compreendo. Dez mil libras deixariam...
— Vinte contos.
— E se ao contrário subirem?
— Perde a diferença.
— Aí está o risco.
— Só há um meio de ganhar sem risco; é o de não pagar.

Seixas despediu-se, apesar das instâncias de Lemos, que desejava levá-lo à praça do Comércio.

Nesse mesmo dia encontrou Abreu que, depois de ter esbanjado a herança, dera em jogador, e vivia, segundo era fama, da banca. Pela conversa que tiveram os dous ficou o marido de Aurélia sabendo a rua e número de uma casa onde todas as noites havia reunião plena dos amantes da roleta.

Nessa noite Seixas saiu furtivamente de casa, e chamando um tílburi dirigiu-se para a cidade. Quando porém transpunha o limiar da porta, por onde se penetrava na Cova de Caco, tomou tal horror, que deitou a fugir pela rua, e não parou senão em casa.

X

No pavimento térreo, ao lado esquerdo, havia na casa das Laranjeiras uma varanda de estilo campestre, decorada com palmeiras vivas e corbelhas de parasitas.

Servia de sala de bilhar, e aí costumava Aurélia e o marido passarem a tarde, quando o tempo não convidava ao passeio no jardim.

Aí foi Seixas encontrar dous grandes quadros, colocados nos respectivos cavaletes. Na tela viam-se os esboços de dous retratos, o de Aurélia e o seu, que um pintor notável, êmulo de Vítor Meireles e Pedro Américo,[28] havia delineado à vista de alguma fotografia, para retocá-lo em face dos modelos.

Ao olhar interrogador do marido, Aurélia respondeu:

— É um ornato indispensável à sala.

— Julga que seja indispensável? Parecia-me, ao contrário, inconveniente reproduzir ainda que seja por esse modo, uma presença que tanto lhe deve importunar.

— Não se tira retrato d'alma. Felizmente!... — observou Aurélia com o misterioso sorriso que desde certo tempo acompanhava essas palavras de sentido recôndito.

Seixas prestou-se passivamente ao papel de modelo. As sessões à tarde tinham ficado reservadas para ele a fim de não estorvar-lhe o trabalho da repartição.

Aurélia retirou-se, deixando-o em plena liberdade.

No dia seguinte, pela manhã, quando o pintor voltou para trabalhar em seu retrato, a moça antes de tomar posição fez-lhe suas observações acerca da expressão fria e seca da fisionomia de Seixas.

— Pintei o que vi. Se deseja um retrato de fantasia, é outra cousa — respondeu o artista.

— Tem razão; meu marido não anda bom. É melhor interromper seu trabalho por alguns dias; eu lhe mandarei aviso quando for ocasião.

Essa tarde Seixas achou Aurélia inteiramente outra da que era nos últimos tempos. Sua expressão meiga, e sobretudo a candura e singeleza de seu modo, restauraram em sua memória a imagem da formosa menina de Santa Teresa, a quem amara outrora.

Deixou-se aliciar por essa ilusão, embora estivesse bem convencido de que a veria dissipar-se de repente, e dolorosamente como as outras. Mas sua alma tinha necessidade de repouso e ainda mais do conforto de uma crença consoladora; abandonou-se àquela doce quimera e quis persuadir-se de que revivia um idílio de seu passado.

Aurélia trouxe a conversa para os assuntos que mais podiam seduzir um espírito poético e elegante como o de Seixas.

Falou de música, de versos, de flores e de artes. Quando a ironia não lhe acerava a palavra, ela tinha uma exuberância de afeto e ternura que manava de seus lábios e derramava em torno de si uma atmosfera de amor.

À noite tocou piano e cantou os trechos prediletos do marido.

Não era ela de certo, apesar dos elogios de d. Firmina, uma mestra, nem mesmo uma discípula exímia e correta. Mas poucas teriam seu gênio artístico; ela tocava por inspiração, e o canto eram as emoções de sua alma que ressoavam espontaneamente como os harpejos da brisa no seio da floresta.

Os dias seguintes correram na mesma doce intimidade. À tarde no jardim, ou admiravam juntos as flores, ou liam no mesmo livro algum romance menos interessante do que o seu próprio.

Seixas incumbia-se da leitura, e Aurélia escutava sentada a seu lado. Às vezes, ou porque se distraísse um momento, ou por sofreguidão de antecipar a narração, reclinava-se para correr os olhos pela página, onde ia brincar um anel de seus cabelos castanhos.[29]

Foi no meio de uma destas cenas que o pintor apareceu de novo. Seixas deu sinal de contrariedade, que a gentileza de Aurélia conseguiu desvanecer. Conservou durante a sessão a mesma expressão afável e graciosa, que pouco antes iluminava seu nobre semblante, e que fora a sua fisionomia de outrora, quando a subversão da existência ainda não o tinha revestido de gravidade melancólica.

Na manhã seguinte, Aurélia, examinando o trabalho do pintor, viu palpitante de emoção a sorrir-lhe o homem que ela havia amado. Ele aí estava em face dela, destacando-se da tela, onde o pincel do artista o havia fixado com admirável felicidade. Era um desses retratos em que o modelo, em vez de impor-se, inspira o artista; e que deixam de ser cópias e tornam-se criações.

Ainda Aurélia estava enlevada em sua contemplação, quando chegou o artista, que recebeu seus elogios acompanhados de sinceros agradecimentos. O pintor supunha ter feito apenas uma obra de arte. Como podia ele suspeitar o segredo dessa mulher, viúva daquele marido vivo?

— O senhor há de tirar uma cópia desse retrato, para ficar na sala com o meu. Quanto a este, desejo que tenha o trajo com que me lembro de ter visto meu marido, quando o conheci. É uma surpresa que pretendo fazer-lhe. Compreende?

— Perfeitamente.

— Peço-lhe, porém, que não toque no rosto.

— Fique descansada.

Aurélia explicou ao pintor o trajo que devia figurar no retrato do marido e tomou posição para concluir o seu.

Ao voltar da repartição, notou Seixas que sua mulher não conservava a mesma disposição de ânimo em que a deixara na véspera. Não tornou à primitiva irritação, mas foi a pouco e pouco retraindo-se, e acabou por isolar-se de todo.

Passava os dias encerrada em seu toucador. Quando aparecia, era sempre distraída e tinha o aspecto dessas pessoas que se habituam a viver no mundo da fantasia, e que, sentindo-se como aturdidas, quando descem à realidade, refugiam-se em suas quimeras.

A casa das Laranjeiras tornara-se uma verdadeira solidão, habitada por dois cenobitas, que não se viam, nem tratavam, a não ser na hora de jantar.

Ao levantarem-se da mesa, Aurélia escondia-se no fundo de algum espesso caramanchão, de onde seguia de longe com os olhos o vulto do marido, que passeava pelo jardim.

À noite cada um tomava seu livro; Seixas lia; Aurélia aproveitava esses instantes de liberdade para tornar aos seus pensamentos, e aos suaves devaneios que abandonava ao sair do toucador.

D. Firmina a princípio estranhara os modos de Aurélia; mas era uma senhora de muito juízo, e bastante prática da vida. Atinou logo com a causa dessa alteração, e aproveitou a primeira oportunidade para dar mostra da sua perspicácia.

— Não acha Aurélia tão diferente do que era, sr. Seixas? — Fernando, surpreendido pela pergunta, volveu os olhos para a mulher, cujo pálido semblante iluminado nesse momento por um reflexo do Sol no ocaso tinha a diáfana aparência da cera.

— Algum incômodo passageiro. Precisa sair da cidade, passar algum tempo fora, na Tijuca ou em Petrópolis.

— Não tenho moléstia — respondeu Aurélia, com indiferença.

— Moléstia não tem, Aurélia; mas é cousa que se parece — tornou a viúva. — E os passeios no campo são excelentes para essas melancolias e desmaios que você anda sofrendo.

— Engana-se, não sofro cousa alguma.

— Ora, não disfarce! Quem não vê que aí anda volta de...

— De quê? — insistiu Aurélia, completamente alheia à intenção da viúva.

— De um neném!

Soltou a moça uma gargalhada; mas tão descompassada e ríspida que d. Firmina mais confirmou-se em sua convicção. Fernando erguera-se a pretexto de regar os tabuleiros de violetas de Parma, que rodeavam os pedestais das estátuas de bronze.

Decorreram meses. De repente, sem causa conhecida, com o contraste e o improviso que tinham as resoluções dessa mulher singular, operou-se uma revolução na casa das Laranjeiras, e na existência de seus moradores. Saiu Aurélia do isolamento a que se condenara durante tanto tempo, mas para lançar-se no outro extremo. Mostrava pelos divertimentos uma sofreguidão que nunca tivera, nem mesmo em solteira. Entrou a frequentar de novo a sociedade, mas com furor e sem repouso.

Os teatros e os bailes não lhe bastavam; as noites em que não tinha convite, ou não havia espetáculo, improvisava uma partida que, em animação e alegria, não invejava as mais lindas funções da Corte. Tinha a arte de reunir em sua casa as formosuras fluminenses. Gostava de rodear-se dessa corte de belezas.

Os dias destinava-os para as visitas da rua do Ouvidor, e os piqueniques no Jardim ou na Tijuca. Lembrou-se de fazer da praia de Botafogo um passeio, à semelhança dos Bois de Boulogne em Paris, do Prater em Viena, e do Hyde Park em Londres. Durante alguns dias ela e algumas amigas percorriam de carro aberto, por volta de quatro horas, a extensa curva da pitoresca enseada, espairecendo a vista pelo panorama encantador, e respirando a fresca viração do mar.

Os passantes olhavam-nas surpresos, e com um aspecto que traduzia a malignidade de suas conjeturas. Aurélia não fazia o mínimo caso dessas caras mexeriqueiras; mas as amigas incomodaram-se; e ela foi obrigada a abandonar o lindo passeio às aves de arribação.

Esta ânsia de festas e distrações sucedendo a uma inexplicável apatia e recolhimento, faria desconfiar que Aurélia buscava na sociedade, não o prazer, mas talvez o esquecimento. Porventura tentava aturdir o espírito, e arrancá-lo por este modo às cismas e enlevos em que se engolfara por tantos dias?

— Deve estranhar esta febre de divertimentos? — disse ela ao marido. — É uma febre, é; mas não tem perigo. Quero que o mundo me julgue feliz. O orgulho de ser invejada, talvez me console da humilhação de nunca ter sido amada. Ao menos gozarei de um aparato de ventura. No fim de contas, o que é tudo neste mundo senão uma ilusão, para não dizer uma mentira? Assim desculpe se o incomodo, tirando-o de seus hábitos para acompanhar-me. Há de reconhecer que mereço esta compensação.

— É minha obrigação acompanhá-la, e me achará sempre disposto a cumpri-la. Moça, formosa e rica, deve gozar da vida que lhe sorri. O mundo tem esta virtude; o que não absorve, gasta. Daqui a algum tempo a senhora verá a existência por um prisma bem diverso, e do passado não lhe ficará senão a lembrança de um pesadelo de criança.

— É o que eu procuro justamente. Que não dera eu para apagar estas crenças, ou antes essas incômodas ilusões de minha infância, com que educou-se minha alma, e conformar-me à realidade da vida. Oh! se eu o conseguisse!...

A reticência desfez-se nos lábios da moça em um sorriso sardônico.

— Então nos havíamos de entender!

QUARTA PARTE

RESGATE

I

Havia baile em São Clemente.

Aurélia ali estava como sempre, deslumbrante de formosura, de espírito e de luxo. Seu trajo era um primor de elegância; suas joias valiam um tesouro, mas ninguém apercebia-se disso. O que se via e admirava era ela, sua beleza, que enchia a sala, como um esplendor.

O baile em vez de fatigá-la, ao contrário, a expandia. Semelhante às flores tropicais, filhas do sol, que ostentam o brilhante matiz nas horas mais ardentes do dia, era justamente nesse pélago de luz e paixões que Aurélia revelava toda a opulência de sua beleza.

Seixas a contemplava de parte.

As outras moças, de meia-noite em diante, começavam a fanar-se; o cansaço desbotava-lhes a cor, ou afogueava-lhes o rosto. O talhe denunciava o excesso da fadiga na languidez das inflexões ou na rispidez do gesto.

Aurélia ao contrário, à medida que adiantava-se a noite, desferia de si mais seduções, e parecia entrar na plenitude de sua graça. A correção artística de seu trajo ia desaparecendo no bulício do baile. Como o primeiro esboço que surge afinal do cinzel impetuoso do artista, ao fogo da inspiração, sua estátua recebia da admiração da turba os últimos toques.

Quando em torno se revolvia o turbilhão, ela conservava sua inalterável serenidade. O colo arfava-lhe mansamente, ao influxo das brandas emoções; o sorriso coalhava-se em enlevos nos lábios entreabertos, por onde escapava-se a respiração calma. Desprendia-se de seus olhos, de toda sua pessoa, uma efusão celeste que era como a sua irradiação. Quando completou-se esta assunção de sua beleza, o baile estava a terminar.

Aurélia fez um gesto ao marido e, envolvendo-se na manta de caxemira que ele apresentara-lhe, trançou o braço no seu. No meio das adorações que a perseguiam, retirou-se orgulhosamente reclinada ao peito desse homem tão invejado, que ela arrastava após si como um troféu.

O carro estava à porta. Ela sentou-se rebatendo os amplos folhos da saia para dar lugar ao marido.

— Que linda noite! — exclamou, recostando a cabeça nas almofadas para engolfar os olhos no azul do céu marchetado de estrelas.

Com esse movimento, sua espádua tocou no ombro de Seixas e os cachos de cabelos castanhos, agitados pelo movimento do carro, afagaram a face do mancebo, desprendendo perfumes de inebriar. De momento a momento, a claridade do gás entrava pela portinhola do carro, em frente ao lampião, e debuxava o mavioso semblante de Aurélia e seu colo, que a manta escorregando tinha descoberto.

Na posição em que estava, olhando por cima da espádua da moça, ele via na sombra transparente, quando o decote do vestido sublevava-se com o movimento da respiração, as linhas harmoniosas desse colo soberbo que apojavam-se em contornos voluptuosos.

— Como brilha aquela estrela! — disse a moça.

— Qual? — perguntou Seixas, inclinando-se para olhar.

— Ali por cima do muro, não vê?

Seixas só via a ela. Acenou com a cabeça que não.

Aurélia distraidamente travou da mão do marido, e apontou-lhe a direção da estrela.

— É verdade! — respondeu Fernando, que vira uma estrela qualquer.

Retirando a mão, Aurélia descansou-a no joelho, não advertindo sem dúvida que ainda tinha presa a do marido.

— Não sei que tem o luzir das estrelas!... — murmurou a moça. — É uma cousa que notei desde menina. Sempre que fico assim a olhar para elas e a beber os seus raios sinto uma vertigem, que me dá sono. Quem sabe se a luz que elas cintilam não embriaga? Parece-me que bebi um cálice de champanha, mas feito do sumo daqueles cachos dourados que lá estão no céu.

Estas palavras o olhar de Aurélia dirigiu-as ao marido envoltas em um sorriso feiticeiro.

— Então foi de ambrosia, que é a bebida dos deuses — tornou Fernando, correspondendo ao gracejo.

— Mas, fora de graça? Que sono me fez! Será cansaço?

— Talvez! Dançou tanto!

— Pois reparou?

— Que queria que eu fizesse?

Aurélia esperou um momento para não interromper o marido; vendo que este calava-se, conchegou-se com o gracioso movimento dos passarinhos quando se arrufam para dormir.

— Não posso mais! Estou tonta!

Derreou-se então pelas almofadas; a pouco e pouco, descaindo-lhe ao balanço do carro o corpo lânguido de sono, sua cabeça foi repousar no braço do marido; e seu hálito perfumado banhava as faces de Seixas, que sentia a doce impressão daquele talhe sedutor. Era como se respirasse e haurisse a sua beleza.

Fernando não sabia que fizesse. Às vezes queria esquecer tudo, para só lembrar-se que era marido dessa mulher e que a tinha nos braços.

Mas quando queria ousar, um frio mortal trespassava-lhe o coração, e ele ficava inerte, e tinha medo de si.

Todavia ninguém sabe o que aconteceria se o carro não parasse tão depressa à porta da casa; Aurélia sobressaltou-se; caindo em si, retraiu-se para deixar que Seixas saltasse e lhe oferecesse a mão.

— Nunca me senti tão fatigada! Creio que estou doente — disse ela, descendo do carro.

— Não devia ter ficado até tão tarde! — observou Fernando, com solicitude.

— Dê-me seu braço! — murmurou a moça, com um gesto abatido.

Seixas começou a inquietar-se, ainda mais quando a viu suspensa a seu braço, arrastar-se para a escada.

— Está realmente incomodada?

— Estou doente, muito doente! — respondeu, com a voz alquebrada.

Nos olhos, porém, e nas covinhas da boca, cintilou um raio de malícia que desmentia aquelas palavras.

Seixas retribuiu o gracejo.

— É uma enfermidade muito grave, não é? Que ataca-lhe todas as noites e a deixa sem sentidos por muitas horas? Chama-se sono.

— Não sei; nunca a tive — volveu a moça abanando as pálpebras e velando os lindos olhos.

Chegados à saleta, onde costumavam despedir-se, Aurélia dirigiu-se para o toucador. Na porta, Fernando parou.

— Leve-me que eu não posso comigo — disse Aurélia, atraindo-o a si brandamente.

O marido levou-a ao divã onde ela deixou-se cair prostrada de fadiga ou de sono. Não tendo soltado logo o braço de Seixas, este reclinou-se para acompanhar-lhe o movimento, e achou-se debruçado para ela.

Aurélia conchegou as roupas fazendo lugar à beira do divã e acenando com a mão ao marido que se sentasse. Entretanto, com a cabeça atirada sobre o recosto de veludo, o colo nu debuxava sobre o fundo azul um primor de estatuária cinzelada no mais fino mármore de Paros.

Seixas desviou os olhos como se visse diante de si um abismo. Sentia a fascinação, e reconhecia que faltavam-lhe as forças para escapar à vertigem.

— Até amanhã? — disse ele, hesitando.
— Veja se não tenho febre!

Aurélia procurou a mão do marido e encostou-a na testa. Debruçando-se para ela com esse movimento, Seixas roçara com o braço o contorno de um seio palpitante. A moça estremeceu como se a percutisse uma vibração íntima, e apertou com uma crispação nervosa a mão do marido que ela conservara na sua.

— Aurélia — balbuciou Fernando, que a pouco e pouco resvalara do divã, e estava de joelhos, buscando os olhos da mulher.

Ela ergueu de leve a cabeça, para vazar no semblante do marido a luz dos olhos, e sorriu. Que sorriso! Uma voragem, onde submergiam-se a razão, a dignidade, a virtude, todas essas arrogâncias do homem.

Seixas ia precipitar-se; mas os olhos de Aurélia o queimavam; escapava daquelas pupilas cintilantes um fogo intenso que penetrava-lhe n'alma como lava em ebulição. Ele voltou o rosto para o lado da porta, como receoso de que estivesse aberta.

Aurélia cerrara as pálpebras e atirara de novo a cabeça sobre a almofada, com esse delicioso abandono, em que o corpo remite-se depois de um excessivo exercício. Fernando na mesma posição contemplava a formosa mulher, que ele tinha ali, palpitante sob o seu olhar e ao contato do peito onde fervilhavam os frocos de renda do talhe do vestido, aflando ao vivo ofego da respiração.

E todavia não ousava. Nunca, nos tempos em que ele fazia o contrabando do amor, mulher alguma, por mais defesa que fosse a seu desejo, inspirou-lhe o respeito, ou antes o susto, que o tolhia naquele momento junto de sua esposa.

A moça levantou o braço com um gesto de enfado e deixou-o sobre o recosto do divã, donde foi deslizando fracamente para o ombro de Seixas. À doce pressão dessa cadeia que o cingia, ele vergou a cabeça e chegou a embeber a flor dos lábios nas tranças de cabelos que borbulhavam em anéis pelas espáduas e refluíam pela face de Aurélia.

Mas a moça voltara a cabeça escondendo o rosto no acolchoado de veludo, com um gesto rápido, ao passo que retraía a mão para velar a face. Bastou este movimento, que não passava talvez de frágil resistência da castidade, para reprimir o impulso de Seixas.

Depois de um instante de perplexidade ia levantar-se, quando Aurélia surgiu arrebatadamente do torpor e languidez que a prostravam, e sentando-se no divã, obrigou o marido a ajoelhar-se de novo a seus pés. Apoiando-lhe então a mão na fronte, vergou-lhe a cabeça, e cravou-lhe no semblante um olhar longo, penetrante, que parecia submergir-se na consciência daquele homem, e sondar-lhe os arcanos.

— Não me engana? Ama-me enfim? — perguntou ela, com meiguice.

— Ainda não acredita?
— Venceu então o impossível?
— Fui vencido por ele.
— Essa felicidade não a tenho eu!... — exclamou a moça, erguendo-se do divã, e caminhando pela sala com o passo frouxo e a cabeça baixa.

Fernando, que a seguia com o olhar surpreso, viu-a aproximar-se de um quadro colocado sobre um estrado e contra a parede fronteira.

A cortina azul do dossel correu; à luz do gás que batia em cheio desse lado, destacou-se do fundo do painel o retrato em vulto inteiro de um elegante cavalheiro.

Era o seu retrato; mas do mancebo que fora dous anos antes, com o toque de suprema elegância que ele ainda conservava, e com o sorriso inefável que se apagara sob a expressão grave e melancólica do marido de Aurélia.

— O homem que eu amei, e que amo, é este — disse Aurélia, apontando para o retrato. — O senhor tem suas feições; a mesma elegância, a mesma nobreza de porte. Mas o que não tem é sua alma, que eu guardo aqui em meu seio e que sinto palpitar dentro em mim, e possuir-me, quando ele me olha.

Aurélia fitou o retrato com delícia. Arrebatada pela veemência do afeto que intumescia-lhe o seio, pousou nos lábios frios e mortos da imagem um beijo férvido, pujante, impetuoso; um desses beijos exuberantes que são verdadeiras explosões da alma irrupta pelo fogo de uma paixão subterrânea, longamente recalcada.

Seixas estava atônito. Sentindo-se ludíbrio dessa mulher, que o subjugava a seu pesar, escutava-lhe as palavras, observava-lhe os movimentos e não a compreendia. Chamava a si a razão, e esta fugia-lhe, deixando-o extático.

Aurélia acabava de voltar-se para ele, soberba de volúpia, fremente de amor, com os olhos em chamas, os lábios túrgidos, e o seio pulando aos ímpetos da paixão:

— Por que meu coração, que vibra assim diante desta imagem, fica frio junto a si? Por que seu olhar não penetra nele, como o raio desta pupila imóvel? Por que o toque de sua mão não comunica à minha esta chama que me embriaga como um néctar?

Aurélia parou de repente. Uma onda de rubor banhou-lhe o rosto mimoso. Atalhada no ímpeto da paixão por um assomo de pudor, ela confrangeu-se como a flor da noite ao raiar da luz. Suspendeu a capa de caxemira que lhe tinha resvalado dos ombros para a cintura e, envolvendo-lhe com o estremecimento de um calafrio, encolheu-se no canto do divã.

Seixas aproximou-se, fazendo-lhe a cortesia do costume; com a voz já tranquila, e o modo natural disse:

— Boa noite.

A moça entreabriu a caxemira quanto bastava para tirar os dedos afilados da mão direita, que estendeu ao marido.

— Já? — perguntou ela, erguendo os olhos entre súplices e despóticos.

O marido estremeceu ao toque sutil dos dedos, que calcavam-lhe docemente a palma da mão:

— Ordena que fique? — disse com a voz trêmula.

— Não. Para quê?

O que exprimia essa frase, repassada do sorriso que lhe servia por assim dizer de matiz, ninguém o imagina.

Seixas retirou-se, levando n'alma a mais cruel humilhação que podia infligir-lhe o desprezo dessa mulher.

II

Aconteceu uma noite cair a conversa em assunto de literatura nacional.

Fato raro. Entre nós há moda para tudo nos salões; menos para as letras pátrias, que ficam à porta, ou quando muito vão para o fumatório servir de tema a dous ou três incorrigíveis.

Nesse dia fez-se uma exceção. Alguém, que tinha a prurir-lhe nos lábios a condenação dogmática de um livro que lera recentemente, apesar de publicado desde muito, aproveitou o momento para essa execução literária.

— Já leram a *Diva*?

Respondeu um silêncio cheio de surpresa. Ninguém tinha notícia do livro, nem supunham que valesse a pena de gastar o tempo com essas causas.

— É um tipo fantástico, impossível! — sentenciou o crítico. Acrescentou ele ainda algumas cousas acerca do romance, cujo estilo censurou de incorreto, cheio de galicismos, e crivado de erros de gramática. O desenlace especialmente provocou acres censuras.

A crítica, por maior que seja a sua malignidade, produz sempre um efeito útil que é de aguçar a curiosidade. O mais rigoroso censor, malgrado seu, presta homenagem ao autor, e o recomenda.

Pela manhã Aurélia mandou comprar o romance, e o leu em uma sesta, ao balanço da cadeira de palha, no vão de uma janela ensombrada pelas jaqueiras cujas flores exalavam perfumes de magnólias.

A noite apareceu o crítico.

— Já li a *Diva* — disse, depois de corresponder ao cumprimento.

— Então? Não é uma mulher impossível?

— Não conheço nenhuma assim. Mas também só podia conhecê-la Augusto Sá, o homem que ela amava, e o único ente a quem abriu sua alma.

— Em todo o caso é um caráter inverossímil.

— E o que há de mais inverossímil que a própria verdade? — retorquiu Aurélia, repetindo uma frase célebre. — Sei de uma moça... Se alguém escrevesse a sua história, diriam como o senhor: "É impossível! Esta mulher nunca existiu." Entretanto eu a conheci.

Mal pensava Aurélia que o autor de *Diva* teria mais tarde a honra de receber indiretamente suas confidências e escrever também o romance de sua vida, a que ela fazia alusão.

Nessa noite, entre as novidades do dia que deram tema à palestra, houve uma que bastante afligiu Aurélia. Corria que Eduardo Abreu estava dominado pela ideia do suicídio. Um de seus camaradas que vinha com ele de Niterói, o impedira de precipitar-se ao mar da borda de barca; outro o surpreendera com um revólver no bolso.

No dia seguinte houve espetáculo no teatro lírico. Aurélia escreveu a Adelaide Ribeiro um bilhete oferecendo-lhe o seu camarote e prometendo-lhe sua companhia. As duas senhoras não tinham relações íntimas; apenas haviam trocado entre si as visitas de rigor depois do casamento.

Aurélia aproveitou o pretexto da ópera nova não para estreitar essas relações cerimoniosas, mas para ter ocasião de falar com o dr. Torquato Ribeiro.

Às oito horas, quando Aurélia entrou no camarote pelo braço de Seixas, já encontrou Adelaide com o marido.

As duas moças, lembrando-se que iam passar a noite face a face, instintivamente sem propósito, por uma irresistível emulação, haviam-se esmerado. Ambas estavam no esplendor de sua beleza. Mas curiosa antítese: Adelaide, a pobre, vinha no maior apuro do luxo, com toda a garridice e requintes da moda. Aurélia, a milionária, afetava extrema simplicidade. Vestiu-se de pérolas e rendas; só tinha uma flor, que era a sua graça.

Ao levantar-se o pano, a dona do camarote como de costume ocupou o lado da cena, reservando o lugar de honra para sua convidada. Os maridos revezaram-se, ficando Ribeiro perto de Aurélia, e Seixas da parte de Adelaide.

Passada a primeira curiosidade que desperta sempre as decorações e trajos de uma cena ainda não vista, Aurélia, voltando-se para atender à amiga que lhe falava, notou a posição e atitude de Seixas.

Este recostara-se à divisão do camarote. e observava a cena por cima do ombro de Adelaide; mas à moça pareceu que a vista do marido não chegava à rampa, e refrangia-se como uma réstia de sol diante do obstáculo que se lhe antepunha à menor oscilação do talhe esbelto da mulher de Ribeiro.

Se Adelaide inclinava-se à frente para trocar alguma observação, bombeava graciosamente diante de Fernando as espáduas que a luz do gás esbatendo-se em cheio jaspeava. Se a moça apoiava-se indolentemente à coluna, era o seu lindo colo vazado por decote de ninfa, que se oferecia aos olhos de Fernando.

Aurélia agitava o leque de madrepérola com um movimento rápido e nervoso, que fazia crepitarem as aspas violentamente batidas umas contra as outras. Duas ou três espedaçaram-se entre os dedos crispados.

Às vezes dardejava um olhar imperioso ao marido para adverti-lo de sua inconveniência. Outras examinava a fisionomia de Ribeiro, com o sentido de observar o efeito que nele produzia aquela faceirice da mulher. Mas Seixas estava completamente absorvido na cena, ou no que lhe ficava ao rumo da cena, e Ribeiro passava revista de binóculo aos camarotes.

Quanto a Adelaide, toda a satisfação de brilhar, nem reparava na impaciência da amiga, nem se apercebia que o excessivo esvaziamento de seu corpinho, com o requebro que imprimia ao talhe, desnudava-lhe quase todo o busto aos olhos do homem a quem voltava as costas. Sente a estátua o olhar que insinua-se entre os véus transparentes? A mulher da moda tem a cútis da estátua quando se veste para o baile.

Aurélia não pôde conter-se afinal.

— Troquemos de lugar, Fernando? A luz do gás está incomodando-me a vista.

— Venha para aqui! — disse Adelaide querendo ceder-lhe a cadeira.

— Não: ali estou melhor; fico na sombra.

No intervalo saíram a passear no salão. A lembrança foi de Aurélia que desejava uma ocasião de dizer algumas palavras em particular ao Torquato. Antes de sair, porém, insistiu com Adelaide para que pusesse a capa.

— Pode-se resfriar. Está úmido.

— Ao contrário; faz um calor!

— Não facilite.

E cobriu-lhe os ombros com sua própria capa que agasalhava mais.

Seixas ofereceu o braço a Adelaide, como era de rigor; Aurélia seguindo ao braço de Ribeiro, e sem perdê-los de vista, começou a conversar com seu cavalheiro.

— Ontem tive uma notícia que me afligiu: o Eduardo Abreu tentou suicidar-se.

— Já me disseram.

— E parece que não abandonou a ideia. Quero salvá-lo dessa loucura: é um dever para mim, e um tributo que pago à memória de minha mãe. Posso contar com o senhor?

— Permita que não responda a esta pergunta. Diga-me o que devo fazer.

— Obrigada. Basta que o traga à minha casa, e faça que a frequente. Ele foi rico; perdeu a riqueza, e com ela os amigos, a consideração, tudo que lhe tornava doce a existência. Nada mais natural do que olhar para o mundo como um inimigo a quem deve fugir. Se, porém, no meio desse deserto moral em que se acha surgisse uma ideia, uma vontade, um sentimento consolador, esse elo o prenderia de novo à existência.

— Mas não tem receio? — observou Ribeiro, hesitando.

— Pensa que ainda não esteja de todo extinta a sua paixão? É justamente com o que eu conto.

— E seu marido?

— É meu marido — respondeu a moça, erguendo a cabeça com serena altivez.

Ribeiro compreendeu a palavra e o gesto. Em verdade, o homem que tinha a suprema ventura de ser o esposo querido dessa mulher, podia suspeitá-la?

— Suponha-se em seu lugar, o senhor que sabe uma parte de minha história. Depois do que lhe dei, a ele, julgar-se-ia com direito a esse triste sacrifício da vida de um infeliz?

— Não, certamente.

Nesse instante, Aurélia que distraíra-se com a conversa, viu Adelaide já sem a capa, e suspensa, ou, antes, enlaçada ao braço de seu marido com um abandono que ela, sua mulher, não se animaria a mostrar em público.

Aurélia, por um impulso que não pôde conter, apesar do império que se habituara a conservar sobre si, deixou o braço de Ribeiro para lançar-se ao encontro do outro par e separou os dois, insinuando-se entre eles. Aí recobrou-se, ao perceber a surpresa que se pintava no semblante dos outros, buscou disfarçar, afetando uma risada e trançando no seu o braço da mulher de Ribeiro.

— Escute, quero dizer-lhe um segredo, d. Adelaide!

Afastou-se, levando a amiga. O segredo foi um remoque a propósito de certa loureira que passava; e depois uma indireta ao desgarro de certas senhoras, que timbram em imitar aquelas a quem mais desprezam.

— Dê-me a minha capa! — disse Aurélia com rispidez a Seixas.

Antes que este pudesse satisfazê-la, tirou-lhe da mão a caxemira que Adelaide tinha dado a guardar, embrulhou-se nela, e tomou o braço do marido.

—Vamos?

Seixas, admirado, deixou-se conduzir, supondo que tornavam ao camarote. Ao chegarem defronte da escada, Aurélia esperou para despedir-se de Adelaide.

— Já se retira? — perguntou a amiga cada vez mais surpresa.

— Prometi a minha madrinha, d. Margarida Ferreira, ir vê-la esta noite. Passei por aqui somente para gozar da sua companhia.

Aurélia tivera esta lembrança, no caminho do salão para o camarote; era uma excelente explicação de seu desaso de tomar à amiga o braço do marido, e o melhor pretexto para cortar de vez o desagradável incidente.

Seixas acompanhou a mulher, sem a mínima observação. Entraram no carro; o cocheiro que não recebeu ordem alguma, dirigiu-se a Laranjeiras. D. Margarida Ferreira morava em Andaraí.

— Não vai à casa de sua madrinha?

A resposta foi breve e seca:

— Não; já é tarde.

Aurélia revoltava-se contra si mesma, por causa daquele momento de fragilidade. Como é que ela, depois de haver arrebatado à sua rival o homem a quem amava, e de haver desdenhado esse triunfo, por indigno de sua alma nobre, dava a essa rival o prazer de recear-se de suas seduções?

Descontente, contrariada, cogitava uma vindita desse eclipse de seu orgulho.

— O que é o ciúme? — disse de repente sem olhar o marido, e com um tom incisivo.

Seixas compreendeu que aí vinha a refrega e preparou-se, chamando a si toda a calculada resignação de que se costumava revestir.

— Exige uma definição fisiológica, ou a pergunta é apenas mote para conversa?

— Acredita na fisiologia do coração? Não lhe parece um disparate, esta ciência pretensiosa que se mete a explicar e definir o incompreensível, aquilo que não entende o próprio que o sente, e que sente-se, sem ter muitas vezes a consciência desse fenômeno moral? Só há um fisiologista, mas esse não define, julga. É Deus, que formando sua criatura do limo da terra, como ensina a Escritura, deixou-lhe ao lado esquerdo, por amassar, uma porção do caos de que a tirou. Quanto ao ciúme, todos nós sabemos mais ou menos a significação da palavra. O que eu desejava era saber sua opinião sobre este ponto: se o ciúme é produzido pelo amor?

— Assim pensam geralmente.

— E o senhor?

— Como nunca o senti, não posso ter opinião minha.

— Pois tenho-a eu, e por experiência. O ciúme não nasce do amor, e sim do orgulho. O que dói neste sentimento, creia-me, não é a privação do prazer que outrem goza, quando também nós podemos gozá-lo e mais. É unicamente o desgosto de ver a rival possuir um bem que nos pertence ou cobiçamos, ao qual nos julgamos com direito exclusivo, e em que não admitimos partilha. Há mais ardente ciúme do que o do avaro por seu ouro, do ministro por sua pasta, do ambicioso por sua glória? Pode-se ter ciúme de um amigo, como de um traste de estimação, ou de um animal favorito. Eu quando era criança tinha-o de minhas bonecas.

Aurélia calou-se à espera da réplica; prolongando-se a pausa, continuou:

— Um exemplo. Há pouco, no teatro, quando vi o modo por que a Adelaide Ribeiro lhe dava o braço, tive ciúmes do senhor. Entretanto eu não o amo, bem sabe, e não o posso amar!

— Esta prova é decisiva. E a senhora não acredita na fisiologia? Quer melhor definição? O ciúme é o zelo do senhor pela cousa que lhe pertence.

— Ou pessoa! — acrescentou Aurélia, com maldade.

— Pela cousa que lhe pertence — insistiu Seixas —, seja essa animada ou inanimada.

— Temos ainda outra prova em favor de minha opinião. O senhor que amou tanto e tantas vezes, nunca teve ciúmes; há pouco me confessou.

— E como o ciúme é o sintoma do orgulho, ou em outros termos, da dignidade, a consequência...

— É lógica; mas eu a dispenso. Preferia que o senhor me recitasse alguma de suas poesias. Por exemplo, O *capricho*.

III

As partidas de Aurélia, ou recepções, como as chamava o Alfredo Moreira, à parisiense, eram das mais brilhantes que então se davam na Corte.

Sem galopes infernais e as extravagantes figuras que fazem das quadrilhas e valsas um perfeito corrupio de idos ou um remoinho de gente tocada da tarântula, reinava ali sempre uma animação de bom gosto que excitava o prazer e derramava a alegria sem amarrotar as moças, nem espremer as damas entre os cavalheiros.

Aurélia descobrira um meio engenhoso de obter este resultado. Quando os rapazes que deviam dar o tom à reunião, se retraíam com fingidas esquivanças, e não se apressavam em tirar pares e trazê-los ao meio da sala, a dona da casa anunciava a quadrilha dos casados.

Essa quadrilha, como o nome indica, era dançada unicamente pelos maridos com suas mulheres. Ninguém escapava; não se admitia isenção alguma, nem de idade, nem de moléstia. Aurélia era inflexível, e não havia resistir à sua doce tirania. Se ela tinha desses caprichos despóticos e impertinentes, possuía em compensação um tato superior para cativar a todos com sua fina e graciosa amabilidade.

O disparate das idades e a obrigação do galanteio entre as duas caras-metades, às vezes tão desencontradas, servia de divertimento geral, até aos próprios velhos reumáticos. As matronas gostavam interiormente desta fantasia que as remoçava, embora deitassem sua cafanga, como exigia a decência.

O mais apreciado porém era a pirraça feita aos rapazes, que, além de ficarem de fora e perderem os lindos pares escolhidos entre as senhoras casadas, sofriam de ricochete os amuos das meninas solteiras, aborrecidas por não dançarem e obrigadas a fazer o papel de tias, ocupando o lugar das mães que tinham tomado os seus.

Disso resultava que os rapazes com receio da tal quadrilha jarreta, desenvolviam uma atividade exemplar à primeira arcada da rabeca, e entretinham constante animação na sala, sem que Aurélia se incomodasse em rogar a *esses meus senhores* o especial obséquio de dançar.

A Lísia Soares dizia que essa invenção não passava de um disfarce de Aurélia para dançar com o marido, de quem andava cada vez mais namorada; a tal ponto que dava-se a esses desfrutes.

Aparecera nessas partidas Eduardo Abreu, a quem os camaradas desde muito não viam na sociedade. Aurélia acolheu-o com afetuosa distinção, e reservava-lhe sempre uma de suas quadrilhas tão disputadas pelos inúmeros admiradores.

Acabava de dançar com ele, e passeava pelo salão ao seu braço. O Alfredo Moreira, com esse espírito de restilo que fornece a vida leviana aos leões de sala, vendo-os passar, disse para um companheiro:

— Retrospecto sentimental!

— Não entendo a charada — tornou-lhe o outro.

— Não sabes que o Abreu teve uma paixão estrepitosa pela Aurélia, e fez as maiores loucuras para casar-se com ela?

— Já percebo.

— Ela recusou o casamento porque amava o Seixas; mas agora que está casada com este, é muito capaz de transportar o amor para o jovem lírio abandonado.

— O jeito é disso!

Este trecho de diálogo travou-se na alameda artificial, que, em noites de reunião, se dispunha ao longo da sala de jantar com palmeiras, acácias e magnólias plantadas em vasos de louça e caixas de madeira.

Fernando, que se havia refugiado um instante naquele recanto, e fumava sentado em um sofá rústico à sombra de um plátano, ouviu a maledicência dos dous leões. Buscando com os olhos o alvo do remoque, viu sua mulher que falava ao cavalheiro com uma insistência meiga e sedutora, que lembrou-lhe a época de seus primeiros amores.

— Ama-o! — murmurou.

Depois não viu mais nada, o par desaparecera da sala, e ele submergira-se em sua alma. Só deu acordo de si quando a voz da mulher despertou-o surpreso.

— Há que tempo o procuro! — disse Aurélia, sentando-se a seu lado, e olhando-o inquieta. — Está incomodado?

— Não, senhora: tive há pouco o prazer de vê-la dançar com o Abreu.

Aurélia lançou um olhar rápido e penetrante ao marido.

— É verdade; dancei com ele; é um de meus pares habituais — tornou com volubilidade. — E o senhor, por que não dançou também?

— Porque a senhora não me ordenou.

— É esta a razão? Pois vou dar-lhe um par... Quer oferecer-me seu braço? — replicou Aurélia, sorrindo.

— Seria ridículo oferecer-lhe o que lhe pertence. A senhora manda, e é obedecida.

Aurélia tomou o braço do marido, e afastou-se lentamente ao longo da alameda.

— Por que me chama *senhóra?* — perguntou ela, fazendo soar o ó com a voz cheia.

— Defeito de pronúncia!

— Mas às outras diz *senhôra*. Tenho notado; ainda esta noite.

— Essa é, creio eu, a verdadeira pronúncia da palavra; mas nós, os brasileiros, para distinguir da fórmula cortês, a relação de império e domínio, usamos da variante que soa mais forte, e com certa vibração metálica. O súdito diz à soberana, como o servo à sua dona, *senhóra*. Eu talvez não reflita e confunda.

— Quer isso dizer que o senhor considera-se meu escravo? — perguntou Aurélia, fitando Seixas.

— Creio que lho declarei positivamente, desde o primeiro dia, ou antes desde a noite de que data a nossa comum existência, e minha presença aqui, a minha permanência em sua casa sob outra condição, fora acrescentar à primeira humilhação uma indignidade sem nome.

Aurélia replicou, dando à sua voz inflexão triste e repassada de sentimento.

— Já não é tempo de cessar entre nós estas represálias, que não passam de truques de palavras? Temos para separar-nos eternamente motivos tão graves, que não carecemos de estar a beliscar-nos a todo o momento com semelhantes puerilidades. Eu dei o mau exemplo; devo ser a primeira a fazer ato de contrição. O senhor é meu marido, e somente meu marido.

— O que lhe disse não é uma banalidade, mas uma convicção profunda, uma cousa séria, a mais séria de minha vida; breve há de reconhecê-lo. Não empreguei a palavra escravo no sentido da domesticidade; seria soberbamente[30] ridículo. Mas a senhora deve saber que o casamento começou por ser a compra da mulher pelo homem; e ainda neste século se usava em Inglaterra, como símbolo do divórcio, levar a repudiada ao mercado e vendê-la ao martelo. Também não ignora que no Oriente há escravas que vivem em suntuosos palácios, tratadas como rainhas.

— As sultanas?

— Ora esse poder ou esse luxo que o homem se arrogou, por que não o terá a mulher deste século e desta sociedade, desde que lhe cresce nas mãos o ouro que é afinal o grande legislador, como o sumo pontífice?

A palavra de Seixas era acre, e queimava os lábios.

— Sou seu marido!... É verdade; como Scheherazade era mulher do sultão.

— Menos o lenço! — acudiu Aurélia com um remoque. Mas a ironia não pôde abafar a sublevação irresistível do pudor, que cerrou-lhe as pálpebras e cobriu-lhe as faces e o colo de vivos rubores.

— Poupemos aos nossos mútuos sarcasmos a augusta santidade do amor conjugal — disse ela, comovida. — Deus não nos concedeu essa inefável alegria, a fonte pura de quanto há de nobre e grande para o coração. Ficamos... Eu pelo menos... órfãos e deserdados dessa bênção celeste; mas nem por isso podemos recusar-lhe a nossa veneração.

Mal acabava de proferir estas palavras sentidas e vindas do íntimo, que a moça arrependida de haver cedido à emoção, desfolhou dos lábios um riso argentino, e afetou o seu costumado tom de volubilidade:

— Quer saber minha opinião? Isto que o senhor chama escravidão, não passa da violência que o forte exerce sobre o fraco; e nesse ponto todos somos mais ou menos escravos, da lei, da opinião, das conveniências, dos prejuízos; uns de sua pobreza, e outros de sua riqueza. Escravos verdadeiros, só conheço um tirano que os faz, é o amor; e este não foi a mim que o cativou.

Achavam-se nesse instante na sala, em face da cadeira ocupada por Adelaide Ribeiro.

— D. Adelaide, faz-me um favor. Guarde-me este fugitivo, e tenha--o cativo, ao menos durante esta contradança.

— É um depósito? — perguntou Adelaide, maliciosamente.
— Aceito; mas sem responsabilidade.
— Não há risco.

Enquanto a mulher de Ribeiro consertava os fofos e a cauda de seu elegante vestido para tomar o braço do par que a dona da casa lhe oferecera com tanta amabilidade, Aurélia estreitando-se ao flanco do marido, disse-lhe ao ouvido e com expressão estas palavras:

— Restituo-lhe sua liberdade. Já o disse uma vez; agora o realizei.

— E eu rejeitei então como agora — respondeu-lhe o marido, no mesmo tom.

— Por quê? — perguntou a moça, com viva interrogação na voz e no olhar.

— Não é porque desejo tolher a sua. Esteja descansada.

— Decerto! — disse Aurélia, com desdenhosa inflexão da fronte.

— A razão, é outra.

— Quero saber.

— Espero em Deus, que a saberá um dia.

Tinham-se afastado alguns passos para não serem ouvidos. Aurélia fitara os olhos no marido, excitada pelo tom das últimas palavras; e preparava-se talvez a exigir a explicação, quando ouviu o frolo do vestido de Adelaide que se aproximava.

Soltou o braço do marido e afastou-se.

A música dava o sinal da quadrilha. Passou o Alfredo Moreira, que vinha borboleteando pela sala, como um sátiro que adeja na silva à cata de uma flor. Fernando adivinhou que essa flor era um par, e encartou-lhe a Adelaide Ribeiro em risco de infringir o código dos salões, faltando às regras da polidez.

— Não tem par, Moreira? Aqui está d. Adelaide, que sem dúvida estimará a troca, pois lhe dá por cavalheiro, em vez de um aposentado, o príncipe da elegância fluminense.

Sem esperar resposta, deixou a moça ao leão que expandia-se como uma tulipa, esticando as guias do bigode encerado. Seixas contava com a sua posição de dono da casa, empenhado em fazer dançar seus convidados para desculpar a estratégia, com que se dispensara da quadrilha.

Frustrou assim o capricho de Aurélia, o qual o incomodara? Por quê? Não poderia bem apurar a razão no encontro das impressões do momento. Desejo de convencer a mulher de sua indiferença para Adelaide; repugnância de prestar-se a esse ludíbrio; necessidade de manter a gravidade duma situação que se complicava; tudo isto passou-lhe pelo espírito.

Corria a reunião sempre animada. Tinham chegado mais convidados; e a partida transformara-se em baile, como muitas vezes acontecia.

A frauta soltou o cintilante prelúdio de uma valsa de Strauss.[31]

Os valsistas afamados deixaram-se ficar de parte, sem dúvida para se fazerem desejar. Os calouros e a gente de encher hesitavam em tomar a dianteira; algum mais afoito achou-se em branco; não encontrou par.

De repente correu pela sala este rumor, a valsa dos casados, e logo após ouviu-se a risada cristalina de Aurélia, esse trilo fresco, límpido, que às vezes escapava-lhe dos lábios como se os seus dentes de pérolas se lhe desfiassem entre os rubins a roçar uns nos outros.

A formosa mulher atravessava a sala pelo braço do velho general barão do T. que para não desmentir o seu garbo marcial, fazia naquele momento prova de um heroísmo superior ao que mostrara na última guerra do Paraguai, onde havia sido um meio Bayard,[32] *sans peur*, mas não *sans reproche*.

O ilustre guerreiro, que nunca voltara o rosto ao canhão, fosse ele Krupp, admitia contudo a possibilidade de curvar-se alguma vez para que a bala não lhe cortasse a pluma do chapéu ou a metralha não lhe queimasse a barba resplandecente como uma nuvem iluminada pelo sol. Mas curvar o peito arcado e altaneiro, bambear a perna firme, rija e direita, quando levava ao braço a mais bela mulher do mundo, era uma cobardia, ainda mais, uma indignidade que ele não podia cometer.

A Lísia Soares acusou Aurélia da lembrança da tal valsa dos casados. Esta defendeu-se:

— A ideia é do general, que está morto por dançar uma valsa com a baronesa. Recordações da mocidade!

O famoso guerreiro não recuou; porém jamais carga de cavalaria contra um quadrado ou uma trincheira, debaixo do fogo cruzado de uma bateria de canhões, custou-lhe como aquela valsa que ele dançou decidido a morrer como um bravo.

IV

Aurélia estava ocupada em reunir os diversos casais e enviá-los ao meio da sala; desembargadores de todo o tope e calibre, conselheiros carunchosos, viscondes mofados, marqueses carranças: tudo tratava de executar-se da melhor vontade, que era o meio de tornar mais leve a penitência.

Nisto chegou-se a Lísia Soares ao braço de Fernando. A travessa trazia nos lábios um sorriso maligno; o olhar beliscava como um alfinete.

— Está muito entretida com os outros e não se lembra de si — disse ela.

— Como? — perguntou Aurélia, voltando-se.

— Não disfarce. A justiça começa por casa; aqui está seu marido. Dê o exemplo.

Aurélia compreendeu a vingança da amiga, despeitada por não valsar com o Alfredo Moreira.

Desde a primeira vez que apareceu na sociedade, depois do luto de sua mãe, Aurélia, que, apesar da palavra afoita e viva, tinha o casto recato de sua pessoa, resolveu não valsar para não arriscar-se a encontrar um desses pares que põem ao vivo a comparação poética da trepadeira enroscada ao tronco musgoso.

Declarou, portanto, que não sabia valsar, e que nunca poderia aprender porque o giro rápido causava-lhe vertigem. Havia nesta segunda parte um fundo de verdade. Quando valsava no colégio com as amigas, sentia tão vivo prazer nessa dança impetuosa, que deixava-se arrebatar e, desprezando o compasso da música, volvia com uma velocidade prodigiosa até que o atordoamento a obrigava a sentar.

Convencida de que ela não sabia realmente valsar, Lísia lembrou-se de tomar uma desforra obrigando-a a fazer triste figura na sala, ou então a retratar-se de sua esquisitice e acabar com a tal valsa dos casados. O que mais estimulara a moça, fora a suspeita de que Aurélia fizera aquilo por maldade, e só para privá-la de dançar com o Moreira.

Nisto era injusta. A razão que movera Aurélia, não sei; mas que ela nesse momento não se lembrava da existência da Lísia e do Moreira, disso posso dar certeza.

— Não seja má, Lísia! — disse Aurélia com um modo queixoso, que não ocultava de todo o fino motejo do olhar.

— Nada, minha cara; você não dispensa ninguém, tenha paciência.
— Eu não sei valsar!
— Aí é que está a graça. Meu pai também não sabia.
— Ela sabe, era meu par no colégio — observou uma senhora.
— Há de dançar.

— Pena de talião — dizia um velho advogado gotoso que voltava da valsa tão estafado como nunca o deixara a mais complicada defesa do júri.

— Caso de justa represália! — acudiu um velho diplomata que fizera sua carreira em eterna *disponibilidade,* sem trocadilhos.

— A coroa cede ante a opinião! — orava um ministro para quem coroa e opinião no Brasil eram a chapa e o cunho da mesma moeda em que se recebia o salário.

As senhoras insistiam para se despicarem da entrega que lhes fizera a dona da casa; as moças por pirraça; e os rapazes pelo desejo de quebrar o encanto a Aurélia, e terem-na daí em diante como par certo de valsa.

— Não é preciso essa revolução. Eu me submeto — disse Aurélia, curvando gentilmente a cabeça.

Dirigindo-se ao marido que estava defronte e a quem a Lísia não consentira que se retirasse, tomou-lhe resolutamente o braço e deixou-se conduzir ao meio da sala.

— Por que se constrange? Não quer valsar; eu tomo sobre mim a recusa — segredou Seixas.

— É questão de vaidade. Compreende a força que tem para nós mulheres, este nosso ponto de honra? — tornou Aurélia também a meia voz.

— Neste momento, não; não compreendo.

— Veja a Lísia como está saboreando o meu vexame de não saber valsar, e o fiasco que me espera? Demais...

Sua voz teve uma nota vibrante.

— Demais, o senhor pode pensar que tenho medo.

Aurélia pousara a mão no ombro do marido e, imprimindo ao talhe um movimento gracioso e ondulado, como o arfar da borboleta que palpita no seio do cacto, colocou-se diante de seu cavalheiro e entregou-lhe a cintura mimosa.

Era a primeira vez, e já tinham mais de seis meses de casados; era a primeira vez que o braço de Seixas enlaçava a cintura de Aurélia.

Explica-se, pois, o estremecimento que ambos sofreram ao mútuo contato, quando essa cadeia viva os surpreendeu.

Balançava-se o airoso par à cadência da música arrebatadora; e todos o admiravam, menos Lísia Soares, que ralava-se de despeito ao ver a silfidez e graça com que Aurélia valsava, triunfando, quando ela esperava humilhá-la.

Aurélia tinha nessa noite um vestido de tule cor de ouro, que a vestia como uma gaze de luz. Com o voltear da valsa, as ondas vaporosas da saia e a manga roçagante do braço que erguera para apoiar-se em seu par, flutuavam como nuvens diáfanas embebidas de sol, e envolviam a ela e ao cavalheiro como um brilhante arrebol.

Parecia que voavam ambos arrebatados ao céu por uma assunção radiosa.

A cabeça de Aurélia afrontara-se, atirada para o ombro com um gesto sobranceiro e uma expressão provocadora, que por certo havia de desairar outro semblante, mas tinha no seu uma sedução irresistível e uma beleza fatal e deslumbrante.

Nunca se fixou na tela, nem se lavrou no mármore, tão sublime imagem da tentação, como aí estava encarnada na altivez fascinante da formosa mulher.

Aos primeiros compassos principiou este rápido diálogo, cortado pelas evoluções da dança:

— Não sei valsar devagar.
— Pois apressemos o passo.
— Não lhe tonteia?
— Não; a cabeça é forte.
— E o coração?
— Este já calejou.
— Pois eu sou o contrário.
— O coração?
— Nunca vacilou.

A moça continuara soltando frases intermitentes.

— A cabeça é que é fraca. Mas que singularidade! Em tudo sou esquisita! Devagar é que tonteio. A casa roda em torno de mim. Depressa não. Quando tudo desaparece...Quando não vejo mais nada... Então sim! Então gosto de valsar! E posso valsar muito tempo!

Passavam perto da música. Seixas disse ao regente da orquestra:

— Apresse o compasso!

O arco do regente deu o sinal.

— Mais! — disse Aurélia.

Amiudaram-se as pancadas do arco.

— Ainda mais! — ordenou a moça.

O arco sibilou. Os instrumentos estrepitaram; as notas despenhavam-se não já em escalas, mas em borbotões. Não era mais valsa de Strauss; era um turbilhão musical, um pampeiro como saía das mãos inspiradas de Liszt.[33]

O lindo par arrojou-se, deixando a trotar classicamente os outros que não podiam acompanhar aquela torrente impetuosa. Obscurecia-se a vista que buscava acompanhá-lo; ele passava nublado por aquela espécie de atmosfera oscilante, que a velocidade da rotação estabelecia em torno de si.

Aurélia cerrara a meio as pálpebras; seus longos cílios franjados, que roçavam o cetim das faces, sombrearam o fogo intenso do olhar, que escapava-se agora em chispas sutis, e feriam o semblante de Seixas como os rutilos de uma estrela.

A valsa é filha das brumas da Alemanha, e irmã das louras valquírias do norte. Talvez sobre essas regiões do gelo, com os doces esplendores da neve, o céu derrame alguma da serenidade e inocência que fruem os bem-aventurados; talvez que os povos da fecunda Germânia, quando vão ao baile, mudem o temperamento com que marcham à guerra, e façam correr nas veias cerveja em vez de sangue.

A ser assim, pode a valsa ter naqueles países as honras de uma dança de sala. Em outra latitude, deve ser desterrada para os bailes públicos, onde os homens gastos vão buscar as sensações fortes, que o ébrio pede ao álcool.

Há nessa dança impetuosa alguma cousa que lembra os mistérios consagrados a Vênus pela Grécia pagã, ou o delírio das bacantes quando agitavam o tirso. "É, na frase do grande poeta, a valsa impura e lasciva, desfolhando as mulheres e as flores."

Nunca a linguagem, que esse rei da palavra chamado Victor Hugo[34] subjuga e maneja como um brioso corcel, prestou-se à mais eloquente expressão do pensamento. É realmente a desfolha da mulher, a despolpa de sua beleza e de sua pessoa, o que a valsa impudica faz no meio da sala, em plena luz, aos olhos da turba ávida e curiosa.

As senhoras não gostam da valsa, senão pelo prazer de sentirem-se arrebatadas no turbilhão. Há uma delícia, uma voluptuosidade pura e inocente, nessa embriaguez da velocidade. Aos volteios rápidos, a mulher sente nascer-lhe as asas, e pensa que voa; rompe-se o casulo de seda; desfralda-se a borboleta.

Mas é justamente aí que está o perigo. Esse enlevo inocente da dança entrega a mulher palpitante, inebriada, às tentações do cavalheiro, delicado embora, mas homem, que ela sem querer está provocando com o casto requebro de seu talhe e traspassando com as tépidas emanações de seu corpo.

O que é a valsa, mostrava-o aquele formoso par que girava na sala; e ao qual entretanto defendia dos olhos maliciosos a casta e santa auréola da graça conjugal, com que Deus os abençoara.

Fernando arrependia-se de ter cedido ao desejo da mulher e começava, ele, um dos impertérritos valsistas da Corte, a recear a vertigem.

Seu olhar alucinado pelas fascinações de que se coroava naquele instante a beleza de Aurélia, tentou desviar-se e vagou pela sala. Voltou porém atraído por força poderosa e embebeu-se no êxtase da adoração...

Quando a mão de Aurélia calcava-lhe no ombro, transmitindo-lhe com a branda e macia pressão o seu doce calor, era como se todo seu organismo estivesse ali, naquele ponto em que um fluido magnético o punha em comunicação com a moça.

Depois essa estranha sensação tornou-se ainda mais intensa. Já não tinha consciência de si para perceber distintamente a pressão dos dedos em seu ombro. O que se passava nele era uma verdadeira intuscepção da forma peregrina dessa mulher, que ele via em face, mas sentia dentro em si.

Aurélia não consente, como outras, que seu cavalheiro a conchegue ao peito. Entre os bustos de ambos mantém-se a distância necessária para que não se unam com o volver da dança; e tanto que deixam passagem à claridade do gás.

Entretanto a sensação viva que Fernando experimenta neste momento é a do contato estreito, íntimo, do talhe palpitante da moça, como se o tivesse fechado em seus braços; sua calma, semelhante ao molde que concebe a cera branda, vazava em si formosa estátua e recebia o seu toque mavioso.

Se o colo de Aurélia pulsava rápido no ofego da valsa, embora os rafas do decote nem de leve roçassem o colete, ele, fechando os olhos e recolhendo-se, palpava em seu peito a rija galba do seio voluptuoso.

Se um retraimento lascivo, peculiar à raça felina, imprimia ao dorso de Aurélia uma flexão ondulosa, que dilatando-se no abalo nervoso, brandia o corpo esbelto, essa vibração elétrica repercutia em todo o organismo de Seixas.

Era uma verdadeira transfusão operada pelo toque da mão da moça no ombro do marido, e da mão deste na cintura dela; mas sobretudo pelos olhos que se imergiam, e pelas respirações que se trocavam.

Não há flor de aroma delicado, como a boca pura e fresca de uma moça.

Outros perfumes conheço mais vivos, alguns fortes e excitantes: nenhum tem a maga suavidade de um hálito de rosas, fragrância de sua alma, que Aurélia infundia nos lábios do cavalheiro.

Neste deleite em que se engolfava, teve Seixas um momento de recobro, e pressentiu o perigo. Quis então parar e pôr termo a essa prova terrível a que a mulher o submetera, certamente no propósito de o render a seu império, como já uma vez a fizera, naquela noite do divã, noite cruel de que ainda conservava a pungente recordação.

Para preparar a parada, conteve a velocidade do passo. Percebeu Aurélia o leve movimento, se não teve a repercussão do pensamento do marido, antes que este o realizasse. Os lábios murmuraram uma palavra súplice:

— Não!

As pálpebras ergueram-se; os grandes olhos, cheios de luz e de amor, inundaram o semblante de Seixas, e cerraram-se logo levando--lhe toda a vontade e consciência, como uma onda que depois de espraiar-se, reflui, trazendo no seio quanto encontrou em sua passagem.

Seixas abdicou de si, e arrojou-se novamente no turbilhão. Tudo isto se passara em breves momentos, durante o espaço que o par valsante levara para descrever pelo vasto salão duas ou três elipses.

Nos quatro cantos da casa, havia para ornato altas jardineiras de bronze verdadeiro e de trabalho artístico, lembrança de Aurélia que as encomendara da Europa.

Eram grupos agrestes, onde se tinham disposto os lugares dos vasos; mas estes em vez de flores, recebiam plantas vivas, que formavam assim um bosque a cada ângulo da sala, concorrendo para dar-lhe o aspecto campestre, que tanto se aprecia agora e com razão.

Há nada mais encantador do que trazer o campo para dentro da cidade e até da casa; do que entrelaçar com as magnificências do luxo as galas inimitáveis da natureza?

No enlance da valsa, o lindo par, ansioso de espaço, e sentindo-se apertado na sala, alongara a elipse até a extremidade, voltando por detrás de uma das jardineiras, onde não estava ninguém naquela ocasião.

Houve um ápice, rápido como o pensamento, em que o par achou-se oculto pelas longas palmas de uma musácea, que se arqueavam graciosamente em umbela. Nesse momento um relâmpago cegou-os a ambos.

Duas rosas se embalam cada uma em sua haste à aragem da tarde; inclinam de leve o cálix e frisam-se roçando às pétalas. Assim tocaram-se as frontes de Aurélia e Fernando, e os lábios de ambos afloraram-se no sutil perpasse.

Foi um relance. O elegante par sumira-se atrás da folhagem, e já emergia da sombra e nadava na claridade deslumbrante da sala que ia de novo atravessar na elipse fugaz.

Mas Fernando sentiu na face um sopro gelado. Olhou: Aurélia estava desmaiada em seus braços. A gentil cabeça ao desfalecer não vergara para o peito. Como se a prendesse o ímã dos olhos que a enlevara, inclinou à espádua do cavalheiro, com o rosto voltado para ele.

Os lábios descorados moviam-se brandamente, como se a sua alma, que ali ficara, estivesse conversando com a outra alma que ali passara.

Seixas ergueu a mulher nos braços e levou-a da sala.

V

No meio do alvoroço causado pelo incidente, enquanto acudiam médicos, vinham os sais e corriam as amigas, umas inquietas, e outras curiosas, choviam os comentos.

— Que imprudência!
— Aquele desespero!... Eu logo vi!
— E ela que não tem costume de valsar.

— Quis fazer-se de forte!

— Não é, senhora; aquilo foi o vestido. Não vê como acocha a cintura.

— Ora! Romantismo!... — dizia Lísia com um muxoxo, e acrescentou para Adelaide: — Acredita no desmaio?

— Pensa que foi fingimento?

— Requebros com o marido. Queria que ele a carregasse no meio da sala e à vista de todos. Gosta de mostrar que Seixas a adora e derrete-se por ela! Pudera não! Uma boneca de mil contos!...

Nesse tema continuou a menina, que tinha a balda muito comum de falar como um realejo, pensando que assim abismava os outros com um espírito gasoso, quando ao contrário aguava o que a natureza lhe dera.

Entretanto Seixas tinha conduzido a mulher ao toucador e deitara o belo corpo desmaiado em um sofá. Estava inquieto, mas não aflito. No transportar a moça havia sentido o calor de sua epiderme e o pulsar do coração. Não passava o acidente de ligeira síncope.

Com efeito, antes que a inundassem de éter ou álcali, e que lhe desatassem a cintura, Aurélia abriu os olhos e arredou com um gesto as pessoas que se apinhavam junto ao sofá.

— Não é nada: uma tonteira, já passou.

O médico que tomava-lhe o pulso confirmou, limitando-se a recomendar além do repouso, o desafogo do vestido para respirar melhor.

— Não é preciso; basta que me deixem espaço — respondeu Aurélia.

Retiraram-se todas as senhoras, e voltaram à sala. D. Firmina demorou-se com intenção de não deixar a moça; mas esta pediu-lhe que a substituísse nas funções de dona da casa.

— Fernando fica. Vá para a sala; e faça continuar a dança. Estou boa; não tenho nada. Se constrangerem-se, é que me incomodam; cismarei que estou doente!

D. Firmina riu-se, inclinou-se para beijar a moça na testa e voltou à sala. Ao aproximar-se da porta, viu alguns curiosos que espiavam para dentro, e cerrou as duas bandas fechando-as com a aldraba.

Aurélia ficara deitada no sofá, de costas, na posição inclinada em que Seixas a colocara sobre as almofadas. Quando d. Firmina afastou-se, ela cerrara outra vez as pálpebras, e engolfou-se no sonho delicioso a que a tinham arrancado.

Sua mão tateou hesitando pela borda do sofá, e encontrou a de Seixas que estava sentado junto dela, e contemplava a formosa mulher, ainda mais bela nesse langue delíquio, do que em suas deslumbrantes irradiações.

— Eu caí na sala?... — murmurou Aurélia, sem abrir os olhos, e corando de leve.

— Não — respondeu Seixas.

— Quem segurou-me?

— Podia eu confiá-la a outro? — disse Fernando.

Os dedos da moça responderam apertando a mão do marido.

— Quando vi que tinha desmaiado, tomei-a nos braços e trouxe-a para aqui.

— Para onde?

— Para seu toucador. Não conhece?

— Não me lembro.

Seixas calou-se. Aurélia permaneceu na mesma imobilidade, com a mão do marido presa na sua, que às vezes recebendo uma ligeira vibração contraía-se.

Nisto bateram discretamente à porta. Seixas fez movimento de erguer-se para ver quem era; mas Aurélia ao fugir-lhe a mão que tinha na sua, ergueu-se em pé de um jacto, e lançando os dois braços ao colo do marido, curvou-o sob esse jugo irresistível.

Seixas foi obrigado a sentar-se outra vez; e Aurélia deixando-se cair também sentada sobre o sofá, o retinha fechado na mimosa cadeia, enquanto dardejava à porta o olhar colérico, erigindo o busto com a retração serpe que enrista-se para o bote.

Que se passava nesse momento no espírito da moça exaltada pelas comoções dessa noite?

Afigurava-se a Aurélia que achara enfim a encarnação de seu ideal, o homem a quem adorava, e cuja sombra a tinha cruelmente escarnecido até àquele instante, esvanecendo-se quando ela julgava tê-lo diante dos olhos.

Agora que o achara, que ele aí estava perto dela, que tomara posse de sua vida, parecia-lhe no desvario de sua alucinação que o queriam disputar-lhe, arrancando-o de seus braços, e deixando-a outra vez na viuvez em que se estava consumindo.

— Não!... Não quero!... — exclamou com veemência.

Continuavam a bater.

— Podem abrir, Aurélia, e surpreender-nos!

Estas palavras do marido, ou antes o receio que as ditava, provocaram em Aurélia um assomo ainda mais impetuoso.

— Que me importa a mim a opinião dessa gente?... Que me importa esse mundo, que separou-nos! Eu o desprezo. Mas não consentirei que me roube meu marido, não? Tu me pertences, Fernando; és meu, meu só, comprei-te, oh! sim, comprei-te muito caro...

Fernando erguera-se como impelido por violenta distensão de uma mola e tão alheio de si que não ouviu o fim da frase:

— Pois foi ao preço de minhas lágrimas e das ilusões de minha vida — concluiu a moça, que ao movimento de Seixas soerguera-se também suspensa pela cadeia com que lhe cingia o pescoço.

Seixas dominara o ímpeto que o precipitava, e conseguiu afogá-lo no escárnio, que é uma válvula para essas grandes comoções da alma. Sentou-se de novo, e murmurou ao ouvido da mulher, que o inundava com seu olhar:

— O lenço?

— O lenço?... — repetiu a moça maquinalmente.

E apanhando seu lenço de rendas que jazia sobre o sofá, olhou-o como se buscasse nele explicação daquela singular pergunta do marido.

Súbito estremeceu com abalo tão forte que a levantou em pé, soberba de ira e indignação.

Não se desmanchara um só anel de seus cabelos, que se cacheavam em torno da cerviz com a mesma correção, não se amarrotara nenhum dos folhos de seu trajo vaporoso e todavia quem contemplasse Aurélia nesse momento, acreditaria na desordem do lindo vestuário, tal era a exacerbação que perspirava de toda sua pessoa.

A aurora serena dessa beleza, ainda há pouco dourada dos níveos raios de luz coada pelo cristal fosco, transformara-se de repente na tarde incendiada pelos sinistros clarões da borrasca. A estrela fizera-se relâmpago; o anjo despira as asas celestes, e vestira o fulgor lucífero. Aurélia soltou uma gargalhada:

— Tem razão!... É o único amor que pode haver entre nós!

A mão da moça que machucava convulsivamente o lenço, ergueu-se para arremessá-lo a Seixas, com as palavras de desprezo que acabava de proferir. Mas foi apenas um simulacro; a meio do gesto a mão retraíra-se com energia

— Se fosse possível que eu decaísse de minha virtude, e até da minha altivez, havia um homem a quem não me rebaixaria jamais! De todas as indignidades, a maior seria a profanação do único amor de minha vida!

Com o sibilo da voz da moça ao soltar estas frases, misturou-se o esgarço das rendas do lenço que ela acabava de despedaçar. Aproximando então as tiras do gás que ardia em uma arandela ao lado do espelho do toucador, comunicou-lhes a chama e deixou-as consumirem-se sobre o mármore.

Haverá quem acuse Seixas, de ter, no momento em que a mulher lhe fazia confissão de seu amor e lhe oferecia um perdão espontâneo, proferido aquela palavra que envolvia um insulto cruel.

Ele próprio, que pouco antes não achava uma expressão bastante eloquente para sua revolta, ali estava agora arrependido, com os olhos compassivos fitos na mulher, que abria uma janela, e encostava-se à sacada para banhar-se na brisa e na treva da noite.

E não só arrependia-se. Pela primeira vez duvidava disso a que ele chamava sua honra.

Na mesma noite em que Aurélia lhe infligira a atroz humilhação desse consórcio monstruoso do sarcasmo com a vergonha, Seixas considerou-se impossível para semelhante mulher. Não poderia amá-la nunca mais, e ainda menos aceitar seu amor.

Até o momento da revelação afrontosa, seu procedimento podia ser repreensível ante uma moral severa: mas não ia além de um casamento de conveniência, cousa banal e frequente, que tinha não somente a tolerância, como a consagração da sociedade.

Desde porém que esse casamento de conveniência fora convertido em um mercado positivo, ele julgava uma infâmia para si, envolver sua alma e afundá-la nessa transação torpe.

Seu corpo sim estava vendido; ele não o podia subtrair ao indigno mister, desde que havia recebido o salário. Mas a alma nunca! Tivesse-o embora essa mulher na conta de um especulador sem escrúpulos, ele sentia que a honra não o abandonara; e que se outrora ia-se embotando, esse acidente lhe restituíra o vigor.

Foi este pensamento, que Seixas sob a impressão das suspeitas relativas ao Abreu, enunciou de um modo vago a Aurélia no diálogo que travara com ela no princípio da noite.

Veio, porém, a valsa, e ele subjugado pela beleza da mulher, e por sua prodigiosa fascinação, esqueceu todos os protestos de dignidade; só viveu na adoração do ídolo, a que não o conseguira arrancar sua apostasia.

O desmaio arrefeceu a exaltação do amante. Sentado à cabeceira do sofá, onde Aurélia se conservava deitada, com os olhos cerrados, apertando-lhe a mão por intermitentes pulsações dos dedos, ele não se pôde esquivar a uma reflexão, que o reclamava.

Aquela vertigem súbita na circunstância em que se dera, e tão prontamente dissipada, seria uma afetação? Não estaria a moça representando uma cena da comédia matrimonial que a divertia?

Seixas, apesar da revolução que nele se havia operado nos últimos seis meses, ainda não gastara de todo seus hábitos de homem de sociedade para quem a vida é uma série de etiquetas e cerimônias, regradas pelo uso.

A rotina da sala não conhece os movimentos impetuosos e desordenados das paixões. Ali tudo se faz com regra e medida. Uma menina que desde os sete anos se habitua a entregar os lábios às carícias dos amigos da casa, recebe o seu primeiro beijo de amor com um pudor gracioso, mas sereno.

E o homem que sugara tantas bocas travessas, como se fossem os cálices de cristal rosa onde libava goles de moscatel; esse homem que tivera em seus braços, calmas e risonhas, tantas namoradas, podia compreender que a ponta da asa de um ósculo, pois não fora outra cousa, causasse um desmaio?

Aurélia tinha em suas relações com o marido, especialmente nos instantes de animação, gestos e atitudes de uma grande expressão dramática. Esses movimentos naturais não eram senão acenos das paixões e sentimentos de sua alma; pareciam artísticos porque revestiam-se de uma suprema elegância.

Seixas, admirando-os como poeta, suspeitava-os de teatrais; por isso entrou-o a desconfiança de que Aurélia preparava-lhe com todos aqueles rendimentos uma nova humilhação, igual, senão maior, do que a da noite do baile, naquele mesmo toucador.

Foi nessa disposição de espírito que penetrou-o como a lâmina de um estilete a frase *comprei-o bem caro*, que o lábio de Aurélia vibrava com viva entonação. Não ouviu mais nada; fez-se em sua consciência um imenso deserto que enchia a só ideia do mercado aviltante.

O pensamento que o dominara antes da valsa, e que um enlevo passageiro havia sopitado, ressurgiu.

Ele refugiou-se no sarcasmo, que desde o casamento era um derivativo às sublevações de sua cólera. Sem intenção de injúria, somente como acerba ironia, soltou a palavra de que se arrependera.

Entretanto Aurélia na janela derramava a vista pelo azul da atmosfera onde se recortava o perfil das montanhas. Uma nebulosa vislumbrava o seu vago lampejo.

A moça ficou olhando-a um instante; e cuidou ver o rasto de sua alma que subia ao céu.

— O ar da noite deve fazer-lhe mal, sobretudo agitada como está — disse Fernando, timidamente.

Julgando que a moça não o ouvira, aproximou-se e repetiu sua observação.

— Engana-se! Estou calma; perfeitamente calma! — disse a moça, e para exibir a prova de sua afirmação deixou a sacada, e expôs-se à claridade do gás.

Tinha no semblante, e em todo o aspecto, a inalterável serenidade de que sabia revestir-se, quando queria conter e domar os impulsos da paixão.

Fernando deu um passo e ia talvez pedir-lhe perdão, quando a porta abriu-se. A pessoa que batera antes, como não lhe abrissem, insistiu; mas desta vez resolveu-se a levantar a aldraba. Era d. Firmina, que vinha saber notícias da moça.

— Bravo! Já de pé?

— E pronta para dançar! — respondeu Aurélia, rindo-se.

Aproximou-se do psichê, compôs as ligeiras perturbações de seu trajo, anelou um cacho dos cabelos, concertou os fofos da saia, e tomou o braço do marido para entrar na sala.

— Não faça imprudências, Aurélia! — disse d. Firmina.

— Não tenha susto! Agora estou preservada.

A viúva não entendeu. Aurélia, afastando-se, atirou em voz rápida esta advertência ao marido, cuja fisionomia conservava os traços das comoções por que passara:

— Sejamos desgraçados, mas não ridículos. Tudo, menos dar minha vida em espetáculo a este mundo escarninho.

Todos estes incidentes foram curtos e sucederam-se tão breves, que um quarto de hora depois do desmaio, Aurélia entrava no salão pelo braço do marido, tão fresca e viçosa como no princípio do baile, e ainda mais deslumbrante de beleza.

Seus convidados, ao vê-la, caminharam ao seu encontro, mas não puderam apresentar-lhe suas felicitações, porque a orquestra despejava o mesmo turbilhão da valsa de Strauss, e Aurélia volteava na sala com o marido.

— Que loucura!

Foi a voz que se ouviu de todos os cantos, Seixas quisera demovê-la, mas ela o emudecera com uma palavra:

— É a reparação que o senhor me deve.

Valsaram tanto tempo quanto da primeira vez, e o mínimo alvoroço não agitou esses dois corações, que ainda há pouco se confundiam na mesma pulsação, e agora batiam isolados e cadentes, apenas agitados pelo movimento, como ponteiros de relógio. Havia entre ambos um oceano de gelo.

Acabada a valsa, Aurélia recebeu risonha as felicitações das amigas e convidados; Seixas, censuras e exprobrações por ter consentido em dançar segunda vez com a mulher.

— Podia ser-lhe fatal!

— Era preciso curar-me da vertigem — acudiu Aurélia, rindo. — Ele tinha obrigação.

— E agora está curada? — perguntou o general.

— Oh! para sempre!

O baile continuou cada vez mais animado.

VI

Tinha saído o último dos convidados. Seixas voltava de conduzir ao carro d. Margarida Ferreira. Aurélia, que o esperava, deu-lhe boa noite e ia retirar-se. Fernando a atalhou:

— Desejo dar-lhe uma explicação!

— É inútil.

— Não tive intenção de ofendê-la.

— De certo; um cavalheiro tão delicado não podia injuriar uma senhora.

— Uma cousa desagradável que ouvi e que me afligiu profundamente, tirou-me do meu natural. Não estava calmo; em todo o caso referi-me unicamente à minha posição, sem desígnio de qualquer alusão...

— É a história de ontem, que o senhor me está contando! — exclamou Aurélia e apontou para o mostrador da pêndula que marcava duas horas. — Tratemos de amanhã. Vamos dormir.

Fazendo ao marido uma risonha mesura, a moça deixou-o na sala e recolheu-se a seus aposentos, onde a esperava a mucama para despi-la.

— Podes ir; não preciso de ti.

Aurélia conservava de sua pobreza o costume de bastar-se para o serviço de sua pessoa; como não gostava de entregar seu corpo a mãos alheias, nem consentia que outros olhos que não os seus lhe devassassem o natural recato, poupava sempre que podia a mucama, a qual já não estranhava esse modo.

Fechada a porta por dentro, a moça em um instante operou a sua metamorfose. O trajo de baile ficou sobre o tapete, defronte do espelho, como as asas da borboleta que finou-se no seio da flor; surgiu dali, daquele desmoronamento de sedas, a casta menina envolta em seu alvo roupão de cambraia.

Sentou-se no sofá onde estivera poucas horas antes com Seixas, e ficou pensativa. Até que levantou-se para ir correr a cortina ao quadro e acender a arandela próxima.

Esteve contemplando o retrato e falou-lhe, como se tivesse diante de si o homem, de quem via a imagem.

— Tu me amas!... — exclamou cheia de júbilo. — Negues embora, eu o conheço; eu o vejo em ti, e sinto-o em mim! Um homem de fina educação, como és, só insulta a mulher quando a ama e com paixão! Tu me insultaste, porque o meu amor era mais forte que tu, porque aniquilava a tua natureza, e fez do cavalheiro que és, um déspota feroz! Não te desculpes, não! Não foste tu, foi o ciúme, que é um sentimento grosseiro e brutal. Eu bem o conheço!... Tu me amas!... Ainda podemos ser felizes! Oh! então havemos de viver a dobro, para descontar esses dias que desvivemos!

A gentil senhora apoiou-se à moldura do quadro, e outra vez ficou pensativa.

— E por que não podemos ser felizes desde este momento? Ele está ali, pensando em mim; talvez me espera! Basta-me abrir aquela porta. Virá suplicar-me seu perdão, eu o receberei em meus braços; e estaremos para sempre unidos!

Um sorriso divino iluminou a formosa mulher. Ela desceu do estrado e atravessou a câmara de dormir, com o passo trêmulo, mas afoito, e as faces a arderem.

Chegou à porta; afastou o reposteiro azul; aplicou o ouvido; sorriu; murmurou baixinho o nome do marido; recordou as notas apaixonadas com que a Stolz cantava a ária da *Favorita: Oh! mio Fernando!*

Afinal procurou a chave. Não estava na fechadura. Ela própria a havia tirado, e guardara na gaveta de sua escrivaninha de araribá-rosa. Voltou impaciente para procurá-la. Quando sua mão tocou o aço, a impressão fria do metal produziu-lhe um arrepio. Rejeitou a chave, e fechou a gaveta.

— Não! É cedo! É preciso que ele me ame bastante para vencer-me a mim, e não só para se deixar vencer. Eu posso, não o duvido mais, eu posso, no momento em que me aprouver, trazê-lo aqui, a meus pés, suplicante, ébrio de amor, subjugado ao meu aceno. Eu posso obrigá-lo a sacrificar-me tudo, a sua dignidade, os seus brios, os últimos escrúpulos de sua consciência. Mas no outro dia ambos acordaríamos desse horrível pesadelo, eu para desprezá-lo, ele para odiar-me. Então é que nunca mais nos perdoaríamos, eu a ele, o meu amor profanado, ele a mim, o seu caráter abatido. Então é que principiaria a eterna separação.

Depois de breve pausa, continuou falando outra vez ao retrato:

— Quando ele convencer-me do seu amor e arrancar de meu coração a última raiz desta dúvida atroz, que o dilacera; quando nele encontrar-te a ti, o meu ideal, o soberano de meu amor; quando tu e ele fores um, e que eu não vos possa distinguir nem no meu afeto, nem nas minhas recordações; nesse dia, eu lhe pertenço... Não, que já lhe pertenço agora e sempre, desde que o amei!... Nesse dia tomará posse de minha alma, e a fará sua!

Afastando-se, a moça levava ainda o pensamento de seu amor que subiu ao céu na primeira frase da prece da noite.

— Concedei, meu Deus, que seja breve! — dizia ela cruzando as mãos, de joelhos no escabelo, e com os olhos em um crucifixo de prata e ébano.

Terminada a prece, Aurélia fechou o gás, deixando apenas no toucador uma lamparina, cujos frouxos vislumbres esclareciam o rosto do retrato.

De sua cama, onde se acabava de aninhar como uma rola, entre os finos lençóis de irlanda, com a cabeça no travesseiro, ela via pela porta aberta, lá no toucador, a imagem querida; e com os olhos nela adormeceu, passando, como costumava, de um sonho a outro, ou antes continuando o mesmo e único sonho, que era toda sua vida.

Os choques dessas duas almas, que uma fatalidade prendera, para arrojá-las uma contra outra, produziam sempre afastamento e frieza durante algum tempo. A remissão foi mais sensível e duradoura depois da noite do baile, porque também a crise fora mais violenta.

Durante estas pausas, Aurélia observava o marido, e assistia comovida à transformação que se fora operando naquele caráter, outrora frágil, mundano e volúbil, a quem uma salutar influência restituía gradualmente à sua natureza generosa.

Ela adivinhava ou, antes, via, que sua lembrança enchia a vida do marido e a ocupava toda. A cada instante, na menor circunstância, revelava-se essa possessão absoluta que tomara naquela alma. Havia em Fernando uma como repercussão dela.

Sabia que a atenção do marido nunca a deixava de todo, embora a solicitassem assuntos da maior importância, ou pessoas de consideração. Na sociedade, como em família, ela descobria através dos disfarces o olhar que a buscava, muitas vezes no reflexo do espelho, ou por entre uma fresta de cortina; e quando não era o olhar, o ouvido preso à sua voz.

As flores que Seixas regava eram as hortênsias, suas prediletas, dela Aurélia. Quando aproximava-se do viveiro, os canários mimosos da senhora mereciam todas as suas carícias. No jardim, como em casa, os sítios favoritos, fora ela quem os escolhera.

Aurélia não gostava de Byron, embora o admirasse. Seu poeta querido era Shakespeare, em quem achava não o simples cantor, mas o sublime escultor da paixão.

Muitas vezes aconteceu-lhe pensar que ela podia ser uma heroína dessa grande epopeia da mulher, escrita pelo imortal poeta. No dia do casamento, sua imaginação exaltada chegou a sonhar uma morte semelhante à de Desdêmona.[35]

Seixas renegara o poeta de seus antigos devaneios, para afeiçoar-se ao trágico inglês, que ele outrora achava monstruoso e ridículo. Lia os mesmos livros que ela; os pensamentos de ambos encontravam-se nas páginas que um já tinha percorrido, e confundiam-se. Aplaudiam reciprocamente ou censuravam.

Poucas mulheres possuíam como Aurélia esposo tão dedicado e tão preso à sua vida. Seixas não estava ausente senão o tempo do emprego; o resto do dia passava-o em sua companhia, na intimidade doméstica, ou nas visitas e reuniões.

Desde os primeiros dias, no seu propósito de passiva obediência, o marido se impusera a tarefa de lhe dar uma conta minuciosa das horas passadas fora de casa, dos acidentes da viagem, dos encontros que fizera, e até dos trabalhos da secretaria.

Aquilo que não passava de uma ironia do marido, veio a tornar-se um costume; e ela que a princípio incomodara-se com a fingida subserviência, não pôde mais tarde dispensar essa confidência que lhe restituía a pequena fração da existência de Seixas, vivida longe de si.

Mas não era unicamente a possessão dela pelo amor, que se operara em Seixas; era também a assimilação do caráter.

Como todas as almas que se regeneram, a de Seixas exercia sobre si mesma uma disciplina rigorosa. Tinha severidade que em outras circunstâncias haviam de parecer ridículas. A desculpa, o inofensivo pretexto tomavam para ele proporções de mentira. A amabilidade constante e geral era a hipocrisia; os indiferentes não tinham direito senão à polidez, e não podiam usurpar os privilégios da amizade.

Algumas vezes, Aurélia de parte o ouvira conversando acerca de outros reprovar essa existência de negaças e galanteios, em que ele consumira os primeiros anos da mocidade. Em qualquer ocasião revelava-se o seu modo grave e austero de considerar agora a sociedade, e de resolver as questões práticas da vida.

Como uma cera branda, o homem de coração e de honra se formara aos toques da mão de Aurélia. Se o artista que cinzela o mármore enche-se de entusiasmos ao ver a sua concepção, que surge-lhe do buril, imagine-se quais seriam os júbilos da moça, sentindo plasmar-se de sua alma, a estátua de seu ideal, encarnação de seu amor.

Assim, apesar da esquivança que sucedera ao baile, o drama dessa paixão encaminhava-se a um desenlace feliz, quando um incidente veio complicá-lo, perturbando seu desenvolvimento e precipitando o desfecho.

Já se tinha desvanecido a impressão da cena violenta, e voltava aos poucos a calma intimidade.

Fernando saíra para a repartição. Ao chegar à cidade avistou-se com um negociante seu antigo conhecido.

— Estimo muito encontrá-lo. Tenho uma boa notícia a dar-lhe. Aquele privilégio afinal desencantou-se.

— Qual privilégio? — perguntou Seixas, surpreso.

— Ora! Já esqueceu? Não faz mais caso dessas ninharias? O nosso privilégio de minas de cobre...

— Ah! já sei! — atalhou o moço, um tanto perturbado.

— Pois o Fróis sempre conseguiu vendê-lo em Londres. Deram uma bagatela; cinquenta contos de réis. Em todo o caso é melhor que nada, porque do tal cobre das minas, meu caro, eu já não esperava nem um tacho. Veio-me a notícia pelo último paquete; fazia tenção de procurá-lo todos os dias, e faltou-me o tempo. Felizmente encontrei-o. Desculpe.

— Não há de que, sr. Barbosa.

— Deduzidas umas despesas que se fizeram, toca-nos a cada um cousa de 15 contos e pouco. Quando quiser receber sua parte, é mandar-me a cautela que lhe passei.

— A cautela?

— Aposto que a vendeu?

— Não; devo tê-la em casa.

— Pois à vista dela... Passar bem.

Despediu-se o Barbosa, e Seixas continuou seu caminho, mas distraído e perplexo. A notícia dada pelo negociante sugeria-lhe várias e encontradas reflexões.

Aquele privilégio era um póstumo da antiga existência, que findara-se com o seu casamento. Começara a desenvolver-se a febre das empresas; um espertalhão teve a ideia da exploração de umas minas de cobre em São Paulo; e para obter a concessão lembrou-se de associar à especulação um negociante que fornecesse os fundos, e um empregado que abrisse os canais administrativos.

Seixas achava-se em relações com o Fróis, e veio a ser o empregado escolhido. A seu pedido o requerimento subiu ao ministro, como um balão, cheio do gás de pomposas informações. O despacho não se demorou. O oficial de gabinete o alcançara fumando um charuto com seu ministro, e dando-lhe os mais amplos esclarecimentos, não sobre a projetada empresa, mas sobre uma bela mulher, por quem a Excelência se apaixonara.

Concedido o privilégio, tratou o Fróis de negociá-lo, muito esperançoso de obter pelo menos uns trezentos contos. Mas essas esperanças mofaram, e os três associados chegaram a acreditar que suas minas de cobre em papel valiam menos de que o tacho velho, pelo qual os carcamanos sempre dão uma meia pataca.

Seixas não pensou mais nisso, e desde então ficou na ignorância das tentativas do Fróis e de seus cálculos de probabilidade, até receber nesse momento a notícia da venda do privilégio, que lhe trazia de repente e inesperadamente um lucro de 15 contos.

O primeiro e o mais vivo movimento que em Seixas produziu a notícia foi de alegria pelo ganho dessa quantia que tinha para ele um preço incalculável. Assaltou-o, porém, certo desgosto, pela origem daquele dinheiro. A intervenção de um empregado público nestes negócios, se outrora lhe parecera lícita, já não era apreciada por ele com a mesma tolerância.

Quaisquer, porém, que fossem seus escrúpulos, ele carecia desse dinheiro, e julgava-se com direito de empregá-lo em serviço de tamanho alcance, como era aquele a que o destinava, salva mais tarde a restituição da quantia por um meio indireto, para descargo desses escrúpulos de consciência.

Tomada esta resolução, sobreveio-lhe um receio acerca da cautela passada pelo negociante como capitalista da empresa. Não recordava-se de ter visto o papel desde muito tempo, talvez três anos. Onde andaria? Na queima que fizera em vésperas de casar-se, teria sido poupada essa inutilidade?

Grande importância devia Seixas ligar a esse negócio, pois estando já a trabalhar na repartição, interrompeu sua rigorosa assiduidade. Meteu-se em um tílburi, e correu a casa, esperando achar-se de volta em uma hora.

VII

Deviam ser 11 horas, quando o tílburi chegou a Laranjeiras.

Seixas, embora não pensasse em ocultar-se, desejava para não despertar a curiosidade, que em casa se não apercebessem de sua volta.

Mandou parar o tílburi a alguma distância, e subiu sem rumor a escada particular que levava a seus aposentos.

A porta do gabinete estava fechada interiormente, e ele esquecera essa manhã de levar a chave. Foi obrigado portanto a dar a volta pela saleta. Àquela hora Aurélia e d. Firmina costumavam estar no interior; passaria sem que o vissem.

Estranhou achar a porta da saleta cerrada, embora não fechada com o trinco; supôs que, não estando presa ao rodapé pelo ferrolho, o vento a tivesse encostado.

Empurrou-a devagar e entrou, para estacar na soleira pálido e estupefato.

No sofá colocado ao longo da parede, que lhe ficava à esquerda, viu Aurélia sentada, e conversando de um modo animado e instante com Eduardo Abreu que ocupava a cadeira próxima, e tinha a cabeça baixa.

Erguendo os olhos sem animar-se a fitá-los na moça, deu o mancebo com o vulto transtornado de Seixas em pé na porta, a encará-lo; e levantou-se por um impulso irresistível.

Foi então que Aurélia avistou o marido, cuja presença imprevista e semblante demudado a perturbaram, mas rápido, quase imperceptivelmente. Com a segurança que tinha de si, prontamente recobrou-se.

— Pode entrar, Fernando! — disse ela a sorrir.

— Não quero perturbá-los — respondeu Seixas, desprendendo a custo a voz dos lábios secos.

— O negócio é urgente — tornou ela —, mas pode bem suportar a demora de alguns minutos. — Sente-se, sr. Abreu!

Seixas dera alguns passos automaticamente pela sala adentro.

— Não foi hoje à repartição? — perguntou Aurélia, para disfarçar a confusão dos dous, o marido e o hóspede.

—Voltei à procura de um papel que me esqueceu. Com licença!

Seixas aproveitara o primeiro ensejo para fugir desse lugar, onde temia representar alguma cena ridícula ou medonha. Fazendo um cumprimento a esmo, retirou-se apressado na direção de seus aposentos.

Se até ali tinha necessidade de dinheiro, agora mais do que nunca. Foi direto à sua secretária; abriu a gaveta onde guardava os seus papéis antigos; espalhou-os pelo tapete de mistura com outros objetos, e encontrando afinal a cautela que procurava, saiu precipitadamente pela escada particular.

Parou na porta para deixar passar o Abreu que descia; quando o viu longe, meteu-se no tílburi e voltou à cidade.

Aurélia, logo que o marido retirou-se, estendeu a mão a Abreu dizendo-lhe:

— Não tem o direito de recusar, e espero que não me prive desta satisfação. Adeus, seja feliz.

O mancebo apertou comovido a mão gentil que lhe era oferecida com tanta sinceridade, e, balbuciando expressões de reconhecimento, despediu-se.

Apenas ele desapareceu na escada, Aurélia dirigiu-se ao gabinete do marido. Bateu à porta, e chamou-o; não recebendo resposta, entrou. A primeira cousa que viu foi a gaveta da secretária escancarada, e a ruma de papéis atirada sobre o pavimento.

A moça certificou-se que Seixas não estava em casa; adivinhou que saíra pela escada particular cuja porta fechara levando a chave.

Lançando um olhar aos papéis esparsos e resistindo à ânsia de conhecer aquelas relíquias de um passado que não lhe pertencia, encaminhava-se à porta para sair. Eis que descobriu entre maços de cartas, um trabalho de tapeçaria.

Apanhou-o para examinar, com simples curiosidade artística. Era uma fita de marcar folha de livro. Tinha bordados a fio de ouro, de um lado a palavra *amor,* do outro lado em semicírculo o nome *Rodrigues de Seixas*; no centro do qual estava um monograma composto de um *F* e um *A* entrelaçados.

Esta prenda de Adelaide Amaral e a alusão ao próximo casamento feita na comunidade do apelido não diziam novidade a Aurélia. Ela sabia cousas talvez mais pungentes para seu amor; porém o tempo já as tinha expungido da memória. Eram a cicatriz que essa lembrança crua veio reabrir e ulcerar.

Todo aquele passado doloroso, de que mal começava a desprender-se, surgiu de novo ante ela, como um espectro implacável. Curtiu novamente em uma hora que ali esteve imóvel todas as aflições e angústias, que havia sofrido durante dous anos. Esta fita escarlate queimava-lhe os olhos e os dedos como uma lâmina em brasa, e ela não tinha forças para retirar a vista e a mão das letras de ouro e púrpura, que entrelaçavam com o nome de seu marido, o nome de outra mulher.

Afinal prorrompeu a indignação. A seda rangiu entre as mãozinhas crispadas, que debalde tentaram espedaçá-la. Não conseguindo seu intento, a moça levou à boca a fita; num soberbo ímpeto de cólera, cortou com os dentes os fios que teciam as letras, e dilacerou a prenda de sua rival.

Atirou então de si com asco os fragmentos, mas em lugar onde não escapassem à vista do marido, e foi encerrar-se em seu toucador.

Seixas entrou à hora habitual. De ordinário passava pela saleta, onde sempre encontrava a mulher, que já vestida para a tarde, vinha esperá-lo. Trocavam algumas palavras, depois do que ele ia ao seu quarto preparar-se para o jantar.

Nesse dia subiu pela escada particular. Já estava senhor de si; mas quis evitar o encontro, naturalmente porque necessitava daqueles momentos.

Efetivamente, logo que chegou ao gabinete, sem dar-se ao trabalho de apanhar os papéis que jaziam pelo chão, nem aperceber-se dos fragmentos da fita que estavam em cima da secretária, abriu uma gaveta de segredo, tirou um livrinho de notas, de que extraiu alguns algarismos. Sobre estes começou uma série de cálculos e operações que o absorveram até o momento de chamá-lo o criado para jantar.

Aurélia não podia ocultar sua irritação. Crivou o marido de remoques e epigramas. Nem a inofensiva d. Firmina escapou a essa veia sarcástica; mas o alvo principal foi Adelaide, sobre quem choveram as alusões.

Seixas mostrou-se indiferente às provocações. Deixou passar os motejos sem redarguir; mas sua fisionomia desdenhosa e sobranceira opunha à exacerbação da moça fria e surda resistência que ainda mais a irritava.

O orgulho contrariado de Aurélia acerava o gume às suas armas, para abater aquela atitude de ameaça que a afrontava; mas não o conseguiu. As lutas constantes tinham acabado por aguerrir o caráter de Fernando e afinar-lhe a têmpera.

Ao erguer-se da mesa, a moça lançou ao marido um olhar de desafio, e foi esperá-lo ao jardim, no lugar retirado onde costumavam reunir-se de tarde para conversarem em mais liberdade.

Fernando achou-a sentada em um banco rústico, na posição altiva e imperiosa de uma rainha que se prepara a ouvir as súplicas dos súditos prostrados a suas plantas. Descansava o braço direito sobre a copa enfolhada de um bogarim, cujas flores esmagava entre os dedos.

Seixas sentou-se defronte:

— Não tenho e nunca tive, senhora, pretensões a seu amor. Seria uma rematada loucura, e eu acho-me no uso frio e calmo de toda a minha razão para ver a barreira que nos separa. Também não tenho direito de pedir-lhe contas de seus sentimentos, nem mesmo de suas ações, desde que não ofendam aquilo que o homem preza acima de todos os bens. Abdicando na senhora a minha liberdade e com ela a minha pessoa, uma cousa, porém, não lhe transferi, e não o podia: a minha honra.

— E de que serve a mim esse traste, a *sua honra*? Não me dirá? — interrogou Aurélia com a sátira mais picante no olhar.

— Lembre-se que a senhora fez-me seu marido, e que eu ainda o sou. Vendesse-lhe eu embora esse título e as obrigações que a ele correspondem, a origem não importa; ele existe, e atesta-me esse direito reconhecido, ou antes conferido por si mesma; o direito que tem todo o esposo, se não à fidelidade da mulher, ao menos ao respeito da fé conjugal e ao decoro da família.

— Ah! Deseja que se guardem as aparências? E contenta-se com isso!

— Por enquanto!

Aurélia relanceou um olhar com o intento de surpreender o pensamento do marido na expressão da fisionomia:

— Terá a bondade de dizer-me qual é esse escândalo de que se queixa?

— Já não se recorda? Acha muito naturais as liberdades que tem deixado tomar esse moço, o Eduardo Abreu? Haverá um mês, em uma noite de partida, a senhora conversava com ele de um modo que deu tema às pilhérias do Moreira. Nessa ocasião não castiguei a insolência desse fátuo para evitar uma cena.

— Foi na noite da valsa?

— Não contente com isso, leva a inconveniência a ponto de receber aquele moço, na ausência de seu marido, e só, em colóquio reservado, como os encontrei!

— Acabou?

— Creio que é bastante.

— Bem, toca-me a vez de responder. Como o confessou, não lhe devo conta de minhas ações; só o homem a quem eu amasse teria o direito de mas pedir. Quero, porém, supor um momento que o senhor fosse esse homem, hipótese absurda, que eu figuro somente para mostrar-lhe que ainda assim, é para estranhar a sua suscetibilidade.

— Oh! pareço-lhe um Otelo! — disse Fernando a chasquear.

— Não, Otelo tinha razão em todos os seus ultrajes e brutalidades; amava e com paixão. Mas o senhor não é aqui outra cousa mais do que o advogado da decência.

Fernando esmagado pelo sarcasmo, contra o qual não podia reagir, teve ímpetos de confessar a essa mulher toda a insânia do amor que sentia, e depois, quando ela exultasse com seu triunfo e a humilhação dele, abatê-la a seus pés.

VIII

Aurélia continuou com os olhos fitos nas alvas pétalas aveludadas de um jasmim-do-cabo:

— O recato é o mais puro véu de uma senhora. Feliz aquela que vive à sombra do zelo materno, e só a deixa pelo doce abrigo do amor santificado. Sua virtude tem como esta flor a tez imaculada, e o perfume vivo. Essa ventura não me tocou; achei-me só no mundo sem amparo, sem guia, sem conselho, obrigada a abrir o caminho da vida, através de um mundo desconhecido. Desde muito cedo vi-me exposta às suspeitas, às insolências e às vis paixões; habituei-me para lutar com essa sociedade, que me aterra, a envolver-me na minha altivez, desde que não tinha para guardar-me o desvelo de uma mãe ou de um esposo.

A expressão tocante e melancólica da moça ao proferir estas palavras comoveu Seixas, que já não se lembrava de seus ressentimentos.

— Quando eu era uma menina ingênua, que não deixava a companhia de sua mãe, e nunca se achara só em presença de outro homem a não ser aquele a quem amava e, unicamente, amou neste mundo, esse homem abandonou-me por outra mulher, ou por outra cousa; e foi entrelaçar o seu nome ao de uma moça que era noiva de outrem. Mais tarde, encontrando-me só no mundo, acompanhada por uma parenta velha, mãe de aparato e amiga oficiosa, que ainda mais só me tornava, fazendo as vezes de um reposteiro, esse homem desabusado casou-se comigo sem a menor repugnância.

A moça fitou os olhos no marido:

— Confesse que os escrúpulos desse senhor e o seu pânico de escândalo vêm tarde e fora de tempo.

— Esses escrúpulos nascem da posição atual.

— Outro engano seu. Essa posição é um encargo, e não um direito. O senhor falou-me em sua honra. Penso eu que a honra é um estímulo de coração. Que resta dela a quem alienou o seu? Se o senhor tem uma honra, e eu acredito, essa me pertence; e eu posso usar e abusar dela como me aprouver.

— Assim, julga-se dispensada de guardar qualquer reserva?

— Para o senhor e para o mundo julgo-me dispensada de tudo; nada lhes devo; o que me dão, são apenas as homenagens à riqueza, e ela as paga com o luxo e a dissipação. Sou senhora de mim, e pretendo gozar da minha independência sem outras restrições, além do meu capricho. Foi o único bem que me ficou do naufrágio de minha vida; este ao menos hei de defendê-lo contra o mundo.

— Agradeço-lhe ter me desiludido a tempo. Acreditava que sacrificando a liberdade, não renunciava à minha honra perante o mundo e não me sujeitava a ser apontado como um indigno; a senhora entende o contrário; aplaudo esta colisão; ela vem a propósito para romper uma situação intolerável, e que já durou demais para a dignidade de ambos.

— Sobretudo daquele que tendo alienado sua pessoa em um casamento livre e refletido, conserva as prendas de outra noiva.

Seixas, surpreso, interrogou a mulher com os olhos.

— Nunca pensei ter feito a aquisição de seu amor nem contei com a fidelidade que jurou; mas esperava do senhor ao menos a lealdade do negociante, que depois de vendida a mercadoria, não substitui por outra marca à do comprador.

Seixas não podia compreender esta alusão, cuja sentido só atinou mais tarde, quando ao entrar no gabinete viu os destroços da prenda de Adelaide. Quis pedir a explicação; mas avistou um criado que dirigia-se para ali.

— Está aí o sr. Eduardo Abreu que deseja falar à senhora.
— Bem! — disse Aurélia, despedindo com um gesto o criado que afastou-se.

Seixas custou a conter-se até esse momento:
— A senhora não pode receber esse homem!
— Era minha intenção. Tinha-o recebido esta manhã pela última vez; mas à vista de sua desconfiança mudei de resolução — respondeu Aurélia, friamente.
— Pois saiba que hoje, depois que saiu de sua casa, encontrei-o de face na rua, e recusei-lhe claramente o cumprimento, voltando-lhe as costas.
— Razão demais para que o receba. É preciso convencê-lo de que foi uma simples distração de sua parte, para não supor ele que o senhor honrou-o com uma suspeita, que ultraja-me.

Aurélia tomou o braço do marido e dirigiu-se à saleta, onde acharam o Eduardo Abreu.

Os dois mancebos trocaram um cumprimento seco e cerimonioso; depois do qual Seixas foi debruçar-se à janela ao lado de d. Firmina, e deixou a mulher em liberdade com sua visita:
— Desculpe-me esta insistência; um dever de lealdade à justiça. Hoje tive de repelir a um leviano certa insinuação vil, e logo depois encontrando o sr. Seixas, percebi diferença notável em seu tratamento.
— Alguma preocupação.
— Afligiu-me a ideia de ser causa involuntária, ou mesmo pretexto de qualquer desconfiança; e por isso vim desistir da promessa que me fez do segredo sobre seus benefícios, e confessar eu próprio a seu marido tudo quanto lhe devo a fim de que ele ainda mais admire a nobreza de sua alma.
— Essa confissão o senhor não a fará; seria uma ofensa grave à minha dignidade. Meu marido não carece de seu testemunho para conservar-me na mesma elevada estima, inacessível aos assaltos da maledicência. No dia em que eu precisasse justificar-me, estaria divorciada, pois se teria extinguido a confiança, que é o primeiro vínculo do amor, e a verdadeira graça do casamento. Esteja tranquilo pois; seu segredo não lançou a menor sombra em minha felicidade.

A moça disse essas palavras com uma emoção que persuadiu a Abreu, e desvaneceu-lhe os receios.

De seu lado Seixas tinha refletido. Em véspera de uma resolução definitiva que devia operar mudança profunda em seu destino, pareceu-lhe fraqueza esse ridículo desabafo, semelhante aos agastamentos do ciúme banal, que ele acreditava não sentir. Fazendo, portanto, um esforço, aproximou-se do Abreu com a maneira cortês por que o costumava tratar, e confirmou assim a explicação dada por Aurélia ao incidente da manhã.

Essa noite era de partida.

A reunião não foi numerosa, mas correu animada. Fernando esteve muito alegre; nunca se ocupou tão ostensivamente da mulher como nessa noite; não a deixava; as mais delicadas flores, as mais galantes finezas, que se disseram naquela escolhida sociedade, foram dele a Aurélia.

Aurélia, pelo contrário, mostrou-se preocupada.

Essa amenidade do marido depois da cena do jardim a inquietava a seu pesar. Por mais esforços que fizesse não podia arredar seu espírito das palavras proferidas por Seixas naquela tarde, acerca de um rompimento, que devia solver a suposta colisão.

Qual intenção era a sua? Nesse problema fatigou o espírito durante a noite.

No dia seguinte Seixas almoçou às oito horas conforme o ordinário e partiu para a repartição. A essa hora Aurélia ainda estava recolhida; mas seu quarto de dormir, que ficava no pavimento superior, deitava janelas para o jardim; da última delas via-se perfeitamente a parte da sala de jantar onde estava a mesa.

A moça tinha uma devoção de todas as manhãs; quando ouvia o rumor dos passos de Seixas na escada, saltava da cama, e envolta na sua colcha de damasco para não perder tempo a vestir o roupão, corria à janela. Ali escondida por entre as cortinas ficava um instante a olhar o marido algum tempo; como para dar-lhe o bom-dia. Se estava muito fatigada da véspera, se o sono lutava com ela, voltava ao ninho ainda quente, e dormia novo sono.

Nessa manhã porém apesar de ter-se recolhido tarde e sentir necessidade de repouso, demorou-se contemplando o semblante de Seixas com um sentimento de tristeza, que não podia desterrar de si. Um pressentimento vago advertia-lhe que não deixasse partir seu marido sob a impressão dos sarcasmos implacáveis, que lhe tinha lançado na véspera.

Mas triunfou a altivez de seu amor, ainda magoada pelas recordações pungentes que havia acordado em sua alma a vista do mimo de Adelaide.

Seixas saiu, e ela, para disfarçar a impaciência, logo depois da almoço meteu-se no carro com d. Firmina e foi gastar o tempo na rua do Ouvidor, por casa das modistas e das amigas. Procurava nas novidades parisienses, nas tentações do luxo, um atrativo que lhe cativasse o pensamento e o arrancasse a suas inquietações.

Conseguiu atordoar-se até quatro horas em que chegou a casa.

Seixas não estava, o que era extraordinário. Não havia exemplo de ter excedido dessa hora. Aurélia disfarçou para não mostrar seu desassossego a d. Firmina e aos criados. Recolheu-se a seus aposentos para mudar o vestuário; mas encostou-se ao portal da janela, com os olhos no caminho.

Às cinco horas veio a mucama chamá-la:

— A senhora não vem jantar? Está na mesa.

— Quem mandou deitar?

— São cinco horas.

— E o senhor?

— Disse ao José para prevenir a senhora que talvez não voltasse hoje, senão muito tarde.

— Quando falou o senhor com José?

— Esta manhã, na cidade.

— E não disse a razão por que se demorava?

— Não sei; eu vou chamá-lo.

O José interrogado nada adiantou, de modo que Aurélia permaneceu na mesma inquietação; mas para não dá-la a perceber a d. Firmina, atribuiu a ausência do marido à conferência que ele devia ter com o ministro acerca de trabalhos importantes da repartição.

Quando sentavam-se à mesa, abriu-se a porta e entrou Seixas.

A surpresa não deu tempo a Aurélia para dominar o primeiro impulso de sua alegria que logo arrefeceu ante a fisionomia de Seixas. Ele trazia na expressão rígida e grave do rosto o cunho de uma resolução inflexível.

Entretanto não apartou-se da natural polidez. Desculpou-se delicadamente com a mulher pela demora:

— Precisava concluir um negócio urgente, que lhe comunicarei.

— E concluiu?
— Felizmente.
— Perguntei, para saber se devia esperá-lo amanhã.
— Agora creio que não há de esperar mais por mim — tornou Seixas com um sorriso fugaz.

Aurélia viu o sorriso, e sentiu a modulação especial da voz. Terminado o jantar, quando seguiam ambos pelos meandros recortados na grama, Seixas disse à mulher:

— Desejo falar-lhe em particular.
—Vamos sentar-nos então — disse Aurélia, indicando o sítio onde habitualmente passavam as tardes.
— Aqui no jardim, não; prefiro um lugar mais reservado, onde não venham interromper-nos.
— No meu toucador?
— Serve.
— Ou no seu gabinete?
— No seu toucador; é melhor.
— Já? — perguntou Aurélia, simulando indiferença.
— Não; basta à noite; e se não lhe incomoda, depois do chá, antes de recolher-se.
— Como quiser! — disse Aurélia abrindo as folhas das violetas, à cata de uma flor.

Seixas tomou o regador da moça, guardado com os outros utensílios de jardinagem em um ninho rústico praticado no muro, e entreteve-se a regar os tabuleiros de margaridas e os vasos de hortênsias.

Uma vez na volta do repuxo onde fora buscar água, ao passar perto de Aurélia, a moça perguntou-lhe distraidamente, como se não tivessem interrompido o diálogo:

— É sobre o negócio de que falou-me?
— Justamente.

Seixas ficou parado em frente de Aurélia, supondo que ela ia fazer-lhe nova pergunta, enquanto a moça esperava uma explicação, que não queria pedir diretamente.

Vendo que o marido calava-se, voltou de novo às violetas, e ele continuou em sua ocupação.

IX

Eram dez horas da noite.

Aurélia, que se havia retirado mais cedo da saleta, trocando com o marido um olhar de inteligência, estava nesse momento em seu toucador, sentada em frente à elegante escrivaninha de araribá cor-de--rosa, com relevos de bronze dourado a fogo.

A moça trazia nessa ocasião um roupão de cetim verde cerrado à cintura por um cordão de fios de ouro. Era o mesmo da noite do casamento, e que desde então ela nunca mais usara. Por uma espécie de superstição lembrara-se de vesti-lo de novo, nessa hora na qual, a crer em seus pressentimentos, iam decidir-se afinal o seu destino e a sua vida.

A moça reclinara a fronte sobre a mão direita, cujo braço nu, apoiado na mesa, surgia de entre os rofos de cambraia que frocavam a manga do roupão. Estava absorta em uma profunda cisma, da qual a arrancou o tímpano da pêndula soando as horas.

Ergueu-se então, e tirou da gaveta uma chave; atravessou a câmara nupcial, que estava às escuras, apenas esclarecida pelo reflexo do toucador, e abriu afoitamente aquela porta que havia fechado 11 meses antes, num ímpeto de indignação e horror.

Empurrando a porta com estrépito de modo a ser ouvida no outro aposento, e prendendo o reposteiro para deixar franca a passagem, voltou rapidamente, depois de proferir estas palavras:

— Quando quiser!

Fernando, ao penetrar nessa câmara nupcial, cheia de sombras e silêncio, esqueceu um momento a pungente recordação que ela devia avivar, e que parecia ter-se apagado com a escuridão. O que ele sentiu foi a fragrância que ali recendia, e que o envolveu como a atmosfera de um céu, do qual ele era o anjo decaído.

Aurélia esperava o marido, outra vez sentada à escrivaninha. Ela tinha afastado o braço da arandela de modo que a luz do gás, interceptada por um refletor de jaspe representando o carro da aurora, deixava-a imersa em uma penumbra diáfana, que dava à sua beleza tons de maviosa suavidade.

Seixas sentou-se na cadeira que Aurélia lhe indicara em frente dela, e depois de recolher-se um instante, buscando o modo por que devia começar, entregou-se à inspiração do momento.

— É a segunda vez que a vejo com este roupão. A primeira foi há cerca de 11 meses, não justamente neste lugar, mas perto daqui naquele aposento.

— Deseja que conversemos no mesmo lugar? — perguntou a moça singelamente.

— Não, senhora. Este lugar é mais próprio para o assunto que vamos tratar. Lembrei aquela circunstância unicamente pela coincidência de representá-la a meus olhos, tal como a vi naquela noite, de modo que parece-me continuar uma entrevista suspensa. Recorda-se?

— De tudo.

— Eu supunha haver feito uma cousa muito vulgar que o mundo tem admitido com o nome de casamento de conveniência. A senhora desenganou-me: definiu a minha posição com a maior clareza; mostrou que realizara uma transação mercantil; e exibiu o seu título de compra, que naturalmente ainda conserva.

— É a minha maior riqueza — disse a moça, com um tom que não se podia distinguir se era de ironia ou de emoção.

Seixas agradeceu com uma inclinação de cabeça e prosseguiu:

— Se eu tivesse naquele momento os vinte contos de réis, que havia recebido de seu tutor, por adiantamento de dote, a questão resolvia-se de si mesma. Desfazia-se o equívoco; restituía-lhe seu dinheiro; recuperava minha palavra; e separávamo-nos como fazem dois contratantes de boa-fé, que reconhecendo seu engano, desobrigam-se mutuamente.

Seixas parou, como se aguardasse uma contradição, que não apareceu. Aurélia, recostada na cadeira de braço com as pálpebras a meio cerradas, ouvia brincando com um punhal de madrepérola que servia para cortar papel.

— Mas os vinte contos, eu já os não possuía naquela ocasião, nem tinha onde havê-los. Em tais circunstâncias restavam duas alternativas: trair a obrigação estipulada, tornar-me um caloteiro; ou respeitar a fé do contrato e cumprir minha palavra. Apesar do conceito que lhe mereço, faça-me a justiça de acreditar que a primeira dessas alternativas, eu não a formulei senão para a repelir. O homem que se vende, pode depreciar-se; mas dispõe do que lhe pertence. Aquele que depois de vendido subtrai-se ao dono, rouba o alheio. Dessa infâmia isentei-me eu, aceitando o fato consumado que já não podia conjurar, e submetendo-me lealmente, com o maior escrúpulo, à vontade que eu reconhecera como lei, e à qual me alienara. Invoco sua consciência; por mais severa que se mostre a meu respeito, estou certo que não me negará uma virtude: a fidelidade à minha palavra.

— Não, senhor; cumpriu-a como um cavalheiro.

— É o que desejei ouvir de sua boca antes de informá-la do motivo desta conferência. A quantia que me faltava há 11 meses, na noite de seu casamento, eu a possuo finalmente. Tenho-a comigo; trago-a aqui nesta carteira, e com ela venho negociar o meu resgate.

Estas palavras romperam dos lábios de Seixas com uma impetuosidade, que ele dificilmente pôde conter. Como se elas lhe desoprimissem o peito de um peso grande, respirou vivamente, apertando com movimento sôfrego a carteira que tirara do bolso.

Se não estivesse tão preocupado com a sua própria comoção, notaria de certo a percussão íntima que sofrera Aurélia, cujo talhe reclinado sobre o descanso da cadeira brandiu como a lâmina de uma mola de aço.

No sobressalto que a agitou, levara à boca a folha de madrepérola, na qual os lindos dentes rangeram.

Ao abrir a carteira, Seixas suspendeu o gesto:

— Antes de concluir a negociação, devo revelar-lhe a origem deste dinheiro, para desvanecer qualquer suspeita de o ter eu obtido por seu crédito e como seu marido. Não, senhora, adquiri-o por mim exclusivamente; e para maior tranquilidade de minha consciência provém de data anterior ao nosso casamento. Cerca de seis contos representam o produto de meus ordenados e das joias e trastes, que apurei logo depois do cativeiro, pensando já na minha redenção. Ainda tinha muito que esperar e talvez me faltaria resignação para ir ao cabo, se Deus não abreviasse este martírio, fazendo um milagre em meu favor. Era sócio de um privilégio concedido há quatro anos, e do qual já nem me lembrava. Anteontem, à mesma hora em que a senhora me submetia à mais dura de todas as provas, o céu me enviava um socorro imprevisto para quebrar enfim este jugo vergonhoso. Recebi a notícia da venda do privilégio, que me trouxe um lucro de mais de 15 contos. Aqui estão as provas.

Aurélia recebeu da mão de Seixas vários papéis e correu os olhos por eles. Constavam de uma declaração do Barbosa relativa ao privilégio, e contas de vendas de joias e outros objetos.

— Agora nossa conta — continuou Seixas, desdobrando uma folha de papel. — A senhora pagou-me cem contos de réis; oitenta em um cheque do Banco do Brasil que lhe restituo intacto; e vinte em dinheiro, recebido há 330 dias. Ao juro de 6% essa quantia lhe rendeu 1.084.710 réis. Tenho, pois, de entregar-lhe 21.084.710 réis, além do cheque. Não é isto?

Aurélia examinou a conta-corrente; tomou uma pena e fez com facilidade o cálculo dos juros.

— Está exato.

Então Seixas abriu a carteira e tirou com o cheque 21 maços de notas, de conto de réis cada um, além dos quebrados que depositou em cima da mesa:

— Tenha a bondade de contar.

A moça com a fleuma de um negociante abriu os maços um após outro e contou as cédulas pausadamente. Quando acabou essa operação, voltou-se para Seixas e perguntou-lhe como se falasse ao procurador incumbido de receber o dividendo de suas apólices.

— Está certo. Quer que lhe passe um recibo?

— Não há necessidade. Basta que me restitua o papel de venda.

— É verdade. Não me lembrava.

Aurélia hesitou um instante. Parecia recordar-se do lugar onde havia guardado o papel; mas o verdadeiro motivo era outro. Consultava-se, receosa de revelar sua comoção, caso se levantasse.

— Faça-me o favor de abrir aquela gavetinha, a segunda. Dentro há de estar um maço de papéis atado com uma fita azul... justamente!... Não conhece esta fita? Foi a primeira cousa que recebi de sua mão, com um ramo de violetas. Ah! perdão; estamos negociando. Aqui tem seu título.

A moça tirara do maço um papel e o deu a Seixas, que fechou-o na carteira.

— Enfim partiu-se o vínculo que nos prendia. Reassumi a minha liberdade, e a posse de mim mesmo. Não sou mais seu marido. A senhora compreende a solenidade deste momento?

— É o da nossa separação — confirmou Aurélia.

— Talvez ainda nos encontremos neste mundo, mas como dous desconhecidos.

— Creio que nunca mais — disse Aurélia, com o tom de uma profunda convicção.

— Em todo o caso, como é esta a última vez que lhe dirijo a palavra, quero dar-lhe agora uma explicação, que não me era lícita há 11 meses na noite do nosso casamento. Então eu faria a figura de um coitado que arma à compaixão, e a senhora que pisava aos pés a minha probidade, não acreditaria uma palavra do que então lhe dissesse.

— A explicação é supérflua.

— Ouça-me; desejo que em um dia remoto, quando refletir sobre este acontecimento, me restitua uma parte da sua estima; nada mais. A sociedade no seio da qual me eduquei, fez de mim um homem à sua feição; o luxo dourava-me os vícios, e eu não via através da fascinação o materialismo a que eles me arrastavam. Habituei-me a considerar a riqueza como a primeira força viva da existência, e os exemplos ensinavam-me que o casamento era meio tão legítimo de adquiri-la, como a herança e qualquer honesta especulação. Entretanto ainda assim, a senhora me teria achado inacessível à tentação, se logo depois que seu tutor procurou-me, não surgisse uma situação que aterrou-me. Não somente vi-me ameaçado da pobreza, e o que mais me afligia, da pobreza endividada, como achei-me o causador, embora involuntário, da infelicidade de minha irmã cujas economias eu havia consumido, e que ia perder um casamento por falta de enxoval. Ao mesmo tempo minha mãe, privada dos módicos recursos que meu pai lhe deixara, e de que eu tinha disposto imprevidentemente, pensando que os poderia refazer mais tarde!... Tudo isto abateu-me. Não me defendo; eu devia resistir e lutar; nada justifica a abdicação da dignidade. Hoje saberia afrontar a adversidade, e ser homem; naquele tempo não era mais do que um ator de sala; sucumbi. Mas a senhora regenerou-me, e o instrumento foi esse dinheiro. Eu lhe agradeço.

Aurélia ouviu, imóvel. Seixas concluiu:

— Eis o que pretendia dizer-lhe antes de separarmo-nos para sempre.

— Também eu desejo que não leve de mim uma suspeita injusta. Como sua mulher, não me defenderia; desde porém que já não somos nada um para o outro, tenho direito de reclamar o respeito devido a uma senhora.

Aurélia referiu sucintamente o que Eduardo Abreu fizera quando falecera d. Emília, e a resolução que ela tomara de salvá-lo do suicídio.

— Eis a razão por que chamei esse moço à minha casa. Seu segredo não me pertencia; e entre mim e o senhor não existia a comunidade que faz de duas almas uma.

Aurélia reuniu o cheque e os maços de dinheiro que estavam sobre a mesa.

— Este dinheiro é abençoado. Diz o senhor que ele o regenerou, e acaba de o restituir muito a propósito para realizar um pensamento de caridade e servir a outra regeneração.

A moça abriu uma gaveta da escrivaninha e guardou nela os valores; depois do que bateu o tímpano; a mucama apareceu:

— Permita-me — disse Aurélia e voltou-se para dar em voz baixa uma ordem à escrava.

Esta acendeu o gás nas arandelas da câmara nupcial e retirou-se, enquanto Aurélia dizia ao marido, mostrando o aposento iluminado:

— Não quero que erre o caminho.

— Agora não há perigo.

— Agora? — repetiu a moça com um olhar que perturbou Seixas.

Houve uma pausa.

— Talvez a senhora, para evitar a curiosidade pública, deseje um pretexto?

— Para quê?

— A viagem à Europa seria o melhor. O paquete deve partir nestes 15 dias. Uma prescrição médica tudo explicará, a separação e a urgência. Mais tarde quando venham a saber, já não causará surpresa.

Aurélia deixou perceber ligeira comoção. Entretanto foi com a voz firme que respondeu:

— Desde que uma cousa se tem de fazer, o melhor é que se faça logo e sem evasivas.

Fernando ergueu-se de pronto:

— Neste caso receba as minhas despedidas.

Aurélia de seu lado erguera-se também para cortejar o marido.

— Adeus, senhora. Acredite...

— Sem cumprimentos! — atalhou a moça. — Que poderíamos dizer um ao outro que já não fosse pensado por ambos?

— Tem razão.

Seixas recuou um passo até o meio do aposento, e fez uma profunda cortesia, à qual Aurélia respondeu. Depois atravessou lentamente a câmara nupcial agora iluminada. Quando erguia o reposteiro ouviu a voz da mulher:

— Um instante! — disse Aurélia.

— Chamou-me?

— O passado está extinto. Estes 11 meses, não fomos nós que os vivemos, mas aqueles que se acabam de separar, e para sempre. Não sou mais sua mulher; o senhor já não é meu marido. Somos dois estranhos. Não é verdade?

Seixas confirmou com a cabeça.

— Pois bem, agora ajoelho-me eu a teus pés, Fernando, e suplico-te que aceites meu amor, este amor que nunca deixou de ser teu, ainda quando mais cruelmente ofendia-te.

A moça travara das mãos de Seixas e o levara arrebatadamente ao mesmo lugar onde cerca de um ano antes ela infligira ao mancebo ajoelhado a seus pés a cruel afronta.

— Aquela que te humilhou, aqui a tens abatida, no mesmo lugar onde ultrajou-te, nas iras de sua paixão. Aqui a tens implorando seu perdão e feliz porque te adora, como o senhor de sua alma.

Seixas ergueu nos braços a formosa mulher, que ajoelhara a seus pés; os lábios de ambos se uniam já em férvido beijo, quando um pensamento funesto perpassou no espírito do marido. Ele afastou de si com gesto grave a linda cabeça de Aurélia, iluminada por uma aurora de amor, e fitou nela o olhar repassado de profunda tristeza.

— Não, Aurélia! Tua riqueza separou-nos para sempre.

A moça desprendeu-se dos braços do marido, correu ao toucador, e trouxe um papel lacrado que entregou a Seixas.

— O que é isto, Aurélia?

— Meu testamento. — Ela despedaçou o lacre e deu a ler a Seixas o papel. Era efetivamente um testamento em que ela confessava o imenso amor que tinha ao marido e o instituía seu universal herdeiro.

— Eu o escrevi logo depois do nosso casamento; pensei que morresse naquela noite — disse Aurélia com um gesto sublime.

Seixas contemplava-a com os olhos rasos de lágrimas.

— Esta riqueza causa-te horror? Pois faz-me viver, meu Fernando. É o meio de a repelires. Se não for bastante, eu a dissiparei.

★ ★ ★

As cortinas cerraram-se, e as auras da noite, acariciando o seio das flores, cantavam o hino misterioso do santo amor conjugal.

Notas

Primeira parte

[1] **Chatterton**: poeta inglês, Thomas Chatterton (1752-1770). Seus poemas imitam o estilo medieval. Parece, aqui, tratar-se do personagem de um drama de Alfred de Vigny, poeta obscuro que se suicidou para fugir à indiferença e à miséria. O drama é de 1835 e deve ter tomado por modelo o poeta inglês, que, por ter caído em desgraça, tomou veneno. Alberto de Vigny (1797-1863) é um escritor francês, lido até hoje; seu livro *Servidão e grandeza militares* teve mais de uma tradução em português.

[2] **Arnaud**: deve ser o nome de algum pianista célebre na época; seu nome aparece, também, em *Encarnação,* de José de Alencar.

[3] **Casou-se com a burra do sujeito**: trata-se de jogo de palavras. Burra era, e continua a ser, em algumas regiões, cofre de guardar dinheiro.

[4] **Norma** (...) **Polião** é personagem da *Norma,* ópera de Vicente Belline (1801-1835).

[5] **Lagrange**: cantora lírica, referida, também, em *Pata da gazeta* e *Sonhos d'ouro.*

[6] **Rua do Hospício**: atual rua Buenos Aires.

[7] Notar que, nos parágrafos iniciados por "Esta feição" e "Deitara-se então", há uma discordância curiosa. No primeiro, está deitado de costas, os joelhos erguidos para que neles se apoie o jornal que está lendo; no segundo, está deitado de bruços para ler melhor.

[8] **Santa Teresa**: na 1ª edição está *Lapa*, mas a errata manda corrigir para *Santa Teresa.*

[9] Notar que este Seixas tem uma carreira semelhante à de Alencar. Oficial de serviço público, colaborando assiduamente em jornais, como ocorre com o escritor, também como o escritor, em seus tempos de estudante de Direito, procura imitar Byron. Os outros traços não coincidem.

[10] **Byron**: George Gordon Byron, Lorde Byron. Poeta romântico inglês (1788-1824). Autor de *Child Harold, d. Juan, Manfred.*

[11] **Teatro Lírico**: teatro que existiu onde hoje há um ajardinamento, próximo à avenida Chile. Demolido juntamente com o prédio da Imprensa Nacional, seu vizinho.

[12] **Cassino**: o Cassino Fluminense. Funcionou, a princípio, na parte mais larga da rua do Catete, e depois no local onde hoje é o Automóvel Clube.

Mais tarde transformou-se no Clube dos Diários. Muito eirado nos romances de Alencar, como local chique de danças e reuniões sociais.

[13] **Hotel de Europa**: de propriedade dos irmãos Lafourcade, no nº 69 da rua do Carmo, esquina da do Ouvidor.

[14] **Rigoletto**: ópera italiana de Giuseppe Verdi (1813-1901).

[15] "**Até que o leve a breca**": isto é, até que o diabo o leve. Perdido o sentido primitivo de diabo, a frase se estereotipou e hoje muitos escrevem "até que leve a breca", com o sentido de "até que morra".

[16] **Fisiologia social**: aqui, e como em outros lugares e outros romances, significando estudo de caracteres ou tipos. Como, aliás, está em Balzac.

[17] **Alcazar**: Alcazar Lyrique: teatro que, na época, trazia ao Rio artistas franceses. Ficava na rua da Vala, atual Uruguaiana.

[18] **George Sand**: pseudônimo de Aurore Dupin, baronesa Dudevant, romancista francesa (1804-1876). Teve muita voga no Brasil até começos do século XX. Castro Alves a pôs em verso: "Conheces, Consuelo, a página fulgente / que George Sand, a loura, encheu de encanto e Luz?" (George Sand não era loura).

[19] **Praia Vermelha**: referência ao hospício dos alienados que funcionava na Praia no então prédio da Reitoria da Universidade do Brasil.

[20] "**Para embalar**": na 1ª edição está "abalar", mas na errata do 22º volume vem a correção.

Segunda parte

[21] **Matriz do Engenho Velho**: atual igreja de S. Francisco Xavier. O bairro do Engenho Velho ia do Rio Comprido a Inhaúma. A rua do mesmo nome é a atual Haddock Lobo.

[22] "**Como Pigmaleão (...) criatura**": na lenda, Pigmaleão esculpiu Dorotea e, sentindo que a estátua estava perfeita, quis fazê-la falar.

[23] **Lamartine**: Alphonse de Lamartine, poeta romântico francês (1790-1860). Célebre pelo seu livro de poemas, *Meditações poéticas,* 1820. Escreveu ainda *Harmonias, Jocelim,* e outros volumes em verso e em prosa.

[24] **Otávio Feuillet (...) Camors**: Octave Feuillet, romancista francês (1821-1890). Autor de *Romance de um moço pobre* e *Senhor de Camors,* o primeiro de 1858 e o segundo de 1867. Seu último livro é de 1890.

Terceira parte

[25] **Orquídeas e parasitas**: durante certo tempo houve confusão, sendo as orquídeas designadas como parasitas, como vivendo à custa de outras plantas, quando, em verdade, apenas as utilizam como suportes, são epífitas. Orquídeas designa atualmente toda a respectiva família botânica.

[26] **Tântalo**: mitologia grega. Rei da Lídia, pecou contra os deuses que o visitaram e, como castigo, Zeus o precipitou no Tártaro, onde se consome de sede e fome, eternamente, tendo diante dos olhos iguarias e bebidas.

[27] "**Coração tem uma lógica**": alusão do pensamento de Pascal em que se diz que o coração tem razões que a razão humana desconhece.

[28] **Vítor Meireles** e **Pedro Américo**: ambos são pintores brasileiros. Vitor Meireles (1831-1902) pintou a *Primeira missa no Brasil;* Pedro Américo (1843.1906) pintou a *Batalha do Avaí.*

[29] "**Cabelos castanhos**": notar que na página 228 novamente os cabelos são castanhos, mas anteriormente, na página 95 os cabelos são "lindos cabelos negros", lapso de memória do autor.

Quarta parte

[30] "**Soberbamente**": na primeira edição está "soberanamente" que se corrigiu para a forma indicada. A edição da Liv. José Olympio corrigiu para "soberanamente".

[31] **Strauss**: Johann Strauss (1825-1899), compositor austríaco, autor de valsas célebres.

[32] "**Bayard** (...) *sans peur,* mas não *sans reproche*". Pierre du Terrail, censor de Bayard (1473-1524), capitão francês, glorioso nas guerras de Carlos VIII, *sans peur* e *sans reproche,* i. e., sem medo e sem mácula.

[33] **Liszt**: Franz Liszt, compositor húngaro (1811-1886), autor das "Rapsódias Húngaras".

[34] **Victor Hugo**: Victor Hugo (1802-1885), grande escritor francês, autor de poemas que muito influíram na poesia do romantismo brasileiro e de célebres romances como *Nossa Senhora de Paris, O homem que ri, Trabalhadores do mar,* e outros.

[35] **Desdêmona**: personagem feminina da tragédia de Shakespeare, *Otelo.* Morre pelo ciúme exagerado de Otelo.

Editora responsável
Maria Cristina Antonio Jeronimo

Equipe editorial
Shahira Mahmud
Adriana Torres
Claudia Ajuz

Preparação de originais
Gustavo Penha
José Grillo
Fátima Fadel

Projeto gráfico de capa e miolo
Leandro B. Liporage

Diagramação
Filigrana

Este livro foi impresso em 2016 para a Editora Nova Fronteira.